# DOCILE

DU MÊME AUTEUR

*LE BOURREAU DE GAUDÍ*, Actes Sud, 2014 ; Babel noir n° 191.
*LES MUSELÉS*, Actes Sud, 2016 ; Babel noir n° 212.
*DOCILE*, Actes Sud, 2021 ; Babel noir n° 297.

Titre original :
*Dócil*
Éditeur original :
Ediciones Destino, Barcelone

ISBN 978-2-330-18106-2

ARO SÁINZ DE LA MAZA

# DOCILE

roman traduit de l'espagnol
par Serge Mestre

BABEL NOIR

*Pour Beatriz,*
*plus que jamais, bien entendu.*

*N'entre pas docilement dans cette bonne nuit.*
*Rage, rage face à la mort de la lumière.*

DYLAN THOMAS

# PROLOGUE

*Barcelone, mai de l'année précédente*

Il prit son iPhone et commença à la filmer. Il avait découvert la fille après avoir surveillé la maison plusieurs jours. Cheveux lisses et courts, à la garçonne. Yeux grands et ronds sur un visage ovale, large bouche et nez retroussé, un piercing en argent fixé dans sa cloison, oreilles un peu pointues, comme un elfe. Elle devait avoir plus ou moins son âge. Petite taille, ni grosse ni mince, on avait l'impression qu'elle n'aimait pas faire de sport. Comme lui. Elle portait souvent des vêtements sombres, pantalon et tee-shirt noirs, bottines. Elle n'avait pas l'air de beaucoup se soucier de son image. Comme lui. Elle s'habillait selon l'idée qu'elle se faisait du confort, sans appartenir à aucune tribu urbaine en particulier. Comme lui. Aujourd'hui, il l'avait suivie jusqu'à la plaza de Cataluña, où elle s'était arrêtée devant la vitrine de la boutique d'informatique portant le logo de la marque à la pomme mordue. Il prit un plan d'ensemble, puis un moyen. Son front appuyé contre la vitre, regard rêveur, absente du monde autour d'elle, rougissant quelque peu devant les appareils de dernière génération qu'on apercevait à peine depuis l'extérieur. Il se demanda pourquoi elle n'entrait pas jeter un coup d'œil. Pour la même raison que lui peut-être, parce qu'elle n'aimait pas les gens, ni être entourée par la foule. Une solitaire, se dit-il. Et autre chose encore. Elle avait l'air d'un oiseau blessé, de quelqu'un qui ne parvenait non plus à s'intégrer nulle part. Elle aussi était différente. Singulière. Son poignet commença à trembler.

Pour une fille comme elle, il pourrait laisser tomber sa quête.

Il n'y avait qu'un seul problème.

Son père était le tueur qui avait brisé sa vie.

À plusieurs reprises, il avait cru le reconnaître dans la rue, mais cette fois il en était certain. Il l'avait suivi jusqu'à son domicile, vérifié où il habitait. Il avait besoin de savoir pourquoi il avait fait ça. Il commença à réfléchir comme un assassin. C'est alors qu'il aperçut sa fille, et se dit qu'elle était la clé idéale pour pénétrer dans la maison de cet homme. Il changea d'objectif et se colla à elle, comme son ombre. Puis il finit par découvrir les nombreuses similitudes qu'il pouvait y avoir entre eux. Il ne pouvait plus se l'ôter de la tête. Et à présent il avait des doutes. Cette jeune femme avait peu à peu éveillé son désir de ne plus être un mort vivant, quelqu'un qui ne faisait qu'imiter les autres, et d'abandonner l'espace sombre du sous-sol pour s'ouvrir au monde réel. Il arrêta de filmer. Il mourait d'envie de s'approcher d'elle. De faire sa connaissance. Une opportunité.

La dernière.

# PREMIÈRE PARTIE

# LUNDI

# 1

Un autre coup, un autre, et encore un autre.

La mouche chemina sur le sang de son visage et continua vers les lèvres, où elle en rejoignit une deuxième qui désirait également s'introduire dans sa bouche entrouverte. Il les souffla d'un air endormi. La main qui tenait la pierre montait et descendait jusqu'à venir frapper le visage qu'il aimait tant. Le grincement des os, les éclaboussures. Il se réveilla. Il entendit des voix éteintes, en fond sonore. Étourdi, à nouveau l'esprit embrumé, il battit plusieurs fois des paupières jusqu'à recouvrer la vue. Il s'aperçut qu'il enlaçait un corps ensanglanté par terre et il s'en écarta. Puis il se redressa à grand-peine. La douleur lui martelait la tête et un soudain malaise l'obligea à demeurer quelques secondes sans bouger. Puis il sortit de la cuisine d'un pas mal assuré et monta à l'étage, pieds nus. Dans le couloir, il s'efforça d'éviter la flaque de sang et le cadavre. De l'épaule, il poussa doucement la porte de la chambre de la gamine. Elle dormait paisiblement. Respirait profondément. Elle serait la seule survivante. Comme lui, marquée à vie. Il laissa la porte entrouverte et redescendit dans le salon.

Il observa les ampoules cassées, les chaises retournées, le sang par terre, sur les murs. Partout. Il s'abstint d'examiner les autres corps et regarda le téléviseur allumé, volume réduit. Ce qui s'était passé refit peu à peu surface dans son esprit. Une issue. Partir. Tout de suite.

— Sabotage, sacrifice, sacrilège, sadique…

S'imaginant hors de la réalité, il se dirigea vers la porte. À mi-chemin, il fut pris d'un vertige et voulut s'appuyer contre le mur pour ne pas perdre l'équilibre. Il se contint. Sa tête tournait.

— Sagacité, sagesse, salace, salut…

Il avait besoin de s'éloigner de cet endroit, de respirer l'air pur. Et, par-dessus tout, de ne plus entendre le bourdonnement des mouches. Avec précaution, il entrouvrit la porte. Le jour ne s'était pas encore levé et l'éclairage public illuminait l'asphalte. Le sentiment d'irréalité s'accentua. Il ne se rappelait plus ce qu'il faisait dans cette maison. Il eut la brusque impression que quelqu'un se trouvait à ses côtés, tout près de lui, en train de l'observer. Atterré, il se retourna lentement. Le miroir lui renvoya son image. Il aperçut son visage tuméfié, la traînée rouge sombre qui descendait, depuis la blessure au niveau de la tempe, jusqu'à son cou, le sang séché qui le recouvrait de la tête aux pieds. Ses yeux. Il ne se reconnut pas. Il avait changé. Il était un autre.

— Sanction, sanctuaire, sandale, san… sang.

Avant que les forces ne l'abandonnent à nouveau, il prit de l'élan et sortit de la villa. Une rafale de vent le fit trébucher. Il ferma la porte avec difficulté et descendit les marches du perron, tout voûté. Il marcha sur les graviers et franchit la grille. Il prit la direction du parc. S'arrêta. Pressentit un danger, il pouvait s'être caché dans le quartier, à l'attendre. Une protection. Il avait besoin d'une protection. Il fit demi-tour et se dirigea vers la montagne, pour s'éloigner de la zone. Il atteignit l'escalier descendant vers l'avenue Miramar en boitant, et il changea de lettre.

— Pacifique, pacsé, pacte, païen…

Les signes de menace s'intensifièrent. Il devait se mettre à l'abri sans tarder et il accéléra le rythme. Se hâtant, il trébucha et tomba au milieu de la dernière volée de marches.

Tandis que tout s'assombrissait et qu'une douleur aiguë traversait sa cervelle, une myriade de lumières explosèrent dans son esprit. Il s'allongea sur le dos et attendit un instant, immobile.

Quand il rouvrit les yeux, tout était brumeux. Affolé, il tâta le sol d'un air désespéré. C'était inutile, il ne la trouverait jamais dans la nuit. Comme dans un cauchemar, il crut voir que la frondaison des arbres, secouée par le vent, se penchait sur lui pour l'écraser.

— Palette, pâleur, pandémie, panique...

Il se leva péniblement et atteignit l'avenue. À partir de là, le chemin descendait et il tenta de recouvrer son calme. Rasant les haies, loin de la lueur des lampadaires, il prit la direction du Palacio nacional. À cette heure-là, il n'y avait pas âme qui vive, mais quelques véhicules circulaient et il ne voulait pas risquer de se faire remarquer avant d'avoir atteint sa destination, sur la plaza de España.

— Paradis, paradoxe, paralysie, paranoïa...

Il laissa le Palacio nacional derrière lui et descendit les longues volées de marches jusqu'à la fontaine. Il trébucha plusieurs fois et faillit tomber à nouveau. À chaque pas, il sentait la faiblesse s'emparer de lui, une somnolence. Ses forces étaient en train de se tarir.

— Parasite, parâtre, pardonner, paria...

Il parcourut l'avenue Reina María Cristina plongée dans l'ombre, trébuchant à chaque pas. Essoufflé, faisant des S à cause de la poussée des rafales de vent. Il s'aperçut que le jour commençait à se lever et se dit qu'il était presque arrivé.

— Passereau, passif... passion, patate, pathétique...

Il traversa les Torres venecianas et déboucha enfin sur la place. Il ralentit et soupira, soulagé. L'hôtel se trouvait en face ; à droite le commissariat de la police catalane. Il s'y dirigea en traînant les pieds.

— Patibulaire, patient, pâtir, péché, peine...

Exténué, il s'effondra sur les marches de la Fira, à cinquante mètres, en diagonale, de son objectif. De son refuge. Deux agents portant des armes longues et un gilet pare-balles à cause du niveau 4 d'alerte terroriste montaient la garde. Et deux fourgons bleus de la brigade mobile, garés sur le trottoir, protégeaient le bâtiment.

— Pénitence, perdant, perturbé…

La clarté du jour s'intensifia. Il attendit. Il avait besoin de reprendre sa respiration. Un instant, juste un instant avant de continuer son chemin.

— Per… perversion, pé… pétoche, piè… piège…

Par moments, la circulation s'intensifiait, ainsi que la présence des piétons surgissant des bouches de métro, comme des fourmis. En passant près de lui, une femme l'aperçut, amorphe sur les marches, pieds nus, vêtu d'un sweat-shirt gris et d'un blue-jean. Ses vêtements étaient couverts de taches rouge grenat, presque noires. Le filet rouge brillant qui dégoulinait de son front, glissait le long de son nez jusqu'au menton, la poitrine, dans un incessant goutte à goutte. Elle hurla à pleins poumons. Mais les rafales de vent emportèrent sa voix. Elle pointa son doigt sur le jeune homme et hurla à nouveau, fit des signes de détresse en direction de la police, sans arrêter de pousser des cris. Deux agents descendirent de l'un des fourgons et s'approchèrent en courant, armes à la main.

— Pi… pierre, exhala le jeune homme.

Et il perdit connaissance.

Le groupe de vieilles personnes enveloppées dans leur peignoir de bain, et coiffées du bonnet en caoutchouc assorti, s'arrêta au bord de la plage pour contempler le spectacle de la mer déchaînée. L'une d'entre elles pointa son index pas très loin, en direction d'un homme très grand, mince, large d'épaules, cheveux dépeignés par le vent, semblant décidé à se baigner.

— Il est fou ou quoi ? dit-elle. Il ne voit pas la tempête ?

— C'est un touriste, pour sûr.

— Encore un de ces inconscients.

— Il doit être soûl, je t'assure, commenta une vieille femme avec une voix de rogomme. Il vient d'une fête et n'a pas la moindre idée de ce qu'il fait.

— Oui, et ensuite il arrive ce qui doit arriver, conclut une troisième personne.

— Maudits touristes, lâcha le plus âgé. Ils envahissent tout de leur merde, en échange de quatre sous, et se croient les maîtres du monde.

Le groupe acquiesça en silence, avec une certaine gravité. C'étaient des membres du club de natation de la Barceloneta, des habitants de ce quartier toujours combatif. Tous les jours aux aurores, avant que la plage soit envahie par les touristes, ils enfilaient leur maillot de bain et se livraient à leur baignade quotidienne. Trois cent soixante-cinq jours par an, sous la pluie ou le soleil, qu'il fasse froid ou chaud. La seule exception était les tempêtes de vent quand l'état de la mer, avec ses courants traîtres, les dissuadait d'accomplir leur heure de natation journalière, comme ce matin-là. Alors, après avoir vérifié par eux-mêmes, en restant sur le bord, l'impossibilité d'honorer leur coutume, ils attendaient quelques minutes pour s'assurer que la situation n'allait pas évoluer dans le bon sens puis, furieux de ne pas pouvoir s'adonner à leur exercice habituel, retournaient au club, prenaient une douche froide et se retrouvaient au bar pour avaler un copieux petit-déjeuner et jouer aux dominos jusqu'à midi. Leur rituel avait deux particularités. Le premier était qu'ils ne tenaient aucun compte des drapeaux de baignade ; à leur âge, et avec leur expérience, ils se considéraient comme suffisamment grands pour savoir s'il y avait des lames de fond ou pas et pour estimer seuls le niveau de dangerosité. Et le deuxième était qu'ils ne se plongeaient jamais dans la piscine du club. Bien que l'âge de chacun dépassât largement les soixante-dix ans et même les quatre-vingts, ils estimaient que c'était réservé aux vieux. Ils n'aimaient pas se baigner dans un bassin fermé et préféraient de loin le large. S'il n'était pas possible de nager dans la mer, ils remettaient ça au lendemain et ne contrevenaient jamais à la règle.

— Ce type va se baigner, affirma catégoriquement l'un d'eux, en voyant qu'il commençait à se dévêtir.

— Et on va retrouver son corps à Minorque.

— Si on le retrouve.

— Comment peut-il être aussi stupide ? Il ne sait pas que lorsque le *mestral*[1] souffle, y a rien à faire ?

— Ce type est fou à lier, *maco*[2].

— Il faut l'enfermer.

— Ou alors il veut se suicider… On devrait peut-être intervenir ?

— Chacun est responsable de ses décisions, ma vieille.

— Pas de suicide qui tienne, trancha le plus âgé. J'ai déjà vu faire ce type plusieurs fois. Vous ne le reconnaissez pas ?

— Je ne vois pas son visage.

— Moi non plus, mais vous avez remarqué sa taille, insista l'homme en portant sa main à son front en guise de visière. Ce ne serait pas ce policier ?… Vous savez bien, celui qui habite le quartier et se baigne tous les jours à poil devant le Santa Marta.

— Tu es un sacré voyeur, toi ! se moqua une vieille femme.

— Tu l'as bien cherché ! reprit une autre.

1. Le mistral. En catalan dans le texte espagnol. *(Toutes les notes sont du traducteur.)*

2. Mon gars. En catalan dans le texte espagnol.

Tandis que le reste du groupe éclatait de rire, l'homme de grande taille finit de se déshabiller et commença à se diriger vers la mer.

— Au moins, il ravit nos yeux, se réjouit encore une vieille femme.

— En plus d'être inconscient, il est exhibitionniste, dit le plus vieux. Ce n'est pas moi qui préviendrai les secours. *Que es foti*[1].

— Tu es jaloux, un point c'est tout.

Ils observèrent comment il entrait lentement dans l'eau, sans tituber ni faire de grimaces à cause de l'éclaboussure des vagues venant cogner contre ses jambes. La force du ressac rendait sa progression difficile et tout le monde retint sa respiration.

L'homme s'arrêta un instant et se plongea tout entier dans l'eau.

1. Qu'il aille se faire foutre. En catalan dans le texte espagnol.

## 2

À la faveur du courant, Milo commença à nager tranquillement vers le large. Il savait son attitude insensée, mais il ne voulut pas y renoncer. La mer agitée l'attirait comme un aimant. Lorsqu'elle n'était pas d'huile, il ne pouvait pas résister au défi de l'affronter dans un *mano a mano* : la mer, avec sa puissance monumentale ; lui, tout seul avec la force de sa détermination. C'était une façon de se mettre à l'épreuve, de se mesurer à un rival vraiment imposant. Et de s'en sortir indemne. Mais il savait aussi qu'on ne pouvait pas toujours gagner et cela l'attirait encore davantage. Lui permettait de se sentir vivant. Réel.

De plus, nager l'aidait à penser.

C'était le seul moment de la journée où il pouvait se permettre le luxe de laisser divaguer son esprit à son aise, sans obstacle. Il se moquait de le faire de façon chaotique, comme si son cerveau, à la manière d'un chien libéré de sa laisse, se mettait à courir joyeusement dans tous les sens, sans retenue. Des pensées décousues et spontanées ; certaines, archivées au plus profond de sa mémoire ; d'autres récentes, obsédantes ou innocentes, placides ou tendues, illogiques ou rationnelles, parfois clairement hallucinatoires, et d'autres, en revanche, d'un réalisme monochrome et linéaire. Il avait le sentiment que son esprit réalisait les synapses tout seul pendant que lui, complètement dissocié, se contentait d'accomplir une activité plus prosaïque, comme nager. Dans un de ses livres de développement personnel, il avait lu que cela était dû au fait de se retrouver dans un milieu tel que l'eau. Bien entendu, on ne pouvait pas se fier à tout ce qu'on lisait dans un livre de développement personnel.

Il prit un autre cap jusqu'à se placer parallèlement à la ligne de la côte, contre le courant. Il dut commencer à se donner à fond. Il régla le rythme de sa respiration en s'efforçant de le garder constant. Il éprouva la puissance de l'eau, une effarante force contre lui, et se sentit euphorique, capable de n'importe quoi. Il maintint la cadence des bras et des jambes. D'après ses calculs, il changerait à nouveau de direction dans une vingtaine de minutes, pour se mettre face à la terre, l'authentique épreuve du feu. Il n'était pas question non plus de faire n'importe quoi. "Pourquoi toi ?" Son cerveau lui répéta cette question pour la énième fois. Il n'y prêta pas attention et continua à nager. "De tous les gars qui se trouvaient à Biarritz, pourquoi est-ce toi qu'elle a choisi ?" Il serra les dents et continua à brasser l'eau toujours au même rythme. Bien que non-croyant, il pria pour que son esprit pensât à autre chose, à n'importe quoi qui lui permît d'oublier cet événement. Il avançait mètre après mètre, ce n'était pas le moment de flancher en se posant des questions sans réponse. "Le clochard." Le mot explosa dans sa tête. "Pourquoi le clochard n'est pas parti en courant ?" Il revécut la scène. Sur les Ramblas, la folie déchaînée au passage de la fourgonnette. Les gens courant, effrayés, tentant de détaler le long des rues adjacentes, saisis de panique. Et, dans l'une d'entre elles, un clochard assis par terre, appuyé contre un mur, sa tête entre les genoux. À ses pieds, un écriteau demandant de l'argent. Dans sa fuite quelqu'un l'avait renversé. Les hurlements étaient assourdissants. Tout le monde galopait vers le bas de la rue. La terreur. L'homme, en marge de la tragédie qui avait lieu autour de lui, se contenta de remettre l'écriteau en place et enfonça à nouveau sa tête entre ses jambes repliées avec une lenteur effrayante. Indifférent à tout. "Pourquoi n'avait-il pas fui ?" Milo ne comprenait pas. Il était capable d'imaginer les émotions ressenties par presque tout le monde, d'éprouver de l'empathie ; mais avec cet homme, il n'y arrivait pas. "Parce que ce n'est pas toujours possible." Les mots rebondirent à l'intérieur de lui. "Et toi, tu n'es pas infaillible." Cela le déconcentra un instant, il perdit le rythme des battements et s'arrêta.

Il sortit la tête hors de l'eau. Ouvrant la bouche, il regarda déconcerté autour de lui, les vagues frappant son visage, le va-et-vient de la mer rendant la prise d'air difficile. Il se mit sur le dos, tendit les bras en croix et fit le mort.

Pas un seul nuage dans le ciel.

Et dans sa poitrine, l'amertume. Une amertume froide. Noire.

Cette vérité le traversa comme un pic à glace. Il avait échoué dans l'affaire Gotha, une affaire de haute volée. Ivo Parés et Mónica Morera, un couple de millionnaires, tous les deux la trentaine, liés aux familles détenant le pouvoir dans la ville. Une fête sexuelle sur un yacht, excès de drogues et d'alcool. Une jeune fille assassinée. Lors du procès, un employé des hôtes, un jeune Sénégalais avec des antécédents pour trafic de drogue, employé comme barman à l'occasion de la soirée, fut déclaré coupable. Le couple fut déclaré non coupable, faute de preuves. Le poids de leur nom de famille, la constante curiosité malsaine des médias, leurs fréquentations intéressées, le meilleur cabinet d'avocats de Barcelone en guise de défense, et l'empressement pour classer l'affaire firent le reste. Si seulement on lui avait laissé un peu plus de temps… Il tenta de convaincre le juge, de le persuader de ne pas clore l'instruction. Rien n'y fit. Il était certain que tous les deux étaient coupables, mais en être sûr était une chose et le démontrer une autre. La situation le torturait jusqu'à l'obsession. Parce qu'il savait qu'ils recommenceraient. Tout l'indiquait et il ne pouvait pas feindre de l'ignorer. Ils avaient joui de cette expérience. Il put le lire sur leurs visages pendant les interrogatoires et lorsqu'ils avaient quitté la salle du tribunal. Il se souvenait de leur air arrogant, car ils se savaient intouchables. Et en effet ils s'en étaient tirés à bon compte. Il n'avait pas pu faire correctement son travail. Et pour couronner le tout, on lui avait donné l'ordre de prendre plusieurs jours de vacances après la plainte pour harcèlement déposée contre lui par le couple, s'apercevant qu'il les surveillait. Quinze jours de vacances ? Qui en avait besoin ? Comme si la distance et le changement temporaire de lieu pouvaient lui faire oublier sa responsabilité dans une affaire mal résolue. Il ne s'y était pas bien pris et rien ni personne ne pourrait le convaincre du contraire. On ne peut pas gagner à tous les coups, lui dit sa collègue, la sous-inspectrice Mercader, à l'issue du jugement. Et depuis, il vivait dans l'impuissance de l'attente qu'apparaisse un jour une autre victime innocente, qui paierait le prix de son inefficacité.

Une vague lui frappa le visage et il but la tasse.

Il lutta pour inhaler de l'air et réguler sa respiration. Il ne devait pas rester dans cette position. S'il demeurait immobile plus longtemps, le ressac ferait le reste. "Tu n'es pas infaillible." Il inspira profondément et se remit sur le ventre. Il recommença à nager vers la plage, d'abord lentement, puis il accéléra progressivement la cadence des brasses. "Et à présent tu as changé." Comme poussé par un porte-avions, il éprouva la force de l'eau contre lui. "Tu n'es désormais plus le même." Entre deux respirations, il jeta un coup d'œil à la côte. Il s'était éloigné, le courant l'avait entraîné vers le large. Trop de distance. "Tu as perdu." Il maudit cette voix. Son ennemi intérieur toujours prêt à lui faire du mal.

— Espèce de con, on n'en a pas fini tous les deux, grogna-t-il.

Il mobilisa toute l'énergie dont il était capable. Constance, sérénité, concentration. Les muscles des bras et des jambes commencèrent à lâcher. Les notes au piano de la *Chaconne en ré mineur* retentirent dans son crâne. "Pourquoi est-ce toi qu'elle a choisi ?" Ella, dans sa chambre d'hôtel, au Pays basque français, nue, assise à califourchon sur lui, dos voûté, une expression de plaisir sur le visage. Il sentit un mouvement entre ses jambes. L'irréalité de la scène le poussa à nager avec plus de détermination. "Pourquoi est-ce précisément toi qu'elle a choisi ?" Tandis que s'emparait de lui l'idée absurde que les minutes devenaient des heures, il fut parcouru par un frisson de panique. Il n'avait pas prévu de se noyer. En tout cas, pas maintenant. Il continua à nager. Son euphorie était passée, remplacée à présent par l'angoisse d'en finir avec cette folie. Se mesurer à la mer ? Qui pouvait avoir une idée aussi stupide ? "Le pire des idiots." Les forces commencèrent à lui manquer. La distance se réduisait peu à peu, mais il était encore très loin. Il tenta de se concentrer uniquement sur les mouvements de ses bras dans l'eau, sur le fait d'avancer correctement et de battre des jambes comme un moteur diesel, calme, infatigable.

— Tu ne m'auras pas, maugréa-t-il. Tu ne pourras pas.

Il continua à lutter contre le courant, un moment qui devint interminable. Puis il calcula qu'il aurait bientôt pied. Il se proposa de faire cent brasses avant la première tentative. Pas encore. Cent de plus. Pas encore. Cent de plus. Il sentit qu'il frôlait le sable. Cent dernières. Il posa enfin les pieds et cessa de nager. Il ne lui restait plus qu'à marcher jusqu'au bord. Le ressac le freinait fortement. Il fit un ultime effort en titubant, jambes engourdies, le pas lourd.

Il sortit de la mer à quatre pattes et s'écroula sur la plage. Épuisé, il s'allongea sur le dos pour reprendre son souffle, bras en croix, poitrine montant et descendant.

Des ombres planèrent au-dessus de lui.

— *Collons*[1] *!* On peut savoir ce que tu voulais faire ? demanda la femme à la voix de rogomme. Pêcher des baleines ?

L'inspecteur Milo Malart, du GEHME[2], ne répondit pas. Les yeux clos, il tentait de remplir d'air ses poumons. Les articulations étaient lourdes comme des dalles et son cœur semblait vouloir bondir par sa gorge. Mais le pire de tout était la douleur, comme si un bistouri incisait chaque cellule de son corps.

— Vous pourriez au moins vous mettre un maillot de bain, dit un homme dépité. Il y a des dames, ici.

— Ne vous inquiétez pas pour les dames, ça ne nous gêne pas. Mais vous devriez vous méfier. Nous ne sommes plus très jeunes, vous savez.

Milo continua à reprendre sa respiration, en silence.

— Si vous voulez en finir avec la vie, dit une autre femme du groupe, il y a des façons plus simples. Et moins épuisantes.

— Vous savez dans quel pétrin vous nous auriez mis s'il vous était arrivé quelque chose ? lui reprocha un vieil homme. Vous êtes un inconscient.

L'inspecteur Malart demeura muet, paupières closes.

— De toute façon, on ne joue pas avec la mer, décréta une des femmes tout en resserrant son peignoir. Tu as compris, *maco*[3] ? On ne joue pas avec la mer.

1. Bordel ! En catalan dans le texte.

2. Grupo Especial de Homicidios de los Mossos d'Esquadra : Groupe spécial d'homicides de la police de Catalogne.

3. Voir note 2, p. 22.

En le voyant aussi livide et muet, l'homme le plus âgé s'alarma. Il lui enfonça doucement le bout du pied dans les côtes.

— Dites, fit-il, vous allez bien ?

— Comme… un jeune premier, souffla Milo.

— Tu peux me dire ce qui s'est passé, bordel ? dit l'inspecteur-chef Singla. Qu'est-ce que je fous de bon matin en train de regarder un jeune en train de dormir dans un bloc des urgences de la clinique ?

Jaume Corberó, sous-chef du commissariat de la plaza de España, lui saisit l'avant-bras et ils s'éloignèrent de plusieurs mètres des deux agents qui veillaient sur le garçon. Il tituba. Ils étaient amis depuis l'époque de l'académie, une amitié qui s'était progressivement consolidée, mariage après mariage, baptême après baptême et quelque autre enterrement. Mais leur relation personnelle était une chose, et la professionnelle une tout autre. Il avait l'intuition que cette affaire était importante, qu'on pouvait à tout instant la lui souffler, et avant que le commissariat général ne la lui retire, il préférait solliciter sa collaboration, en sa qualité de chef du GEHME du commissariat central. Jordi Singla possédait une expérience exceptionnelle et les cas les plus importants, qui feraient ensuite les gros titres des journaux, à cause de la célébrité des personnes impliquées ou de la dimension hors du commun de l'affaire, atterrissaient toujours sur sa table de travail. On savait juste qu'un garçon avait été retrouvé à quelques mètres du commissariat général, couvert de sang de la tête aux pieds et de trois groupes différents.

— Accouche, je ne suis pas venu jusqu'ici pour te saluer.

Singla n'avait pas la moindre patience. Visage grêlé, cicatrices de la variole, moustache noire et sourcils épais, son expression habituelle était celle de quelqu'un qui a toujours des affaires plus importantes à résoudre. Le sous-chef Corberó lui résuma les faits. Ensuite, ils gardèrent le silence, s'observant fixement.

— Il a dit quelque chose ?

— C'est bien là le problème. Deux de mes hommes l'ont accompagné dans l'ambulance. L'un d'eux prétend l'avoir entendu dire : "Ils sont tous morts." Et l'autre juste des suites incompréhensibles de mots.

— Et le personnel médical ? A-t-il entendu quelque chose ?

— D'après eux, ce sont des énumérations sans signification.

L'inspecteur-chef se gratta la tête.

— Et tu dis que, depuis, il n'a pas parlé ?

— Pas un mot. Il a repris conscience, mais il est toujours endormi. D'après les médecins on lui a administré un psychotrope.

Singla fit quelques pas dans la salle des urgences, en évitant scrupuleusement un des box.

Il revint.

— Ton gars est certain de ce qu'il a entendu ?

— Absolument.

— Mais il est seul, répliqua-t-il. Jusqu'à ce que ce garçon nous raconte ce qui s'est passé, je ne vois pour l'instant qu'une seule victime.

— C'est possible. Mais je jurerais qu'il a été mêlé à quelque chose de plus grave. J'en suis convaincu. Tout ce sang, et de trois groupes différents, sur ses vêtements ? Il y a trois victimes de plus, au minimum. Ce n'est pas difficile d'additionner deux plus deux.

— Ça ne fait pas toujours quatre. Peut-être qu'un groupe de jeunes a organisé une fête ce week-end, une fête sauvage, bouteilles cassées… je n'en sais rien, une bagarre générale.

— Et personne ne s'en serait plaint ? Une chose comme celle-là ne passe pas inaperçue, y a toujours un voisin qui promène son chien, les éternels insomniaques, quelqu'un qui donne l'alerte.

— Quelle est ta théorie, alors ?

Le sous-chef Corberó respira profondément avant de répondre.

— Que cette affaire est très sérieuse, d'une grande envergure, dit-il avant de faire une pause. Il y a peut-être eu plusieurs assassinats.

— Bordel, calme-toi, mon vieux. Tout ça à cause d'un jeune taché de sang ?

— "Ils sont tous morts." Au pluriel.

Singla fronça les sourcils.

— Continue, grogna-t-il.

— Voilà pourquoi je t'ai appelé. On a besoin de votre collaboration et de vos moyens… tout de suite. Pour commencer, il faudrait alerter tous les départements, au cas où il y aurait un autre survivant dans la nature. Tu sais que dans ce genre d'affaire le temps est le nerf de la guerre, insista-t-il avant d'énumérer en dépliant ses doigts : primo, nous ne savons pas quelle est l'implication de ce garçon, s'il est victime, témoin ou responsable ; secundo, nous ignorons où se trouve la scène du crime, s'il y en a une ; tertio, nous n'avons pas non plus découvert les victimes et, s'il y en a, combien. Quarto…

— Ça suffit, je vois. Vous êtes dans le noir.

— Nous… sommes tous dans le noir : vous y êtes autant que nous, corrigea-t-il.

— Non, pas pour l'instant. Vous avez quadrillé la zone ?

— J'ai déployé plusieurs unités, mais elles n'ont rien trouvé, ce qui n'est pas étonnant, vu le périmètre à couvrir, toute la montagne de Montjuïc et les quartiers alentour. Ce garçon a pu atteindre la plaza de España depuis une multitude d'endroits.

— Envoie davantage d'hommes.

— C'est ce que je viens de faire, mais c'est comme chercher une aiguille dans une botte de foin. Que cherchons-nous exactement ? Je vais te le dire : je n'en ai pas la moindre idée, bordel. Le standard n'a reçu aucun appel demandant de l'aide ou prévenant d'un délit.

— Personne n'a signalé la disparition du garçon ?

Le sous-chef fit non de la tête.

— Parle-moi de lui.

Corberó tira un carnet de sa poche et consulta ses notes.

— D'après sa carte d'identité, il s'appelle Lucas Torres Ortiz, dix-huit ans il y a quelques jours. Il est étudiant et domicilié avenue de Esplugues, un quartier très chic, expliqua-t-il en levant la tête. Comme nous ignorons son niveau d'implication et de quoi il retourne, nous n'avons pour l'instant pas cru bon d'avertir la famille.

— Mais bordel de Dieu, Jaume. C'est un gamin d'à peine dix-huit ans. Si c'était un de tes enfants, tu n'aimerais pas qu'on te prévienne ?

— Ce n'est pas tout à fait ça, chef Singla. Ici, on s'occupe bien de lui, ils peuvent attendre un peu. Et si un de mes enfants n'avait pas donné signe de vie le lundi à cette heure-ci du matin, je t'assure que j'aurais saturé les standards de tous les putains de commissariats de la ville.

— Victime, sous-chef. Il pourrait être juste une victime.

— Je ne dis pas le contraire.

Et il répéta :

— "Ils sont tous morts", qu'il a dit.

Singla pinça les lèvres.

— Son état ? demanda-t-il.

— Plusieurs coups sur le visage et sur la tête, l'un d'eux récent. Le rapport médical écarte toute lésion grave, état général normal, stable. Blessures défensives sur les mains et les bras. Le psychologue légiste dit qu'il est sous l'effet d'un puissant choc et que sa somnolence profonde est due à l'ingestion d'un psychotrope. D'après lui, lorsqu'il se réveillera, il sera en mesure de répondre à nos questions, à moins qu'il ne souffre d'une amnésie. La nature des contusions à la tête est difficile à déterminer. Nous en saurons davantage lorsqu'il aura ouvert les yeux. On l'a examiné des pieds à la tête et pris des échantillons d'ADN, de sang et toxicologiques, le protocole habituel. Tout vient d'être envoyé à l'instant à la police scientifique.

L'inspecteur-chef examina sa montre.

— Il n'est même pas huit heures, drôle de façon de commencer la semaine ! soupira-t-il bruyamment. Blessures défensives, des coups sur la tête… Et qu'a-t-on trouvé dans ses affaires ?

Corberó consulta à nouveau ses notes.

— Un portefeuille, quarante euros, de la menue monnaie, des clés, un téléphone portable, une T-10, une montre-bracelet grand luxe. Rien de particulier.

— Et sur ses vêtements, une grande quantité de sang provenant de trois personnes différentes.

— Au minimum.

Ils se fixèrent à nouveau dans les yeux.

— Tout ça n'est pas très bon, chef Singla. Tu comprends à présent la raison de mon appel ? Le temps joue contre nous.

Singla laissa échapper un soupir.

— Tu as gagné. Je vais en parler à la commissaire Bassa.

— Non, nous avons tous perdu, répliqua Corberó. Pourquoi tu ne lui demandes pas qu'elle appelle le commissariat général pour solliciter la brigade canine ? Ça pourrait nous être utile.

— Bordel, on va avancer un pas après l'autre, d'accord ?

— C'était juste une suggestion, pour suivre la trace laissée par le garçon et trouver la scène du crime au plus vite.

— À condition qu'il y ait eu crime et qu'il y ait une scène. Tu imagines si à la fin tout cela se révèle n'être qu'une bagarre d'adolescents défoncés ?

— Nous ferions une boulette historique.

— Nous ferions ? ironisa Singla. Toi et tes maudites intuitions…

— Je me contente d'écouter mes tripes.

— Un de mes inspecteurs réagit comme toi et je ne te dis pas comme il nous complique la vie. S'il t'entendait il te collerait deux bises.

— Je sais de qui tu parles. Mais à part te compliquer la vie, j'ai entendu dire qu'il te résolvait toutes les affaires. Moi, à ta place, je m'abstiendrais de le critiquer, il t'a sauvé la mise plus d'une fois.

— Tu as décidé de bien me pourrir la matinée, bordel ?

Corberó lui proposa d'aller prendre un café au bistrot, c'est lui qui payait. Ils n'avaient rien d'autre à faire qu'attendre le réveil du garçon. Singla lui demanda si les médecins ne pouvaient pas lui injecter quelque chose pour qu'il revienne à lui et fasse sa déposition.

— Ce serait le moyen le plus rapide pour comprendre ce qui s'est passé et ça nous éviterait un tas de problèmes.

— J'en ai parlé à la doctoresse et elle a failli me foutre dehors à coups de pied. Divergences de priorités. La sienne est la santé des patients et elle n'y dérogera pas à cause de nous. Je t'épargnerai ses reproches. C'est une femme de caractère.

— Tu lui as expliqué la situation ?

— Rien n'y a fait. Elle a brandi sa responsabilité, le fameux serment, et elle m'a envoyé me faire foutre.

Ils se dirigèrent vers la sortie des urgences. Quand ils traversèrent la salle d'attente, un groupe de gens angoissés, dégageant une expression de douleur et de sommeil, tourna brusquement la tête dans leur direction.

Singla s'arrêta, pensif.

— En suivant ta putain de théorie, si ce garçon est responsable de plusieurs morts…

— Je sais, coupa Corberó. Pourquoi est-il allé au commissariat ? Pour se rendre ? À cause de ses remords ?

— Ou simplement parce que c'est une victime, un témoin. Tes tripes se sont bien foutues de toi. Et de nous.

— Pourquoi n'a-t-il pas téléphoné plutôt ?

— Peut-être cherchait-il une protection.

— Ce qui voudrait dire… commença Corberó.

— Que le meurtrier, s'il y en a un, se balade en toute liberté.

— Peut-être même est-il l'auteur de meurtres multiples.

— Bordel, répéta Singla. Dans le noir. On est dans le noir.

— Maintenant je te comprends.

# 3

Elle se cogna contre la vitre avec un bruit sec qui attira son attention. Il la vit toute calme, posée sur la surface transparente, comme si elle ne comprenait pas ce qui l'avait arrêtée. Quelques secondes plus tard, elle tenta une nouvelle sortie par la fenêtre et se cogna encore contre une chose qu'elle ne pouvait pas voir, qui s'interposait entre elle et l'extérieur. Elle demeura à nouveau sans bouger. Milo se demanda combien de fois il lui faudrait s'écraser contre un élément invisible pour que son instinct lui indique qu'il était impossible de s'évader par là. Il s'approcha pour l'observer de près. Noire, de taille moyenne, ses mouvements étaient rapides et brusques. Elle fit une troisième tentative qui connut un résultat identique. Le bourdonnement commença à résonner furieusement.

— Tu aurais déjà dû apprendre à régler ce genre de situation.

Il avait lu quelque part que leur habileté pour s'échapper venait d'un système sophistiqué de défense qui les faisait anticiper les actions de leur adversaire avec des mouvements très rapides, d'environ deux cents millisecondes. *Tu peux obtenir ce que tu veux de moi, tu m'intéresses beaucoup.* Il fut pétrifié. L'intonation si suggestive de sa voix, sa façon de traîner les *r.* Sans se retourner, il aperçut son reflet sur la vitre, allongée sur les oreillers. La structure parfaite de ses épaules, sa silhouette svelte, sa peau bronzée et tiède, ses cheveux longs, bruns et bouclés retombant en cascade sur sa poitrine. Elle était sensuelle, son teint si attirant qu'il lui était impossible de détourner le regard. *Pourquoi ne reviens-tu pas près de moi ?* Il sentit un tressaillement dans le bas du ventre, dans le cerveau, dans le cœur. Il entendit un autre choc contre la vitre, cette fois plus fort que les précédents.

— Ça va mal finir, dit-il, tu ne le vois pas ?

Les notes de la *Chaconne* résonnèrent dans le salon, la pièce en *ré* mineur pour violon composée par Bach, une lamentation en mémoire de son épouse, adaptée plus tard par Busoni pour le piano. Une mélodie qui évoqua chez lui une suite d'images. La ville transformée en marécage d'où émergeaient quelques icônes à moitié écroulées. La Sagrada Familia couverte de plantes grimpantes, une seule de ses tours debout, à moitié cachée par la végétation. La tour Agbar fendue en deux, le balcon de la Generalitat décroché et à la verticale dans une mare, l'Arc de Triomphe recouvert de montagnes de sable et de boue, le bâtiment de la Banque d'Espagne réduit en gravats au milieu d'une jungle épaisse, le monument de Christophe Colomb coupé en plusieurs fragments, la statue de l'explorateur dans la vase, son doigt profondément enfoncé dans le marais. Il secoua la tête pour écarter ces visions de désolation. Dernièrement, il lui arrivait de plus en plus souvent de voir ces choses irréelles, ces mirages. Cela commençait à l'inquiéter. *Avec moi, tu n'as rien à craindre.* Au début, il voulut croire que cela n'avait pas d'importance. Puis il se sentit effrayé et douta de la réalité du phénomène. *Avec moi, tu es à l'abri.* Ça ne pouvait pas être réel ! Ça n'avait pas de sens. Il se dit enfin qu'il n'y aurait pas de deuxième chance. Il était fortement tenté de se rendre, ne voulait pas feindre d'ignorer le phénomène.

Le piano résonna tragiquement, émaillé de nouveaux chocs contre la vitre suivis d'un bourdonnement rageur et inquiet.

— Tant d'habileté pour échapper à tes adversaires et tu ne comprends pas les choses les plus simples. Si tu veux t'enfuir, tu dois choisir un autre chemin.

La vitre lui renvoya l'image dans son dos. Ella changea de position, la danse indolente de ses mains d'artiste, des mains capables d'éclairer le ciel et d'éteindre l'enfer. *Milo, viens près de moi.* L'urgence d'assouvir son désir lui coupa le souffle.

La sonnerie de l'interphone le ramena à la réalité.

Troublé, il la vit se cogner à nouveau contre le mur invisible.

— À présent, tu vas tenter une dernière fois de t'enfuir, dit-il en sortant de la cuisine, et cette dernière tentative te tuera.

Il décrocha l'appareil. Écouta et appuya sur le bouton. Puis il entrebâilla la porte de l'appartement et retourna dans la chambre pour finir de s'habiller. Il passa un tee-shirt noir, son sweat-shirt gris et chaussa ses baskets rouges. *On se reverra.* Il sortit de la chambre à toute allure sans regarder le lit, tandis que la mouche continuait à se cogner sans arrêt contre la vitre de la fenêtre.

La sous-inspectrice Rebeca Mercader poussa la porte d'entrée, essoufflée après avoir gravi les quatre étages à pied. Cheveux mi-longs, yeux gris, corpulence athlétique. Milo la serra énergiquement dans ses bras sur le seuil, en prenant garde de ne pas écraser le petit terrarium qu'elle tenait entre ses mains. Il sentit son parfum et son cœur s'accéléra à nouveau. Au bout d'un moment, Milo n'ayant pas desserré son étreinte, Rebeca se racla la gorge et lui dit qu'elle était sur le point de prendre ça pour du harcèlement sexuel. Il la lâcha immédiatement et lui demanda de l'excuser. Elle le regarda d'un air perplexe. Mal à l'aise, il lui indiqua l'intérieur de l'appartement le pouce par-dessus son épaule, puis il referma la porte. Rebeca remarqua la pile de livres en équilibre précaire dans l'entrée.

— Tu relis du développement personnel ?

— Je n'ai pas jeté l'éponge. Tu rentres ou tu préfères continuer à parler ici ?

— D'abord, dis-moi que je t'ai manqué.

— À chaque minute.

— Alors je suppose que tu m'as rapporté un cadeau, dit-elle.

Elle avança jusqu'au salon sans cesser de regarder autour d'elle. Puis elle pointa son doigt sur les cartons entassés contre le mur, en même temps qu'elle posait le petit terrarium sur la table, près d'un ordinateur portable et plusieurs dossiers éparpillés.

— Tu es incorrigible, Malart. Si j'avais un appartement comme le tien, en front de mer, et ici, dans le quartier de la Barceloneta, je l'aurais transformé en lieu accueillant, plutôt qu'en entrepôt.

— En deuxième ligne et il ne m'appartient pas. Je me contente de le garder, pour mes amis journalistes. Je ne suis ici que temporairement.

— Ça fait plusieurs années que tu le dis. Les amis dont tu parles pensent-ils revenir un jour ?

— Demande-le-leur. Ils sont en Syrie, en train de couvrir la guerre.

— Je ne les comprends pas, je te jure. Ils préfèrent passer leur vie dans les pays les plus dangereux du monde, plutôt que de vivre ici, dans notre pacifique Barcelone. Ces gens-là sont fous à lier, et toi tu as une super-chance, ajouta-t-elle en pointant son doigt sur le terrarium. Tu ne dis rien à ta colocataire ? Regarde, elle est bien soignée et nourrie, non ?

Milo s'approcha du bocal en plexiglas où une petite tortue de terre se tenait immobile sur une pierre plate.

Il se pencha sur elle.

— Comment vas-tu, Ma Vieille ? Elle s'est bien occupée de toi ?

La tortue demeura immobile. Il resta ainsi un instant, puis il se redressa :

— Ce n'est pas comme avec le chien, regretta-t-il.

— Qu'attendais-tu, qu'elle se mette à sauter de joie ? Tu n'avais qu'à pas te débarrasser de Mon Vieux. Le berger de Majorque et toi formiez un joli couple, on peut dire que vous faisiez la paire.

— Elle t'a posé des problèmes ?

— Quels problèmes pourrait bien poser une tortue ? C'est l'animal le plus ennuyeux et insipide que j'aie jamais vu de ma vie, et pourtant j'adore les animaux. Mais là, rien à en tirer. Y a aucune interaction possible. Même quand je lui donne des fleurs de pissenlit, toutes tendres, un régal paraît-il ! Elle dévore ça en moins de deux.

— Merci de t'en être occupée en mon absence.

Elle exprima à nouveau sa perplexité.

— Je ne te reconnais plus, Milo. Tout à l'heure tu m'as demandé de t'excuser et maintenant tu me remercies. Tu es aimable et même affectueux, au lieu d'être grossier et ingrat. Tu es sous médocs ou tu as pris un coup sur la tête ?

— Mercader, c'était juste une accolade cordiale entre collègues qui ne se sont pas vus depuis une semaine.

— Et moi, je suis la reine d'Angleterre. Où est donc passé le type si désagréable et mal élevé qui habitait ici ? Ça y est, j'ai compris, fit-elle sur un ton triomphant. Ces derniers jours, tu as suivi une thérapie pour améliorer ta virtuosité sociale, je me trompe ?

— Arrête de me casser les couilles, sous-inspectrice.

— Enfin, voilà l'authentique Malart, je commençais à croire qu'on t'avait changé. Où es-tu allé ?

— Par-ci par-là, répondit-il, depuis quand mets-tu du parfum ?

— C'est de la crème hydratante, parfumée au jasmin. C'est parfait pour la peau. Tu sais qu'on est au printemps et, moi, je ne suis pas une tortue, je prends soin de moi.

Milo plissa les yeux et l'observa. Elle était comme d'habitude, joviale, ouverte, véhémente et impulsive. Parfois, il la trouvait insupportable avec son caractère inquisiteur et guerrier, toujours prête à lui reprocher quelque chose, mais il devait reconnaître qu'ils formaient une bonne équipe. Elle se limitait à considérer les preuves et lui, les diktats de son intuition. Et après avoir surmonté l'amertume de la fin de leur aventure amoureuse, accepté qu'ils n'étaient pas faits l'un pour l'autre, leur relation s'était muée en camaraderie aussi précieuse que solide, à laquelle échappaient peu de choses ou de changements chez l'un ou l'autre. Par exemple, l'expression sereine de son visage, habituellement tendu, ou un détail bien plus évident comme la nouvelle montre de marque qu'elle portait autour du poignet.

— Tu sors avec quelqu'un, *chica dura* ! affirma-t-il, et Rebeca ne put cacher son malaise. Dis-moi qu'il est chauve, qu'il a du ventre et qu'il est banquier.

— Ça ne te regarde pas. C'est ma vie privée, rideau. Tu tires des conclusions hâtives, comme d'habitude. Toujours ton… ta maudite antenne parabolique ! On entend quoi ?

— De la musique classique.

— Je sais bien que c'est de la musique classique. Je ne suis pas inculte à ce point. Je te demande ce que tu écoutes.

— Pas la moindre idée, mais c'est pas mal, hein ?

Elle haussa les épaules.

— Un peu triste

Elle saisit la boîte du CD, vit qu'il s'agissait d'une pianiste, Ella Delambre, et en déduisit, grâce à son nom, qu'elle était française ou belge.

— Elle joue super bien. Et ces yeux qu'elle a… si verts…

Milo la lui arracha des mains et éteignit le lecteur, tandis qu'elle se plaignait de ne pas avoir eu le temps de lire de quelles pièces il s'agissait. Elle lui demanda si c'était le cadeau qu'il lui avait rapporté.

— Du nouveau au commissariat ? demanda Milo.

Elle lui raconta qu'il y avait eu deux recrutements, une sergente du service technique de Tarragona et une autre de Lleida. Toutes les deux sont expertes en analyse de données et en informatique, et viennent en support au sergent Crespo.

— Je suis content pour ce bon Toni.

— Si tu veux savoir ce que j'en pense, poursuivit-elle, la première est trop jeune pour faire partie du Groupe, quant à la seconde, elle me semble très faible, elle manque de caractère. Tu vois ce que je veux dire ?

— Tu détestes avoir de la concurrence, voilà ce que je vois. Tu te sentais la reine quand tu étais la seule femme parmi nous !

— Oui, une reine entourée de troglodytes. Il faut que tu voies cette brute de Cervera en train de baver derrière elles.

— Et en plus jalouse, dit Milo en enfilant son blouson. Boada leur a déjà fait ses yeux de merlan frit ?

— Pourquoi t'as jamais aimé Edgar ?

— Ce don Juan de pacotille ? répliqua-t-il en ouvrant un tiroir pour en extraire sa plaque et son arme qu'il plaça à son ceinturon. Il n'est pas au GEHME pour ses compétences, il a été pistonné.

— Ça, tu n'en sais rien, tu le supposes, c'est tout. On va quelque part ?

En atteignant la porte, Milo dit qu'il aimerait déjeuner. Il saisit un livre sur la pile et le plaça sous son bras. Il ajouta que son réfrigérateur était vide, qu'il avait passé la matinée à nager et devait reprendre des forces. Rebeca le suivit.

— Quoi ? Tu as nagé aujourd'hui ? Avec cette tempête ?

Sa voix se perdit dans la cage d'escalier tandis qu'il descendait deux à deux les marches sans répondre. Quand il sortit dans la rue, une rafale de vent l'obligea à se pencher en avant pour avancer sur les pavés. Il abandonna le livre sur un banc et ils se dirigèrent jusqu'au Santa Marta, un bar tout proche sur le paseo Marítimo. Ils s'assirent en terrasse, près d'un parasol replié. Deux tables plus loin, un homme en costume-cravate parlait au téléphone en le protégeant d'une main. Le vent leur apporta sa voix. "Tu ne peux pas me faire ça, Ana, s'il te plaît", suppliait-il, voûté.

Mercader chaussa ses lunettes de soleil, des Ray-Ban vertes.

— Je me demande si on va être bien dehors, avec tout ce vent.

— C'est juste une petite brise.

Ils passèrent la commande au garçon, sandwich au fromage et café noisette pour lui, café bien serré pour elle. Rebeca dit qu'elle ne s'attendait pas à son appel ce matin, qu'elle pensait qu'il rentrerait dans le courant de la semaine prochaine.

— Quand es-tu arrivé ? demanda-t-elle.

— Hier soir, tard. Six jours de vacances forcées, c'était amplement suffisant pour moi.

— Et bien entendu tu ne me diras pas où tu es allé. Secret de l'instruction, comme si je ne te connaissais pas.

Milo contempla le paysage marin en silence. La puissance des vagues, leur crête blanche, les tourbillons de sable qui balayaient la plage, la ligne bleu foncé tracée à l'équerre et au cordeau, sur l'horizon. Il ressentit une nouvelle fois l'appel de la mer agitée. Le dernier territoire encore libre… avant qu'il commence à se remplir de cadavres de migrants. Le moral en berne, il aperçut une vingtaine de chevaux galopant sur la plage, crins au vent.

— Ça t'aura au moins permis de recharger tes batteries.

Le garçon de café laissa la commande sur la table. Rebeca déchira le sachet de sucre et le versa tout entier dans sa tasse. Puis elle commença à tourner son café avec la petite cuillère.

— Que vas-tu faire de la semaine qui te reste ?

Absorbé, Milo ne répondait toujours pas.

— Si j'étais toi, j'en profiterais pour dormir comme une souche.

Milo persista dans son mutisme. Elle s'apprêtait à protester lorsqu'elle remarqua que l'expression de son visage changeait.

— Qu'est-ce qu'il y a ?

— Rien, je ne suis pas dans mon assiette, ne t'inquiète pas, dit-il. L'allégation selon laquelle le temps guérit tout est un mensonge, un de plus.

— Tu n'as pas réussi à oublier, à tourner la page.

— Je ne parviens pas à me l'ôter de la tête. Tous ces gens renversés, à deux pas d'ici, dans notre ville.

Il regarda son sandwich sans appétit, l'estomac noué.

— Je suis donc le seul à ressentir ça ?

— La mairie a ouvert un service proposant une aide psychologique aux citoyens dans ton cas, pourquoi tu n'y vas pas ?

— Pas question.

— Je parle sérieusement. Je connais des personnes qui ne pouvaient plus s'approcher des Ramblas et qui, après quelques séances, parviennent à les réemprunter sans faire un détour. Crois-moi, tu as besoin d'un professionnel.

— Je m'en occupe moi-même, c'est mon problème.

— Toi et ton allergie aux psychologues. Neuf mois ont passé.

— Du nouveau sur l'affaire Gotha ?

— Il n'y a plus d'affaire Gotha, Malart. Elle est classée, le juge a été clair et net. Si tu ne veux pas ruiner ta carrière, arrête de fouiner dans cette direction. Laisse tomber ces deux individus. Tu entends ?

— Tout le monde commet des erreurs.

— Oui, et toi, tu es un spécialiste pour buter dix fois sur le même caillou. Cent fois s'il le faut.

Milo se tourna vers elle.

— Dis donc, toi, ma spécialité est de saccager des choses, jamais des affaires. Je m'en sors très bien dans mon travail et tu le sais parfaitement. Ce n'est pas maintenant que ça va changer.

— De saccager des choses ? dit-elle. Puis en apercevant sa grimace : Ne t'énerve pas. Tu vas manger ce sandwich, oui ou non ?

Milo poussa l'assiette vers elle et s'appuya au dossier de son siège tandis que son regard se perdait à nouveau dans le lointain. L'homme au costume s'égosillait au téléphone. "Une chance, Ana ! C'est tout ce que je te demande. Une chance !" Immédiatement après, il observa le portable d'un air déconcerté, comme si on lui avait raccroché au nez. Sa cravate voleta un instant avant de venir se poser sur son épaule. Fébrile, il la remit en place, boutonna sa veste et rangea l'appareil dans sa poche. Il se leva, saisit une mallette et s'éloigna en regardant le bout de ses chaussures.

— Tu as parfois quelque chose de spécial, dit-elle.

Elle signala l'homme d'un mouvement du menton :

— Mais soudain, la magie a disparu.

— Qu'y a-t-il au-delà de la mer ? demanda Milo.

— Comment ?

— C'est ce que j'avais demandé il y a longtemps à mon grand-père, lorsque j'habitais chez mes grands-parents, à Port de la Selva. J'étais petit, je devais avoir six ou sept ans.

Il hocha la tête comme s'il trouvait incroyable d'avoir été un enfant naïf ou de poser une question aussi ingénue.

— Qu'y a-t-il au-delà de la mer ?

— Et il t'a répondu quoi ?

— Encore la mer.

Une rafale de vent traîna plusieurs chaises et abattit deux ou trois parasols. Mercader déclara qu'eux aussi n'allaient pas tarder à s'envoler. Tandis que Milo examinait sa tasse, elle lui suggéra d'avaler son café noisette pour qu'ils puissent quitter cet endroit. À la surface du café, la mousse du lait avait une forme de cœur. Rebeca lui demanda ce qu'il allait faire ensuite.

— Tu ne peux pas revenir au commissariat central. Si jamais tu croises Singla, il te fourre immédiatement au cachot et se débarrasse de la clé.

— Je ne sais pas, je vais peut-être retourner nager tout à l'heure. À quelle heure tu prends ton service ?

— Je suis en congé, aujourd'hui. J'étais d'astreinte ce week-end.

— Quelque chose d'intéressant ?

— Le calme plat, une mer d'huile. Tu n'es pas déjà allé te baigner, ce matin ?

Milo acquiesça.

— Et tu n'as pas retenu la leçon, avec cette tempête ?

Il saisit la cuillère à café.

— Tu as déjà vu une mouche se fracasser la tête contre une vitre ? Sans attendre la réponse, il ajouta : Eh bien voilà. Il n'y a pas de leçon à apprendre. La vie est une éternelle répétition, un point c'est tout.

Il trempa sa petite cuillère au centre du cœur jusqu'à le désagréger. Il le fit si vigoureusement qu'une partie du café déborda sur la table.

Le déploiement policier fut renforcé à huit heures quarante-six. Les unités parcoururent la montagne de Montjuïc et les quartiers alentour à la recherche d'un indice permettant de découvrir la scène du crime. Du nord au sud et d'est en ouest, les agents quadrillèrent la zone à pied ou à bord de leurs véhicules. En parallèle, l'alerte fut donnée dans tous les services, sans résultat pour l'instant.

Corberó insista pour obtenir davantage de renforts.

— Ce qui n'est pas avéré n'existe pas, grogna Singla. À ce rythme-là, on va nous prendre pour les imbéciles du Corps.

— On s'en fout ! Il s'est vraiment passé quelque chose ici. Il faut faire intervenir les chiens.

Singla répéta qu'on pouvait déjà s'estimer heureux que la commissaire Bassa ait accepté de renforcer les effectifs malgré le manque de personnel, et qu'il serait préférable de réveiller ce garçon avec un bon shoot, pour lui faire subir un vrai interrogatoire. Ensuite, il se moquait bien qu'il se rendorme jusqu'à Noël.

À dix heures douze le département des vols du commissariat de la plaza de España enregistra une plainte d'un Nous Achetons de l'Or du quartier de Sants. D'après le rapport, l'employé qui ouvrait habituellement la petite bijouterie à dix heures du matin avait trouvé le rideau de fer baissé, mais pas fermé à clé, les alarmes et les caméras déconnectées, et le coffre-fort du bureau situé dans l'arrière-boutique ouvert. Il ne savait pas ce qu'il y avait exactement à l'intérieur, mais il manquait quelques articles à la devanture, sur les tables et dans les vitrines. Après plusieurs tentatives infructueuses pour joindre le propriétaire, il était venu déclarer le vol. Deux unités s'étaient rendues sur place et avaient effectué les premières constatations d'usage. Elles avaient également appelé le propriétaire, Francisco Corona, pour l'informer de l'événement et lui demander de se rendre à la bijouterie afin de dresser un inventaire des objets manquants. Comme pour l'employé, les appels n'avaient pas abouti. La police avait alors déterminé que son domicile se trouvait dans la rue Julià, sur la montagne de Montjuïc. Sachant qu'une alerte avait été activée dans cette zone et que les recherches étaient toujours en cours, elle informa le commissariat de quartier du vol. Ce dernier se mit à son tour en contact avec le commissariat central, qui envoya immédiatement une patrouille à cette adresse. Il s'agissait d'une villa et les agents sonnèrent à la grille. Personne ne répondit à l'interphone. Ils remarquèrent des traces de sang sur les marches menant au porche d'entrée et transmirent le renseignement.

Le dispositif se mit immédiatement en branle.

En plus des deux fourgons du groupe d'intervention, plusieurs unités furent envoyées au domicile des Corona. La rue fut coupée et le périmètre bouclé. Dans l'attente de l'arrivée de l'inspecteur-chef Singla et du sous-chef Corberó, les dirigeants du GEI[1] étudièrent l'objectif. La maison était située au pied de la montagne, côté mer de la rue. Deux niveaux, plus un sous-sol, garage adossé, un jardin étroit entourant la villa et un autre plus vaste sur la partie arrière. À l'entrée, une haute grille, à la suite un parterre de gravier, six marches et la porte de la maison, sans traces apparentes d'avoir été forcée ; dans sa partie supérieure

1. Grupo Especial de Intervención : Groupe spécial d'intervention de la police de Catalogne.

un boîtier d'alarme avec le nom de la compagnie et un numéro de téléphone qu'ils avaient appelé pour constater que l'alarme ne s'était pas déclenchée et était, à cet instant, déconnectée. Sur la façade du niveau supérieur, deux fenêtres, la gauche volet enroulé, l'autre baissé, comme le volet du garage sur le côté droit. Un oranger couvert de fruits, planté dans le renfoncement près des marches, dont le vent secouait les branches. Tout avait l'air normal. Sauf les taches de sang sous le porche. Elles descendaient jusqu'au gravier, puis s'évanouissaient.

Lorsque Singla et Corberó se présentèrent sur les lieux, le responsable du groupe d'intervention eut un bref entretien avec eux pour leur exposer le plan d'accès. Ils avaient déjà ouvert la serrure de la grille et un agent avait sonné à la porte sans obtenir de réponse. On entendait un téléviseur allumé à l'intérieur.

Les trois hommes se regardèrent avec gravité.

— On y va, ordonna l'inspecteur-chef Singla.

Rebeca chaussa les lunettes de soleil et sortit de la boulangerie Baluart, la meilleure de toute la ville, d'après Milo. Une longue file, composée essentiellement de personnes âgées, faisant la queue dans la rue semblait le confirmer. Malart coinça la baguette de pain sous son bras et la rattrapa. La violence des rafales de vent, rendant leur progression difficile sur la place du marché de la Barceloneta, les surprit à nouveau. Les bancs de l'esplanade, en principe toujours occupés, étaient vides, tout comme l'aire de jeux des enfants. Les piétons circulaient sous les corniches, loin de la zone ouverte, pour se protéger de la tempête. La plupart étaient des hommes et des femmes d'un âge avancé, certains accompagnés par des aides à domicile, d'autres solitaires. Seules quelques personnes avaient osé traîner leur caddie au milieu de la place, sans tenir compte de l'inclémence du temps, déterminées à ne pas changer leur routine d'un pouce. Rebeca lui demanda d'où pouvait bien venir cet incroyable vent. Milo lui répondit qu'il finirait bien par faiblir.

— Tu as remarqué ? C'est une ville de vieux, ajouta-t-il.

Ils se dirigèrent vers l'endroit où elle avait garé sa voiture. Une femme élégamment habillée se planta devant eux, tendit le bras en direction de Mercader pour lui accrocher un petit ruban jaune au niveau de la poitrine. Le portable sonna, et la sous-inspectrice la retint de la main, elle porta l'appareil à son oreille et lui tourna le dos.

Contrariée, tout en essayant de dompter ses cheveux raides qui tentaient sans arrêt de s'introduire dans sa bouche, la femme voulut s'adresser à Milo. Avant qu'elle ait eu le temps de placer un mot, celui-ci lui présenta sa plaque de police et lui dit qu'ils étaient en service.

— Police judiciaire de Catalogne. Plus tard, madame.

Le petit ruban jaune échappa des mains de la femme et s'envola. Elle courut derrière lui pour le rattraper, en continuant à écarter ses cheveux de son visage.

Milo se plaça devant Rebeca. À sa façon de serrer les lèvres, il comprit que quelque chose de grave venait de se produire. Il attendit impatiemment.

La sous-inspectrice éteignit son portable.

— Quatre victimes, dit-elle, une cinquième dans un état critique. Toutes de la même famille. Une survivante, une gamine de deux ans. Dans une maison proche du musée Miró, rue Julià.

— Assassinat ou suicide ?

Rebeca fit sèchement non de la tête.

— Le père est une des victimes. Meurtres multiples. Coups d'un objet contondant. Il faut que j'y aille, dit-elle en pressant le pas.

Milo la rattrapa, dit qu'il l'accompagnait.

— Même pas en rêve, tu es encore en vacances forcées. Ne compliquons pas les choses. La scène est, paraît-il, dantesque…

Il lui demanda si l'affaire dépendait du GEHME. Elle acquiesça.

— Dans ce cas, mon repos est terminé.

# 4

La rue Julià ne possédait qu'une voie d'accès. Ils suivirent les indications du GPS et prirent l'avenue Paralel jusqu'au théâtre Condal, où ils bifurquèrent dans la rue Margarit et montèrent en direction de la montagne. En arrivant au terrain de football municipal de la Satalia, ils durent s'arrêter, une longue file de véhicules bloquait le passage. Rebeca se gara sur un bateau et ils firent le reste de la montée à pied. Un ruban de sécurité coupait l'accès à la rue. Elle lui dit d'attendre son retour à cet endroit. Puis elle montra sa plaque aux agents qui levèrent immédiatement le ruban sous lequel elle passa. Elle se tourna aussitôt vers lui.

— Bouge pas, d'accord ? Je vais demander. Je reviens tout de suite.

Il la vit s'éloigner de sa démarche élastique, esquiver différents groupes d'agents. La zone était envahie de toutes sortes de véhicules. Voitures de police, ambulances, fourgons du GEI, de la médecine légale, de la scientifique. Il tendit la tête et étudia la rue. Il calcula qu'elle mesurait environ deux cents mètres. Sans issue. Des villas individuelles, deux niveaux et garage, s'alignaient à droite et à gauche. Il en compta une trentaine, quinze de chaque côté, les plus cossues mêlées aux plus modestes ; la plupart construites au siècle précédent, de style catalan classique, à part quelques-unes apparemment plus modernes.

Des *estelades*[1] flottaient sur certains balcons, des drapeaux espagnols sur d'autres. Il distingua plusieurs rez-de-chaussée, des commerces supposa-t-il, l'un d'eux portant une enseigne qu'il ne parvint pas à lire. À première vue, il s'agissait d'une zone où vivaient des familles de classe moyenne supérieure, à côté d'autres familles moins privilégiées, comme dans le quartier de Poble Sec, qui s'étend tout près de là, en contrebas. Au nord, grimpant à travers un espace arboré jusqu'à l'avenue Miramar, un escalier conduisait à la montagne de Montjuïc. Il scruta par-dessus les toits. Dans le fond, plus ou moins au niveau du bout de la rue, il reconnut les lignes architecturales du musée Miró. Il était passé des centaines de fois dans le secteur et n'avait cependant jamais remarqué l'existence de cette rue cachée dans une enclave si singulière.

Milo tira sa plaque de la poche et la présenta aux agents.

— Incroyable endroit où habiter, dit-il. C'est d'un calme surprenant.

Il la mit autour de son cou, passa sous le ruban de sécurité et zigzagua entre les voitures en direction de la deuxième maison côté mer, la scène du crime. La première était un magasin de même hauteur aux murs de béton et toit en fibrociment. Après avoir contourné un des fourgons des médecins légistes, Milo tomba nez à nez sur Singla. Silencieuse comme une tombe, Mercader se trouvait à côté de lui, comme la commissaire en chef Anna Bassa, qui affichait une moue circonspecte, et un officier qu'il ne connaissait pas, de petite taille et costaud comme une armoire à glace.

— Chef, dit Milo, sur un ton tout à fait naturel, de quoi s'agit-il ?

1. Drapeau catalan étoilé, symbole de la revendication de l'indépendance de la Catalogne.

— Bordel, Malart ! Tu ne devrais pas être en Australie en ce moment ?

— Ils en ont pour longtemps avant qu'on puisse entrer dans la maison ?

— Ça va être long, les gars de la DPC[1] ont pas mal de boulot. Et toi, tu n'entreras nulle part. Tu es toujours en vacances, que je sache !

Milo salua Bassa d'un léger mouvement de la tête.

— Madame la commissaire…

— Inspecteur Malart. J'espère que ce repos t'a fait le plus grand bien.

Ce n'était pas une question et Milo se contenta de hausser les épaules.

— Je ne sais pas si je dois me réjouir de ton retour prématuré, ajouta la commissaire. Nous étions précisément en train d'en parler.

L'officier costaud affirma que toute collaboration était la bienvenue et lui tendit la main.

— Sous-chef Jaime Corberó, du commissariat de la plaza de España.

Milo la lui serra tout en remarquant sa montre, classique, bracelet usé.

— Ce doit être toi le trublion du Central, celui qui ne se fie qu'à ses tripes.

— Sous-chef ?

— T'inquiète, moi aussi je me fie aux miennes.

— Commissaire, intervint Singla, comme je te le disais avant d'avoir été interrompu par Mercader, nous devons au sous-chef Corberó et à son flair la découverte de la scène du crime.

Bassa lui demanda des nouvelles de la femme qui avait été évacuée à l'hôpital. Dans un état désespéré, avait précisé

1. División de la Policía Científica : Division de la police scientifique.

Singla. Il lut son carnet : Pilar Bonavena, soixante et onze ans, mère de Francisco Corona, le propriétaire de la bijouterie du quartier de Sants.

— Elle présente plusieurs fractures cranio-encéphaliques, et à son âge…

— Et la gamine ?

— Également en route pour l'hôpital. Eva Corona Ugarte, deux ans, la benjamine de la famille. Pas une égratignure. Nous l'avons retrouvée dans sa chambre, à l'étage, profondément endormie dans son lit, probablement à cause d'un puissant psychotrope.

— Comme le jeune homme ?

Singla acquiesça de la tête.

— Ce garçon m'inquiète beaucoup. Il est toujours aux urgences ?

— On l'a transféré dans une chambre du rez-de-chaussée. Il est toujours sous surveillance policière pendant que les médecins s'occupent de son état de santé.

— Qu'on la renforce. Interdiction de recevoir des visites, de toute nature. Je veux qu'il reste isolé jusqu'à ce que nous puissions l'interroger.

— Entendu.

La commissaire Bassa les fixa dans les yeux, l'un après l'autre.

— Nous avons quatre victimes, dit-elle, peut-être cinq. Ça va faire la une des journaux et le titre principal de toutes les informations à la télé. Les parents, deux des enfants et qui sait pour la grand-mère, frappés à mort. Un crime morbide et repoussant, le sujet parfait pour les médias. Inutile de dire que nous serons dans l'œil du cyclone, ajouta-t-elle alors qu'une puissante rafale de vent balayait la rue. Nous n'allons pas lésiner sur les hommes ni les moyens, et je n'ai pas l'intention de supporter la moindre jalousie entre les commissariats, c'est clair, sous-chef Corberó ? Le commissariat central prend les rênes de cette affaire et toi tu restes à notre disposition.

— À vos ordres, commissaire.

— Bien, et le juge ?

— Nous avons prévenu le tribunal, il ne devrait pas tarder. Alors il faudra dégager la zone au maximum pour faciliter son arrivée et celle de sa délégation. Cette rue est un cauchemar pour la circulation, un vrai trou à rats.

— Je m'en charge, dit Corberó et il s'éloigna en donnant des ordres.

— Et les voisins ?

— Nous les avons tous contactés pour leur dire de ne pas s'approcher de la zone balisée et de rester à notre disposition, pour prendre leur déposition, dit Singla. Nous leur avons également demandé de collaborer et de s'armer de patience, mais ça va être difficile de les empêcher de prendre des images et de les diffuser sur les réseaux sociaux.

— Cette maudite rue possède-t-elle une autre sortie ?

— Piétonne. Il y a un escalier à l'autre extrémité.

— Eh bien, aujourd'hui, les voisins devront se résoudre à laisser leur voiture devant chez eux.

Elle se tourna vers Milo, respira profondément.

— Inspecteur, tu reprends tes fonctions tout de suite. Et surtout pas de vagues ! Tu vas te consacrer à ce cas et exclusivement à ce cas. Je répète : exclusivement à ce cas !

Milo acquiesça.

— Je veux t'entendre le dire.

— Exclusivement à ce cas, commissaire.

— J'espère bien, ajouta-t-elle en regardant autour d'elle. Que font encore ici les gars du GEI, ils exhibent leur armement ? Suis-moi, chef Singla.

Rebeca et Milo les regardèrent s'éloigner.

— On a eu de la chance, dit-elle, tu ne vas pas t'en plaindre.

Milo regarda à gauche et à droite et fit la moue.

— C'est d'un calme surprenant, murmura-t-il. Putain de quartier sordide !

Ils s'écartèrent du milieu en attendant le juge, se plantèrent deux maisons plus loin pour ne pas gêner. Ils observèrent les incessantes allées et venues des agents de la scientifique, de la maison aux fourgons et vice versa, vêtus de combinaisons de protection blanches les couvrant de la tête aux pieds, qui les faisaient ressembler à des astronautes. Ils les virent étudier minutieusement, centimètre par centimètre, tout le secteur extérieur, prendre des photos, se baisser pour placer une marque numérotée et, tout de suite après, s'accroupir à nouveau pour ramasser quelque chose qui avait attiré leur attention, l'introduire dans un sachet en plastique scellé, tandis que d'autres grattaient les surfaces avec des spatules ou pulvérisaient un produit, ici ou là, pour identifier une substance. Une fois la rue débarrassée de tous les véhicules, ils avaient balisé le chemin souillé de traces de sang sortant de la maison et les empreintes de pas qui n'avaient pas été détruites par les pneus. Celles-ci descendaient les marches, longeaient le parterre de gravier et s'éloignaient sur l'asphalte jusqu'à une des poubelles situées au début de la rue, à une quarantaine de mètres en diagonale de la villa. À l'extérieur, le nombre de marques numérotées dépassait déjà la trentaine. Rebeca et Milo échangèrent un regard inquiet en imaginant la quantité de ces mêmes marques à l'intérieur, après la collecte des preuves et des échantillons.

Corberó s'arrêta à leur hauteur pour échanger des impressions. Mercader lui demanda comment cette affaire avait commencé. Il fit un résumé très concis, sans se répandre en détails.

— Être couvert de taches de sang n'est pas illégal, murmura Milo.

— Il était pieds nus ? dit-elle. Que sont devenues ses chaussures ?

— Ils ne les ont pas trouvées dans la villa. Les gars de la scientifique pensent que, vu les traces de pas, il a dû les jeter à la poubelle. Elles s'arrêtent là, ne reviennent pas en arrière. Le problème, c'est que la poubelle a été collectée hier soir. On a donné l'ordre de fouiller la décharge, mais ça va être une perte de temps.

— Il peut y avoir d'autres explications, dit Milo.

— D'accord. Mais il y a aussi les taches de sang sur ses vêtements. Tant qu'il ne nous aura pas expliqué ce que ça signifie, sa garde à vue est plus que justifiée.

— Je ne dis pas le contraire, sous-chef. Sauf que pour l'instant, autant qu'on sache, ce garçon n'a commis aucun délit.

— Autant qu'on sache, répéta Corberó. Tout est là.

Il s'éloigna lentement. Milo croisa les bras et s'appuya contre un muret en regardant par terre. Il aperçut un cafard en train de marcher sur l'asphalte. Mercader lui demanda à quoi il pensait.

— Les gens ne se comprennent pas ; les insectes, oui. Ça donne à réfléchir, non ? Le monde leur appartient.

— Si tu notes ça sur le rapport, ça va être ta fête.

Milo pensa à la tragédie qu'avait vécue la famille qui habitait cette maison, hors de tout entendement. Une horreur. Il n'avait pas besoin d'entrer pour voir, il pouvait se la représenter. Tout en fredonnant machinalement la mélodie de Bach, il s'interrogea sur la différence entre un insecte et un individu.

— Les preuves et les analyses vont prendre du temps, dit Rebeca. Si ce garçon ne se réveille pas rapidement et ne se plante pas dans son récit des événements, nous aurons beaucoup de mal à l'accuser.

— Tout sera dans la finesse de tes questions pendant sa déposition. Mais tu es une experte dans l'analyse de la conduite, *chica dura.* Et nous n'aurons que quarante-huit heures, exceptionnellement soixante-douze, dit-il.

Ils ne pourraient pas le garder à vue plus longtemps, avant de le mettre à disposition de la justice ou de le libérer s'ils n'avaient pas de charges contre lui.

— Ce n'est pas beaucoup.

— Pour lui, ça va être une éternité.

— Commence pas, bordel. Dans des crimes aussi sanglants, il est impossible que l'assassin ne porte pas d'éclaboussures sur ses vêtements. La meilleure façon de les cacher ensuite, c'est de se rouler carrément dans le sang des victimes.

— Lui aussi a été frappé à la tête. Tu penses que ses blessures défensives sont du bluff, une farce ?

— Il s'est passé une atrocité, là-dedans et toi tu...

— Arrête ton char, Mercader, je dis simplement qu'il est encore un peu tôt pour faire venir le peloton d'exécution, c'est tout.

Rebeca le fusilla du regard.

— Tout le monde va s'acharner sur ce garçon, n'en rajoutons pas. Concédons-lui au moins le bénéfice du doute. C'est justice.

Elle revint vers lui, mit ses mains sur ses hanches.

— Par où commencerais-tu, toi ?

— Par aller interroger le voisin d'en face. Il s'est peut-être fracturé la jambe et il a tout vu dans ses jumelles.

— Que fait ce putain de Malart ici ? demanda quelqu'un dont ils reconnurent la voix sur-le-champ. On ne l'avait pas envoyé en Sibérie ?

L'inspecteur Edgar Boada s'approcha avec son coéquipier, l'inspecteur Victor Sena, qui demeura à dessein quelques mètres derrière lui. Il portait une veste et une chemise sans cravate, des jeans avec des chaussures marron, à la mode italienne. Il était aussi élégant que d'habitude, avec sa frange blonde parfaitement coiffée et sa sempiternelle allure de quelqu'un à qui on donnerait le Bon Dieu sans confession. En revanche, le second avait toujours l'air aussi endormi. Il représentait la fatigue incarnée : une barbe de deux jours, vêtu de gris et l'invariable impression d'être dans la lune.

— Je vois que tu es accro au Loctite, mon pauvre Boada.

— Qu'est-ce que ça veut dire, ça ?

Milo tendit sa main à Sena.

— Ça roule, mon gars ?

— On fait aller, Malart, dit-il en la lui serrant.

— Dis donc, je t'ai posé une question, coupa Boada.

— Les enfants vont bien ?

— Turbulents, comme il se doit, dit Sena.

— En effet, comme il se doit.

L'inspecteur Boada se racla la gorge, embarrassé.

— C'est quoi Loctite, putain !

Pour Milo, il était incompréhensible qu'un type comme lui appartînt au Groupe. Un lèche-cul toujours prévisible, sans imagination, se contentant d'exécuter le protocole sans s'en écarter d'un millimètre, incapable de faire quelque chose qui ne servirait pas ses intérêts et avec une prédilection obsessionnelle pour les politicards, pourvu qu'ils le fassent progresser dans le métier. Milo pouvait transiger avec son défaut d'intelligence, mais pas avec sa façon de traiter les femmes, comme s'il était un cadeau du ciel pour elles. Et puis il y avait son effrayante passion pour les montres énormes, lourdes, ostentatoires. Sans parler de son incessante manie de mâcher bruyamment du chewing-gum, sans fermer la bouche. Milo le trouvait carrément repoussant. Étant donné son appartenance au Groupe, il ne pouvait pas en faire son ennemi, mais c'était plus fort que lui. Il lui était devenu insupportable. Comme une mouche contre une vitre.

— Ce n'est pas le nom du prochain commissaire, calme-toi, dit Milo.

— Vous allez arrêter de faire les cons ? lâcha Rebeca.

Un vacarme de moteurs et de voix leur parvint. Ils se tournèrent à temps pour voir plusieurs hommes et plusieurs femmes descendre de moto et, empoignant caméras et micros, se presser devant le ruban de balisage.

— Et comme si ce n'était pas suffisant, voilà… commença Milo.

— … la police montée du Canada, termina Sena.

Avec le branle-bas armé dû à l'arrivée des médias, l'attention se déporta de la maison à la lutte des agents pour les contenir au-delà du ruban, ce qui permit que passe inaperçue la sortie de la villa de Goyo Bonhora, médecin légiste en chef de l'institut médicolégal, visage lugubre, plus pâle que jamais. Costaud, corpulent, il s'appuya d'un bras au fourgon blanc ; puis il retira son masque, ferma les yeux et respira profondément. Il demeura quelques instants immobile, tête baissée. Au bout d'un moment, il remit son masque, fit des étirements au niveau des épaules et retourna à pas lents à la villa, affligé.

— Il n'a pas l'air en forme, commenta Rebeca.

— Ce qui ne présage rien de bon, dit Milo.

Au-delà du tumulte, l'inspecteur Tomás Rojo apparut à l'angle de la rue, l'air imperturbable et expérimenté, marchant tranquillement et suivi de près par l'inspecteur Arturo Cervera, décontenancé, avançant d'une façon bizarre à cause de ses pieds plats, essoufflé après avoir franchi la montée de la rue Margarit. Ils rejoignirent les autres membres du GEHME qui les attendaient. Après avoir échangé plusieurs saluts, Rojo indiqua avec son habituel pessimisme qu'ils allaient certainement attendre toute la journée. Déchargeant toute son humanité dans un sonore soupir, Cervera s'assit par terre.

— Les médias sont arrivés avant le juge, dit-il.

— Rien d'étonnant, répliqua Rebeca. La vedette du spectacle est toujours la dernière à entrer en scène.

— Eh bien selon qui a eu la malchance d'être de garde et d'affronter cette poisse, on va nous faire la leçon sur cette putain d'histoire de fuites. C'est comme si j'y étais déjà.

Milo s'assit à ses côtés. Il étendit ses jambes.

— Pourvu que ce ne soit pas ce casse-couilles de Losada, dit-il.

— Ce sont tous des casse-couilles, Malart, décréta Cervera, d'une voix haletante. Tu ne devrais pas être en Patagonie, en ce moment ?

— De l'exercice, Cervera, tu devrais faire plus d'exercice ou manger plus frugalement pour perdre ton ventre. Un jour tu vas te taper un infarctus.

L'inspecteur tourna la tête dans sa direction.

— Tu as changé, Malart. Deviendrais-tu soudain sympathique ?

Rebeca leur expliqua ce que Corberó leur avait raconté. Elle dit ensuite que, d'après elle, la première chose à faire était d'enquêter sur la famille pour chercher le linge sale, en commençant par la figure du père, le propriétaire du Nous Achetons de l'Or qui avait été victime d'un vol pendant le week-end.

— Personne ne tue sans vraie raison quatre membres d'une même famille, peut-être cinq. Les coïncidences n'existent pas.

— Nous savons quelle est l'arme du crime ?

— On sait seulement que les victimes ont été battues, dit-il. Toutes les cinq.

— Un règlement de comptes, déclara Boada. Si le père

n'avait pas été une des victimes, cela nous aurait facilité la tâche. Une affaire classique de violence familiale.

— Si tu cherches des choses faciles, il faut changer de métier, dit Sena.

— Moi non plus, je n'ai jamais eu une affaire facile de toute ma carrière, commenta Rojo.

— Je voulais dire que…

— Nous savons ce que tu voulais dire, Boada, coupa Cervera.

Rebeca s'empressa de proposer de commencer par interroger le voisinage et l'entourage de chaque membre de la famille, sans oublier en parallèle l'enquête de fond sur le garçon qui était toujours profondément endormi à l'hôpital.

— Ce garçon, Lucas Torres Ortiz, a des antécédents ?

— Appelle le sergent Crespo au Central et demande-le-lui.

— Bordel, ça va être un boulot du tonnerre de Dieu, indiqua Sena, et on n'est que lundi.

— Il est déjà fatigué celui-là ! Tu ne dors jamais ou quoi ?

— Jamais assez. Cette affaire sent les heures supplémentaires à plein nez ; on peut dire adieu aux prochains week-ends.

— Peut-être que le gamin va avouer et l'affaire est dans le sac.

— C'est ça, et moi, je suis le fils de Messi ! Vous avez regardé le match ? Moi, je l'ai enregistré, dit Sena en troquant son air fatigué contre une expression de joie. C'est vraiment un génie ce Messi ! Il a vaincu l'équipe de Pérez à lui tout seul, il les a bouffés tout crus. Deux buts comme deux soleils. C'est le plus fort du monde, y a pas à chier !

— Si j'ai bien compris, tu as arrosé ça, se moqua Cervera.

— Mes enfants, oui, ont arrosé… leur lit. Ils sont devenus fous au moment du deuxième but et je n'ai pas pu les empêcher de se jeter sur les rafraîchissements.

Milo se leva subitement et annonça qu'il allait manger quelque chose.

— Tu vas devoir descendre jusqu'à l'avenue Paralel, indiqua Sena.

— S'il y a du nouveau, vous me prévenez, dit-il, puis il regarda Rojo, qui fit oui de la tête. Mercader, ça te dit ?

Il se dirigea vers le bout de la rue. Elle accéléra le pas.

— Le chemin le plus court pour accéder à l'avenue Paralel est celui par lequel nous sommes arrivés, dit-elle, je croyais que tu mourais de faim.

— C'est vrai, mais j'en ai assez de perdre mon temps. De ce côté, on peut en profiter pour étudier la rue et les autres accès.

— Ça t'ennuie de pénétrer dans la maison après tous les autres ?

— Cela n'arrivera pas, assura-t-il. Je sais comment travaillent Márquez et son équipe, ils vont passer au peigne fin jusqu'au dernier poil sur le tapis.

Il s'arrêta devant un bâtiment de plain-pied et lut l'enseigne.

— Drôle d'endroit pour un magasin d'articles de rugby, tu ne trouves pas ? C'est le trou du cul du monde, ici.

— Comment sais-tu qu'il y a un tapis ? Chez moi, par exemple, y en a pas.

— Pourquoi tends-tu toutes ces perches à Boada ? Je m'en suis aperçu.

Rebeca demeura muette, nerveuse. Elle évita de le regarder.

— Fais pas chier, Mercader. Pas avec lui… non ! Bordel, pas toi.

Le garçon leur servit les plats : omelette de pommes de terre avec pain à la tomate et calamars pour Milo, son menu de printemps, et steak salade pour Rebeca. Après avoir parcouru le dernier tronçon de la rue, ils étaient descendus le long d'un escalier étroit, aux marches irrégulières, qui conduisait à un petit terrain vague, où la mairie avait placé quelques bancs, afin de pouvoir appeler ça un parc. Des graffitis décoraient le mur de contention de la montagne. De là, ils descendirent deux rues avec un dénivelé vertigineux et arrivèrent au paseo de la Exposició, où la circulation était comparable à celle du reste de la ville. Sur le trottoir d'en face, à l'angle, ils aperçurent un restaurant et un bar. À l'entrée du premier, une ardoise annonçait une longue liste de plats de riz et les prix. À celle du second, un menu bon marché et les plats. Ils entrèrent dans le bar et s'installèrent au comptoir.

— Tu me donnes le choix entre de la langouste et une omelette aux patates et je choisis l'omelette les yeux fermés, déclara Milo entre deux bouchées. C'est le fin du fin. Si elle est bien faite, y a rien de comparable. Rien, tu entends ? Cela dit, ce n'est pas très simple à cuisiner. Ce n'est pas à la portée de n'importe qui.

— Et comment est celle-ci ?

— Dégueulasse.

— Commande de la langouste, alors.

— Je préfère cette saloperie, tu n'as pas écouté ou quoi ? J'espère qu'au moins il retire son chewing-gum de la bouche avant de t'embrasser.

Le reste du repas se passa en silence.

Ils retournèrent rue Julià en empruntant le même chemin. À chaque pas, Milo eut l'impression de s'éloigner d'une réalité limpide, connue et maniable, pour en aborder une autre plus vague, confuse et gouvernée par un autre genre de codes. Un groupe de garçons et de filles occupaient à présent un des bancs du terrain vague, les cartables et les livres du lycée entassés par terre. Leurs rires et l'odeur des joints les poussèrent à les observer un instant. Rebeca avec attention. Milo avec jalousie. Sur l'autre banc, un chien croisé tirait sur sa laisse que tenait un homme assis, pour s'approcher des divertissements du banc voisin. L'homme, fatigué de le retenir, le frappa violemment, à coups de poing sur le dos, et le chien se mit à gémir.

Milo s'approcha de lui en deux enjambées.

— Frappe ce chien une nouvelle fois et je te casse la gueule, connard.

Un épais silence envahit le petit terrain vague. Les jeunes regardèrent Milo mettre un genou à terre, caresser la tête du chien à deux mains et lui murmurer quelques mots, sans cesser de fixer froidement les yeux de l'homme assis. Rebeca lui dit de laisser tomber.

— Je crois que c'était très clair, n'est-ce pas, monsieur ?

L'homme acquiesça plusieurs fois, intimidé. Ils reprirent leur chemin et gravirent les marches. Milo reconnut qu'il avait craqué.

— Mais je ne supporte pas ces mange-merde.

— Tu n'aurais pas dû te débarrasser de Mon Vieux, répéta-t-elle.

Ils atteignirent l'endroit où les autres attendaient toujours. Il n'y avait rien eu de nouveau. L'attente se prolongea deux heures supplémentaires. Finalement, les agents de la scientifique commencèrent à sortir de la maison, emportant leurs mallettes argentées et le reste des affaires, qui furent parcimonieusement rangés dans les fourgons. Les inspecteurs défilèrent dans un parfait mutisme en direction du domicile des Corona, sous-inspectrice en tête, Milo fermant le groupe.

— La villa est toute à vous, dit Márquez à l'entrée, tout en leur distribuant des gants en latex et des surchaussures. J'espère que vous avez le cœur bien accroché.

Milo arriva à sa hauteur.

— Quand aurons-nous le rapport ?
— Moi aussi je suis ravi de te revoir, Malart.
— Sérieusement, nous allons en avoir besoin de façon plus urgente que jamais.
Manu Márquez caressa son bouc tout blanc. Il fit semblant de méditer tout en chaussant ses lunettes à monture d'écaille.
— Vous l'aurez quand il sera prêt, dit-il, pas avant.
— Vous avez trouvé quelque chose… d'important ?
— Tu veux dire une photo de l'assassin en train de fracasser la tête de chacune des victimes ?
Il sentit un air glacial envahir sa poitrine. Il soutint son regard.
— Vous savez avec quoi ?
Il eut une moue d'impatience.
— Je ne peux rien te dire tant qu'on n'aura pas traité les preuves. Demande à Bonhora.
— Ça te va bien la combinaison en polyéthylène.
— J'ai entendu dire que tu étais en vacances forcées.
— Allez, Márquez, ça restera entre toi et moi.
Le responsable de la police scientifique se racla la gorge.
— Un objet de taille moyenne, dit-il, rugueux, arêtes irrégulières, lourd, grossier, dégageant des résidus terreux. Ça devrait être facile de l'identifier : les faces doivent porter des cheveux, du sang et des fragments d'os. Si tu le trouves, préviens-moi.
Milo avala sa salive.
— Une pierre ! C'est ça ?
— Ou plusieurs.

# 5

Il fut le dernier à entrer dans la villa.

Il prit tout son temps pour passer les surchaussures et enfiler les gants, tout en observant l'imposante porte d'entrée, défoncée au bélier par les hommes du GEI. Il remarqua que la serrure n'avait pas été forcée et demeura un instant immobile, chassant de son esprit toute pensée inutile. Il percevait, au niveau de la nuque, la sensation familière qu'il éprouvait toujours avant d'entrer sur la scène d'un crime, un mélange de tension, de nervosité et d'appréhension qui se traduisait par des picotements, des frissons et un certain vertige. Il savait comment la combattre, ce qui ne signifiait pas que ce fût une tâche facile. Il devait déconnecter toutes les alarmes de son organisme, activer la perception de ses sens et devenir une machine à traiter ses propres impressions. Comme en ce moment, où il était confronté à l'odeur se dégageant de l'intérieur de la villa. Ferrugineuse, métallique, accompagnée d'une puanteur âcre et pénétrante d'excréments et de putréfaction. Il eut soudain la chair de poule, son pouls et sa respiration accélérèrent et il commença à sentir la sueur dégouliner dans son dos, signes ataviques lui intimant l'ordre de reculer et de fuir.

Il n'en fit rien.

Il exécuta deux pas sur le dallage en grès, couleur *terracotta*, et entra dans une vaste pièce divisée en deux espaces, une salle à manger et un salon en enfilade. La première chose qui lui passa par la tête, c'est qu'une tornade avait tout balayé. Chaises retournées, lampes et autres objets de décoration en mille morceaux, bouts de verre et de porcelaine éparpillés un peu partout, coussins et tableaux jetés par terre. La deuxième chose, c'est qu'il venait de pénétrer dans un abattoir. Sur les murs, semblables à des toiles de Pollock, une multitude d'éclaboussures rouge sombre. Au sol, plusieurs flaques de sang coagulé. Et voletant un peu partout, des mouches, énormément de mouches.

Il observa la table rectangulaire pouvant accueillir six invités, dirigée vers le téléviseur installé au centre du mur opposé, l'écran également souillé de taches rougeâtres. En bout de table, un homme assis, torse et bras attachés au dossier de la chaise avec du ruban adhésif, penché en avant, la tête à vingt centimètres de la nappe, les chevilles liées aux pieds de son siège. À sa droite, un fauteuil renversé sur une flaque de sang avec plusieurs traces, certainement celles qu'avait laissées le brancard avec lequel on avait transporté la vieille dame jusqu'à l'ambulance. À la suite, un adolescent d'une quinzaine d'années, également assis et ligoté, tête penchée en arrière, bâillonné, yeux entrouverts regardant le plafond. De l'autre côté de la table, à gauche de l'homme, une place vide qu'avait probablement occupée l'épouse ; la chaise renversée sur une flaque de sang, près d'un chausson rose, d'où partait une traînée semblable à celle laissée par un corps qu'on déplace. Elle menait à ce qu'il supposa être la cuisine, au seuil de laquelle dépassaient des pieds ; l'un nu et l'autre enveloppé dans le deuxième chausson rose. Près de l'endroit où se trouvait la mère, une cinquième chaise vide, déplacée perpendiculairement ; contrairement aux autres, sans flaque par terre ni éclaboussures sur la nappe. Enfin, à l'autre bout de la table, la sixième chaise, également vide, placée en diagonale par rapport au téléviseur et presque aucune tache de sang autour d'elle. Sur la table, les restes d'un gâteau au chocolat fait maison, sur un plateau, des morceaux de pain, deux bouteilles de bière vides, une autre à moitié pleine, deux carafes de verre, toutes les deux remplies au tiers, et une canette de Coca-Cola. Quelques assiettes contenaient des portions du gâteau à demi entamé.

— Le téléviseur était-il ?... commença à demander Milo qui dut s'arrêter, la gorge sèche, puis reprendre après se l'être raclée et avoir écarté une mouche de son visage : Le téléviseur était-il éteint, allumé ?

Goyo Bonhora sortit de la cuisine. Il baissa son masque.

— Allumé, dit-il, le volume très bas. Après l'avoir examiné, Márquez a décidé de l'éteindre, pour nous éviter de devenir fous.

Chacun regarda le visage circonspect de l'autre. Milo s'approcha du médecin légiste en chef, il lui donna une délicate accolade, puis deux légères tapes dans le dos. Perplexe, Bonhora lui demanda s'il se sentait bien.

— Commence pas toi aussi, bordel ! Heure de leur mort ?

— N'est-ce pas qu'il a l'air bizarre ? plaisanta Rebeca.

Elle finit de descendre l'escalier et se plaça entre les deux hommes :

— Moi, je dirais méconnaissable.

Elle indiqua l'endroit où se trouvaient les canapés, un de trois places et l'autre de deux, disposés perpendiculairement, une table basse au centre sur un tapis imitation arabe, et elle dit à Milo qu'il avait raison, que son tapis était bien là.

— Goyo, heure de leur mort ? répéta-t-il de façon neutre.

Il expliqua que d'après ses premières constatations, en l'absence de *rigor mortis* et vu l'état de décomposition des cadavres, il calculait que les crimes avaient été commis entre vingt-quatre et moins de quarante-huit heures. Milo le regarda en silence et attendit qu'il fût plus concret. Bonhora expliqua qu'il avait horreur de faire des conjectures. Malart continua à attendre. Réticent, le médecin légiste finit par dire que, sous réserve des résultats des autopsies, il optait pour trente-six heures. Il ajouta qu'une fourchette de temps approximative, entre huit heures du soir et minuit, le samedi, était fortement probable, une hypothèse qui coïncidait avec celle de Márquez après étude de la scène du crime.

— Même s'il ne le reconnaîtra jamais, dit-il, tant qu'il n'aura pas obtenu les preuves du laboratoire, tu sais bien comment il est.

— Et l'ordre des assassinats ?

— Impossible à dire, n'insiste pas. Il est trop tôt.

— Fais pas chier, Goyo. Décris-moi donc cette hypothèse jusqu'au bout.

Bonhora secoua la main pour faire fuir plusieurs mouches.

— Tout indique que le père a été torturé, dit-il. À part la fille aînée, c'est lui qui présente le plus grand nombre de blessures.

Il fit un geste du bras vers l'étage, où gisait la jeune fille dans le couloir, près de la chambre de sa petite sœur. Il lui demanda s'il voulait la voir. Tout à l'heure, lui répondit Milo. Il ramassa une photo, dans un cadre au verre brisé, qui traînait par terre. C'était un instantané récent de la famille Corona. D'après les décorations de la pièce, il avait été pris dans le salon, à Noël dernier. Le père était assis au centre, la mine fière, flanqué de sa mère et de son épouse qui tenait la cadette sur son giron. À chaque extrémité, assis sur les accoudoirs opposés du canapé, le garçon et sa sœur aînée, la seule à ne pas sourire.

— Continue, Goyo.

— Tous les corps présentent des traumatismes cranio-encéphaliques. Comme je te le disais, le plus abîmé est celui de la fille aînée. Sa tête a été fracassée, elle est pratiquement défigurée.

Milo arqua les sourcils.

— Ce pourrait être une autre jeune femme ?

Mercader eut une moue négative. Le commissariat central venait de lui communiquer l'identité des empreintes digitales. Noelia Corona Ugarte, dix-sept ans, étudiante. Ils ne possédaient pas encore ses empreintes dentaires, mais il n'y avait aucun doute, il s'agissait bien d'elle.

— Elle présente des blessures défensives aux bras et aux mains, elle s'est défendue contre son agresseur, dit Bonhora. Nous avons trouvé des restes de peau sous ses ongles, Márquez les a emportés pour analyser leur ADN. Le deuxième à avoir reçu le plus de coups est le père.

— Francisco Corona Bonavena, dit Rebeca, quarante-six ans, propriétaire du Nous Achetons de l'Or, la bijouterie Corona.

— Torturé devant sa famille ?

— Au contraire, répliqua Bonhora, sa famille a été assassinée devant lui. Notre théorie est que, sauf la fille aînée, ils ont tous été assassinés devant ses yeux.

Le médecin légiste en chef s'approcha du corps de l'adolescent et dit que tous les membres de la famille, à l'exception des deux sœurs, avaient été bâillonnés et ligotés mains et pieds avec du ruban adhésif. Le fils, Raúl Corona, quatorze ans, présentait plusieurs coups au niveau de la tête. Un choc léger, sur la partie latérale, près de la tempe, avait entraîné une plaie et un saignement, mais aucune fracture, et un autre plus contondant au sommet avait provoqué une fracture déprimée du crâne et un important hématome sous-dural, sans doute le coup mortel. Il pointa son doigt sur la blessure.

— Sa mort fut pratiquement immédiate, dit-il.

En prenant garde de ne marcher dans aucune flaque de sang, il se dirigea du côté opposé de la table, jusqu'à venir se placer en face de l'endroit le plus proche de la cuisine, où se trouvait la chaise renversée. Disposant ses mains parallèlement l'une à l'autre pour indiquer l'endroit exact, il dit que l'épouse du bijoutier, Patricia Ugarte, quarante et un ans, était assise là. Ils suivirent des yeux la traînée de sang jusqu'à la cuisine, où gisait le corps de la femme encore bâillonnée, des morceaux de ruban adhésif toujours collés aux bras et aux chevilles. Bonhora dit qu'elle aussi avait reçu deux coups, le premier léger et un deuxième coup sauvage, forcément mortel, comme le prouvaient ses blessures, semblables à celles de son fils.

— Sa mort aussi a été pratiquement instantanée.

Ils retournèrent au salon. Bonhora se dirigea vers le côté opposé de la table, évitant à nouveau les flaques de sang coagulé, et s'arrêta devant l'endroit où gisait une autre chaise renversée. Il expliqua que c'était là qu'ils avaient trouvé la vieille femme, Pilar Bonavena, soixante et onze ans, la grand-mère des enfants, ligotée et bâillonnée, inconsciente, dans un état critique. Tout comme sa belle-fille et son petit-fils, elle présentait deux coups mais, contrairement à eux, non contondants.

— L'assassin a dû considérer comme superflu de la frapper plus fort, dit Bonhora. Et il ne s'est pas trompé. Étant donné l'âge de la femme, sa perte de sang et la gravité de ses blessures, nous ne sommes pas très confiants pour sa récupération.

— C'est un miracle qu'elle ne soit pas morte, dit Rebeca. Elle est restée environ une journée et demie, pieds et poings liés sur une chaise, en train de saigner, la bouche bâillonnée.

Bonhora fit plusieurs gestes de la main pour éloigner les mouches. Mercader demanda s'ils ne pouvaient pas pulvériser un produit pour s'en débarrasser une fois pour toutes et le légiste répondit que les gars de la criminelle avaient déjà arrosé la scène avec un insecticide après avoir relevé tous les indices.

— Mais elles sont en acier, immunisées contre le poison. Et très têtues.

Milo observa une nouvelle fois la photo de la famille, prise il y avait quelques mois dans un moment heureux. Il pointa son doigt sur le visage de la gamine.

— Et elle ?

— Eva Corona, deux ans, dit le légiste. Pas la moindre égratignure ni trace de ruban adhésif sur la bouche, les poignets, les chevilles. Dans l'attente d'analyses supplémentaires, nous pensons qu'elle a été droguée pendant le dîner, comme le reste de la famille. C'est la supposition la plus logique. Mais je n'attendrais pas de grande révélation de ces résultats. Quel que soit le psychotrope utilisé, ces substances ne demeurent pas longtemps dans le sang. Nos espoirs se portent plutôt sur la nourriture et la boisson. On a emporté des échantillons pour les analyser.

Milo réfléchit à la terreur des victimes et espéra que la dose avait été suffisamment forte pour que la panique devant une mort assurée ait duré le moins longtemps possible.

— Ils étaient conscients ? demanda-t-il. Ils ont souffert ?

— Ça dépend de l'objectif de l'assassin. S'il avait l'intention de les assommer complètement ou juste de les affaiblir pour qu'ils n'opposent pas de résistance pendant qu'il les immobilisait. Dans ce cas c'est possible. De toute façon, ils ont tous dû être groggys.

— C'est déjà ça !

Milo montra du doigt le père sur la photo.

— Et lui ?

Bonhora fit la moue.

— C'est là que je voulais en venir, dit-il. Pour lui, les choses ont été différentes.

Il se plaça à nouveau derrière l'adolescent. Puis il indiqua le corps de la mère et la chaise où la grand-mère avait été assise.

— Les victimes une, deux et trois, pour l'instant l'ordre n'est pas important. Il y a une coïncidence sur les trois têtes. Aucune d'elles ne possède d'excoriations près des points d'impact, ce qui signifie qu'elles n'ont pas écarté la tête parce qu'elles n'ont pas vu venir les coups.

— Parce qu'elles étaient hors de combat, dit Rebeca.

— Ou parce que l'assassin était dans leur dos.

— En revanche, que voyons-nous ici ? dit Bonhora.

Il se dirigea vers le corps de l'homme et pointa son doigt sur les différents coups qu'il avait reçus.

— Des éraflures périphériques, les évidentes excoriations provoquées par la pierre en dérapant sur son cuir chevelu, juste avant l'impact. Et pourquoi ?

— Parce qu'il a écarté la tête dans un geste réflexe, dit Rebeca, ce qui signifie qu'il a vu arriver le coup.

— Parce qu'il faisait face à son agresseur, conclut Milo.

— Aux coups, corrigea le légiste. Il a fait face à tous les coups reçus, l'un après l'autre. Six au total, si je ne me trompe pas.

Ils se regardèrent tous les trois d'un air fatigué, abattu.

— Et voilà pourquoi vous affirmez qu'il a été torturé, dit Mercader.

— Nous supposons, précisa-t-il. Pour l'instant ce n'est qu'une conjecture. Mais oui, tout indique que le père a été soumis à la torture. D'abord à cause du nombre de blessures, mais aussi, et cela est plus significatif, parce qu'il a été forcé d'assister à l'assassinat des membres de sa famille, l'un après l'autre.

— À coups de pierre.

Milo dirigea son regard par terre, vers une flaque de vomi, près de la chaise du père. Il s'en approcha.

— Un assassin pas très endurci, avec peu d'estomac, n'est-ce pas ?

Sans attendre de réponse, il se frotta les yeux. Ce spectacle le plongeait dans un profond sentiment d'irréalité. Comme dédoublé, il observait toute cette barbarie avec l'indifférence d'un chirurgien. Autour de la table, les corps assassinés, à coups de pierre, du père et du fils ; dans la cuisine, la mère, et à l'étage, une des filles. Quelque chose se révoltait en lui contre la force de l'habitude. Il ne pouvait pas demeurer insensible, mais n'avait pas non plus le droit de se laisser submerger par ses émotions. Le poids du paradoxe l'empêchait de bien respirer. Il secoua la tête avec anxiété.

— Qu'y a-t-il au-delà de la mer ? murmura-t-il.

Mercader fronça les sourcils. Un silence. Puis elle acquiesça.

— Toujours plus de méchanceté, dit-elle.

Le médecin légiste en chef les regarda, l'un après l'autre, sans comprendre.

— Qu'est-ce que ça sent ? demanda soudain Milo.

Il huma l'air. Une odeur lui parvenait parmi toute cette puanteur, mais il n'arrivait pas à l'identifier. Il se tourna vers Mercader :

— Tu ne sens pas ?

Elle la perçut également, se pencha sur le corps du fils et le flaira, répétant ensuite l'opération au-dessus du corps du père.

— Ça vient de lui, de ses vêtements, dit-elle. On dirait du jasmin, mais je n'en suis pas sûre. Et y a autre chose que je n'arrive pas à identifier.

— Le jardin de derrière est bourré de jasmin, commenta Bonhora. On est au printemps. Il aimait ça.

— Tu as peut-être raison, murmura Milo.

Rebeca secoua la tête.

— Ce que je ne comprends pas, c'est pourquoi avec une pierre, dit-elle. Il y a tellement d'autres manières, plus simples. Tout ça me semble très viscéral, comment dire… Primitif ? Ça trahit une motivation très personnelle, comme tirer dans le visage de quelqu'un. Un châtiment, un règlement de comptes ?

— Ce que montre surtout cette scène, dit Bonhora, c'est qu'on a voulu faire parler le père. Et comme la porte n'a pas été forcée, ça signifie qu'on a laissé entrer l'assassin ou les assassins. Mon rôle n'est pas de faire des déductions, mais je remarque aussi que la bijouterie de Francisco Corona a été cambriolée. Moi, j'irais chercher de ce côté-là.

— Vous avez relevé des traces sur les sonnettes de la grille et de la maison ? demanda Milo.

— Elles ont été détruites par les agents.

— D'accord. On s'occupera du vol plus tard, mais… le faire parler à coups de pierre ? Le choix de l'arme m'échappe totalement, je ne comprends pas. Un délire religieux, un symbolisme singulier ? Surtout en disposant de couteaux à portée de main ? Je vous jure que je comprends que dalle. C'est trop fougueux, trop passionné ! s'exclama-t-elle avant de faire une pause. C'est un adolescent qui a fait ça ! Un adolescent comme ce garçon à l'hôpital : Lucas Torres.

— T'empresse pas de tirer des conclusions, Mercader.

— Merde ! fit-elle. Les choses sont parfois ce qu'elles semblent être *a priori*. La plupart des fois.

— Tu l'as dit. La plupart des fois, pas toujours.

— Comment fais-tu pour rester ainsi, tout calme ? Ça ne te fait ni chaud ni froid ? Putain, Malart, tu n'es plus le même.

Elle se mit à marcher sans but défini. Puis elle inspira profondément et retourna vers Bonhora.

— Comment quelqu'un peut-il héberger tant de noirceur dans sa tête ? Vous pouvez m'expliquer ça ?

— Tout a ses raisons, dit Milo. Toujours.

— Eh bien tu me diras comment les trouver. Tout ça me dégoûte, l'absence totale de compassion, c'est… c'est…

— Tu viens de donner la définition exacte du mot méchanceté.

Rebeca tourna la tête à droite et à gauche. Son portable se mit à sonner, mais elle demeura songeuse.

— Sous-inspectrice, dit Milo. Reviens parmi nous. Ton téléphone.

Elle le porta à son oreille, l'écouta en silence, raccrocha. C'était le laboratoire, dit-elle. Le sang retrouvé sur les vêtements de Lucas Torres est du même groupe que celui de trois des victimes : la mère, la fille aînée et le père. La plus grande quantité correspondait à celui de la mère. Bonhora remarqua que cela corroborait ce qu'avait affirmé Márquez.

— Explique-toi.

Il leur raconta qu'après avoir étudié les traces retrouvées sur la flaque de sang de la cuisine, l'équipe de Márquez avait conclu qu'un individu s'était couché sur le corps de la mère et l'avait enlacée.

Mercader dévisagea Milo.

— Qu'est-ce que je disais ? Après l'avoir assassinée, il s'est couché sur elle et l'a serrée dans ses bras. Il a eu des remords.

— La même attitude peut signifier des choses très différentes et pour autant ne constituer aucun délit.

— Par exemple ?

Malart réfléchit avant de répondre.

— Il a pu faire ça en état de choc, pour la protéger.

Stupéfaite, elle allait répliquer, mais Bonhora ne lui en laissa pas le temps.

— Milo, la femme a été assassinée ici, devant la table, assise sur sa chaise. Puis elle a été transportée à la cuisine, *post mortem*. Pour la protéger de quoi ?

Il demeura immobile, l'esprit vide. Tourna les yeux vers le canapé. Cette odeur. Deux corps enlacés, nus. La luxure. *J'ai envie de faire l'amour.* Puis la frénésie, l'étreinte. Leurs deux corps collés l'un à l'autre, transpirant. Dans une étreinte protectrice.

Une voix le tira de ce mirage.

— Tu dors ou quoi ? dit Rebeca. On dirait que tu es ailleurs, très loin d'ici.

Il tituba.

— Ça s'appelle du contrôle, Mercader. Gestion des émotions. Ça te ferait du bien d'apprendre.

— Toi et ton maudit développement personnel de mes couilles !

— Je suis content pour toi, Milo, dit Bonhora.

— Chante pas victoire, j'en suis qu'au début.

— Eh bien moi, je préfère l'autre Milo, l'imprévisible, le casse-couilles mal élevé, mais plus intuitif et moins abruti que celui-ci. Je ne sais pas où t'es parti en vacances, bordel, mais quelqu'un t'a domestiqué.

Il la regarda sans réagir.

— Garde la tête froide, sous-inspectrice. Concentre-toi. La dernière chose dont nous avons besoin en ce moment c'est que tu te laisses gagner par tes émotions. Ce qui compte c'est le poids des preuves, pas les pressentiments, dit-il avant de se tourner vers Bonhora. On a déplacé autre chose ? Il y a eu une bagarre ?

— Tu dis ça à cause du désordre ? demanda-t-il en chassant les mouches de la main, au-dessus de sa tête. Le spécialiste des scènes de crime prétend que c'est un montage. Il ne croit pas à l'histoire que racontent les lieux. On a trouvé des mégots, des fibres, des cheveux. Trop de preuves, personne n'est aussi négligent. Et toutes aux endroits opportuns. Plusieurs cheveux sur la mère, une cigarette écrasée dans une assiette, un mouchoir en papier par terre près de la grand-mère. Comme si l'on avait voulu faire croire à l'intervention de plusieurs personnes. Tout pousse à croire que oui, que plusieurs choses ont été déplacées.

— Mercader, dit Milo. Des signes de vol ? Quelque chose a été forcé à l'étage ou en bas ?

— On n'a pas fini de s'en assurer mais, à première vue, on ne dirait pas.

Il inspecta le sol du salon et demanda si l'on avait trouvé des traces de pieds nus avec du sang.

— Non, pas que je sache, dit Bonhora.

— Et une paire de chaussures ou des baskets, dans la maison, les semelles souillées ?

Le légiste fit non de la tête.

— Ce qu'il y a, en revanche, ce sont des traces superposées de chaussures de tailles différentes, dit-il. Certaines appartiennent aux victimes, les baskets à l'adolescent et les chaussures à son père, dit-il en indiquant leurs pieds en chaussettes. On les a emportées pour les comparer.

— Tu sais si on leur a attaché les lacets ensuite, à tous les deux ?

— Il faudra que tu le demandes à Márquez. Appelle-le sur son portable.

— Ça ne fait rien, c'est pas nécessaire. J'attendrai le rapport.

— Tu vas attendre le rapport, toi ? s'étonna Rebeca. Où est donc passé l'inspecteur qui voulait tout savoir immédiatement ?

— Arrête de provoquer, tu veux bien ? Ça ne marche pas. Goyo, est-ce que Márquez a dit quelque chose à propos de ces traces de pas superposées ?

Le médecin légiste en chef eut une nouvelle moue de fatigue.

— Il a dit que c'était une autre tentative grossière de nous induire en erreur, elles font partie du montage. Ne sois pas impatient, Márquez et son équipe ont déjà tout le matériel. Ils vont isoler les traces inférieures et supérieures des pas et attribueront à chacune la chaussure correspondante. Lorsqu'ils auront fini, ils enverront le tout au commissariat central, dit-il en laissant échapper un profond soupir. Si le juge met encore longtemps à se pointer pour la levée des corps, je vais tomber dans les pommes. Je n'ai plus l'âge de ce genre de marathon, on se fait vieux.

— Parle pour toi, moi je suis tout neuf, dit Milo en regardant plusieurs taches d'humidité au plafond, qui descendaient ensuite le long des murs et des lézardes. Où sont les autres ?

Rebeca expliqua qu'elle avait laissé Rojo et Cervera à l'étage et que Boada et Sena étaient descendus au sous-sol.

— Allons voir le corps de la sœur aînée.

Ils se dirigèrent vers l'escalier et, évitant les traces de sang, commencèrent à monter les marches ; Bonhora avec difficulté, en s'aidant de la rampe.

— Milo, dit-il, passe me voir un de ces jours à mon nouveau bureau de l'institut médicolégal. Je crois que tu as plein de choses à me raconter. Et ramène le nouveau Malart, j'aimerais lui poser deux ou trois questions.

— Ne t'attends pas à grand-chose, Goyo. C'est les fantasmes de Mercader, tu sais bien, dit-il en faisant pivoter son index à hauteur de sa tempe. Il paraît qu'elle a perdu la tête à cause d'un mec.

## 6

Il s'accroupit près du cadavre de Noelia Corona. Son corps était allongé sur le dos dans le couloir dont les murs, entre sa chambre et celle de sa sœur, ressemblaient également à des fresques de Pollock. Le visage défiguré, un bras plié près de la tête et l'autre parallèle à son corps, dans une mer de sang. Ses mains étaient enveloppées dans des sacs en plastique pour protéger les restes de peau sous ses ongles. Il ne vit pas trace de ruban adhésif sur ses poignets ni ses chevilles. Il éloigna plusieurs mouches. Il était évident qu'elle s'était trouvée en face de son assassin. Mais vu le nombre de blessures que présentait son visage, il imagina qu'il était trop tôt pour vérifier si elle avait des excoriations au niveau des points d'impact, ou des restes de ruban adhésif sur la bouche. Il observa le sang coagulé de la flaque, celui de son tee-shirt. On distinguait clairement une forme imprimée, celle d'un corps couché en travers de la poitrine de la jeune femme. Il posa la question à Bonhora qui confirma.

— En diagonale ?

— Plus ou moins. On dirait que l'assassin est resté un moment sur elle après sa mort.

— Encore une étreinte à un cadavre ?

— Vu la position, je dirais que c'est comme s'il s'était écroulé sur son corps. Nous ne savons pas pourquoi.

— Vous avez trouvé l'arme du crime par ici ?

— Ni ici, ni dans toute la maison, dit Cervera en sortant de la chambre de la gamine. Lorsque tu auras vu le jardin, tu comprendras qu'il n'était pas difficile de s'en débarrasser. L'assassin a pu la jeter par-dessus la palissade, au bas de la montagne. On a déjà demandé d'inspecter la paroi.

Milo palpa les poches des jeans de la fille.

— Et son portable ?

— On ne l'a pas trouvé.

— Ni dans sa chambre ?

Rojo passa la tête et fit un geste négatif. Tandis qu'il s'approchait il expliqua qu'il avait appelé le commissariat central pour qu'on le recherche, grâce à la géolocalisation.

— Ce que nous avons trouvé, c'est un tas de médicaments, dit-il. Cette fille prenait de tout, des tranquillisants, des somnifères, des antidépresseurs… Le tiroir de sa table de nuit est une vraie pharmacie.

Milo observa son visage, un amas d'os, de sang, de cartilages et de lambeaux de peau. Il regarda celui de la photo qu'il avait conservée avec lui. Cheveux bruns, raides et courts, à la garçonne. Visage ovale à la peau blanche, yeux gris, grands et ronds, maquillés de noir. Large bouche et nez en trompette, avec un pierçing en argent dans la cloison. Ses sourcils fins et ses oreilles un peu pointues lui firent penser à un lutin. Elle n'avait pas été belle au sens propre du mot, mais elle devait certainement être attirante. Le visage de la photo n'était plus celui d'une gamine, mais pas encore celui d'une femme. Sur le cliché, ses yeux renvoyaient une lumière froide, éteinte, sans vie, mais il n'en fit pas cas ; à cet âge personne n'aime poser avec ses parents. Il plia la photo et la glissa dans son blouson.

Il examina ses vêtements. Tee-shirt noir à manches longues avec une croix blanche imprimée sur la poitrine, jeans noirs, bottines. Pas de bagues ni de bracelets ni d'ongles vernis.

— Était-elle gothique ?

— Je crois qu'elle n'appartenait à aucun groupe, répondit Rebeca, mais qui sait. Son armoire est remplie de vêtements de tous les styles.

Il jeta un rapide coup d'œil à son corps. De stature moyenne, un peu boulotte, forte constitution. Il allait se relever lorsque Bonhora lui demanda de regarder sous son tee-shirt. Il le souleva et découvrit des cicatrices sur son abdomen, plusieurs séries de quinze ou vingt coupures horizontales et parallèles, d'une dizaine de centimètres de long, à peu près distantes d'un demi-centimètre entre elles. Et sur un côté du ventre, trois mots écrits en majuscules avec les mêmes excoriations : TU ES MORTE. Il eut un frisson dans le dos.

— Ce sont des coupures superficielles de l'épiderme, expliqua Bonhora, qui dans le pire des cas auraient pu s'infecter. Elle se les est infligées elle-même avec une lame de rasoir ou de taille-crayon démonté. C'est fréquent. Lorsque je l'examinerai dans ma salle, j'en trouverai probablement d'autres sur ses cuisses et sur d'autres endroits plus cachés. Elles reflètent un malaise physique. Les filles ne se les font pas parce que c'est la mode – quoique pourquoi pas –, mais surtout pour la décharge d'adrénaline qu'elles obtiennent en se coupant. Celle-ci agit comme un psychotrope très puissant. La douleur physique leur permet d'anesthésier la douleur émotionnelle. Cela peut à la longue les rendre addictes à cette sensation et à une autre plus importante, celle de garder le contrôle. En tout cas, elles peuvent contrôler la douleur physique et cela les soulage.

Milo pensa qu'il fallait beaucoup de volonté pour réussir une telle scarification, en incisant plusieurs fois la même blessure. Il lui baissa le tee-shirt et se releva.

— Une adolescente avec des angoisses suicidaires ?

— Il n'y a pas de raisons apparentes. Il faudra consulter le psychologue qui la suivait ; mais, à mon avis, si une jeune fille s'automutile de cette façon, c'est dû à sa sensibilité. C'était une adolescente sensible qui ne savait pas, ou ne parvenait pas à gérer ses émotions : l'angoisse, la colère, l'impuissance, la solitude ou le vide. Je suis certain que tu comprends mieux que personne ce que je dis.

— Elle le faisait pour attirer l'attention sur elle ? demanda Mercader.

— Non. Si c'était le cas, elle l'aurait fait sur des zones non cachées par les vêtements. Au contraire. Elle le faisait pour se libérer de son angoisse ou de son anxiété, pour se relaxer ne serait-ce que cinq minutes. J'ai connu plusieurs cas semblables et ce sont pratiquement toujours des jeunes qui sont incapables de supporter les frustrations.

— Ce qui expliquerait sa consommation d'antidépresseurs, dit-elle.

Bonhora haussa les épaules.

— En tout cas elle habitait dans une luxueuse maison, dit Cervera. Si j'avais dix-sept ans et que je vivais ici, je n'aurais pas de dépression nerveuse ni de coupures ni des conneries de ce genre. Je serais plus heureux qu'un gamin avec des souliers neufs.

— Cervera, répliqua Rebeca, toi tu n'es pas une personne sensible, alors ferme ta grande gueule et sois un peu respectueux, la victime est là, devant nous.

Milo jeta un dernier coup d'œil sur Noelia. "Tu es morte." Sur son visage fracassé avec une pierre jusqu'à la rendre méconnaissable.

— Tu as une idée du nombre de coups qu'elle a reçus ?

— Plus ou moins une dizaine. Je te le dirai avec exactitude après examen sur la table d'autopsie.

— Il faut être très en colère pour s'acharner et lapider quelqu'un de cette façon.

— Surtout si l'on considère que l'assassin était assis à califourchon sur elle et qu'elle était donc sans défense, à sa merci.

Mercader se planta devant Malart, mains sur les hanches.

— Quoi que tu dises, il s'agit d'un crime passionnel. Tu sais que j'ai raison. L'acharnement, la colère, l'absence totale de compassion… Tout converge vers le même point : une histoire personnelle.

Milo l'esquiva et entra dans la chambre d'Eva. Meubles blancs, comme les murs, avec un liseré en couleur de petits ours jouant du tambour. Sur un côté, un lit couvert d'un tas de vêtements tout froissés. Une chambre qui avait récemment été celle d'un bébé. Sans trace de sang par terre. Sur la fenêtre qui donnait sur la rue, on pouvait voir des visages souriants, avec des traits très simples, soigneusement collés aux vitres. Le volet était déroulé. Il demanda à Cervera s'ils l'avaient trouvé dans cette position. Ce dernier acquiesça.

— Et la porte ?

— À peine entrouverte, presque fermée.

— Des traces ou du sang sur la poignée ?

— Des traces de sa sœur, pas de sang. Mais il faudra attendre le rapport de la scientifique.

— On sait si la gamine avait des éclaboussures sur elle ?

— Ils sont en train de l'examiner. Il faut attendre le…

— Je sais, ce putain de rapport.

Il sortit dans le couloir, observa attentivement les traces de pas. Différents modèles de chaussures. Dans un sens et dans l'autre. Plusieurs allées et venues. Un entrelacs de traces. De l'escalier jusqu'au seuil de la chambre.

— Et la porte de celle de Noelia ? demanda-t-il à Rojo.

— Ouverte comme à présent et le volet remonté.

Il y entra. Contrairement à celle de sa petite sœur, les murs étaient tapissés de tissu noir, fixé à l'aide de punaises, sur lequel étaient imprimées en blanc une profusion de croix. Comme le couvre-lit, les draps étaient rouges. La pièce était jonchée de vêtements roulés en boule. Il y avait plusieurs traces de pas ensanglantés devant l'armoire ouverte et la table de nuit, chaque série était différente. Des empreintes rougeâtres sur les poignées des tiroirs. Il s'approcha de la fenêtre où le vent s'infiltrait en sifflant et observa la maison qui se trouvait juste en face, dont tous les volets étaient remontés. Il aperçut le balancement des rideaux, sous l'effet du courant d'air, supposa-t-il.

Il sortit à nouveau dans le couloir, aperçut les deux portes de l'autre côté, celle de la salle de bains, put-il vérifier, et celle de la chambre de Raúl, le seul garçon de la fratrie. Il y jeta un coup d'œil. C'était la classique chambre d'adolescent : des posters d'Ariana Grande, de motos, de filles prenant des poses suggestives. Il ne vit pas la moindre trace de sang. Le volet était descendu, le lit fait et, à son grand étonnement, tout avait été soigneusement rangé. Un ordinateur portable était posé sur un petit bureau.

— Nous en aurons besoin, comme de celui de sa sœur, dit-il.

Rojo expliqua qu'ils attendaient l'arrivée du juge pour enlever les corps, et emporter les téléphones.

Milo s'approcha du cadavre défiguré. Rebeca se planta à nouveau devant lui.

— Je te disais bien que tant d'acharnement et de colère convergent vers…

— J'ai entendu, sous-inspectrice, la coupa-t-il.

Il l'évita à nouveau et s'accroupit devant les pieds du corps. Il observa les semelles des chaussures.

— Et je ne dis pas le contraire, sauf que… poursuivit-il.

— Sauf que, quoi ? insista-t-elle.

Il la regarda machinalement.

— Celui qui a fait cela à Noelia n'avait pas pour objectif de soutirer la moindre information à son père. Il était déjà mort comme tout le reste de la famille.

Il montra les semelles puis balaya l'air de la main pour chasser les mouches.

— Elles sont pleines de sang, ajouta-t-il. Et à présent, avec ta permission, j'aimerais voir le niveau inférieur et le jardin dont a parlé Cervera.

Il s'éloigna de quelques mètres.

— Toute la famille n'était pas morte, dit Rebeca dans son dos. La gamine de deux ans dormait dans sa chambre, ici même.

— Exact, répondit Milo, sans se retourner. Un assassin aussi cruel et inhumain, capable d'agir avec un manque de compassion aussi brutal, laisserait-il un survivant derrière lui ?

La chambre de la grand-mère se trouvait au rez-de-chaussée, dans l'enfilade du salon. Milo imagina que c'était pour lui éviter de monter et de descendre l'escalier. Elle donnait sur l'arrière et disposait d'une salle de bains individuelle. C'était une pièce dépouillée, presque spartiate, où on distinguait seulement un fauteuil à bascule situé près de la fenêtre, sur le parquet flottant. En revanche, celle du couple Corona, située au sous-sol, était une vaste suite particulièrement décorée. Un lit gigantesque, de grandes lampes, des tapis tigrés, des miroirs, un grand dressing et une salle de bains privative avec baignoire hydromassante. Sur le mur latéral, flanquées par des doubles rideaux, on pouvait voir deux portes coulissantes avec accès direct sur le jardin où les deux inspecteurs Sena et Boada attendaient Milo. Ils étaient tranquillement assis autour d'une table en ciment, le premier tirant sur une cigarette et l'autre mâchant du chewing-gum. Avant d'aller à leur rencontre, il entra dans le bureau de Francisco Corona, situé à l'autre extrémité. À part une élégante *chaise longue**[1],

1. Tous les mots et expressions en italique suivis d'un astérisque sont en français dans le texte.

noire, tournée vers l'extérieur, et une lampe sur pied à côté d'elle, celui-ci était garni de meubles de travail. Le mur opposé était entièrement couvert de rayonnages débordant de boîtes d'archives, sauf au centre, où se trouvait une petite niche ouverte contenant un coffre-fort, ouvert également.

Milo le regarda attentivement.

— Márquez s'en est occupé ? dit-il.

Cervera le confirma.

— Et les gars de la scientifique ont emporté quelque chose ? demanda à nouveau Milo.

— Je n'en ai pas la moindre idée.

Il flaira parmi les dossiers du premier rayonnage : actes de propriété, papiers officiels, quelques-uns avec l'en-tête du ministère des Finances. Puis il ouvrit les étuis du deuxième rayonnage : montres, bagues, colliers ; apparemment des objets anciens d'une valeur sentimentale, et d'autres plus modernes, probablement des cadeaux personnels au sein du couple. Et sur le troisième rayonnage, encore des papiers, certains jaunis.

Il fit demi-tour et sortit dans le jardin où se trouvait déjà toute l'équipe. Le parfum du jasmin le mit immédiatement KO. Les plantes poussaient dans des jardinières rectangulaires et grimpaient le long des murs, aidées par des tuteurs en plastique vert, jusqu'à atteindre les fenêtres du rez-de-chaussée, les fleurs exhalant une intense fragrance douceâtre.

— Qu'est-ce que je te disais ? s'exclama Cervera en montrant la piscine en chantier, autrement dit, un tas de pierres de grosseurs différentes empilées près d'une cuvette de petites dimensions. L'endroit parfait pour cacher l'arme du crime, c'est l'histoire de l'aiguille dans la botte de foin. Tu nettoies la pierre, tu la jettes dans le tas avec les autres, elle sèche au soleil, et le tour est joué. À la vue de tout le monde. Et si tu trouves ça trop dangereux, tu la lances par-dessus la clôture, au bas de la montagne. Quel rigolo pourrait bien la découvrir, au milieu du terrain vague ? Les agents vont tous se mettre à loucher à force de la chercher dans les ronces : mission impossible.

Milo se mit inconsciemment à fredonner la mélodie de la *Chaconne*. La ville s'étendait devant ses yeux, confortablement installée au soleil, s'allongeant vers une mer bouillonnante d'agitation. Le paysage changea complètement. L'image placide se transforma brusquement en orage ténébreux. Les vagues, aussi denses que du pétrole, se cabraient sous un ciel sombre, rayé d'éclairs argentés, et les salves de la tourmente déchiraient les nuages noirs, accompagnées d'éclats de lumière cendrée. Il ferma les yeux un instant, puis les rouvrit. La ville apparut, à nouveau baignée de soleil. Ça n'avait été qu'un mirage, un de plus. Il ne put réprimer un frisson en apercevant les tours de la Sagrada Familia et, comme chaque fois, il fut irrité à la vue du poussiéreux bâtiment de Nouvel, avec sa pathétique forme phallique. Incompréhensiblement planté là, en plein milieu, il distordait les lignes d'une Barcelone que Milo trouvait, allez donc savoir pourquoi, féminines, semblables aux courbes d'une femme allongée sur le dos. Avec le moral en berne, il percevait le bâtiment comme un énorme menhir primitif enfoncé dans son dos, le traversant jusqu'à ressortir par sa poitrine. Une femme qui ne gisait pas morte, mais assassinée.

— Pour moi, c'est clair comme de l'eau de roche, dit Boada en mâchant son insupportable chewing-gum. Le garçon qui est à l'hôpital aperçoit le Nous Achetons de l'Or du père ; c'est un ami de Noelia et c'est ainsi qu'il parvient à entrer chez elle. Il drogue tous les membres de la famille, les attache, les bâillonne, puis torture le père pour l'obliger à révéler la combinaison du coffre-fort de la bijouterie. Il élimine un par un tous les membres de la famille jusqu'à l'obtenir. Ensuite il le tue, la fille lui échappe, il court à sa poursuite, la rattrape et lui fracasse le crâne à coups de pierre. Il laisse la vie sauve à la gamine, elle n'a que deux ans et il pense qu'elle n'est pas une menace, ou alors il oublie juste de l'achever elle aussi.

— Et après ça ? répliqua Rojo. Couvert de sang, il se rend à la bijouterie, la cambriole et retourne à la maison, où il reste jusqu'à ce matin pour se rendre au commissariat de la plaza de España ?

Le bruit de la mastication du chewing-gum avait été par moments plus intense.

— Il a peut-être eu un complice. Je n'en sais rien. C'est juste une hypothèse.

— Une hypothèse qui n'a ni queue ni tête, coupa Rojo. Et tu as déduit tout ça depuis le jardin, tout seul, comme un grand, sans autres éléments que les nôtres. Car bien entendu la vue du sang te donne toujours envie de dégueuler et tu n'as rien trouvé de mieux que te défiler à l'air libre.

— Celle-là, tu ne l'as pas volée, Boada, ricana Cervera, reconnais-le au moins !

— Dis-moi quelque chose, Rojo. Si ce garçon qui est à l'hôpital…

— Lucas Torres, il s'appelle Lucas Torres.

— Si ce Lucas Torres n'est pas impliqué dans l'affaire, pourquoi n'a-t-il pas appelé la police, hein ? Vas-y, dis-moi pourquoi.

— Est-ce qu'au moins tu es allé voir quel genre de voiture il y a dans le garage ?

— Y en a deux, une Polo et une Ibiza, pourquoi ?

— Tu trouves que c'est des voitures de gros richards ?

— Cette maison vaut bonbon ! se défendit-il.

— Possible, mais elle a besoin d'une bonne couche de peinture et les travaux de la piscine sont arrêtés. Et à part la chambre du couple, qui ressemble à la suite d'un bar à putes, le reste n'est pas si terrible. Ça te dit quoi tout ça, hein ?

Mal à l'aise, Boada secoua la tête.

— Oui bon, c'était pas l'abondance.

— Ça suffit, Rojo, intervint Sena, on a compris ce que tu voulais dire. Que le Nous Achetons de l'Or rapportait que dalle.

— J'aurais aimé entendre ton collègue le dire.

— On ne sait pas ce que couvrait cette affaire, insista Boada.

— Autrement dit, d'après toi, derrière tout ça, il y a une simple histoire de vol. Dix ou vingt mille euros, c'est exact ? On a assassiné quatre ou cinq personnes pour trente mille. On les tue à coups de pierre pour, allez, disons, cinquante mille. C'est ça que tu prétends ?

— C'est la crise, dit Boada en mâchant violemment son chewing-gum. Y a des gens qui tueraient pour moins que ça.

— Une famille entière ? Il n'y avait pas une façon plus simple de cambrioler un Nous Achetons de l'Or, sans se compliquer à ce point l'existence ?

— S'il s'agit d'un taré, d'un psychopathe, non.

— Ça, tu l'inventes ou tu le sais ?

— Tant que nous n'aurons pas interrogé ce garçon…

— Lucas Torres, bordel, il s'appelle Lucas Torres.

— Oui, eh bien tant qu'on n'aura pas interrogé Lucas Torres…

— C'est correct, coupa-t-il, tant qu'on ne l'aura pas interrogé. Et qu'est-ce que ça signifie ? Je te donne la réponse. Qu'il existe deux sortes d'inspecteurs : ceux qui, comme toi, veulent vite trouver un coupable, à n'importe quel prix, pourvu qu'ils obtiennent une médaille, et ceux qui, comme moi, tentent de trouver la vérité pas à pas, sans autre considération.

Milo se tourna. Il marcha vers l'inspecteur Boada.

— Ce que j'aimerais savoir, moi, c'est pourquoi tu es toujours si bien peigné, dit-il. Un jour il faudra que tu m'expliques.

Des bruits de pas et de voix arrivèrent à leurs oreilles, ils se tournèrent vers la porte. La juge Cabot fit irruption dans le jardin, suivie par le greffier du tribunal et les chefs de la police.

— Inspecteurs, sous-inspectrice, dit-elle, je suis désolée pour mon retard. L'adresse avait été mal notée. Au lieu de la rue Julià, nous sommes allés rue Júlia, dans le district de Nou Barris, à l'autre extrémité de la ville. Et plusieurs rues sont fermées à cause du vent qui a fait tomber des branches et détruit du mobilier urbain, ce qui en plus des habituelles manifestations peut vous donner une idée de l'état de la circulation.

Ils l'observèrent sans piper mot. Ils connaissaient parfaitement la juge Susana Cabot. Un faucon dans son travail, méticuleuse jusqu'au pointillisme, d'un commerce agréable et direct, mais dure comme de la pierre pour mener l'instruction d'une affaire. Ses cheveux châtains mi-longs, ébouriffés par le vent, arboraient de nouvelles mèches rouges, et lui donnaient un air de Médée ou de Méduse, qui n'augurait pas des temps paisibles.

— Voulez-vous que je détaille davantage mes excuses ? insista-t-elle.

— Ce ne sera pas nécessaire, madame la juge, dit le chef Singla. Nous sommes prêts à procéder, lorsque vous le direz.

— Un instant, lui dit-elle. D'abord, j'aimerais savoir comment tous ces médias sont arrivés jusqu'ici.

— Ça y est, murmura Cervera, les emmerdes habituelles…

Milo ne put éviter de sourire.

— Vous trouvez ça marrant, inspecteur Malart ?

— Madame la juge, avec tout le respect que je vous dois, si vous cherchez un responsable de la fuite, vous n'avez que l'embarras du choix. À commencer par le service des appels de votre palais de justice, que nous avons prévenu, jusqu'aux voisins du quartier. N'importe qui peut avoir remonté le réseau, je ne vois pas ce qui vous étonne.

La juge Cabot l'observa de haut en bas.

— Ce qui m'étonne ou pas n'est pas votre affaire, inspecteur Malart. Me suis-je bien fait comprendre ?

— Absolument, madame la juge.

— Bien, alors commençons, dit-elle.

Elle fit demi-tour et entra dans la maison d'un pas décidé. Milo fit exprès de rester en arrière pour faire un signe à Mercader. Lorsqu'elle s'approcha, il lui demanda si elle sortait vraiment avec un crétin qui se laquait la frange pour qu'elle reste en place, bien peignée. Rebeca devint toute rouge, contracta les muscles de son visage et, sans dire un mot, quitta le jardin.

— C'est le printemps, dit Milo.

Il observa les liserons grimpant sur le mur, chargés de fleurs blanches, tout en fredonnant pour lui-même les notes de la lamentation de Bach.

# 7

En raison du nombre de cadavres, la levée des corps fut très lentement menée à son terme. Le médecin légiste en chef, tout comme les membres du GEHME, répondit aux questions de la juge tandis que le greffier du tribunal notait les réponses sur plusieurs formulaires, un pour chaque victime. Ensuite, lorsque les déclarations furent closes, la juge signa les actes, ordonna la levée des corps, et les auxiliaires de Bonhora commencèrent à étendre les housses de nylon noir le long de chaque corps. En silence, sous le regard grave des personnes présentes, ils introduisaient les cadavres à l'intérieur de leurs enveloppes, remontaient la fermeture éclair et les emportaient immédiatement sur une civière jusqu'au fourgon blanc garé près de la grille, portières de derrière grandes ouvertes. À chaque apparition d'une housse noire sur le perron de la villa, une rumeur de voix agrémentée de flashes montait et retombait lentement jusqu'à la suivante, où elle redoublait. La dernière housse à être emportée fut celle de Noelia Corona, accompagnée cette fois par le médecin légiste en chef qui, après avoir demandé à la juge Cabot si elle avait encore besoin de ses services, quitta les lieux le dos voûté et traînant les pieds.

Milo murmura à la juge que Bonhora était épuisé.

— Et il a encore une longue journée devant lui.

— Nous sommes tous très fatigués, inspecteur, dit la juge et, baissant la voix, elle ajouta : depuis quand te soucies-tu des autres, toi ?

— Tu as déjeuné, Votre Honneur ? lui demanda-t-il.

Elle acquiesça en secouant rapidement la tête.

— Eh bien lui, il n'a rien mangé de la journée.

La magistrate lut le reproche dans son regard.

— Tu es devenu humain ? demanda-t-elle.

Milo soupira et s'éloigna en direction de ses collègues.

Susana Cabot sollicita l'attention de Singla et lui demanda où ils pouvaient se réunir afin de donner les premières instructions. Le salon ne lui semblait pas un lieu propice, l'odeur y était trop nauséabonde, sans compter le sang et les mouches. Il n'était pas question de le faire dans la rue, à cause des médias, et il y avait beaucoup trop de vent dans le jardin. Singla proposa le bureau en sous-sol. Une fois que tout le monde se fut regroupé dans la pièce, la juge demanda si les victimes avaient de la famille. Le sous-chef Corberó répondit que le mari, Francisco Corona, avait plusieurs cousins éparpillés en Espagne, mais aucun parent à Barcelone. En revanche, son épouse, Patricia Ugarte, avait une sœur qui habitait en ville, dans le quartier de Gracia.

— Que quelqu'un aille la prévenir du drame et en profite pour prendre sa déposition, au cas où elle pourrait nous apporter un élément supplémentaire. Sous-chef, que votre commissariat se charge de prendre contact avec les cousins. Immédiatement ; je ne voudrais pas qu'ils apprennent l'affaire par la télévision. Chef Singla, que vos hommes prennent en charge l'enquête de proximité, qu'ils demandent aux voisins s'ils ont remarqué des inconnus qui rôdaient dans le coin. Bref, c'est vous les professionnels, vous devez savoir comment mener l'affaire. Nous savons quelle est l'arme des crimes et qui a eu l'opportunité de les commettre, dit-elle en fixant Singla dans les yeux. Je veux que, lorsqu'il se réveillera, Lucas Torres soit soumis à une expertise psychiatrique. Et qu'on notifie à ses parents la situation de leur fils, nous ne sommes pas des monstres. Mais en aucun cas, je dis bien en aucun cas, ils ne doivent s'entretenir avec lui avant que nous ne l'ayons fait nous-mêmes. Compris ? S'ils protestent, et ils vont le faire, vous leur dites que leur fils est retenu sous surveillance, pas détenu, et qu'ils seront régulièrement informés de nos décisions, afin de pouvoir lui apporter l'aide légale qu'ils considéreront adéquate.

— À vos ordres, madame la juge, dit Singla.

— Problème suivant, poursuivit-elle. Je veux tout savoir sur chaque victime, le moindre détail de leur existence. N'importe quoi qui pourrait nous permettre de nous faire une idée du mobile, même s'il est pour moi impensable que quelqu'un puisse avoir des raisons de commettre une sauvagerie pareille, précisa-t-elle en perdant la voix. Elle se racla la gorge avant de poursuivre : J'ai du mal à concevoir que notre société soit désorientée à ce point, mais je ne peux pas fermer les yeux devant une telle évidence. Je veux… non, j'ai besoin de comprendre cette violence, de l'imputer à la folie. Dans le cas contraire, nous serions en train de parler d'une banalisation de la vie humaine qu'à l'heure actuelle, sachant que nous vivons à l'ère de l'imbécillité, il me serait difficile de supporter. Si quelqu'un pénètre chez nous et massacre absolument toute la famille pendant que nous sommes en train de dormir ou de regarder la télévision, cela ne peut être que… la seule explication est…

— Nous trouverons ce mobile, intervint Milo, c'est notre boulot.

Susana Cabot se racla plusieurs fois la gorge.

— C'est à cause du pollen, n'allez pas imaginer je ne sais quoi. Ça m'irrite les yeux et les cordes vocales, dit-elle en regardant tous les visages l'un après l'autre. Je n'aime pas cette affaire. Je ne l'aime pas du tout. Et lorsque je n'aime pas quelque chose, je deviens nerveuse. Ceux d'entre vous qui me connaissent savent que d'habitude je suis souple et même tolérante face aux erreurs. Nous sommes tous humains et blablabla. Mais lorsque je suis nerveuse, je ne permets pas le moindre dérapage. Il n'y aura pas de second avertissement, c'est clair ? C'est clair ? Sous-chef, que savons-nous de la grand-mère ?

— Elle est toujours dans un état critique.

— Et la gamine ?

— Elle dort encore. Comme Lucas Torres.

— Bien, tenez-moi informée. Inspecteur-chef Singla, vous pouvez distribuer les tâches.

Il la trouva dans le jardin, assise sur un des bancs, devant la table en ciment, regard perdu. Il s'approcha d'elle.

— Votre Honneur, tu les as tous intimidés avec tes nouvelles mèches. Tu veux changer ton image ? Tu as un *je ne sais quoi** qui m'inquiète.

Elle se tourna pour vérifier que personne ne les écoutait.

— Se renouveler ou mourir, Milo. Pousse-toi, tu me caches le soleil.

— D'accord, mais rouge feu ?

— Elles sont rouge cerise, californiennes, la dernière tendance. Elles combinent un dégradé subtil et l'audace d'une teinte vibrante, pour ajouter un peu de couleur à ma vie.

— Je ne savais pas que ta vie avait besoin de couleur.

— Toi, en revanche, tu es toujours le même, avec ton allure de clodo. Tu ne pourrais pas te raser de temps en temps et passer une chemise pour changer un peu ? Ce n'est pas demander la lune, me semble-t-il ?

Milo sourit. Il la trouvait en pleine forme, elle ne portait plus la moindre trace de la dépression qui l'avait terrassée après la dure expérience vécue alors qu'elle instruisait l'affaire du Bourreau de Gaudí. Ils s'étaient connus bien avant, quand elle était une jeune juge d'instruction de trente-quatre ans nouvellement installée, et lui un tout frais agent de vingt-cinq ans sortant de l'école de police. Cela s'était passé au hasard d'une rencontre, sans que ni elle ni lui ne connaissent la profession de l'autre. Ils avaient fini la soirée chez elle. Leur relation avait ensuite connu des hauts et des bas. Après avoir été amants, ils devinrent de froids inconnus, puis des amis très complices, et plus tard, lorsque les conséquences de cette affaire mirent à l'épreuve leur amitié, ils éprouvèrent l'un pour l'autre un sentiment indéfinissable, d'une richesse exceptionnelle, au-delà des normes. Pendant les mois de noirceur de la juge, Milo craignit pour sa solidité mentale, inébranlable jusque-là. Elle avait toujours eu un talent naturel pour ne pas se laisser gagner par les émotions, pour ne jamais perdre la tête. Mais voir la mort de si près, et de façon aussi cruelle, l'avait détruite. Elle avait frôlé un point de non-retour. Sa crainte de reprendre la routine quotidienne, d'abandonner la sécurité fictive de sa maison, même après avoir fini son intense psychothérapie, avait obligé Milo à devenir dur avec elle, pour éviter qu'elle ne s'effondre définitivement. Par chance, le cauchemar avait fini par rester derrière elle, comme son renoncement à vivre. Même si à présent, à sa grande perplexité, elle avait entrepris des changements qui le déconcertaient.

— On dîne chez toi, Votre Honneur ?

— Un autre jour, ce soir je suis prise. Tes vacances se sont bien passées, tu as rencontré des gens intéressants ?

— Change pas de sujet. Avant, on dînait ensemble tous les dimanches.

— Avant c'était avant, et maintenant c'est maintenant, et en plus aujourd'hui c'est lundi. Tu penses vraiment que vous allez trouver les raisons d'une telle atrocité, ou tu as juste dit ça pour éviter que je perde mon aplomb devant tout le monde ?

Milo serra les lèvres sans répondre.

— Incroyable, c'est vrai que tu es devenu plus humain. À présent tu te montres loyal, même en public, ça me pétrifie.

Milo fit la grimace. Il fixa ses cheveux.

— J'imagine que c'est le nouveau qui est responsable de ça. Il est coiffeur ?

Elle se tourna à nouveau pour s'assurer que personne ne pouvait les entendre.

— Il est musicien. Il joue de la batterie dans un groupe de jazz. Il s'appelle Walter. Il est brésilien. Et oui, il me fait sentir singulière, tu ne peux pas imaginer. Tu ne m'avais pas dit que je devais sortir ? Je l'ai fait.

— Tu changes d'amoureux comme on change de chemise. Je ne te reconnais plus. D'abord un infirmier…

— Un médecin.

— Puis un fabricant de cafetières.

— Un ingénieur.

— Ensuite un masseur.

— Un ostéopathe, un des plus réputés, lâcha-t-elle crispée.

— Et maintenant ce type avec sa batterie.

— Ça suffit. Il a fait ses études à New York, à Londres et maintenant il étudie ici. Il joue quatre jours par semaine au Milano pour payer sa formation. Tu contrôles ma vie sentimentale, maintenant ? Ma vie privée ne te regarde pas.

— Tu es en train d'épuiser Meetic, eDarling et Tinder.

— Ça te pose un problème ? Tu n'es pas mon père que je sache, répliqua-t-elle. Le problème, c'est que tu es tellement malheureux dans ta vie privée que tu ne supportes pas le bonheur des autres.

Milo encaissa le coup en silence. Puis il s'éloigna jusqu'au mur, y colla son front et commença à donner de légers coups de tête.

— Ça va, excuse-moi, dit la juge. Arrête, je t'en prie.

— "Avant de détruire ses victimes, Dieu les rend folles."

— Qu'est-ce que tu racontes ?

— Euripide, dit-il. Je pensais à haute voix.

— Pourquoi tu me fais ça, Milo ? À mon âge, et pour la première fois depuis très longtemps, je me sens comblée, j'ai enfin retrouvé l'envie de vivre. Je ne suis plus la même. Je ne suis pas une femme qui n'a rien d'autre dans sa vie que son travail. Est-ce que tu peux dire la même chose, toi ?

Milo demeura impassible, absolument inexpressif.

— Je pensais que ça te ferait plaisir. Je parviens à contrôler à nouveau toute ma vie.

— Et je m'en réjouis.

— Alors ?

— Contrôler n'est pas gouverner.

La juge se leva immédiatement.

— Notre conversation est close, dit-elle, puis elle se dirigea vers la porte et se ravisa : Deux choses, inspecteur. À présent que tu es revenu, je te rappelle que tu dois laisser Ivo Parés et Mónica Morera en paix, ne t'avise pas de les approcher à nouveau. Ces gens-là ont des relations dans la haute société et de nombreuses personnes n'attendent que ça, que tu commettes une nouvelle erreur. Je te connais, et c'est la raison pour laquelle je te préviens. Si tu t'obstines, je ne pourrai plus rien pour toi. Y aura pas de deuxième avertissement.

— Et la seconde chose ?

— Résous cette affaire, inspecteur Malart. Arrange-toi comme tu voudras, mais résous-la. J'ai besoin d'avoir à nouveau foi en notre société, de respirer tranquille. Tu crois que tu vas y arriver ?

Milo dirigea son regard vers le bâtiment contigu, au toit en fibrociment et aux murs en béton, aussi haut que la villa.

— Je ne sais plus ce que je crois, dit-il.

Lorsque la délégation de la juge abandonna la maison suivie de Rojo et de Cervera, le chef Singla était en communication sur son portable. En voyant que Sena et Boada se préparaient à faire de même, Milo arrêta le premier et lui dit qu'il aimerait voir le match de samedi, pouvait-il lui passer une clé USB avec l'enregistrement ?

— Je n'étais pas là et je l'ai raté. Ils ne l'ont diffusé nulle part.

— Tu peux le télécharger sur internet. Tu étais au milieu de la forêt amazonienne ou quoi ?

— Tu peux m'en passer une ou pas ?

— D'accord, je te donne ça demain, mais il faut que je demande d'abord à Óscar de m'en faire une copie. Moi, je ne sais pas comment ça marche. Il est très doué pour ses huit ans.

Ils s'écartèrent tous les deux pour laisser passer les deux agents du commissariat central qui transportaient les cartons contenant les ordinateurs de la maison et les téléphones portables des victimes.

— Quels voisins allez-vous interroger, vous ?

— Ceux qui habitent côté montagne. Rojo et Cervera vont s'occuper de ceux qui habitent côté mer. La journée va être longue, c'est moi qui te le dis.

— Je peux te demander un autre service ? demanda Milo à Sena qui acquiesça. Lorsque vous prendrez la déposition du voisin d'en face, secoue-le un peu, tu vois ce que je veux dire, mais sans lever un lièvre.

— Encore un de tes putains de pressentiments ?

— *Fenêtre sur cour*. C'est un de mes films préférés.

— Je ne l'ai pas vu. Il faudra que je demande à Óscar de me le télécharger, dit-il en regardant vers la rue où l'attendait Boada. Autre chose ?

— C'est tout, Victor. Merci.

— Putain, Malart, t'es malade ? Il ne manquerait plus à

présent que tu me serres la main et que tu me donnes l'accolade. Que t'est-il arrivé ?

Il s'éloigna en secouant la tête. Rebeca s'approcha de Milo. Elle fit signe du menton en direction de Sena et lui demanda ce qui se passait.

— Il n'aime pas l'amabilité.

— Tout se passe bien avec ta juge ?

— Commence pas avec cette cantilène, Mercader.

— Je t'ai vu en train de te donner des coups de tête contre le mur.

— Exagère pas, je voulais juste expérimenter quelque chose.

— Ah oui, ce qu'ont ressenti les victimes de samedi soir, ironisa-t-elle. Vous aviez l'air bien énervés tous les deux et d'après vos gestes je jurerais que vous vous disputiez. Je me trompe ?

— On ne voit pas les choses de la même façon à propos de cette affaire, un point c'est tout. Que dirais-tu qu'on dîne ensemble, ce soir ?

— Impossible, j'ai déjà un rendez-vous.

— Sérieusement, Mercader. Toi, tu vaux huit et ce type à peine deux. Je ne comprends pas ce que tu lui trouves. Comment peux-tu t'afficher avec lui.

— Huit, je vaux seulement huit ?

Singla coupa son téléphone et s'approcha d'eux.

— On a trouvé du sang sur le haut des escaliers qui mènent à l'avenue Miramar.

— C'est celui de Lucas Torres ? demanda Rebeca.

— On est en train de l'analyser. Si c'est le sien, ça nous indiquerait le chemin qu'il a pris au petit jour, en quittant les lieux.

— Le plus long ? dit Milo. Dans son état, à bout de forces, il décide de faire un détour pour se rendre au commissariat de la plaza de España ?

— Peut-être a-t-il voulu éviter les caméras de surveillance qui se trouvent dans la rue.

— Chef, il n'y a pas de caméras, nous l'avons vérifié. Les voisins possèdent des alarmes, mais pas de caméras.

— Ou alors il l'a fait machinalement, dit-elle, il a tourné à gauche sans réfléchir. Ou par inertie.

— Simples spéculations, coupa Singla. Tant que nous ne l'aurons pas interrogé ou obtenu davantage d'informations, on perd notre temps. Je vais demander à Corberó que ses hommes ratissent tout le chemin parcouru par Lucas Torres, ainsi que les alentours, à la recherche de l'arme du crime et du téléphone portable de Noelia Corona.

— Et de ses chaussures, probablement des baskets, précisa Milo. Elles ne peuvent pas s'être évanouies dans les airs.

L'inspecteur-chef desserra le nœud de sa cravate.

— Mercader, Malart, vous allez à présent vous rendre chez Carla Ugarte, la sœur de l'épouse assassinée, pour lui notifier la tragédie qui a lieu ici.

La sonnerie de son portable retentit à nouveau et Singla le porta à son oreille. Il écouta sans broncher, sans bouger le moindre muscle. Lorsqu'il coupa la communication, il leur dit que le nombre de victimes s'élevait à cinq.

— La grand-mère vient de mourir sans pouvoir nous dire quoi que ce soit. Elle n'a jamais repris connaissance.

— Cinq victimes, dit Rebeca.

Singla acquiesça.

# 8

— Comment va Eva ? demanda Carla Ugarte, angoissée. Elle se porte bien ? Je peux lui rendre visite ?

Rebeca et Milo la rassurèrent sur ce point en lui expliquant qu'elle était encore endormie, mais en parfaite santé. La femme avait appris la nouvelle par laSexta. La chaîne généraliste avait interrompu le journal de la mi-journée pour diffuser un communiqué de dernière minute. Elle avait donné la nouvelle sans précision d'aucune sorte, mais en montrant les images de la villa de la rue Julià où se succédaient les fréquentes entrées et sorties des membres de la scientifique et de l'équipe de médecins légistes. Carla Ugarte avait tout de suite reconnu la maison de sa sœur, sans pouvoir y croire.

— Comment est-ce possible ?

Avec une moue d'impatience, comme s'ils avaient eu la possibilité d'effacer d'un trait de plume la réalité et la convaincre que tout cela n'avait été qu'une erreur des médias, Carla Ugarte les guida jusqu'à la véranda, à l'arrière de sa maison. Ils prirent place dans des fauteuils en osier, entourés de plantes et accompagnés par le bruissement de l'eau d'une fontaine artificielle. Elle leur proposa du thé et leur dit qu'elle avait avalé un tranquillisant, car une première infusion de valériane n'avait pas été suffisante. D'ailleurs elle allait s'en préparer une autre et elle leur proposa une nouvelle fois quelque chose à boire. Rebeca et Milo refusèrent. Lorsque Carla Ugarte vint s'asseoir, Rebeca lui expliqua avec tact, sans se presser, la raison de leur visite, en même temps que Milo demeurait muet et en retrait. Elle l'interrompit pour lui demander qu'elles se tutoient, car cela lui permettrait de se sentir plus à l'aise.

— Et ne m'appelez pas madame, s'il vous plaît. Mon prénom est Carla. D'habitude, ce genre de choses n'arrive qu'aux autres, n'est-ce pas ?

C'était une femme d'allure agréable. Cheveux frisés, bruns, visage ovale, sans maquillage. Plus âgée que sa sœur de deux ans, elle était professeure de français dans un lycée. Divorcée, elle avait un enfant. Derrière son angoisse, Milo devina un esprit innocent, peut-être ingénu, candide. Tentant de se blinder, il écouta Rebeca lui poser les premières questions et Carla lui répondre, au début de manière succincte, pour devenir ensuite de plus en plus communicative.

— Paco était un homme très travailleur, un bon père pour ses enfants et un fils merveilleux pour sa mère. Il l'adorait. La pauvre femme commençait à perdre la tête, vous voyez ce que je veux dire, démence sénile, mais il avait toujours refusé de la placer dans un centre spécialisé. Il ne l'aurait fait pour rien au monde. C'était sa mère et il s'arrangerait pour qu'elle ne manque de rien jusqu'à… jusqu'à la fin.

Tous les deux remarquèrent qu'elle n'avait rien dit de la relation entre l'épouse et son mari. Rebeca réserva la question pour plus tard et lui demanda si elle pensait qu'il pouvait avoir des ennemis, en liaison avec son commerce.

La femme écarquilla les yeux.

— C'est absurde. Des ennemis ? Paco ? Mais pourquoi ? C'est impossible. Je vais vous dire, il a fait partie de la première mission de paix, au Kosovo, à l'époque de la guerre. Il était dans la police nationale, et avait appris que les Nations unies cherchaient du personnel parlant anglais. Comme il maîtrisait parfaitement la langue, il a immédiatement présenté sa candidature. C'était juste après la naissance de Noe, vous comprenez ? Un homme qui accepte ce genre de mission en laissant un bébé à la maison ne peut pas avoir d'ennemis.

— Comment s'est passé son retour ?

— Les choses n'ont pas été faciles. Il avait vécu des choses très dures dans les Balkans, vu des scènes horribles et il en était revenu plutôt traumatisé. Mais il avait été obligé de se reprendre et d'aller de l'avant. Que pouvait-il faire d'autre ? dit-elle en avalant une longue gorgée de la tasse qu'elle tenait à la main. Il a démissionné de la police et a fait plusieurs métiers, avant d'avoir l'occasion de monter sa petite bijouterie. À cause de la crise financière, il a vite été obligé de la transformer en Nous Achetons de l'Or. Mais si vous l'aviez vu le jour de l'inauguration, il sautait de joie. Nous étions tous très fiers de lui.

— Patricia, son épouse, également ?

— Elle la première, bien entendu. Pourquoi me demandes-tu ça ?

— Ce sont des questions de routine, Carla. Parle-nous de la relation entre Paco et Patricia.

— Tout marchait comme sur des roulettes. Avec les petits problèmes habituels que rencontrent tous les couples, rien de bien méchant, normal.

Mercader lui demanda de lui donner un exemple. Tandis que Carla réfléchissait, Milo remarqua qu'elle n'avait pas de montre-bracelet.

— Bon, parfois Patricia se plaignait que son mari n'avait d'yeux que pour son commerce, qu'il la négligeait trop. Avec ses voyages et tout ça.

— Et c'était vrai ?

Carla fronça les sourcils.

— Non… je n'aime pas notre conversation, dit-elle. Mon Dieu, nous mettre à cancaner à leur propos n'est pas… pas correct.

Rebeca lui expliqua qu'ils voulaient juste vérifier ce qui avait pu se passer. Ses questions, expliqua-t-elle, avaient seulement pour but d'éclaircir ce qui était arrivé.

— Ton témoignage est très important, nous avons besoin de ton aide.

Pas très convaincue, Carla avala une nouvelle gorgée. Puis elle soupira et dit :

— Vous auriez dû voir la voir, notre Patricia.

Son haleine d'alcool de genièvre atteignit les narines de Milo et de Rebeca.

— Comme elle était la plus jeune, raconta-t-elle, elle a toujours été le chouchou de la maison. Il lui faut être le centre de toutes les attentions. Oui bon, parfois, elle explose pour un rien et se met à faire la tête plusieurs jours, sans dire un mot et tout ça. Et en plus, il y a le problème de son âge. Mais rien de bien grave, vraiment, se pressa-t-elle d'ajouter. Des disputes parfois, pour des bêtises. Comme tout le monde.

La modification du temps des verbes ne passa pas inaperçu pour Rebeca et Milo. Ils étaient habitués à toutes sortes de réactions devant la mort violente d'un membre de la famille, à différentes manières de se comporter, en fonction du caractère de chacun, pour encaisser un coup aussi terrible et inattendu. En réalité personne ne savait de quoi dépendaient exactement ces attitudes, qui étaient au fond une façon de se protéger face à la brutalité des faits. Voilà pourquoi Rebeca et Milo se contentèrent de se montrer impassibles et d'aller dans son sens.

— Que veux-tu dire par "le problème de son âge" ?

— Patricia n'avait pas supporté d'avoir quarante et un ans, expliqua-t-elle. Ni quarante d'ailleurs. Dès lors elle s'était comportée de façon encore plus capricieuse. Ses augmentations mammaires et labiales venaient de là. Elle accordait une grande importance à son image et ne craignait pas d'entrer dans un bloc opératoire, si cela pouvait cacher le temps qui passe.

Milo observa que Carla se fichait de son apparence. Elle préférait être naturelle, sans maquillage ni retouches chirurgicales. Pour elle, pas question de bistouri.

— Patricia a un travail ? demanda Rebeca.

— Elle s'occupe de sa maison. Et fait les courses. Les chaussures et la lingerie de luxe la rendent complètement folle. Mais attention : elle n'est pas panier percé ! On a toutes et tous un hobby, n'est-ce pas ? Eh bien le sien consiste à acheter.

— Elle accompagne souvent Paco dans ses voyages ?

Carla fit non de la tête. C'étaient des voyages éclair d'un ou deux jours au maximum, et il préférait les faire seuls.

— Son affaire marche bien ? Il a des dettes ?

— Je n'en ai pas la moindre idée, mais j'ai l'impression que non. Je veux dire que vu ce que dépense Patricia en caprices, j'en doute. La semaine dernière, elle s'est présentée avec des chaussures… il faut voir ça ! Je ne sais pas combien elles lui ont coûté, mais c'est sûr que c'était pas cent euros. Paco l'a très mal habituée, l'histoire classique.

— Parle-nous de ses enfants ; de Raúl, par exemple.

D'après Carla, c'était un bon étudiant, responsable, un garçon tranquille, un peu influencé par les idées de son père, il était devenu son perroquet, la fierté de Paco, incontestablement, conclut-elle.

— Perroquet ? Que veux-tu dire ?

Elle eut l'air contrarié.

— Paco est politiquement à droite, très à droite, dit-elle. Et sur certains sujets, il est même… bon… disons extrémiste. Sur celui des immigrés, par exemple. Pour lui, la seule façon de traiter la question est de fermer les frontières à double tour. Le jargon des populistes si à la mode aujourd'hui : nous et les autres. Et les autres, les étrangers sont coupables de tout, vous voyez ce que je veux dire.

— Et Raúl est du même genre ?

— Je n'aimais pas du tout ce que je lui entendais dire à table. De moins en moins. Je savais que c'était juste pour faire comme les grands, pour faire plaisir à son père, mais ses blagues sur les Arabes et les Latinos me fatiguaient vraiment. J'imagine que c'était seulement un air qu'il voulait se donner, mais le chemin qu'il était en train de prendre ne me plaisait pas du tout.

— Et sa sœur aînée, qu'en pensait-elle ?

— Ça l'énervait autant ou encore plus que moi.

— Que peux-tu nous dire à son sujet ?

— Bon, Noe, c'est une autre histoire. Elle veut tout, tout de suite, comme la plupart des adolescents. C'est l'oiseau rare de la famille, elle est très sensible, mais pleine de démons intérieurs, un peu menteuse. Comme tous les jeunes de dix-sept ans. Ça lui passera lorsqu'elle sera plus grande, dit-elle, puis elle avala une nouvelle gorgée d'infusion arrosée d'alcool de genièvre, tout en observant Milo par-dessus la tasse. Et toi, tu ne dis rien ?

— Tu savais que Noe s'automutilait ? demanda-t-il.

— Moi, ce genre de… bredouilla-t-elle, je sais qu'elle a eu de petits problèmes, mais pas très graves. Elle est un peu provocatrice, mais c'est une brave petite, elle n'est pas méchante. Elle cherche sa place, une place qui lui corresponde vraiment, c'est tout. Elle est très créative. Elle passe la journée son portable à la main, à tout filmer, tout le monde, silencieuse comme un chat. Vous devriez voir ses clips, c'est comme ça que Noe les appelle. Ils sont courts, quelques secondes, mais très intenses. Lorsqu'elle aura enfin trouvé un objectif dans sa vie, elle fera parler d'elle, c'est moi qui vous le dis, expliqua-t-elle en secouant la tête. Elle veut étudier la chimie, mais moi je ne la vois pas là-dedans. Je l'imagine mieux dans quelque chose qui ait un rapport avec l'art, je ne sais pas, le cinéma, la photo, la publicité.

— Elle sort avec un garçon ? demanda Rebeca.

— Un jour celui-ci, le lendemain celui-là, rien de sérieux, comme toutes les gamines.

— Elle s'entend bien avec son père ?

— Ils sont comme chien et chat. Ils passent leur temps à se disputer. La dernière fois, ç'a été terrible. Elle voulait absolument un iPhone. Lorsque Paco a refusé, elle est devenue une vraie furie. Finalement, il lui a acheté un de ces portables chinois qui ont une excellente image. Mais ça n'avait pas fait retomber la colère de Noe et, à la première occasion, elle lui refaisait un autre scandale.

“Au cours d'un autre dîner à la maison, après l'été, en présence d'invités, le sujet de l'attentat du mois d'août, à Barcelone, avait été mis sur la table et Noe n'avait rien trouvé de mieux à dire qu'elle comprenait les terroristes et qu'elle serait capable de perpétrer quelque chose du même genre.

“C'était pour attirer l'attention, vous comprenez ? Lorsqu'elle a vu qu'on demeurait tous muets, elle a prétendu que c'était une blague. Elle adore provoquer. Et elle fait pareil avec Patricia. Pourquoi pensez-vous qu'elle s'est fait percer le septum pour mettre un anneau en argent ? Moi, je vous dis qu'il faut avoir de la patience avec elle, le temps arrangera tout ça. Il faut la laisser tranquille. L'important est qu'elle ne se sente pas incomprise ni inadaptée.

— Tu veux dire qu'elle a des problèmes ?

— Non, pas du tout. Son problème, ce sont ses sautes d'humeur, elle le tient de Patricia. Elle se fâche pour un rien et lorsqu'elle explose… bon, il vaut mieux ne pas rester dans les parages. Elle n'arrête pas de se chamailler avec Raúl, il lui dit qu'elle est trop sensible et pénible. Et elle tombe dans le panneau. C'est fréquent chez un frère et une sœur, conclut

Carla en avalant une autre gorgée. Elle prétend que, bébé, on l'a ramassée sous un pont. Voilà pourquoi je dis que c'est le vilain petit canard de la famille. Elle n'a pas de soucis, mais elle ne se sent pas à sa place, un point c'est tout.

Milo serra les dents. Les mots de Carla lui rappelèrent Marc, son neveu. Un préadolescent qui lui aussi avait de "petits problèmes". Qui lui non plus ne trouvait pas sa place dans le monde. Il était sensible. C'était un brave garçon, un jeune qui se sentait invisible dans sa famille. Qui trouvait qu'on ne lui prêtait pas assez attention. Et puis un jour, accablé par un poids qu'il supportait tout seul, il avait pris la décision de s'ôter la vie. À l'âge de quinze ans. Milo n'avait rien vu venir. Marc avait utilisé l'arme réglementaire de son oncle. Dans le salon de ce dernier. Milo parvenait à lire dans les pensées d'un criminel, mais n'avait pas perçu les appels au secours de son neveu. Il n'avait pas su les entendre. Et Marc s'était tiré une balle dans la tête. Tandis que Milo discutait avec sa femme Irene, dans la pièce d'à côté. Marc avait décidé de s'effacer une bonne fois pour toutes et tout seul. Il avait emporté pour toujours la paix intérieure de Milo. Tout cela pour n'avoir pas su interpréter les silences du garçon. Pour n'avoir pas pris au sérieux ses petits problèmes. Comme s'ils n'étaient pas importants, à son âge. Comme si le fait d'être jeune rendait le bonheur obligatoire.

Milo se pencha en avant.

— Et toi, sa tante sympa, tu la comprends parfaitement et tu lui conseilles d'avoir de la patience, juste de la patience. Le temps guérit tout.

— Qu'est-ce que tu veux dire ?

Le téléphone de Rebeca se mit à sonner. La sous-inspectrice se leva, le porta à son oreille et s'éloigna.

Milo également se redressa.

— Rien, je ne veux rien dire, murmura-t-il. Ce n'est pas ta faute.

— Mais de quoi tu parles ?

— De bêtises. Excuse-moi, je crois que nous devons y aller.

Il se dirigea vers le vestibule où se trouvait Mercader. Carla le suivit en titubant dans le couloir.

— J'insiste, je veux savoir de quoi tu parles. Qu'est-ce qui n'est pas ma faute ?

Rebeca coupa la conversation. Elle se hissa sur la pointe des pieds pour lui glisser à l'oreille que Lucas Torres venait de se réveiller. Tout de suite après, tandis qu'il ouvrait la porte et sortait sur le palier, il se tourna vers la femme pour prendre congé.

Carla pencha sa tête sur le côté pour voir Milo sans obstacles.

— De quoi suis-je coupable ? dit-elle la voix sur le point de s'étrangler.

Milo respira profondément et entra à nouveau dans l'appartement. Sans dire un mot il posa ses mains sur les épaules de la femme. Puis, lentement, il la tira vers lui jusqu'à la serrer dans ses bras. Et, lorsqu'elle éclata en sanglots, le corps agité par les convulsions du corps de Carla, il la retint fermement contre sa poitrine comme s'il pouvait contenir sa douleur. Comme s'il en était capable.

Ils longèrent le couloir de la clinique jusqu'à atteindre une salle où se distribuaient six chambres en étoile. Après avoir franchi la porte, ils n'eurent pas besoin de regarder à travers les vitres de séparation pour deviner quelle était celle de Lucas Torres. Deux agents la surveillaient et une vive discussion se déroulait devant eux. Un homme en costume d'une cinquantaine d'années et quelque peu en surpoids gesticulait face à Singla et à Corberó, tandis qu'une femme attirante, proche de la quarantaine, bronzée, silhouette élégante et habillée de façon singulière, demeurait silencieuse sans cesser de se pétrir les mains.

— Il est à peine conscient, dit l'homme, vous ne pouvez pas nous laisser entrer et rester un moment seuls avec lui ?

— Je vous répète que non, dit Singla en indiquant la sortie de son bras tendu. Nous avons l'ordre que votre fils ne communique avec personne avant de s'être entretenu avec nous. Nous vous préviendrons. Et à présent, ayez l'amabilité de bien vouloir quitter cette salle.

— Vous n'avez pas le droit de nous traiter de cette façon, nous sommes ses parents.

— Mais il n'est pas mineur, monsieur dame, je vous en prie.

Le sous-chef Corberó s'approcha d'eux et, doucement mais fermement, les guida jusqu'à la porte.

— Ne dis rien Lucas ! hurla l'homme avant de s'adresser à Singla : Il est arrêté ? Il a droit à un avocat !

Ils quittèrent la salle en proférant de vives protestations. Une fois dans le couloir, le mari tira son portable de la poche, en même temps que Singla le conduisait hors de l'aile de la clinique, suivi de Corberó, qui faisait de même avec l'épouse. Enveloppée dans un nuage de parfum, elle claqua des talons jusqu'à venir à hauteur de son mari et le prit par le bras, pour s'éloigner ensemble vers la sortie.

Milo et Rebeca observèrent le jeune homme.

Allongé dans son lit, Lucas Torres fixait le plafond. Un fil connecté à un de ses doigts par une pince enregistrait ses signes vitaux sur un moniteur. À peine ses parents eurent-ils disparu que les pulsations se réduisirent pour atteindre un rythme plus lent. Il portait une longue chemise blanche à manches courtes et un goutte-à-goutte était fiché dans un de ses avant-bras. Il était pâle, son visage tuméfié et un bandage couvrait la blessure de son front. Il avait des points de suture très apparents sur la tempe gauche, ainsi que des bleus sur le visage et des griffures.

— Bordel, les parents de ce garçon ! s'exclama Corberó en se glissant entre Milo et Rebeca. Vous voulez que je vous dise qui est ce type ? Eh bien, c'est une des huiles du port, Antonio Torres. Encore des problèmes en perspective. Il ne manquait plus que ça.

En guise de question, Milo se contenta de froncer les sourcils et de montrer le garçon du bout de son menton. Captant la demande, le sous-chef lui répondit qu'aucun de ses hommes ne l'avait touché.

— C'est quelqu'un d'autre qui l'a mis dans cet état, expliqua-t-il. Certaines blessures sont défensives et celle de la tempe a été faite avec une pierre.

— Ces blessures tombent à point nommé pour que les expressions de son visage ne le trahissent pas lors de son interrogatoire.

— Sous-inspectrice, personne n'est capable de se jeter la tête la première dans l'escalier pour ne pas parler, répliqua Corberó. En tout cas c'est ce que je pense.

— A-t-on confirmé qu'il s'agissait bien de son sang ? demanda Milo.

Le sous-chef acquiesça.

— La blessure à la tempe présente-t-elle des griffures périphériques ?

— Non, mais d'après les médecins ça ne signifie pas qu'il ait reçu le coup par-derrière. Il a pu le prendre de face et ne pas réagir pour une raison ou une autre, parce qu'il était bourré de psychotropes jusqu'au cou, par exemple.

— Noelia Corona était gauchère ou droitière ?

— On ne sait pas, répondit Mercader. Tu penses que c'est elle qui l'a frappé ? Que ce garçon a essayé de ?…

— Je ne pense plus rien, coupa Milo, mais je connais les statistiques. Et onze pour cent des jeunes de son âge croient qu'obliger quelqu'un à un rapport sexuel n'est pas de la violence. Parmi ces jeunes, deux virgules six pour cent sont des filles.

— Bordel, grommela Rebeca, c'est l'ère de l'imbécillité, comme dit la juge.

— Mais quelqu'un a très bien pu le frapper par-derrière.

— C'est à ce moment qu'il s'est écroulé sur le corps sans vie de Noelia et s'est trempé de son sang. La question est qui l'a fait, qui d'autre y avait-il dans cette maison, samedi soir ?

— Il est encore trop tôt pour tirer des conclusions, dit Corberó, ce ne sont que des hypothèses. Nous sommes toujours dans le noir.

— Et nous le resterons, tant que ce garçon ne se décidera pas à parler.

— Il a dit quelque chose ? demanda Milo.

— Il a ouvert la bouche, mais pas un mot sur ce qui s'est passé. Les médecins prétendent qu'il souffre d'un syndrome post-traumatique. Que son mutisme est consécutif à son état de choc. Il va lui falloir du temps pour préciser ce qui s'est passé dans cette maison, dit Corberó en secouant la tête. Du temps, c'est précisément ce dont on manque.

— Il est capable de répondre à des stimulations ou des questions ?

— Oui, mais les médecins préfèrent le garder en observation cette nuit. Demain à la première heure, ils procéderont à l'expertise psychiatrique demandée par la juge. Il faut attendre, y a rien d'autre à faire pour l'instant.

— Je ne crois pas à cette histoire de perte de mémoire, déclara Mercader. Avec moi, ça ne prend pas.

— Parfois, c'est une défense contre le traumatisme, dit Milo. Sous-chef, est-ce que les médecins pensent qu'il peut feindre ?

— Ils ne veulent pas se mouiller. D'un côté il peut se

sentir perturbé par l'expérience qu'il a vécue, et de l'autre il peut aussi feindre. Ils ne se prononcent pas.

— Pour moi, c'est clair comme de l'eau de roche, dit Rebeca. Le meilleur moment pour interroger un suspect c'est à chaud, lorsqu'il se sent encore vulnérable. Moi, je commencerais tout de suite.

— Pour l'instant, il n'est coupable de rien, *chica dura*.

— Plus on attend et pire c'est, insista-t-elle. On va perdre une grande occasion, vous êtes au courant.

Le sous-chef Corberó s'éventa avec la main.

— Pas la peine de discuter, dit-il. Singla a décidé de reporter l'interrogatoire à demain. S'il n'y a rien de nouveau ce soir, Luca Torres sera transféré au commissariat central après l'expertise psychiatrique. En attendant les ordres sont formels : interdiction de lui parler.

— Putain, mais c'est une erreur, protesta Rebeca. Le temps joue en sa faveur, mais à quoi pense le chef Singla ?

— À bien faire les choses et à suivre scrupuleusement la loi.

— Tu te ranges de son côté ? répliqua-t-elle. Toi ?

— Si on l'interroge avant que les médecins certifient qu'il est en état de répondre, son avocat va s'insurger et sa déposition ne servira à rien.

— Cinq victimes, Malart. Cinq personnes de la même famille réduites en bouillie, dit Mercader en pointant son doigt en direction de la vitre de séparation. Et ce fils de pute se repose tranquillement là, alors qu'il y a toutes les chances qu'il en soit responsable. Il faut que je te rappelle qu'en se rendant il a dit qu'ils étaient tous morts ?

— Et qu'est-ce que ça prouve ? Tu ressembles de plus en plus à Boada, sous-inspectrice. Tu as déjà choisi ton coupable. Dans le temps, il me semble que tu préférais attendre les preuves.

Les yeux de Rebeca fusillèrent Milo, tandis qu'il ajoutait :

— Tout ce que je vois, c'est que ce garçon est effrayé, détruit.

— S'il est aussi innocent que tu le dis, pourquoi ne parle-t-il pas ?

— Je n'en sais rien, mais même un suspect d'assassinat a le droit de garder le silence.

— Il suffit de le regarder, bordel ! dit-elle en le pointant du doigt. Regarde son visage plein d'asymétries. La partie gauche est plus grande que la droite, ce qui indique son déséquilibre intérieur. Et regarde ses yeux : ils sont enfoncés, et je ne parle pas de son front, haut et large. Ils trahissent le fait qu'il prend la vie de façon partielle, qu'il est incapable d'en considérer le tout. Et ses pommettes molles, combinées à ses mâchoires toutes fines, nous parlent d'une émotivité fragile, propre à un immature ou à un introverti, pouvant se révéler sujet à des explosions émotionnelles infantiles. Ce n'est pas moi qui le dis, c'est la psychomorphologie, merde !

Milo hocha la tête :

— Des conneries tout ça. L'immense majorité de la population correspond à ces asymétries et pour le reste je n'y crois pas. Tu fais juste le portrait d'un garçon qui n'a pas été spécialement gâté par la nature.

— Des conneries ? Je les ai apprises pendant mon stage à Quantico, en Virginie.

Le sous-chef se racla la gorge à deux reprises.

— Loin de moi l'idée de te contredire, sous-inspectrice, mais ce que tu dis engloberait la plus grande partie des adolescents. Mon fils par exemple. Il a un pied dans l'enfance et l'autre dans la vie adulte. Physiquement, il n'est pas encore fini et, à dix-sept ans, tous les matins à l'heure du petit-déjeuner tu t'aperçois qu'il a encore changé.

— Et tout ce qu'on enseigne à Quantico n'est pas parole d'évangile, intervint Milo.

— Je connais plusieurs adultes victimes de ces explosions émotionnelles infantiles dont tu parles, ajouta Corberó.

— Sans aller plus loin, moi-même, indiqua Milo. Et toi aussi, compte tenu de tes mâchoires étroites, si l'on va par là. Laisse tomber, Mercader, d'accord ?

Elle sembla se calmer.

— Je ne peux pas oublier tout ce sang, les corps.

— Personne ne peut, sous-inspectrice, dit Corberó. Mais ce n'est pas une raison pour se précipiter. Ça ne ferait qu'embrouiller davantage les choses.

— Et que faisons-nous en attendant ?

— Notre travail, dit Milo. Sous-chef, que disent les affaires de ce garçon ?

Corberó expliqua ce qu'ils avaient trouvé sur lui. Tout avait été consigné au commissariat central, où le sergent Crespo travaillait sur le téléphone portable de Lucas Torres, un iPhone.

— Du nouveau sur l'analyse de celui de Noelia Corona ?

— Il est hors service, aucun signal. Tout indique qu'on l'a éteint et qu'on a retiré la batterie. On a demandé les fadettes, mais ça va prendre du temps.

— Vous voyez ? dit Rebeca. Et qui a été le dernier à sortir de la maison ? Lucas Torres. Il l'a fait disparaître car je suis sûre qu'il contient des images qui l'incriminent.

— Eh bien nous en avons besoin pour voir quelle est la dernière chose qu'a filmée cette fille. Peut-être a-t-elle archivé sur son ordinateur les clips dont nous a parlé sa tante Carla, mais elle n'a certainement pas eu le temps de transférer ses derniers enregistrements.

— Tu viens sur mon terrain, dit Mercader. Si on ne peut pas l'interroger pour qu'il nous dise ce qu'il en a fait, où il l'a caché, tu me diras comment nous allons nous débrouiller pour y jeter un coup d'œil.

Corberó les regarda tous les deux, l'un après l'autre et changea de sujet. La gamine de deux ans avait ouvert les yeux un peu avant leur arrivée et son état était stable. Les services sociaux s'occupaient d'elle, en attendant que le seul membre restant de la famille arrive, Carla Ugarte, qui avait déjà été prévenue.

— Je l'ai sentie très ennuyée.

— Elle va s'occuper de la gamine ? demanda Milo.

— C'est ce qu'elle a dit. Quelle impression vous a-t-elle faite, lorsque vous êtes allés chez elle ?

Mercader et Malart échangèrent un regard.

— Elle est fragile. Tout ça la dépasse, dit Rebeca. Ce qui n'a rien d'étonnant. Elle s'est d'abord effondrée, puis elle a fui la réalité de l'événement, l'habituel "non, il ne s'est rien passé", elle nous a décrit une famille normale, pas du tout déstructurée.

— Autrement dit, nous en sommes toujours plus ou moins au même point.

Rebeca pointa à nouveau son doigt vers la chambre de Lucas Torres.

— Je continue à penser que c'est de la mauvaise graine. Si vous m'accordiez cinq minutes en tête à tête avec lui, il se mettrait vite à table.

— Tu insinues que nous faisons exprès de regarder ailleurs ? dit Corberó.

Milo soupira avec impatience.

— Écoute-moi, sous-inspectrice, je vais te l'expliquer une dernière fois, dit-il. Primo, nous ne sommes pas aux États-Unis. Secundo, après l'affaire Gotha, nous allons respecter toutes les procédures au pied de la lettre, sans nous en écarter d'un seul millimètre. Et tertio, si le père de Lucas Torres est un des principaux dirigeants d'entreprise du port, comme nous l'a révélé le sous-chef, c'est-à-dire qu'il a du fric plein les fouilles, peux-tu me dire pourquoi ce garçon avait décidé de cambrioler cette putain de bijouterie ? Tu as compris, Mercader, ça ne colle pas.

Elle le regarda d'un air perplexe.

Milo s'arrêta dans le hall pour passer un appel à l'abri du vent. Il vit qu'il avait reçu trois messages, il les laissa pour plus tard et activa le numéro d'Irene, son ex-femme. Une voix enregistrée lui dit que le numéro n'était pas disponible à cet instant et il raccrocha immédiatement. Il sortit de l'hôpital. La nuit était tombée mais la tempête de vent continuait à balayer les rues. Il leva la tête pour recevoir de plein fouet de furieuses rafales. C'était différent dans l'Alt Empordà, avec la tramontane. En ville, le vent ne le revigorait pas et ne le faisait pas se sentir euphorique, au contraire il lui prenait ses forces. Tête basse, il commença à marcher le long de la rue Villarroel en direction de la Barceloneta. Irene. Il se demandait encore par quel miracle une femme comme elle et un type tel que lui avaient fini ensemble. Ils n'avaient rien en commun. L'amour n'était pas aveugle, mais simplement stupide. La séparation n'avait été qu'une question de temps. Et le détonateur la décision de Marc de se tirer une balle dans la tête, au milieu du salon de leur appartement, les murs dégoulinant de sang.

Il arriva sur la place Universidad. Une cinquantaine de personnes manifestaient. Elles brandissaient des pancartes réclamant la liberté pour les prisonniers politiques et criaient des slogans en défense de la république, tandis que les *estelades* flottaient au vent. Il traversa au passage pour piétons et se réfugia sous un porche proche d'une boutique de couvertures. Sara habitait seule au quatrième étage de cet immeuble. C'est là que lui-même avait vécu jusqu'à l'âge de six ans, avant que sa mère prenne la décision de l'envoyer chez ses grands-parents, à Port de la Selva. Pour le mettre à l'abri. Pour l'éloigner de la violence de son père, qui commençait à présenter les premiers symptômes de schizophrénie. C'est lui que sa mère avait choisi de préserver, plutôt qu'Hugo, son frère aîné, et cela le torturait encore. Ç'aurait pu être lui qui se trouve en ce moment à sa place à l'hôpital psychiatrique privé de la province de Gérone. Après qu'Hugo avait contracté la même maladie mentale que son père, des années plus tard, Milo n'avait eu d'autre choix que de l'y faire interner lui aussi. Il n'avait jamais su ce qui avait motivé le choix de sa mère, sur quels critères elle s'était basée. Il savait juste que son destin s'était joué dans un cruel pile ou face, et que c'était tombé sur face en sa faveur, pile pour Hugo qui n'avait pas eu de chance. C'était injuste pour son frère. Ce maudit gène s'était acharné contre la famille. Il avait déjà touché deux membres sur trois. À présent l'épée de Damoclès se trouvait au-dessus de sa tête, plus affûtée que jamais.

Il tira son portable de sa poche et appela Sara, la femme d'Hugo.

Elle décrocha à la troisième sonnerie. Après les saluts de rigueur, Milo lui demanda si elle voulait dîner avec lui ce soir pour discuter un peu, il pouvait s'occuper de faire les courses. Sara lui dit qu'elle aimerait bien, mais qu'elle était encore à l'hôpital avec son frère et qu'elle rentrerait tard à Barcelone.

— Que dirais-tu de remettre le dîner à demain ?

— Quand tu voudras. Comment va Hugo ?

Elle lui expliqua qu'il allait mieux, que d'après le docteur Doria il y aurait bientôt de bonnes nouvelles. Elle ajouta qu'il demandait toujours après lui, qu'il avait envie de le voir.

— Ce serait formidable si tu lui rendais visite, dit Sara sans le moindre soupçon de reproche. Ça lui ferait du bien. Ça… il ne t'en veut pas du tout de l'avoir fait interner. Il le comprend, Milo. Hugo comprend parfaitement que tu l'as fait pour mon bien et pour le sien. Que ça n'a pas été une décision facile pour toi.

Milo éloigna quelques secondes le portable de son oreille.

— Sara ? dit-il ensuite. Je ne t'entends pas bien à cause du vent.

— Et toi, comment vas-tu ? Comment se sont passées tes vacances ?

Milo répéta l'opération.

— Je t'entends à peine, Sara. Je te laisse, on se parle plus tard.

Il raccrocha, rangea le portable dans sa poche et prit la rue Tallers. Sur une affiche publicitaire de la plaza de Castilla, il aperçut l'annonce du concert de la pianiste Ella Delambre. Ella devait jouer au Liceu le week-end suivant. Il traversa les Ramblas en regardant par terre. À la Barceloneta, il entra dans un bar proche de chez lui, s'assit au comptoir et demanda une part d'omelette aux pommes de terre avec du pain à la tomate et des calamars. Il mangea en silence, puis marcha un moment le long des ruelles du quartier. Mon Vieux, le chien berger de Majorque qu'il promenait d'habitude dans ces mêmes lieux, lui manquait à présent, les jeux avec la balle, les courses, sa compagnie. Le bonheur facile. Il déboucha sur le paseo Marítimo, contempla le spectacle de la mer agitée, le puissant rugissement des vagues.

Il gravit les volées de marches jusqu'au quatrième étage et pénétra dans son appartement en terrasse.

Il s'approcha du terrarium. Ma Vieille était immobile comme d'habitude sur sa pierre plate. Aucun signe de l'avoir reconnu, aucun témoignage de joie de le retrouver. Ce n'est pas pareil, se dit-il pour la énième fois. Il s'allongea sur le canapé et alluma le téléviseur. Il zappa un instant. La maison de la rue Julià apparut sur plusieurs chaînes, les membres de la police scientifique entrant et sortant sans cesse, de façon répétitive, avec les housses de nylon noires. Les incrustations de texte, au bas de l'écran, étaient pur sensationnalisme et les journalistes donnaient la nouvelle avec une intonation qui l'irrita. Concrètement, une femme l'exposait avec tant d'enthousiasme qu'elle donnait l'impression de s'exciter toute seule en parlant de "tuerie" et de "famille massacrée". Il changea rapidement de chaîne, en choisit une qui diffusait *Les Simpson*.

Il consulta son portable. Trois messages non lus, de la même personne. Il éprouva un élancement dans le cerveau, un autre dans la poitrine et le troisième au niveau de l'aine. Il ne se décida pas à les ouvrir. Il avait envie de le faire, mais il ne fallait pas. Il valait mieux. Même si cela lui fendait le cœur. Il tenta de se distraire en regardant les dessins animés. Chose curieuse, il n'avait jamais vu cet épisode. Homer et Marge étaient au lit, aussi jaunes que d'habitude. Le premier ouvrait une boîte et en tirait un fragment de pierre, plat et portant trois encoches. Marge, heureuse qu'il l'ait gardé aussi longtemps, en extrayait à son tour un autre fragment de la même forme. En les réunissant, ils s'emboîtaient parfaitement l'un dans l'autre en formant un cœur. Malgré toutes les épreuves, ils étaient encore ensemble, et tout de suite après ils s'embrassaient. Il éteignit le téléviseur. Un cœur de pierre ? Il ne les regarderait plus. Brusquement *Les Simpson* ne l'amusaient plus. Il se demanda ce qui arrivait à tout le monde et quitta l'appartement.

Il conduisit sa vieille Volkswagen à travers la ville. Il n'y avait presque pas de circulation, mais il préféra rouler lentement. Il se gara dans l'un des angles de la Rambla Cataluña et de la rue Provença. Il éteignit le moteur et s'installa confortablement sans quitter des yeux le duplex avec terrasse situé dans le bâtiment d'en face. La vision périphérique lui permettait de surveiller également la porte. Il se sentit à nouveau envahi par ce sentiment d'irréalité qui l'avait oppressé toute la journée. *Ne pars pas.* Il sortit de la voiture en claquant violemment la portière.

Il s'assit sur le capot et observa à droite et à gauche. Personne. Il leva les yeux vers la lumière de la terrasse. Le couple était à la maison. *Reste encore quelques jours.* Il les imagina dans le salon, ou peut-être dans la chambre. Se sentant à l'abri. Protégés. Le sang commença à bouillir dans ses veines. Il savait qu'il était en train de commettre une erreur, qu'il ne devrait pas être là. Il marcha en direction du paseo de Gracia. Entre les arbres, il aperçut le majestueux bâtiment de La Pedrera illuminé par des projecteurs pour mettre en valeur la beauté de ses lignes, de ses courbes. Il s'arrêta brusquement puis se mit à reculer, comme s'il venait de voir un fantôme. Une rafale de vent lui fit perdre un moment l'équilibre. *J'aime beaucoup tes jambes.* Il pressa le pas. Il entra dans la voiture et alluma la radio. Il chercha une station qui ne donne pas de nouvelles. Il en trouva une qui diffusait de la musique classique et tourna à nouveau les yeux vers le duplex du couple Parés Morera. *Ton corps m'excite.* Il se boucha fortement les oreilles.

# MARDI

# 9

Au lever du jour, le vent avait faibli mais, lorsqu'il se mit à l'eau, il y avait encore des lames de fond. Il nagea sans plaisir pendant vingt minutes, l'esprit engourdi, puis retourna à l'appartement où il se doucha rapidement et prit un petit-déjeuner frugal. Il arriva au commissariat central en même temps que l'inspecteur-chef Singla et ils montèrent ensemble dans l'ascenseur, jusqu'au quatrième étage.

— Les Torres ont rendez-vous à neuf heures, je veux que toi et Mercader soyez présents, dit-il.

— Quelque chose de nouveau cette nuit, avec ce garçon ?

— Tout est en ordre, les médecins ont confirmé qu'il est en état de répondre à nos questions et en ce moment on est en train de le transférer de l'hôpital. Nous évoquerons l'expertise psychiatrique lors de la réunion avec le Groupe.

Les portes coulissèrent et ils se dirigèrent vers l'*open space* du GEHME, bouillonnant d'activité malgré l'heure matinale. Singla continua jusqu'à son bureau du fond, tandis que Milo se dirigea vers la table de travail du sergent Crespo, couverte de dossiers et présidée par un énorme ordinateur et un portable.

— Toni, tu as les objets personnels de Lucas Torres ?

Le sergent leva les yeux de sa liasse de feuillets. D'une trentaine d'années dépassée, avec une tendance à l'obésité et une calvitie bien avancée, il était expert en recherche de données. Méticuleux jusqu'à l'exagération, il possédait un esprit d'analyse essentiel pour la résolution des affaires. L'air affable, il chaussa ses lunettes et eut un large sourire, l'air timide et distrait des génies informatiques.

— Je te les donne, dit-il en ouvrant un tiroir et en lui remettant un sac en plastique transparent. Il manque le téléphone portable, mon équipe est en train de travailler dessus. Ça va être plus long que prévu. Il a tenté d'effacer des informations, mais a oublié que rien ne disparaît de façon définitive.

— Ton équipe ? Depuis quand as-tu une équipe ?

— Il y a eu quelques changements pendant ton absence, dit-il en tendant la main à Milo qui la lui serra vigoureusement. D'après ce que j'ai entendu dire, il paraît que tu t'es enfoncé très loin, dans la forêt amazonienne.

— Ce n'est jamais assez loin, dit-il en vidant un à un les objets du sac et en jetant un coup d'œil au ticket de transport public sur lequel il restait encore quatre voyages. Tu as vérifié son dernier trajet ?

— Il a pris le bus 55 sur la plaza de Cataluña côté paseo de Gracia, samedi à vingt heures quarante-deux. Il y a un arrêt avenue Miramar, en face du musée Miró, tout près de la rue Julià. Il a fait le même trajet trois jours plus tôt à dix-huit heures neuf.

Milo éplucha le portefeuille. Une Visa, les cartes d'étudiant et d'identité, plusieurs billets, quelques pièces. Il n'y avait aucune photographie. Puis ce fut le tour de la montre-bracelet.

— Un peu chère pour un garçon de dix-huit ans, tu ne crois pas ?

— Chère et voyante. C'est peut-être un cadeau de ses parents pour sa majorité.

Milo prit le porte-clés. Il était en cuir marron très usé, rembourré de mousse et en forme de demi-lune. Le bord était un peu effiloché et une des faces était ornée de trois étoiles dorées. Sept clés étaient accrochées à l'anneau en acier inoxydable.

— Je trouve que ça fait beaucoup de clés, dit le sergent. Ce ne sont pas des clés de moto ni de voiture, ni de casier ou de cadenas.

Milo remit tous les objets dans le sac et le lui rendit. Tout de suite après, il l'observa fixement.

— En parlant de changements, et ces lunettes ?

Crespo les cala à nouveau sur son nez.

— Les ordinateurs finissent par t'envoyer la facture.

— Comme tout le reste, Toni. Cite-moi quelque chose qui soit gratuit.

— L'air ?

— Avec cette pollution ? Nous allons tous souffrir d'emphysème, dit-il. J'ai besoin d'une liste des voyages de Francisco Corona, billets d'avion et de train. Disons pendant cette dernière année.

— Je m'en occupe tout de suite.

— Et aussi un rapport complet sur l'état de ses finances. La bijouterie, les dettes, les investissements… Je veux connaître le bilan économique réel de la famille Corona.

— Nous avons déjà rédigé ce rapport, inspecteur. Tu le veux immédiatement ou tu préfères attendre la réunion de tout à l'heure ?

— J'attendrai. Autre chose, il y a une rue Júlia dans le district de Nou Barris. Étant donné sa ressemblance avec le nom de la rue Julià, j'aimerais connaître le nom des propriétaires ou des locataires au même numéro, pour écarter le fait qu'il ait pu y avoir une confusion de la part de l'assassin.

Le sergent esquissa encore un sourire.

— À nouveau tu arrives trop tard, dit-il. L'adresse de Nou Barris n'est pas une villa individuelle, mais un immeuble. La plupart des propriétaires ou des résidents sont des personnes âgées déjà à la retraite. À l'exception de deux couples. Dans le premier, le mari est au chômage et sa femme ouvrière dans une conserverie. Dans le second, lui est maçon et elle caissière dans un supermarché. Nous avons écarté la possibilité d'une confusion d'adresse.

— Ton équipe travaille rapidement, dit-il.

— On fait ce qu'on peut.

Il lui indiqua les deux femmes assises en face de lui, derrière leur ordinateur, en train de taper sur le clavier, regard fixé sur l'écran.

— Tu veux que je te les présente ?

— Non, je ne veux pas les interrompre. Je suppose que vous êtes en train de traquer la trace numérique de tous les membres de la famille.

— Et de vérifier leur historique de navigation, en effet. Lorsque nous aurons l'ordinateur personnel de ce garçon nous nous mettrons au travail. Nous avons déjà demandé une commission rogatoire à la juge Cabot par l'intermédiaire de sa secrétaire, elle va nous envoyer le document dans les plus brefs délais.

Milo fit la grimace.

— Qu'est-ce que je fais ici alors ? dit-il plutôt pour lui-même.

— Oui, inspecteur ?

— Rien, Toni. Je me posais une question qui n'a pas de réponse.

Il se dirigea vers son bureau et s'affala sur sa chaise. Il observa le plateau de la table de travail, l'ordinateur, tous les deux étaient aussi vides et éteints que lui. Il s'appuya au dossier et croisa les bras. Entendant Sena l'appeler depuis sa place, il leva les yeux vers lui et le vit lancer un objet dans sa direction, qui le frappa à la poitrine avant de tomber par terre.

— Bordel, Malart, où sont passés tes réflexes ? Tu m'as l'air bien rouillé, j'en étais sûr, tu as pris trop de vacances.

Milo se baissa lentement pour ramasser la clé USB et il la glissa dans la poche de son blue-jean. Il tira ensuite la photo pliée des Corona de la poche de son blouson et la plaça debout sur la table comme une carte de Noël. Il la scruta en clignant des yeux, analysant l'expression de chacun des membres de la famille. Au centre, l'air fier et satisfait du chef, l'expression d'un triomphateur, d'un homme normal, gris, sans trait caractéristique. Il avait posé ses bras sur les épaules de sa mère et de son épouse, assises à ses côtés. La première, à sa droite, avait un air insouciant et plutôt absent. La seconde, sourire de publicité aux lèvres, avait une allure un brin tendue, trop raide, sans le moindre point de contact avec le corps de son mari. En revanche, la fillette assise sur ses genoux avait une mine de bonheur absolu, si douce qu'elle l'émut profondément. Tout en elle fleurait l'innocence, la pureté brusquement brisée par la noire réalité. Il écarta cette pensée et se concentra sur le fils. Assis à côté de sa mère, franc sourire, transparent, caractéristique d'une personne pour qui tout va bien, sans nuage à l'horizon. Il sentit à nouveau un élancement dans la poitrine, plus accentué cette fois. C'était juste un enfant qui voulait ressembler à son père, qui avait toute la vie devant lui. Cette fois, il lui fut plus difficile de s'ôter ses sentiments de la tête. Il restait la dernière des Corona et il tenta de demeurer froid. Il riva les yeux sur la fille aînée. Elle se trouvait de l'autre côté, à l'endroit le plus éloigné de sa mère, frôlant légèrement sa grand-mère de la hanche. C'était la seule qui ne souriait pas. Son air guindé trahissait son malaise, comme si elle ne se sentait pas à sa place et avait envie de prendre ses jambes à son cou. Elle avait posé ses mains sur son giron, l'une enveloppant le poing fermé de l'autre, une expression distante, lèvres serrées. TU ES MORTE, avait-elle écrit sur son ventre avec une lame bien affûtée. Avec son propre sang. Il se posa des questions sur l'enfer intérieur de cette jeune femme. Qu'est-ce qui avait bien pu la faire se sentir une morte vivante à l'âge de dix-sept ans ? Il ferma les yeux, tenta d'effacer la douleur en continuant à méditer en bleu. Une mer cristalline. La chair de poule à cause de la température. Le va-et-vient du courant qui le berçait dans des bras maternels. Les éclats du soleil frappant les pierres du fond. Les pierres.

Il ouvrit les yeux.

— Tu dors à cette heure-ci, Malart ? dit Rebeca.

Milo se redressa en sursaut. Désorienté, il regarda à gauche et à droite. Il leva les yeux et aperçut la sous-inspectrice.

— Singla nous demande, les parents de Lucas Torres sont arrivés.

Il fut le dernier à pénétrer dans le bureau de l'inspecteur-chef. Le couple Torres se retourna dans un même mouvement, le toisa de haut en bas, elle visiblement dégoûté par sa tenue. Puis ils regardèrent à nouveau droit devant eux. Singla fit les présentations d'usage et demanda à Milo de fermer la porte.

Restant debout, il s'appuya au chambranle et observa que Mercader était restée sur un côté. Les Torres occupaient deux chaises devant la table de Singla. Sur une troisième, leur avocat, costume sombre, chemise blanche et chaussures lustrées, insistait de façon courtoise, mais véhémente : ils ne devaient pas parler avec eux. Milo en déduisit que ce "eux" renvoyait à la police.

Antonio Torres secoua la tête.

— Nous n'avons rien à cacher, dit-il. Lucas a des problèmes et nous allons lui apporter toute l'aide nécessaire. Tout cela est un malentendu, notre fils est incapable de faire du mal à une mouche. Si vous le connaissiez, je suis sûr que vous penseriez la même chose.

— C'est exactement ce que nous voudrions, monsieur Torres, dit Singla, connaître votre fils.

— C'est un bon garçon, croyez-moi, déclara-t-il sans hésiter. Il n'a jamais été mêlé à des problèmes de violence ni impliqué dans une rixe. Écoutez, je ne sais pas comment vous l'expliquer… Lucas est un garçon si pacifique que plus d'une fois j'ai désiré qu'il ait un peu plus de sang dans les veines, vous comprenez ?

— Ce que mon mari essaie de vous dire, intervint Sonia Torres, tout en posant sa main sur l'avant-bras de son mari, c'est que Lucas est tout ce que vous voudrez, sauf agressif. Nous n'avons jamais observé une attitude provocatrice chez lui.

Elle porta sa main libre à ses cheveux blonds et glissa une mèche derrière l'oreille. Milo remarqua sa montre-bracelet, argentée, petit cadran, constellé de diamants. Celle de son époux, en échange, était grosse, en or. Elle ajouta :

— Si je devais le définir d'un seul mot, je proposerais "docile". Et même, comme le dit mon mari, insupportablement docile. À la maison par exemple. Avec son frère et sa sœur. Vous savez bien comment font les gamins. Jordi l'ennuyait sans arrêt et Lucas ne réagissait jamais, vous comprenez ? Il baissait la tête et restait muet. Ou alors il s'enfermait dans sa chambre. Vous voyez ce que je veux dire ?

— Vous êtes en train de nous expliquer qu'il a une attitude plutôt passive, n'est-ce pas ? demanda Rebeca. Et qu'il s'agit d'un garçon pusillanime.

La femme se tourna lentement vers elle. Elle l'étudia un instant en silence. Milo eut l'impression qu'elle était en train de la jauger.

— Pourriez-vous me rappeler votre grade ? dit-elle sèchement.

— Je suis sous-inspectrice. Pouvez-vous répondre à ma question ?

La femme se tourna vers l'inspecteur-chef.

— C'est un peu ça, quoique je préférerais utiliser un terme moins négatif. Par exemple qu'il s'agit d'un garçon réticent au combat. Son attitude a toujours été de fuir les affrontements d'où qu'ils viennent. Il est invraisemblable qu'il ait pu commettre la barbarie dont vous l'accusez. Non, pas Lucas. Absolument pas. Ce n'est tout simplement pas possible. Cinq assassinats ? Lucas ? C'est ridicule, vous l'avez bien regardé ? Même pas dans un million d'années.

— Madame, nous n'accusons pas votre fils. Pour l'instant, du moins.

— Je vous interdis de lui parler hors de ma présence, dit l'avocat. Je comprends d'après ce que vous dites que la situation de…

— Maître García Ocón, désolé de vous interrompre, dit Singla, mais vous ne pouvez pas nous interdire de lui parler et encore moins nous fixer des conditions. Nous obéissons aux ordres du juge, la juge Susana Cabot dans ce cas. Si vous avez un problème, il faut vous adresser à elle au palais de justice. Luca Torres est arrivé ici volontairement et après qu'on lui a notifié ses droits comme l'exige la loi, il a refusé de faire appel à un avocat. Sa situation est, je le répète, pour l'instant, celle d'un gardé à vue. Il n'est pas détenu. Il est simplement sous notre surveillance jusqu'à ce qu'il effectue sa déposition.

Antonio Torres se redressa sur son siège.

— Vous voulez dire qu'il peut rentrer avec nous ? Que nous pouvons l'emmener à la maison ?

— Pas avant qu'il ait fait sa déposition, et à condition que son témoignage coïncide avec les éléments que nous avons trouvés. Et maintenant, si vous n'y voyez pas d'inconvénient, j'aimerais poursuivre les questions. Vous étiez en train de nous parler de son caractère paisible, pas du tout combatif.

Sonia Torres exposa de long en large toutes les vertus de Lucas. Milo en conclut que c'était un garçon introverti, ayant des problèmes de communication, sans la moindre prédisposition sociable. Il s'entendait bien avec son frère Jordi, qui avait vingt et un ans, et sa sœur Elsa, qui en avait dix-neuf ; surtout avec cette dernière, une espèce de seconde mère pour lui. Les parents avaient été obligés de le changer plusieurs fois d'établissement, précisément à cause de son caractère timide et renfermé, qui le faisait apparaître comme la victime idéale de *bullying*, comme ce fut le cas. Le résultat est qu'il avait pris un certain retard dans sa scolarité, justifia sa mère. À ses dix-huit ans il était encore en première, mais grâce à Dieu, dans ce lycée catholique de la rue Diputació, section sciences, les choses semblaient aller bien mieux. Il y comptait plusieurs amis. À la maison il n'avait pas changé, il était parfois joyeux et parfois pas, classique à cet âge-là. Mais, oui, elle pouvait affirmer que c'était un garçon heureux, qui avait grandi dans un foyer accueillant, et qui jamais, au grand jamais, n'aurait été capable d'organiser pareille monstruosité.

— Mon Dieu, mais il a tout ce qu'un jeune homme peut désirer au monde, conclut-elle catégoriquement.

Mercader vint se placer près de Singla afin de mieux voir les visages du couple.

— Votre fils passe-t-il de longues heures à la maison ?

Ils se regardèrent un instant tous les deux et firent non de la tête.

— Et savez-vous à quoi il occupe son temps libre, à quoi passe-t-il ses moments de loisir ?

— Son temps libre ? dit-elle. Il n'a pas de temps libre. Il étudie, fait du piano deux fois par semaine, prend des cours de tennis au Real Club de Polo deux autres fois, des leçons de conduite à l'auto-école… Il est à la maison juste ce qu'il faut.

— Il suit l'exemple de son frère et de sa sœur aînés, dit Antonio Torres. Jordi a fini l'Esade[1] et suit actuellement un master, un vrai, tout en travaillant avec moi, dans nos bureaux du port. Et son diplôme en poche, il ira à Stanford et à Cambridge pour compléter sa formation. De son côté, Elsa va bientôt terminer ses études de biologie environnementale à l'UAB[2]. Elle est déjà membre de plusieurs comités exécutifs d'associations qui s'occupent du développement durable et d'autres qui défendent les droits des réfugiés et autres injustices sociales. Voilà les deux miroirs dans lesquels Lucas s'observe tous les jours.

— Nous ne sommes pas des parents sévères, ajouta-t-elle, mais nous pensons qu'il est bon d'éduquer les enfants pour qu'ils accomplissent leurs devoirs.

— Vous savez si Lucas connaissait la famille Corona ?

Le couple s'interrogea à nouveau du regard.

— Noelia Corona, par exemple ?

L'homme fit non de la tête.

— Il sort avec une fille ?

— Lucas ? Absolument pas, dit la femme. Il est trop jeune pour ça et, enfin, je crois qu'il a d'autres sujets de préoccupation. Nous sommes une famille religieuse, pratiquante.

— Vous voulez dire que Lucas est un adolescent qui n'est pas attiré par les filles ? Il serait gay ?

Sonia Torres devint toute rouge, moitié de colère, moitié de honte.

— Ne soyez pas impertinente, mademoiselle, dit-elle. Je dis simplement que Lucas sait très bien qu'il est trop tôt pour ça.

— Sous-inspectrice, madame. Et puisque c'est un jeune aussi responsable que vous le dites, vous n'avez pas été étonnés

1. Prestigieuse école de commerce de Barcelone.

2. Université autonome de Barcelone.

qu'il passe tout le week-end hors de la maison, sans donner signe de vie, même pas le dimanche soir ?

Les Torres échangèrent un nouveau regard. Le mari allait répondre, mais une vibration dans sa veste l'obligea à en tirer un portable marron et, demandant de l'excuser, il se leva et sortit du bureau pour prendre l'appel.

— Bien sûr que ça nous a étonnés, dit Sonia, mais que pouvait-on faire ? Samedi après-midi, il nous a dit qu'il allait réviser chez un ami et qu'il nous dirait plus tard quand il serait de retour. Avec les difficultés qu'il a toujours eues pour avoir des relations avec ses camarades, nous n'allions pas y trouver à redire, n'est-ce pas ?

— Vous connaissez le nom de cet ami ?

— Shyam. Il est pakistanais. Un surdoué, inscrit dans plusieurs disciplines, dit-elle en pinçant les lèvres et en haussant presque imperceptiblement les épaules. Il l'aide pour ses devoirs, et on dirait qu'ils s'entendent très bien. Ils se retrouvent souvent le week-end.

— Nous allons avoir besoin de l'ordinateur personnel de votre fils.

— J'imagine que vous avez une commission rogatoire, lança l'avocat.

— Une pour son ordinateur et une autre pour la perquisition de sa chambre, ne vous inquiétez donc pas, maître.

— Ricardo, pardieu, ne complique pas davantage les choses, protesta-t-elle. Ils peuvent perquisitionner tout ce qu'ils veulent.

Antonio Torres entra à nouveau dans le bureau.

— Désolé… les affaires. Qu'est-ce qu'ils peuvent perquisitionner ?

— La chambre de Lucas, son ordinateur portable, tout ce qui leur fera plaisir, dit-elle.

— Bien entendu, à condition qu'ils aient une commission rogatoire.

— Antonio, ne t'y mets pas, toi aussi, répliqua-t-elle. Qu'ils fassent ce qu'ils veulent et qu'on éclaircisse cette affaire une bonne fois pour toutes.

— Certainement, du moment que c'est en accord avec la loi.

— Ça le sera, dit Rebeca. Votre fils consulte-t-il un psychologue ? Prend-il des médicaments ?

Un épais silence envahit la pièce.

— Pourquoi demandez-vous ça ? dit Antonio Torres.

— Répondez, s'il vous plaît, intervint Singla.

Le couple se consulta à nouveau des yeux.

— Voilà, je pense que nous n'avons pas à répondre à cette question, dit enfin Mme Torres. C'est une affaire privée et il convient de respecter le secret médical entre le médecin et son patient.

— Autrement dit, il consulte un psychologue. Pouvez-vous me dire depuis quand, avec quelle fréquence et quel est le nom du praticien ?

— Ricardo, il me semble qu'à présent oui, tu dois intervenir, l'interpella Mme Torres. Qu'est-ce que tu attends ?

— Ne vous dérangez pas, maître, dit Mercader, je devais tenter. Une autre question. Votre fils dispose-t-il d'argent ? Je veux dire, poussé par un besoin financier, pourrait-il avoir cherché à obtenir par lui-même une somme significative ?

— C'est stupide ! s'exclama M. Torres. Lucas possède plus d'argent aujourd'hui sur son compte courant que vous n'en gagnerez en dix ans, inspectrice.

— Sous-inspectrice, monsieur. Donc, nous pouvons en conclure que votre fils n'a pas de problèmes économiques.

— Mon mari vous a déjà répondu. C'est ridicule, vous ne savez pas à qui vous parlez. Ni qui nous sommes. Nous jouissons d'une situation plus qu'aisée, pour le dire de manière délicate. Consultez n'importe quel cercle financier de la ville et posez des questions sur nous, vous verrez. Lucas n'a pas de problèmes d'argent et n'en aura jamais, et encore moins maintenant qu'il est devenu majeur.

— Que voulez-vous dire ?

M. Torres lui saisit le poignet. Il s'adressa à son avocat.

— Je crois que cette réunion est terminée. Ils voulaient qu'on collabore et nous l'avons fait. À présent, nous aimerions voir notre fils. C'est possible ?

Singla décrocha le téléphone fixe et appuya sur un bouton. Il demanda si Lucas Torres était déjà arrivé. Il écouta un instant puis raccrocha.

— Vous pourrez le voir, mais pas parler avec lui. Suivez-moi.

— Monsieur dame, dit Milo. Combien de clés sont nécessaires pour accéder à votre domicile ?

— De quoi parlez-vous ?

Il répéta la question.

— Eh bien, il y a celle du vestibule, dit Mme Torres, celle de la porte de la maison et celle du parking, parfois nous entrons par là et montons par l'autre ascenseur, celui du service, qui a également une clé. Au total, ça en fait quatre. Pourquoi nous demandez-vous ça ?

— Votre fils possède un porte-clés avec sept clés. Savez-vous d'où peuvent bien venir les trois autres ?

Le couple le regarda, déconcerté. Milo s'écarta prestement et leur ouvrit la porte. Les Torres mirent quelques secondes à réagir. C'est elle qui sortit la première.

Rebeca se planta devant la table de travail du sergent Crespo tandis que Milo restait plusieurs pas en arrière pour observer le couple qui s'éloignait avec l'avocat, accompagné de Singla. Antonio Torres tira un portable noir de sa poche et commença à parler en regardant le plafond.

— Sergent nous allons avoir besoin d'un rapport sur la situation économique et financière des Torres, dit Mercader, et celle de leur fils Lucas, également.

— Tout de suite. L'interrogatoire s'est bien passé ?

— Leur déposition a plus de trous qu'une passoire, répondit-elle alors que Milo les rejoignait. Tu es de mon avis ? Tout ce discours à propos du sens des responsabilités de Lucas… Si leur fils est normalement constitué, je parie qu'il sèche toutes les activités dont elle a parlé. On a beau être membre de l'Opus Dei, ce sont les hormones qui commandent.

Milo garda le silence, pensif.

— Je ne t'ai pas trouvé très bavard, tout à l'heure, dit Rebeca.

N'obtenant pas de réponse, elle se tourna à nouveau vers Crespo. Elle pointa son doigt sur le couple et lui demanda quelle différence d'âge pensait-il qu'ils pouvaient avoir. Crespo les étudia discrètement.

— Une quinzaine d'années, je pense. Pourquoi ?

— Tu le trouves attirant, lui, à part son portefeuille ?

— Sous-inspectrice, l'amour est aveugle, reprit Crespo un peu gêné. Je ne me risquerais pas à juger les motivations d'un couple.

— Parce que tu es un brave type, intervint Milo, et sensé.

— Parce que c'est un romantique. Cette potiche munie de griffes n'est intéressée que par une chose et nous savons laquelle. Rien de nouveau sous le soleil.

— Mercader, tu es bourrée de préjugés. Tu te charges de rédiger le rapport d'hier ? dit-il avant de s'adresser à Crespo : Toni, vérifie si Lucas Torres possède un appartement loué à son nom. Un appartement, un bureau ou un magasin, n'importe quoi.

Il se dirigea vers les ascenseurs.

— Où vas-tu ? demanda Rebeca. La réunion avec le Groupe va commencer dans un instant.

— Prendre l'air, dit-il avant de s'arrêter : tu vas vraiment te parfumer avec ce truc tous les jours ? C'est insupportable.

Il abandonna le bureau à grandes enjambées.

Dans le hall il tomba sur un petit attroupement. Deux agents encadrant Lucas Torres sortirent de l'un des ascenseurs. En le voyant, ses parents crièrent son nom et se précipitèrent sur lui avec l'intention de le serrer dans leurs bras. Singla s'interposa et ordonna qu'on les conduise immédiatement dans une salle d'attente. Au même moment, l'avocat exigea qu'on les lâche tout de suite et qu'on les laisse s'entretenir avec leur fils. L'inspecteur-chef pressa les deux agents d'introduire immédiatement Lucas Torres dans la salle d'interrogatoire et hurla à l'avocat de se taire une fois pour toutes.

— Un peu d'humanité, dit le juriste tandis que le couple était conduit dans la direction opposée à leur fils. Ce n'est qu'un enfant.

Les yeux de Milo croisèrent un instant ceux du garçon qui baissa immédiatement les siens. Il fut surpris par sa petite taille. En le voyant sur son lit d'hôpital, la première fois, il l'avait imaginé plus grand. À présent, au milieu de ce groupe de personnes, on aurait dit qu'il avait rapetissé, mais cela était peut-être dû à son manque de prestance ; recroquevillé sur lui-même, les épaules tombantes, fixant le sol comme un petit faon apeuré. Il portait les vêtements qu'on lui avait donnés : pantalon de survêtement gris, sweat-shirt bleu marine et chaussures de sport aux semelles plates avec des velcros. Grassouillet, frange dissimulant la moitié de son visage, rien dans son apparence ne faisait penser à un assassin cruel et sans pitié. Pas de regard de défi ni de posture agressive ni d'attitude provocatrice. Tout au contraire, il correspondait à la description de sa mère lorsqu'elle avait parlé d'un garçon docile, au comportement passif, réticent à tout type d'affrontement.

Son regard.

Il était étrange, à la fois troublé et fuyant. Il lui rappela quelqu'un. Un frisson lui parcourut le dos. Lucas Torres, lui aussi, tentait de soulever la cloche de verre qui se trouvait autour de lui pour le protéger, pour lui permettre de se sentir isolé du monde, à l'abri des autres. Et comme lui, il n'y parvenait pas.

— Bordel, Malart, hurla Singla. On peut savoir ce que tu fais, planté là ? Grouille-toi, tu n'es plus en vacances.

Il entendit un appel et porta le téléphone à son oreille.

C'était Sara.

Après lui avoir demandé si elle le dérangeait, elle lui proposa de sortir dîner ensemble le soir même. Milo dit qu'il ne pouvait pas. Elle l'invita alors à venir manger chez elle, elle avait très envie de le voir. Il réfléchit à quelque prétexte. Mais devant son insistance, il finit par accepter.

— Je serai peut-être en retard.

— Peu importe, je t'attendrai. Qu'est-ce que tu veux manger ?

— Une omelette aux pommes de terre et des calamars, si ce n'est pas trop de travail.

— Tu es sûr ? Tu ne veux pas quelque chose de mieux ?

— Sara, il faut que je raccroche. J'apporterai le dessert.

Il coupa la communication et examina son portable.

Le chiffre cinq apparaissait en rouge sur l'icone des messages. Son cœur accéléra. Il pensa à la cloche de verre. Isolé du monde, à l'abri des autres. Et lorsque Rebeca lui tapa sur l'épaule pour lui indiquer que la réunion avec le Groupe allait commencer, le verre se brisa en mille morceaux dans sa tête.

# 10

L'inspecteur-chef David Ros et l'inspectrice Elisabet Serra, appartenant tous deux au département des vols, ainsi que l'intendant Roger Guillamón, responsable du département des relations avec les médias, se trouvaient dans la salle de réunion, en compagnie de tous les membres du GEHME, pour préparer la communication de la conférence de presse prévue à midi. Sur le tableau magnétique recouvrant l'un des murs, on avait fixé les cinq photos extraites et agrandies des cartes d'identité des victimes, à l'horizontale, l'une à côté de l'autre dans l'ordre des âges. La sixième était celle de la petite Eva Corona, retrouvée dans le portefeuille de son père. À l'autre extrémité, plusieurs instantanés à la verticale de la scène du crime et de l'extérieur de la villa.

Singla ordonna de commencer par les interrogatoires des voisins et demanda si l'un d'entre eux avait vu un ou plusieurs inconnus rôder dans la rue Julià, pendant la nuit du samedi.

— Aucun des habitants côté mer, dit Rojo, n'a remarqué d'étranger dans le coin. À cette heure-là, on diffusait le match Barcelone-Madrid en clair, et tout le monde était devant son poste de télévision.

— Quant à ceux que le match n'intéressait pas ils n'ont rien vu ni rien entendu, intervint Cervera.

— Les voisins d'à côté non plus ?

— C'est un couple de vieilles personnes et leur télé était à fond la caisse. La femme s'est couchée très tôt, avant la fin du match. Elle a un sommeil de plomb. Son chien, un labrador aussi vieux que son maître, est resté en bas, dans le salon avec le mari, et il n'a pas aboyé de toute la nuit. Et sur l'autre côté de la villa, il y a un magasin inoccupé.

— Et le voisin d'en face ?

— Pareil, dit Boada. L'homme a la quarantaine, il est célibataire. Il a hérité de la maison il y a six mois lorsque sa mère avec qui il habitait est morte. Il est directeur d'une agence de la Deutsche Bank et samedi soir il a regardé une série, la première saison de *Sur écoute*, dont il est absolument fan. Il n'a rien vu, rien entendu. Cependant, il y a environ un an, il a aperçu Lucas Torres dans le coin. Il s'en souvient parce qu'il était étonné qu'un jeune soit resté assis sur les marches de l'escalier qui mène à l'avenue Miramar pendant plusieurs semaines de suite, avant l'été, sans rien faire d'autre que regarder la villa. Nous lui avons montré la photo que nous a envoyée Crespo sur le portable et il l'a immédiatement reconnu. Sa déposition situe donc le suspect sur les lieux du crime.

— Oui bien sûr, mais elle le situe avant l'été dernier, objecta Rojo, pas samedi soir dernier. Et il se souvient du garçon un an après ?

— Son témoignage démontre que Lucas connaissait la famille, dit Mercader. Ou du moins quelqu'un de la famille.

— Et comment le voisin a su qu'il regardait la villa ? Peut-être attendait-il quelqu'un ou simplement se reposait-il. Il peut y avoir aussi d'autres raisons.

— Pendant plusieurs semaines ?

— D'après ce que j'ai pu vérifier, dit Crespo, Lucas Torres connaissait Noelia Corona. Ils allaient au même lycée catholique de la rue Diputació et ils étaient dans la même classe. Tous les deux étaient en première, section sciences.

Ses parents l'ont inscrit avant l'été, lorsqu'il allait à La Salle Bonanova.

— Nous avons enfin le lien entre Lucas et la famille Corona, déclara tout fier Boada. C'est un fait incontestable.

— Un fait qui ne démontre absolument rien, ne va pas si vite, dit Cervera. Lucas et Noelia étaient camarades de classe, et alors ?

L'inspecteur-chef Singla leva la main.

— D'autres témoignages de voisins ?

— Francisco Corona s'est disputé avec un groupe de jeunes, dans le parc qui se trouve à l'autre extrémité de la rue, au bas d'un escalier, expliqua Rojo. D'après le voisin le plus proche du lieu, ils se réunissaient là pour fumer des joints, boire comme des trous et écouter de la musique. Toujours d'après ce voisin, ils faisaient un tel vacarme qu'il s'était plaint au représentant du syndic, qui n'était autre que Francisco Corona. Et celui-ci était allé plusieurs fois les trouver pour leur demander de foutre moins de bordel, sinon il allait prévenir la police municipale. Une menace qu'il a fini un jour par mettre à exécution. À partir de là, il a été victime de plusieurs intimidations, surtout de la part de l'un d'entre eux. Ils ont jeté des sacs poubelles dans son jardin et bombardé la villa avec des œufs pourris.

— On connaît l'identité de ce jeune ?

— On sait seulement qu'il habite le quartier de Poble Sec, un peu plus bas.

— Je vérifierai si son nom apparaît sur le rapport de la police municipale, dit le sergent Crespo. C'était à quelle date ?

— Après Noël, il y a environ trois ou quatre mois. Les choses se sont calmées ensuite.

— Un autre témoignage important ? demanda Singla et, après avoir attendu un instant, il ajouta : Bien, sujet suivant.

— Un instant chef, dit Milo avant de s'adresser à Boada et à Sena. C'est tout ce que vous a dit le voisin d'en face ? Sena, j'aimerais surtout savoir si vous l'avez suffisamment secoué ou si vous vous êtes contenté de remplir votre mission.

— C'était juste le premier interrogatoire, nous n'avons pas sorti la grosse artillerie, si c'est ce que tu veux dire. Pour ne pas lever de lièvre, comme tu m'as dit.

— Qu'est-ce que c'est que cette connerie ? dit Boada. Nous l'avons interrogé en bonne et due forme.

— Je suppose qu'il vous a laissé entrer chez lui, que vous avez pu jeter un coup d'œil à l'intérieur, dit Milo et, voyant la moue de Sena, il ajouta : Parfait, l'interrogatoire a eu lieu sur le pas de la porte.

— Qu'est-ce que tu viens nous raconter, toi, maintenant ? lâcha Boada. Il a eu lieu dans le jardin, comme il se doit.

— En ce qui nous concerne, dit Rojo en regardant Cervera, lorsque nous allons interroger un témoin, nous ressentons toujours une irrépressible envie d'aller aux toilettes.

— Il n'est jamais inutile de jeter un coup d'œil à l'intérieur des maisons, corrobora Cervera. Tu ne crois pas ?

Milo croisa un regard éloquent avec Mercader et elle serra les lèvres. Singla mit un point final à l'échange et demanda de passer aux victimes, en commençant par le chef de famille. David Ros, l'inspecteur du département des vols, invoqua des problèmes de temps et intervint avant son tour. Il expliqua que Francisco Corona, Paco, comme on l'appelait, était une vieille connaissance, au commissariat. Lorsqu'il avait converti la bijouterie en un Nous Achetons de l'Or, il avait trempé dans plusieurs magouilles d'articles volés. Le délit le plus important pendant la crise était le vol dans les appartements des particuliers et des touristes. On dérobait montres, bracelets et colliers, n'importe quel objet pourvu qu'il soit en or, une valeur sûre. Avec la prolifération de ce type d'affaires, un décret était paru, obligeant les propriétaires des bijouteries à garder une quinzaine de jours en dépôt, avant de les fondre ou de les revendre, les articles qu'ils avaient achetés et à prévenir la police nationale ou celle de Catalogne de leurs acquisitions, pour vérifier si ces objets avaient été volés.

— Il se trouve que Paco avait à plusieurs reprises oublié de nous informer et lorsque nous l'avons découvert il nous a proposé ses services en échange de notre silence. Mais on n'aime pas beaucoup les indicateurs, chez nous. Ils jouent un double jeu, impossible de leur faire confiance. En réalité, Paco jouait sur trois tableaux : c'était déjà un indicateur de la police nationale, où il avait énormément de contacts de l'époque où il travaillait là-bas.

— Il avait été policier ? demanda Rojo.

— À une certaine époque, pas très longtemps et sans laisser un bon souvenir. Pour lui, ce n'était pas une vocation. Paco était un débrouillard, un drôle d'oiseau, un baratineur et un manipulateur hors pair. Nous avons toujours soupçonné que sa modeste bijouterie cachait quelque chose, que son discret Nous Achetons de l'Or était une couverture pour trafiquer de la marchandise volée et blanchir de l'argent sans attirer l'attention. Mais nous n'avons jamais pu le démontrer.

— Alors vous avez accepté.

— Parce que nous avions un plus gros poisson en point de mire, le clan de Mostar, une organisation criminelle qui mange à tous les râteliers. Traite d'êtres humains, narcotrafic et blanchiment d'argent, avec des ramifications dans la moitié de l'Europe. Chez nous, elle contrôle un réseau de pickpockets qui rayonne dans toute la ville. Tout comme la police nationale, nous suivons leur piste depuis des années et c'est pour cette raison que nous avons transmis l'offre de Paco à nos supérieurs qui nous ont donné carte blanche.

— Paco Corona travaillait donc pour vous, dit Singla.

L'inspecteur-chef Ros acquiesça en silence.

— Nous avions un objectif majeur, se justifia-t-il.

— La tuerie de la famille Corona pourrait être en relation avec cette bande ?

— C'est de ça que je voulais vous parler, dit-il en faisant un signe à la femme qui se trouvait à côté de lui : Inspectrice Serra, c'est ton tour.

— Commençons par le commencement, dit-elle. La bijouterie Corona a été cambriolée sans que soient forcés le rideau de fer ni la porte. Les voleurs possédaient les clés pour entrer et le code de l'alarme pour la désactiver. Une fois à l'intérieur, ils ont ouvert le coffre-fort sans difficulté, ce qui signifie qu'ils possédaient également la combinaison. Les caméras de surveillance n'ont pas enregistré la moindre image à partir de vingt-deux heures vingt-six, le samedi. Les voleurs savaient donc comment fonctionnait le système d'enregistrement et, avant de partir, ils ont effacé les images à partir de leur arrivée, et ont tout laissé débranché.

— Donc des professionnels ? demanda l'intendant Guillamón.

— Pas nécessairement, répondit-elle. C'est un travail réalisé proprement et peut-être de l'intérieur. Nous avons innocenté le seul employé de la bijouterie.

— Tu insinues qu'il s'agit de quelqu'un de la famille ? demanda Sena.

— Pas nécessairement, répéta-t-elle.

— Paco a été torturé pour lui soutirer la combinaison du coffre-fort, le code de l'alarme, les clés et le fonctionnement du système de vidéosurveillance, indiqua Rojo.

L'inspectrice Serra le confirma en silence.

— Des empreintes ? demanda Cervera.

Elle fit non de la tête.

— Un voleur ou plusieurs ?

— Pareil acte peut être commis par un seul homme, mais habituellement il y en a plusieurs.

— Rien n'est habituel dans cette affaire, dit Milo. Vous avez une idée du contenu du coffre ?

— Non, mais nous avons cela, répondit Serra.

Elle tira plusieurs jeux de photos 20×25 d'une chemise et les remit à Milo, qui en garda un et passa les autres au reste de l'équipe. C'étaient des photogrammes extraits d'un enregistrement daté. La caméra avait filmé l'entrée dans le Nous Achetons de l'Or de deux hommes, dont on pouvait voir distinctement les visages, le premier d'entre eux, un sac à l'épaule.

— Nous les avons obtenus dans la bijouterie et comme vous pouvez le voir la bande date de mercredi dernier à neuf heures vingt-quatre. Nous ne pouvons pas être formels, mais nous pensons que le sac contenait un lot d'articles volés, essentiellement de l'or et des bijoux, d'une valeur de deux cent cinquante mille euros.

— Et pourquoi pensez-vous ça ?

— Parce qu'il y a quelques semaines, Paco nous avait parlé d'une livraison de cette valeur, mais il ne connaissait ni la date ni l'heure à laquelle elle allait avoir lieu. Et parce que les individus que vous voyez là sont des hommes du clan de Mostar, tous les deux avec des antécédents pour vol et autres délits.

Cervera se mit à siffler.

— Deux cent cinquante mille euros peuvent boucher beaucoup de trous, dit-il. Notre théorie, poursuivit l'inspectrice Serra, est que Paco a reçu un appel des Bosniaques mercredi dernier avant huit heures trente pour le prévenir de la livraison et lui donner des instructions.

— Comment pouvez-vous être sûrs que ç'a été à cette heure-là ?

— L'employé de la bijouterie a reçu un appel de Paco mercredi à huit heures du matin pour lui dire qu'il se chargerait d'ouvrir la bijouterie lui-même, ce jour-là. Il lui a demandé de ne pas se présenter avant dix heures. Cela se produisait en moyenne tous les trimestres, d'après ce que nous a dit l'employé. Comme d'habitude, l'homme s'est contenté d'obéir. La seule chose qui variait était l'heure des livraisons et les laps de temps entre les appels et celles-ci, nous pensons que c'était parce qu'il s'agissait de livraisons de moindre valeur. Cette fois-là, la marge a seulement été d'une heure, j'imagine que c'était pour éviter toute interférence ou événement non prévu au scénario.

— Et Paco vous l'a cachée, bien entendu.

— Voilà ce qui se passe avec les débrouillards, dit Ros. Ils tentent toujours de manger à tous les râteliers. Nous préférons croire qu'il nous en aurait parlé tôt ou tard.

— D'après nous, dit Serra, Paco a fait passer les deux Bosniaques dans l'arrière-boutique où se trouve son bureau, et le dépôt a eu lieu à cet endroit, hors de portée des caméras. Puis, comme chaque fois, il a rangé la marchandise dans le coffre-fort.

— Où elle a été volée samedi soir, dit Mercader. Comment les voleurs savaient-ils que le coffre-fort contenait une aussi précieuse livraison ?

— Pas par l'employé, il ignorait la valeur de la marchandise. Il avait les clés de la bijouterie, mais pas celles du coffre dont il ne connaissait pas la combinaison, expliqua Ros. Et par Paco, ça n'aurait aucun sens, sauf s'il l'avait dit à un des membres de sa famille, ce qui nous semble très improbable. Si l'on écarte ces deux personnes, il ne reste que la possibilité d'un membre du clan bosniaque.

— Encore que ça nous semble insensé, dit l'inspectrice Serra. D'abord parce que ce n'est ni la spécialité ni le style de cette bande. Et ensuite, parce que les Bosniaques auraient pu organiser ce vol de façon plus simple, plus traditionnelle si vous préférez, en attaquant directement la bijouterie, un point c'est tout, sans assassiner toute une famille.

— Sauf si l'on considère ce qui s'est passé la nuit de jeudi à vendredi, dit Ros. Je pense que tout le monde est au courant ;

c'est sorti dans la presse. Nos collègues du CNP[1] nous ont doublés et par-dessus le marché ils se sont moqués de nous.

— Tu veux parler de l'arrestation de presque toute la bande dans le quartier de la Trinitat Vella, dit Singla, et du démantèlement du réseau.

— Démantèlement partiel, il ne faut pas exagérer. Le dispositif a été très efficace, je suis d'accord : le CNP a donné l'assaut à deux planques du groupe, a saisi des documents et libéré plusieurs mineurs achetés à Rome. Mais la police nationale n'a pas réussi à arrêter le chef du clan, Goran Jusic. Le succès de l'opération n'a donc pas été total.

— Y aurait-il du ressentiment dans tes paroles ?

— Ils auraient pu nous prévenir, dit Ros, où est la collaboration entre les différents corps de la police ? Je comprends que si des mineurs sont impliqués, la priorité soit leur libération, mais une chose n'empêche pas l'autre.

Milo regarda l'inspecteur-chef Ros, déconcerté.

— Tu veux dire que ç'a pu être un règlement de comptes.

— Le mercredi ils font une précieuse livraison à Paco et, à peine quarante-huit heures plus tard, la police arrête le clan dans sa presque totalité. Si les Bosniaques se sont dit qu'il les avait trahis pour garder l'or et les bijoux pour lui tout seul, chose qui connaissant Paco aurait effectivement pu se produire, ils ont sans doute voulu récupérer ce qui leur appartenait et par la même occasion se venger en envoyant un message clair et limpide : on ne se laissera pas faire.

— Cinq morts, dit Sena. Tu parles d'un message !

— Pour l'instant, c'est juste une supposition, nuança Ros, la balle est dans votre camp, fit-il en se tournant vers Serra et en se redressant. Inspectrice, si tu n'as rien d'autre à ajouter, on s'en va. Nous avons une autre réunion à notre département et nous sommes déjà en retard.

1. Cuerpo Nacional de Policía : Corps de la police nationale.

L'inspectrice Serra se leva et l'intendant Guillamón en fit autant, pour préparer la conférence de presse. En quittant la salle de réunion, ils croisèrent la sergente Humbert et la sergente Corominas, qui venaient remettre plusieurs rapports à Crespo. Celui-ci les feuilleta à toute vitesse.

S'approchant de lui, Milo expliqua qu'il allait avoir besoin du dossier personnel de Paco Corona.

— Je veux tout savoir de son passé.

— Je te le donne tout de suite, dit Crespo, sans lever les yeux des documents.

— Du nouveau sur Paco Corona ? demanda Singla.

Le sergent résuma l'état financier de la victime, y compris ses déclarations d'impôts. La famille vivait de façon un peu chiche, elle avait accumulé plusieurs petites dettes et de maigres bénéfices, ce qui corroborait leur première impression après l'inspection de la maison. À présent qu'ils connaissaient ses magouilles, recel d'articles volés et existence d'un compte caché, Mercader fit état du talent de Paco pour faire croire à un train de vie tout à fait modeste, semblable à celui de n'importe quelle autre famille en temps de crise, cependant qu'il accumulait en sous-main des gains lui permettant de régler en liquide, entre autres caprices, ceux de son épouse.

— Il voyageait de temps en temps à Anvers, poursuivit Crespo tout en tournant les feuillets. L'année dernière, quatre fois. Concernant sa famille, il n'avait aucun contact avec ses cousins. D'après ce qu'ils ont raconté aux hommes du sous-chef Corberó, ils le considéraient comme un indésirable, un tapeur de fric, tandis que, au contraire, ils prenaient sa mère pour une sainte femme. D'ailleurs l'acte de propriété de la maison de la rue Julià est à son nom, Pilar Bonavena.

— Ah, le salaud, lâcha Cervera. Alors nous savons pourquoi il allait à Anvers, n'est-ce pas. Acheter des diamants avec les gains de ses magouilles. Et il n'a pas acheté la maison alors qu'il aurait pu s'en payer deux ou même trois s'il avait voulu. Un sacré radin, des oursins plein les poches !

— S'il gardait son pognon dans le coffre de la bijouterie, ils l'ont complètement nettoyé, dit Boada. Et dans sa maison il n'y avait pas trace du moindre sou.

— Un type de ce genre ne met pas tous ses œufs dans le même panier, dit Rojo. Toni, est-ce qu'il a un coffre-fort à son nom dans une banque ?

Crespo vérifia les feuillets et fit non de la tête.

— Et au nom de sa mère ou d'un autre membre de sa famille ?

— Nous allons vérifier, dit-il en tournant la tête vers Corominas, qui se leva tout de suite et se dirigea vers la porte.

— Sergente, dit Milo, cherche juste au nom de sa mère. Ça m'étonnerait qu'il ait mis quoi que ce soit au nom de ses enfants ou à celui de son épouse. Paco Corona menait une double vie et je ne pense pas qu'il ait fait confiance à quelqu'un d'autre ; peut-être à sa mère, à cause de son état.

Corominas acquiesça, elle fit demi-tour et sortit de la salle.

— Bien, passons à la victime suivante, sa femme, Patricia Ugarte, dit Singla. Des renseignements sur elle ?

Rebeca leur expliqua à grands traits ce que sa sœur Carla leur avait raconté à propos de la femme assassinée.

— Sa version ne colle pas à la réalité, du moins à celle qu'on peut déduire de ses appels, indiqua Crespo en saisissant la feuille de papier où était notée la liste des numéros de téléphone extraits de son portable. Il y a près d'un mois, elle a contacté un avocat aux affaires familiales et un agent immobilier. Ce qui laisse supposer qu'elle…

— … avait l'intention de divorcer, dit Boada. C'est tout à fait clair.

— Il y a également certains numéros de téléphone qui apparaissent régulièrement, poursuivit Crespo. Concrètement trois. L'un d'eux est celui d'un grossiste en vêtements, l'autre celui d'un chirurgien esthétique et le dernier celui du chef de la sécurité du casino.

— Elle aimait bien s'habiller, passer sur le billard pour se faire de petites réparations et jouer à la roulette, rien de bien méchant.

Le sergent se racla la gorge tandis que Milo soupirait bruyamment.

— Inspecteur Boada, ces appels ont été passés en dehors des heures de travail, dit Crespo, y compris à des heures intempestives. Sans parler des textos et des messages WhatsApp qu'elle a échangés, ajouta-t-il en extrayant quelques feuillets. Certains sont très chauds et d'autres…

— Montre, coupa à nouveau Boada en lui arrachant les papiers des mains pour les lire en même temps qu'il écarquillait les yeux. Bordel, cette nana est super chaude !

— Ferme ta gueule une bonne fois, Boada et laisse parler Toni, intervint Milo.

— Va te faire foutre, Malart. T'as aucun droit de me dire de me la fermer.

— Mais moi oui, inspecteur, coupa autoritairement Singla. Tu rends ces feuillets et ça suffit d'interrompre sans arrêt les gens. Continue, sergent.

Crespo récupéra les papiers.

— Certains de ces appels ont eu lieu au petit jour, dit-il, ce qui pourrait sembler normal s'agissant de quelqu'un qui travaille au casino, mais qui n'est pas très habituel s'agissant du grossiste et du chirurgien. Et si l'on considère la teneur des messages… bon, il semble que la victime entretenait sans aucun doute une double vie dans le dos de son mari.

— Autrement dit, cette femme avait plusieurs amants, dit Rojo.

— Sexe et argent, les deux principaux problèmes d'un couple, précisa Sena. Et dans cet ordre.

— Inspecteur, dit Crespo, il pourrait s'agir de quelque chose de bien plus sérieux. À part les messages… disons chauds… certains autres sont carrément morbides, y compris pervers, bredouilla-t-il. Ceux qu'elle a échangés avec un de ces trois types, par exemple. Je ne veux pas seulement dire qu'ils se référaient à son mari avec toutes sortes de noms insultants, certains évoquaient carrément sa mort en termes comme…

Crespo baissa la tête et lut :

— Il faudrait éliminer ce bon à rien. J'aimerais écraser cette limace. Ou : Tu imagines ce qu'on pourrait faire si l'on se débarrassait de ce fléau ?

— Il avait une assurance vie ? demanda Cervera.

— Il en avait deux, chacune avec un apport d'un demi-million d'euros.

— Et si l'on considère la double comptabilité du mari, le divorce n'aurait pas été tellement rentable pour cette femme, conclut Mercader.

— C'est un élément à éclaircir, dit Singla. Nous connaissons l'identité de l'homme avec qui elle échangeait ces messages ?

Le sergent acquiesça. Il dirigea son regard vers Milo, qui sentit immédiatement un frisson familier au niveau de la nuque.

— Tu as dit que l'un d'eux était le chef de la sécurité du casino ? demanda-t-il d'une voix éteinte.

Le sergent acquiesça à nouveau.

— Fais pas chier, Toni. Fais pas chier. C'est Bruno Bachs ?

Crespo acquiesça pour la troisième fois.

Milo enfonça la tête dans ses épaules. Bruno Bachs avait été son équipier au sein du Groupe, avant qu'il fasse équipe avec Mercader. Ensemble, ils avaient obtenu leur diplôme de l'Académie de police avec la plus prestigieuse mention ; ensemble, ils avaient franchi les échelons et ensemble intégré le GEHME, où ils avaient formé un tandem qui avait remporté d'énormes succès. Jusqu'au jour où l'on découvrit des fuites dans les médias, tandis qu'ils enquêtaient sur une affaire. Au début, elles furent attribuées, sans la moindre preuve, à Milo, qui supporta stoïquement la situation, alors qu'il suspectait qui avait été le véritable coupable. Mais son équipier venait d'avoir un troisième enfant, ce qui allait entraîner de fortes dépenses, et Milo se tut. Mais lorsqu'il y eut une deuxième fuite, pendant l'affaire du Bourreau de Gaudí, avec des répercussions nationales, la police des polices déclencha une sévère enquête, qui se termina par l'expulsion de Bruno Bachs du Corps.

— Chassez le naturel, murmura Singla.

— Oui, il revient au galop, bordel !

— Toi et Mercader allez enquêter dans cette direction, et sur-le-champ, ordonna-t-il. Il nous faut déterminer le plus tôt possible son niveau d'implication dans cette affaire. Vous imaginez si les médias apprennent ça ?

— Chef, tu ne pourrais pas confier la mission à quelqu'un d'autre, vraiment ?

La sergente Corominas revint pour expliquer que Paco Corona ne possédait aucun coffre à son nom ni à celui d'un membre de sa famille et Sena s'empressa de commenter : il devait avoir caché son argent en Andorre, ou il l'avait transporté dans des sacs poubelles, comme le veut la tradition catalane.

— Ou il l'a peut-être enterré au pied d'un arbre, indiqua Cervera. Va-t'en savoir.

Singla passa aux victimes suivantes : les enfants du couple. Crespo commença par Raúl Corona. Il expliqua qu'après avoir analysé son ordinateur, il n'avait rien trouvé de particulier, s'agissant d'un gamin de quatorze ans, sauf un dossier où il conservait plusieurs vidéos de différents leaders populistes qui s'en donnaient à cœur joie contre les réfugiés et les immigrés. Ainsi qu'un autre dossier avec des films de scènes de violence perpétrées par des groupes ultras à l'occasion de matchs de football. Son historique de navigation était constitué de sites de centres commerciaux, de pages porno light et d'autres au contenu généraliste.

— Petits péchés de jeunesse, plaisanta Boada.

— Tu veux parler des fichiers fascistes ? insista Rojo.

— Ils devaient certainement être là pour faire plaisir à son père, un autre de ces fachos, d'après sa belle-sœur, indiqua Mercader. Elle nous a dit que le garçon imitait tout ce qu'il faisait. Le fameux : tel père, tel fils.

Crespo continua en indiquant qu'elle ne pouvait pas en dire autant de sa sœur Noelia. Son historique sur la toile était extrêmement singulier, composé de pages où elle se renseignait sur les multiples façons de se suicider, de blogs de jeunes qui s'automutilaient et décrivaient leur façon de procéder, de forums dont le thème principal était la mort, différentes pages au contenu satanique et plusieurs autres spécialisées en poisons, médicaments et drogues, ou consacrées à du porno dur : tortures, soumissions, zoophilie, viols en réunion. Enfin, Crespo avait trouvé une collection d'extraits de presse numérique, traitant de tous types d'assassins, d'assassinats en série ou multiples, commis dans les lycées, les cinémas, etc. et de terrorisme accompagnés des images correspondantes.

— Un véritable petit ange, dit Sena.

— Le vilain petit canard de la famille, dit Rebeca. Nous savons si elle était suivie par un ou une psychologue, un ou une psychiatre ?

— Elle a été internée à deux reprises à l'unité de psychiatrie infantile de l'hôpital Sant Joan de Déu. D'après les factures trouvées sur l'ordinateur de son père, elle consultait là-bas il y a encore un an, avec une certaine doctoresse Isabel Herrera.

— Nous allons avoir besoin d'un mandat de la juge pour lui parler.

— Quelle équipe ! Le père s'occupait de ses magouilles, la mère de ses amants, le garçon de devenir un ultra, la fille était folle et la grand-mère démente, résuma Rojo. Une famille normale, de conte de fées, sans secrets.

— Famille et secret sont des mots qui vont toujours ensemble, dit Milo. Tu as trouvé un dossier contenant ses vidéos, Toni ?

— Un temps pour tout, inspecteur. Pour l'instant, on y travaille.

— J'ai besoin de voir ces clips le plus vite possible, sergent. Tant que nous n'aurons pas retrouvé son portable, il ne nous restera que son ordinateur à nous mettre sous la dent. Au fait, la recherche a donné un résultat ?

— Pas du tout. Ni mobile ni chaussures de sport ni arme du crime.

— Tu as les rapports de Márquez et de Bonhora ?

Crespo fit non de la tête. Milo écarta les bras.

— Mais ce n'est pas possible ! dit-il.

— Y a que vingt-quatre heures, ne sois pas casse-couilles, répliqua Boada en se tournant vers Milo qui garda le silence. Tu as compris ?

— Malart, ne nous énervons pas, dit Singla. Dès que nous aurons les informations, nous les analyserons.

— Très bien, Toni. La survivante a parlé ?

— Elle a deux ans, inspecteur. Elle n'arrête pas de réclamer sa mère et son père entre deux sanglots. Elle est toujours à l'hôpital.

— Qu'as-tu appris sur Lucas Torres ?

— Pour l'instant, qu'il n'a aucun antécédent. Lorsque nous aurons récupéré ce qu'il a effacé de son iPhone, on pourra t'en dire davantage.

— Je ne comprends pas ce que fait ce garçon au milieu

de tout ça, dit Rojo. Peut-être était-il tout simplement au mauvais endroit au mauvais moment.

— D'après ses parents, il est plein de fric, rappela Mercader. Qu'il ait cambriolé la bijouterie n'a aucun sens.

— Vu l'heure à laquelle il a pris le bus, il n'avait pas l'intention de regarder le match chez les Corona. Ou alors il était en retard.

— Non, il n'a pas été invité. Il n'était pas attendu, dit Milo. Il n'y avait pas un septième couvert à table. Peut-être avait-il rendez-vous avec Noe, comme le mercredi précédent, d'après ce qu'indique sa carte de transport public.

— Peut-être l'a-t-elle appelé pour lui demander de l'aide, suggéra Boada.

— Plutôt qu'à la police ?

Incrédule, Cervera secoua la tête.

— Un jeune qui ne prend pas l'autobus sans payer, encore un oiseau rare, ironisa-t-il. Vous m'accorderez au moins qu'il n'a pas le profil d'un assassin impitoyable.

— Arrête tes conneries, grommela Sena en étouffant un bâillement. Il peut s'agir d'une exécution des Bosniaques en guise de vengeance. Ou bien d'un plan mijoté par l'épouse avec l'aide d'un complice, qui a mal tourné. Quoi qu'il en soit, il est évident que le garçon est venu dans cette maison. Ce que je n'arrive pas à comprendre, c'est ce qu'il y a fait depuis le samedi soir jusqu'au lundi six heures du matin. Ça fait plus de trente heures, bordel. Si c'est lui l'auteur de ces crimes, je ne comprends rien. Et si ce n'est pas lui, encore moins. Quelqu'un a-t-il une explication ?

— D'après les preuves que nous avons, il a serré dans ses bras le corps de la mère sur le sol de la cuisine, indiqua Rebeca. C'est une histoire de fou.

— Sergent, le bilan psychiatrique ? demanda Singla.

— Il distingue le bien et le mal, conduite normale, pas de tendances homicides ni sociopathes, individu réservé, lut-il.

Il est soumis à une forte émotion, mais ne se trouve plus en état de choc. Il n'est pas dans un état catatonique et ne souffre pas d'amnésie. En tout cas pas totale. Son mutisme sur ce qui s'est passé est dû à des difficultés d'assimilation. Les médecins pensent qu'avec le temps…

— On n'a pas le temps, coupa Singla. Rojo et Cervera, vous l'interrogerez en premier. Voyons si vous parvenez à en tirer quelque chose.

Il se dirigea vers la porte et les autres se levèrent.

Crespo s'approcha de Milo.

— Inspecteur, en vérifiant le dossier d'identification personnel de Lucas Torres, j'ai trouvé une incongruité dans les bases de données.

— Et tu hais les incongruités.

— Il n'y a rien sur lui avant 2003, alors qu'il avait trois ans. C'est comme s'il n'avait pas existé. Je voulais juste que tu le saches. Je vais faire une recherche exhaustive, pour mon propre compte.

— Malart, dit Singla.

Le sergent regroupa les feuillets et se retira rapidement du milieu.

— Il y a un problème entre Boada et toi ? Je dis ça parce que j'ai l'impression que la tension se propage à tout le reste du Groupe et ce n'est vraiment pas le moment.

— Chef, je ne vois pas de quoi tu veux parler.

— Écoute, Malart, dit-il. D'après ce que j'ai pu observer, tu n'es plus le cinglé qui était incapable de contrôler ses émotions. Peut-être te manque-t-il encore de polir un peu tes nerfs, mais cela nous arrive à tous de temps en temps. À part quelques détails, ton attitude est plus calme, plus reposée.

— Vraiment ?

— Je suis en train de réfléchir à une promotion pour toi. Qu'en penses-tu ?

Milo demeura silencieux. Il savait que c'était juste un leurre, que quelque chose se cachait derrière ces mots.

— Mais il ne faudrait pas que Boada se plaigne de toi… poursuivit Singla.

Milo esquissa un demi-sourire.

— Je suis désolé de te décevoir, chef, mais tout cela n'est que passager, comme une grippe. Lorsque ce sera fini, je redeviendrai celui que j'ai toujours été. Le même cinglé ou pire encore, qui sait…

— Passager ?

— C'est une question de temps, n'en doute pas.

Singla soutint son regard sans ciller.

— Tu blagues, bien entendu, dit Singla en attendant un moment avant de poursuivre. Ne fiche pas tout en l'air, Malart. C'est tout ce que j'ai à te dire, ne fiche pas tout en l'air.

## 11

L'attente était grande dans la pièce contiguë à la salle d'interrogatoire n° 1. La commissaire Bassa, le sous-chef Corberó, Singla et le reste des membres du Groupe observèrent à travers le miroir unidirectionnel Rojo et Cervera procéder aux formalités préliminaires. Le premier décrivit la situation à Lucas Torres sur un ton cordial. Rebeca expliqua à l'oreille de Milo qu'elle-même aurait choisi un ton moins affable afin de bien planter le décor dès le début, qu'il ne s'agissait pas d'une conversation entre amis.

— De cette façon, ils n'arriveront à rien, dit-elle. Ils se trompent.

— Ils tentent de gagner sa confiance.

— J'ai des yeux. Je te dis que ça ne fonctionnera pas. Pas avec ce garçon.

— Comment en es-tu si sûre ? À cause de ses mâchoires toutes fines ?

— Moque-toi de moi, tu sais bien que j'ai raison.

— Ce que je sais c'est qu'en ce moment Lucas Torres est un être complètement détruit, son esprit est en mille morceaux.

— Tu es sérieux ?

— J'ai l'air de plaisanter ?

Mercader regarda à nouveau devant elle et croisa les bras.

— Je te jure que parfois je ne te comprends pas, murmura-t-elle.

Cervera lui demanda s'il avait soif, s'il voulait manger quelque chose. Sans écarter son regard de la table, le garçon fit un geste, presque imperceptible, pour refuser.

Penché en avant sur sa chaise il avait placé ses mains jointes entre ses cuisses et se balançait.

— Il suffit de le regarder, bordel, grommela Rebeca. Tout, dans son langage corporel, dénonce sa culpabilité. Il faut être aveugle pour ne pas le voir.

Rojo l'appela par son prénom. Il n'obtint aucune réaction. Il lui demanda s'il se sentait bien et il acquiesça. Cervera se racla fortement la gorge. Lucas Torres se redressa brusquement et regarda des deux côtés, effrayé.

— Tu as vu ses yeux ? dit Rebeca. Ce garçon cache quelque chose, je te parie ce que tu veux.

Milo observa sa façon particulière de fixer les choses en clignant des yeux. Il l'avait déjà remarquée pendant le tumulte qui s'était créé devant les ascenseurs, lorsque leurs regards s'étaient croisés à peine une seconde. Il l'avait alors attribuée à sa timidité mais, à présent, il voyait les choses différemment. C'était très léger, mais il eut l'impression qu'un de ses yeux était un peu voilé.

— Je reviens tout de suite, dit-il.

— Où vas-tu ?

Il se dirigea d'un bon pas vers le fond du couloir, jusqu'à la salle d'attente. Deux agents gardaient la porte. Il entra sans frapper et le couple Torres sursauta.

— Ils ont déjà fini ? dit la femme. Lucas va bien ?

— Nous pouvons l'emmener à la maison ? dit son mari.

— Les choses suivent leur cours. Puis-je vous poser une question ?

— Notre fils va-t-il bien ? répéta-t-elle.

Milo tenta de les rassurer. Mme Torres semblait au bord du collapsus, tandis que son mari ne cessait pas de serrer les poings. L'avocat abonda dans le sens de Milo en leur demandant d'avoir un peu de patience.

— Lucas a-t-il un problème de vision ? demanda Milo.

— Pourquoi cette question ? voulut savoir Antonio Torres, mais Milo attendit la réponse. Tout petit, il a perdu la vue d'un œil lors d'un incident, et il est myope de l'autre. C'est pour cela qu'il porte une lentille.

— Il l'a toujours portée ?

— Pourquoi ? demanda-t-elle. Que se passe-t-il ?

— Calmez-vous, madame et répondez à ma question.

Elle se tourna vers son mari, puis vers l'avocat.

— Avant il portait des lunettes, dit-elle, mais cet été il a opté pour des lentilles. Pourquoi cette question ?

— Il en a de rechange ?

— Je pense que oui, je ne sais pas. Mais il a gardé ses lunettes.

— Je vous conseille d'aller les chercher à la maison ou que quelqu'un les lui apporte. Dès que vous serez en leur possession, demandez à un des agents de me prévenir, moi ou la sous-inspectrice Mercader. Je suis l'inspecteur Malart, dit-il et il allait faire demi-tour lorsqu'il ajouta : Ça va être long, vous savez bien, la routine policière. Allez manger quelque chose, reposez-vous. Croyez-moi, cela peut prendre toute la journée.

— Toute la journée ? Pour quelle raison ? Lucas n'a rien fait du tout !

— C'est précisément ce que nous tentons d'éclaircir, madame. Il se dirigea vers la porte et, la main déjà sur la poignée, se retourna :

— Vous avez dit qu'il avait perdu la vue lorsqu'il était petit, ne serait-ce pas à l'âge de trois ans ?

M. Torres devint brusquement tout pâle et acquiesça en silence.

— Si vous aviez quelque chose à me dire, nous gagnerions du temps, insista Milo.

L'homme fit non de la tête.

— Rien sur cet incident ?

Mme Torres saisit l'avant-bras de son mari et ils demeurèrent tous les deux immobiles, serrés l'un contre l'autre, serrant les lèvres.

— Comme vous voudrez.

Il sortit de la pièce et se dirigea vers la table de Crespo. Pendant le trajet, il se demanda ce qui avait bien pu se passer l'été dernier. La vie de Lucas avait connu plusieurs changements.

— Toni, dit-il, quelque chose est arrivé à ce garçon, en 2003. Je crois que ça concerne l'incongruité dont tu m'as parlé.

— Je sais, j'ai déjà trouvé, dit-il en levant les yeux de l'écran de son ordinateur puis en s'appuyant au dossier de son siège. Tu ne vas pas en revenir.

Le garçon n'était pas le fils naturel du couple, expliqua-t-il. Il avait été adopté à l'âge de trois ans, après que sa famille avait été assassinée de sang-froid par un tueur professionnel, ainsi que l'avait conclu l'enquête menée par le CNP.

— Il est le seul survivant de cette horreur, dit-il.

Milo se laissa tomber sur une chaise.

— Continue, Toni.

— À cette époque, Ignacio Torres, son père, était propriétaire de la plus grande entreprise de transport de marchandises du port avec son frère Antonio : la Contecat. Un réseau de narcotrafiquants l'avait contacté pour qu'il mette à sa disposition la structure de son affaire de conteneurs. Ils savaient qu'il avait subi de lourdes pertes en Bourse et qu'il avait un besoin urgent de se refaire. En deux mots, Ignacio les dénonça au CNP et continua à participer aux réunions des narcotrafiquants pour permettre le démantèlement de tout le réseau, comme cela eut lieu. Ils furent tous arrêtés. Quelque temps plus tard, un tueur se rendit chez eux et exécuta de deux balles dans la tête tous les membres de la famille.

— Combien de personnes ?

— Cinq. Le père, la mère, la grand-mère, le fils aîné et la femme de ménage qui se trouvait là.

— Et Lucas survécut.

— Par miracle. Il fut grièvement blessé par un tir du côté droit du crâne.

— Le fameux incident. C'est ainsi qu'il a perdu la vue d'un œil.

— C'est la police nationale qui s'est chargée de l'enquête, nous n'existions pas encore.

— Puis son oncle Antonio et sa tante Sonia l'adoptèrent.

— Voilà pourquoi je ne trouvais rien sur Lucas Torres avant 2003, expliqua Crespo. Ses parents adoptifs ont changé son prénom, sûrement sur les conseils du CNP, et ils ont effacé toutes les traces de sa précédente identité pour le protéger. Tu imagines, passer ta vie, ton nom associé à un drame de ce calibre sur n'importe quel moteur de recherche ?

— Si l'expérience avait déjà été dure, cela aurait été complètement destructeur.

— Ça l'aurait marqué une deuxième fois, et pour toujours.

Milo demeura pensif.

— Toni, ça ne peut pas être une coïncidence. Cinq morts il y a cinq ans et à nouveau cinq morts. À l'époque, un tout jeune survivant, un garçonnet de trois ans, et aujourd'hui pareil, une fillette de deux ans. Il y a trop de ressemblances, trop de similitudes.

— Et Lucas Torres est présent dans les deux massacres.

— Ils vont se jeter sur lui comme des loups.

— Inspecteur, c'est tout de même la conclusion la plus rationnelle.

— Ne parle pas de chose rationnelle, je n'en vois nulle part, ici.

— Et pourquoi ses parents adoptifs nous ont caché cette tragédie ? argua-t-il. Parce qu'ils savent, tout comme toi et comme moi maintenant, que quelqu'un qui a vécu une expérience aussi traumatisante par le passé peut très bien l'avoir copiée dans le présent.

— Parce que tu penses que c'est un raisonnement logique ? C'est de l'enfumage.

— Ce garçon est le seul point commun entre les deux affaires.

— Bordel, Toni. Ça, nous n'en savons rien, il peut y en avoir d'autres.

— Comme tu voudras, mais nous devons en informer le reste du Groupe.

— Je m'en charge. Trouve le nom de l'inspecteur du CNP qui a mené l'enquête à l'époque, nous allons devoir nous entretenir avec lui.

Il se redressa doucement et avança très lentement vers la salle d'interrogatoire. Il était conscient qu'il allait briser en mille morceaux la cloche de verre que ce garçon avait essayé d'ériger autour de lui. Un effort inutile. Il était impossible de se protéger des autres. Personne ne pouvait y parvenir. Ni rien, à part la mort. Il entra et alla directement à l'interphone fixé au mur. Il coupa le son. Dos au miroir, il leur annonça les dernières informations. Ensuite, tandis que le groupe digérait la nouvelle, il remit le son et se dirigea vers le mur opposé pour se réfugier dans l'angle de la pièce.

Rebeca s'approcha de lui.

— La situation est claire, non ? C'est bien ce que je disais, ce gamin transpire la culpabilité par tous ses pores.

— Ce que tu disais ? Arrête, ne me fais pas rire, grogna-t-il. Tu es en train de faire une fixation sur Lucas Torres.

— Mais tu t'entends ? On dirait bien que c'est le contraire.

— Arrête, Mercader ! Tu pensais qu'il n'était pas net à cause de son regard et finalement on découvre que c'est parce qu'il ne voit pas d'un œil et qu'il a perdu la lentille à l'autre, pendant le week-end. Il était à moitié aveugle et voyait tout trouble : voilà pourquoi il t'a semblé pas net.

— Personne n'a trouvé la fameuse lentille dans la maison.

— Parce qu'il l'a perdue dans l'escalier en tombant. C'est ça ta psychomorphologie ? Les gars de Quantico regardent trop de films… Comme toi.

Elle se mordit la langue. Milo pointa son index en direction du miroir.

— Il a dit quelque chose ?

— Pas un mot. La tactique de Rojo et de Cervera ne fonctionne pas. Ils devraient se montrer moins aimables pour qu'il perde le contrôle et se trahisse. S'ils ne le malmènent pas un peu, il n'exprimera jamais ses émotions.

Singla frappa doucement sur le miroir et les deux inspecteurs se levèrent pour quitter la salle n° 1.

— Mercader et Malart, c'est votre tour, ordonna-t-il. Les bonnes manières sont finies, voilà venue l'heure de le secouer ! C'est clair ?

— Pas le coup du gentil flic et du méchant flic ? demanda Rebeca.

— Non. Droit au but, tous les deux. Des questions froides, directes, concises.

Rojo et Cervera entrèrent dans la salle annexe. Le premier expliqua en grimaçant que ce garçon était d'acier.

— Ou alors, il est d'une puissance mentale exceptionnelle, dit Cervera.

— Chef, dit Milo, je préférerais attendre. Raisons personnelles.

— Inspecteur Malart, je n'ai pas envie de plaisanter.

— C'est sérieux, chef. Je voudrais d'abord avoir plus de détails. Donne-moi un peu de mou, tu pourras toujours m'utiliser en dernier recours.

Singla serra les mâchoires.

— De mon côté, pas de problème, s'empressa d'intervenir Rebeca. Je peux y aller avec Boada et tenter de ramollir sa carapace. Malart a raison, plus il récoltera d'éléments, et plus il sera performant. Tu le connais, lorsque vient le moment d'appuyer sur le point faible, il est toujours là.

Singla réfléchit, puis acquiesça d'un hochement sec de la tête. Rebeca ramassa un dossier, demanda à Boada s'il acceptait de l'accompagner et celui-ci lui emboîta immédiatement le pas. Elle ouvrit la porte pour le laisser entrer en premier et se retourna vers Milo avant de le rejoindre. Observe et apprends, lui dit-elle.

— Malart, c'est la dernière fois, rugit Singla.

— À tes ordres, chef. Tu ne le regretteras pas.

Mercader fit irruption dans la salle d'interrogatoire d'un pas décidé. Boada, en revanche, y entra posément, avec un air paisible et grave. Ils prirent place en face du garçon.

Corberó s'approcha de Malart.

— Tu as un fort caractère, hein ? dit-il.

Milo haussa les épaules.

— C'est ta réponse ?

— Je ne sais pas, sous-chef. Ça dépend.

Corberó s'approcha de son oreille.

— "Raisons personnelles", elle est bien bonne celle-là.

Rebeca tira plusieurs photos de son dossier et les disposa une à une violemment sur la table. Un bruit sourd résonna chaque fois. Elle les rangea en éventail devant Lucas Torres, et le garçon, apercevant les instantanés des victimes en gros plan, tourna la tête et se mit à trembler.

Elle frappa du doigt la photographie de Noelia Corona, visage défiguré, amas de sang, os et cartilages.

— Que s'est-il passé samedi soir ?

Lucas entoura son corps de ses bras et commença à se balancer d'avant en arrière. Malgré les griffures et les bleus, Milo décela un sentiment de douleur chez le garçon. Sa voix résonna de l'autre côté du miroir.

— Quelqu'un a déjà vu un auteur de meurtres multiples exprimer de la douleur pour ses victimes ?

Mercader répéta l'opération, à présent avec la photo de la mère. Elle se pencha sur lui.

— Tes vêtements étaient couverts de son sang, dit-elle, de la tête aux pieds. Pourquoi as-tu fait ça ?

Lucas ferma les yeux. Il commença à pleurer tout en murmurant des mots incompréhensibles. Milo monta le volume de l'interphone. On aurait dit des prières, mais il n'arrivait pas à les entendre distinctement. Il interrogea les autres, mais personne ne les comprenait. De plus en plus nerveux, il observa les larmes qui coulaient le long des joues du garçon, son balancement incessant, les mouvements du cou pour nier les questions.

— Pourquoi avec une pierre ? intervint Boada en tapant du plat de la main sur la table. Tu aimes broyer le visage de tes victimes ?

Milo en eut assez et sortit de la salle. La commissaire-chef Bassa lui emboîta le pas. Elle le rattrapa dans le couloir.

— Inspecteur Malart, dit-elle.

Milo s'arrêta brusquement.

— J'admets être aussi déconcertée que toi de voir ce garçon aussi affecté par la mort des cinq victimes. Mais nous sommes devant un quintuple homicide et on ne peut pas avoir d'…

— … d'états d'âme ? coupa-t-il. Si on lui demandait de se lever, je suis persuadé que ses jambes ne le soutiendraient pas. On essaie ?

La commissaire-chef ne répondit pas.

— Les médecins affirment qu'il ne souffre pas de stress post-traumatique. Moi, je ne suis pas docteur, mais je suis persuadé qu'ils se trompent, poursuivit Milo.

— La faiblesse dont tu veux parler peut également être due au fait d'avoir commis un assassinat, répliqua-t-elle, ou plutôt cinq assassinats. À n'importe lequel des deux facteurs.

— Mais tu préfères lui imputer celui du crime et ça ne me plaît pas du tout. Il est trop tôt pour conclure, comprends-tu ? dit-il en pointant son index sur la salle d'interrogatoire. Ce garçon n'est pas un psychopathe. Il pleure, il exprime sa douleur, il a de l'empathie pour ses supposées victimes. Et il a honte, il est préoccupé par les sentiments des autres. Quel auteur de meurtres multiples réagirait de cette façon ?

— Il peut jouer un rôle.

— Et s'il ne jouait pas ? Tu y as pensé ?

— Tu me casses les couilles, inspecteur Malart.

Il s'aperçut que plusieurs agents les observaient discrètement, attentifs à leur conversation et il décida de la poursuivre en privé. L'endroit le plus proche était les toilettes pour femmes et il ne réfléchit pas à deux fois. Il entra, maintint la porte ouverte et la commissaire Bassa, perplexe, avança. Il vérifia que l'endroit était vide et retourna vers la porte, en la bloquant avec son dos.

— Commissaire, je ne dis pas que Lucas Torres est innocent, seulement qu'il est encore un peu tôt pour le soumettre à un traitement qui peut l'abîmer plus qu'il ne l'est déjà. Réfléchis à ce qu'a été sa vie jusqu'à samedi dernier.

Un seul survivant, toute sa famille assassinée. Combien de fois a-t-il dû se demander pourquoi il a survécu, pourquoi il *a été obligé* de survivre ? Tu imagines ça ? Et maintenant, le voilà impliqué dans une autre tuerie, nous ne savons pas encore en qualité de quoi, et il a survécu une nouvelle fois, avec une gamine de deux ans. Et ce coup-ci il n'est plus un enfant, ce coup-ci le sang l'a éclaboussé comme un adulte. Peux-tu me dire comment on peut traverser tout ça sans perdre la raison ? Et pour couronner le tout, nous l'écrasons sous toute une batterie de questions chargée à la dynamite. Et en raison de quoi ? Quelles preuves avons-nous contre lui ? Non, ce n'est pas correct. La psyché humaine est très fragile. Tu crois vraiment qu'il va pouvoir résister à cette pression sans perdre l'esprit ?

Quelqu'un poussa la porte pour entrer aux toilettes.

— Occupé, hurla Milo.

— Et que proposes-tu ? demanda Bassa.

— Qu'on suspende immédiatement cet interrogatoire agressif et qu'on reprenne de façon plus douce, dit-il. Et si j'étais toi, j'ordonnerais à Márquez et à Bonhora de se bouger le cul, qu'ils se grouillent, pendant qu'on s'occupe de faire notre travail, qui est d'enquêter, pas de détruire la psyché d'un adolescent ayant des problèmes de socialisation.

La commissaire garda le silence.

— Ce n'est pas un terroriste et tu le sais parfaitement, ajouta Milo. Nous voulons juste qu'il fasse sa déposition, rien de plus.

Bassa hocha très lentement la tête. Sans dire un mot.

— Dois-je te rappeler la devise du Corps ? "La force tranquille de l'intelligence." En ce moment, nous agissons avec force, oui, mais elle n'est ni tranquille ni intelligente. Qui sommes-nous donc ? Des bluffeurs ?

— Nous avons besoin des expertises des légistes et des criminologues, sans la moindre erreur, dit Bassa, et de serrer les boulons à Lucas Torres pour qu'il parle le plus rapidement possible. Ses parents possèdent un énorme pouvoir. Ils ont de l'argent et de l'influence : tu ne peux pas savoir les pressions qu'ils font peser sur nous. Chaque minute qui passe amenuise nos possibilités de le retenir.

Milo se calma.

— Et qu'attendez-vous de moi ? Dis-le-moi, commissaire.

— Nous attendons que tu nous aides à obtenir sa déposition et à éviter des complications. Les expertises des légistes et de la DPC demandent du temps et nous n'en avons pas.

— J'ai compris, tu voudrais que je calme le jeu !

— Je veux que cette affaire disparaisse des unes des périodiques et des titres des journaux télévisés. Voilà ce que veut tout le monde aussi, y compris dans les hautes sphères.

Milo baissa la tête.

— Et si ce n'était pas lui ? Et s'il avait été incriminé à dessein ? dit-il en levant les yeux et en l'observant un instant. Oui… je sais… faut pas que je casse les couilles.

## 12

Dans l'ascenseur, il regarda l'heure sur son portable et appela Sara pour lui dire qu'il était très tard et lui demander si elle ne préférait pas remettre leur rendez-vous. Elle lui répondit qu'il n'y avait pas de problème, qu'elle l'attendrait et ils raccrochèrent. Tout de suite après, il appela Irene et à nouveau la voix enregistrée récita que ce numéro n'était pas disponible pour l'instant. Il jura en silence tout en marchant vers le parking. Il vit qu'il avait huit messages non lus, rangea le téléphone et s'installa au volant. La circulation était extrêmement dense et il mit plus de temps que prévu pour atteindre la place Universidad. Un groupe d'une centaine de personnes, la plupart des étudiants, criait des slogans en faveur de la liberté des prisonniers politiques et de la défense de la république en brandissant des banderoles à moitié déchirées par le vent. Les skateurs tentaient d'éviter cette invasion de leur territoire en faisant du slalom avec leur planche à roulettes. Il se dirigea vers l'épicerie qui se trouve à l'angle de la rue Tallers, acheta un dessert et marcha une vingtaine de mètres pour atteindre la porte jouxtant la boutique de couvertures. Il appuya sur le bouton de l'interphone, ouvrit avec ses clés et grimpa les marches deux à deux jusqu'au quatrième étage, où l'attendait Sara, la porte ouverte. Elle s'était habillée pour l'occasion. Robe à fleurs au lieu de ses habituels pantalons noirs et mocassins assortis remplaçant les vieilles sandales de la maison. Bon signe, se dit-il. Malgré le maquillage, son visage portait encore les traces de sa souffrance. Larges cernes sous les yeux, peau fanée, coiffure sans éclat. La Sara rayonnante de jadis, regard doux et cheveux soyeux, avait disparu après le suicide de son fils et l'accélération de la schizophrénie de son mari qui s'ensuivit. Trop de chocs et trop rapprochés. Milo brandit le sac en plastique.

— Glace à la vanille avec noix de macadamia, ta préférée.

Sara sourit.

— Rentre, traînard.

Ils s'embrassèrent sur les joues et il entra sans pouvoir éviter un frisson. Après son séjour à Port de la Selva, il avait vécu là de l'âge de douze ans jusqu'au jour où il ne supporta plus le climat de violence endémique qui régnait entre ces quatre murs. Il n'avait jamais perçu cet endroit comme un foyer, même pas avant la mort de sa mère. Pour lui, ç'avait seulement été un lieu où se poser, pas un endroit où vivre. Constamment sujet à une terrible tension, à la crainte d'une soudaine explosion. Il ne se rappelait pas le moindre instant de bonheur, dans ce lieu. Voilà pourquoi il n'avait jamais compris la décision d'Hugo de vivre là, avec Sara et Marc. Les mauvaises vibrations qui persistaient dans cet appartement trop sombre n'auguraient rien de bon. Et cela finit par se vérifier.

— J'espère que tu as faim, dit Sara en disparaissant dans la cuisine pour revenir quelques secondes plus tard, chargée de deux plateaux : l'un rempli de tranches de pains à la tomate et l'autre contenant une appétissante omelette aux pommes de terre, qu'elle disposa sur la table de la salle à manger. Mais assieds-toi, ne reste pas planté là comme une statue.

— Et la glace ?

— Je vais la mettre au réfrigérateur.

— Que veux-tu boire ?

Milo demanda de l'eau, il était en service, et Sara le reprit en disant que, pour une fois, il pouvait faire une exception. Décidant d'oublier qu'à cause de leur gène héréditaire, l'alcool était chez les Malart comme le diable pour un croyant, et qu'il valait mieux le tenir à distance, elle rapporta une bouteille de vin. Elle la lui tendit avec un tire-bouchon et il commença à l'ouvrir tandis qu'elle coupait l'omelette en quatre et lui demandait comment allaient les choses pour lui. Il ne sut que répondre.

— J'ai aussi mis des oignons, comme tu aimes, dit Sara.

Elle lui servit une des parts et Milo en goûta un morceau. Tout de suite après, son visage s'illumina et il lui fit un sourire de plaisir suprême.

— Bouffon, lui reprocha-t-elle en arrangeant sa robe au niveau du col, tandis que son sourire illuminait la salle à manger. N'exagère pas.

Elle servit du vin dans les deux verres. Leva le sien :

— À la vie, trinqua-t-elle.

Milo trempa à peine les lèvres dans le sien. À la vie. Pendant le trajet qui les avait ramenés de l'hôpital psychiatrique où ils avaient fait interner Hugo, Sara lui avait avoué que peut-être la solution de Marc n'avait pas été une si mauvaise idée. Qu'elle se sentait fatiguée. Sans travail. Sans famille à régenter. Seule. Qu'il serait peut-être bon pour elle de se reposer. Cela était resté gravé au fer rouge dans sa mémoire. À cause du danger, de sa fragilité.

— À quoi tu penses ? demanda-t-elle.

— À rien en particulier.

— Tu t'occupes de l'affaire de la famille assassinée. C'est terrible, je ne comprends pas comment quelqu'un sain d'esprit peut commettre de telles atrocités, dit-elle en avalant plusieurs gorgées de vin. C'est justement qu'il n'est pas sain d'esprit, n'est-ce pas ? Et vous vous en sortez ?

— Sara, je n'ai pas le droit de parler d'une enquête en cours. Cette omelette est délicieuse, vraiment. Raconte-moi comment tu as trouvé Hugo. Hier, tu m'as dit qu'il allait mieux.

Elle vida son verre. Tout en le remplissant à nouveau, elle entama une longue explication à propos de l'état d'Hugo. D'après les médecins, il avait surmonté sa sévère dépression, il n'était plus dangereux pour lui-même ni pour son entourage, et son traitement, combiné à des séances de psychothérapie, était en train de porter ses fruits. Les docteurs étaient de plus en plus optimistes quant à sa récupération. Soudain, elle s'aperçut que Milo avait fini de manger et elle se leva pour aller préparer les calamars. Réchauffés, ça ne vaut rien, dit-elle. Pourquoi n'allumes-tu pas la télé en attendant ? Milo prit la télécommande et commença à zapper. Il cherchait une chaîne d'informations. Sur la plupart d'entre elles, on parlait de l'affaire avec le sensationnalisme habituel, interrogeant des experts qui n'apportaient que des inexactitudes et du bavardage vide de sens. Il en choisit une qui diffusait en différé la conférence de presse donnée par l'intendant Guillamón. Les problèmes surgirent après le communiqué officiel. Un journaliste demanda à Guillamón s'il était vrai que le clan de Mostar était impliqué dans l'affaire. L'intendant fit une vague non-réponse qui eut pour conséquence d'aiguiser l'appétit des journalistes. Un autre demanda s'ils avaient arrêté un suspect. L'intendant répondit qu'ils avaient plusieurs pistes de recherche et qu'il ne pouvait rien ajouter pour l'instant. Lorsqu'un troisième affirma que d'après ses sources les crimes avaient un rapport avec le cambriolage d'une bijouterie du quartier de Sants, Milo éteignit le téléviseur avant d'écouter la réponse. Cela va avoir des conséquences, se dit-il. Maudites fuites.

— À table, annonça Sara.

Elle lui servit une généreuse portion de calamars, remplit à nouveau son verre de vin et reprit la conversation du possible retour d'Hugo à la maison.

— Tu n'as pas l'air content, dit-elle au bout d'un moment.

Milo scruta ses yeux. Ils étaient soudain redevenus tristes, éteints. Elle tenait son verre à la main, en faisant tourner le vin de façon machinale. Il comprit qu'elle était prise entre deux feux : d'un côté, elle était heureuse de pouvoir enfin oublier l'absence et le vide et, de l'autre, elle craignait le retour de son mari, la dramatisation que cela supposait.

— Bien sûr, dit Milo, c'est une grande nouvelle.

— Il faudrait que tu ailles lui rendre visite. Il serait très content.

— Un de ces jours, je te promets.

— Il va te surprendre. Il est… je ne sais pas… différent, dit-elle en portant le verre à ses lèvres. Tu me promets ?

Milo acquiesça, la bouche pleine. Il finit de manger et ils débarrassèrent la table. Elle ouvrit le pot de glace pendant que le café passait. Ils prirent place sur le canapé. Sara lui dit qu'elle avait été très heureuse de recevoir son appel la veille. Qu'elle ne s'y attendait pas.

— Tu étais distant, je n'ai presque pas eu de tes nouvelles. La seule chose que j'ai apprise, c'est que tu étais en vacances. Où es-tu allé ?

— Au Pays basque français. Je suis parti en train jusqu'à Irún et, là-bas, j'ai loué une voiture pour parcourir la région.

Elle se leva pour apporter le café. Elle lui demanda comment il avait trouvé la région. Elle se servit un peu plus de vin et retourna vers Milo.

— C'est magnifique, la mer à Biarritz est d'une beauté stupéfiante.

Elle rit derrière son verre. S'assit en travers du canapé, sur ses talons.

Un sentiment d'irréalité s'abattit sur Milo, comme une vague géante. Il s'observa du dehors, comme s'il s'était dédoublé et comme si Sara était devenue une autre femme qui lui envoyait des messages. Il ferma les yeux. *Reviens au lit, je veux le faire à nouveau.* Il regrettait la chaleur, la complicité. La compagnie. *Je n'avais jamais ressenti ça.* Il devait cesser de se tromper lui-même. Mais il ressentait encore ses baisers. Les caresses qui l'avaient transporté dans un lieu où rien d'autre ne semblait nécessaire. *Dis-moi que tu es réel, que c'est en train de se passer réellement.* Sa façon de s'accrocher à elle. Avec désespoir, fatigué de sa solitude. Les caresses, la tendresse. Et la passion. Son corps collé au sien, son pubis se frottant contre sa cuisse. Il rouvrit les yeux. Se redressa brusquement en même temps qu'il se débarrassait des bras de Sara qui l'étreignaient.

Elle le regarda horrifiée.

— Non… Moi, moi je ne voulais pas, balbutia-t-elle. Je ne sais pas ce qui m'a pris. Je me suis laissée aller et… je voulais seulement…

Milo lui saisit les poignets.

— Sara, regarde-moi. Calme-toi, il ne s'est rien passé, tu m'entends ? Tout va bien, ne t'inquiète pas. Il ne s'est rien passé, tu pourras surmonter ça. Même si tu ne vois pas comment t'en sortir, je t'assure que la sortie existe. Il y en a toujours une, crois-moi. Tout finira par s'arranger.

Il eut envie de la prendre dans ses bras, mais il se redressa.

— Je dois y aller. On se parle demain.

Sara le suivit jusqu'à la porte. Milo lui donna un baiser fugace sur la joue et sortit sur le palier. Il descendit les marches trois à trois en murmurant la mélodie de Bach.

Il conduisit jusqu'à l'institut médicolégal qui se trouvait dans la Cité de la justice, dans les faubourgs de la ville.

Il profita d'un feu au rouge pour consulter son portable. Il avait dix messages. Ella. Cela lui fit un coup au cœur. Le feu passa au vert et il lâcha son téléphone sur le siège passager. Il démarra en trombe, appuya à fond sur l'accélérateur. En arrivant près du bâtiment, il se gara et demanda où il pouvait trouver Goyo Bonhora. On lui dit qu'il était en salle d'autopsie n° 4. Il commença à transpirer. Ces salles et ce qui se passait à l'intérieur lui donnaient des haut-le-cœur. Contrairement à d'autres, il se moquait d'admettre qu'il ne supportait pas l'air qu'il respirait dans ces lieux ni la vision des corps ouverts. Il poussa la porte de l'épaule et passa la tête.

Bonhora était penché sur une des tables de dissection.

— Goyo, dit-il, tu veux bien sortir un instant ?

— Ça ne va pas être possible. Si tu veux me parler, tu vas devoir entrer. Il paraît que je ne bouge pas suffisamment mon cul, hein ?

— C'était juste une conversation avec Bassa. Tu veux bien que je te parle d'ici ?

— Sois pas ridicule et entre donc. Mets-toi un masque et ne touche à rien.

Il inspira profondément, suivit ses instructions et avança jusqu'à lui.

— Du nouveau ?

— Mon épaule me fait très mal. Je crois que je vais devoir à nouveau changer de lunettes, dit-il en conservant la même position. Et si l'on continue à mettre des déviations partout, à cause des manifestations, je vais demander ma mutation à Cuenca, où j'imagine qu'on doit vivre plus paisiblement qu'ici et sans angoisses.

Il éteignit le dictaphone suspendu au support d'une lampe et posa l'étrange bistouri dans un haricot métallique. Il essuya sa main gantée sur sa blouse jetable, couverte de grosses traces rouges et la tendit à Milo qui l'observa un instant :

— Même pas en rêve, dit-il en reculant.

— Un jour, il faudra bien que tu fasses l'effort de t'habituer à tout ça.

— Je préfère entrer dans les ordres.

— Alors, paraît-il que tu as eu une discussion à mon propos avec Bassa ?

— Oublions ça, Goyo. Tu as du nouveau ?

Bonhora se dirigea vers une des civières où reposait un corps couvert d'un drap.

— Non, pas besoin que tu me montres quoi que ce soit, je veux juste savoir si tu as trouvé quelque chose.

— Tu aurais pu te contenter de me passer un coup de fil alors.

— J'en prends note pour la prochaine fois. Tu me réponds, oui ou non ?

Bonhora baissa son masque.

— Bien, y a plusieurs choses. Patricia Ugarte était enceinte, de deux mois. Et sa fille a eu des relations sexuelles consenties samedi soir.

— Tu peux préciser une heure ?

— Tu crois que je suis magicien ?

— Même pas approximative ?

— La pénétration s'est produite une ou deux heures avant sa mort. Elle a au moins pu faire une dernière fois plaisir à son corps.

— Goyo, je ne suis pas d'humeur à plaisanter ni à écouter tes vannes salaces. Tu es sûr qu'elles étaient consenties ?

— Je vais faire comme si je n'avais rien entendu, ajouta-t-il. J'ai déjà envoyé les échantillons du sperme et de l'embryon au laboratoire, pour comparer les ADN.

— Tu as trouvé d'autres automutilations sur le corps de Noelia ?

Bonhora acquiesça.

— Sur la partie intérieure des cuisses, pour les plus récentes, et sur la partie supérieure, près de l'aine.

— Son malaise psychique ne faisait que croître ?

— Ou alors elle était accro aux décharges d'adrénaline.

— Tu sais déjà combien de coups elle a reçus ?

— En tout, six, comme son père. Je me suis trompé dans mon analyse préliminaire. Et avant que tu me le demandes, encore deux choses. Primo, je te confirme qu'elle présente des griffures périphériques autour des points d'impact, mais seulement pour les trois premiers coups, les seuls qu'elle a pu voir venir. Aux suivants, elle n'a pas bougé. Secundo, elle n'a pas de restes de ruban adhésif au niveau de la bouche.

Milo parcourut toute la longueur de la pièce. Il n'arrivait pas à comprendre la chronologie des événements.

— Te casse pas la tête, dit le médecin légiste. Tant que Márquez n'aura pas rendu son rapport, on perd notre temps.

— Mais il va mettre du temps et nous sommes très pressés, murmura Milo pour lui-même. Tu as pu établir l'ordre des assassinats ?

Bonhora lâcha un soupir d'impuissance. Le laps de temps était trop court et rien n'était évident dans cette affaire, mais il maintenait l'hypothèse que le fils, la grand-mère et la mère avaient été les premiers, puis le père et la fille, même s'il ne pouvait pas donner un ordre exact.

— Étant donné la similitude du degré d'acharnement pour les deux derniers, ajouta-t-il, on pourrait dire que ces deux crimes ont été commis par la même personne, complètement déchaînée et en plein état de démence.

Un silence sépulcral se répandit dans toute la salle.

— Tu penses à la même personne que moi ?

— D'expérience, dit Bonhora, n'importe qui peut se transformer en assassin en quelques secondes ! C'est comme pour les machines à sous, il suffit que la combinaison gagnante s'aligne. Il faut obtenir une équation avec les bonnes variables : colère, offense, sentiments blessés, situation limite…, élevés à la puissance *n*. Je pourrais te citer Jung et sa “théorie de l’ombre”, mais on verra ça plus tard, dit Bonhora en posant sa main sur l’épaule de Milo. Je comprends que ce garçon puisse te faire penser à Marc, mais c’est le seul qui est ressorti debout de la maison. Tu es obligé d’en tenir compte.

— Penses-tu qu’on puisse avoir des souvenirs de ses trois ans ?

Bonhora retira sa main.

— Ce n’est pas mon domaine, mais je dirais que c’est inhabituel. À mon avis, même si je ne suis pas de la partie, je pense que les souvenirs se fixent plus tard, à partir de quatre ou cinq ans, peut-être même davantage, dit-il avant de réfléchir un instant. J’ai cependant lu quelque part que les souvenirs qui ont un rapport avec les sens, une saveur ou une odeur, peuvent se fixer beaucoup plus tôt. Je crois que tout doit dépendre de l’intensité du moment.

— Que dirais-tu d’une image au cours d’un choc très puissant ?

— Comme quoi, par exemple ?

— Voir quelqu’un à deux mètres de toi te tirer dans la tête, mima-t-il.

Bonhora recula dans un acte réflexe.

— Je pense que oui, à cause de la terrible frousse que cela implique. Mais c’est juste une spéculation. Qui sait ce qu’un cerveau est capable d’enregistrer ?

— Oui, c’est bien ce qu’il me semble, ajouta Milo en baissant la tête. Nous ne connaissons toujours pas le cerveau.

Il se dirigea vers la porte.

— Attends un instant, Milo, nous n’avons même pas parlé de toi. D’après ce qu’on m’a dit, tu es devenu un type paisible. Il paraît que tu arrives à contrôler tes émotions. C’est plutôt bien, si l’on prend en compte tes antécédents.

— On ne peut rien faire pour mes antécédents. Mon père, mon frère… et moi je suis le suivant.

— Milo, ton père et ton frère étaient alcooliques. Ils ont aidé la maladie.

— Elle surgira tôt ou tard. Et puis ne va pas croire les racontars. Je me fiche bien des on-dit.

— Alors je ne suis pas devant le Milo Malart nouveau ?

Il ouvrit la porte.

— Toi, continue à croire aux miracles.

Il se dit qu'il pourrait aller rendre visite à la juge Cabot, puisqu'il se trouvait déjà à la Cité de la justice, mais il reçut un appel de Mercader. Elle lui demandait où il était et Milo lui parla de sa conversation avec Bonhora.

— Putain de famille ! Elle renferme plus de secrets que le CNI[1].

Puis elle s'empressa de lui dire que la commissaire Bassa avait demandé à changer la façon de prendre la déposition de Lucas Torres, et que Rojo et Cervera les avaient remplacés.

— Tu y es pour quelque chose ?

— Moi, absolument pas. Il a parlé ?

— Il continue à se taire, ce qui va le conduire à passer la nuit en cellule. Ordre du juge, à cause de son mutisme. Et j'en suis ravie, ce jeune gars est en train de se foutre de nous.

— Tu as une vision binaire des choses, pour toi elles sont blanches ou noires. Tu oublies toute la gamme des gris. S'il ne pipe pas mot, c'est peut-être parce qu'il ne peut pas.

— Ou ne veut pas.

— Mercader, c'est un ado. D'après ce que tu dis, il veut nous cacher des choses. Mais si j'étais toi, je regarderais ça depuis un point de vue différent.

1. Centro Nacional de Inteligencia : Service de renseignements espagnol.

Elle lui asséna plusieurs injures et Milo écarta le portable de son oreille. Le soleil se couchait et le ciel était une majestueuse palette de couleurs où se détachait l'orangé, annonce que le vent continuerait à souffler le lendemain. Il le contempla un instant, émerveillé.

Il rapprocha le portable.

— D'accord, tu as raison, l'interrompit-il. Comme experte en adolescents, ce serait bien que tu te rendes à l'école de Lucas et de Noelia pour parler avec ses camarades de classe, surtout avec un certain Shyam, peut-être obtiendras-tu quelque chose.

— Ils ont déjà dû sortir du lycée. Qu'est-ce que tu vas faire, toi, maintenant ?

— J'ai pensé à plusieurs choses.

— Tu as besoin que je ?…

Milo entendit qu'elle parlait à quelqu'un d'autre.

— Je te passe Crespo, il veut te parler. Lorsque tu en auras terminé avec lui, ne raccroche pas et on finit notre discussion.

— Inspecteur ? dit le sergent. Sur les recherches que tu m'as demandées, je n'ai pas trouvé que Lucas Torres ait loué le moindre appartement ou local à son nom, mais quelqu'un peut lui en avoir prêté un. Autre chose. Le nom de l'inspecteur du CNP qui a mené l'enquête du crime multiple perpétré quinze ans plus tôt est Fermín Barreda, il est à la retraite.

— Qu'il se rende au commissariat central demain matin ; je veux m'entretenir avec lui.

— Entendu. Au fait, l'ami de Paco Corona, à l'époque où il était dans la police nationale, s'appelle Alonso López. Lui aussi est à la retraite, il habite à Les Corts. Je lui demande de passer également ?

— Non, ce n'est pas nécessaire. Dis à Mercader qu'elle aille l'interroger sur Paco. Autre chose ?

— Le rapport économique et financier des Torres, et celui de leur fils Lucas. Je te fais un résumé ?

— Il y a quelque chose de particulier ?

— Ils baignent dans l'abondance, si c'est ce que tu veux savoir, dit Crespo. Et Lucas Torres va hériter d'une vraie fortune maintenant qu'il est majeur.

— C'est combien une vraie fortune ?

— Plus de cent millions d'euros.

Milo demeura bouche bée.

— Inspecteur Malart ?

— Oui, Toni, continue. Quelque chose au sujet des clips de Noelia ?

— J'allais t'en parler. Elle les cachait dans un dossier contenu dans un autre, lui-même contenu dans un autre, cinq fois la même opération. Nous avons fini par en découvrir un qui s'appelle *Mímesis*. Elle avait une chaîne sur YouTube, que nous avons réussi à hacker, elle utilisait les trois formats, public, caché, privé. Tu comprendras mieux quand je te montrerai.

— D'accord demain tu me montres.

— Je peux déjà te dire qu'ils sont très particuliers.

— Quelque chose de nouveau sur la pierre, les chaussures de sport ou le portable de Noelia ?

— Rien du tout, mais nous sommes parvenus à récupérer quelques-uns des éléments que Lucas Torres a effacés de son iPhone. Nous aurons bientôt le reste.

— Parle-moi de ces éléments.

— Il a reçu un appel manqué sans message de Noelia à vingt-deux heures zéro six, le samedi.

Milo garda le silence.

— Et deux WhatsApp, l'un à vingt-deux heures cinquante-sept et l'autre à vingt-trois heures zéro trois, également le samedi, les deux venant d'elle. Ce sont les derniers appels qu'a reçus son portable.

— Lis-moi le premier, dit Milo.

— "J'ai perdu tout enthousiasme."

— Et le second ?

— "Tout est fini. Bise."

— Autre chose ?

— Oui, vendredi soir, au petit jour, à quatre heures douze. Lucas Torres a envoyé un WhatsApp à Noelia Corona. "OK, je le ferai."

— Toni, on reste en contact.

— Je te passe la sous-inspectrice Mercader.

Rebeca prit le téléphone.

— Malart, je te disais que, si tu veux, je t'accompagne là où tu avais l'intention d'aller, dit-elle. Mais Milo avait déjà raccroché.

— Et c'est tout ce que nous avons pour l'instant.

— Ce n'est pas grand-chose, considéra la juge Cabot.

— Qu'est-ce que tu espérais ? Ça ne fait que vingt-quatre heures, dit Milo. Tu as regardé la conférence de presse ? Guillamón a complètement dérapé. Alors ne viens plus me parler de fuites. Elles peuvent venir de partout.

La juge s'appuya sur le dossier de son siège, bras croisés.

— J'ai horreur que les médias fassent irruption en pleine instruction, ça me met les nerfs. Où ont-ils pu se renseigner ? Personne ne sait donc plus fermer sa bouche ?

Milo haussa les épaules. Il tourna son regard vers les petites fenêtres, étroites comme les meurtrières d'un château fort, absorbé.

— Que se passe-t-il ? demanda-t-elle. Tu as l'air bizarre. Il t'est arrivé quelque chose que tu ne m'as pas raconté ?

— Infidélité, sexe sur la scène de crime, couples qui ne se parlent plus… Pourquoi tant d'acharnement à s'aimer, bordel. Hommes et femmes, et ils continuent tant qu'ils peuvent. Mais pour quoi faire ?

— Toi tu n'en fais pas partie, bien entendu !

Milo ne répondit pas.

— Ce n'est pas le travail qui va te sauver, Milo. Si tu n'as pas de vie personnelle, tu es foutu. Crois-moi, je sais de quoi je parle.

— C'est une personne encore dans son bureau à cette heure-ci, la seule personne de toute la Cité de la justice, qui dit ça, ne me fais pas rire.

— Simple surcharge de boulot, mais ne change donc pas de sujet.

— J'ai une vie. Et quelqu'un : Ma Vieille. Et toi, qu'as-tu ? Le gars à la batterie ? Que t'apporte donc ce type ? Ne réponds pas, du sexe.

— Pas seulement du sexe.

— Il s'agit *toujours* de sexe.

Susana se redressa sur sa chaise.

— Tu ne comprends rien. Je ne suis plus cette femme d'il y a trente ans, que tu as connue. Tu te souviens ? Je n'avais pas cette silhouette, j'étais plus appétissante. En revanche, regarde-moi, maintenant. Je suis âgée, sans enfants, sans mari, sans quelqu'un à soigner, ou pour me soigner. Le temps m'échappe.

— Adopte un chien, fais quelque chose.

— Je parle sérieusement, putain. Je voudrais avoir une vie avant de la perdre. Il existe une phrase sur les horloges de certaines églises anciennes : *Vulnerant omnes, ultima necat.* Tu connais le latin ? "Toutes blessent, la dernière tue." Les heures, l'éphémère de la vie, l'implacable défilement du temps. Eh bien moi, avant que la dernière heure me tue, j'aimerais vivre ses cinquante-neuf premières minutes à fond, les presser au maximum.

Milo se sentit glacé. Il avait vu cette inscription sculptée sur l'église Saint-Vincent, à Urrugne, sur le cadran solaire de la façade, pendant son voyage au Pays basque français.

— Tu ne peux pas imaginer ce que Walter m'apporte, poursuivit-elle. Grâce à lui, je me sens vivante. Faire l'amour avec lui appartient à un autre monde ; je compte toujours les secondes qui nous séparent avant de le retrouver. Je serais capable de me traîner, de me rabaisser à des niveaux insoupçonnés, pour atteindre une nouvelle fois le septième ciel. Les sensations qu'il me donne sont incroyables, sans limites. Elles sont aussi puissantes qu'une drogue. Une fois que tu y as goûté, tu ne peux plus t'en passer, tu en veux toujours et encore, expliqua-t-elle, les yeux brillants.

Sans s'en apercevoir, elle avait tiré la langue et léché lentement sa lèvre supérieure. Puis elle revint enfin lentement à elle :

— Non, tu ne peux pas imaginer, reprit-elle. Une chose pareille te change la vie, transforme tout autour de toi. Tu deviens quelqu'un d'autre. Mais je ne sais pas pourquoi je te le raconte, tu ne peux pas comprendre ça, toi.

— Je comprends surtout que ce type t'a complètement chamboulée.

— On ne peut pas choisir de qui on tombe amoureux.

— Mais on peut décider jusqu'où on est prêt à aller, Votre Honneur.

— Je savais que tu ne comprendrais pas. Toi, tu avances toujours frein à main enclenché.

— Lorsque l'amour se présente, ces cons de poètes prétendent qu'on n'a pas le choix, grommela-t-il de mauvaise humeur. Mais bien sûr qu'on l'a. Non seulement tu as perdu la tête, mais aussi ta fierté. Ce type peut te faire ce qu'il veut, t'humilier autant qu'il en aura envie.

— Je m'en moque. Les Grecs, par exemple, ne faisaient jamais de nécrologies, lorsque quelqu'un mourait, ils se contentaient de poser toujours la question : "A-t-il ou a-t-elle vécu avec passion ?"

— Que feras-tu quand cette histoire sera finie et que tu découvriras ce que tu es devenue, et tout ça pour rien ?

— Demain n'existe pas. Je continuerai à vivre comme si aujourd'hui était le dernier jour de ma vie.

— Mais… Susana, c'est une folie.

— La folie ce n'est pas d'agir, Milo. Comme l'a écrit Virginia Woolf, "Vous ne pouvez pas trouver la paix en évitant la vie".

— Belle contradiction, ma chère.

— Pourquoi ?

— Quelque temps après l'avoir écrit, elle s'est suicidée.

# 13

Une manifestation coupait la circulation à hauteur de la plaza de España et il se vit forcé de quitter la Gran Vía pour suivre un trajet alternatif passant par les ruelles conduisant à la montagne de Montjuïc. Après s'être perdu à plusieurs reprises, il abandonna l'idée de parvenir jusqu'à la villa en voiture et se gara en face de la fondation Miró, près d'un arrêt d'autobus. Il traversa l'avenue Miramar en courant et descendit quatre à quatre les marches qui donnaient dans la rue Julià. Il avait juste le temps. Il aperçut le véhicule des *mossos d'esquadra*[1] stationné devant la maison et fit un geste pour saluer les deux agents qui barraient le passage aux éventuels curieux et journalistes.

Il s'arrêta devant le ruban de balisage et jeta un coup d'œil à la façade. L'éclairage urbain était allumé, mais le mélange de lumière naturelle et artificielle lui donnait un air fantomatique, parmi les ombres. Il fit demi-tour et observa la villa d'en face. Il vit de la lumière derrière les rideaux du rez-de-chaussée et du premier étage. Il se dirigea vers la grille, appuya sur le bouton de l'interphone et attendit. Peu après, une voix distordue par l'appareil demanda qui il était. Milo se présenta.

— J'ai déjà parlé à la police, hier, dit l'homme.

1. Police de Catalogne.

— À mes collègues, mais pas à moi, dit Milo. Je vous en prie, juste quelques minutes.

Silence. Puis un cliquetis métallique. Milo poussa la grille de fer et avança vers le perron sur le parterre de gravier. Il allait y accéder lorsque la porte s'ouvrit sur un homme d'une quarantaine d'années, chemise blanche, manches retroussées, pantalons gris comme la cravate et chaussures de cuir noir. Il sortit sur le seuil, laissa la porte entrebâillée dans son dos et s'apprêta à descendre les marches. Mais, le précédant, Milo les grimpa rapidement et lui montra sa plaque de police. L'homme la regarda et enfonça ses mains dans ses poches. Puis il haussa les épaules d'un air contrarié.

— J'étais sur le point de passer à table, dit-il.

— Ce ne sera pas long, juste deux ou trois questions. Vous permettez que j'utilise vos toilettes. Toute la journée par-ci par-là et on n'a même le temps d'assouvir ses besoins les plus élémentaires, vous voyez ce que je veux dire.

L'homme hésita. Son regard alla tour à tour de la porte à Milo. Puis il accepta et s'écarta pour lui permettre d'entrer.

— Tout droit, au fond du couloir à droite.

Milo en profita pour jeter un coup d'œil dans le salon. La décoration était ancienne, au goût des gens âgés, sauf le grand téléviseur, écran plasma, avec l'image d'un film en pause. La table de la salle à manger se trouvait juste devant. Un set de table, les couverts disposés parallèlement, un verre au centre ; la télécommande dans le prolongement, près d'un cendrier contenant trois mégots. Partout des cadres avec la photographie d'une femme aux cheveux blancs, l'air sérieux, très raide. Il resta peu de temps aux toilettes. À son retour, l'homme l'attendait près de la porte, en fumant une cigarette blonde. Il remarqua la montre à son poignet, le cadran à chiffres romains et le bracelet métallique à barrettes dorées.

— Vous avez une maison très accueillante, monsieur…

— Manel Vergés. Que pensez-vous d'aller droit au but ?

— Droit au but, parfait, exactement comme j'aime, se réjouit Milo. Hier, je vous ai aperçu derrière vos rideaux, à l'étage, en train d'observer la maison des Corona. Je comprends qu'une telle tragédie puisse éveiller la curiosité de n'importe qui, mais vous faites ça souvent ?

— Je ne vois pas de quoi vous voulez parler.

— Vous le savez parfaitement, dit Milo en faisant plusieurs pas dans le salon et en montrant le téléviseur. Vous regardiez quelque chose d'intéressant ?

— Une série, répondit-il. Dites-moi, si hier j'ai observé la maison des voisins, c'était par simple curiosité comme vous dites, rien d'autre.

— Une série ? *Sur écoute* peut-être ? Elle est magnifique. Je ne l'ai pas vue, mais tout le monde en dit monts et merveilles. Même si elle est un peu ancienne, vous ne trouvez pas ?

M. Vergés tira longuement sur sa cigarette. Milo lui tourna le dos, alla récupérer un cendrier et le lui tendit.

Il lui indiqua la cendre :

— Elle va tomber par terre.

L'homme s'en débarrassa d'un coup de poignet, sur les deux mégots.

— D'après ce que vous avez déclaré à mes collègues, vous habitez seul, n'est-ce pas ?

Il acquiesça.

C'est une grande maison. Que pouvez-vous me dire de la famille Corona.

Manel Vergés fit la moue.

— Que voulez-vous que je vous dise ? C'est une famille normale. Je suis vraiment désolé de ce qui leur est arrivé, mais on ne se fréquentait pas.

— Cependant vous habitez à côté. Vous avez dû les croiser souvent. Quelque chose en particulier ?

— Je ne passe pas mon temps à regarder par la fenêtre.

Milo eut un large sourire.

— Regarder, observer, épier. Tout est une question de nuance.

L'homme rougit. Il lui arracha le cendrier des mains et y écrasa rageusement sa cigarette. Puis il ouvrit la porte d'un air décidé.

— Inspecteur, je n'ai pas à supporter vos insinuations.

Milo demeura calme.

— Je n'insinue pas, j'affirme, dit-il sans tourner autour du pot et en tirant son portable de la poche. Lors de votre entrevue d'hier avec les inspecteurs, vous avez déclaré avoir vu ce garçon, ajouta-t-il en lui montrant la photo de Lucas Torres, en train de rôder sur les lieux. Plus précisément, assis sur les marches qui se trouvent tout près.

Vergés examina la photographie.

— En effet, je m'en souviens parfaitement.

— Au bout d'un an. Vous avez une mémoire prodigieuse.

— Je suis très physionomiste, un point c'est tout.

— Je ne vous crois pas, dit Milo en pointant la porte du doigt. À votre place je la fermerais. Quelqu'un peut nous apercevoir depuis la rue.

L'homme hésita à nouveau. Un instant plus tard, il lui obéit.

— Je ne comprends pas ce que signifie tout ça.

— Eh bien moi, j'ai l'impression que vous savez très bien où je veux en venir. Je veux parler de Noelia Corona, Noe pour les amis. Elle ne passait pas inaperçue.

M. Vergés posa le cendrier sur un meuble et alluma une autre cigarette. Il recracha la fumée en direction du plafond.

Milo fit un pas vers lui.

— Et vous avez reconnu ce garçon lorsqu'on vous a montré sa photographie. Sans la moindre hésitation. Comme à présent.

Il hocha la tête tout en desserrant le nœud de sa cravate.

— Je ne trouve qu'une explication, ajouta Milo. Que vous l'avez vu plusieurs fois. Dans le quartier, dans la rue… ou dans cette maison. Regarder, observer, épier. Vous n'avez vraiment rien à me dire, monsieur Vergés.

L'homme porta la cigarette à ses lèvres en évitant de regarder Milo. Il secoua la tête de droite à gauche.

— Très bien, ce n'est pas si grave, dit Milo en s'éloignant jusqu'à l'escalier. J'aimerais monter à l'étage, pour jeter un coup d'œil à la maison des Corona de là-haut. Vous voulez bien ?

— Vous avez un mandat ?

— Tout ce que j'ai pour l'instant, c'est de la patience, mais elle va bientôt se tarir. Vous refusez de collaborer dans une enquête pour meurtres multiples ? Ça ne joue vraiment pas en votre faveur. Mieux encore, si vous persistez dans votre attitude, je dirais que c'est étrange, comme si vous tentiez de me cacher quelque chose. Peut-être le moment est-il venu d'ajouter un autre verbe à la liste. Guetter. Et dans ce cas, oui, vous auriez commis un délit.

Vergés écarta les bras.

— Faites ce que vous voudrez, je n'ai rien à cacher.

— Vous êtes très aimable. Un bon voisin.

Milo monta les marches, Vergés sur ses talons. Il parcourut l'étage. Après un calcul rapide, il s'arrêta devant une pièce, alluma et pointa son doigt vers l'intérieur :

— Je peux ?

— Qui vous en empêche ?

Il entra dans la chambre. Elle était décorée de la même façon que le reste de la maison. Papier peint sur les murs, lit à baldaquin et couvre-lit démodé. Crucifix accroché au mur. Il alla à la fenêtre. Écarta les rideaux. Se rappela l'endroit où se trouvaient les chambres des sœurs Corona. La chambre de gauche, juste en face était celle de Noelia.

Le volet était levé. Et celle de la petite Eva se trouvait à droite.

— C'est votre chambre ?

Vergés tira sur sa cigarette avant de répondre.

— C'était celle de ma mère, paix à son âme.

Milo passa la main sur le rebord inférieur de la fenêtre. Pas un grain de poussière. Il s'accroupit pour l'examiner de près. Il remarqua de légères rayures noires, presque imperceptibles. Au nombre de trois, disposées en triangle. Il se releva.

— Vraiment, vous n'avez rien à me dire, monsieur Vergés ?

L'homme soutint son regard en pinçant les lèvres.

— Attention à la cendre, dit Milo en s'approchant de la porte, vous allez salir le sol et ce ne serait pas bien du tout.

En revenant au salon il lui indiqua le téléviseur.

— *Sur écoute*, dit-il, un de ces jours, il faudra que je la regarde.

— Si vous ne voyez rien d'autre, inspecteur…

— Écoutez, je me fiche de ce que vous faites… dit Milo en se grattant la nuque. Nous avons tous nos faiblesses et je peux le comprendre. Mais nous sommes en présence d'un quintuple meurtre et si vous savez ou avez vu quelque chose, et vous ne nous le dites pas, c'est tout à fait différent. Je vous pose la question pour la dernière fois. Monsieur Vergés, vous avez quelque chose à me dire ?

— Je vous répète que je ne vois pas où vous voulez en venir.

Milo soupira d'un air épuisé.

Il ouvrit la porte et sortit. À peine la grille passée, il tira le téléphone portable de sa poche et appela le sergent Crespo.

— Toni, j'ai besoin d'un mandat de perquisition pour la maison de Manel Vergés, le voisin d'en face. Oui pour toute la maison, y compris le garage, et un autre pour pouvoir emporter son ordinateur personnel. Et, dis-moi, essaie de voir ce que tu trouves sur ce type.

Il raccrocha, regarda l'heure, il était presque neuf heures du soir. Il n'avait envie de rien. En plus de sa fatigue, il se sentait saturé, la tête pleine de problèmes. Il savait que ce n'était pas le moment, qu'il n'était pas en pleine forme. Il pensa remettre ça au lendemain. Après tout, ça ne changerait pas grand-chose à l'affaire. Il se demanda quelle était l'expression exacte : "Il faut remettre au lendemain ce qu'on peut faire le jour même." La blague l'amusa et, résigné, il traversa la rue et se dirigea vers les agents. Il leur demanda s'ils avaient un sac à échantillons. Ils lui en tendirent un et il tira de sa poche le mégot qu'il avait enveloppé dans du papier hygiénique, pour l'introduire à l'intérieur. Il rangea le sac et leur dit qu'il allait entrer dans la maison des Corona. Il s'arrêta devant la grille. Vérifia à nouveau l'heure. Il avait encore quelques minutes. Il appela Irene. Il entendit la voix familière réciter l'habituel message et raccrocha immédiatement. Il retira le son et enfonça le portable dans la poche de son blouson. Il se rappela qu'il lui manquait quelque chose et retourna vers les *mossos* pour leur demander une lampe. Il retourna devant la grille.

Il examina la façade. Il la trouva sinistre.

Sans attendre davantage, il poussa la porte, laissa derrière lui le parterre de graviers, l'oranger et, tête baissée, monta les marches du perron. Il coupa les scellés, poussa la porte, inspira un grand coup, demanda à son esprit de se vider, d'effacer toutes les pensées.

Puis il entra.

Il laissa derrière lui le monde connu et s'enfonça dans l'obscurité. Il sentit son étreinte, l'odeur âcre et pénétrante de son haleine, et éprouva la fameuse sensation qui se situait d'habitude à hauteur de la nuque, un mélange d'appréhension et de tension, accompagné cette fois d'un vertige plus intense que d'habitude. Il alluma la lampe de poche et s'obligea à faire quelques pas. Ses jambes étaient en ciment. Il balaya l'espace autour de lui, à cent quatre-vingts degrés, avec le faisceau de lumière. La cuisine, l'escalier, la table de la salle à manger, les canapés. Il revint à la cuisine et le pointa sur l'horloge accrochée au mur. Elle indiquait exactement neuf heures. C'était la bonne heure. Il tira la clé USB de Sena de la poche de son jean et s'approcha du téléviseur. Il l'alluma avec la télécommande et brancha la clé dans une des prises latérales. Puis il appuya sur plusieurs boutons jusqu'à parvenir à l'activer. Il se déplaça à nouveau jusqu'à la porte, augmenta le volume. Une lumière métallique illuminait à présent le salon, provoquant des ombres dantesques sur les murs constellés de taches de sang noir. Les voix enthousiastes des commentateurs égrenaient la composition des équipes et il s'efforça de les chasser de son esprit pour tenter de visualiser la scène avant que tout commence.

Le dîner. Patricia charrie les assiettes de-ci de-là, peut-être aidée par Noelia et Raúl. Paco demeure assis, présidant la table, grand-mère Pilar à sa droite. La petite Eva s'amuse à jouer avec le pain. L'atmosphère est festive, il y a un gâteau au chocolat en dessert. Tout le monde boit de l'eau, sauf Paco, qui préfère la bière. Le match va commencer et il veut être en forme. Raúl imite ses gestes, son excitation. Ils sont probablement les deux seuls à aimer le football.

— Et c'est alors que j'appuie sur le bouton de la sonnette, dit-il. Je suis un visiteur inattendu. Ou des visiteurs. Ni la porte ni la grille ne sont forcées.

Il tenta de se mettre dans la peau des Bosniaques. Cela n'avait pas de sens. Ils auraient défoncé la porte. Sauf s'ils avaient un complice à l'intérieur. Un membre de la famille ? Il ne vit pas la logique. Une autre possibilité, un complice de Patricia. Est-ce elle qui lui a ouvert ? Rendu à l'intérieur, il les neutralise avec un spray de chloroforme, d'abord Paco et ensuite… Il secoua la tête. Cela non plus n'avait pas de sens. Raúl et Noelia auraient réagi, opposé de la résistance. Il dirigea la lampe de poche en direction du désordre du salon, des morceaux de verre par terre, des assiettes brisées en mille morceaux. Il fit la moue. Aucune des victimes ne présentait de lésions défensives. Sauf Noelia. Avait-elle tenté de fuir ? D'accord, mais pourquoi en passant par l'étage ? Le plus sensé aurait été par le garage ou par le sous-sol. Ça ne cadrait pas. Et s'il n'y avait pas eu de résistance, la seule solution était qu'ils aient déjà été endormis. Le repas ou la boisson. Un membre de la famille s'en était chargé. GHB, kétamine ou n'importe quelle autre substance anesthésique facile à obtenir dans la rue ou sur la toile. Patricia ? Cependant elle aussi avait été bâillonnée et ligotée à la chaise. Il secoua à nouveau la tête. Qui ne présente pas des traces de ruban adhésif sur la bouche, les poignets et les chevilles ? Noelia, à nouveau elle. Décidément, elle était la note discordante. Mais elle pouvait également être inconsciente, la première à avoir été frappée. De plus, elle avait été assassinée à coups de pierre. Milo se frotta violemment les yeux. Il ne parvenait pas à raisonner calmement. Il écarta la logique pour se centrer sur les émotions. Il laissa de côté la question de l'intrusion. L'assassin se trouvait à l'intérieur de la maison et son objectif était d'obtenir de Paco les renseignements lui permettant de cambrioler la bijouterie. Tous étaient déjà chimiquement endormis. Il les ligote et les bâillonne. Avec le ruban adhésif qu'il avait apporté ? Milo laissa cette hypothèse en suspens et continua ses spéculations. Il les immobilise tous, sauf Noelia. Faux, il n'attache pas non plus la gamine. Pourquoi la conduit-il dans sa chambre ? Eva serait la personne parfaite pour faire pression sur le père. Pourquoi n'utilise-t-il pas cette cartouche ? Manque de tripes ? Un assassin capable de tuer à coups de pierre cinq personnes, y compris un garçon de quatorze ans, n'a-t-il pas assez de cran pour procéder de même avec une gamine ? Non, il la garde pour la fin, comme dernière carte. Sans la bâillonner ni la ligoter, loin de la vue de son père ? Milo laissa également en suspens cette hypothèse et continua ses spéculations. L'ordre des crimes. Il se remémora la théorie de Bonhora, en tentant de l'appliquer à un contexte émotionnel. Les voix hurlèrent de jubilation, le Barça venait de marquer un but ? Pour contraindre Paco Corona, il pensa que l'ordre aurait dû être de la moindre à la plus grande importance sentimentale pour lui. Terrain glissant. Qui pourrait juger cela ? Seulement quelqu'un de la famille. À nouveau. Et laquelle des victimes était la plus "sacrifiable" ? L'épouse, Patricia. Mais elle était enceinte. De lui ? Il écarta l'hypothèse. Le fait est que son mari ne cède pas après le premier crime. Il tient bon. Au suivant. Le fils ou la grand-mère ? Il adorait sa mère, mais Raúl était son héritier, son seul descendant mâle. Poteau pour l'équipe du Madrid, encore des hurlements. Et que faisait Noelia pendant ce temps ? Elle n'était ni ligotée ni bâillonnée. Était-elle hors de combat ? Puis elle opposa de la résistance ensuite, elle vit venir les coups. Sans oublier que son assassinat fut un des derniers. Elle fit semblant d'être inconsciente ou l'était-elle vraiment ? À nouveau Noelia. "TU ES MORTE." Cristiano avait simulé une chute dans la surface de réparation du Barça, toujours plus de hurlements. Le regard se fixa sur le canapé. Milo se remémora les goûts si particuliers de cette fille, d'après son historique de navigation. Elle avait eu des relations consenties, cette nuit-là. Avant, alors que toute la famille était à la maison ? Non, elle les aurait eues à l'extérieur. Il ne restait que deux possibilités : pendant ou après. Sa peau se hérissa. Quel que soit le cas, ce serait un exemple on ne peut plus clair d'Éros et de Thanatos réunis, main dans la main. Il savait qu'après n'était pas un cas si rare chez les esprits pervers, cependant plus outrancier que le premier. De plus, il indiquerait une haine viscérale, un besoin d'infliger une humiliation. Tacle irrégulier sur Messi non sifflé par l'arbitre, hurlements. Milo laissa en suspens cette hypothèse, comme celle de l'ordre des crimes. Finalement, tout le monde serait assassiné. Il ne devait rester aucun témoin. Il tourna la tête vers le téléviseur. Mais il en est resté un. Eva. Une fillette de deux ans. Pourquoi ? Encore une pièce du puzzle qui n'avait pas de sens. Il arrêta la diffusion de l'enregistrement du match avec la télécommande, les voix l'empêchaient de réfléchir. Vraiment, il n'était pas du tout en forme. Plutôt qu'une machine à traiter des impressions, il était devenu un vieux truc oxydé. Et sans les rapports de Márquez, sa présence sur ces lieux n'avait pas de raison d'être. C'était trop tôt, il n'avait pas suffisamment d'éléments. Il dirigea le faisceau de la lampe un peu partout, à la recherche d'un lieu dépourvu de sang coagulé et il s'y rendit, s'assit par terre et appuya son dos contre le mur. Il ferma les yeux.

Il se sentit engourdi, l'esprit absorbé par une nébuleuse.

— Et toi, Lucas, quel est ton rôle dans cette histoire ?

Son cerveau en profita pour lui lâcher la question suivante, à brûle-pourpoint. "Et toi, qu'est-ce que tu fous, ici ?" À peine deux jours plus tôt, il se trouvait dans un hôtel, à Biarritz. Entouré de lumière et de vie. Tellement heureux qu'il ne touchait pas terre. *Embrasse-moi, ensemble nous pouvons nous isoler du reste du monde.* Se laissant emporter par la douce envie d'être quelqu'un d'autre. Quelqu'un capable de sentir, de vivre. D'aimer. "Pourquoi es-tu rentré plus tôt ?" À présent, en revanche il était entouré de mort, d'obscurité. "Pourquoi as-tu décidé de fuir, cette fois ?" À nouveau ce sentiment d'irréalité l'écrasa comme une avalanche, l'assomma, souffle coupé. Vide.

Il frappa le mur avec la partie postérieure de sa tête, une fois, deux fois, À la troisième, il ouvrit les yeux.

— Le vide, dit-il comme en transe. Le vide suprême.

Un faisceau de lumière aveuglante le frappa en plein et il souleva son bras droit en même temps qu'il lâchait sa lampe de poche et se redressait rapidement, portant sa main à son arme.

— Tu as réussi à avoir une intuition ou tu t'es contenté de regarder le match ? demanda Rebeca.

## 14

Il sursauta et l'observa comme si c'était une apparition.

— Je savais que je te trouverais ici, plus ou moins à l'heure où les crimes ont été commis, dit-elle. Alors, ton antenne parabolique ? Elle a fonctionné ?

— Putain de !… Tu m'as foutu une de ces trouilles, bordel !

— T'énerve pas. Je suis juste venue te donner un coup de main, jouer collectif.

— Jouer collectif ? J'ai failli te tirer dessus !

— Oui, jouer collectif. C'est si difficile à comprendre pour toi ?

Milo se leva, ramassa la lampe par terre et la pointa sur Rebeca.

— Bordel, j'ai failli avoir un infarctus.

Rebeca écarta la tête.

— C'est bon, j'ai compris.

Il tenta de reprendre le cours de ses pensées.

— Tu m'as fait perdre le fil, grogna-t-il le cœur battant.

— Bien sûr, dis que c'est ma faute.

— Ce que je fais est peut-être une connerie pour toi, mais pas pour moi, dit Milo en dirigeant son regard vers le salon, et en tournant le cou dans tous les sens.

Il éprouva un soudain vertige et s'appuya contre la cloison.

— Je mobilise toutes mes forces, mais à cette heure-ci je n'en ai plus beaucoup.

— Tu es sûr que tu te sens bien ?

— Attends une minute.

Il tenta de se rappeler à quoi il réfléchissait avant l'irruption de Rebeca.

— Tu n'aurais pas un peu de chocolat par là ? demanda-t-il.

— Une barre énergétique, ça te va ? dit-elle en fouillant dans sa poche. Céréales au miel.

Milo la lui arracha des mains et commença à la dévorer tout en se rasseyant par terre. Il respira profondément. Biarritz. Être une autre personne. "TU ES MORTE." Fuir. Noelia. Noe.

— Tout tourne autour de cette fille, murmura-t-il. C'est la pièce discordante. Elle ne s'emboîte nulle part.

— D'accord, c'était une jeune fille un peu bizarre, concéda Mercader en s'asseyant à ses côtés. Mais Lucas est la clé de l'affaire. Où sont les mouches ? Elles sont parties se coucher ?

Milo fit doucement non de la tête.

— Il n'y a pas que ce que tu vois qui existe.

— Putain, tu es au trente-sixième dessous. Et ce truc, là, c'est un cafard ?

— Je veux parler de l'histoire de l'arbre qui tombe dans un bois. Si personne ne le voit, est-ce qu'il fait du bruit ?

— Tu délires, inspecteur. Et tu divagues. Tu es en manque de sucre.

— Et toi de chewing-gum à mâcher toute la journée, comme un ruminant. Lorsque nous parlons de quelque chose ou de quelqu'un, nous parlons en réalité de la perception que nous en avons.

— Tu penses à Boada ? Qu'est-ce que ça vient foutre dans la conversation ?

Milo indiqua le canapé.

— Rends-moi un service, dit-il. Appelle Márquez et demande-lui s'il a trouvé des traces de sperme sur le tissu. Si je l'appelle moi-même, il ne répondra pas.

— D'abord, réponds-moi, insista-t-elle hargneuse.

— Comment peux-tu avoir une relation avec un type qui porte les montres les plus horribles du marché ? Et oui, c'est un cafard.

— Ça ne regarde que moi, personne d'autre.

— Les règles interdisent d'avoir des relations avec les collègues.

— Toi et moi en avons eu.

— C'est différent.

— Pourquoi différent ?

— Parce que moi je ne te ferais jamais de mal.

— Mais tu m'en as fait. Tu m'as jetée comme une vieille chaussette !

— Ce n'est pas la perception que j'en ai. Tu appelles Márquez ou pas ?

Rebeca se redressa d'un bond. Elle marcha vers le perron tout en établissant la communication. Elle revint quelques minutes plus tard.

— Oui, il en a trouvé. Et il a aussi trouvé que les échantillons d'ADN sous les ongles de Noelia proviennent de deux personnes. Il en a profité pour m'indiquer que les traces de pas avec du sang, retrouvées devant l'armoire de sa chambre, sont celles de ses bottines.

— Quelque chose à propos de la scène du crime ? demanda Milo.

— Elle a été manipulée. Les indices de lutte sont un montage. Ainsi que les traces de pas superposées. Cependant celles qui se dirigent vers l'entrée et descendent les marches sont authentiques.

Milo tira de sa poche le sac de scellés qui contenait le mégot. Il le lui tendit pour qu'elle le remette à Márquez.

— Il appartient au voisin d'en face, Manel Vergés. Il épiait Noe. S'ils comparent les ADN, peut-être trouveront-ils une coïncidence.

— Tu penses qu'il est venu ici, qu'il a un lien avec les crimes ? demanda-t-elle stupéfaite.

— Un guetteur est d'abord un voyeur, dit Milo en se levant très lentement. Puis en fonction de son degré d'obsession, il peut devenir un harceleur. Si c'est le cas, ils ont l'habitude de marquer leur territoire, d'aller chez leurs victimes pour emporter quelque chose, un fétiche. Ils veulent toujours ce qu'ils ne peuvent pas avoir.

— Mais d'après Bonhora, les rapports sexuels de Noelia n'ont pas été forcés.

— Je sais, ça ne colle pas non plus, dit-il en observant les images muettes du téléviseur. Márquez a-t-il trouvé une caméra cachée dans la maison ?

— Non, mais Vergés pourrait avoir installé un cheval de Troie sur l'ordinateur de cette fille.

— Que Crespo le cherche. Tu t'en occupes ?

Elle acquiesça.

— Ce type épiait Noe, je n'ai aucun doute là-dessus. Elle l'attirait. Je ne sais pas s'il est mêlé à ces crimes, mais je suis persuadé qu'il a vu ou sait quelque chose.

— Alors il ne parlera pas. Il s'incriminerait lui-même, dit Rebeca, avant d'ajouter : Comme Lucas Torres.

— Voilà que tu refais une fixation sur lui. Il faut que tu arrives à conserver un équilibre entre intuition et observation. Tu es en train de pencher de façon alarmante pour la première, alors que tu ne jurais que par la seconde. Qu'est-ce qui te prend, bordel ?

— Je me demande exactement la même chose. Qu'est-ce qui te prend avec ce garçon.

— Rien, absolument rien. Est-il toujours muet ?

— Comme une huître. Et si tu n'étais pas aussi aveuglé par…

— Mercader, interrompit-il, nous avons découvert que Noe n'a pas été utilisée pour tirer les vers du nez de son père. De deux choses l'une : ou elle a été complice ou c'est elle l'auteur. En tout cas elle est le personnage clé de toute cette sauvagerie.

— Tu oublies simplement un petit détail, Malart. Elle a fini assassinée, défigurée. Alors auteur ? C'est ridicule, non ?

— Deux personnes, souviens-toi. Márquez vient juste de le confirmer. Il y avait une autre personne, ici. Je ne prétends pas que cela écarte Lucas, juste que nous devons élargir notre champ de vision.

Milo alla jusqu'au téléviseur, retira la clé USB et éteignit l'appareil.

— Et puis il y a les messages WhatsApp que Noe a envoyés à Lucas, ajouta-t-il. Ils n'ont aucun sens. "J'ai perdu tout enthousiasme." "Tout est fini. Bise." Qui parle de cette façon ? C'est absurde, tu ne vois pas ?

— Qu'est-ce que tu veux dire ?

— Elle les a envoyés à vingt-deux heures cinquante-sept et vingt-trois heures zéro trois. Lucas était ici, oui ou non ? Alors tu peux me dire pourquoi elle a fait ça ?

Rebeca réfléchit un instant.

— Si c'est bien elle qui les a envoyés, indiqua-t-elle. Il a pu se les envoyer lui-même après l'avoir assassinée. Comme alibi, pour justifier qu'il ne se trouvait pas dans la maison. Tu as également oublié que Lucas lui a dit qu'il le ferait ? "OK, je le ferai." Ce n'est pas assez clair pour toi ?

— Tu te trompes, sous-inspectrice. On ne sait pas à quoi il faisait allusion, ça peut être à n'importe quoi d'autre.

— Il se pourrait bien que ce soit toi qui te trompes.

Milo leva les mains en signe de reddition.

— Je suis fatigué de discuter avec toi, dit-il.

Il se dirigea vers la sortie.

— Inspecteur, dit Rebeca.

Milo se retourna.

— Ma vie privée est ma vie privée, que ce soit la dernière fois que tu t'immisces dans mes affaires sentimentales.

— Tes sentiments ne m'intéressent pas. Tes désirs ne m'intéressent pas. Je te demande juste de faire ton travail.

Elle soutint son regard en silence. Milo éteignit sa lampe de poche puis reprit :

— Peut-être devrions-nous faire un petit break, dans notre collaboration. Boada serait un parfait équipier pour toi, vous êtes faits l'un pour l'autre.

Milo fit demi-tour et quitta la maison.

Il se rendit au casino, montra sa plaque de police et on lui permit d'entrer par une porte latérale, sans passer par les tourniquets. Tout de suite après, pour ne pas perdre de temps, il se planta devant une caméra de surveillance Domo et leva le poing, l'index et l'auriculaire dépliés. Il n'eut pas longtemps à attendre. Un instant plus tard, il vit le chef de la sécurité sortir par une des portes dérobées et se diriger vers lui avec son sempiternel sourire de publicité pour un dentifrice, bronzé, allure athlétique, chemise blanche et costume bleu marine taillé sur mesure.

— Toi, tu n'es pas là pour jouer, dit Bruno Bachs. Que fais-tu par ici ?

— C'est toi qui vas me le dire.

— Allons dans un endroit plus tranquille, dit Bachs en indiquant un des comptoirs du fond. Baskets, sweat-shirt… Tu n'as pas une putain de veste et des chaussures ? C'est un casino ici ; la tenue vestimentaire est importante. Je ne suis pas sûr qu'il soit très indiqué de me montrer en ta compagnie.

Ils prirent place à une extrémité, sur les tabourets près du mur. Bachs fit un signe au garçon.

— Tu prends quoi ?

— L'omelette aux pommes de terre est comment ici ?

— Délicieuse, mais elle coûte une fortune. Je te proposais juste de boire un verre.

— Ah bon ! Tu ne m'invites pas, en souvenir de nos jeunes années ?

Son ancien équipier commanda deux eaux minérales pétillantes.

— La mienne sans citron et sans glaçons, dit Milo.

Lorsque le serveur s'éloigna, Bachs fit la grimace.

— Tu ne changes pas, hein ? Je me demande comment ils ont fait pour te laisser entrer.

— Une plaque de police ouvre beaucoup de portes, tu as oublié ? dit-il, avant de réciter d'un trait : "Il faudrait éliminer ce bon à rien ?" "J'aimerais écraser cette limace ?" "Tu imagines ce qu'on pourrait faire si l'on se débarrassait de ce fléau ?" Oublie mes changements et explique-toi.

Bachs étira les poignets de sa chemise.

— C'est un jeu innocent pour la chauffer, dit-il. Cette femme est un volcan, ce genre de truc l'excitait.

— Son mari, la limace de tes messages, est mort. Quelqu'un a éliminé le bon à rien, s'est débarrassé du fléau. Et, par-dessus le marché, de toute la famille. Cinq victimes.

— J'ai vu la nouvelle. Tu crois que je suis derrière tout ça ? Patricia avait l'habitude de passer par ici, mais pas pour jouer. J'ai deviné ses intentions du premier coup. Elle ne cherchait pas à gagner de l'argent, mais des émotions. Nous avons eu une relation, oui, et alors quoi ? Je n'étais pas le seul, crois-moi. Je te dis que c'était un volcan, une femme insatiable. Elle ne pouvait pas attendre, ici même, on s'est…

— Tes prouesses sexuelles ne m'intéressent pas. Tes messages, en revanche, sont spectaculaires.

— Fais pas chier, Milo. Tu sais que je ne serais jamais capable de faire une chose pareille. Et en plus, pour quelle raison ?

— J'ai mille raisons en tête, à partager moitié-moitié entre toi et elle. Ensuite les choses ont dérapé et ont fini comme elles ont fini.

— Tu te fous de moi ?

— Est-ce que nous allons trouver tes empreintes dans la maison ?

Bachs passa le bout de ses doigts sur sa frange, puis descendit au niveau des lèvres et ensuite sur le col de la chemise.

— C'est probable, dit-il. Mais avant que tu en tires des conclusions, laisse-moi te dire que ce qui chauffait vraiment Patricia, c'était le risque. Des attitudes comme s'échapper de la maison à minuit, ou mener les situations jusqu'à leur limite, ce genre de choses. Ça l'excitait. C'était une façon de dissimuler que sa vie de famille ne la satisfaisait pas. C'était une pure décharge d'adrénaline.

— Tes empreintes.

— Bordel, il y a une explication, dit-il.

Le garçon apporta les consommations, les servit calmement et s'éloigna. Bruno vida la moitié de son verre d'un seul trait et reprit :

— Son goût du risque allait de plus en plus loin et… bon, ce n'était pas toujours facile de refuser. Tu sais bien comment ça se passe, c'est difficile de tout arrêter.

— Continue.

— Eh bien, on l'a fait deux ou trois fois chez elle, de bon matin, pendant que le reste de la famille dormait.

— Deux ou trois fois ?

— Peut-être quatre… ou cinq. Bordel, je ne les ai pas comptées.

— Sur le canapé du salon ?

Bachs secoua la tête de droite à gauche.

— Trop classique pour elle. Dans la cuisine, sur le bureau de son mari… dans le jardin. Il fallait qu'on risque d'être surpris. Et que veux-tu que je te dise, moi aussi ça me chauffait à fond. Tu l'as vue avant ses ?... Je veux dire malgré ses quarante balais, elle avait un corps canon. Elle n'était pas jeune, mais elle savait exciter un mec mieux que deux nanas de vingt ans réunies.

Milo avala une gorgée tout en regardant autour de lui. Il était impressionné par l'allure huppée de tous ces gens, surtout par les touristes. Les femmes avec des robes longues de tissus en tout genre et de toutes les couleurs, y compris dorés, argentés, et les hommes en smokings et ridicules nœuds papillons. Il eut l'impression d'être au bal masqué.

— On vous a surpris quelquefois ? demanda Milo.

Bachs secoua à nouveau la tête, cette fois plus énergiquement.

— Comment en es-tu si sûr ?

— Si c'était arrivé, on l'aurait su. Tu ne crois pas ?

Milo pensa à Noelia, toujours avec son téléphone portable. Silencieuse comme un chat. En train de filmer.

— La relation durait depuis quand ?

— Quelques mois, environ six.

— Parle-moi de Patricia. Elle t'a raconté quelque chose à propos de son mari ?

Bachs lui dit que c'était une femme insatisfaite, qu'il y avait bien longtemps qu'elle n'avait plus de sentiments envers son époux. Elle aimait ses enfants, mais ça ne remplissait pas sa vie, elle avait besoin de davantage. Elle voulait quelque chose rien que pour elle. Elle ne supportait pas de vieillir, elle pensait que le temps de jouir des quelques bonnes choses de la vie serait bientôt fini.

— Et son mari ne s'occupait pas d'elle, dit-il, il n'était intéressé que par le fric. Un magouilleur en tout genre. Tu savais qu'il avait été dans la police ?

Milo acquiesça.

— Il était très attaché à sa mère, cette vieille folle, mais c'était un sale type. Si tu veux un conseil, concentre-toi sur lui. Il n'arrêtait pas de se vanter de faire de l'humanitaire au Kosovo, mais en réalité il traficotait des médicaments au marché noir, d'après ce que m'a dit Patricia. Un salaud sans scrupule, qui avait plus de secrets qu'une banque suisse. Elle le méprisait mais, tu vois, ils ont eu Eva. C'était un accident, un instant de faiblesse après qu'il lui avait offert un collier de perles. La femme ne se posait pas beaucoup de questions.

— Et que sais-tu de leur fille Noelia ?

— Une gamine on ne peut plus bizarre, une inadaptée sociale. Quelquefois, même Patricia ne la reconnaissait pas. Je pense qu'elle était un peu zinzin, tu vois ce que je veux dire, expliqua-t-il en faisant rouler les glaçons dans son verre et en les regardant s'entrechoquer. Ça n'a pas été difficile pour moi de me mettre dans sa peau. Les enfants grandissent et deviennent des inconnus. Ils peuvent se muer en terroristes dans la chambre d'à côté sans que tu t'en aperçoives. Au bout d'un moment, tu ne représentes plus rien pour eux. Tu es à leur service, un point c'est tout, tu fais tapisserie.

— Tout ça n'est qu'une étape parmi d'autres.

Il acquiesça, en se penchant de plus en plus sur le comptoir.

— L'époque de l'enfance, lorsque tout était vrai, passe et leur putain de joie spontanée disparaît, tout devient étranger, inhospitalier, carton-pâte.

— Les enfants grandissent. Ils imitent ce qu'ils ont vu.

Bachs fixa brusquement Milo dans les yeux.

— T'as pas d'enfants, toi, tu peux pas parler. Ce que tu crois savoir, tu l'as entendu dire. Alors ferme ta gueule, putain !

— Tu savais que Patricia était enceinte ?

Il arqua les sourcils. Puis esquissa un sourire affligé.

— Ne me regarde pas comme ça, j'ai eu une vasectomie, il y a presque deux ans. J'ai trouvé qu'avoir introduit trois enfants dans ce monde de merde était plus que suffisant.

Je n'étais pas sa seule liaison, dit Bachs en regardant par-dessus l'épaule de Milo. Mais Patricia ne méritait pas de finir comme ça, bordel. C'était une brave fille. On s'entendait bien. On aimait bien mener cette double vie. On était aussi perdus l'un que l'autre.

Milo but une dernière gorgée et descendit de son tabouret. Bachs l'imita et ils se dirigèrent vers la sortie. Les clients, robes à paillettes et costumes noirs, s'écartèrent à leur passage.

— Ç'a pas été facile d'être ton équipier, dit Bachs en tirant une nouvelle fois sur les poignets de sa chemise. Comment ça se passe Mercader et toi ?

— On est sur le point de rompre la collaboration.

Bachs laissa échapper un rire rauque.

— Tu épuises tout le monde. Personne ne te supporte. Tu ne crois pas ?

Milo mit la capuche de son sweat-shirt. Il jouit de voir les regards de reproche que lui adressaient les clients.

— C'est possible, dit-il.

Il se gara sur le trottoir, à Ronda Universitat. Le vent avait recommencé à souffler violemment. Il aperçut une boutique qui vendait plusieurs sortes de café. À sa gauche, presque invisible, s'ouvrait un passage où il s'engouffra pour descendre un étroit escalier qui débouchait au Milano. Il écarta les grosses tentures rouge grenat et entra dans le local. Il fut surpris par l'agréable animation qui y régnait. Au fond, sur une scène minuscule située sur la droite, un quartet de jazz égrenait les notes d'un standard tandis que les gens marquaient le rythme depuis leur siège ou debout devant les tables. La foule était nombreuse, de tous âges, de toutes nationalités, et l'atmosphère – décoration des années 1960 et murs tapissés de velours rouge – le renvoya à la bohème barcelonaise du siècle dernier. Il ne manquait que les épais nuages de fumée des cigarettes pour avoir l'impression d'avoir remonté le temps.

— Comptoir ou table ? lui demanda un garçon portant un gilet de la même couleur que les rideaux de l'entrée et une chemise blanche.

Milo dit : comptoir et celui-ci l'accompagna vers un des quelques endroits libres qui restaient, un tabouret situé entre un groupe de femmes qui devaient tourner autour de la quarantaine et un couple âgé, vêtu de façon assortie entre eux et d'origine allemande. Le nouveau garçon lui tendit une carte par-dessus le comptoir et lui expliqua que le prix de la première consommation était le même quoi qu'il demande. Sans ouvrir la carte, Milo commanda de l'eau minérale pétillante, sans glace et sans rondelle de citron.

— Vous êtes sûr ? s'assura l'homme qui dut crier pardessus la musique pour se faire entendre. Vous ne préférez pas une bière de marque ou un apéritif ? C'est le même prix.

— Vichy catalan, ce sera très bien. Vous avez de l'omelette aux pommes de terre ?

— Seulement ce qui se trouve sur la carte, monsieur. Des *bocadillos* chauds ou froids, des assortiments de…

— Un *bocadillo* d'omelette aux pommes de terre, et du pain à la tomate.

— Monsieur, uniquement ce qui se trouve sur la carte, répéta le garçon.

— Et moi je vous ai demandé une… Ça ne fait rien, juste de l'eau.

Il grimpa sur le tabouret et tenta de voir la composition du quartet. Trop de têtes. Il ne distingua que le trompettiste et le contrebassiste. Ils jouaient très bien, vraiment très bien.

— Ils sont bons, hein ? dit une des femmes et Milo acquiesça d'un air entendu. Eh bien vous allez voir le solo de batterie, ça met la chair de poule.

— Tu le connais ?

— C'est un génie. Nous, on vient ici, rien que pour lui.

— Walter.

— Adela, dit-elle, en se hissant sur la pointe des pieds pour lui donner un baiser sur chaque joue. Enchantée. Quelle coïncidence, tu t'appelles comme le joueur de batterie. Tu es brésilien aussi ?

— Non, et je m'appelle Milo.

— Qu'est-ce que tu as dit ? demanda-t-elle en s'approchant de lui.

— Qu'ils sont très bons.

— N'est-ce pas, fit-elle en souriant. Ce rythme s'infiltre dans ton corps et les pieds dansent tout seuls. Tu es musicien ?

— Policier.

Elle s'approcha davantage.

— Qu'est-ce que tu as dit ? répéta-t-elle.

Milo leva un doigt en même temps qu'il se redressait.

— Le solo, dit-il.

Le joueur de batterie démarra tandis que les autres musiciens, sauf le contrebassiste, le laissèrent partir à son rythme. Les gens demeuraient immobiles, hypnotisés par son improvisation. Il l'observa depuis sa place. La trentaine à peine dépassée, peau brune, coupe de cheveux moderne, yeux clairs, bouche large et sensuelle, sourire séducteur : séduisant, mouvements souples ; tout ce qu'il avait imaginé. Milo se rassit sur le tabouret, face au comptoir, et vida la bouteille d'eau dans son verre, en marge de l'attention générale. À sa droite, le couple d'Allemands suivait le tempo les yeux fermés, balançant la tête à l'unisson, comme s'ils l'avaient répété. Il prit son verre à deux mains et se demanda ce qu'il faisait là, en plus d'être ridicule. Il entendit Walter exécuter une combinaison avec les toms, la caisse claire et les cymbales, pour soudain continuer uniquement avec la grosse caisse tandis que le trompettiste rentrait immédiatement suivi par le piano. Puis ils conclurent le thème et il y eut un tonnerre d'applaudissements. Un des musiciens annonça qu'ils allaient faire une pause et ils furent remplacés par de la musique enregistrée qui détendit l'atmosphère.

Adela se tourna vers Milo. Elle colla sa bouche à son oreille.

— Alors, Walter, j'avais raison ou non ? Ton homonyme est génial.

— C'est un génie, oui.

Il posa un billet sur le comptoir et tira le portable de sa poche.

— Tu pars déjà ? demanda-t-elle. La deuxième partie est meilleure, ça, c'était juste un échauffement. Walter va venir nous saluer, il le fait toujours. Il est très mignon. Je te le présente, si tu veux.

Walter rejoignit le groupe de femmes, une serviette éponge autour du cou, les baguettes à la main, et il les embrassa l'une après l'autre sur les lèvres. Il s'attarda plus longtemps sur Adela tout en descendant sa main libre le long de son dos pour lui pincer le cul sans se cacher. Au bout d'un moment, Adela fit la moue et indiqua Milo.

— Tu ne vas pas croire, dit-elle, il s'appelle comme toi. Walter, je te présente Walter. C'est incroyable, non ?

Le joueur de batterie fit un large sourire.

— Tu aimes le jazz ?

— En réalité, ça m'ennuie, répondit Milo d'un air distrait en consultant l'écran de son portable. C'est trop sentimental pour moi.

Il avait cinq appels manqués et un message enregistré. Provenant tous de Sara. Il sentit un frisson, se dirigea rapidement vers l'escalier. Activa le son du message : “Milo, c'est moi. Je suis désolée pour ce qui s'est passé tout à l'heure. Je... Je ne voulais pas t'ennuyer. Je cherchais juste un peu de chaleur humaine, être dans les bras de quelqu'un, c'est tout. Je suis désolée."

Il se mit au volant, démarra et partit en trombe. *Peut-être la solution de Marc n'avait pas été une si mauvaise idée*. Il fit un tour complet à contre-courant sur la place Universidad et dérapa devant la boutique de couvertures. *Il serait peut-être bon que je me repose*. Il ouvrit la porte de l'immeuble avec ses clés. Sara avait toujours voulu qu'il ait un double. Au cas où. *Je n'ai plus personne. Rien*. Il entra dans l'appartement en coup de vent et l'appela en hurlant. Elle n'était pas dans le salon, ni dans la salle de bains. Il la trouva dans la chambre, au lit, yeux fermés, lampe de la table de nuit allumée. Près d'elle, un blister de somnifères vide. Il l'attrapa par les épaules et la secoua. Le cou ne soutenait pas sa tête qui se balança d'avant en arrière.

— Bordel, Sara, me fais pas ça ! Pas toi !

Il appela les secours et la porta jusqu'à la douche. Il ouvrit le robinet d'eau froide, entra avec elle. Il lui introduisit deux doigts dans la bouche, la fit vomir. Il la maintint sous le jet jusqu'à la voir ouvrir les yeux, battre des paupières, hébétée. Immédiatement, il la saisit sous le bras et la conduisit dans le couloir. Il la fit marcher d'un bout à l'autre, plusieurs allers-retours, sans cesser de lui parler, lui répétant qu'elle devait résister, de le faire pour lui. La sonnette de l'interphone retentit et il la traîna jusqu'à la cuisine. Il ouvrit et le personnel médical arriva. Tandis qu'on s'occupait d'elle, il expliqua que, sans le vouloir, elle avait avalé trop de somnifères. L'un des infirmiers le regarda d'un air suspicieux. Il lui montra sa plaque de police.

— Le rapport indiquera ingestion accidentelle de médicaments, indiqua Milo. Vous avez compris ? Accidentelle. C'est ma belle-sœur, c'est une erreur.

Il ne lui lâcha pas la main pendant tout le trajet, jusqu'à l'hôpital. Aux urgences, on l'empêcha de la suivre. Il montra à nouveau sa plaque, expliqua une nouvelle fois ce qui s'était passé. Il la vit disparaître sur un brancard, derrière la porte à battants. Malgré l'heure tardive, il appela le sergent Crespo et lui exposa la situation, sans détour. Il lui demanda d'être attentif au standard téléphonique et que lorsque l'hôpital appellerait pour demander une patrouille, il dise bien aux agents ce qu'ils ne devaient pas inscrire sur leur rapport. S'ils avaient besoin d'un quelconque éclaircissement, qu'ils s'adressent directement à lui, pas à Sara.

— Elle a suffisamment souffert, ce n'est pas la peine d'en rajouter.

— Ne t'inquiète pas, je m'en occupe. Tout va bien se passer.

Il se rendit à la salle d'attente, les jambes en coton. Elle avait juste voulu s'accrocher à quelque chose de chair et d'os, plutôt qu'à des souvenirs, des vides et des absences. *Un peu de chaleur humaine*. "Et toi, tu l'as repoussée." Elle s'est laissée tomber sur une chaise. "Tu n'as même pas été capable de la prendre dans tes bras." Elle s'est penchée en avant jusqu'à reposer ses coudes sur ses genoux. "Même pas une triste étreinte." Elle a caché son visage dans ses mains.

# MERCREDI

# 15

Lorsqu'il arriva au commissariat central, le jour se levait. Il prit l'ascenseur, yeux rivés au sol, et entra dans les bureaux du GEHME, pratiquement déserts. La sergente de garde leva la tête vers lui, étonnée de le voir se présenter de si bonne heure. Vu son air abattu et endormi, elle décida de garder le silence et de poursuivre son travail. Elle l'observa du coin de l'œil tandis qu'il se rendait jusqu'à sa table de travail et faisait demi-tour pour se diriger vers la salle de repos, d'où il revint avec une grande tasse de café fumant, pleine à ras bord et manquant de déborder à chacun de ses pas. Elle le vit enfin s'asseoir sur sa chaise, tirer plusieurs barres énergétiques de sa poche qu'il posa sur la table. Puis il alterna gorgées et bouchées en fixant un coin du plateau de la table.

— Mal dormi, inspecteur Malart ?

— Tu l'as dit, sergente…

— Corominas, ou Laura si tu préfères.

Milo vida calmement sa tasse. Un instant plus tard, il se frotta les yeux et s'approcha d'elle. Il lui demanda si elle avait les clips de Noelia Corona.

— Je voudrais les visionner.

Elle se leva immédiatement et alla jusqu'à la table de travail de Crespo. Elle en revint avec un ordinateur portable.

— On s'installe sur ton bureau ou sur le mien, inspecteur ?

Il l'observa pour la première fois. Regard intelligent, cheveux courts, traits doux. Un peu nerveuse, à en juger par sa façon de battre rapidement des cils.

— Je préfère sur le mien, sergente.

Milo approcha une autre chaise et ils s'assirent. Corominas alluma l'ordinateur et commença à cliquer à plusieurs reprises jusqu'à obtenir le dossier qu'elle cherchait. Elle lui demanda s'il préférait voir les clips directement sur les fichiers ou depuis YouTube. N'obtenant pas de réponse, elle lui expliqua que la jeune fille avait un compte à son nom sur son site web, lié à son courrier électronique, où elle stockait ses films, avec un titre évoquant le contenu.

— Tout le monde peut les regarder ?

— Seulement ceux qui sont publics et ils le sont pratiquement tous. Il y en a aussi quelques autres que pouvaient seulement voir les personnes à qui elle envoyait le lien. Et enfin, certains sont privés, les moins nombreux, ceux auxquels elle était la seule à avoir accès. Tu les trouveras par catégorie.

— Je veux les voir tous, mais de la façon la plus simple.

— Alors le mieux ce sera depuis son dossier. Ils sont courts, le plus bref dure cinq secondes et le plus long quinze, dit-elle en poussant l'ordinateur portable vers lui et se levant à toute vitesse. Si tu as un problème, tu me le dis.

— Sergente, dit Milo en approchant sa chaise du plateau de la table, regard fixé sur l'écran. Malgré ce qu'on t'a raconté, je ne mords pas. Tu sais quand elle a mis en ligne le dernier ?

— Samedi à vingt heures trente-trois, dit-elle en rougissant. Un clip privé. C'est aussi le dernier du dossier.

Elle commença à s'éloigner.

— Et le premier ?

— Bientôt deux ans.

— Et on ne peut pas voir ceux qu'elle a filmés la nuit de samedi.

— Pas sans son téléphone portable. Ou sa carte SIM. L'application de son Cloud était déconnectée par défaut. Nous l'avons vérifiée. Si elle avait eu un iPhone, ç'aurait été différent.

Elle attendit un instant, au cas où il aurait eu une autre question. Puisqu'il n'en formulait aucune, elle soupira et continua jusqu'à sa table de travail.

Il commença par les fichiers publics. Au début, c'étaient des films tout simples : le ciel rempli de gros nuages noirs, une éclipse de Lune, le trou sombre d'un égout, un préservatif usagé en bord de mer, une phrase en gros plan : "Fais ce que tu veux." Il reconnut la citation, elle venait du *Livre de la loi*, d'Aleister Crowley. Les suivants montraient une rixe entre deux filles, en panoramique, ainsi qu'un type vomissant sur le trottoir et un rat en train de courir en rasant les murs. Il eut l'impression qu'elle avait filmé depuis une terrasse. Ensuite, il y avait plusieurs séquences où elle apparaissait en gros plan, mais trouble : à travers une vitre, derrière un rideau rouge, entre les branches d'un arbuste, la tête à l'intérieur d'un sac en plastique. Il fut attiré par certains films d'inspiration plus ou moins artistique : le clavier d'un piano couvert d'éclats de verre, alors que des gouttes de sang tombaient l'une après l'autre sur les touches d'ivoire ; un dragon en papier plantant ses crocs dans le cou d'un sant Jordi de carton ; un cafard cheminant sur le bracelet en or d'une montre-bracelet. Puis vint le tour d'une série jouée par certains membres de sa famille. Une scène, à table, pendant un repas où il ne se disait pas un mot, où tout le monde mastiquait bruyamment. Cela lui rappela *Les Simpson*. Son père dos à la caméra, agenouillé près de la table de nuit, devant la grand-mère couchée dans son lit ; le tout filmé depuis l'embrasure de la porte entrouverte de la chambre. Un nouveau-né reposant dans son berceau et, à quelques centimètres de sa tête, une paire de ciseaux ouverts sur un collier de perles. Son frère Raúl assis devant l'ordinateur, lui aussi dos à la caméra, avec une de ses mains, montant et descendant en rythme. Sa mère sortant de la maison en cachette, la nuit. Sa mère arc-boutée sur l'évier, près de la poubelle, debout, jupe retroussée, tandis qu'une silhouette masculine, pantalon sur les chevilles, s'agrippait à ses hanches, allant et venant au fond d'elle. Sa mère entourée d'ombres, dans le même genre de position. Cette fois, pliée en deux sur la table de travail de son père. Une autre fois dans le jardin, avec un homme moins grand qu'elle, et encore une autre scène, où elle est assise sur le visage d'un type couché sur le sol du salon. Sur aucun clip on ne distinguait clairement le visage de l'individu.

— Bordel, Noe, murmura Milo, tu as absolument tout filmé.

Il continua à ouvrir les fichiers, l'un après l'autre. D'abord des plans avec des masques d'animaux : porc, singe, chèvre, chien. Ensuite, un jeune homme nu, à en juger par son anatomie, avec un masque d'orang-outan, en train de faire des sauts sur un lit, dans une chambre qu'il ne reconnut pas être celle de Noelia. Une autre scène du même genre, interprétée à présent par un homme avec un masque de porc, également en érection, mais au lieu de sauter, marchant vers la caméra jusqu'à finir en gros plan sur elle, filmé en contre-plongée. Une fille nue, assise par terre, jambes écartées, portant un masque de chèvre, en train de s'introduire un objet noir dans le vagin, filmée en plan moyen et, dans une position similaire, on pouvait voir les genoux de Noelia de chaque côté de l'écran. Une autre image de la fille, à présent en plan rapproché, se coupant l'intérieur de la cuisse avec un rasoir à main, le sang surgissant de la blessure. Le même rasoir à main, scarifiant la peau, le sang en gros plan. Une lame à raser, incisant le ventre, tout près d'une culotte noire, pour former la lettre T en capitale. Il supposa qu'ensuite viendraient un U, un E après l'espace et le reste. Plan fixe final : TU ES MORTE. Il cliqua pour fermer le fichier.

Il se balança en arrière sur son siège.

— Sergente, dit-il, YouTube permet de mettre en ligne toutes sortes de vidéos ? Il n'y a pas de limites ?

— Il existe des normes qui, si elles sont transgressées, peuvent conduire à la fermeture du compte, expliqua Corominas. Les vidéos de violence sont défendues, celles qui ont un contenu sexuel explicite, et celles qui incitent à commettre des actes préjudiciables pour la santé.

— Eh bien cette fille a contourné les trois interdictions.

— Inspecteur, trois cents heures de vidéos sont mises en ligne toutes les minutes sur YouTube, ce qui représente environ treize millions d'heures par mois. Il est impossible de toutes les contrôler.

— Les gens ont trop de temps libre, soupira-t-il avant de saisir sa tasse pour aller se servir du café dans la salle de repos. C'est payant d'ouvrir un compte ?

— Gratuit, répondit-elle à Milo qui fit un geste pour lui proposer également un café. Non, merci, je finis mon service dans un instant et j'aimerais réussir à dormir un peu. Noelia avait plusieurs milliers d'abonnés, reprit-elle en s'approchant de Milo. Il semblerait que les gens appréciaient ses vidéos.

— Tu les as toutes regardées ?

Elle acquiesça.

— Et qu'en penses-tu ?

— Tu veux vraiment le savoir ou c'est juste pour meubler ?

Milo esquissa un sourire.

— Disons un peu des deux.

Laura croisa les bras. Elle ne répondit pas tout de suite.

— D'entrée, ces vidéos indiquent que cette fille avait des problèmes, de sérieux problèmes même, dit-elle. Elles ne contiennent pas une seule image positive. Elles sont toutes sombres, agressives, perverses. Comme si elle n'avait jamais connu un moment chaleureux dans sa vie ou qu'elle ne jugeait pas intéressant de les transmettre. À cause de son état dépressif, j'imagine.

— Continue, dit Milo.

— Je définirais ces vidéos comme une approche, quelque peu puérile, d'un état limite entre douleur et plaisir, désespoir et soulagement.

— Et à part qu'elle était droitière, que pouvons-nous encore en conclure ?

— Qu'elle haïssait sa famille, elle en avait honte, répondit-elle du tac au tac. Elle adorait les ridiculiser, montrer leurs bassesses, leur médiocrité. Probablement par vengeance.

— Pourquoi par vengeance ?

— Parce qu'ils agissaient comme si elle était insignifiante, invisible. Elle-même n'apparaît presque jamais sur les vidéos, c'était une façon d'exprimer l'invisibilité qu'elle ressentait. Si elle ne trouvait que de l'indifférence autour d'elle, cela pourrait expliquer son esprit d'autodestruction.

— Bien pensé, continue.

— As-tu vu les montages qu'elle a réalisés pour recréer un anéantissement virtuel de Barcelone ? Ils sont impressionnants.

Un frisson parcourut tout le dos de Milo.

— Ils signifient quoi, d'après toi ?

— Un négativisme extrême, une perte des réalités, un sentiment d'étrangeté envers le monde extérieur… Qu'au fond, cette fille percevait ce qui l'entourait comme une chose irréelle.

Il finit sa tasse et lui tourna le dos pour s'en servir une nouvelle.

— Une autre conclusion ?

— Elle aimait monter sur les terrasses, peut-être à cause d'un sentiment de supériorité ou pour échapper à son monde étroit et claustrophobique, qui sait. Et pour elle, le sexe était une chose sale, primaire, animale. Si l'on y ajoute ce qu'elle voyait et entendait chez elle, plus son hypersensibilité à fleur de peau, le résultat est que cette fille vivait un authentique enfer intérieur.

Milo respira profondément.

— Soumise à un sentiment d'irréel, dit-il.

— Oui, de léthargie, comme si elle avait été endormie et que tout avait été un cauchemar duquel elle ne se réveillait que pour tourner ses clips.

— La vie résumée à un film constitué d'une succession de moments malheureux, négatifs, blessants.

— Par le reflet de ces moments, oui. Peut-être est-ce pour ça qu'elle a appelé son dossier *Mímesis*, imitation de la nature, dans son cas, humaine.

Il se tourna vers elle.

— Que penses-tu de la citation de Crowley ?

— Rien, normal chez une adolescente. La loi est celle que j'énonce moi-même et je me contrefous de celles du système. Un classique de l'affirmation de soi.

Milo se dirigea vers sa table de travail.

— Tu finis ton service à quelle heure exactement ?

Corominas regarda sa montre fantaisie, bracelet rouge et cadran vert brillant et dit dans une heure à peu près.

— Pourquoi ?

Milo s'assit et leva la tasse dans sa direction.

— Lorsque j'aurai fini de visionner tous les clips, il est probable que j'aie besoin d'avoir à nouveau ton opinion, dit-il en regardant l'écran de l'ordinateur. Tu es d'accord ?

Il continua à ouvrir et fermer des fichiers. Les vidéos étaient de plus en plus étranges et tordues, surtout celles à contenu sexuel. L'une d'entre elles montrait une fille nue, masque de singe sur le visage, allongée sur le sol très sale, jambes écartées, chevilles attachées aux pieds d'un meuble à rayonnages, et un homme qu'on voyait juste de la taille vers le bas lui versant un liquide rouge des orteils jusqu'aux seins, tandis qu'elle arquait son corps. À sa silhouette boulotte, Milo en déduisit qu'il s'agissait de Noelia. Sur la vidéo suivante, et toujours avec la même fille au masque de singe, la scène représentait un faux viol, celle-ci se contorsionnant dans tous les sens sur le sol, en même temps qu'elle changeait d'angles de vue depuis sa perspective. Milo en passa rapidement plusieurs autres et s'arrêta à nouveau. Le décor était le même. Un lieu peu éclairé, poussiéreux, plein de blocs de pierre, de machines et d'objets qui ressemblaient à des sculptures inachevées. Milo revint en arrière et arrêta l'image. Ce pouvait être un sous-sol. Deux soupiraux s'ouvraient en haut du mur. Peut-être s'agissait-il d'un atelier. Dans un coin, posé sur un tabouret, on pouvait voir un buste de femme malhabilement sculpté, de taille moyenne, les traits grossiers, mal réalisés. Milo activa l'image. Encore du sexe. Un homme se frottant les parties génitales, elle par terre. Il reconnut les vidéos suivantes. C'étaient les montages photographiques de la destruction de la ville, dont avait parlé la sergente Corominas. Il dut admettre qu'ils étaient parfaitement réussis. Nerveux, il les passa rapidement. Sur une terrasse, la caméra s'approchant d'une mouette morte ; éparpillés sur son corps en décomposition, des diamants taillés, le contraste de leur éclat avec la noirceur de la vermine. Sur une autre vidéo, des fruits pourris, en plan fixe. Encore des clips de fruits pourris. Bananes, poires, pommes ; le zoom de la caméra s'approchant des vers. Soudain, les clips avaient de nouvelles protagonistes. Des pierres. En gros plan. De toutes tailles et formes. Certaines, éclaboussées de rouge. Après une vingtaine, l'image de l'une d'elles roulant le long de la pente terreuse d'un ravin. Encore et encore, à six reprises, la même pierre arrondie dévalait jusqu'en bas. Puis le premier plan d'une inscription sculptée dans un cadran solaire. *Vulnerant omnes, ultima necat.* "Toutes blessent, la dernière tue." Milo fut parcouru d'un frisson. Tout transpirant, il passa à la vidéo suivante. Une petite fille entrait dans un étroit espace vert ; une partie de labyrinthe, supposa-t-il. L'image se répétait à plusieurs reprises. Elle y entrait et y entrait sans cesse. Mais n'en ressortait jamais. Il frissonna à nouveau. Vidéo suivante, un jeune homme en blue-jean et sweat-shirt, identité cachée sous un masque de chien, tenait une pierre en l'air, faisant mine de frapper la caméra et s'arrêtant à quelques centimètres de l'objectif. Plusieurs fois. Dans la suivante, la main de la fille qui filmait s'introduisait dans la braguette d'un blue-jean. Les dernières vidéos, toujours des pierres, des coups dans les airs, du sexe morbide. Milo referma le dossier des clips publics et se pencha en arrière sur son fauteuil.

— Tout va bien, inspecteur ? demanda Corominas.

— Tout va bien, sergente.

Il ouvrit ensuite le dossier des vidéos cachées. Vérifiant qu'il y en avait moins, il soupira, soulagé. La première était filmée depuis une fenêtre et cadrait une villa qu'il reconnut immédiatement : celle du voisin d'en face, Manel Vergés. Derrière les rideaux entrouverts, on entrevoyait une ombre. Puis en gros plan les genoux de Noelia, écartés, pieds appuyés sur le rebord. Ensuite, d'autres filmées depuis le même endroit, remontant peu à peu, dans un plan suggestif, le long de ses jambes. Sur la dernière vidéo de la série, un gros plan entre ses cuisses. La suivante, le visage de Lucas, l'air sévère, une main s'interposant pour empêcher le tournage. Le garçon était également présent dans les six suivantes. Il n'avait l'air à l'aise sur aucune d'elles. Il se cachait le visage, sortait de l'angle de prise de vue, tournait le dos ou s'accroupissait. Sur l'une d'elles, on distinguait parfaitement son air sévère, tendu, fâché, semblant vouloir s'en prendre à la caméra, une image très instable. Son cœur s'accéléra. La dernière vidéo était une nouvelle scène sexuelle. Un type avec un masque de porc sur le corps de Noelia, qui ne cachait plus son identité, rebondissant sur elle, filmé en contre-plongée, légèrement de profil.

Milo ferma le dossier.

Il leva les bras, pour s'étirer le dos et eut envie de boire un café. Il ouvrit le dossier des clips privés, ceux qu'elle était la seule à pouvoir visionner. Il y en avait plus d'une vingtaine et il décida d'en finir. Il se redressa et cliqua sur le premier fichier. Vide. Il répéta l'opération avec le deuxième, pareil. Il continua. Les vidéos étaient toutes fondues au noir. Sauf les six dernières. Sa grand-mère assise devant le téléviseur en train de dodeliner de la tête. La deuxième, la petite Eva en train de pleurer sur le sol de la cuisine, abattue et seule. La troisième, son frère Raúl, couché sur le canapé, en train d'observer son portable d'un air confus. La suivante, sa mère, appuyée contre l'encadrement d'une porte, regard perdu, sans maquillage, vieillie. Ensuite, son père assis au bureau, bras sur le plateau, tête baissée. Et la dernière, une image du salon, la table de la salle à manger dressée, les six chaises vides. Milo arrêta l'image.

Puis il croisa les bras et fixa l'écran, jusqu'au moment où la sergente Corominas lui apporta une autre tasse de café.

— J'ai lu dans tes pensées, n'est-ce pas ?

Il la regarda en sursautant, avec le sentiment de revenir d'un pays très lointain. D'un monde déplaisant et étrange.

Il saisit la tasse et la porta à ses lèvres.

— Je ne sais pas ce que cette fille pouvait bien avoir dans la tête, dit-elle, mais il est évident que son malheur était profond.

— Sergente, le bonheur est juste un concept. Un mot.

— Tu parles sérieusement ? demanda-t-elle en attendant en vain une réponse. Bon, à mon avis, l'objectif de presque toutes ces vidéos est de montrer son déchirement intérieur. C'est triste chez quelqu'un d'aussi jeune.

Milo posa la tasse sur le bureau.

— Et en raison de son jeune âge, dit Milo sans la regarder, comment expliques-tu cette obsession pour le temps qui passe ?

— Tu dis ça à cause des fruits pourris ?

— Et de l'inscription en latin. Pourquoi une gamine de dix-sept ans était-elle à ce point préoccupée par les heures qui défilent, bordel ?

La sergente Corominas haussa les épaules.

— Les adolescents veulent toujours tout, tout de suite, je ne sais pas, répondit-elle. Ils n'ont aucune patience, disposent de tout le temps du monde mais sont toujours pressés. C'est paradoxal.

— Et les scènes de la pierre roulant sans cesse ?

— Facile, le mythe de Sisyphe, le châtiment perpétuel. Il fut condamné par les dieux à pousser éternellement un rocher en haut d'une colline pour le voir rouler ensuite jusqu'en bas, puis à recommencer jusqu'à la fin des temps. Un peu frustrant comme système, non ?

— Et absurde.

— C'est l'idée, j'imagine.

— Et son obsession pour les pierres, alors ?

Corominas garda le silence. Elle écarta les bras, impuissante.

— Aucune idée. Il te faudra en discuter avec un professionnel. Cette fille ne consultait pas un psychologue ?

— Et tu vois à quoi ça lui a servi.

— Tu ne crois pas aux psychologues, toi ?

Milo pointa son doigt sur l'écran.

— C'est le dernier clip privé qu'elle a mis en ligne sur YouTube ? demanda-t-il à Corominas qui acquiesça. À qui a-t-elle envoyé des liens afin de pouvoir visionner ceux qui étaient cachés ?

— À Manel Vergés et à Lucas Torres. Et la dernière vidéo cachée, celle de l'homme avec le masque de porc en train de la baiser, Noelia l'a seulement envoyée à Lucas. Vendredi dernier, de bon matin, à trois heures cinquante-trois.

Milo ferma le fichier, puis le dossier et éteignit l'ordinateur.

— Sois précise, sergente, dit Milo en lui remettant l'ordinateur portable et en se redressant. D'après ce que j'ai vu, ils pouvaient parfaitement représenter la scène. Cette fille était aussi malheureuse que tu voudras, mais c'était aussi une manipulatrice-née.

Il se dirigea vers les ascenseurs sans cesser de regarder par terre, en ruminant à propos de ce que quelqu'un serait capable de faire, poussé par la solitude et le désespoir.

Il se heurta à Crespo et leva les yeux, tout confus.

— Excuse-moi, je ne sais pas où j'ai la tête ce matin.

— Comment va Sara ?

— Elle va s'en sortir, dit-il. Ils ont accepté de la garder en observation pendant deux jours à l'hôpital. On verra bien.

— Concernant ce qui sera noté sur le rapport, sache que…

— Toni, je n'ai pas besoin d'en savoir davantage, j'ai confiance en toi, dit-il en faisant une pause, l'air gêné. À charge de revanche.

Crespo s'éventa de la main et lui dit d'oublier.

— Tu as une minute ? ajouta-t-il. Nous avons trouvé d'autres données sur l'iPhone de Lucas Torres. La fille l'a appelé plusieurs fois toutes les nuits de la semaine dernière, jusqu'au lever du jour.

— Toutes les nuits de la semaine dernière ? répéta Milo.

Le sergent acquiesça d'un air grave.

— Avec une telle information, l'avocat de la famille va se frotter les mains, dit Milo. Psychose par privation du sommeil, plus vieux qu'Érode. Trois jours sans dormir et le sujet se retrouve dans un état semblable à un gramme cinq d'alcool dans le sang.

— Ce qui signifie qu'il ne serait pas responsable de ses actes.

— Encore faut-il le démontrer, dit-il.

Il s'agissait de la première phase du processus pour affaiblir la volonté d'un être humain et le transformer en marionnette manipulable, une sorte de lavage de cerveau. La deuxième phase consistait à déstabiliser son estime de soi, et la troisième, à couper le lien émotionnel primordial, la famille.

— Il est jeune, reprit Milo, et nous ne savons pas s'il est vraiment resté éveillé soixante heures d'affilée.

— D'accord, concéda Crespo, mais c'est un fait significatif, tu ne crois pas ?

— Dans ce cas, il y a beaucoup de choses significatives, dit Milo. L'application du Cloud était activée sur l'iPhone de Lucas ?

— Je vois que tu as parlé avec Corominas. Non, il l'avait arrêtée. Et c'est bien dommage, ça nous aurait évité beaucoup de travail.

— Du nouveau chez Márquez ?

— Il a identifié un psychotrope dans la nourriture et la boisson.

— Laisse-moi deviner. Kétamine ou GHB ?

— Les deux. L'assassin s'est assuré la soumission chimique des victimes : un anesthésiant de cheval plus un sédatif. Invalidité totale.

— Autre chose ? demanda-t-il en faisant un pas vers les ascenseurs.

— Nous avons l'identité du jeune qui a eu une altercation avec Paco Corona. D'après le rapport de la police municipale, il s'agit d'Andrés Castro, alias Andy. Vingt-quatre ans, des antécédents judiciaires pour de petits délits ; cependant moins que son père, délinquant notoire, dont la liste des méfaits est plus longue qu'un jour sans pain. Où vas-tu, inspecteur ?

— La journée s'annonce interminable. J'ai besoin de me retrouver dans un endroit tranquille pour respirer en paix et m'éclaircir un peu les idées.

— Il y a une réunion dans une demi-heure, tu y seras ?

— Sans faute.

Il vit que l'un des ascenseurs s'ouvrait et y entra. Il appuya sur le bouton *Sous-sol n° 1*. Puis il leva le pouce en direction de Crespo.

— Chapeau, le fichage de Corominas, dit-il.

— N'est-ce pas ? Elle a fait des études de psychologie !

Les portes se fermèrent. Il enfonça les mains dans les poches de son sweat-shirt et fixa le bout de ses chaussures de sport. Un instant plus tard, il sortit de la cabine et marcha jusqu'à la zone des cellules. Il salua les divers agents qui s'y trouvaient et s'arrêta devant le comptoir du sergent de garde. Il lui demanda où se trouvait la cellule de Lucas Torres et ajouta qu'il voulait le voir. Le sergent lui indiqua un écran sur lequel on pouvait voir simultanément huit cellules. Il tapota sur l'une d'elles avec son stylo.

— Je te l'ouvre ?

— Ce n'est pas nécessaire. Des difficultés avec lui ?

— Aucun problème. Un garçon pacifique.

Il longea les couloirs jusqu'à atteindre sa cellule. En soupirant, il s'assit par terre, en face des barreaux bleus. Il observa l'espace, étroit et tout en longueur, le lit de camp où Lucas était couché sur un matelas bleu marine, en position fœtale et face au mur. Milo plia ses jambes et posa ses bras sur ses genoux. Il laissa échapper un nouveau soupir, plus sonore.

Le garçon leva la tête dans sa direction. Il chaussa ses lunettes.

— D'après ta carte d'identité, tu t'appelles Lucas. Mais j'ai l'intuition que tu ne t'identifies pas à ce prénom. Quel est le vrai ?

Il ne répondit pas.

Milo laissa passer une longue minute.

— C'est plus facile de se laisser tomber que de se relever, dit-il alors. Je le sais par expérience.

Silence.

Il étouffa un bâillement et compta jusqu'à trente dans sa tête.

— En ce qui me concerne, j'ai passé toute ma vie à tomber sans arrêt. Je sais de quoi je parle, crois-moi.

À nouveau, silence de l'autre côté des barreaux.

Il attendit une vingtaine de secondes.

— Sans chercher plus loin, cette nuit une amie a tenté de se suicider. Parce que je me suis comporté comme un vrai con avec elle.

Encore du silence. Il compta jusqu'à quinze.

— Moi aussi, j'ai été trompé par une femme. Ça ne fait pas très longtemps.

Cela non plus ne suffit pas à vaincre le mutisme du garçon.

Dix secondes. Pendant ce temps, il bâilla de façon ostentatoire.

— Au fait, je m'appelle Milo. Ceci n'est pas un interrogatoire. Je voudrais juste savoir si tu as quelque chose à dire.

Silence. Mais Milo s'aperçut que le garçon posait les pieds par terre. Cinq secondes.

— Et bien entendu, savoir comment tu préfères que je t'appelle. J'imagine par le prénom que t'ont donné tes parents biologiques.

Il observa qu'il mettait ses bras autour de son corps. Sans ouvrir la bouche.

Quatre secondes.

— Les cloches de verre ne servent à rien. C'est une escroquerie. Et avant que tu m'interrompes, je te dirai qu'avec moi, elles ne fonctionnent pas pour me protéger des autres. Je les ai toutes essayées.

Le garçon serra les lèvres.

Il compta trois secondes.

— Si tu connais une autre façon de faire, je suis tout ouïe.

Toujours muet.

Il attendit deux secondes et dit :

— D'accord, comme tu voudras. Réveille-moi si je ronfle. J'ai passé la soirée à l'hôpital et je suis vanné.

Milo appuya sa tête contre le mur. Il ferma les yeux, étira ses jambes et laissa retomber ses bras le long de chaque côté de son corps. Il respira profondément.

Au bout d'un moment, il se sentit envahi par une agréable sensation de sommeil.

— Ismael, dit Lucas. Mais je préfère que tu m'appelles Isma.

# DEUXIÈME PARTIE

# 16

Milo se frotta les yeux et se redressa. Il regrettait presque que le jeune ait enfin rompu son mutisme. Il avait besoin de dormir, de se déconnecter ne serait-ce qu'une demi-heure. Il l'observa au fond de sa cellule, couché contre le mur. Un bandage autour de la tête, bleus et griffures sur le visage. Il eut l'impression qu'il utilisait ses lunettes, grandes et de style ancien, comme un mur derrière lequel se dissimuler.

— Toi aussi tu es psychologue ? demanda Isma.

— Dis donc, je ne t'ai rien fait, moi ! Arrête de m'insulter !

— Alors tu es flic ?

— Personne est parfait.

— Tu n'as pas l'air d'un flic. Avec cette dégaine, je ne sais pas.

Malart gratta sa barbe de plusieurs jours.

— J'ai eu des jours meilleurs. Tu as mangé quelque chose ?

Isma secoua la tête d'un air dégoûté.

— Je n'ai pas faim, dit-il.

— Moi non plus, mais si tu veux fonctionner, il faut de temps en temps mettre du carburant dans ton corps, dit-il en haussant les épaules. Et ce qui va te tomber dessus aujourd'hui, c'est pas de la gnognotte !

Le garçon se pétrit violemment les mains.

— Je ne suis pas un monstre, murmura-t-il en évitant de croiser le regard de Milo. C'est ce que vous croyez tous, mais je ne le suis pas.

— Regarde-moi, Isma. Il attendit que le garçon s'arme de courage, puis reprit : Me mets pas dans le même sac que les autres. Pour l'instant, la seule chose dont je suis sûr, c'est que tu as peur. Une peur de tous les diables. Je le sens d'ici.

Il étudia son langage corporel, espérant avoir provoqué quelque réaction. Jusque-là, il avait réussi à établir une relation non menaçante, à conserver une atmosphère détendue, de façon que le garçon se sente à l'aise avec lui, sans pression. Il voulait le comprendre, pas le dominer, et pour cela il lui fallait trouver des points en commun avec lui, gagner du temps pour qu'il se sente écouté et compris. À sa grande surprise, cependant, il eut le sentiment que c'était Isma qui l'étudiait. Derrière son comportement, il semblait être à l'affût, tenter d'éviter toute réponse dictée par l'émotion, l'observer comme un entomologiste étudierait une espèce rarissime de mouche. Cela le déstabilisa un instant.

Au bout d'un moment, il l'entendit chuchoter des mots dépourvus de sens. De là où il se trouvait, Milo eut l'impression qu'il les récitait dans l'ordre alphabétique.

— Je préfère ma méthode, dit-il à Isma qui se tut brusquement. Pour me libérer de la tension, moi je fuis mentalement à la mer. Je me vois virtuellement en train de flotter à la surface ou de nager sous l'eau. Ça m'est très utile. Et tu sais quel est l'avantage ? C'est que les autres ne peuvent rien en savoir.

Isma se pétrit les mains.

— J'ai passé mon existence de psy en psy, dit-il.

— Je compatis.

— J'ai beaucoup souffert.

— Comme tout le monde. Qu'est-ce que tu crois ?

— Ma vie a commencé à aller de travers il y a quinze ans.

— Et la mienne, il y a plus de quarante, juste à ma naissance, répliqua-t-il.

— Alors tu vois de quoi je veux parler.

— Parfaitement.

Isma fit une pause. Milo eut l'intuition qu'il était en train de choisir avec une extrême attention la question suivante du test psychotechnique.

— Je sais ce que tu cherches, dit le garçon.

— Alors explique, parce que, moi, je n'en ai pas la moindre idée.

— Tu voudrais ouvrir des canaux de communication pour *empathiser* avec moi, tu cherches une interaction entre nous.

— Ça, c'est exactement ce que tu es en train de faire avec moi et je sais pourquoi.

Isma baissa la tête.

— Et tu vas m'aider ? murmura-t-il.

Milo ne répondit pas.

— Les monstres n'ont pas peur, ajouta Isma.

Il se leva de son lit, s'approcha de Milo et s'agrippa aux barreaux.

— Si tu peux sentir la mienne, cela m'innocente à tes yeux.

À présent, c'était au tour de Milo de baisser la tête. Il acquiesça sans énergie. Il s'était préparé à avoir des difficultés à comprendre et s'attendait à quelque chose de compliqué, mais vraiment pas à ça. Isma était en train de l'imiter, il n'avait plus le moindre doute. Et il n'avait eu besoin que de quelques minutes pour le deviner.

— *Touché**, murmura-t-il.

— Alors, tu vas m'aider ?

— Que s'est-il passé un peu avant l'été dernier ?

Isma devint tout pâle, ce que Milo interpréta comme un signe de contrariété. Mais ça pouvait être également de la rage. Il se demanda envers quoi. Ou envers qui. Quoi qu'il en fût, il venait enfin d'apercevoir une faille dans sa cuirasse de verre.

— Je ne me souviens pas.

— Bien sûr que tu t'en souviens, c'est pour cette raison que nous sommes ici.

Le garçon appuya son front contre les barreaux et Milo aperçut les points de suture sur sa tempe gauche.

— C'est alors que tout a commencé, ajouta-t-il.

— Je ne sais pas ce que je fais ici, balbutia le garçon. Je te jure.

— Les médecins assurent que tu ne souffres pas d'amnésie. Alors réponds.

Il vit brusquement s'éteindre la lueur de ses yeux.

— Ils ne savent rien du tout, dit-il sur un ton inexpressif.

Puis il recula jusqu'à sa couchette et se rassit sur le bord le plus éloigné. Il porta ses genoux à la poitrine et entoura ses jambes de ses bras.

Milo se leva.

— Encore une chose, avant de partir, dit-il. Cette peur que tu ressens. Si c'est à cause de quelqu'un, je peux probablement te donner un coup de main.

Silence.

— Très bien, comme tu voudras

Il commença à s'éloigner, l'entendit dire quelque chose, s'arrêta et retourna vers la cellule.

— Qu'est-ce que tu as dit ?

— Je t'ai demandé de ne pas me considérer comme un cas irrécupérable, dit Isma dans un filet de voix. S'il te plaît.

Milo hésita un instant, puis se ressaisit.

— Tu avais raison, les monstres ne sentent rien, dit-il. Mais ne t'inquiète pas, je parle de moi. Mange un peu. Je te recommande une omelette aux pommes de terre. Quand c'est bien cuisiné, y a rien de meilleur.

Il se rendit directement à la salle de réunion. Vide. Ensuite au bureau. Aucun inspecteur à sa table de travail. La sous-inspectrice Mercader était la seule à se trouver là. Avec un air de reproche. Dès qu'elle l'aperçut, elle alla à sa rencontre et lui demanda où il était passé.

— Encore cette horreur de parfum ? Aux toilettes, malade, le dîner n'est pas passé. Où sont tous les autres ?

— C'est de la crème hydratante. Singla a distribué les missions. Et je te préviens, il est furieux contre toi à cause du lapin que tu lui as posé.

— Alors on est deux. Ça pue ce truc.

Mercader le toisa.

— Je vois que tu redeviens comme avant. Je ne sais pas si je dois m'en réjouir ou le regretter.

— Et toi ? Qu'est-ce que tu fais encore là ?

— Je t'attendais. Le chef nous a chargés d'aller au lycée catholique de la rue Diputació pour interroger les camarades de Lucas et Noelia.

— Tu ne lui as pas dit que toi et moi ne sommes plus équipiers ?

— Mais, tu l'avais dit sérieusement ?

Milo l'incendia du regard.

— Où sont allés les autres ? demanda-t-il.

— Sena et Boada au domicile des Torres pour saisir l'ordinateur de Lucas et perquisitionner sa chambre, expliqua-t-elle. Et Rojo et Cervera interroger Alonso López, le policier aujourd'hui à la retraite qui fut l'équipier de Paco Corona au CNP.

— Personne ne va se rendre chez Manel Vergés pour perquisitionner et prendre son ordinateur ?

— Rojo et Cervera lorsqu'ils auront fini. Ils lui ont déjà signifié leur passage chez lui.

— Et pour Andy Castro ? Quelqu'un va aller le trouver ?

— Sena et Boada iront tout à l'heure, satisfait ?

— Tu plaisantes ? Avec Boada, c'est perdre son temps. J'espère au moins que Sena s'est levé du pied droit, ce matin, dit-il en faisant un tour sur lui-même. Bordel, et nous, on nous laisse l'école, l'endroit le plus ennuyeux.

— Il faut bien que quelqu'un interroge les camarades de ces deux-là.

— Je n'aime pas traiter avec des gens aussi jeunes, lâcha Milo.

— À cause de Marc ?

— Parce qu'ils me font me sentir vieux, Mercader. C'est la seule raison, répondit-il en faisant un signe en direction du bureau de Singla. Le chef est ici ?

— La juge Cabot est là. Elle t'attend.

— Tu ne pouvais pas me le dire avant, dit-il en partant immédiatement. Il réfléchit et se ravisa : Écoute, sous-inspectrice, tu peux tout à fait aller toute seule à l'école. Moi, j'ai des choses à faire, la paperasse. Ne le prends pas mal, finalement c'est toi la spécialiste des adolescents. D'accord ? Et aussi : dans la matinée, nous allons avoir la visite de l'inspecteur de la Nationale qui a mené l'enquête sur l'assassinat de la famille Torres. Il veut s'entretenir avec nous. Ne sois pas en retard. Je compte sur toi.

— Va te faire foutre, inspecteur.

Il la regarda s'éloigner folle de rage. Milo se gratta la tête, lâcha un soupir et se dirigea vers le bureau de Singla. Fidèle à son habitude, il entra sans frapper et se laissa choir sur une chaise.

— Madame la juge, dit-il.

Susana Cabot lui tournait le dos, elle était en communication sur son portable et elle sursauta. Elle pivota immédiatement sur son siège. Toute rouge, elle posa son index sur ses lèvres. Milo déduisit, d'après le ton avec lequel elle parlait, que son interlocuteur devait être la mairesse ou quelque autre autorité, en train de la sermonner pour la lenteur de l'enquête. Il s'étira de tout son long et attendit, bras croisés, tenté de faire un petit somme.

— Tu as eu une panne d'oreiller, ce matin, inspecteur Malart ? demanda la juge après avoir raccroché. Elle rangea son portable et l'affronta : Tu as fait la fête, hier soir ?

— Tu n'as pas idée.

— Sans doute dois-je te rappeler qu'une moitié de la ville me demande les résultats de l'enquête et que l'autre moitié me les réclame en me hurlant dessus ?

— Ce ne sera pas nécessaire, Votre Honneur. Je sais parfaitement quel est mon devoir. Et lorsque tu auras fini de hurler, je te dirai d'où je viens. Si tu veux, bien entendu.

Elle serra les lèvres.

— C'est que je ne supporte pas que les politiques pensent que nous sommes là à ne rien faire, dit-elle. Justement eux qui ne foutent rien depuis des mois.

— Excuses acceptées.

— Ce n'étaient pas des excuses. Et par-dessus le marché, avec la fuite dans l'affaire des Bosniaques, c'est devenu un terrain de choix pour les politiques. Tu as lu la presse ? Ils utilisent ce nouveau cas pour mettre en pratique une espèce de "crimino-populisme", maudits soient-ils.

— Il fallait s'y attendre, dit Milo.

— Bref, raconte. D'où viens-tu ?

— Je viens de m'entretenir avec Isma.

— Et qui peut bien être cet Isma ?

— Lucas Torres.

Milo expliqua rapidement l'affaire du prénom à la juge Cabot.

— Je suis descendu au secteur des cellules et il était là. Ç'a été fructueux.

— Félicitations. Et à part te prévaloir de ton intuition, j'imagine que tu as dû lui tirer les vers du nez sur ce qui s'est passé chez les Corona.

Milo se redressa.

— Mon intention n'était pas celle-là, madame la juge. J'ai seulement voulu savoir comment il allait. C'était une première prise de contact.

— Tu te moques de moi ?

— D'aucune façon, dit-il, en observant ses mèches rouges et en faisant un effort pour la regarder dans les yeux. Ce garçon est vraiment mal en point et il faut marcher sur des œufs si l'on veut obtenir son témoignage et éviter qu'il campe sur ses positions.

— Il faut lui donner ce qu'il mérite à celui-là ! On a cinq cadavres sur le dos et j'en ai rien à foutre qu'il soit fragile ou pas. On parle d'un auteur de meurtres multiples, merde ! Où avais-tu la tête ? Il daigne enfin parler à quelqu'un… et tu ne lui demandes même pas ce qui s'est passé ? Tu as perdu une belle occasion d'éclaircir la situation !

— Vraiment ?

— Ne me réponds pas sur ce ton ! Je te parle en qualité de juge de l'affaire, inspecteur Malart !

Il se leva.

— Alors tu n'as pas à me dire comment faire mon travail.

Elle ouvrit la bouche pour répliquer. La referma et se mit à arpenter le bureau comme un lion en cage.

— Très bien, inspecteur. Je te concède le bénéfice du doute. On ne gagne rien à se disputer.

— Je ne te le fais pas dire, le conflit rend faible, cita-t-il.

— Qu'est-ce que tu racontes ?

— Qu'il faut savoir à quel moment insister et à quel moment se désister.

La juge Cabot cligna des yeux.

— Si tu ressors une de tes petites phrases de tes manuels de développement personnel, je t'envoie en prison pour outrage à magistrat, ronchonna-t-elle entre ses dents. Tu as compris ? Je n'ai pas envie d'entendre tes balivernes.

— Message reçu, Votre Honneur.

— Pour ton bien, j'espère, dit-elle en arrangeant sa coiffure. Bien, et en plus de savoir comment il va, tu as obtenu une information valable sur lui ?

— Oui, plusieurs.

— Tu me les dis ou il faut que je te supplie ?

— Information numéro un, ce garçon sait parfaitement quels mots utiliser pour provoquer les réponses émotionnelles qu'il cherche chez son interlocuteur, dit-il. Numéro deux, il contrôle, conduit et dirige dans le sens qu'il a choisi. Numéro trois, il a passé son existence à étudier autrui et je jurerais qu'il est capable d'imiter la conduite de n'importe quelle personne qui se planterait devant lui. Et enfin, numéro quatre, on dirait quelqu'un qui parle et se comporte de façon normale, mais il observe tout du dehors, bien protégé derrière sa barrière.

— Comme un chasseur ?

— Pas exactement. C'est ce que je dois encore vérifier.

— À t'entendre parler, on dirait qu'il t'a impressionné.

Il acquiesça.

— Je m'attendais à trouver quelqu'un de vulnérable, et pour combattre le choc, je lui ai offert de la chaleur humaine et de la communication. Et sais-tu ce qu'il m'a rendu en échange ? Des pièges et de la manipulation, justement ma stratégie habituelle. On aurait dit que j'affrontais mon miroir, dit-il en grimaçant. J'ai l'impression qu'il a tenté de m'évaluer.

— C'est un survivant, ne l'oublie pas.

— Non, je n'oublie pas.

— Au moins, tu as communiqué avec lui.

— Madame la juge, j'ai bien peur d'avoir besoin de plus de temps. Il va peut-être falloir allonger la durée de sa garde à vue de quarante à soixante-douze heures.

— Les Torres vont hurler.

— Et depuis quand les cris de quelqu'un te font reculer ?

— Ne me provoque pas, Milo. Ne me provoque pas.

— Je vais également avoir besoin de plus de renseignements sur ce garçon. On sait quelque chose sur son psychologue ? Ça pourrait être très important.

— Il a refusé de collaborer avec nous, y a rien à faire. Même pas avec une commission rogatoire, le fameux secret médical, soupira-t-elle fâchée. Parfois, j'enverrais la loi se faire… je t'assure.

— Alors, je vais devoir improviser un plan C.

— Et le B.

— Celui-là ne fonctionne jamais. J'ai expérimenté la chose.

Il alla à la porte, saisit la poignée.

— Milo, le retint la juge. Que ça ne sorte pas de ce bureau, mais l'alerte terroriste est passée du niveau 4 au niveau 5.

Il serra les dents.

— Une autre menace d'attentat imminent d'après les services de renseignements ?

La juge confirma avec une moue de désespoir.

— Bordel de merde, ronchonna Milo

— Espérons qu'ils la désactivent à temps, comme ils l'ont fait depuis le 5 août dernier.

— Mais qu'ont-ils dans la tête, ces putains de mecs ?

— Fais attention à toi, d'accord ? Je sais que ça ne sert à rien dans ces cas-là, mais fais-le. Antenne parabolique, des yeux derrière la tête et le sixième sens connecté, compris ? L'ensemble du *pack*.

— À vos ordres, Votre Honneur, dit-il avant de faire une pause. En parlant de faire attention, c'est vraiment sérieux avec ton musicien brésilien ?

Il se gara sur le campus de l'université de Bellaterra et demanda où se trouvait le bureau de biologie environnementale. Il se perdit deux ou trois fois avant de le trouver. Puis il se rendit au secrétariat pour savoir où il pourrait voir Elsa Torres. On lui dit qu'à cette heure et vu le changement de classe, elle devait probablement être au bar. Il sourit en se souvenant de l'époque où il était à l'université. Les temps changeaient, mais pas les habitudes. Il alla de groupe en groupe, dans la vaste salle, demandant si quelqu'un la connaissait et tomba enfin sur une jeune femme au physique agréable, yeux clairs et expression transparente, qui se tourna vers lui.

— C'est moi, dit-elle.

Milo se présenta tout en lui montrant sa plaque de police, puis il lui raconta la raison de sa visite. Elle fut réticente au début, mais accepta de lui parler, considérant que son témoignage pourrait aider son frère. Ils se dirigèrent vers le fond du local et s'assirent autour d'une table. Pour rompre la glace, Milo commença par des questions générales. Mais elle préféra aller droit au but.

— Je ne comprends pas qu'on puisse penser qu'Isma soit capable d'une chose pareille, dit-elle. C'est le garçon le plus doux que je connaisse, il ne ferait pas de mal à une mouche.

— Mais il se trouvait dans la maison des Corona, rappela Milo.

— Il doit y avoir une explication.

— C'est précisément ce que je tente de trouver.

Elsa réunit ses cheveux blonds derrière ses oreilles.

— La vie d'Isma n'a pas été facile, expliqua-t-elle, il a beaucoup souffert. Il est très renfermé, il a du mal à s'ouvrir aux autres. Mais il a un grand cœur, il est incapable de faire le moindre mal. Je pourrais te donner un tas d'exemple.

— Donne-m'en juste un.

— À l'école, dans n'importe lequel des six ou sept établissements qu'il a fréquentés, il s'est toujours fait harceler par les élèves, qui l'ont soumis à des *bullyings*. Et quelle a été sa réaction ? Ne pas résister, ne pas les affronter, ne pas se laisser aveugler par la colère. C'est ce que ferait quelqu'un de violent, n'est-ce pas ? C'est évident. Moi, je me serais révoltée contre le bizutage, pas toi ? demanda-t-elle à Milo qui soutint son regard en silence. Cette histoire me mettait en rage. Tu sais ce qu'il s'est passé un jour dans une de ces écoles ? Eh bien en entrant en classe quelqu'un avait écrit au tableau : "Suicide-toi, Torres." Tu te rends compte ?

— C'est à cause des pulsions sadiques des êtres humains, qu'on veuille le reconnaître ou pas.

— Eh bien moi, je préfère être rayée de l'espèce humaine, déclara Elsa. Je ne pourrais jamais être mêlée à une chose aussi… aussi cruelle.

— J'imagine que le professeur est intervenu.

— Le professeur ? Tu sais ce qu'a fait ce putain de type ? Il a ignoré l'incident. Il n'a même pas effacé la phrase. Il a fait son cours avec l'inscription restée au tableau, en minimisant l'affaire. "Ce sont des plaisanteries de gamins", a-t-on prétendu, se faisant par là même complice des agresseurs ! Et mon frère est resté isolé, sans un seul ami. Il est devenu anorexique, puis boulimique, et il a souffert de nombreuses migraines. On l'a admis quelques jours à l'hôpital Del Mar, il s'est enlisé dans ses études, a redoublé. Mais à aucun moment il n'a répondu par la violence, tu comprends ce que je dis ? demanda-t-elle. Les parents ont porté plainte contre l'école et en ont cherché une autre, bien entendu. Ces attitudes sont méprisables, je ne comprends pas comment elles peuvent se produire dans une société supposée civilisée. C'est l'histoire de l'enfer, les autres et les loups.

— Oui, Sartre et Hobbes, main dans la main.

— Le harcèlement passe, mais pas la douleur. Elle détermine la vie future, disent les spécialistes. Pauvre Isma. Les misérables qui abusent de leurs semblables le perçoivent comme la victime idéale et ils se réunissent en troupeau pour lui faire du mal. Comme les hyènes.

— Et tu dis que ça s'est répété en d'autres occasions.

— Sa vie durant. Mais on ne pouvait pas être sans cesse en train de le protéger. Au début, un des psychologues nous avait prévenus que le surprotéger n'était pas une solution ; qu'au contraire cela pouvait aggraver son cas en lui ôtant toute estime de soi et en neutralisant ses réflexes de défense face à son entourage.

— Je dirais qu'il avait raison, commenta Milo.

Elsa dirigea son regard vers une fenêtre et secoua la tête très lentement, comme si elle n'arrivait pas à le croire.

Milo attendit. Un instant plus tard, elle l'observa à nouveau :

— Ce n'est pas juste pour Isma, dit-elle. Rien de ce qu'il a vécu n'a été juste pour lui. Je le plains beaucoup. Je t'assure qu'il est vraiment adorable. Et lorsque tu réussis à le mettre en confiance et à lui permettre de s'ouvrir à toi, c'est un garçon très chaleureux, la bonté à l'état pur.

— Je constate que, toi, tu as réussi. À lui permettre de s'ouvrir à toi, je veux dire.

Elle haussa les épaules.

— C'est mon petit frère, je l'aime, dit-elle simplement. Tu sais que mes parents l'ont adopté, n'est-ce pas ?

Milo acquiesça.

— Lorsqu'il a atterri dans notre famille, j'avais quatre ou cinq ans, Isma trois, et ma réaction a été de m'occuper de lui, que voulais-tu faire d'autre ? C'était mon petit cousin, je le connaissais déjà, je l'aimais bien. Mais ne va pas croire qu'il m'a rendu la vie facile. Il était si silencieux, si timide, si petite chose, dit-elle en souriant tendrement. J'ai gagné peu à peu sa confiance et ensuite il me suivait partout, comme un petit chien, en imitant tout ce que je faisais. Je vais t'avouer quelque chose, je m'entends mieux avec lui qu'avec mon frère Jordi, cette espèce de requin individualiste.

— Je vois que tu l'appelles Isma.

— Oui, je suis la seule de la famille à le faire et je ne comprends pas ça non plus. Si c'est son prénom, pourquoi l'appeler autrement, pourquoi ne pas lui faire plaisir ? C'est lui qui le demande ! Depuis plusieurs années, il a dû le réclamer plus d'un million de fois à mes parents et à mon frère. Mais rien à faire, ils n'en tiennent pas compte. Ils continuent à l'appeler Lucas et…

— Depuis quelques années ?

Elle tendit le cou vers Milo.

— J'ai dit quelque chose qu'il ne fallait pas ?

— Au contraire, continue.

Elle s'appuya à nouveau au dossier de la chaise.

— Cette conversation est vraiment utile ?

— Je t'assure que oui, Elsa. Tu m'aides à entrevoir un Isma que je n'avais pas vu jusqu'à présent. Que s'est-il passé, il y a quelques années pour qu'il commence à vous demander de l'appeler par un autre prénom.

— C'est à cause de ce con de Jordi, lança-t-elle. Il n'a rien trouvé de mieux que lui raconter ce qui était arrivé à sa famille biologique. À mon avis, il a fait une crise de jalousie et c'est pour cette raison qu'il lui a avoué qu'on l'avait adopté, je ne sais pas. Ou l'habituelle dispute entre frères, pour le mettre en rage. Une chose en amenant une autre, Jordi a fini par lui parler de la tragédie. Tu peux imaginer la réaction de ce pauvre Isma. Ils s'entendent bien, mais Jordi est capable de ce genre de comportement.

— Tu te rappelles à quel moment c'est arrivé plus ou moins ?

— Il y a trois ou quatre ans, Isma devait en avoir quatorze.

— Et il ne savait pas ce qui s'était passé jusqu'à ce moment-là ?

Elle fit non, d'un mouvement sec.

— Moi aussi je l'ignorais. Je suppose que Jordi a dû l'apprendre par hasard, en interceptant une conversation privée. Ce n'est pas non plus le psychologue qui le suivait à l'époque. Je suppose qu'il avait pactisé avec mes parents en décidant de le lui révéler lorsqu'il serait plus âgé, avec une tête mieux construite pour pouvoir digérer l'impact. Quoi qu'il en soit, c'est ce que je te disais tout à l'heure. Moi, je lui aurais au moins cassé la gueule, s'il m'avait fait cela. Si Isma avait été un garçon violent, il se serait jeté sur lui comme une bête féroce, tu ne crois pas ?

— Et comment a-t-il encaissé la nouvelle, alors ?

— Affreusement mal, bien entendu. Brusquement, tout son monde s'effondrait. Mes parents s'étaient toujours arrangés pour qu'il mène une vie normale, et ils pensaient y être parvenus lorsque cette grande gueule de Jordi est venue tout foutre en l'air avant l'heure, dit-elle tristement. Puis elle ajouta : Il n'a plus eu qu'une idée en tête depuis. Pourquoi lui avait survécu, ne cessait-il de se demander. C'est devenu une obsession, qui le torture sans cesse, une blessure émotionnelle ouverte, impossible à cicatriser. Tu comprends à présent pourquoi je dis qu'Isma n'a pas eu une vie facile ?

Milo acquiesça. Il comprenait parfaitement ce que signifiait se coltiner un sombre passé, le traîner derrière soi comme un boulet, avec des questions sans réponse, marqué à vie par un stigmate tombé du ciel juste pour vous écraser à longueur de journée. Ce maudit passé qui s'acharnait toujours à revenir. Bien entendu qu'il le comprenait. La douleur ne disparaissait jamais. Elle se contentait de se cacher. Il suffisait d'un simple catalyseur pour que tout surgisse à nouveau.

— Voilà pourquoi je l'appelle Isma, dit Elsa. Parce que je sais que c'est très important pour lui. C'est le prénom qu'avaient choisi ses parents à lui, pas les miens. Ses vrais parents.

— Ce n'est pas pareil un prénom ou un autre, murmura Milo.

— Non, ce n'est pas pareil, mais mes parents ne le comprennent pas.

Deux étudiantes les interrompirent pour prévenir Elsa que le cours allait commencer. Elle leur dit de s'avancer, qu'elle allait les rejoindre dans deux minutes. Lorsqu'elles s'éloignèrent, la jeune fille se leva.

— Je suis désolée, je dois y aller.

— Je t'accompagne, dit Milo.

Ils traversèrent le bar qui commençait à se vider.

— Je suppose que tu es devenue sa confidente, ajouta-t-il. Il t'a parlé d'une fille, une certaine Noelia ?

Elle laissa échapper un soupir.

— Ne m'en parle pas, dit-elle. C'est vraiment pas de chance de devenir l'ami d'une nana bizarre qui tournait des clips et rêvait de la mort. Tu les as visionnés sur YouTube ? Ils sont horribles, perturbants, effrayants. On ne doit pas dire du mal d'un mort, mais d'après moi, cette fille était une déséquilibrée.

— Tu sais où il l'a rencontrée ?

— À l'école, je ne vois pas où ailleurs.

Milo s'arrêta brusquement et elle en fit autant. Ça ne collait pas. Manel Vergés avait prétendu avoir vu Isma dans la rue Julià avant l'été. Et les cours avaient commencé en septembre.

— T'en es sûre ?

— Bien sûr, ils se sont vus pour la première fois à l'école catholique. D'après ce que m'a dit Isma, ils ont sympathisé tout de suite, comme s'ils s'étaient connus depuis toujours.

— Tu penses que c'était juste une amitié ou une liaison ?

— Non, non, d'après moi il n'a encore jamais… tu vois ce que je veux dire, fit-elle en rougissant et en serrant ses livres contre sa poitrine. Je ne sais pas si j'ai raison de répondre à cette question, c'est sa vie privée.

— Elsa, tout peut être utile, répondit Milo en se remettant à marcher. Alors c'est quelque chose de plus intense, de plus sentimental, comme un coup de foudre ?

— Je n'en sais rien. Je dirais que ce n'était pas aussi fort, plutôt comme deux esprits jumeaux qui se rencontrent. Avec elle, il se sentait compris. Mais c'est juste une impression personnelle. Si Isma avait été plus sociable, au lieu d'être si maladroit dans sa relation aux autres, il aurait pu trouver mieux qu'elle.

Ils traversèrent un large et long couloir.

— Tu n'aimais pas beaucoup cette fille.

— Je suis peut-être injuste, je sais, dit-elle en s'arrêtant à nouveau. Au début, j'étais contente pour Isma. Sans amis garçons ou filles, il passait toute la sainte journée enfermé dans sa chambre devant son ordinateur, en marge du monde. Lorsqu'il l'a rencontrée, les choses ont changé. Il a commencé à sortir, à fréquenter d'autres personnes, à passer pas mal de temps hors de la maison. Il avait l'air différent, plus ouvert.

— Autrement dit, l'avoir connue avait été positif pour lui.

Ils se remirent à marcher.

— Je n'en sais rien, je te l'ai dit. En tout cas, dernièrement il était plus renfermé, irritable. Il m'a dit qu'il dormait mal, qu'il faisait des cauchemars. Et il avait recommencé à mettre en pratique cette odieuse habitude de réciter des mots dans l'ordre alphabétique, comme il faisait dans le temps lorsqu'il avait des crises d'anxiété ou de panique. Un moyen de ne plus penser à ce qui l'angoissait ou le stressait. Dynamique de substitution. C'est son psychologue qui lui avait appris ça, lorsqu'il avait été victime d'un autre épisode de *bullying*, son visage s'était paralysé et il ne parvenait presque plus à parler, dit-elle en même temps qu'ils enfilaient un autre couloir plus étroit que le précédent. D'après moi, cela signifie qu'il n'était pas heureux, qu'il récidivait.

— Peut-être s'était-il simplement disputé avec cette fille. Tu sais s'il consommait de la drogue, de l'alcool ?

Elsa s'arrêta devant une classe et hocha la tête.

— Je crois que je ne vais pas répondre à cette question, dit-elle en indiquant la porte. Je suis désolée, mais je dois y aller.

Milo fouilla dans ses poches à la recherche d'une carte de visite.

— Je suis un désastre, dit-il en n'en trouvant aucune. Tu veux bien noter mon numéro de téléphone ? Au cas où tu penserais à autre chose, qui pourrait nous aider.

Elsa esquissa un demi-sourire tout en acceptant. Milo le lui dicta et elle le nota sur la couverture d'un de ses livres.

— Encore deux petites questions. Tu sais si un de ses amis lui prête un appartement ou quelque chose de ce genre ?

— Pas que je sache, non. Pourquoi ?

— Tout à l'heure, tu as dit qu'il t'imitait. À quoi faisais-tu allusion ?

Elsa adopta un air nostalgique en se souvenant.

— C'était très amusant, dit-elle. Il voulait passer inaperçu… il était très réservé, ne parlait pratiquement jamais. Je crois que c'est pour ça qu'il le faisait. Parce qu'il n'était pas sûr de lui. Il passait ses journées à m'observer puis il mimait mes attitudes, y compris les plus idiotes et féminines. Même le ton de ma voix. C'était choquant, tu vois ce que je veux dire. Je n'étais pas la seule qu'il imitait, il le faisait aussi avec les autres.

— Et qu'a dit le psychologue de cette attitude ?

— Rien, il a prétendu que c'était un comportement normal. Pour prendre confiance en lui. C'est ce que font les enfants, ils imitent les grandes personnes.

— Et tu as une idée de la raison pour laquelle il refuse de parler en ce moment ? S'il n'a rien à voir avec l'affaire, il serait logique qu'il nous raconte ce qui s'est passé.

Elle soutint son regard sans ciller, l'air sérieux.

— Je sais qu'il est innocent, dit-elle. Je le connais bien.

— Tu ne m'as pas répondu, Elsa.

— Il doit avoir ses raisons.

Ses yeux devinrent luisants. Elle s'efforça de se contenir et ajouta :

— Je peux aller lui rendre visite ?

— Tant qu'il ne nous aura pas parlé, je crains que ce ne soit pas possible. Ordre du juge.

— Mes parents sont détruits. Tout ça est un énorme malentendu, dit-elle la voix tremblotante. Vous devez arrêter avec ce cauchemar. Ce n'est pas juste pour mon frère.

Elle fit brusquement demi-tour et entra en classe.

Milo regarda la porte se refermer.

Songeur, il se dit que le garçon décrit par Elsa, probablement la personne qui le connaissait le mieux, ne correspondait décidément pas au profil qu'il avait plus ou moins d'Isma dans la tête. De deux choses l'une, conclut Milo, ou c'est elle qui connaissait mal son frère ou c'est lui-même qui s'était trompé quelque part.

## 17

Il retourna en ville par les tunnels de Vallvidrera. Il descendit par la rue Capità Arenas mais, au lieu de tourner à gauche en atteignant l'avenue Diagonal, il tourna à droite. Avant de retourner au commissariat, il avait l'intention de mener une autre démarche à son terme. Pour faire d'une pierre deux coups. Même si cela ne lui plaisait pas du tout.

Il se gara sur le trottoir, et montra sa plaque de police au planton dans sa guérite du Real Club de Polo de Barcelone, un des endroits les plus élitistes de la ville. Une fois dans l'enceinte, il grimpa à travers le jardin, jusqu'au siège social. À sa droite, une multitude de terrains de padel, la plupart occupés, malgré le vent ; à sa gauche, ceux de tennis, également utilisés par de nombreux joueurs. Au fond, les terrains de hockey sur gazon ; et plus loin, les écuries et la zone d'équitation. Il envia la chance de certaines personnes. Jouer à l'air libre, loin de l'obscurité, était un privilège hors de sa portée. Comme de celle de la plupart des gens.

Il atteignit une des terrasses et y jeta un coup d'œil. Pas trace de lui. Il entra dans le club et parcourut plusieurs salles. Il le découvrit enfin dans l'une d'elles, installé dans un large fauteuil en cuir, en train de lire la presse. Un téléphone portable et une tasse à moitié pleine de café au lait étaient posés sur une table basse, à ses côtés.

Il s'installa en face de lui, dans un Chester couleur bordeaux.

— Être à la retraite, c'est le pied, dit-il.

Elías Margarit baissa lentement le journal, le regarda par-dessus ses lunettes de presbyte et se cacha à nouveau derrière le quotidien.

— Personne ne t'a invité à t'asseoir.

— Tu as l'air bien, répliqua Milo, bien plus vieux, je veux dire.

Elías tourna la page du journal *La Vanguardia* d'un geste rageur.

— Je vais devoir appeler la sécurité, dit-il. On ne devrait pas laisser n'importe qui entrer ici.

— Je pense la même chose. C'est indécent qu'un type comme moi salisse vos luxueux salons. Merde alors, c'est impardonnable.

Margarit répéta la même opération avec le journal, mais plus violemment.

— Arrête ça, tu vas te fouler le poignet, dit Milo.

— Tu es en train de fâcher des gens importants. Méfie-toi.

— C'est une de mes spécialités, tu sais bien.

Un garçon vint lui demander si monsieur désirait boire quelque chose.

— Ce monsieur n'est pas un monsieur et il ne boira rien du tout, répliqua Elías. Il s'en va tout de suite.

— L'omelette aux pommes de terre est comment, ici ? demanda Milo.

— Monsieur ?

— Pas grave, laissez tomber.

Pendant que le garçon s'éloignait, Elías Margarit se plongea à nouveau dans la lecture du journal.

— Tu contrôles la rentabilité de tes fonds vautours ?

Il n'obtint pas de réponse.

— Tu as déménagé le siège de tes affaires pour ne pas courir le risque d'une victoire des indépendantistes ?

Milo entendit un bruyant soupir d'exaspération en face de lui.

— Tu dois être content. D'après ce que j'ai lu dans la presse, on ne va plus te saigner avec l'histoire de la retenue des trois pour cent pour le transfert de biens immobiliers.

— À présent, on parle de cinq pour cent, dit Elías, d'une humeur massacrante.

— Dérisoire, ce pourrait être pire.

Son beau-père replia *La Vanguardia* et jeta rageusement le journal sur la table basse. Il lui fit face.

— Qu'es-tu venu faire ici, maudit sois-tu.

— Calme-toi, ne te fâche pas. Je suis pressé. Je vais t'importuner à peine quelques minutes.

— Je n'ai pas l'intention de m'entretenir avec toi, ni ici ni nulle part ailleurs. Je n'ai pas de raisons de le faire. Tu n'existes plus pour moi.

— Ta fille et moi sommes seulement séparés. Je l'appelle et elle ne décroche pas. Elle va bien ? Il est arrivé quelque chose à Irene ?

— Elle est en pleine forme. Elle refait sa vie. Cesse de l'ennuyer.

— J'ai des nouvelles pour elle, de bonnes nouvelles. Lorsque tu la verras, demande-lui de m'appeler. Ou mieux, qu'elle cesse de faire l'intéressante et qu'elle réponde à mes appels, bordel !

— Je ne suis pas ton messager. Autre chose ?

— Les Torres, parle-moi des frères Torres.

— Les Torres ? fit-il. C'est qui ça, les Torres ?

— Les Torres du port. Ignacio et Antonio. L'entreprise Contecat.

— Vous n'avez pas de bases de données au commissariat, ou quoi ?

— Justement. Je voudrais savoir ce qui manque dans ces bases. Ce qu'on dit d'eux par ici et dans les autres cercles privés.

Elías s'appuya au dossier de son fauteuil et cligna des yeux.

— Et pourquoi t'intéresses-tu à eux ?

Milo demeura impassible. Son beau-père tambourina du bout des doigts sur un accoudoir du fauteuil, soupesant le pour et le contre.

— Et je gagne quoi moi dans tout ça ?

— Me perdre de vue pour un temps.

— Combien de temps ?

— C'est toi qui décides.

— C'est un marché intéressant.

— Bon, tu me parles des Torres ou tu continues à temporiser ?

Elías saisit la tasse et avala le reste de café au lait. Ensuite il hocha la tête en se souvenant :

— Ignacio était le meilleur des deux, un génie des affaires, dit-il. Il avait du flair, un vrai talent. Il avait monté une structure entrepreneuriale digne d'être étudiée dans toutes les grandes écoles d'économie. Mais il était affreusement nul dans ses investissements en Bourse. Il a accumulé de nombreuses pertes, ce qui lui a valu plusieurs dépressions, et une chose en a entraîné une autre. Pauvre Ignacio, il ne méritait pas de finir ainsi.

— Et son frère Antonio ?

— Un homme d'une cupidité sans borne, l'aîné des deux. Il n'est pas très respecté dans les milieux économiques de la ville.

— Pourquoi ça ?

— On pense que c'est un arriviste.

— Après toutes ces années ?

— Nous vivons dans un monde cruel, ironisa-t-il.

— Continue.

— C'est un homme sans culture, sans la moindre éducation. Tu as vu sa femme ? Elle a quinze ans de moins que lui, il l'exhibe comme si elle était un trophée, dit-il dédaigneusement. Comme tous les types vulgaires, il a besoin de briller. Le genre de gars qui te dit le prix de ce qu'il vient d'acheter.

— Mais c'est toujours quelqu'un d'important, au port.

— Une importance qu'avait acquise son frère, répliqua Elías. C'est pour cela qu'on lui permet d'assister aux réunions et aux fêtes, sans lui faire d'affront. On peut tout de même lui concéder que, malgré ses défauts, à la surprise générale, Antonio est parvenu à conserver une certaine importance. Il fit une grimace et ajouta : Mais en affaires, si l'on ne s'agrandit pas, on est condamné à disparaître, ce qui finira tôt ou tard par lui arriver.

— Et son fils Jordi ?

— Un autre bon à rien. Malgré toutes ses études, il est aussi plouc que son père. Mais il serait capable de vendre son âme au diable pour atteindre ses objectifs.

Il médita quelques secondes.

— Qui sait, peut-être parviendra-t-il à ses fins.

— Tu as quelque chose à me dire à propos de son épouse ?

— On ne lui connaît pas d'histoires, elle est entièrement dévouée à ses enfants et s'occupe d'œuvres sociales. Elle sait quel est son rôle et elle le joue à la perfection. Son truc, c'est les apparences, afin de gagner de la respectabilité. Elle ne rate jamais une inauguration, c'est une habituée. L'épouse parfaite.

— C'est tout ?

— Pourquoi, ce n'est pas assez ?

— Je crois que j'ai eu tort de passer ce marché avec toi. Je me suis encore fait avoir. Comme d'habitude.

Elías eut un large sourire :

— Tu ne devrais pas passer de marchés avec moi, dit-il.

— Que sais-tu de sa fille Elsa ?

— Une naïve qui ne s'occupe que de justice sociale et toutes ces conneries. Elle est nulle pour les affaires, elle n'a aucun talent commercial. Elle ne compte pas.

— Et Lucas ? J'ai entendu dire qu'il prenait des cours de tennis, ici.

— On l'a juste vu les deux premiers jours, dit-il en faisant claquer sa langue. Il a trop de problèmes dans la tête, c'est un taré. Cela me fait de la peine, mais seulement pour Ignacio. Il va dilapider toute la fortune que son père a mis tant de détermination à accumuler. Un authentique gâchis. Rien qu'en tableaux, l'héritage atteint une somme plus que respectable.

— Tu es au courant ?

— Y a-t-il quelque chose dont je ne sois pas au courant ? se vanta-t-il. Le patrimoine est fidéicommis, administré par son frère Antonio. Et comme Lucas est le dernier héritier vivant de la famille, tout va se retrouver aux mains d'un garçon qui n'est même pas capable de soutenir ton regard lorsque tu lui parles. La vie est injuste.

Milo fit une moue de perplexité.

— Tu parles de peine, de justice… Tu ne te ramollirais pas avec l'âge ? Toi ? Un des quatre cents ?

Elías se redressa sur son fauteuil.

— J'ai des sentiments. Et j'ai des yeux. Je vais te dire quelque chose.

— À propos des Torres ?

— À propos de toi.

— Une autre fois, répondit Milo en se levant. Je n'ai pas mis mon gilet pare-balles.

— Assieds-toi et écoute-moi ! lança Margarit. Tu es venu parler avec moi, alors on va parler, que tu le veuilles ou non.

Milo demeura debout. Mais il lui prêta attention.

— Tu t'es trompé de métier. Un type comme toi, avec un diplôme d'avocat en poche, aurait pu faire quelque chose de mieux que se contenter de nettoyer les ordures qui traînent dans les rues.

— Par exemple ?

— Travailler avec moi.

— Tu veux dire travailler pour toi.

— Ma fille méritait mieux.

— Sur ce point tu as raison.

— Tu m'as rejeté.

— Tu ne peux pas savoir comme je m'en veux.

— Et maintenant regarde-toi, tout seul, sans enfants, sans une femme à tes côtés. Avec un salaire ridicule, alors que tu pourrais être à la tête de toutes mes affaires, en train de toucher cent fois, mille fois plus d'argent.

— Irene est au courant que tu n'as pas confiance en elle pour tout diriger ?

— Elle n'en est pas capable, elle n'a pas le caractère qu'il faut pour ça. Mais toi, en revanche, toi tu avais la force, la détermination… Tu étais à ma hauteur.

— Tu parles au passé ?

— Tu as changé. Aujourd'hui tu ne crois même pas en toi. Moi, à mon âge, je suis bien plus fort que toi. Il ne me reste plus qu'une poignée de jours à vivre, mais tu ne m'arrives toujours pas à la cheville. Tu es un raté, tu ne possèdes rien. Tu ne vaux rien.

Milo se tut.

— Tu ne me trompes pas, moi, poursuivit Elías en se déplaçant sur le bord du fauteuil pour le pointer du doigt. Tu n'as même pas une raison valable de te lever le matin. Parce que tu n'as pas d'enfants, pas de femme. Un enfant t'oblige à vivre, il t'attache à la vie. Sans enfant, tu ne tarderas pas à t'apercevoir que ça ne vaut même pas la peine de se lever du lit, ajouta-t-il en se redressant. Je ne te le pardonnerai jamais. Tu entends ? Jamais.

— Quoi, de t'avoir repoussé ?

— De ne pas avoir daigné me donner un petit-fils, un héritier. Un avenir !

Milo banda ses muscles.

— Je vais peut-être te surprendre, un de ces jours, murmura-t-il.

— À d'autres, avec tes histoires, répliqua-t-il en se plantant devant lui. Je connais tes craintes, à cause de ce gène dans ta famille, Irene m'en a parlé. Tu ne prendras jamais ce risque, tu es un lâche. Que te reste-t-il ? Je vais te le dire.

Il s'approcha encore de lui pour se placer à quelques centimètres de son visage.

— Rien, reprit-il, il ne te reste rien. Ton boulot de merde n'est pas suffisant. Tu es un type fini. C'est juste une question de temps. Tu as raté une occasion avec ma fille, tu as tout fichu en l'air. Le train ne repassera pas pour toi.

Milo eut envie de répliquer. Il y réfléchit à deux fois.

— On ne t'a jamais dit que ton haleine sent le gaz butane ?

— Tu m'as peut-être volé mon futur, mais toi, tu n'as même plus de présent. Tu es un lâche, un misérable lâche. Tu finiras mal.

— Tu as terminé ?

Ils soutinrent mutuellement leur regard en silence, avec rancœur.

— Tu es seul. Tu seras toujours seul ! Tout seul !

— Demande à Irene de répondre à mes appels, dit Milo en lui tournant le dos. Je te laisse avec tous tes fonds, vautour !

— Tu as raté le train ! hurla Elías. Tous les trains.

Une manifestation coupait la circulation sur l'avenue Diagonal, cette fois organisée par les unionistes, qui faisaient flotter des drapeaux espagnols et européens et hurlaient des slogans hostiles à l'indépendance de la Catalogne. Milo crut entendre le fracas d'un galop derrière lui et il regarda dans le rétroviseur. Une cinquantaine de chevaux remontaient l'avenue en direction de la montagne, effrayés par les cris, leurs sabots résonnant sur l'asphalte. Il se pencha jusqu'à poser sa tête sur le volant et ferma les yeux. *Tu finiras mal.* Il ne pouvait pas revenir en arrière et changer les décisions qu'il avait prises à l'époque. *Tu seras toujours seul.* Il tenta de ne plus y penser, de ne pas réfléchir davantage. Il ne servirait à rien de verser du sel sur les blessures. Il se concentra sur le bleu cristallin, plongea jusqu'au fond, les notes au piano de la *Chaconne en ré mineur* comme unique son. En apesanteur, il admira l'éclat du soleil se refléter sur les écailles des poissons qui nageaient à ses côtés. La paix, le calme. Il se laissa bercer par le va-et-vient capricieux du courant. Des coups de klaxon le ramenèrent à la réalité. Il ouvrit les yeux. Les voitures commençaient à défiler. Il passa la première et accéléra toujours avec l'agréable sensation de se retrouver dans un monde où les autres n'avaient pas leur place.

Le téléphone portable sonna. Il ne prit pas la peine de décrocher.

— Je suis en retard, je sais. Ce n'est pas la peine de me le rappeler.

Il fit un écart pour éviter une moto et bifurqua dans la prochaine rue pour quitter l'avenue Diagonal. Le portable se tut. Il conduisit par à-coups, atteignit le parking du commissariat et se gara à la première place libre qu'il vit. Il attendit quelques minutes avant de descendre de voiture, juste le temps de se débarrasser des restes de sel.

Il pénétra dans les bureaux du GEHME avec une atroce migraine. Le sergent Crespo vint à sa rencontre.

— Inspecteur, Fermín Barreda t'attend en salle 2, en compagnie de Mercader.

— Fermín Barreda, qui est-ce ?

— L'inspecteur du CNP qui a enquêté sur l'assassinat des Torres, il y a quinze ans, dit-il. Et Marcela Cuadrado est également là. Elle te demande. C'est la mère de la victime de l'affaire…

— … Gotha, je sais. Toni, je serais capable de tuer quelqu'un pour avoir une aspirine. Tu n'en as pas une sur toi ?

— À ma table de travail, dit-il.

Milo le suivit.

— Je lui ai dit que tu n'étais pas là, mais elle a insisté pour s'entretenir avec toi.

Il ouvrit un tiroir, arracha un cachet au blister et le lui tendit.

— Je l'ai fait patienter dans la salle 1 et elle t'attend depuis deux bonnes heures.

Milo avala le comprimé et ensuite, sans crier gare, lui donna une accolade, une interminable accolade. Étonné, un peu gêné, se demandant comment réagir, Crespo lui tapota l'épaule.

— Y a un problème, inspecteur ?

Il le lâcha en faisant non de la tête avec un air malheureux.

— Dis à Mercader que j'arrive dans une minute, demanda-t-il en faisant demi-tour, puis en s'arrêtant : un autre service, Toni. Si tu vois que les choses s'éternisent, viens à mon secours.

— Tu es sûr que tu vas bien ?

— Impeccable, Toni, ça ne peut pas aller mieux.

Il s'éloigna en direction de la salle 1. Marcela Cuadrado se leva brusquement en le voyant entrer et balbutia quelques excuses que Milo s'empressa d'interrompre. Tout de suite après, il lui demanda si elle voulait boire quelque chose, un café, de l'eau. Elle dit en secouant mollement la tête, tout en s'approchant de lui d'un pas incertain :

— Vous m'avez promis que les choses n'allaient pas en rester là, dit-elle. Les vrais assassins de Candela sont toujours libres, ils se promènent tranquillement, alors que ma fille, ma fille…

— Madame Cuadrado, je vous assure que nous faisons le maximum. Mais ces choses-là prennent du temps et…

— Ce n'est pas juste. Vous le savez bien.

— Si on s'asseyait pour parler calmement ?

— J'ai été assise toute la matinée, j'en ai assez d'attendre.

Il observa ses gros cernes sous les yeux, son visage gonflé, sa peau froissée, son teint blafard, à cause des sédatifs pensa-t-il. Il se maudit pour ce qu'il allait devoir lui dire ensuite :

— Madame, nous vous préviendrons dès que nous aurons du nouveau. En attendant, je vous conseille de prendre patience.

— Patience ? dit la femme. Vous avez mal fait votre travail et vous me demandez d'avoir de la patience ?

Il la vit perdre légèrement l'équilibre et l'aida à s'asseoir. Il approcha une chaise et s'installa à ses côtés.

— Madame Cuadrado, je comprends ce que vous ressentez, croyez-moi. Mais vous devez tenter de vous calmer et de nous faire confiance. Nous n'avons pas oublié votre fille et nous n'allons pas l'oublier, je vous l'assure.

Elle secoua à nouveau la tête.

— Candela n'aurait pas dû sortir ce soir-là, je n'aurais pas dû lui donner la permission de se rendre dans cette discothèque, dit-elle en levant la tête. Mais elle a insisté et moi… moi, j'ai cédé.

— Ne vous tourmentez pas, madame. Ça ne sert à rien.

— Ce n'était pas un endroit pour elle, nous sommes des gens humbles, travailleurs, dit-elle en fixant à nouveau le sol. Mais elle venait de finir ses études et je n'ai pas pu lui interdire de sortir fêter son diplôme avec son amie. J'ai manqué de courage.

Milo se souvenait parfaitement de cette histoire.

Candela Cuadrado, d'origine équatorienne, vingt et un ans, récemment licenciée en ADE[1] à l'université de Barcelone, la première universitaire de la famille, plusieurs perspectives de travail à l'horizon et un objectif immédiat : améliorer la situation économique de ses parents. Pour que sa mère n'ait plus à travailler comme aide à domicile chez une dame âgée et pour accélérer l'intervention chirurgicale de son père dans une clinique privée. Elle avait décidé de fêter son succès avec Marisol Lozano, une camarade d'études, et de se rendre à Viña del Mar, une discothèque fréquentée par les huiles de la ville, près des quais où l'on amarre les yachts de luxe. Danser, s'amuser, boire un verre. Ce qu'il y a de plus normal. Pour l'occasion, elle avait mis une robe noire et des talons aiguilles, qui, ajoutés à sa peau dorée et sa silhouette de top model, lui facilitèrent l'entrée. Ivo Parés et Mónica Morera, un couple de millionnaires habitués de la nuit, remarquèrent immédiatement son charme. Lui était l'héritier des laboratoires pharmaceutiques Parés et elle, la descendante d'une des familles les plus en vue de Catalogne. D'après les interrogatoires, la conversation initiale porta sur l'économie et les contacts dans le monde de l'entreprise, l'appât idéal pour aiguiser l'intérêt de Candela et Marisol. Les verres circulèrent et la cocaïne fit son apparition. La réticence première des deux jeunes femmes. D'autres gens rejoignirent le groupe. D'autres verres, plus de joie, plus de danse. Plus de coke. C'était une nuit magique. Le piège commença à se refermer lorsque les deux amies sniffèrent le premier rail. À partir de là, les choses s'accélérèrent. Le couple suggéra de continuer la fête sur son yacht et le groupe au complet accepta. Emportées par l'ambiance festive, elles se laissèrent entraîner. Le nouveau décor les éblouit. Luxe, élitisme, abondance. Un

1. Administration et direction d'entreprise.

territoire inaccessible pour l'une et l'autre. Un garçon de café noir commença à servir du champagne français. Les danseurs se répandirent peu à peu sur les différents ponts. La fête continua jusqu'à ce que Marisol eût un malaise. Le mélange d'alcool, la coke. Elle dit à son amie qu'elle partait et Candela se prépara à contrecœur à l'accompagner. C'est alors que Mónica Morera intervint. Elle appela un taxi pour Marisol et convainquit Candela de rester. La jeune femme hésita. Marisol lui demanda de ne pas s'inquiéter, de continuer à faire la fête. Sans le savoir, elle se rendit complice du guet-apens. Candela resta toute seule. Les autres suivirent le scénario prévu par les hôtes. Le yacht commença à se vider progressivement. Et un peu avant l'aurore, tous les invités étant partis, le moment attendu arriva. Le couple proposa à Candela de participer à un jeu sexuel avec eux. Amedé Agbini, le garçon de café d'origine sénégalaise, danseur professionnel, possédant des antécédents de trafiquant de drogue, déclara pendant le procès que la fille avait été consentante. Mais les preuves du médecin légiste le contredirent. Le corps portait des traces de défense. Malgré les effets de l'alcool et de la drogue, Candela s'était battue pour leur échapper. Ils n'avaient pas apprécié son refus et cela finit dans un tourbillon de soumission, de viol et de sang. Elle reçut six coups de poignard. Les preuves apportées par le légiste contre le couple Parés Morera furent écartées par le juge sous prétexte que la chaîne de conservation avait été rompue. Les empreintes sur le couteau et les traces d'ADN sur la fermeture du soutien-gorge de Candela condamnèrent l'inculpé restant et Amedé Agbini fut déclaré coupable d'homicide.

— J'aurais dû être plus sévère, répéta Mme Cuadrado sans lever la tête, ne pas la laisser aller à cette fête. Et à présent je ne peux plus dormir, la culpabilité m'… la culpabilité m'en empêche.

Milo garda le silence. Rien de ce qu'il pouvait lui dire ne lui éviterait de se sentir coupable. Elle allait se répéter les mêmes mots jusqu'à son dernier souffle, comme un mantra corrosif. Si elle était venue au commissariat, c'était par besoin de partager ses remords. Après la mort de son mari, vivant seule dans sa maison, c'était une façon comme une autre de fuir.

— Mais je ne suis pas la seule coupable, dit-elle en relevant la tête pour le regarder dans les yeux. Vous aussi vous l'êtes. Comment pouvez-vous dormir paisiblement en sachant ce que vous savez ? Vous n'avez donc aucune conscience ?

Milo attendit un moment avant de répondre.

— Écoutez-moi, madame. Ayez confiance en nous, en notre travail. Je vous assure que nous faisons tout notre possible. Je vous demande juste d'avoir encore un peu de patience.

— Que je vous fasse confiance ? Une nouvelle fois ? dit-elle en se redressant lentement. Vous devez être très occupé, excusez-moi de vous avoir dérangé avec mes questions. Je ne sais pas pourquoi je l'ai fait.

Elle se dirigea vers la porte juste au moment où le sergent Crespo l'ouvrait. Milo la suivit. La femme lui dit que ce n'était pas la peine de la raccompagner, qu'elle savait où se trouvait la sortie.

— Madame Cuadrado, nous avons un département qui fournit un soutien psychologique pour ce genre de cas. Il serait sans doute souhaitable de vous faire aider.

— On m'a déjà donné leur carte de visite.

Milo et le sergent Crespo la regardèrent s'éloigner le long du couloir en direction des ascenseurs.

— Elle est venue te demander des explications ?

— Tu n'aurais pas fait pareil ? Je n'ai pu lui dire que les habituels mensonges. C'est une vraie connerie.

— Ça ne dépend pas de toi, inspecteur. Les responsables sont ailleurs.

— Toni, lorsque la loi et la justice ne marchent pas main dans la main, c'est que le système ne fonctionne pas correctement. Il serait peut-être temps d'agir de façon unilatérale.

— De façon illégale, tu veux dire ?

— Et alors ? Je n'aurais pas le droit d'être honorable ?

Il se dirigea vers la salle 2.

## 18

— La scène ressemblait à un film sur la mafia, dit Fermín Barreda, l'inspecteur de la police nationale en retraite. Il y avait trois corps assis autour de la table de la salle à manger, deux sur le sol de la cuisine et un autre couché sur le dos dans l'entrée. Chacun avec deux balles dans la tête. Du sang partout, vous voyez ce que je veux dire. Cette image est restée gravée dans ma mémoire, comme si c'était hier. Elle ne s'effacera jamais, nom de Dieu !

— Mais le gamin de trois ans, Isma, était vivant, dit Rebeca.

Barreda acquiesça avec solennité, comme s'il était encore bouleversé par cette vision. De petite taille, gros ventre et tête chauve sauf au niveau des tempes, ses yeux marron et lumineux se détachaient sur son visage, surmontés de sourcils broussailleux qui lui donnaient un air de nain de Tolkien.

— C'est ce qui fut le pire, dit-il, le plus effrayant. Comme je vous l'ai déjà raconté, j'ai été le premier à pénétrer sur la scène du crime et je suis tombé sur un gamin immobile dans la cuisine, visage couvert de sang, dans les bras de sa mère, tous deux au milieu d'une grande flaque rouge. J'ai palpé sa carotide pour voir s'il était encore vivant et ses paupières se sont mises à trembler. J'ai failli avoir un infarctus. J'ai hurlé pour appeler les médecins et le gamin m'a regardé avec ses petits yeux effrayés, dit-il en se frottant violemment un bras. Vous voyez ? J'en ai encore la chair de poule. Ç'a été un putain de coup, comme si j'avais vu un mort ressusciter. Je lui ai pris la main et j'ai essayé de le rassurer, de le réconforter. Mais que peut-on dire dans une situation pareille ? Isma ne me l'a pas lâchée tout le temps qu'on le stabilisait, ni lorsqu'on l'a transporté à l'hôpital. J'ai été constamment à ses côtés, sans arrêter de lui parler. Je lui ai juré de ne pas le laisser seul, expliqué qu'il ne craignait plus rien ; je lui ai raconté plein de choses pour qu'il ne s'endorme pas, dit-il en s'essuyant le visage. On n'a jamais su combien de temps Isma est resté dans cette position, faisant le mort après avoir repris conscience, terrifié, paralysé.

— Et dans les bras de sa mère assassinée, ajouta Mercader en lançant un regard sur Milo. À tout juste trois ans.

— Ce que je ne comprends pas, c'est comment il a fait pour survivre, dit Milo.

— C'est grâce à sa mère, un miracle, dit Barreda.

Un samedi, un peu avant l'heure du déjeuner, un inconnu avait sonné à la porte de la famille Torres, dans la rue Capità Arenas. Il avait annoncé à la domestique qu'il voulait voir Ignacio Torres. Dès qu'elle tourna les talons, la femme reçut deux balles dans la tête et s'effondra. L'arme utilisée était un Glock 17 semi-automatique équipé d'un silencieux. Ensuite l'assassin pénétra dans la maison, une luxueuse villa, avec un rez-de-chaussée, un étage et deux mansardes encore au-dessus. Il entra dans la salle à manger où il trouva, assis autour de la table, Ignacio, Oriol, le fils aîné de douze ans, et Mercedes la grand-mère, une femme de soixante-huit ans, belle-mère du premier. Il tira deux balles dans la tête de chacun. Puis, s'engouffrant dans la cuisine, il découvrit Alicia, la maîtresse de maison, portant le petit Ismael dans ses bras.

— Notre police scientifique avait conclu à l'époque qu'en voyant l'individu avec son arme, la mère avait eu le réflexe de protéger le gamin en le serrant contre sa poitrine et en se retournant, un geste qui avait sauvé la vie du petit. Elle avait reçu deux balles dans la tête et une autre à l'épaule, cette dernière était destinée à Isma, qui frôla le côté droit de son crâne. Ils s'écroulèrent tous les deux par terre, Alicia morte et le gamin sans connaissance.

— Il s'en est tiré d'un millimètre, dit Mercader.

— Grâce à la réaction de sa mère, à son instinct maternel. Cette femme a été une héroïne, estima Barreda. On a hospitalisé Isma dans un état grave pour une blessure par balle lui ayant fracturé le crâne, et il a survécu. Je suis allé lui rendre visite tous les jours, c'était la moindre des choses que je pouvais faire. Le gamin m'avait pris en affection, va-t'en savoir pourquoi, et moi, bon, je lui en ai donné, dit-il en demeurant un instant pensif. Tout ça m'avait ébranlé, j'ai été très secoué. Et lorsque nous avons refermé le dossier, j'ai décidé de prendre ma retraite. Je n'avais que cinquante et un ans, mais j'en avais ras le bol de toute cette merde. L'affaire Torres a été la goutte d'eau qui a fait déborder le vase. Vous, vous êtes encore jeunes, vous ne pouvez pas comprendre. Quelque chose s'était cassé à l'intérieur de moi et j'ai dit assez. On est humain, merde !

— Et l'endurance est ce qu'elle est, murmura Milo plutôt pour lui-même, jusqu'à ce qu'elle s'épuise.

— Isma vous a parlé ensuite ? demanda Mercader.

— Il n'a pas dit grand-chose. Juste qu'il avait vu un "méchant monsieur", une ombre. Il ne se souvenait de rien d'autre, ce qui était logique si l'on considère son âge et son état de choc.

— Et qu'a fait l'assassin après avoir perpétré les crimes ?

— Il est reparti comme il était venu, en refermant la porte et sans laisser de traces. La maison n'avait pas de caméras de surveillance et aucune de celles qui se trouvaient devant les commerces et les banques de la rue n'a filmé l'individu.

Il n'y a pas eu de témoins. Nous avons trouvé les douze douilles de neuf millimètres dans l'entrée, la salle à manger et la cuisine, et c'est tout. Ça s'était passé un peu avant deux heures et les cadavres n'ont été découverts que vers dix heures du soir. Un couple ami des Torres était venu dîner chez eux et ils se sont inquiétés lorsque personne n'a répondu à leurs appels. Une patrouille s'est rendue sur les lieux et… a découvert la tragédie.

— Une exécution de sang-froid.

Barreda acquiesça.

— L'événement a bouleversé tout le pays, dit-il, à cause de la cruauté de la tuerie et de la renommée du père dans les affaires. Alicia était pédiatre, bien qu'elle n'exerçât pas. Les voisins et les connaissances ont défini les Torres comme une famille normale, très appréciée. Le fait qu'un enfant si jeune ait survécu avait énormément impressionné les gens.

— Je suppose que le gamin a fait l'objet d'une protection policière renforcée à l'hôpital, indiqua Mercader.

— Et même ensuite, lorsqu'il en est sorti une quinzaine de jours plus tard, après avoir récupéré. On l'avait installé dans un endroit tenu secret. Il était surveillé nuit et jour et suivi régulièrement par un pédopsychiatre.

— Jusqu'à ce que sa tante et son oncle le recueillent.

— Oui, ils ont entamé un peu plus tard la procédure d'adoption et ont suivi notre conseil de changer son prénom, mais vous le savez déjà. Moi, je préférais Ismael à Lucas, mais les goûts et les couleurs…

— Parle-nous de l'enquête, dit Rebeca. Nous avons entendu dire que tout a commencé lorsque des narcotrafiquants ont demandé à Ignacio Torres d'utiliser la structure de son affaire, au port.

Barreda leva les mains.

— Voyons, je veux bien vous raconter tout ce que vous voudrez, mais que diriez-vous de manger quelque chose en même temps ? Je suis mort de faim et, à mon âge, je ne saute plus aucun repas.

Rebeca échangea un regard avec Milo qui demeura silencieux. Il jeta un coup d'œil à sa montre et haussa les épaules.

— Très bien, comme tu voudras, accepta-t-il. À l'angle de la rue, il y a un bar qui fait des menus. On y va ?

Rebeca se leva rapidement, suivie par Barreda.

— Mais pas question de menu. À la carte, comme il se doit, et avec dessert, digestif et cigare. Je vais vous montrer comment on faisait les choses dans la police nationale. Vous, les *mossos*, avez encore beaucoup à apprendre. Et bien entendu, c'est vous qui payez. Quand on veut quelque chose, il faut y mettre le prix.

Milo fut le dernier à sortir de la salle 2.

— Tu n'es pas très bavard, toi, n'est-ce pas ? lui dit Barreda devant les ascenseurs. Tu es un malin, tu la laisses mener la danse.

— Ce n'est pas moi le malin, dit Milo.

— Quoi ?

— C'est elle la maligne, dit-il en indiquant les portes ouvertes. Allons-y, les vieux d'abord.

— Ignacio avait des couilles, oui monsieur, déclara Barreda la bouche pleine de lasagnes. Lorsque les narcos ont pris contact avec lui pour lui proposer de participer à leurs affaires, il s'est directement rendu à la brigade des stupéfiants et leur a tout raconté de A à Z, sans crainte. Et pourtant il y avait beaucoup de pognon à se faire. D'après moi, il a agi comme ça sous l'effet de la colère. Ou par vengeance. Pour quelqu'un qui possédait une des plus importantes fortunes du pays, dont le nom était synonyme de pouvoir absolu au port, il n'avait certainement pas été très agréable d'être approché par cette racaille, et de s'entendre proposer de participer à ses affaires en échange d'argent rapide, pour combler ses pertes en Bourse. Le fait qu'il ait été choisi en raison de sa vulnérabilité a dû lui faire l'effet d'un coup de fusil, vous ne croyez pas ? Ou alors, il a décidé de faire ça sans réfléchir, en pleine bouffée délirante, succédant à un cycle de mélancolie. Vous saviez qu'il souffrait d'une sévère dépression ?

Milo le confirma d'un geste, tout en prenant une petite bouchée d'omelette aux pommes de terre. Au passage, il remarqua que Barreda ne portait pas de montre. À quoi bon, se dit-il, puisqu'il avait tout son temps.

— En nous rendant sur la scène du crime, nous étions convaincus qu'il s'agissait d'une affaire d'assassinat suivie d'un suicide. Mais pas du tout, dit Barreda en avalant une longue gorgée de vin : il s'agissait d'un règlement de comptes.

D'après les investigations menées par la brigade de recherche et d'intervention du CNP, en collaboration avec la brigade des stupéfiants, on put établir qu'un réseau de narcotrafiquants, composé d'une organisation située à Madrid et d'une autre en Amérique du Sud, avait l'intention d'introduire par la voie maritime une importante quantité de cocaïne en Espagne. À cet effet, ce réseau tenta de collaborer avec l'entreprise Contecat, qui était à cette époque le principal importateur de marchandises du port de Barcelone. L'antenne espagnole de l'organisation était commandée par un individu nommé José Castedo, alias le Yanki, car il avait résidé plusieurs années aux États-Unis, qui voulait utiliser une entreprise d'importation de gambas comme couverture pour faire rentrer la cocaïne en la cachant dans les boîtes de crustacés congelés. À la tête de l'antenne sud-américaine se trouvait un certain Isidro Díaz, alias Isi, un Colombien naturalisé au Mexique, représentant les fournisseurs de la drogue et dont le rôle était de superviser la structure offerte par l'organisation espagnole pour le transport, le stockage et la distribution de la cocaïne.

— C'est Díaz qui s'était mis en contact avec Ignacio Torres pour lui proposer un pourcentage s'il facilitait l'entrée et la sortie de la marchandise dans le port.

Le plan était d'envoyer la drogue dans des conteneurs, de Panama à Barcelone. Pour commencer, ils feraient deux essais afin de vérifier que la structure mise en place marchait bien. Si cela se passait convenablement, ils en enverraient ensuite un troisième avec la drogue. L'affaire arriva aux oreilles d'un autre narcotrafiquant, Luís García Madad, qui fut intéressé pour investir dans le projet, afin d'utiliser la future infrastructure pour de nouvelles livraisons.

— Après qu'Ignacio Torres avait donné l'information à la brigade des stupéfiants, il avait continué à avoir des réunions avec les narcos afin de mettre le réseau à découvert.

— Et il n'a pas réfléchi aux représailles ? demanda Rebeca qui, sans appétit, repoussa son assiette de légumes bouillis encore à moitié pleine. Personne ne l'a prévenu ?

— Ça, il faut le demander aux gars des stups. En plus, qui irait imaginer une chose pareille ? Nous étions en Espagne, pas au Mexique ni en Colombie, dit Barreda en engloutissant un gros morceau de côte de bœuf qu'il indiqua du bout du couteau : Elle est du tonnerre, vous voulez goûter ?

Ils repoussèrent l'invitation d'un geste.

La police enregistra les rencontres entre Torres et Díaz, le fournisseur de la drogue, qui eurent lieu dans un hôtel discret du quartier de Sant Gervasi. Après une bonne dizaine de réunions, le troisième conteneur arriva au port de Barcelone à bord du bateau *MSC Corinna* battant pavillon panaméen. La brigade, étant mise au courant de cet envoi par Torres, découvrit la drogue au milieu de la marchandise légale, environ trois cents kilos, pure à quatre-vingts pour cent, qui auraient dû rapporter plus de deux cents millions d'euros. Les agents arrêtèrent quatorze individus, parmi eux José Castedo, Isidro Díaz et Luís Madad, démantelant ainsi la totalité du réseau.

— Et l'assassinat multiple fut perpétré peu après, dit Mercader. Un message clair et net : voilà ce qui arrive aux délateurs et à ceux qui s'en prennent à nous.

— C'est en effet une façon de le dire, commenta Barreda après avoir avalé son dernier morceau de viande et commandé une crème catalane au garçon. Dites donc vous ne mangez presque rien, ajouta-t-il, légumes bouillis, omelette… Vous faites le régime ou quoi ? Si vous voulez que je vous dise ce que j'en pense, ce n'est pas très malin, si l'on veut être efficace ensuite !

— Chez nous, pendant les déjeuners de travail, on ne déjeune pas, on travaille, répliqua Rebeca. Parle-nous de l'enquête.

Elle s'étendit à différents pays : Allemagne, Turquie, Colombie, Mexique et Panama, plusieurs dizaines de policiers travaillant sur la même affaire. La rapidité et le sang-froid avec lesquels les cinq victimes avaient été liquidées en à peine quelques minutes firent penser à la participation d'au moins un tueur professionnel. La première conclusion fut que l'opération était liée au récent démantèlement du réseau et avait été planifiée. Cependant, les interrogatoires des membres de la bande, incarcérés aussi bien en Espagne que dans leurs pays d'origine, ne donnèrent absolument rien. Chacun nia avoir été impliqué dans cette tuerie.

— Normal, lâcha Rebeca, Ils n'avaient aucune raison d'avouer. Enfin, je dis ça…

— Parce que, vous, vous ne négociez jamais ? répliqua Barreda en raclant à fond son ramequin de crème. Vous n'allez pas me dire que vous n'avez jamais négocié une réduction de peine ou de meilleures conditions de détention, en échange d'un renseignement ? Sous-inspectrice, ne viens pas me raconter des histoires, je ne suis pas un perdreau de l'année ! ajouta-t-il en appelant le garçon. Je vais vous épargner le cigare, mais pas le digestif. Vous prenez un café ?

Milo et Rebeca acquiescèrent et il commanda trois cafés et un cognac.

— Le meilleur que tu aies !

— Moi, je prendrai un peu de lait avec, indiqua Mercader.

— La demoiselle est bien délicate, dis donc !

— Continue, dit sèchement Milo.

La deuxième piste fut mise au jour grâce à l'échange d'informations entre les polices de plusieurs pays. D'après les douanes, on avait détecté à cette époque-là la présence de Juan Reina à Barcelone, un tueur à gages de nationalité hondurienne. Ainsi que cela était noté sur les registres, il était arrivé en avion, en provenance de Berlin, au début de la matinée du samedi et était reparti en milieu d'après-midi dans un vol à destination d'Istanbul. Le bureau des archives le relia au cartel de Sinaloa. Son rayon d'action se trouvait en Amérique centrale, où il opérait d'habitude, ce qui ajouta de la confusion à l'affaire. Un autre détail déconcertant fut la méthode ainsi que l'arme utilisées. Juan Reina abattait généralement ses victimes à la machette avant de leur trancher le cou. C'était sa signature. Il avait plus de trente assassinats à son actif, toujours avec le même rituel. Toutes les polices furent alertées et recherchèrent des renseignements à son sujet. Quelques jours plus tard, celle du Honduras localisa le tueur, criblé de balles dans un quartier des faubourgs de Tegucigalpa, pendu par les pieds et la tête tranchée. Son identité fut confirmée.

— Et personne ne mit en doute sa présence à Barcelone le jour des assassinats ? demanda Rebeca.

— Personne, dit Barreda.

Appuyé au dossier de sa chaise, il fit tourner le cognac dans son verre avant d'en boire la première gorgée.

— Il avait été enregistré par les caméras de l'aéroport. Ce type, le fameux Reina, était à Barcelone ce samedi-là. Et ne venez pas me dire que c'était une coïncidence.

— Vous avez enquêté sur les affaires d'Ignacio Torres et de son frère Antonio ?

— Tout a été vérifié et on n'a rien trouvé d'illégal ni de suspect. On n'a pas non plus trouvé de l'argent de provenance illicite sur leurs comptes, ni rien indiquant qu'ils pouvaient être impliqués dans des affaires louches.

Leur vie privée également fut décortiquée à fond : maisons, téléphones portables et messageries informatiques. On ne trouva rien d'irrégulier qui pût justifier la tuerie. Les rapports entre eux étaient cordiaux, à part certains petits différends dans le travail, rien de particulier qui ne fût habituel dans le monde des affaires, comme le montrait leur succès dans le secteur portuaire et maritime, où ils possédaient une cinquantaine d'entreprises. Ignacio était le président ainsi que le fondé de pouvoir et l'administrateur du conglomérat. Et son frère Antonio en était le vice-président et le conseiller. En l'absence de conflit dans l'entreprise, de linge sale, d'ennemis dans aucun milieu ni soupçons d'aventures extraconjugales, la police considéra que le démantèlement du réseau de narcotrafiquants était à l'origine de ces assassinats. Elle conclut que le mobile était un règlement de comptes consistant à punir Ignacio de sa collaboration avec la brigade des stups. L'affaire fut bouclée. On considéra qu'un tueur à gages, Juan Reina, avait agi à la demande des détenus ou peut-être des fournisseurs de drogue, sans déterminer exactement le ou les donneurs d'ordre.

— Autrement dit, un châtiment, dit Mercader.

— Et un avertissement pour les futurs chefs d'entreprise contactés, ajouta Barreda. Mais ce n'est que mon opinion.

— Vous avez retrouvé l'arme ?

L'inspecteur à la retraite fit non de la tête.

— Alors l'affaire n'a pas pu être clôturée.

— Arrête de me faire chier.

— Sans arme, sans preuve. Vous avez tout foiré.

Barreda s'agita sur son siège, un peu éméché.

— Les images et les enregistrements de Reina à l'aéroport ne te semblent pas suffisants ? On a ceux de son arrivée à Barcelone et de son départ dans la même journée.

— Des faits circonstanciels, rien de plus.

— Arrête de me casser les couilles ! Vous, les *mossos*, avec vos airs de saints qui n'ont jamais commis de faute dans leur putain de vie, vous ne ratez jamais une occasion de nous critiquer. Nous n'avons commis aucune erreur nom de Dieu, putain de merde ! Tu mets en doute notre travail ?

— Je n'ai pas dit ça.

— Alors tu as dit quoi, bordel ?

— Je suppose que vous avez suivi l'argent. À qui profitait la mort d'Ignacio Torres ? demanda Rebeca.

— Putain, la nana ! dit-il en vidant la moitié de son verre d'une gorgée. Si tu penses à son frère, tu te goures. Il possédait sa propre fortune et l'héritier du pognon était son neveu. Il n'a rien gagné dans cette affaire. Tu crois qu'on n'a pas suivi cette piste, qu'on était des pigeons ? C'était une vengeance pure et dure, un point c'est tout.

— Vous avez également protégé Antonio et sa famille après le crime ? Au bout du compte, c'était un associé de l'entreprise.

— Bien entendu qu'on l'a fait, bordel ! Même si lui n'avait pas participé aux négociations et n'avait jamais été leur interlocuteur. Les narcos s'étaient uniquement adressés à Ignacio, sans intermédiaire. Néanmoins ils ont bénéficié d'un dispositif de protection vingt-quatre heures sur vingt-quatre, pendant les premiers mois qui ont suivi. Et lorsqu'ils ont déménagé dans leur domicile actuel, le duplex de l'avenue de Esplugues, on a vérifié le système de sécurité et fait une enquête à propos de tous les agents de surveillance privés. Alors, satisfaite, sous-inspectrice ? dit-il en vidant son verre et en se tournant vers Milo. Vous l'avez sortie d'où, cette gonzesse ?

— Et que sont devenus les narcos ? Ils sont toujours en prison ?

— Ils ont été libérés il y a quelques années. Castedo, Díaz et Madad, ils sont tous dans la nature. Va-t'en voir où ils se trouvent, à présent. Tu vas continuer longtemps à me poser des questions ? Je dis ça pour savoir si je dois commander un autre cognac ou pas.

— À toi de voir, dit Rebeca sans perdre contenance.

— Bordel de merde, je viens bavarder avec vous de bon gré, je le fais pour Isma, et vous me soumettez à un interrogatoire, dit-il en hochant la tête, vexé. Pour qui vous vous prenez pour me donner des leçons ?…

Milo se racla la gorge.

— Je te l'ai déjà dit, Barreda. Elle est très intelligente.

— Tu es resté en contact avec Isma ? demanda Milo.

Barreda fit tourner son deuxième cognac dans son verre, qu'il serrait entre ses mains. Il haussa légèrement les épaules.

— Je le lui ai juré, il y a quinze ans, et je tiens toujours mes promesses, bien qu'aujourd'hui l'honneur soit un luxe, répondit-il en avalant une gorgée. Isma est un brave garçon, je pourrai lui parler, tout à l'heure, en tête à tête ?

— Tu sais bien comment fonctionnent ces choses-là, dit Milo.

— Ces choses, oui.

Il fixa à nouveau son regard sur le verre de cognac.

— J'avais un fils. David. Il est mort d'une overdose à dix-sept ans, deux ans avant l'affaire Torres. Lui aussi était un brave garçon. Un peu tout fou, mais gentil. Ç'a détruit mon couple, dit-il avant de faire une pause. La vie est une saloperie !

— Oui, avec un terrible sens de l'humour, rajouta Milo.

— Il est curieux de voir comment fonctionne l'esprit. Isma ne se souvenait de rien de ce qui était arrivé à sa famille et cependant aujourd'hui, pour lui, c'est moi qui l'ai sauvé. Nous avons évoqué plusieurs fois le fait que je me trouvais à ses côtés lorsqu'il a rouvert les yeux, dit-il en observant la paume de sa main. Je sens encore la pression de ses doigts, lorsqu'il l'a saisie. Ce genre de lien ne se rompt pas facilement. Je me suis senti… je ne sais pas comment dire. En tout cas, je n'ai pas pu continuer à faire mon travail et j'ai abandonné la police. C'était plus fort que moi. L'esprit est une chose singulière.

— Et qu'est-ce que tu as fait après ?

— Des petits boulots sans importance, par-ci par-là. Et lorsque j'ai eu l'âge de la retraite, j'ai joué au bingo et fait des travaux manuels. C'est incroyable, il m'a fallu arriver jusque-là pour découvrir que j'adorais travailler de mes mains. J'aurais jamais cru ça, bordel !

— Tu as continué à voir Isma ?

— Je suis allé le voir plusieurs fois, dans sa nouvelle maison, pour prendre de ses nouvelles. Je lui disais que j'étais un ami de ses parents. Avec le temps, les visites se sont espacées, mais je l'ai vu grandir. Isma n'a pas pu commettre cette sauvagerie… tuer toute une famille. Vous faites fausse route, vous et votre équipe. Il en est incapable.

— J'imagine que les retrouvailles ont eu lieu, il y a quatre ou cinq ans.

— Comment tu le sais ? dit-il avec stupeur.

— Parce que c'est à cette époque qu'Isma a appris la tragédie et su qu'il avait été adopté, répondit Milo.

Barreda acquiesça.

— Par son frère Jordi ou plutôt son faux frère Jordi, ce fils de pute. C'est à partir de là qu'a commencé son obsession de savoir ce qui s'était passé, pourquoi et qui avait fait ça. Je me suis alors mis dans sa peau et je l'ai compris. J'aurais fait la même chose, dit-il en portant le verre à ses lèvres. À partir de là, il m'a appelé plusieurs fois pour qu'on se voie, de plus en plus fréquemment. Il voulait que je lui donne des détails sur cette affaire.

— Et tu les lui as donnés ?

— Bien entendu, qu'est-ce que tu crois ? Que voulais-tu que je fasse ? Mais j'ai toujours insisté sur le fait d'oublier ces crimes, d'essayer d'être heureux. Il fallait qu'il se consacre à vivre, un point c'est tout. C'est quand même incroyable, merde ! Il survit à une tuerie et, au lieu d'en profiter, la seule chose qu'il trouve à faire, c'est regarder en arrière, ce con. Comme s'il se fichait de la vie qui s'ouvre devant lui. Et moi, je n'arrêtais pas de lui dire que le dossier était bouclé et que l'assassin était mort, mais ça rentrait par une oreille et ça sortait par l'autre. Il est têtu comme une mule.

— Lorsque tu parles d'obsession, tu fais allusion à quoi ? intervint Rebeca. Je veux dire à quel point était-il obsédé ?

Barreda les regarda l'un après l'autre, hésitant. Il saisit le verre et le vida d'un trait. Il fixa la table des yeux.

— Écoute, dit Milo, tu viens de nous dire que tu penses Isma innocent. Nous voulons juste savoir ce qui s'est passé. Nous aider, c'est aussi l'aider, lui. Tu es une espèce de sauveur pour lui, n'est-ce pas ? Eh bien vas-y, aide-nous à le sauver.

— J'ai dû utiliser ce genre de petit discours mille fois, ne joue pas avec moi. Moi aussi je sais comment tirer les vers du nez à quelqu'un, je connais tous les trucs.

— Tu veux un autre cognac ? demanda Milo.

Barreda laissa échapper un petit rire nerveux.

— Vous formez une belle équipe tous les deux, dit-il en pointant son doigt sur Rebeca. Toi, tu joues le rôle de la fille agressive, chargée de déstabiliser le témoin, de le rendre nerveux. Et toi, ajouta-t-il en pointant à présent son doigt sur Milo, celui du gars humain, compréhensif, prêt à réconforter le sujet, après qu'il est passé à la broyeuse de ta camarade.

— C'est bon, tu nous as démasqués, dit Milo. Tu réponds maintenant, oui ou non ? Désormais tu connais nos intentions. Si tu dis qu'Isma est important pour toi, alors c'est le moment de le démontrer. Dis-nous jusqu'à quel point il était obsédé.

— Non ! Vous allez interpréter ça de travers ! dit-il en se levant. Et puis c'était juste un produit de son obsession. Merci pour le repas, je m'en vais.

Rebeca et Milo se levèrent à leur tour.

— Ce sera bien interprété, ne t'inquiète pas.

Barreda entreprit de se diriger vers la porte.

— C'étaient que des vues de l'esprit de sa part, rien d'autre, dit-il.

Rebeca et Milo l'encadrèrent.

— De quelles vues de l'esprit tu parles exactement ?

L'inspecteur à la retraite mit la main sur la poignée de la porte. Il tenta de l'ouvrir, mais Rebeca la bloqua de son corps. Il la provoqua :

— Tu plaisantes ? Tu n'as pas le droit de m'empêcher de partir.

— Je peux faire ce que je veux, comme par exemple te lire tes droits et te conduire au commissariat pour faire une déposition.

— Elle parle sérieusement, Barreda, dit Milo. On peut faire les choses facilement ou difficilement, à toi de choisir.

— Vous me jouez un sale tour ! Je suis un ancien collègue, non ?

Rebeca et Milo ne répondirent pas. Barreda eut une moue de dégoût et lâcha la poignée.

— Depuis quelques années, Isma a cru voir l'assassin de sa famille dans la rue. Plusieurs fois. Ça y est, je peux partir ?

— Toujours le même individu ?

— Non, c'était chaque fois un type différent.

— Ils se ressemblaient ?

— Pas du tout. Vous comprenez à présent pourquoi je disais que c'étaient des vues de l'esprit ? Bordel, ce garçon délirait.

— Et que faisait-il ensuite ?

— Il les suivait, pour vérifier où ils habitaient.

— Et il te donnait l'adresse pour que tu enquêtes sur eux ?

— Je l'ai fait avec le premier, pour qu'il se calme. Sans résultat. Puis avec le deuxième, et ç'a été pareil. Par la suite, j'ai cessé de l'écouter. Ça servait qu'à garder sa blessure émotionnelle ouverte et à perpétuer son obsession.

— Combien de fois est-ce arrivé ? voulut savoir Mercader.

— Cinq, si j'ai bien fait les comptes. Isma a suffisamment souffert, vous n'avez pas remarqué ? La douleur lui donnait des visions.

Milo eut un pressentiment.

— Et la dernière fois, c'est avant l'été dernier. N'est-ce pas ?

Barreda soutint son regard. Au bout d'un moment, il acquiesça très doucement.

— Il l'a suivi ? demanda Milo.

— C'était un type de plus, n'importe qui.

— Il l'a suivi ?

— Ça suffit maintenant, dit Barreda en ouvrant la porte en même temps qu'une rafale de vent s'engouffrait dans le bar. Je ne dirai plus rien.

Il sortit dans la rue, commença à s'éloigner, tout voûté.

— Il l'a suivi… jusqu'à la rue Julià, insista Milo dans son dos.

# 19

Ils marchèrent en direction du commissariat, penchés en avant à cause de la tempête. Le trottoir était couvert de feuilles.

— Et d'après toi, c'est comme ça qu'il a connu Noe ? demanda Rebeca. Il tombe sur Paco Corona dans la rue, reconnaît l'assassin du passé et le suit jusque chez lui. Il le surveille depuis l'escalier de la rue Julià. Il aperçoit sa fille, et que se passe-t-il ensuite ? Il s'entiche d'elle ?

— Je dis juste que ça collerait parfaitement avec la ligne temporelle. Si c'est ainsi que les choses se sont passées, ça expliquerait les changements survenus dans la vie d'Isma, avant l'été.

Milo s'arrêta et Rebeca en fit autant.

— Admettons qu'il surveille la maison des Corona pendant plusieurs jours, ce qui correspond à ce qu'a déclaré le voisin d'en face. Il remarque Noe. C'est une fille différente, elle l'attire. Il la suit jusqu'à son école. Il observe qu'elle aussi est solitaire, comme lui. Il s'identifie à elle, il pressent qu'ils sont, lui et elle, deux âmes sœurs. Et que fait-il ensuite ? Il se met des lentilles pour être plus attirant. Il voulait améliorer son image. Puis il demande à ses parents de changer d'école. Pour être près de Noe. Il s'inscrit au lycée catholique de la rue Diputació, et dans la même filière qu'elle, en sciences. L'été arrive, il continue à la suivre. Les cours démarrent et ils commencent à se connaître, ils sont camarades de classe. Ils entament une relation, peut-être même une certaine complicité. Ils deviennent le couple bizarre du lycée.

— Et lorsqu'Isma est tourmenté par un des habituels meneurs, Noe le défend, dit Mercader. Elle n'est pas une fille docile.

— Comment le sais-tu ?

— J'ai fait mes devoirs. Ce matin, j'ai été au lycée et j'ai parlé avec quelques-uns de ses camarades de classe. Apparemment, elle a envoyé un coup de pied dans les couilles de l'un de ces provocateurs devant tout le monde, dans la cour, alors qu'il commençait à frapper Isma. Mais les choses n'en sont pas restées là. Le garçon les a menacés tous les deux. Quelques jours plus tard, il est apparu à poil dans les couloirs du lycée, à moitié KO avec plusieurs messages écrits au feutre indélébile sur tout le corps. "Je suce", "j'ai pas de couilles" et autres merveilles du genre. L'affaire a fait grand bruit. Quelqu'un l'a filmé et a publié le clip sur la toile. Une lycéenne me l'a montré et vraiment c'est une énorme saloperie qu'on a fait subir au garçon. On le voit drogué jusqu'aux yeux, trébuchant un peu partout, en costume d'Adam, tous ses camarades se foutant de lui. Il a fini par quitter le lycée.

— Et la responsable de tout ça était Noe ?

Rebeca haussa les épaules.

— On n'a jamais su. Ce qui est certain, c'est que quelqu'un a versé une substance dans la boisson du harceleur et que, lorsqu'il s'est retrouvé sans défense comme une poupée de chiffon, il l'a déshabillé, couvert d'inscriptions, puis jeté dans une grosse poubelle. Il n'y a pas eu de témoin et le garçon ne se souvenait de rien. Tout le monde s'est dit que Noe était derrière tout ça, mais elle a toujours juré qu'elle n'était pas concernée et l'énigme n'a jamais été résolue.

— Cette substance était un cocktail de GHB et de kétamine ?

— On n'a jamais pu savoir non plus. Mais d'autres substances peuvent provoquer cette soumission chimique accompagnée d'amnésie postérieure. Quoi qu'il en soit, personne ne s'en est plus pris à Isma, au lycée.

— Des représailles cruelles, sans pitié.

— Et efficaces, ajouta Mercader. Elles ont neutralisé la menace.

— Un événement qui peut très bien avoir renforcé le lien entre eux deux. Elle avait des copines, des copains ?

— Elle fréquentait les mauvais garçons, tu sais bien. Mais je ne crois pas qu'elle avait des amis, filles ou garçons. Sauf Isma… ou Lucas, c'est ainsi qu'on l'appelle là-bas.

— Tu as pu parler avec le fameux Shyam, son ami pakistanais ?

Elle acquiesça.

— Un garçon très intelligent, il m'a fallu me donner à fond pour qu'il reconnaisse qu'il lui servait de couverture pour justifier ses absences à la maison.

— Il savait où Isma allait exactement ?

— Non, mais il a peu à peu pris de la distance avec lui, à mesure que son amitié avec Noe se resserrait. D'après lui, c'est une fille très particulière, avec des idées bizarres plein la tête.

Milo observa le visage de Rebeca, ses cheveux mi-longs agités par le vent. Absorbé par sa pensée, il écarta une mèche devant les yeux de la jeune femme. Il répéta l'opération une fois. Et une autre.

— À quoi tu penses ? demanda-t-elle.

— Je ne comprends pas le comportement d'Isma. Pourquoi se met-il soudain à suivre des inconnus dans la rue en pensant que ce sont les assassins de sa famille ? Ça n'a pas de sens. L'enquête du CNP a déterminé que c'était un tueur à gages qui l'avait fait, Juan Reina.

— Délire d'un jeune homme traumatisé par un événement terrible ? Barreda peut avoir raison en cela.

— Je ne sais pas, il y a plusieurs lacunes dans ses explications.

— Tu penses qu'il nous a caché quelque chose ?

— J'en suis sûr, dit Milo en enfonçant les mains dans les poches de son jean et en fixant le sol. On devrait vérifier si Paco Corona a été en rapport avec Ignacio Torres, même si c'est juste pour écarter l'idée. Un lien qui puisse justifier qu'Isma ait cru le reconnaître et qu'il l'ait suivi jusqu'à la rue Julià.

— Barreda n'a pas confirmé la chose.

— Il nous faudra l'obliger à faire sa déposition. Tu t'en charges ?

— D'accord, mais n'oublie pas qu'il a également suivi quatre autres individus, sans la moindre ressemblance physique entre eux. Tout indique qu'il s'agit de l'imagination d'un garçon obsédé.

— C'est le plus probable, murmura Milo.

— Le plus probable ? Ce garçon est dérangé, y a aucun doute. Tu as vu comment il a reproduit la scène du crime multiple d'il y a cinq ans ? Il a traîné le cadavre de Mme Corona jusqu'à la cuisine et l'a serré dans ses bras. Il est évident que, dans sa tête, il était en train de revivre la même scène passée.

— On ignore si c'est lui qui l'a traîné.

— Mais on sait qu'il s'est couché à côté de la femme, l'a prise dans ses bras et est resté immobile, inconscient à cause des psychotropes, jusqu'au réveil. Et pas pour la protéger comme tu as dit, mais certainement pour se sentir lui-même protégé. La différence, c'est que cette fois-ci personne n'est venu à son secours. Les similitudes entre les deux scènes font dresser les cheveux sur la tête.

— Pendant plus de trente heures ? dit Milo en donnant un coup de pied à une feuille qui voletait sur le trottoir. Impossible, c'est trop long. Il a d'abord dû reprendre conscience.

— Et faire autre chose, comme souiller la scène du crime par exemple, dit Rebeca à Milo qui soutint son regard. Écoute, je sais que tu ne vas pas apprécier d'entendre ça, mais ce que nous a raconté Barreda expliquerait la violence passionnelle du crime multiple. Si Isma, un garçon traumatisé, a cru pour une raison ou pour une autre que Paco Corona était l'assassin de sa famille, il a pu perpétrer la tuerie par vengeance. Voilà quelle pourrait être la raison personnelle, l'irrationalité d'une telle sauvagerie… le mobile.

— Et il aurait attendu un an pour la commettre ? répliqua Milo.

À présent c'est Rebeca qui demeura muette.

— Et tant qu'on y est, pourquoi il n'a pas assassiné l'un ou l'autre des quatre types qu'il a cru reconnaître dans la rue ainsi que leurs familles ?

— Peut-être les a-t-il écartés à mesure. Et pour Paco, il aurait attendu un an pour en être absolument sûr.

— Tu es précisément en train de faire ce que craignait Barreda. Interpréter les choses de travers. Si tu réfléchis, c'est absurde. En plus nous n'avons pas la moindre preuve contre lui.

Mercader soupira bruyamment et proposa de retourner au commissariat central.

— Ils doivent se demander où l'on est passés, dit-elle.

Ils se mirent à marcher, tête baissée. Au bout d'un moment, elle lui dit qu'elle avait aimé ce qu'il avait dit tout à l'heure. Milo fit mine de ne pas comprendre.

— Tu as dit que j'étais intelligente. Je ne suis pas habituée à recevoir des compliments de ta part.

— Tu l'es. Le jour où tu arrêteras tes conneries, tu vas tous nous faire manger dans ta main.

— Mes conneries ? Quel genre de conneries ?

— Sortir avec un lèche-cul comme Boada, par exemple.

— Toujours la même rengaine, hein ? J'en ai ras le bol !

Milo tourna la tête dans sa direction.

— Au fait, toi et moi on n'avait pas cessé de faire équipe ?

— Mauvaise nouvelle, dit Crespo en les voyant rejoindre le bureau. Andrés Castro, alias Andy, s'est enfui.

— Comment ça, il s'est enfui ? répliqua Rebeca. D'où ?

— De chez lui, rue França Xica, dans le quartier de Poble Sec. Lorsque les inspecteurs Sena et Boada se sont présentés ce matin pour l'interroger, son père les a occupés à la porte d'entrée tandis que le type s'échappait par une des fenêtres qui donnent sur la cour intérieure de l'immeuble. Ils ont entendu un bruit, mais c'était trop tard.

— Ils ne l'ont pas poursuivi ?

— Ils l'ont fait, sous-inspectrice, dit Crespo. D'après son dossier, le fameux Andy est un expert en *parkour* et ç'a compliqué la chose. Il a grimpé au tuyau de descente du cinquième étage jusqu'à la terrasse et de là il a sauté de toit en toit, tandis que Sena et Boada se rendaient dans la rue pour demander du renfort.

— Ils l'ont perdu, quoi !

Le sergent eut une moue de résignation.

— Nous avons émis un avis de recherche et un mandat d'arrêt. On va l'attraper. C'est juste une question de temps.

— Vous avez tenté d'interroger le GPS de son portable ?

— Il l'a coupé, c'est la première chose qu'il a faite en s'enfuyant.

— Vous avez perquisitionné l'appartement, sa chambre ?

— Son père nous en a empêchés car nous n'avions pas de mandat, expliqua Crespo. Le tribunal nous l'a fait parvenir, il y a deux heures et nos hommes ont pu y retourner. J'imagine qu'ils sont sur le point de rentrer.

Milo s'affala sur sa chaise.

— Que dit la fiche de cet individu ? demanda-t-il.

Crespo tapa sur le clavier de l'ordinateur et la fiche apparut sur l'écran qu'il tourna dans sa direction. Visage anguleux, cheveux rasés, silhouette athlétique, mince, deux tatouages, un de chaque côté du cou, un lion et un dragon.

— D'après ce que j'ai pu vérifier, dit le sergent, il magouille par-ci par-là avec tout ce qui lui tombe sous la main et il ne rechigne pas à la bagarre de temps en temps, ni à tabasser sur commande.

— Charmant individu, ironisa Mercader.

— Le plus dangereux est son père. Il a fait de la prison, il est fiché pour plusieurs types de délits : trafic de drogue, vols, menaces. Il fait également partie d'une bande qui se consacre à intimider les propriétaires âgés d'appartements, situés dans le quartier du Raval, pour leur faire accepter de les vendre à des promoteurs.

— Le père de l'année ! plaisanta Rebeca. Et ce fameux Andy est l'individu qui a eu une altercation avec Paco Corona, dans le parc, au-dessous de la rue Julià. Márquez a-t-il comparé ses traces avec celles trouvées sur la scène du crime ?

— Il s'en occupe en ce moment, sous-inspectrice.

Mercader se tourna vers Milo.

— Tu crois qu'il est impliqué dans l'affaire ?

— Noe aimait les terrasses, dit Milo en se frottant les yeux. Et les mauvais garçons, comme tu les appelles. C'est la seule chose que je sais.

— Une autre aspirine, inspecteur ? proposa le sergent.

— Je ne dis pas non.

Il se pinça le nez. Ses tempes étaient sur le point d'exploser. Il se leva maladroitement et saisit le blister que lui tendait Crespo. Il arracha deux cachets et les avala en même temps qu'il fit un grand geste du bras, embrassant tout l'espace ouvert du bureau.

— Où sont donc les autres ? demanda-t-il.

— Ils sont allés assister à l'interrogatoire de Lucas Torres que mènent Rojo et Cervera.

— Il est toujours muet ?

— Toujours muet. Ce garçon est de marbre... ou très intelligent.

— On verra bien. Du nouveau, Toni ?

— Plusieurs choses. Lorsqu'ils sont allés l'examiner à l'hôpital, les gars de la scientifique n'ont pas trouvé d'éclaboussures de sang sur la petite Eva.

— Ce qui confirme qu'elle n'était pas présente au moment des assassinats, dit Mercader.

— Mais ils ont emporté des échantillons et après les avoir analysés, ils ont découvert des restes de poussière de sang séché dans le dos de son tee-shirt et sur sa nuque et ses cheveux. Appartenant à trois groupes sanguins différents. Ils correspondent à Noelia, sa mère et son père.

— Quelqu'un a bien dû les transférer, pointa Rebeca en regardant Milo du coin de l'œil. Nous n'avons pas vu de traces de pas dans sa chambre. Les gars de la scientifique ont remarqué les mêmes restes par terre ?

— Non, mais il y en avait sur le couvre-lit.

La sous-inspectrice fixa Milo.

— Pourquoi tu me regardes comme ça, Mercader ? Autre chose, Toni ?

— Les inspecteurs Rojo et Cervera se sont entretenus avec Alonso López, l'équipier de Paco à son époque du CNP.

— Un détail intéressant ?

— Il leur a décrit un profil qui peut s'avérer utile. Vous voulez savoir ?

— En résumé, dit-il en étouffant un bâillement.

Le sergent consulta son carnet et leur raconta qu'après son service militaire, Paco s'était débrouillé tout seul, à

Londres. Qu'il avait exercé plusieurs petits boulots et appris la langue. Qu'il avait eu des aventures avec des femmes mariées et était retourné à Barcelone, où il était ensuite entré dans la police… un travail comme un autre pour lui.

— D'après López, Paco Corona était un grand menteur, un manipulateur, un baratineur qui savait se rendre sympathique. Il aimait traîner dans les bas-fonds. Il avait intégré la force internationale de maintien de la paix au Kosovo. Il en était revenu très ébranlé et avait quitté la police nationale dès qu'il avait trouvé du travail au port. Ils avaient gardé le contact pendant un temps, jusqu'à ce qu'il monte la bijouterie Corona, dans le quartier de Sants, puis…

— Tu dis qu'il a travaillé au port ? le coupa Rebeca.

— Oui, comme agent de sécurité, dit-il en sautant quelques pages de son carnet. Il a été renvoyé à cause d'une irrégularité.

— Tu sais de quelle entreprise ?

— Non, mais je peux le chercher.

— Au passage, cherche également à quelle date.

Pendant que le sergent s'installait devant son ordinateur, la sous-inspectrice Mercader s'adressa à Milo.

— Il a travaillé au port, dit-elle.

Malart s'affala sur son siège.

— Il n'y a pas de raison qu'il ait connu Ignacio Torres, murmura-t-il.

— D'accord, mais si c'était le cas, nous aurions découvert un lien entre eux.

Milo croisa les bras, allongea les jambes et ferma les yeux.

— Débouche pas le *cava* tout de suite, il y a d'innombrables entreprises au port. C'est une ville dans la ville.

— Et toi, ne va pas t'endormir, on est encore en service.

Ils entendirent Crespo taper sur le clavier. Puis il s'arrêta.

— GLI, SA. Un consignataire, un courtier maritime, dit-il sans quitter l'écran des yeux. Entre 2001 et 2003. Il n'y a pas le motif du renvoi. Un instant, ajouta-t-il en recommençant à taper sur le clavier.

— Vérifie si c'était la société holding d'un conglomérat.

— C'est ce que je cherche, dit-il et après quelques instants : c'en était une parmi la cinquantaine d'entreprises appartenant aux Torres.

— Inspecteur, voilà le lien, dit Mercader. Inspecteur ?

Milo demeura immobile, silencieux.

Crespo et Rebeca échangèrent un regard perplexe.

— *D'accord**, il y a un lien, dit Milo d'une voix enrouée et, sans ouvrir les yeux, il ajouta : Et alors, quoi ? Tu penses peut-être qu'un renvoi peut constituer le mobile de ces meurtres d'il y a quinze ans ? C'est un tueur à gages, un certain Juan Reina. Affaire classée.

— L'affaire a été archivée, ce n'est pas la même chose.

— Comme tu voudras, mais cela n'explique pas pourquoi Isma a cru le reconnaître dans la rue. Ça n'a toujours pas de sens.

— Je crois que j'ai raté quelque chose, dit Crespo.

Rebeca lui raconta leur conversation avec Barreda. Lorsqu'elle eut fini, le sergent fut d'accord avec Milo.

— Ça ne tient pas debout, sous-inspectrice. Sauf si tu mets en doute l'enquête du CNP.

— Je n'en ai pas l'intention. Mais je trouve bizarre que Paco Corona ouvre la bijouterie un peu après les meurtres multiples. Avec quel argent ? Il était sans emploi, avec une famille à charge et…

— C'est vrai, Toni ? demanda Milo les yeux fermés. D'après ton rapport, quand a-t-il ouvert son Nous Achetons de l'Or ?

Le sergent saisit un dossier et chercha le renseignement.

— Fin 2003, au mois de décembre.

— Si humble et petite qu'ait été la bijouterie, indiqua Rebeca, il lui a fallu disposer d'une somme d'argent conséquente. Comme par exemple le gage d'un crime.

— Hollywood a fait beaucoup de mal à notre profession ! se moqua Milo en relâchant ses épaules. Quelqu'un a pu lui prêter l'argent, certainement sa mère. Pas la peine d'aller chercher plus loin, Mercader. Les meurtres multiples du passé et ceux du présent n'ont pas de rapport entre eux.

— Bien sûr qu'ils ont un rapport, ou du moins qu'ils sont liés, répliqua Rebeca. Isma. Ton cher Isma a été présent aux deux. Tu vas me dire que c'est un pur hasard ?

— D'accord, mais il n'a pas pu identifier Paco Corona.

— Comment tu en es si sûr ?

— Parce qu'il ne l'a pas vu, dit Milo, la voix pâteuse.

— Comment tu le sais ?

— Sa mère l'a serré contre sa poitrine et s'est retournée. C'est ce qui lui a sauvé la vie. Il n'a pas pu le voir. Il n'en a pas eu le temps.

Rebeca se crispa.

— Il est impossible qu'un enfant de trois ans retienne l'image de quelqu'un en une fraction de seconde à peine, ajouta Milo.

— Mais il a déclaré avoir vu une ombre, un sale type.

— Parce que c'est tout ce qu'il a vu : une ombre.

Le sergent rompit l'inconfortable silence et se dirigea vers Mercader pour lui remettre le dossier contenant l'historique complet de Paco Corona. Il lui dit que l'inspecteur Malart le lui avait demandé et il lui proposa d'y jeter un coup d'œil. Elle le parcourut rapidement, tandis que Crespo tirait un autre dossier d'un des tiroirs de sa table de travail.

— Et voilà le rapport que j'ai élaboré à propos de la situation économique de la famille Torres et de leur fils Lucas.

Rebeca en feuilleta plusieurs pages et siffla.

— Avec tout ce fric, je ne comprends pas pourquoi ils continuent à travailler. Moi, à leur place, je me laisserais tout simplement vivre, ajouta-t-elle en refermant le dossier. Comment ça s'est passé pour Rojo et Cervera, avec le voisin d'en face ?

— Ils ont perquisitionné sa maison, y compris le garage, et ont saisi son ordinateur. Les sergentes Humbert et Corominas sont en train de s'en occuper. Elles analysent les métadonnées. Manel Vergés a effacé de nombreux dossiers, il a même téléchargé un logiciel à cet effet.

— Elles vont pouvoir les récupérer ?

— Elles sont très compétentes.

— As-tu trouvé un cheval de Troie dans l'ordinateur de Noe, ce fameux logiciel malveillant à effets retard que Manel Vergés aurait pu y installer ?

— Il est propre comme un sou neuf.

— Malart le soupçonne de l'avoir épiée. Y a-t-il quelque indice qu'il ait pu hacker la caméra de son portable ?

— Aucun.

Milo émit un léger ronflement.

— Ça signifie que le bel homme au bois dormant se trompe ! se moqua Rebeca.

— Peut-être pas, corrigea Crespo. Si l'on suit sa théorie, il se peut que cette fois Manel Vergés ait appris la leçon et qu'il se soit contenté de l'épier en la filmant depuis chez lui.

— Cette fois ? Il y en a eu d'autres ?

— Il y a deux ans, il a été dénoncé pour harcèlement et violation de domicile. Avec une adolescente également. Ce type adore mater les jeunes filles. Il est entré chez elle et a emporté des fétiches, genre lingerie et autres objets personnels, dit-il en haussant les épaules. L'inspecteur Malart ne se trompait pas vraiment.

Rebeca l'observa, maladroitement allongé sur sa chaise. Elle secoua la tête.

— Non, Malart n'a pas l'habitude de se tromper.

Milo ouvrit les yeux.

— Son odeur, dit-il en se redressant brusquement et en battant des paupières en direction du sergent, puis de Rebeca. Une odeur peut se fixer dans la mémoire à un très jeune âge.

— Mais de quoi tu parles ? demanda Rebeca.

— Ton maudit parfum au jasmin, celui que je t'ai demandé mille fois de ne pas mettre. On l'a senti tous les deux.

— Malart, mais qu'est-ce que tu racontes, bordel ?

Il se leva.

— Isma n'a pas pu voir l'assassin de ses parents, mais il a pu le sentir. Voilà pourquoi les cinq types n'avaient pas de ressemblance physique. Mais peut-être, et je dis bien peut-être, utilisaient-ils un parfum similaire, celui du tueur.

— C'est une possibilité, indiqua Crespo.

— Paco Corona exhalait un parfum particulier, poursuivit Milo avant de s'adresser à Rebeca : Tu l'as dit toi-même, sur la scène du crime, ça t'a frappée. Nous l'avons senti tous les deux.

— Oui, c'est bon. Mais, et alors ? Ça nous sert à quoi ?

— Primo à ce que tu cesses d'insister sur l'enquête d'il y a quinze ans, menée par le CNP. Secundo, à ce que tu m'écoutes une putain de fois dans ta vie et que tu cesses de te parfumer. Et tertio… tertio…

Il se tut un instant, se dirigeant lentement vers la sortie des bureaux. Puis il se retourna brusquement et fonçant vers eux :

— Je ne sais plus ce que je voulais dire, mais il serait temps que tu regardes Isma avec d'autres yeux, Mercader.

Ce n'est pas un exterminateur, c'est un jeune homme qui a vécu une expérience très dure.

À présent, c'est Rebeca qui battait des paupières, confuse.

Avant qu'elle ne parle, Milo se tourna vers Crespo et lui demanda de convoquer Manel Vergés le lendemain matin, pour son audition.

— Et que les sergentes Humbert et Corominas se dépêchent avec les métadonnées, ajouta-t-il. Je veux voir les dossiers qu'il a effacés, je parie qu'ils contiennent des images révélatrices. Rojo et Cervera ont-ils trouvé quelque chose pendant la perquisition de la maison ?

— Un équipement complet de caméras de dernière génération, avec un pied.

— Qu'il se présente chez nous à la première heure, compris ?

— Autre chose ? demanda Crespo.

— Márquez est-il en train de comparer le mégot de Vergés avec celui que nous avons trouvé sur la scène du crime ? demanda-t-il au sergent qui acquiesça de la tête. Eh bien, demande-lui de se dépêcher avec l'ADN et avec tout le reste, bordel ! Ce type est une tortue. Tu peux le lui dire de ma part. Toni, je ne parviens pas à m'habituer à te voir avec des lunettes.

Milo se remit à marcher. Rebeca courut pour le rattraper.

— Attends, Malart, dit-elle, tu ne vas pas disparaître encore une fois ? On doit aller parler à Isabel Herrera.

— Qui est-ce ?

— La psychologue qui suivait Noe depuis ses automutilations, jusqu'à l'année dernière. Elle a accepté de collaborer. Elle nous attend cet après-midi à l'hôpital Sant Joan de Déu.

— Maudite soit-elle, tu sais bien que moi les psys me rendent nerveux. Et en plus j'ai très mal à la tête.

— Tu vas encore me lâcher ?

— Pourquoi tu ne demandes pas à Corominas de t'accompagner ? Elle te sera d'un grand secours, elle comprend ce genre de choses. N'est-ce pas, Toni ?

— C'est vrai, inspecteur, répondit-il.

— Bon, affaire réglée, dit Milo. Et au passage, tu rédiges le rapport.

— Malart, le temps nous est compté. Les quarante-huit heures de garde à vue expirent demain matin, à onze heures. Si nous n'avons pas de charges contre Isma Torres, nous serons obligés de le relâcher.

— Je le sais… pas la peine de me le rappeler.

— Je te le dis, parce que s'il continue à la boucler, le chef Singla voudra que ce soit toi qui l'interroges, après Rojo et Cervera.

— Je le ferai, mais pas cet après-midi.

— On peut savoir où tu vas ?

— Donner à manger à une tortue, si tu veux bien.

La place Francesc Macià était coupée par une manifestation et il profita de l'embouteillage pour appeler Irene. Il s'aperçut qu'il avait reçu de nouveaux messages, il les ignora pour l'instant et appuya sur un des contacts. "Le numéro que vous avez demandé n'est pas disponible actuellement, etc." Il raccrocha rageusement et fit crisser les pneus sur l'asphalte. Quelques mètres plus loin, il se vit à nouveau obligé de freiner. À cause de la paralysie du trafic, la circulation était lente, exaspérante. Il regarda à gauche et à droite. Les autres conducteurs montraient les mêmes stress et colère. Tout comme eux, il se sentit un rien du tout, un être miniature, une fourmi dans la file indienne de ses congénères, exclusivement attentive à celle qui la précède, sans savoir à quoi rime cette longue marche noire, funèbre. D'un côté de l'avenue, les indépendantistes défilaient aux cris de

*"Fachos, dehors !"* Ça ne pouvait pas se passer en vrai. Ce ne pouvait être qu'une pâle imitation de la réalité. Il commença à éprouver le malaise de se sentir pris en otage. Il entendit le crépitement des sabots et aperçut une centaine de chevaux galopant le long de la rue Calvet, évitant les voitures, pour prendre vers l'ouest, en direction du fleuve Llobregat. Il emprunta le couloir des bus et tourna vers la rue du Comte d'Urgell. Là aussi l'embouteillage était monumental. S'armer de patience n'était pas une solution, protester en klaxonnant, non plus. Les rues s'étaient transformées en échiquier, chaque secteur jouant sa partie, aucune d'entre elles ne s'occupant des autres. Il décida de ne pas devenir une pièce parmi les autres, pénétra dans un parking et fit le reste du trajet à pied, tout en fredonnant la mélodie de Bach, poussé par une rafale de vent. Il eut alors l'idée absurde que ce match ne se jouait pas entre les blancs et les noirs, mais entre des pièces gris pigeon et d'autres gris cendre.

— J'espère que tu ne m'as pas donné rendez-vous ici pour parler de toute cette merde, dit l'inspecteur Mateo Aspar assis au comptoir du Frankfurt Urgell, tout en pointant son doigt sur la rue. Je commence à en avoir par-dessus la tête.

— Eh bien, on est deux.

— Mais toi tu es dans l'équipe des bons. Ce n'est pas la même chose.

— C'est que vous êtes très durs ! répliqua Milo.

— Et vous trop tendres, bordel.

Au bout d'un moment, ils éclatèrent de rire. Mateo appartenait à la judiciaire de la police nationale, connue pour sa rigueur et sa méticulosité, qui a la réputation de mener ses enquêtes lentement mais sûrement. Par le passé, il avait sollicité à deux occasions la collaboration de Milo et, avec le temps, en marge de leurs obligations professionnelles, ils avaient fini par avoir des rapports amicaux.

Milo commanda un café.

— Tes filles vont bien ? demanda-t-il.

— La petite est un vrai tremblement de terre et la plus grande un tsunami, dit Aspar. À ce rythme-là, je vais demander un classement en zone de catastrophe naturelle pour ma famille. Par chance, ma femme est une sainte, alors tout va bien. Et toi, comment vas-tu ?

— Couci-couça.

— Tu es très occupé avec ces meurtres multiples ?

— Comme toujours, tu me connais.

— Combien tu en as bu, aujourd'hui ? demanda Mateo en pointant la tasse à café du doigt. Six ?

Milo grimaça et porta la tasse à sa bouche.

— Ce ne sont pas mes affaires, dit Aspar, mais ce n'est pas prudent. On dirait que tu as envie de te retrouver à l'hôpital, c'est tout près d'ici.

— Tu as raison, ce ne sont pas tes affaires, répliqua-t-il.

— Tu vois bien ! Tu es nerveux, fatigué et je suis sûr que tu as des insomnies, puis sommeil toute la journée. Putain, Milo, tu n'es pas un bleu. Si tu ne dors pas, les toxines s'accumulent et tu perds ta résistance physique et intellectuelle, tu abîmes ta mémoire et ta concentration. Voyant que son interlocuteur s'ennuyait, il ajouta : C'est bon ! Dis-moi pourquoi tu voulais me voir.

— Le crime multiple de la famille Torres, en 2003. C'est Barreda qui a mené l'enquête et j'ai discuté avec lui. Tu penses quoi de ce type ?

— Sérieux, fiable, professionnel. La mort de son fils a ruiné sa vie et il n'a plus jamais été le même. Il a abandonné la police après avoir classé le dossier, si je me souviens bien. C'était un bon inspecteur, ancienne école. Très minutieux, comme j'aime. Le genre qui vérifie cent fois les choses avant d'en tirer la moindre conclusion.

— Il y a eu quelque chose de particulier dans cette enquête, d'inhabituel ?

Le visage d'Aspar exprima une certaine perplexité.

— Dans une affaire aussi importante ? Tu veux rire. Toutes les hypothèses ont été envisagées dans le moindre détail et le résultat a été ce qu'il est. Pourquoi tu me demandes ça ?

— Pour rien de concret, Teo. C'était juste une intuition.

— Toi et tes putains d'intuitions, lança-t-il. Une simple intuition te suffit à foutre en l'air le travail de policiers honnêtes ?

— Ta question contient un oxymore et je n'arrive pas à décider lequel, dit Milo en contenant un bâillement. Appelle ça simple intuition ou instinct. Mais en tout cas l'affaire n'a pas été classée. Elle a simplement été archivée.

— Ce sont des choses qui arrivent. Cela n'a rien d'exceptionnel.

— *Peut-être**, mais cela signifie que des erreurs ont été commises. Et ce sont ces erreurs qui me turlupinent.

L'inspecteur Aspar tendit ses muscles.

— Nous en commettons tous, dit-il brusquement. Absolument tous.

— Même quand elles peuvent avoir de telles répercussions ?

— Qu'est-ce que tu insinues ?

Milo observa sa montre. Cadran carré, chiffres romains, petite, presque féminine.

— Je me contente de regarder l'évidence, dit-il. Peut-être quelqu'un s'est-il chargé de perdre ou de mal interpréter des preuves. Ou même de les détruire. Il y a plusieurs façons d'opérer. Par exemple en commettant volontairement des ratés qui empêchent la poursuite d'une piste et l'arrestation du coupable. Ou des erreurs.

— Comme vous, dans l'affaire Gotha ?

Milo baissa la tête.

— *Touché**, murmura-t-il. Il n'est pas de meilleure défense qu'allumer le ventilateur pour éparpiller la merde un peu partout, le fameux "et toi c'est pire" tellement à la mode aujourd'hui. Ce que j'aimerais savoir, c'est pourquoi tu es sur la défensive, alors que je ne suis pas en train de parler de toi.

— Mais tu incrimines mes camarades et ça ne me plaît pas du tout.

— Le corporatisme, c'est de la loyauté mal comprise.

— C'est la seule chose que nous avons.

— Tu inclus un fruit pourri dans l'équipe ?

— Tu fais fausse route, Malart.

— Tu es en train de me dire que vous êtes le seul corps de police du monde qui n'a jamais eu un destructeur de preuves dans ses rangs ? Quelqu'un qui torpille une affaire de l'intérieur sans être découvert ? Vous êtes qui ? Le CNP ou Disneyland ?

— Je te répète que tu te trompes, Malart.

— C'est possible, je ne dis pas non. Mais si j'étais toi, je vérifierais le rapport de la première à la dernière page.

— Pour quoi faire ? C'est une hypothèse : si quelqu'un a perdu volontairement des preuves ou les a mal interprétées, je ne trouverai rien. Ça va de soi.

— C'est possible, mais un type aussi méticuleux que toi saura repérer les failles ou voir un élément qui ne serait pas à sa place.

L'inspecteur Aspar descendit de son tabouret.

— Tu réalises ce que tu es en train de me demander ? dit-il en le fixant dans les yeux. Tu imagines la merde que ça va foutre ? Sans compter les ennemis que je vais me faire dans la police, toutes les autorisations à demander et tous les arguments à utiliser, pour rouvrir cette putain d'affaire.

Milo garda le silence.

— Tu as raison, dit-il au bout d'un moment. Oublie. Ce sont les toxines, elles sont en train de me détruire la tête. Je vois des fantômes là où il n'y en a pas.

— Je veux vivre, vraiment, expliqua Sara d'une voix posée tandis que Milo serrait sa main dans la sienne. J'ai fait une bêtise, je le sais. Sur le moment, j'ai juste voulu cesser de souffrir et… et je n'ai pensé à rien d'autre. J'ai atteint mes limites. Tu n'as jamais rien connu de semblable ?

— Toutes les dix minutes, répondit Milo.

— Fais pas l'imbécile, je parle sérieusement, répliqua-t-elle avec une moue enfantine.

Allongée dans le lit d'une chambre double de la clinique, elle semblait avoir vieilli de dix ans. Pâle, amaigrie, la tête enfoncée dans l'oreiller, elle parlait sur un ton de gamine et ses mots se teintaient d'une sérénité étrange, sans doute à cause des calmants. Sans lui lâcher la main, il regarda ailleurs et s'assit sur le lit contigu.

— C'est une chance de pas avoir de voisin. On s'occupe bien de toi ?

Sara répéta sa grimace puérile.

— Comme si j'étais une reine, dit-elle. Milo, s'il te plaît, regarde-moi. Pas de problème. C'est moi qui devrais avoir honte, pas toi. Allez, regarde-moi, s'il te plaît.

Il s'obligea à lui obéir.

— Toi, tu n'as rien fait. Je te connais, je sais comment tu te sens, mais tu te trompes. Tu n'es pas juste envers toi-même.

— Je n'aurais pas dû me montrer aussi…

— Tais-toi. Écoute-moi, le coupa-t-elle tendrement. C'est moi, tu comprends ? Tu n'es responsable d'absolument rien. C'est moi qui ai mal agi.

— Mais de quoi tu parles ?

Sara mit du temps avant de répondre.

— Tu te souviens de ce matelas gonflable que nous avions offert à Marc, pour aller à la plage ? Il était bleu et blanc, très bon marché. La partie du haut était transparente, pour pouvoir regarder sous l'eau.

Milo haussa les épaules, sans comprendre.

— Tu n'étais pas avec nous ce jour-là, mais il a crevé. Hugo avait voulu le gonfler au maximum à la station essence, et il l'avait tellement rempli d'air qu'il a éclaté. On est resté figés, tous les trois, à cause de la surprise. Puis on a eu un gros fou rire et on en a acheté un autre à Marc, un plus solide, en toile. C'est de ça que je veux parler.

Elle fit une pause.

— Les crises de violence d'Hugo, ses coups, le suicide de Marc… j'ai accumulé toute cette douleur et le matelas a fini par exploser. C'est comme ça que j'ai fait une folie, je n'ai pas réfléchi à mes actes. Ç'a été la cerise sur le gâteau de toutes mes erreurs, tu comprends ? Mais j'ai eu de la chance et aujourd'hui ma résilience est plus importante, tu ne trouves pas ? Je vais profiter de cette deuxième chance.

— Si j'ai bien compris, tu as consulté un psychologue.

Sara acquiesça.

— Ç'a été très utile pour comprendre, pour maîtriser mes sentiments, mes émotions. Un jour, il faudra que tu m'expliques pourquoi tu es allergique aux psychologues.

— C'est juste une aversion, rectifia-t-il. Il faut être très solide soi-même pour prétendre réparer la psyché des gens. Et je doute que quiconque parvienne à atteindre ce niveau de compétence.

— Eh bien, moi, ça m'a fait du bien.

— Il t'a parlé des quatre piliers ?

— Comment tu le sais ? demanda-t-elle surprise.

— C'est un classique. Il t'a parlé d'autre chose ?

— De la différence entre vouloir mourir et ne pas vouloir vivre, ce qui est très différent, facile à confondre. Je t'explique ?

Milo eut un soupir de fatigue.

— Sara, je ne pense pas que ce soit le moment de parler de ces choses-là.

— Pourquoi ? C'est justement le bon moment. Ça suffit de considérer que c'est tabou. Tu veux que je t'explique ou pas ?

— D'accord, mais juste un résumé alors, je n'ai pas très envie de prendre des notes.

Satisfaite, Sara s'empressa de redresser son dos, puis elle installa l'oreiller et souleva la tête du lit à l'aide de la télécommande, tout cela sans lâcher la main de Milo.

— Désirer mourir, c'est vouloir éteindre la lumière à jamais, dit-elle. Un soulagement instantané. Et définitif.

— Jusque-là, je comprends.

— Et ne pas vouloir vivre, c'est juste avoir envie de se mettre au lit et de ne plus en sortir, ne pas parler, ne voir personne, ne pas s'occuper de soi ; seulement s'abandonner et se réfugier dans le rêve de rien. Pour un temps. Les deux idées découlent d'un même sentiment : le vide. Que rien ne peut remplir. Jusqu'au moment où tu découvres que oui : il y a quelque chose.

Il baissa le menton et la regarda avec des yeux inquisiteurs.

— Tu vas faire durer le suspense longtemps ? Je suis sur des charbons ardents.

— Tu ne devines pas ? C'est une force salvatrice, capable de tout changer.

— Si tu ajoutes ce que je crains que tu dises, je m'en vais tout de suite.

Sara fronça les sourcils à plusieurs reprises de façon éloquente.

— Eh bien je vais me taire, dit-elle. Mais avant je voudrais que tu saches que cette force salvatrice peut adopter différentes formes. Et que toutes fonctionnent.

— J'en suis ravi, dit Milo en se levant. Sara, je dois y aller.

— J'ai appelé le docteur Doria pour lui expliquer ce qui s'était passé.

Milo demeura immobile.

— Et pourquoi tu as fait une chose pareille ?

— Je me suis dit que le psychiatre qui s'occupe d'Hugo devait tout connaître, avoir toute l'information.

— Et il va le lui dire ? demanda Milo.

— C'est ce qu'il a décidé, oui. C'est mieux maintenant qu'il est à la clinique avec eux.

— Et il a fait un commentaire ?

— Il a dit que c'était dommage, alors qu'ils avaient progressé sur le chemin de sa récupération, dit-elle en soutenant son regard. Il fallait que je le lui dise, Milo. Il faut faire les choses convenablement, sans secrets. Si un jour Hugo revient à la vie normale, il faut qu'il soit au courant de tout, pour qu'il puisse affronter n'importe quel revers. Comme celui-ci.

Milo voulut lâcher la main de Sara. Mais elle l'en empêcha.

— Je n'ai pas fini, dit-elle. Je lui ai promis que tu irais lui rendre visite. Le docteur Doria dit que ce serait positif pour Hugo.

— Bordel, Sara.

— C'est ton frère.

— Et moi, je suis celui qui l'a fait enfermer. Il m'a traité de fils de pute, tu te souviens ? Pour lui, c'était une trahison. Il me hait et je ne le lui reproche pas.

— Il ne te hait pas, Milo. Il a changé. Il a fait la paix avec lui-même et il aimerait la faire également avec toi.

Elle porta la main de Milo à ses lèvres et l'embrassa.

— Il était malade, poursuivit-elle, mais il va beaucoup mieux. Tu iras lui rendre visite ? Tant que tu ne me l'auras pas promis, je ne te lâcherai pas.

— Tu retiens un officier de police judiciaire ?

Elle éclata tendrement de rire, appuya sa joue sur sa paume.

— Nous sommes une sacrée famille ! dit-elle. Le grand-père se tranche la gorge dans un hôpital psychiatrique avec un morceau de vitre. Marc se suicide avec ton arme de service. Hugo est admis dans le même hôpital psychiatrique que votre père. Et moi je tente d'en finir avec des somnifères.

— Il ne manque que moi.

— Tu es le seul à avoir toujours la tête sur les épaules. Tu iras ?

— Si tu ne me lâches pas, je ne pourrai pas y aller.

Sara le regarda avec une grande affection. Ses yeux humides brillèrent un instant. Une intense vague de chaleur frappa Milo. Il eut envie de la prendre dans ses bras, de la serrer fort. Mais il se mit à trembler. Il lui lâcha la main plus énergiquement qu'il ne l'aurait voulu et se dirigea vers la porte sans pouvoir articuler le moindre mot.

— Milo, je t'aime, entendit-il dans son dos. Et Hugo aussi.

Il acquiesça tout en saisissant la poignée.

— Tu n'es pas seul, dit Sara.

## 20

Il se gara en face de la fondation Miró, traversa l'avenue et descendit l'escalier qui débouchait sur la rue Julià. Il s'approcha du véhicule des *mossos* garé devant la villa des Corona et salua les deux agents d'un simple geste.

— Vous revoilà, inspecteur Malart ? demanda l'un d'entre eux à travers la vitre.

— Me revoilà, répondit-il en réprimant un bâillement.

Il s'arrêta devant le ruban de balisage et observa la façade. Bien qu'il soit plus tôt que la veille, son apparence était toujours aussi sinistre. L'éclairage urbain ne s'était pas encore allumé, mais la lueur du coucher de soleil ne lui conférait aucun aspect apaisant.

— Inspecteur, dit un agent, vous êtes sûr de ne rien oublier ?

Il aperçut la lampe de poche qu'on lui tendait et s'approcha pour la prendre. Ensuite, il passa sous le ruban et poussa la grille. Il laissa derrière lui le parterre de gravier et l'oranger et s'arrêta devant l'escalier qui menait à l'entrée. On distinguait encore des taches rougeâtres de pas sur les dalles. Il s'accroupit et les observa fixement. Elles s'estompaient à mesure qu'elles s'approchaient de la grille. Une idée encore vague commença à tourner dans sa tête. Il demeura un instant immobile, tentant de préciser sa pensée. Au bout d'un moment, il y renonça. Peut-être Aspar avait-il raison, son manque de sommeil ébranlait sa résistance intellectuelle, se dit-il en se relevant. Il décida d'en finir le plus rapidement possible. Il grimpa les marches, poussa la porte et entra dans la demeure sans prêter attention aux signaux que lui envoyait son cerveau.

Il éclaira le salon avec sa lampe de poche et fit une rapide vérification. Cet espace commençait à lui être familier. Il dirigea le faisceau de lumière vers l'escalier et s'en approcha pour descendre dans la suite du couple et ouvrit la salle de bains. Il illumina les étagères, la tablette au-dessus du lavabo. La plupart des objets étaient féminins. Il aperçut dans un coin des affaires de rasage et centra la recherche sur cet endroit. Il n'eut pas de mal à découvrir le flacon de parfum. Rectangulaire, sobre, avec un nom français sur l'étiquette et au-dessous celui du parfumeur, puis celui de la capitale de tous les parfums : Paris. À l'intérieur, deux tiers d'un liquide ambré. Il l'ouvrit et l'approcha de son nez. Il identifia la fragrance douceâtre du jasmin, mêlée à celles du miel et du musc, et d'autres encore qu'il ne sut pas reconnaître. Un arôme pénétrant, peu habituel, caractéristique.

Reconnaissable.

Il reposa le flacon à sa place et retourna dans le salon. En chemin, il se rappela un des clips de Noelia et se dirigea vers la chambre de la grand-mère Pilar. Depuis la porte, le faisceau de la lampe éclaira le lit, la table de nuit, le parquet flottant. Noe avait filmé de cet endroit son père agenouillé devant la couche. Milo fronça les sourcils. Une scène peu commune. Francisco Corona avait beau adorer sa mère, il ne sembla pas normal à Milo que cet homme de quarante-six ans se mît à genoux devant elle quand elle dormait. Bien sûr, Milo était mal placé pour critiquer les comportements étranges. Il éclaira le sol. Le seul parquet en bois de toute la maison. Confortable, chaud. Il entra dans la pièce pour l'observer attentivement. Les clips de Noe étaient tous sombres, agressifs, pervers. Avec une intention derrière chacun d'eux. Certaines puériles, d'autres cruelles.

Milo s'assit par terre, le dos contre le mur.

Il ferma les yeux. Se souvint :

Le dragon plantant ses dents dans un sant Jordi de carton. La princesse préférait rester avec le monstre sans cœur qu'avec le chevalier à l'étincelante armure. La princesse aimait les garçons cruels, pas les gentils. Elle préférait l'hostilité à la docilité.

L'image de la petite fille entrant dans le labyrinthe se répétait à plusieurs reprises. Elle y entrait et y entrait à nouveau. Mais n'en ressortait jamais. Le désespoir. Sans issue. La solitude. Personne ne l'accompagnait.

L'inscription en latin sculptée sur un cadran solaire. "Toutes blessent, la dernière tue." À partir d'un certain moment, Noe avait dû se sentir blessée par les heures. Depuis cet instant, vivre signifiait pour elle souffrir. Comme pour Isma. Voilà d'où venait leur harmonie commune. Des esprits jumeaux. Vivre était aussi lourd qu'une pierre tombale. Tous les deux éprouvaient en permanence un nœud pesant au creux de l'estomac. Et tous les deux s'identifiaient à Sisyphe, punis pour l'éternité sans trop savoir pourquoi. La dernière tue. La dernière heure mettait fin à la douleur. La dernière blessure. Du point de vue d'une jeune fille, ce n'était pas s'approcher de la mort, mais en avoir par-dessus la tête de la vie. Marre des blessures qu'on lui infligeait. Qui ça ? Les autres. À commencer par sa famille.

— Bordel, Noe. C'est donc ça qui s'est passé ?

Les images des pierres. De toutes tailles et de toutes formes. Certaines éclaboussées de rouge. Le dernier coup. Les heures et les pierres. *Toutes blessent, la dernière tue*. Finis la pierre tombale, le nœud pesant au creux de l'estomac, le châtiment de la pierre roulant jusqu'en haut de la colline, pour rien.

— C'est de là que vient ton obsession pour les pierres ? Tu la partageais avec Isma ou ce n'était qu'une idée fixe personnelle ?

Les clips privés, ceux qu'elle était la seule à pouvoir visionner. La grand-mère plantée devant le téléviseur, la petite sœur pleurant par terre, le frère et son air confus, la mère et son coup de vieux, le regard perdu, le père tête baissée assis à son bureau. Tous dans un moment triste, l'air songeur. Seuls.

Et le dernier clip : une image du salon, la table et son couvert dressé. Personne autour.

Il se demanda la raison de ce clip. C'était une veillée ordinaire, ils allaient regarder un match de football et l'image n'était ni sombre ni agressive ni perverse. Au contraire, elle ne pouvait être plus anodine. Elle contrastait parmi toutes les autres. Quelle intention avait-elle eue en filmant cette scène ? il ne trouva qu'une seule réponse.

— Tu savais ce qui allait se produire.

Un frisson parcourut son corps. Ce n'était qu'une spéculation et il pouvait se tromper. Mais dans sa tête ça collait bien. Les cinq premiers clips privés représentaient les adieux de toute sa famille, un membre après l'autre, une famille qu'elle abhorrait, dont elle avait honte. Des clips qui ne devaient être visionnés que par elle, mais qu'elle avait téléchargés sur une plateforme de grande diffusion. Des adieux cruels et humiliants, qui les montraient ridicules, médiocres. Puis le dernier, la scène vide où allait se dérouler le crime multiple.

Milo se redressa avec une telle nervosité que la lampe de poche tomba par terre et s'éteignit. Il la chercha à tâtons dans l'obscurité, croisant les doigts pour qu'elle ne se soit pas cassée. À genoux, palpant le parquet flottant, il se trouva pathétique. Le bruit creux de la chute avait résonné tout près. Elle ne pouvait pas être très loin. Il balaya tout le secteur de la main, sans succès. Peut-être s'était-elle éloignée en roulant jusqu'à l'entrée et il sortit de la chambre à quatre pattes.

Une silhouette se découpait dans l'encadrement de la porte ouverte de la villa.

Milo demeura immobile.

La silhouette tenait une valise à la main. Elle actionna l'interrupteur.

— Peut-on savoir ce que tu fais là, Malart ?

— Comme il paraît que je suis une tortue, dit Márquez, le chef de la police scientifique, toi, tu es logiquement le lièvre.

Milo épousseta son blue-jean.

— Moi, je ne m'arrête pas pour me reposer, dit Milo.

— Non, tu te contentes de te mettre à quatre pattes.

— Tu le dis au sens figuré, j'espère.

Márquez eut un large sourire.

— On m'avait parlé de ta méthode, mais je n'avais pas imaginé qu'elle fût aussi singulière. En principe, elle ne me semble pas mauvaise. Mais il lui manque la rigueur des évidences scientifiques.

— Arrête tes conneries et dis-moi ce que tu es venu faire.

Márquez posa sa mallette argentée par terre.

— Il est neuf heures du soir, l'heure à laquelle le match a commencé. Plus ou moins l'heure où les crimes ont été commis. Je viens pour t'aider à assembler les pièces du puzzle.

— M'aider ? Toi, m'aider ?

— Dans tout ce dont tu auras besoin, à condition que ton… comment dire… que ton intuition ? Le terme te convient ?

Milo ne répondit pas.

— Ce dont tu auras besoin, à condition que ton intuition ne foute pas en l'air l'affaire. D'après ce qu'on m'a dit, le temps presse.

— Tu as déjà les résultats de l'ADN ?

— Pas encore.

— Eh bien tu peux retourner d'où tu viens, sans eux, y a aucune évidence scientifique qui vaille.

— Mais je peux délimiter le terrain de ton intuition.

— On m'aurait envoyé une baby-sitter ?

— Ça ne vient pas de moi, je t'assure.

— Qui te l'a demandé ? La commissaire Bassa ?

Il ajusta ses lunettes à monture d'écaille et verres rectangulaires, très modernes, de marque. Milo s'aperçut que sa montre avait un cadran et une courroie noirs, des aiguilles dorées.

— C'est très irrégulier, je sais bien, dit Márquez. Cependant, si tu réfléchis un peu ça peut devenir efficace.

— Efficace au sens de pas foutre en l'air l'affaire ? Ou efficace au sens d'assembler ces maudites pièces n'importe comment, pourvu qu'elles permettent d'inculper notre unique suspect ?

— Je ne vais pas me fatiguer à répliquer à tes insinuations.

— Tu fais bien.

— Lucas Torres, notre unique suspect, est la dernière personne qui a vu Noelia Corona vivante. Et, d'après Bonhora, elle a été la dernière à être assassinée.

— Concernant ta première affirmation, on n'en sait rien, répliqua Milo. Et pour la seconde, Bonhora ne peut pas l'assurer avec certitude. Deux inexactitudes dans un seul paragraphe. Et tu dis que tu es scientifique ?

Márquez adopta un air sérieux.

— Ça promet d'être très rigolo.

— Je serais curieux de savoir pourquoi tu m'as toujours détesté.

— Je ne supporte pas les enquêteurs qui font appel à leur intuition, qui tentent de se mettre dans la peau de l'assassin et toutes ces bouffonneries. Vous êtes un fléau, l'inverse de la rigueur et du poids de la preuve.

— Si je comprends bien, toi, tu es tout le contraire. Accuse-moi de sensiblerie, dis que je suis une poule mouillée, ou carrément un foldingue, mais si nous devions identifier le contenu d'un verre au comptoir d'un bar, toi tu commencerais par analyser le contenu tandis que moi je le boirais, un point c'est tout.

— En esquivant tous les protocoles.

— Je m'en moque, seul compte ce que je suis capable de démontrer. Et moi, je ne rejette pas les criminalistes qui ne font confiance qu'à leur… science ?

— Sans un soutien scientifique, une opinion ne vaut rien.

— Le contexte émotionnel vous échappe systématiquement, et il est indispensable pour comprendre. La science ne peut pas tout analyser. Il est quelque chose qu'aucun laboratoire du monde ne pourra jamais éclaircir : le comportement humain.

— C'est évident, nous n'appartenons pas au même monde. Toi, tu cherches le pourquoi et moi, le comment, le quoi, le qui.

— Et que fait-on du où et du quand ? On opte pour la garde partagée ?

— Je m'en occupe également, mais je ne voulais pas avoir l'air de tout accaparer.

Milo respira profondément.

— Tu as raison, dit-il, ça promet d'être très rigolo.

— On y va ?

— À une condition, dit Milo tandis que Márquez commençait à s'énerver. Ne t'inquiète pas, ça n'a rien à voir avec l'émotion. Quand nous aurons fini, tu me diras lequel de tes hommes a souillé le relevé de preuves dans l'affaire Gotha.

— C'est confidentiel.

— Je sais garder un secret.

— On verra, dit Márquez en se penchant tout de suite après sur sa mallette argentée et en l'ouvrant pour en extraire plusieurs dossiers.

— Aurais-tu une petite bouteille en plastique pour qu'on prélève des preuves liquides et un entonnoir ?

— Bien entendu, dit-il en fourrageant dans son matériel jusqu'à trouver les deux. Pour faire quoi ? Mes techniciens ont déjà fouillé toute la maison, rien n'a été négligé.

— Je n'en doute pas, mais suis-moi, si tu veux bien.

Milo se dirigea vers le niveau inférieur en allumant toutes les lumières sur son passage. Márquez lui emboîta le pas.

— Si c'est une de tes bouffonneries, moi je…

— Tu es venu m'aider, n'est-ce pas ? Alors tais-toi et aide-moi.

Au passage, il lui demanda pourquoi les mouches ne volaient pas pendant la nuit, si elles dormaient ou quoi.

— Elles entrent dans une période de repos similaire au sommeil, dit Márquez, mais en réalité elles ne dorment pas comme nous. Elles possèdent une substance gluante sur les coussinets des pattes qui…

— Je ne t'ai pas demandé un cours magistral, coupa Milo, juste une réponse. Si les cafards pouvaient faire pareil, bordel !

Il en esquiva quelques-uns et entra dans la salle de bains privative de la suite du couple. Il saisit le flacon de parfum et le lui tendit. Il lui dit qu'il lui en fallait un échantillon, un demi-doigt serait suffisant.

— C'est une preuve ?

— Une expérimentation, un truc à moi, dit-il tandis que Márquez hésita un moment. C'est toi qui le fais ou c'est moi ?

Márquez effectua l'opération et lui rendit le petit flacon.

— Tu en auras assez ?

— J'espère bien, dit-il en le glissant dans une des poches de son blouson. Allons-y.

Ils retournèrent dans l'entrée et Milo se dirigea cette fois vers la chambre de la grand-mère. Ne trouvant pas la lampe de poche, il alluma et jeta un rapide coup d'œil dans la pièce. Il s'approcha du lit et regarda en dessous.

— Tu es là, grogna-t-il en apercevant la lampe de poche.

Il se leva s'apprêta à faire demi-tour, mais changea d'avis.

— Vous avez également perquisitionné cette chambre ?

— Évidemment.

— À fond ?

— Inspecteur Malart, si tu cherches à m'énerver, tu commences à me…

— À fond ?

— Comment faire autrement ? dit Márquez.

Milo sauta deux fois sur place, il attrapa un grand flacon de cachets qui se trouvait sur la table de nuit et le laissa tomber par terre.

— On peut savoir ce que tu fais ? demanda Márquez.

— Comment a résonné le choc d'après toi ?

— Il a sonné creux, pourquoi ?

— C'est bien ce que je pensais, dit Milo en regardant autour de lui. C'est la seule pièce de toute la maison qui possède un parquet. C'est plus chaud que le carrelage. Je me demande pourquoi Paco Corona n'en a pas également fait placer dans la chambre des enfants, au moins dans celle de la petite Eva. Tu as une idée ?

— Par économie ?

— Peut-être. Faisons une expérience. Reste devant la porte et ferme-la en la laissant à peine entrouverte, juste dix centimètres.

Milo s'agenouilla ensuite par terre, près de la tête de lit, contre la table de nuit, puis il s'assit sur ses talons.

— Dans cette position, tu me vois ?

— Parfaitement.

— Et à présent, tu vois ce que je suis en train de faire avec mes mains ?

— Je ne vois que ton dos.

— Exact. Et mon dos t'empêche de voir cette petite zone, par terre, dit-il en indiquant l'endroit sur sa droite.

— Quelle petite zone ?

— Enfile tes gants et approche.

Milo se plia en deux pour observer le sol de près. Il fixa son attention sur l'espace entre le lit et la table de nuit. Rien. Il poussa celle-ci de quelques centimètres. Márquez lui tendit des gants en latex que Milo refusa. Il s'agenouilla à ses côtés.

— Qu'est-ce que tu cherches ?

— Je cherche ça, dit-il en montrant le bout de plancher qui s'arrêtait à ras du mur. Tu ne vois rien de différent ?

Les lattes faisaient environ vingt centimètres de large, séparées par une petite rainure grisâtre à cause de la poussière accumulée sur la colle qui les réunissait. En revanche, elles s'encastraient l'une dans l'autre à la perfection sur toute la longueur. Exceptée celle qu'avait repérée Milo. Un rectangle d'une vingtaine de centimètres sur quinze, à son extrémité, contre le mur. Des deux côtés, les rainures étaient plus sombres et l'on distinguait deux jointures, l'une sur la partie supérieure et l'autre sur l'inférieure.

Márquez s'empressa de chercher un canif dans sa mallette. Milo perçut son excitation croissante. En faisant levier, il souleva le rectangle de bois sans la moindre difficulté. Ils distinguèrent un petit coffre-fort portable et noir, muni d'une poignée. Márquez s'appliqua à l'extraire et le posa par terre. Parois en acier, serrure à cylindre et clé de sécurité. Milo lui demanda s'il pouvait l'ouvrir.

— C'est comme si c'était fait, répondit Márquez. Mais avant, je vais le photographier pour répertorier notre trouvaille.

Ce “nous” si choquant ne passa pas inaperçu pour Milo. Il se redressa. Noe avait mal interprété la position de son père lorsqu’elle l’avait filmé, réfléchit-il. Il ne s’agissait pas de son adoration envers sa mère, mais d’un autre genre de vénération. D’une autre nature de pierres. Cela signifiait que sa fille ignorait leur existence.

Il se leva en même temps qu’il se demandait si cette fortune cachée dans la chambre de la grand-mère n’aurait pas pu changer les choses. Le vol à la bijouterie, la torture de Paco. Si la collaboration de quelqu’un de l’intérieur avait été nécessaire, la connaissance de cette cachette, de son contenu, aurait bien pu avoir bouleversé le destin de cinq personnes. La tragédie. Leur assassinat.

— Ouvert, annonça Márquez dans son dos. Il y a un sac de feutre noir à l’intérieur. Rempli.

Milo entendit le déclencheur de l’appareil photo que Márquez actionna à plusieurs reprises, sans y prêter attention. La vie d’un garçon de quatorze ans, tout comme celle des autres membres de la famille, valait beaucoup plus que ces pierres qu’il n’arrivait pas à considérer comme précieuses.

— Tu ne veux pas voir le contenu ?

— Des diamants, que veux-tu que ce soit, dit-il d’un air dégoûté.

Dans le salon, après avoir rangé le coffre-fort portable et son contenu dans sa mallette, Márquez proposa à Milo de commencer par la scène du crime.

— Toute cette casse, dit-il, est postérieure aux assassinats. Les morceaux de porcelaine et les bouts de verre sont tombés sur le sang et pas le contraire, tout comme le reste des objets. Les traces de pas superposées, les cheveux, la cendre de cigarette, le mouchoir en papier et quelques autres fibres font partie de la mise en scène. Celui ou celle qui l'a dirigée l'a fait de façon très grossière et inefficace. La présence d'un groupe de personnes ne peut pas être retenue.

— Quelque chose à propos de la cendre de cigarette ?

— Même marque que celle que tu m'as fait parvenir, avec deux traces partielles, l'ADN n'a pas encore été confronté à notre base. Manel Vergés. Mais personne n'est assez stupide pour laisser autant de preuves incriminantes.

— Je pense la même chose, dit Milo. Quelle est ta théorie ?

— Après avoir commis ses crimes, l'assassin a voulu simuler des traces de lutte dans le salon, comme s'il y avait eu une attaque violente de plusieurs individus. Il a organisé tout ce que tu vois dans le but d'impliquer des tiers et de se construire un alibi.

— Il est possible que ce ne soit pas l'assassin, répliqua Milo.

— Et pourquoi se serait-il donné autant de mal ?

— Peut-être pour écarter les soupçons et créer de la confusion.

— Très bien, alors disons que l'auteur du montage et de l'invention des fausses preuves a été un sujet A. Ça te convient mieux ?

— Parle-moi des traces de pas dans le sang.

— La plupart font partie de la simulation. Celles qui se chevauchent par exemple. Le sujet A a passé les chaussures de Francisco Corona et a parcouru le salon en faisant exprès de marcher dans le sang. Ensuite, il a remis les chaussures à la victime et a répété la même opération avec les chaussures de sport du fils. Un non-sens absolu.

— Il ne pensait pas logiquement, mais de façon chaotique, commettant des erreurs, murmura Milo. Peut-être suivait-il les idées imaginées par une autre personne.

— On dira que je n'ai rien entendu, dit Márquez. Il y a plusieurs séries de traces de pas qui sont vraiment authentiques.

Primo celles qui sortent de la maison et descendent l'escalier. Elles correspondent à des chaussures de sport taille quarante-deux, marque Nike, modèle Air Zoom Ultra. Ensuite, le chemin a été souillé par nos hommes arrivés sur les lieux et leurs véhicules, puis on les retrouve près des conteneurs.

Milo s'approcha de la porte, suivit le trajet des yeux jusqu'au début de la rue. C'est ainsi qu'elle avait obtenu les preuves pour impliquer le voisin voyeur ; ou alors Noe les possédait déjà, elles faisaient partie de son plan, et la seule chose que fit Isma fut de se débarrasser des chaussures de sport, de la pierre et du portable de Noe dans le conteneur.

— Puis il est retourné dans la maison, dit-il. Pieds nus.

— Exact. Les traces de pas de la sortie ont été faites le dimanche, de bon matin, un peu après les assassinats, lorsque le sang était encore frais. Le lundi, il était déjà sec.

Milo acquiesça en silence. Après son retour, il s'est occupé de souiller la scène du crime, d'ajouter d'absurdes traces de pas superposées et tout le reste, jusqu'au lundi à six heures du matin, heure à laquelle il a abandonné la maison. Mais il continuait à penser que trente heures c'était trop de temps.

— Secundo ?

— Quoi secundo ? demanda Márquez.

— Tu parlais de la série de traces de pas authentiques.

— Oui, il y en a deux autres dans l'escalier ; elles correspondent aux bottines de Noelia Corona. Une série se dirige vers sa chambre à l'étage et revient vers le salon ; l'autre en revanche va seulement dans le couloir et ne revient pas. Il y a également une autre suite de traces de pas avec du sang provenant des mêmes Nike, elles font un aller-retour, du salon au couloir et vice versa. Celles du sujet A.

— Compris, continue.

— Il y a davantage de traces des deux styles de chaussures dans le couloir ; elles vont jusqu'à la chambre d'Eva

Corona, s'arrêtent devant la porte et reviennent vers l'endroit où gisait le corps, plusieurs fois. Il y a une autre série des bottines de Noelia Corona qui se dirigent jusqu'à l'armoire de sa chambre. Et davantage de traces de pas avec du sang des Nike devant sa table de nuit : celles du sujet A, répéta-t-il.

— C'est clair. D'autres encore ?

Márquez tira plusieurs photos d'un dossier.

— Elles sont partielles, dit-il en les lui montrant. Elles proviennent de chaussures de sport, mais nous n'avons pas réussi à en préciser la marque ni le modèle. Elles ne coïncident avec les chaussures de personne dans la maison. Nous avons trouvé ces traces avec du sang entre la table et le canapé, sur le trajet du salon à la cuisine et en direction de l'entrée, où on les perd.

— Voilà le sujet B, dit Milo. Des traces de ces chaussures de sport dans l'escalier ou à l'étage ?

Tandis que Márquez faisait non avec la tête, il tenta de visualiser ces mouvements, d'imaginer à quelles actions ils correspondaient. Ses yeux se fixèrent sur le canapé.

— Vous avez trouvé des traces de pas sur le tissu du canapé ?

— Sur le côté intérieur et le dessus de l'accoudoir, dit Márquez, avec d'autres traces qui correspondent aux bottines de Noelia Corona.

— Et j'imagine qu'elles vous ont permis de déterminer la position de Noelia et du sujet B.

— Celles de la fille indiquent qu'elle était couchée sur le dos, jambes écartées. Celles du sujet B, qu'il était sur le ventre et utilisait l'accoudoir comme point d'appui, supposons-nous.

— Celui qui suppose, c'est moi, toi et tes hommes êtes les scientifiques, alors tu dois te mouiller. Que faisaient-ils ?

Márquez caressa son petit bouc tout blanc.

— D'après la position des corps et les restes de sperme que nous avons découverts sur le tissu, il n'y a qu'une seule possibilité.

— Laquelle…

— Ils avaient une relation sexuelle.

— Ils baisaient.

— Appelle ça comme tu voudras.

— Par son nom, tu veux dire. Des empreintes digitales du sujet B ?

— Aucune.

— Autrement dit, le type portait des gants mais pas de préservatif.

— On dirait bien.

— C'est ce qu'indique ta science, ou pas ?

Milo s'était approché de Márquez et celui-ci avait reculé d'un pas.

— Tu es en train de jouir, Malart. Je le sens.

— Tu n'es pas aussi séduisant que tu le crois, je t'aide seulement à collaborer avec moi.

— Tu es toujours comme ça avec tes interlocuteurs, en mode agressif ?

— Je n'en sais rien, j'ai l'habitude de travailler seul, dit-il en clignant des yeux. Je suppose, parce que moi j'ai le droit de supposer, que les traces de l'autre ADN que vous avez trouvées sous les ongles de Noe sont les mêmes que ceux du sujet B.

— Je te le dirai lorsque nous aurons les résultats.

— Et ce sera quand ?

— Demain, dit-il. Ou après-demain.

— Ou le surlendemain. Bordel, on en a un besoin urgent.

— Ce ne sont pas des tests de grossesse. Patience, il n'y a rien d'autre à faire.

— Patience ? Celle que les chefs n'ont pas envers moi ?

— Ce sont les délais normaux.

— Ça ne m'aide pas, trancha-t-il en se plantant devant le canapé, immobile, le regard fixe.

— Il n'y a aucune empreinte digitale sur les sonnettes de la grille ni de la porte, poursuivit Márquez. Ni sur les poignées extérieures, mais sur les intérieures, oui. Celles du sujet A, Lucas Torres.

— Ça ne veut rien dire, on sait déjà qu'il est entré dans la maison et qu'il a été le dernier à en sortir, murmura-t-il.

Soudain, il sentit un fourmillement au niveau de sa nuque.

— Noe portait des gants, ajouta-t-il.

— Qu'est-ce qui te permet de dire ça ?

— Je ne sais pas, admit-il, c'est venu de façon automatique.

— Ça suffit tes petits jeux, Malart. Je n'ai pas envie de plaisanter.

— Je parle sérieusement. Attends, donne-moi une minute, pour que je réfléchisse. Il fit quelques pas dans le salon et reprit : Vous avez trouvé des empreintes digitales sur le ruban adhésif utilisé pour attacher et bâillonner les victimes ?

— Non, dit Márquez en hésitant.

— Même pas partielles ?

— Aucune empreinte.

Milo se planta devant lui.

— Noe portait des gants, dit-il, et elle les a retirés pour baiser.

— Pas si vite, Malart. Vu les restes d'un second ADN sous ses ongles, on peut en déduire qu'en effet Noelia Corona avait les mains nues pendant sa relation sexuelle. Mais pas qu'elle portait des gants jusqu'à ce moment-là.

— Márquez, elle n'a pas été rendue inconsciente par un cocktail de psychotropes ni par des coups portés pendant l'exécution des crimes.

— Et qu'est-ce qui te permet d'avoir un avis aussi tranché ?

— D'abord les traces de chaussures sanguinolentes sur le canapé démontrent que les crimes avaient déjà été commis ou du moins certains d'entre eux. Et ensuite, la relation sexuelle a été consentie ; Bonhora n'a pas trouvé de marques de défense. Noe s'est couchée là, dit Milo en indiquant le canapé et elle a baisé avec le sujet B devant les cadavres de sa famille. Mais pas tous. Je jurerais que son père était encore vivant, c'est juste une supposition.

— Je continue à ne rien voir qui démontre l'histoire de ses gants.

— Noe savait ce qui allait se passer. Elle n'a pas seulement collaboré de l'intérieur, elle a aussi participé aux crimes. Il inspira profondément et poursuivit : Ce qu'il nous faut trouver, c'est de quelle façon.

— C'est ce que tu crois, mais tu es incapable de le démontrer. Ta maudite intuition contamine tout, de l'enfumage rien de plus.

— Laisse mon intuition en paix. Tu veux des preuves ?

— Si ça ne te gêne pas, oui.

— Alors parle-moi des éclaboussures de sang.

# 21

Márquez tira un autre dossier de sa mallette.

— Les vêtements de Noelia Corona portaient des éclaboussures de sang d'une seule victime : son père. Et aussi du suspect, Lucas Torres ; c'est tout ce que nous avons trouvé.

— Et dans ses cheveux et les autres parties de son corps ?

— Il y a des éclaboussures de plusieurs groupes sanguins, dit Márquez. Ils coïncident avec ceux des cinq autres victimes, et celui de Lucas Torres. Il arrêta de lire et leva les yeux avant d'ajouter : Elles ont pu l'atteindre lorsqu'elle était assise à la table tandis qu'on commettait les crimes.

— Elle n'avait aucune trace de lien ni de bâillon.

— Que ça te plaise ou pas, rien ne prouve qu'elle n'était pas droguée ou inconsciente pendant les faits.

Milo eut une moue d'impatience.

— Bien sûr, et lorsqu'elle reprend conscience elle se tape le mec qui vient d'assassiner sa famille, dit-il en colère. Si ses vêtements n'avaient pas de taches de sang des autres victimes, c'est parce qu'elle s'est changée. C'est la conclusion la plus logique.

— Et où se trouvent les vêtements tachés de sang ?

— Quelqu'un s'en est débarrassé, répliqua-t-il. C'est évident.

— C'est le sujet A qui les a emportés ?

— Moi je pencherais plutôt pour le sujet B, mais c'est juste une hypothèse. Après avoir baisé, Noe monte dans sa chambre en laissant des traces et elle se change devant l'armoire. Elle met tous les vêtements sales dans un sac et regagne le salon, où l'attend le type avec qui elle vient de baiser. Elle lui remet le sac de vêtements pour qu'il s'en débarrasse dans un conteneur loin d'ici.

— J'applaudis ton sens de l'affabulation, dit Márquez. Je me demande combien de fantaisies tu es capable de créer à la minute.

— Dans la villa, il n'y a que Noe et le sujet B, poursuivit Milo. Le sujet A n'est pas encore arrivé. Et son père est toujours vivant, probablement à moitié hébété par les psychotropes et quelques coups. Plus tard, il est assassiné et Noe est devant lui, avec les nouveaux vêtements qu'elle vient de passer. Voilà pourquoi elle a reçu des éclaboussures.

— Deux sujets témoins de la scène ?

Milo nia en secouant la tête.

— Ils ne se retrouvent à aucun moment tous les deux à la maison.

— Et tu le sais comment ?

— Le sujet B était déjà parti avec le sac de vêtements. Lucas Torres n'a pas été le seul à sortir à pied de la villa. Un instant, dit-il, vous savez déjà comment il a reçu son coup à la tempe gauche ? Par-devant ou par-derrière ?

— On ne sait pas, répondit-il. À mon tour de poser des questions : le sac de vêtements était un sac poubelle ou celui d'un supermarché ?

— Va te faire foutre, Márquez.

— Pourquoi tu t'énerves ? C'est un détail primordial. Comme ce que nous avons trouvé en le fouillant à l'hôpital, dit-il en tirant un autre dossier de la mallette. Une grande quantité de sang coagulé sur ses vêtements, celui de Noelia Corona et de sa mère. Et des éclaboussures de sang du père et de la fille dans les cheveux, sur le visage et les vêtements. Trois des cinq victimes.

— Ce qui indique qu'il est arrivé lorsque le frère et la grand-mère étaient déjà morts, et sûrement la mère.

— Mais pas le père ni Noelia Corona. Tous les deux ont été assassinés, crâne fracassé à coups de pierre. Tu crois qu'ils se le sont fait l'un l'autre ?

Milo ne répondit pas.

— Ah, non. Excuse-moi. L'auteur est un des deux sujets. Si je ne me suis pas égaré, le sujet A, Lucas Torres.

Milo garda le silence.

— Quoi qu'il en soit, ajouta Márquez, je n'ai toujours pas entendu la moindre preuve que Noelia portait des gants, comme tu t'acharnes à l'affirmer.

Il jeta un coup d'œil à sa montre.

— Des gants qui justement… au fait… où se trouvent-ils ? Nous avons fouillé la maison de fond en comble, y compris la poubelle, et rien. Dis-moi, il commence à se faire tard. Si tu n'y vois pas d'inconvénient, moi je…

— Noe les a mis dans le sac des vêtements, murmura Milo.

— Mais oui, c'est une bonne solution. Ainsi, ton histoire colle à la perfection. Dommage qu'il n'y ait pas la moindre preuve de ce que tu avances.

— Il y en a. Tu as toi-même dit qu'on n'avait pas trouvé d'empreintes sur le ruban adhésif. Qui que ce soit qui les ait immobilisés a dû enfiler des gants. Le fait que vous ne les ayez pas trouvés ne change rien à l'affaire. Les gants ont existé.

— Je ne dis pas le contraire. Mais pourquoi serait-ce Noelia Corona qui les aurait utilisés ?

— Parce que c'était la seule personne de la maison qui n'était pas inconsciente à ce moment-là, dit-il.

— Et le sujet B ?

Ses forces s'évaporèrent comme par enchantement. Márquez l'observa se dégonfler, baisser la tête et rentrer les épaules.

— Malart, nous sommes fatigués tous les deux. Laissons tomber pour aujourd'hui, on reprendra plus tard, dit-il tandis que Milo demeurait immobile, le regard erratique. Travailler avec toi a été une expérience très stimulante, ajouta-t-il en se baissant pour ranger les dossiers dans la mallette et la fermer.

En se redressant, il s'aperçut que Milo était toujours immobile.

— Ça ne va pas ? lui demanda-t-il.

Milo fit un effort pour dissimuler sa fatigue soudaine et, pendant quelques instants, il réprima son besoin de déconnecter.

— Juste une ou deux questions supplémentaires, dit-il.

Márquez acquiesça de la tête.

— Le vomi, par terre, à qui appartient-il ?

— À Lucas Torres.

— Les traces sur le dessus-de-lit de la petite Eva et sur sa nuque, ses cheveux et son tee-shirt, qui les y a laissées ?

— Lucas Torres. Comme s'il s'était assis sur le lit et l'avait réveillée, en la prenant ensuite dans ses bras.

— Pas le moindre doute à ce propos ?

— Pas le moindre.

— Chambre de Noe. Les empreintes sur sa table de nuit ?

— Ce sont celles de Lucas Torres, pas de doute non plus. Une dernière question ?

— Vous affirmez que le corps de la mère a été déplacé, qu'elle est morte dans le salon et que quelqu'un l'a traînée jusqu'à la cuisine. C'est indiscutable ?

— Indiscutable, sans le moindre doute, dit Márquez en saisissant sa mallette et en s'apprêtant à partir. Travailler avec toi a été un plaisir.

— Encore une dernière question.

— Mais vraiment la der des ders, je t'écoute.

— Lequel de tes hommes a contaminé le relevé de preuves dans l'affaire Gotha ?

Márquez sourit dédaigneusement.

— Et pourquoi penses-tu que ç'a été un de mes techniciens ?

— On a dit que c'était le laboratoire.

— On a menti.

À nouveau seul, il appuya son dos contre le mur et se laissa glisser jusqu'au sol. Il replia ses jambes et les serra dans ses bras, posa sa tête sur ses genoux et ferma les yeux, complètement hébété. Dormir, il avait besoin de dormir. Juste quelques minutes. Les images l'en empêchèrent. Le World Trade Center transformé en un océan de ruines sous les eaux. Les armatures métalliques des marchés, tordues et oxydées, ouvertes comme des serres d'aigle en direction du ciel. La tour Mapfre tombée sur l'autre, toutes les deux tranchées. Une vague rasant la ville, depuis la ligne de la côte jusqu'à la montagne. *Négativisme extrême, perte de réalité*. Sa gorge se noua. Les symptômes de la maladie en train de se manifester. La dissociation. *Percevoir le paysage alentour comme irréel, sensation d'étrangeté face au monde extérieur*. Les tempes commencèrent à le brûler, ses yeux s'enfoncèrent soudain dans sa tête et le vertige l'obligea à se redresser. *Je t'aime.* Son sang cessa de circuler. *Et Hugo aussi*. Il frissonna. *J'aimerais que ce qui s'est passé entre nous continue dans le temps*. La douleur fut intense.

Il frappa le mur avec la partie postérieure de son crâne. “Tu n'es pas infaillible.” Plus fort. “Tu as changé.” Plus fort. “On ne peut pas gagner chaque fois.” Plus fort. “Tu n'es plus le même.”

— Tais-toi ! hurla-t-il.

Il se mit à trembler. “Où est passée cette maudite force salvatrice dans ta vie ?” La question mordit son cerveau comme une souris affamée. “Tu as perdu.”

— Connard, cette histoire n’est pas finie.

Il se leva et se dirigea vers la cuisine.

— Tu ne m’auras pas.

Il ouvrit le robinet de l’évier et plaça sa tête sous le jet.

Il commença à se réveiller peu à peu. *Le corps de la mère traîné depuis le salon.* Il se redressa et observa le sol, la flaque de sang, la longue traînée, sans cesser d’entendre le bruit de l’eau qui coulait et tombait dans l’évier. D’après Márquez, les traces partielles de chaussures de sport se dirigeaient vers ici. C’est le sujet B qui l’avait traînée. Pour quelle raison avait-il déplacé un des corps ? Pour rien. Et pourquoi la mère ? Pourquoi pas celui du frère, qui était plus léger ?

— L’idée n’est pas venue de toi, mais de Noe.

Le sujet B avait obéi à ses ordres. Et elle ne faisait rien sans avoir une idée derrière la tête ; énigmatique, perverse. Comme dans ses clips. Il ferma le robinet et retourna dans le salon. Ses yeux suivirent la traînée presque noire. Trois corps à table, un dans la cuisine. L’image était très similaire à celle de la tuerie qui avait eu lieu quinze ans auparavant. Il observa les chaises. Noe avait occupé celle de l’angle, sur le côté, pour ne pas boucher la vue du match à la télévision. La seule un peu écartée, la plus inconfortablement installée, avec un pied de table entre les jambes. Il tenta d’entrer dans sa peau, de ressentir le contexte émotionnel.

“Trois ans à être le centre de la famille, jusqu’à la naissance de Raúl, un garçon. Le temps passe et il imite notre père en tout, pour gagner son affection. Je ne suis pas préparée pour supporter les frustrations et je commence à m’infliger des entailles. Il y a deux ans, Eva naît. Je cesse d’être la petite fille de papa.”

— Il y a plus ou moins deux ans que tu as filmé le premier clip.

“Et alors c'est la débâcle, la goutte qui précipite mon obscurité : je découvre que maman est enceinte, et je sais que ce n'est pas de mon père.”

Milo fixa son regard sur la canette de Coca-Cola. Vide. Posée devant la chaise qui est à l'angle. Il saisit son portable et appela Márquez.

— Putain, Malart, tu ne te reposes donc jamais ?

Vacarme de la circulation en bruit de fond. Une route.

— Vous avez découvert des traces de psychotropes dans le Coca ?

— Je vais au commissariat général pour enregistrer les diamants. Je suis en train de conduire et je ne peux pas…

— Arrête-toi sur le bas-côté et prends le dossier. Tout de suite.

Il attendit sans quitter la chaise du regard. Il devait découvrir ce que voulait Noe. Ce dont elle avait besoin. Comment elle avait fini par se radicaliser. C'était elle la clé du mystère.

— Malart ?

— Oui ou non ?

— Non, mais les résultats ne sont pas concluants, car il y avait trop peu de quantité à…

Il raccrocha.

Il eut un frisson et réalisa que ses vêtements étaient trempés, que l'eau dégoulinait dans son dos. Il retira son blouson, son sweat-shirt et se sécha avec ce dernier. Puis il chercha la photographie de la famille Corona.

Il fixa son regard sur le visage de Noe.

“Économiquement, j'ai presque tout ce que je veux. Mais émotionnellement et affectivement, je n'ai rien du tout. Papa est un facho, comme Raúl. Maman ne fait que passer, elle n'est préoccupée que par son image et ses aventures, c'est une débauchée. Et grand-mère ne compte pas, elle est à côté de la plaque. Eva non plus, c'est une enfant gâtée. Je les méprise, ils ne sont pas à ma hauteur, tout ce qu'ils font m'exaspère, me dégoûte. Ils n'ont ni sensibilité ni culture. Ce sont des machistes, y compris ma mère. Ils sont cons, superficiels. Je n'ai pas l'impression d'être leur fille. Je suis une étrangère à la maison, sans le moindre lien avec eux. Ils se liguent toujours contre moi, se moquent de ce que je peux dire, alors que ce devrait être le contraire, car je suis particulière, quelqu'un d'unique, avec du talent, une artiste. Mon sentiment de solitude est… est…"

Voilà où se trouvait le vide. Le vide suprême. Elle pouvait le palper.

Le couple Corona se parlait à peine. Ils ressentaient de l'indifférence, du mépris l'un pour l'autre. Ils restaient ensemble par stricte convenance. Mais cela pouvait déclencher une certaine affection ou complicité.

"J'abhorre tout ça, tous ces mensonges sont insupportables. J'ai l'impression d'être une jeune terroriste entourée d'infidèles et je trouve leur monde réduit et claustrophobe, artificiel. J'aimerais m'en évader, mais je ne trouve pas la sortie du labyrinthe. J'aspire à une vraie vie. Je veux m'en sortir, pas fuir."

Un nouveau frisson parcourut son dos. Et cette fois ce n'était pas à cause de l'eau et de l'humidité. *Écrase-lui la tête !* Il rangea la photo et saisit à nouveau son téléphone. Il appela Rebeca, entendit l'interminable série de sonneries avant qu'elle décroche.

— Mercader, dit la sous-inspectrice essoufflée.

— J'interromps quelque chose.

— J'espère que tu as une raison valable pour m'appeler.

— Parle-moi de ta rencontre avec la doctoresse Herrera.

— Tu crois sérieusement que je vais te la raconter à cette heure-ci ?

— Juste en résumé.

Il l'entendit jurer, reprendre sa respiration. Et, au bout d'un moment, tourner des pages.

— Hypersensible, instable, elle avait des crises de panique, s'est réfugiée dès son plus jeune âge dans un abandon volontaire. Sa pulsion habituelle était l'autodestruction et le désespoir. Personnalité dominante, hyperactive. Le mensonge faisait partie de ses défenses. Une enjôleuse presque pathologique. Et, comme son père, une manipulatrice-née. Le médecin n'a détecté chez elle aucun trouble, mais le profil de la fille ressemblait beaucoup à celui des pervers narcissiques. Elle aimait manipuler les gens, utiliser son entourage. Intelligente, calculatrice, grande force intérieure malgré tout. Ah… et elle faisait une fixation sur sa famille.

— Pouvait-elle être dangereuse pour autrui ?

— Seulement pour elle-même. Écoute, Noelia était une jeune fille problématique, avec ses bizarreries et ses obsessions, mais elle était comme toutes les autres gamines de son âge. Ce n'était pas une psychopathe, tu comprends ? Est-ce que tu peux te fourrer ça dans la tronche une putain de fois pour toutes ?

Milo raccrocha.

Il eut envie de lancer le portable contre le mur. Il se retint et le laissa tomber sur le blouson. La chose la plus sensée aurait été de s'en aller, d'oublier l'affaire. Et de se reposer, comme tout le monde. Il en avait par-dessus la tête de penser en rond, sans aboutir. Tout cela ne servait à rien. Il se frotta les yeux. Et dodelina de la tête.

Ou peut-être que oui.

— Non, tu n'es pas une fille comme les autres, n'est-ce pas, Noe ? Tu ne pouvais pas laisser les choses en l'état, pas vis-à-vis de ceux qui avaient transformé ta vie en supplice. Bordel, à cause d'eux, tu te sentais comme une morte vivante. Tu te l'étais même gravé au sang sur ta peau.

Il pensa à sa propre douleur. À la pierre plantée en plein milieu de sa propre poitrine, qui l'empêchait de respirer normalement. Il porta sa main au centre de son plexus solaire. S'il pouvait le faire, il la glisserait entre ses côtes pour s'arracher cette maudite pierre. Sainte mère, quelle libération !

— De quoi serais-tu capable pour effacer le vide ?

C'était clair comme de l'eau de roche.

— Tu as convoqué ta force salvatrice. La haine.

L'obscurité accumulée depuis tant d'années. *Les pierres et les heures.* Il lui fallait transformer la vie de ses proches en cauchemar. *Toutes blessent.* Diriger contre elle la violence intérieure qu'ils lui inspiraient. *La dernière tue.* Et elle commença à héberger le rêve de leur mort, de la mort de tous les membres de sa famille. *La dernière heure mettra fin à la douleur.* Comme dans un film. *Elle pourrait filmer de grandes scènes.* Faute, crime et châtiment. *Ce serait un grand film.* Et pendant ce temps, elle imaginait leurs corps ensanglantés ; la taille de la pierre qui l'étouffait se réduisait dans sa poitrine.

— Tu avais besoin d'air, de respirer, de libération. Tu désirais la mort de ta famille. Et tu pensais atteindre ton objectif en faisant ce que tu savais faire le mieux : manipuler les gens. Non, pas les gens, corrigea-t-il, Isma et le sujet B. En leur promettant soixante-douze vierges et des rivières de miel.

*Fracasse-lui la tête !*

Il sentit qu'il avait trouvé la bonne direction. Il se laissa aller.

— De l'argent, après le crime tu allais avoir besoin d'argent.

Elle ignorait l'existence des diamants cachés dans la chambre de la grand-mère. Comment en obtenir ? Grâce à la bijouterie Corona. Un vol. Le vol. Mais après la mort de la famille, elle en hériterait seule. Et alors ?

— Alors tu apprends que ton père va recevoir une précieuse livraison d'articles volés. Deux cent cinquante mille euros en or et en bijoux. De l'argent tombé du ciel. Les rivières de miel. C'était une opportunité que tu ne pouvais pas laisser passer.

L'appel des Bosniaques pour prévenir Paco de la remise de la marchandise fut réalisé mercredi dernier, un peu avant huit heures trente. Noe devait encore se trouver à la maison, prête à partir au lycée. Elle put entendre la conversation téléphonique. Elle se déplaçait dans la maison à la manière d'un chat, les épiant tous. Elle eut l'impression que c'était un peu risqué, mais faisable. Et c'est alors que Noe imagina son plan.

— Tu es pressée comme la plupart des adolescents. Tu veux que tout soit immédiat, réaliser enfin ton projet.

*Fracasse-lui la tête !*

Elle avait besoin de quelqu'un pour commettre le vol. Besoin du sujet B. Peut-être aussi pourrait-il perpétrer les crimes. Et d'un bouc émissaire, pour lui mettre les assassinats sur le dos. Pour qu'elle s'en sorte à bon compte.

— Tu n'as pas eu à chercher bien loin, tu l'avais devant toi : Isma.

Les choses cadraient parfaitement. Un garçon obsédé, tout comme Noe, mais lui par le massacre de sa famille perpétré quinze ans plus tôt. Et il était fasciné par elle. Il lui serait facile de le manipuler pour servir son plan. Elle savait comment s'y prendre, quel bouton actionner.

— La tragédie de son passé.

*OK, je le ferai.*

Il sentit l'envie d'effectuer quelques pas de danse.

— Voilà quelle était ton idée lorsque tu as traîné le corps de ta mère du salon à la cuisine. Provoquer un effet mimesis dans l'esprit d'Isma. Et nous servir le parfait coupable sur un plateau.

Euphorique, Milo laissa libre cours à sa fureur au rythme d'un tempo inexistant. En plein apogée, il pressentit qu'une des pièces du puzzle ne s'emboîtait pas bien. "Quelque chose a mal fonctionné." Il s'arrêta.

— Tu as fini assassinée.

Milo se sentit ridicule. Cette histoire serait parfaite dans son rapport, mais comme une création. Trop de pièces ne s'imbriquaient pas encore, il n'y avait pas de quoi être fier. Il avait tout au plus trouvé un point de départ. Et il comprit ce qui allait se passer par la suite.

Il s'effondra.

# 22

La fatigue s'empara à nouveau de son cerveau comme un brouillard dense. *Ne me considère pas comme un cas irrécupérable, s'il te plaît.* Noe et son plan. Son complice, le sujet B. Et un coupable idéal : Isma. Tous les trois virevoltaient dans son esprit, leur identité se confondant avec d'autres, adoptant l'identité d'un seul corps à trois têtes.

Il attrapa son portable et appela la juge Cabot.

— Milo ? dit-elle d'une voix ensommeillée.

— J'ai besoin de plus de temps.

— Attends un peu, laisse-moi ouvrir les yeux tout à fait.

— Il faut que tu rallonges la garde à vue à soixante-douze heures. Je t'avais dit que ça risquait d'arriver.

— Tu n'as rien découvert d'autre ?

— Je sais qui est l'instigatrice du crime multiple et peut-être même celle qui a commis les crimes, mais tout ce que j'ai contre Isma est circonstanciel.

Il entendit que la juge bâillait.

— Je t'ennuie ?

— Milo, je ne suis pas comme toi, j'ai besoin de dormir.

— Une preuve légale, si insignifiante soit-elle, nous suffirait à le retenir davantage. Mais nous n'en avons pas.

— La scientifique n'avait-elle pas retrouvé des traces d'ADN de deux personnes sous les ongles d'une des victimes ?

— Ils n'ont pas encore les résultats. Et même si l'un d'entre eux correspondait à Isma Torres, on ne pourrait pas en tirer de conclusion.

— Mais ce serait suffisant pour retenir des charges.

— Tu crois que je ne le sais pas, lança-t-il irrité. Écoute-moi, on n'a rien, rien du tout ! Tu comprends ça ?

— Je suis peut-être endormie, mais pas sourde. Alors ne me crie pas dans les oreilles, d'accord ?

— Si tu n'avais pas tant… d'activité musicale avec ton Brésilien, tu ne serais pas endormie. Tu devrais réfréner tes envies.

— Et toi, espèce de grande gueule, pourquoi tu te mêles de ma vie, maintenant ?

Milo se mordit la langue. Il se défoulait de son impuissance sur la personne qu'il avait sous la main, mais la juge n'était pas responsable de sa frustration. Cependant, ça lui faisait du bien, ça le soulageait, et il était trop épuisé pour ne pas succomber à la tentation.

— Parce que tu devrais être plus professionnelle. Voilà pourquoi.

— Inspecteur Malart, je vais compter jusqu'à trois. Ou tu changes de ton, ou je te jure que…

— Que quoi, bordel ! De quoi tu veux me menacer ? Je ne devrais pas être ici, en train de mener cette enquête, mais avec Ella à Biarritz.

Il y eut un silence à l'autre bout de la ligne.

— Mais de qui parles-tu, bordel ? Qui est cette Ella ?

— Soixante-douze heures, Votre Honneur. J'ai besoin d'un jour supplémentaire. Tu pourrais ordonner une reconstitution pour gagner du temps.

— Impossible. N'insiste pas.

— Rien n'est impossible, pour un juge.

— Va écrire ça sur les murs du métro, pour voir si quelqu'un te croit. On en reste aux quarante-huit heures du début et on n'en parle plus.

— On peut savoir pourquoi ?

— Primo, parce que je suis la juge qui instruit cette affaire, et que je n'ai d'explications à fournir à personne, même pas à toi. C'est clair ? Secundo, parce qu'Antonio Torres a mis la pression sur toutes les personnes sur lesquelles on peut le faire dans cette maudite ville et que ses arguments ont convaincu les gens qu'ils devaient persuader.

— Quels arguments ?

— Ce garçon n'a pas d'antécédents et il n'existe pas de risque de fuite, ni de destruction de preuves, ni qu'il commette un nouveau délit.

— Mais c'est juste le contraire ! Il est fort probable qu'il prenne vos injonctions par-dessus la jambe !

— Sauf si demain tu parviens à le faire parler. Ou plutôt, dans quelques heures.

— Et pourquoi parlerait-il à présent ? Tu veux me le dire ? Alors qu'il a été assez intelligent pour se taire jusqu'à aujourd'hui, pourquoi parlerait-il maintenant ? Il serait complètement con et il a prouvé qu'il était loin de l'être.

— Parce qu'il va t'affronter toi, et qu'il est loin d'imaginer de quelle pâte tu es constitué et ce qui va lui dégringoler dessus.

— Tu me flattes, mais n'attends pas grand-chose.

— Je sais que tu vas l'acculer, que tu vas mettre tout ton talent en jeu pour le forcer à faire une déposition.

— Tu es très subtile pour me mettre la pression.

— Subtile, moi ? Je suis en train de te mettre la pression avec insolence, oui. Et je le fais parce que je te connais. Tu ne travailles jamais mieux que lorsque tu es sous pression.

— Et si je n'y parviens pas ?

— Alors on relâchera Isma Torres et le Groupe le soumettra à une étroite surveillance.

Milo se tut quelques instants.

— Je peux t'avouer quelque chose, Susana ? dit-il enfin.

— Seulement si ensuite tu me laisses dormir.

— Je ne suis pas fin, pas du tout fin.

— Tu n'as jamais été très fin, inspecteur Malart. Mais une fois tu m'as sauvé la vie, tu te rappelles ? Tu avais réussi à soutirer la vérité à cette folle démoniaque. Et pourtant tu n'étais pas non plus dans ton meilleur moment.

— À présent, c'est différent, j'ai changé.

— À d'autres avec tes histoires ! lança-t-elle. Tu as jusqu'à onze heures du matin. Et j'attends des résultats.

Elle raccrocha.

Milo battit des paupières, perplexe. Il prit plusieurs minutes à décider ce qu'il allait faire. Il enfila son sweat-shirt, le blouson, et se dirigea vers la porte. Il éteignit la lumière et sortit de la villa. Sur le perron, il apprécia la rafale de vent qui vint lui balayer le visage. Les feuilles mortes voletaient autour de lui. Il observa leur trajectoire. Indécises, hasardeuses, sans but précis. Comme lui. Il inspira profondément et commença à descendre les marches. Il tourna à droite, s'approcha de la voiture de la patrouille et rendit la lampe de poche à un des agents.

— Toujours au travail à cette heure-ci, inspecteur ?

Il observa le bout de la rue. C'était le chemin le plus court pour se rendre au commissariat de la plaza de España. Isma était sorti de la villa le lundi matin et avait pris à sa gauche, le trajet le plus long. Il devait avoir ses raisons de faire ce choix.

— Ou pas, peut-être était-ce juste une habitude, murmura-t-il.

— Pardon, inspecteur ? demanda un agent.

— Rien, désolé. Bon courage pour la surveillance, éluda Milo.

Il traîna les pieds jusqu'à son véhicule garé avenue Miramar, se mit au volant. Avant de démarrer, il appela Irene pour la énième fois et raccrocha d'un air fâché.

Il mit le contact, l'éteignit, appela Mercader.

— Bordel, Malart, qu'est-ce qu'y a encore ? demanda sa voix rauque.

— Je suis dans une impasse.

— Et tu me réveilles pour ça ?

— Tu dormais ? demanda-t-il d'un air innocent.

— Tu croyais quoi ?

— Je suis dans une impasse. Je ne vois vraiment pas.

— Qu'est-ce que tu ne vois vraiment pas ?

Il mit un moment avant de répondre.

— Je ne vois rien, dit-il enfin.

— Ce gamin n'est pas innocent.

— Il n'est pas responsable d'au moins trois des assassinats.

— Mais il en a exécuté deux autres, celui du père et de la fille.

— Ce n'est pas si clair, insista-t-il.

— Nous connaissons la vérité, seulement nous ne savons pas la démontrer.

— Vraiment, nous connaissons la vérité ? répliqua-t-il. Pas moi en tout cas.

— Parce que tu as besoin de repos, un point c'est tout. Va te coucher. Demain, il te faudra être en pleine forme.

— J'en ai ras le cul de cette affaire.

— C'est chaque fois pareil, jusqu'au moment où tu parviens à boucler la boucle et que tu résous l'énigme.

— Je peux te poser une question personnelle ?

— Très personnelle ?

— Je t'ai vraiment jetée ?

— Comme une vieille chaussette.

— Tu en es sûre ?

— Absolument.

— Et pourquoi j'ai oublié ?

— Parce que tu as une mémoire sélective !

Silence.

— Je n'ai jamais voulu te blesser, dit Milo.

— Tu as pris un coup sur la tête ?

— C'est un peu ça.

— C'est du passé, ne t'inquiète pas.

— Je ne m'inquiète pas. Tu as une liaison avec ce merdeux ?

Elle raccrocha.

Milo observa son portable en se demandant quelle mouche l'avait piquée. Jusqu'à ce que l'écran s'éteigne. Il conduisit en direction de la Barceloneta à petite vitesse, glissant le long des rues désertes comme un zombi sur un immense toboggan de glace. Il se gara sur le trottoir, plaça la carte des *mossos d'esquadra* sur le tableau de bord et descendit de voiture. Il montra les quatre étages jusqu'à son appartement avec une seule idée en tête : s'allonger sur son lit et dormir. Il ouvrit la porte et s'enfonça dans l'obscurité. Il entendit une voix avec un fort accent étranger provenant du salon, en même temps qu'il sentait qu'on appuyait le canon d'un revolver sur sa nuque.

— Vous rentrez enfin chez vous, inspecteur Malart.

Dans son dos, un autre homme actionna l'interrupteur, ferma la porte et, le menaçant de son arme, poussa Milo en direction de l'individu qui attendait, assis sur une chaise, près du terrarium.

— Je commençais à perdre patience, dit ce dernier, larges épaules, cheveux blancs coupés en brosse, visage sculpté dans du marbre, nez rectiligne, yeux clairs et regard froid. Vous êtes un sacré fêtard !

— Nous sommes tous des fainéants dans la police judiciaire, dit-il en s'approchant du bocal en plexiglas où se trouvait la petite tortue. Comment ça va, Ma Vieille ? Je t'ai manqué ?

L'animal resta muet et, comme d'habitude, ne bougea pas d'un pouce.

— Elle me punit parce que je ne m'occupe pas d'elle, expliqua-t-il.

Il tendit la main pour saisir une boîte blanche en plastique et le type lui enfonça le canon dans la nuque.

— Des mouvements lents, inspecteur Malart, dit l'individu aux cheveux blancs. Bakir a horreur des surprises. À présent, de la main gauche, sortez votre arme avec deux doigts.

— Comment savez-vous que je ne suis pas gaucher ?

— C'est un risque à prendre.

Milo saisit la boîte blanche, l'ouvrit calmement et versa un peu de son contenu dans le terrarium.

— Voilà ta nourriture, Ma Vieille. Tu n'as aucune raison de m'en vouloir comme ça. Tu n'es pas contente de me voir ? Même pas un peu ?

— Votre arme, inspecteur Malart.

— Vous savez que vous êtes en train de commettre un délit ? dit-il en fermant délicatement la boîte, sans quitter la tortue du regard, et la posant sur la table. Un de plus sur votre longue liste.

— C'est pour votre bien, pour que vous ne tentiez rien d'insensé.

— C'est ma nature, la chèvre est toujours attirée par la montagne.

L'homme fit un signe à Bakir et celui-ci le projeta sans ménagement sur la table, écarta ses jambes et le fouilla pour extraire son HK. Puis il fit un pas en arrière et attendit les instructions.

— Que diriez-vous de vous asseoir pour qu'on puisse bavarder un instant ? dit l'homme aux cheveux blancs coupés en brosse.

— Je suis très bien debout, Goran Juric. Si vous vouliez me parler, il suffisait de me prévenir un peu à l'avance.

Je connais un tas de cafés et je suis toujours ouvert à une bonne conversation.

— Vous savez qui je suis ?

— Le chef du clan de Mostar, je ne suis pas un perdreau de l'année. Vous avez un mandat d'arrêt sur la tête. Vous nous avez échappé d'un cheveu, hein ?

Goran Juric fit un autre signe à Bakir qui attrapa immédiatement Milo par les épaules et le fit asseoir sur la chaise.

— Bakir, tu sais combien je te remercie, soupira Milo. Je suis épuisé d'avoir tant dansé. Cela dit, si tu me touches encore une fois, toi tu danseras plus de toute ta vie. La chèvre, la montagne et la putain de ta mère, ne l'oublie surtout pas.

Juric eut un petit rire sec.

— On m'avait parlé de toi et on ne se trompait pas. C'est donc vrai que tu es fou ou c'est un genre que tu te donnes ?

— La politesse est donc finie ? Comme tu voudras, moi aussi je préfère te tutoyer. Dis-moi ce que tu es venu faire et finissons-en une bonne fois pour toutes, je meurs de sommeil.

— J'ai vu votre conférence de presse et elle ne m'a pas plu du tout.

— Eh bien, tu devrais porter plainte contre le département de communication avec les médias, que viens-tu me raconter, à moi ?

— Nous n'avons rien à voir avec ces meurtres multiples, voilà ce que je viens te raconter, dit Juric d'une voix glaciale.

— L'enquête suit son cours.

— Un fait comme celui-ci attire vraiment trop l'attention sur nous et porte préjudice à nos affaires, tout comme vos déclarations. Et aussi à nos compatriotes, tu n'as pas lu les nouvelles ?

— Je suis désolé pour eux, sincèrement.

— Il ne faut pas que tu te méprennes à cause de mes bonnes façons, le prévint-il. Ceci est ma carte de visite amicale, mais j'en ai beaucoup d'autres en réserve.

— Je n'ai pas le droit de parler d'une enquête en cours, mais pour l'instant nous n'écartons aucune éventualité, mentit-il. Et un règlement de comptes est un mobile aussi gros qu'une maison.

— Je te dis qu'on n'a rien fait. C'est pas notre genre.

— Tu es un homme de parole, c'est clair.

— De parole et d'affaires. Je te propose un marché.

Milo s'appuya confortablement au dossier.

— Je n'aime pas les marchés. Je me fais toujours avoir.

— J'ai des yeux et des oreilles un peu partout dans la ville, je peux t'être très utile. Dans cette affaire et dans les autres à venir.

Milo tendit son bras en direction du terrarium et donna quelques coups sur le plexiglas pour attirer l'attention de la tortue, sans y parvenir. Il laissa échapper un soupir.

— Et qu'est-ce que je devrais faire en échange ?

— Détourner l'attention.

— C'est tout ?

— Faire prendre une autre direction à l'enquête. Pour l'instant, tu perds ton temps, je te jure.

— Et toi, ça te pose des problèmes.

— Tu dois convaincre le juge qu'on n'est pas impliqués dans ce crime, et il faut que l'intendant le déclare publiquement et rapidement au cours d'une nouvelle conférence de presse.

Milo bâilla.

— Autre chose ?

— Dans ton intérêt, tu devrais prendre ça au sérieux.

— C'est ce que je fais, mais les chants des sirènes me donnent toujours sommeil.

Milo voulut tenter sa chance et lança une sonde.

— Tu as fait un prêt à Paco, pour ouvrir sa bijouterie. Il y a plus de quinze ans.

— C'était une façon de gagner tous les deux de l'argent.

— J'espère que les intérêts n'étaient pas trop élevés, dit-il. Ça fait une piste en moins.

— Je sais qui a tenté de vendre l'or et les bijoux volés. Et il est pressé de se débarrasser du matériel, ça lui brûle les doigts.

Milo garda le silence. L'identité du sujet B.

— Bon, alors ? dit Juric. Marché conclu ?

— Ce n'est pas suffisant, nous connaissons déjà son nom.

Goran Juric ne put dissimuler son étonnement.

— C'est du bluff, conclut-il au bout d'un instant. Vous ne savez pas qui c'est.

Milo se leva brusquement et le tueur leva son arme. Juric lui fit un geste pour qu'il la baisse.

— Je comprends, dit le Bosniaque, sans le quitter des yeux tandis qu'il parcourait la pièce de long en large. Tu veux de l'argent.

L'adrénaline répondit à une de ses questions. Isma avait tourné à gauche en sortant de la villa parce qu'il avait ressenti la même chose que lui à ce moment précis. De la peur. Tout devenait parfaitement clair. Le sujet B habitait dans le coin et Isma avait eu la trouille de tomber sur lui, au détour d'une des ruelles alentour. Voilà pourquoi il avait choisi le chemin le plus long, alors qu'il était à la limite de ses forces. Le quartier : Poble Sec. Les rues : l'une d'elles était la rue França Xica. C'est là que se trouvait le domicile du type qui avait fui lorsque Sena et Boada étaient allés l'interroger.

Il décida de tenter sa chance une seconde fois.

— J'ai l'air d'avoir besoin d'argent ? dit-il.

— Nous voulons tous plus d'argent et toi tu as, tout au moins, besoin d'une serrure plus solide. Ton appartement est une vraie porcherie, regarde-moi tous ces cartons qui tr…

— Tu fais aussi dans la décoration d'intérieur ? le coupa-t-il.

— Pour l'instant, je suis ton ami. Mais ça peut tout à fait changer.

— *D'accord**, la vie peut parfois nous réserver des surprises et tutti quanti. Mais j'ai un nouveau marché pour toi, dit-il en se rasseyant devant le Bosniaque. Moi, je détourne l'attention, je convaincs le juge et persuade l'intendant de déclarer, au cours d'une conférence de presse, que vous n'êtes pas impliqués dans ce crime.

— Mes associés et moi t'en serons très reconnaissants.

— En revanche, toi tu ne touches pas à un seul cheveu d'Andy Castro.

Juric se jeta en arrière, sur sa chaise. Son visage se froissa.

— Je le veux vivant et en parfaite santé, poursuivit Milo, sans la moindre égratignure. Et lorsque les yeux et les oreilles, que tu as éparpillés un peu partout dans la ville, l'auront repéré, tu nous préviens et on vient immédiatement en prendre livraison. C'est nous qui venons, compris ? Toi, t'y touches pas.

— Et les bijoux et l'or ?

— Un coup on gagne, un coup on perd. C'est la loi du marché.

— Le magot nous appartient, je veux le récupérer.

— On ne peut pas tout avoir. On fait affaire ou pas ?

Juric le fusilla du regard.

— Mon offre expire dans trois secondes, ajouta Milo.

— Et tu ne veux rien pour toi ?

— Moi j'aime les cartons et les serrures foutues.

— Marché conclu, dit Juric. Et il lui tendit la main.

Milo tendit également la sienne, mais en direction de l'autre Bosniaque :

— Mon arme, réclama-t-il.

Bakir regarda son chef.

— On la laissera en bas, sur les boîtes à lettres ; on n'est pas stupides, dit Juric. J'ai ta parole ?

— Tu l'as, à condition que tes hommes se dépêchent de trouver Andy Castro.

— On est également pressés de régler cette affaire.

— Et pas d'accident. Ce type adore sauter sur les terrasses et je ne voudrais pas qu'il se tue en tombant d'un immeuble. C'est clair ?

Juric sembla méditer sa réponse.

— Ça ne dépend pas de nous, mais du destin.

— Eh bien arrange-toi pour ne pas devenir son destin.

Le visage du Bosniaque prit une teinte marmoréenne.

— Charmante expression, dit-il d'une voix grave.

— Tu penses que je suis un rigolo ?

— Je n'ai pas encore décidé, dit-il en se dirigeant vers la porte. En pourboire, je t'annonce que tu as réussi à énerver un gars haut placé.

— C'est des rumeurs.

— C'est pas mon problème. Ce genre d'affaire ne me concerne pas, mais si j'étais toi, je surveillerais qui vient dans le dos.

— Le tien ou le mien ?

Juric éclata de rire, puis il revint sur ses pas.

— Si tu me poses la bonne question, je te dis son nom. Tu as deux chances.

— Devoir un service à quelqu'un comme toi ? Tu me crois malade ?

— Comme tu voudras, je tentais juste de protéger mon investissement. À la revoyure.

— Certainement pas, on ne se reverra plus ! Si tu pénètres une autre fois chez moi, toi non plus tu n'auras pas l'occasion de le raconter.

Juric l'observa en clignant des yeux.

— Pourquoi tu me regardes comme ça, dit Milo en lui indiquant la porte : fous le camp !

Le chef du clan mafieux secoua légèrement la tête.

— C'est donc pas un air que tu te donnes. Tu n'as aucun respect pour moi, tu oses même me menacer, tu sais que quelqu'un va s'occuper de toi et tu t'en fous. Tu vas mal finir, tu es complètement dingue.

— C'est l'histoire de ma vie, ça te dérange ?

Juric fit demi-tour et sortit de l'appartement. Milo les entendit descendre l'escalier. Il se détendit tout en poussant un énorme soupir. Ensuite, il tendit le bras vers le terrarium. Sa main tremblait comme une feuille.

# JEUDI

# 23

Le couple Parés Morera chemina le long du quai, en direction de son yacht. Une jeune fille habillée d'une minijupe, d'un chemisier sans manches et de talons aiguilles avançait entre les deux époux. À sa façon de marcher, Milo en déduisit qu'elle était soûle. Il descendit brusquement de voiture et courut vers eux en brandissant sa plaque de police. Le couple se retourna et la gamine sourit bêtement. Milo tira les menottes de sa poche et posa sa main sur l'épaule d'Ivo Parés pour l'arrêter. Mais son visage arrogant s'effrita soudain en sable noir, s'évanouit totalement comme par magie. Il se tourna vers Mónica Morera et le même phénomène sableux se reproduisit ; à l'instant de saisir son bras elle se désagrégea entre ses doigts. La jeune fille était restée derrière lui. Il se retourna pour lui annoncer qu'elle était enfin libre et elle lui planta un poignard dans le ventre, l'enfonçant jusqu'à la garde. Il se réveilla. *Toi, tu vas mal finir, tu es dingue*. Il battit des paupières. Le quai était désert, à peine éclairé. Il entreprit de se rappeler ce qu'il faisait là. Après le départ des Bosniaques, il s'était couché et avait tenté de trouver le sommeil. L'adrénaline l'en avait empêché. Après s'être tourné et retourné un long moment dans son lit, il avait décidé de cesser d'observer les mouches au plafond. Le pilote automatique de son véhicule l'avait conduit jusqu'au duplex, à l'angle de la Rambla Cataluña et de la rue Provença. Éteint, désert. Tout de suite après, ce même pilote automatique l'avait conduit jusqu'au quai où était amarré le yacht des Parés Morera. Assis au volant, il s'était endormi.

Il se sentit ridicule, s'aperçut que le jour commençait à se lever et retourna à la Barceloneta à travers les rues désertes. Arrêté à un feu rouge, il fut étonné qu'il n'y ait pas d'embouteillages. Les CDR[1] devaient être allés dormir. Il se demanda quel genre de défense était-ce donc, qui ne laissait même pas un piquet en service. Et il s'interrogea pareillement sur ceux de l'autre bord. Que faisaient donc les deux camps, la nuit. Ils dormaient ? Le feu passa au vert et il démarra à petite allure, tout en fredonnant la *Chaconne*.

Il plongea dans la mer en même temps que pointait l'aurore. Le vent ne s'était pas levé et il commença à nager sans effort à la faveur du courant. *Ne me considère pas comme un cas irrécupérable, s'il te plaît.* Noe, Isma et le sujet B, Andy Castro ; le dernier à entrer en scène. Il devait atteindre le bord coûte que coûte. Il se remémora tout ce qu'il savait de lui. Vols, trafics, rixes de temps à autre, passages à tabac sur commande. Un type violent. Fort, athlétique. Deux tatouages sur le cou, un lion et un dragon. Peu après Noël, il s'était disputé avec Paco Corona, à cause du tapage qu'ils faisaient dans le parc, en bas de la rue Julià. Ils avaient lancé des œufs sur la façade de la villa, déversé des ordures dans le jardin. Est-ce à cette occasion que Noe avait fait sa connaissance ? Un "mauvais garçon" qui avait menacé son père. Est-ce à cette occasion qu'il était devenu un "dragon" ? Le clip semblait le confirmer.

Il continua à nager, à contre-courant à présent.

Il tenta d'établir la chronologie des événements. Noe avait fait sonner une fois le portable d'Isma, le samedi soir

1. Comités de défense de la république, réunissant les indépendantistes catalans.

à vingt-deux heures six. Il se trouvait dans le coin, en train d'attendre. À vingt heures quarante-deux, sur la plaza de Cataluña, il avait pris un autobus de la ligne 55, jusqu'à l'arrêt de l'avenue Miramar, un trajet d'une demi-heure, maximum quarante-cinq minutes. Il n'était pas en retard pour regarder le match, bien plus en avance que le lui avait demandé Noe.

Le vol s'était produit à vingt-deux heures vingt-six. Milo calcula qu'il devait y avoir vingt minutes entre la rue Julià et la bijouterie Corona dans le quartier de Sants. Andy avait quitté la maison à dix heures du soir maximum, un peu avant l'arrivée d'Isma, à partir de vingt-deux heures six. Ce dernier l'avait-il vu s'en aller ? Impossible de le savoir, sauf si le jeune homme le déclarait. La fourchette de temps commençait à neuf heures, au début du match de foot. Si une quinzaine de minutes avaient été nécessaires pour que les victimes soient suffisamment affaiblies pour n'opposer aucune résistance, Noe et Andy auraient alors disposé d'un intervalle de trois quarts d'heure pour soutirer à Paco Corona l'information dont ils avaient besoin pour commettre le vol.

Un temps tout à fait suffisant.

Il cessa de nager, se tourna sur le dos et fit la planche.

— Rembobine, ne sois pas si pressé.

Noe avait versé le cocktail de psychotropes dans la nourriture et la boisson avant neuf heures du soir. Elle avait ensuite attendu que tout le monde soit inconscient, puis elle avait enfilé les gants et attaché chaque membre de la famille sur sa chaise, enfin elle les avait bâillonnés. Sauf Eva. Elle l'avait prise dans ses bras, montée dans sa chambre et couchée dans son lit. Pourquoi ? Milo ne sut que répondre.

— Et qu'as-tu fait ensuite ?

Elle avait fait sonner le portable d'Andy et attendu qu'il se présente. À eux deux, ils s'étaient occupés de la famille. Comme du bétail à l'abattoir, sans voir venir les coups, sans écarter la tête. Le frère, la mère, la grand-mère. L'horreur. La tuerie.

— Ils devaient tous mourir. Tu en avais décidé ainsi. Le vol n'était qu'une diversion, ton objectif principal était la tuerie.

Il se remit à nager, vigoureusement à présent, pour atteindre la côte le plus vite possible. Le courant l'avait éloigné et il maudit une nouvelle fois son idée absurde de se baigner dans la mer, dans ces conditions. Il accéléra le rythme des brasses, tout en luttant pour ne pas perdre le fil.

Isma et son degré d'implication dans les meurtres. Il tenta de visualiser l'instant où le garçon était arrivé : inquiet, très nerveux, épuisé. Il n'avait presque pas dormi de toute la semaine, Noe s'était chargée de l'en empêcher. Elle le voulait manipulable, faible, dans un état propice à fragiliser sa volonté. Et puis il y avait le clip qu'il avait reçu le vendredi précédent, de bon matin, à trois heures cinquante-trois. Un type avec un masque de porc en train de rebondir sur le corps de Noe. Comme s'il était en plein acte sexuel. Milo imagina que cela avait dû susciter chez Isma le même effet que s'il venait de boire un litre de café, une décharge d'épinéphrine qui l'avait rendu insomniaque. Et en plus, une décharge de douleur. Il avait mis dix-neuf minutes à se décider. Jusqu'à quatre heures douze. Mais il avait malgré tout accepté de se rendre à la villa, de faire partie de son plan. *OK, je le ferai*. "Car tu es docile ?" Tout son entourage était d'accord : il était incapable de se dresser contre quiconque. Il ne s'opposait ou n'attaquait jamais, n'élevait pas la voix pour contredire. C'est ce qu'affirmaient ses parents, comme sa sœur, Barreda, et son ami Shyam.

Tous ces gens ne pouvaient pas se tromper.

Il nagea de façon poussive et ralentit sa vitesse.

Noe avait ouvert la porte, Isma était entré dans le salon. Il avait aperçu les corps attachés à leur chaise et bâillonnés.

Tous morts. Le sang. Le cadavre de la mère gisant sur le seuil de la cuisine, dans une flaque rouge foncé.

— Un instant, dit Milo en s'arrêtant de nager et en se tournant à nouveau sur le dos pour faire la planche. Étaient-ils tous morts ? Paco aussi ?

Il ondula à la surface de la mer à cause du ressac.

Jusqu'à présent, il avait considéré l'hypothèse que Paco était encore vivant. Autrement, pourquoi aurait-elle désiré la présence d'Isma à la villa ? Milo avait associé la relation sexuelle de Noe à une autre sorte de torture. Elle était excitée à l'idée que son père en fût témoin. Ensuite, elle s'était changée dans sa chambre, avait fourré les vêtements tachés dans un sac, tout comme les gants, et donné ses instructions à Andy pour qu'il s'en débarrasse en se rendant à la bijouterie. Et lorsque celui-ci était parti, elle avait fait sonner le téléphone d'Isma et celui-ci s'était présenté à la maison.

— Qu'avais-tu donc prévu pour eux ?

Milo observa le ciel. Plusieurs pièces isolées s'emboîtèrent et prirent du sens. Une tête de Turc, un coupable. Les blessures d'Isma. En plus des défensives, il présentait une énorme contusion cranio-encéphalique. Quelqu'un avait tenté de le tuer.

— Andy était revenu après avoir commis le vol.

Elle s'était trompée : oui, ils s'étaient croisés dans la villa. Isma mort, Noe le ferait passer pour l'assassin. Elle avait déjà préparé sa version : "C'est lui, il est devenu fou. Il a tué toute ma famille. Je me suis défendue et…" Cette fille avait appris la tactique de la vérité après coup et avait l'intention de la mettre en pratique.

— Andy a dû revenir pour s'occuper d'Isma. Puis il en a fait autant avec Noe. Pour deux cent cinquante mille raisons.

Mais Milo n'en avait pas la preuve.

Il recommença à nager. La puissance de la mer l'obligea à se donner à fond. Puis il dut à nouveau réduire le rythme, le souffle court. Il tenta de maintenir une cadence modérée, mais constante tandis qu'il avait l'impression que, pour chaque mètre gagné, il en perdait trois, comme si quelqu'un le tirait par les pieds. Il tenta d'en faire abstraction et se concentra sur ses mouvements de bras et de jambes, sans s'occuper de la souffrance de ses muscles.

La stratégie de Noe devint vite une stratégie parfaite pour Andy. Il était devenu cupide et avait refusé de partager le butin avec elle. Il avait quitté la maison en laissant une série de cadavres derrière lui. Sans témoins. Il ne s'était pas aperçu qu'Isma était juste inconscient. Il ne s'était pas occupé d'Eva, car elle n'avait jamais vu son visage.

Milo continua à lutter contre le courant. Il était de plus en plus faible.

Il fit un dernier effort. À la limite de sa résistance, il s'aperçut qu'il avait enfin pied et cessa de nager. Il marcha contre le ressac lentement, pas à pas, difficilement. Il sortit de l'eau à quatre pattes, exténué, et se laissa tomber de tout son long sur le sable.

— Chef, vous n'en tirez jamais aucune leçon, n'est-ce pas ? dit un vieil homme.

— Laisse-le, il est irrécupérable, dit une femme avec une voix de rogomme. Complètement dingue.

Il se coucha sur le dos et tenta de remplir d'air ses poumons.

— Madame, haleta-t-il, je suis… parfaitement… d'accord avec vous.

— On vous a rapporté vos vêtements, dit un autre vieux en les laissant tomber près de lui. Pour que vous ne soyez pas obligé, dans votre état, d'aller les chercher à l'autre bout de la plage.

— Vous êtes… très… aimables.

Milo ferma les yeux. *Écrase-lui la tête !* Une idée commença à germer dans son crâne. *OK, je le ferai.* Mais Isma n'avait pas été capable de le faire.

— Voilà pourquoi… il a vomi, dit-il le souffle coupé.

Les vieux se regardèrent sans comprendre.

Il entra dans les bureaux du GEHME et n'aperçut que la sergente. Il lui demanda si la sous-inspectrice Mercader était arrivée. Elle observa ses yeux cernés, ses traits tirés, et fit non de la tête.

— Le sergent Crespo non plus ?

La femme secoua la tête une nouvelle fois.

— Merde alors ! dit-il en regardant dans tous les sens. On a localisé Andy Castro, sergente Corominas ?

— On est en train de passer la ville au peigne fin, mais on dirait qu'il s'est évaporé. Et je suis la sergente Humbert, Carlota Humbert.

Milo se dirigea vers la salle de repos. Un instant plus tard, il revint avec deux tasses de café. Il en posa une devant elle, approcha une chaise et s'assit. Il lui demanda s'il y avait du nouveau sur les chaussures de sport, la pierre ou le portable de Noelia Corona.

— Rien du tout, on continue à chercher.

— Les inspecteurs Sena et Boada ont trouvé quelque chose pendant la perquisition de la chambre d'Andy Castro ?

— Uniquement de petites quantités de drogue.

— Pas de chaussures de sport, aux semelles tachées de sang ?

La sergente fit non de la tête.

— Ni même un sac contenant des vêtements et des gants avec du sang ?

— Ils auraient dû trouver tout ça ?

— Ç'aurait été un coup de pot, trop facile, sergente.

— Dans le reste de l'appartement, ils ont découvert un arsenal d'armes blanches, battes de base-ball, poings américains… Rien en rapport avec l'affaire.

— Comment ça se passe avec les métadonnées ? demanda-t-il avant d'avaler une gorgée de café. Vous avez récupéré ce que Manel Vergés a effacé ?

Humbert tira un dossier dans une pile et le lui tendit.

— Voilà ce que nous avons pour l'instant. Les photos, ce n'est pas un problème. Mais les vidéos sont très lourdes. Leur chargement est très lent.

Milo ouvrit le dossier. Des photos de Noe à l'intérieur de sa chambre prises à travers la fenêtre, les rideaux tirés. Sur la plupart, elle avait des attitudes suggestives, en petite tenue ou nue. Certaines étaient clairement volées, mais il eut l'impression que d'autres étaient posées, comme si elle avait su ce qu'était en train de faire le voisin d'en face.

— Vous récupérerez les vidéos dans combien de temps ? demanda-t-il en refermant le dossier et en le posant sur la table. C'est urgent.

— Inspecteur, nous faisons tout notre possible.

— Tout ? rétorqua-t-il. Moi, je ne vois que toi ici.

— Nous ne sommes pas des machines. Nous avons aussi besoin de repos.

— Vous aurez le temps de vous reposer lorsque nous aurons résolu l'affaire.

Il avala son café et alla en chercher un autre. À son retour, avec deux tasses, il vit qu'elle l'attendait, un dossier ouvert devant elle.

— C'est quoi ?

— Ce que tu allais me demander. Le rapport des inspecteurs Sena et Boada sur la perquisition de la chambre de Lucas Torres.

Milo posa les deux tasses sur le bureau et s'assit.

— Fais-m'en un résumé, dit-il.

— Ils n'ont rien remarqué d'intéressant. Sa chambre est froide, sans photo ni poster. Une pièce parfaitement rangée, sans la moindre personnalité.

Milo répliqua :

— Rien d'intéressant, tu dis ?

Pour Milo cela signifiait qu'Isma considérait être *mort* à trois ans. Et que, depuis ce jour, il vivait dans une zone grise, sans attachement à quoi que ce soit.

— Ça nous donne justement une photographie de sa personnalité ! insista-t-il.

— Je voulais parler des éléments tangibles, pas des intangibles.

— Si tu veux découvrir qui est en réalité un individu, les uns ne signifient rien sans les autres, marmonna-t-il.

— Tu t'es levé du pied gauche, ce matin.

— Qui te dit que je me suis couché ? rétorqua-t-il en vidant sa tasse en deux gorgées et en pointant son doigt sur la deuxième. Tu vas le boire ?

Humbert fit signe que non.

— Ils ont également déniché ces cahiers, dit-elle, cachés dans une armoire.

Elle en tira cinq ou six d'un tiroir. On aurait dit des livres de comptabilité, d'une cinquantaine de pages, couvertures éclaboussées de blanc et de noir, étiquettes numérotées.

— Tu les as lus ?

Elle acquiesça.

— Tu peux me les résumer ?

— C'est compliqué. Je préfère que tu les lises toi-même.

— Trois cents pages, je n'ai pas le temps.

— Tu peux les survoler, non ? Ce sont des notes sur les personnes de son entourage. Ce garçon adorait poser des questions étranges. Il les préparait à l'avance, je suppose pour mettre ses interlocuteurs mal à l'aise, puis il notait leurs réponses.

— Pour étudier leurs réactions, comme un scientifique.

— Les cahiers contiennent également un registre de comportements et d'attitudes, y compris la description des voix de plusieurs personnes dont il indique le nom et le prénom. Tout cela est minutieusement décrit, dans les moindres détails.

— Tu viens d'en faire un résumé parfait, conclut Milo.

Cela coïncidait avec le témoignage de sa sœur, qui lui avait dit qu'Isma mimait toutes ses attitudes. D'après Elsa, pour acquérir de la confiance en soi ; d'après son psychologue, c'était une conduite normale pour un gamin qui tentait d'imiter ses aînés.

— Quelle est la date de sa dernière prise de notes ?

— Il y a environ dix jours.

— Ce n'est plus un gamin, murmura-t-il. Et de qui parle-t-il ?

— D'une des victimes, de Noelia Corona.

Milo acquiesça très lentement. Isma avait passé sa vie à interpréter, en simulant les rôles des autres pour ne pas attirer l'attention. Et son dernier modèle avait été une jeune fille problématique. Son esprit jumeau. Quelqu'un qu'il avait senti son égal.

— Je peux te parler de quelque chose ? demanda timidement Humbert.

Milo acquiesça.

— Tout cela pourrait refléter un certain trouble de l'affect. L'anxiété, des difficultés relationnelles, le vide intérieur. C'est un garçon renfermé ?

Milo fit à nouveau oui de la tête.

— Avec une certaine lenteur mentale ?

— Je dirais plutôt oui. Mais peut-être qu'il feint, je l'ignore.

— Eh bien voilà son profil, mais c'est juste mon opinion.

Cela confirmait ce que Milo craignait après avoir parlé quelques minutes avec le garçon, hier. L'interrogatoire n'allait pas être évident. Grâce à son enfermement mental, à sa distance avec les éléments extérieurs, il avait développé une importante aptitude à l'observation. Ajoutée à son énorme empathie et à sa propension à mimer son entourage, cela faisait de lui un rival extrêmement complexe, peut-être carrément un chasseur. Isma allait l'analyser, le manipuler. S'il ne l'avait pas déjà fait. *Ne me considère pas comme un cas irrécupérable, s'il te plaît.* Milo soupira profondément et saisit la dernière tasse de café qui se trouvait sur le bureau.

— Un problème, inspecteur ?

— C'est ce que nous verrons dans un instant, sergente, répondit-il avant d'avaler le café d'un trait. Autre chose sur Isma Torres ?

— Oui, son ordinateur.

Elle chercha un autre dossier dans la pile et le lui remit.

— Ce garçon conservait un fichier de tous les contacts qu'il avait eus avec Noelia Corona. En voilà une copie papier. Il l'a nommé N-1, il ne s'est pas cassé la tête.

— Qu'est-ce que tu en dis ?

— J'en dis que Lucas Torres a compilé dans un dossier Word tous les SMS, les messages WhatsApp et les courriers électroniques qu'il a échangés avec la fille. Il a même retranscrit les conversations téléphoniques et noté les signaux comportant une seule sonnerie. Tout est noté avec le jour et l'heure, dans l'ordre chronologique. Il était plus qu'accro à Noelia Corona.

Milo brandit le dossier.

— Et tout est là-dedans ?

— Absolument tous les échanges, du premier au dernier.

Il l'ouvrit et le feuilleta. Il calcula qu'il y avait une bonne centaine de pages. Il lui demanda si elle pouvait lui faire un résumé. Humbert se gratta la joue.

— Ça va être un peu difficile.

— Juste les lignes générales, pas les détails.

— Eh bien… vraiment, je ne sais pas comment faire.

— Lui dit-elle quelque part qu'elle l'aime ou quelque chose de ce genre ?

La sergente secoua la tête.

— Non, mais cela ne signifie rien du tout. Elle le suggère autrement, à travers les habituels "Je ne pense qu'à toi", "Nous sommes des esprits jumeaux", "Je suis avec toi", "Je te vois partout", "Tu es quelqu'un d'exceptionnel".

— Y a-t-il des fluctuations dans ces insinuations ? Tu vois ce que je veux dire, tout d'un coup proche puis lointain, un ton intime puis impersonnel, des messages fréquents puis espacés. Des fluctuations de ce style, allant d'un extrême à l'autre ?

Humbert médita un instant.

— Oui, sans aucun doute, dit-elle enfin.

— Ce qui signifie qu'elle a joué avec lui.

— C'est ce qui se détache. Cependant, ajouta-t-elle, moi, je n'appellerai pas ça un jeu. C'est différent. Ça me rappelle un concept que nous avons utilisé en psychologie.

— Toi aussi, tu as étudié la psychologie ?

— Pourquoi ? Fallait pas ?

— Putain ! soupira-t-il, je suis entouré de psys. Continue.

— Au début, elle a l'air sincère. Ils s'entendent bien, plutôt sur un plan amical que sentimental. Autant l'un que l'autre. Comme s'ils avaient vécu des moments de bonheur ensemble, mais de façon intermittente. Il y a de la complicité entre eux. Certains messages montrent que ce sentiment était très agréable pour l'un comme pour l'autre.

— Tu veux parler du sentiment de découvrir qu'ils ne sont pas les seuls à être bizarres ?

— Exactement. Mais on perçoit peu à peu que Noelia ne supporte pas d'avoir une relation plus romantique, comme si c'était un signe de faiblesse ou de dépendance pour elle. Par moments Lucas Torres devient tendre et elle en profite pour le punir par son silence ou, plus directement, par sa froideur. C'est alors qu'elle commence à mettre en pratique le concept dont je parlais : le *gaslighting*. Mais je dis bien que c'est juste une impression.

— Qu'est-ce que ça signifie ?

— Elle baisse l'éclairage au gaz, c'est une des formes les plus efficaces d'abus mental.

— Dis-moi en quoi ça consiste. En résumé.

Elle lui expliqua que c'était une attitude intimidatrice et narcissique adoptée intentionnellement. Elle consistait à provoquer chez autrui la destruction de l'estime de soi et de la confiance. Tout cela de façon très subtile. La victime devenait incapable de fonctionner de façon indépendante, elle se transformait en personne doutant de sa mémoire, de sa perception et de sa santé mentale. Et n'était capable de se sentir sûre de soi qu'à travers le jugement de l'autre et notamment de son harceleur ou de sa harceleuse.

— C'est la torture favorite des couples, conclut-elle.

Milo s'appuya au dossier de sa chaise. Si c'était vraiment le cas, il n'avait pas dû être très difficile à Noe de l'appliquer à Isma. Il était faible avant de la connaître, absolument pas sûr de lui et sans la moindre estime de soi. Elle était en terrain fertile.

— À quel moment le changement s'est-il produit ? demanda-t-il.

— Plus ou moins, à partir de Noël, un peu après.

— Et comment l'appelle-t-elle dans ces contacts ? Lucas ou Isma ?

— Au début Lucas, puis Isma.

Milo se prit la tête entre les mains.

— Il lui avait raconté son histoire, dit-il. Ce gros imbécile n'a pu s'empêcher de la lui raconter. Elle parle de l'échafaudage d'un plan dans ces contacts ? Est-ce qu'ils évoquent le crime ?

— Non, mais vendredi de bon matin, ils ont eu un échange de messages WhatsApp très intéressants, et ça ressemble au prolongement ou à la conclusion d'une conversation entamée en direct. Tu peux en prendre connaissance, dit-elle en signalant le dossier. Ce sont les tout derniers du fichier.

Milo alla à la dernière page. "Ensuite, nous serons ensemble, ce sera que du bonheur", avait écrit Noe. La réponse d'Isma était l'émoticone du visage sans bouche et deux points noirs sur fond jaune. "Quel est le problème ? Moi, je l'aurais fait pour toi", répliquait Noe. Avant l'aurore du samedi, il lui avait répondu : *"OK, je le ferai."* Elle lui avait alors envoyé l'émoticone du pouce levé, accompagné de deux phrases : "Et je te rendrai heureux. Je te préviens par une sonnerie sur ton portable." La promesse des soixante-douze vierges. Il s'interrogea sur les rivières de miel.

Elle leva les yeux.

— On dirait qu'elle a fait pression sur lui, tu ne trouves pas ? demanda Humbert. Milo ne répondit pas.

La sergente se tourna vers l'ordinateur et mania la souris.

— Y a un autre fichier : N-2, dit-elle. Il ne contient qu'une vidéo de douze secondes et plusieurs photogrammes extraits du clip. D'après l'incrustation automatique de la date, c'est Isma Torres qui a filmé, au mois de mai de l'année dernière, dit-elle en cliquant sur l'écran qu'elle tourna vers Milo. Il l'a fait avec son iPhone.

Noe apparut en plan moyen sur l'écran, front appuyé sur la vitrine d'une boutique d'ordinateurs. L'image était nette, mais tremblait légèrement. Elle avait un visage rêveur. Comme une adolescente extasiée devant du matériel informatique en tout genre, les yeux fixes, absente du monde qui l'entourait. Ça lui rappela la scène d'un film classique.

Mais Noe n'était pas Audrey Hepburn et la boutique de la marque à la pomme n'était pas la bijouterie Tiffany. Ou peut-être que oui, pour cette jeune fille de seize ans.

Milo se leva brusquement et traversa l'*open space* d'un pas nerveux. Il était fatigué de solliciter des informations sur Isma Torres. Tout avait une limite, y compris se presser le citron. Il sentit un fourmillement à l'estomac, signe incontestable que le moment était venu.

Il s'arrêta devant la sergente Humbert.

— Appelle les cellules et demande au sergent de garde de faire monter le détenu et de le conduire en salle d'interrogatoire n° 1.

— Tu n'attends pas l'inspecteur-chef et tous les autres ?

— Tu lui dis de le faire monter tout de suite. Il serait temps !

# 24

— Instinct.

— Quoi ? dit Isma.

— Je me parlais à moi-même, dit Milo en dissimulant son soulagement.

Isma avait rompu son mutisme d'entrée. Milo feignit de lire le dossier qu'il avait entre les mains. Il tourna lentement les pages, les photos ; sans théâtralité, parcimonieusement.

— On t'a apporté un petit-déjeuner ?

Silence.

— Tu as pris un petit-déjeuner ? répéta Milo.

Silence.

Il leva les yeux et observa son visage : sa pâleur, son bandage autour du front, les bleus virant de plus en plus au jaune, les griffures sur ses joues ; la frange sous laquelle il dissimulait ses blessures passées et, à l'autre extrémité, les récents points de suture à la tempe gauche. Et son bouclier : ses grandes lunettes au style rétro. Quelque chose dans son allure avait changé. Il le sentit plus sûr de lui, plus entier. Différent. Il n'eut pas l'impression d'être en présence d'une personne très abîmée.

Il referma le dossier, le posa sur la table.

— Tu n'es plus sous l'effet de ta commotion, dit-il. Lundi d'accord. Mardi, peut-être. Hier, mercredi, j'en doute. Mais aujourd'hui, jeudi, je suis sûr que non. Il suffit de voir ta tête.

Le garçon n'ouvrit pas la bouche.

— Ça t'a fait du bien d'être ici, poursuivit Milo, le repos. Tu as au moins pu dormir. Et le fait de dormir guérit. La nourriture et la boisson n'y font rien, le secret c'est de dormir. Je le sais d'expérience.

Isma maintint son regard fixe sur Milo, sans ouvrir la bouche.

— Moi, je dors toute la nuit, comme un loir. Puis toute la journée. Je souffre peut-être de narcolepsie, qui sait ? Qu'est-ce que tu en penses, toi ?

Il n'obtint pas de réponse.

— Je me réveille juste pour faire semblant de travailler. C'est super, tu ne crois pas ?

Encore du silence.

— L'avantage de dormir autant est que mon inconscient fait tout le travail à ma place. Et mon inconscient fonctionne parfaitement, je t'assure.

Il adopta un air affligé, comme s'il lui demandait des excuses.

— Figure-toi que mon inconscient a fait des recoupements. Tu veux savoir lesquels ?

Le garçon ne répondit pas.

— D'accord, tu continues à te taire. Comme avec mes collègues. Ils t'ont interrogé pendant presque deux jours et tu n'as pas dit un mot. Puis il ajouta d'une voix de fausset : "Trouve-toi un bon avocat et boucle-la." C'est ce que tu penses ? Tu as vu beaucoup de films dans ta vie ?

Silence.

— La question que s'est posée mon inconscient est : pourquoi tu te tais comme une pute ?

Pas de réaction.

— Il y a plusieurs possibilités. Les premières sont d'ordre général. Parce que tu te fous de tout maintenant, parce que tu penses que personne ne te croira, parce que, dans ta tête, tu adoptes la même attitude qu'il y a quinze ans.

Isma cligna fugacement des yeux.

— Mais tu n'es plus un enfant effrayé de trois ans. Ou je me trompe ? Je veux dire que tu n'es plus du tout effrayé.

Il attendit un commentaire. Pour rien.

— Il y a aussi des possibilités plus concrètes. La première, parce que tu es innocent et que tu as peur de l'assassin. Tu as été témoin de quelque chose et tu crains des représailles. Mais je t'ai déjà dit hier que si tu parlais, on pourrait te protéger. Et tu ne parles pas, alors que ce serait l'attitude la plus logique, si tu n'as rien à cacher. Donc, on écarte le fait que tu puisses être innocent ?

Silence.

— La possibilité suivante est que tu te tais parce que tu es coupable.

Il se leva et commença à parcourir la pièce de long en large.

— Tu es coupable et tu ne veux pas l'avouer. Intelligent le garçon. Et qu'est-ce que tu fais ? Tu espères qu'on trouvera les preuves que tu as semées dans la villa et, après avoir brouillé les pistes, tu croises les doigts pour qu'il nous soit impossible de présenter des charges contre toi et qu'on doive te libérer.

Il se plaça dans son dos, envahit son espace, colla sa bouche à son oreille.

— Mais tu rêves. Cela ne se produira jamais. La scientifique est bien plus maligne que tu penses, elle adore la déesse Science et rien n'échappe à son analyse. Elle sera plus ou moins longue à rendre son verdict, mais ses conclusions seront irréfutables. C'est juste une question de temps.

Il revint en face de lui et chercha son regard. En vain.

— Et si tu penses que le fait de t'être rendu est ton meilleur alibi, oublie. Je te l'ai déjà dit, la scientifique est plus que maligne, elle est aussi têtue que les inspecteurs des impôts, tu vois ce que je veux dire.

Il posa ses mains sur la table et se pencha sur lui.

— Se rendre au commissariat de la plaza de España était une excellente idée. Ça colle avec la version qui consiste à te faire passer pour une des victimes.

Il posa à nouveau sa voix et en imita une plus juvénile.

— "Moi je n'ai rien fait, j'ai répondu à l'appel au secours de mon amie Noe et lorsque je suis arrivé, quelqu'un m'a frappé dans le dos. Je n'ai pas pu voir qui c'était, ni s'ils étaient plusieurs. C'est tout ce que je sais."

Il la déforma jusqu'à la rendre ridicule, comme celle d'une gamine.

— "Après avoir repris mes esprits, je suis sorti de la villa et je me suis rendu à la police. J'avais besoin de fuir, de sortir de là, de me mettre à l'abri…"

Il attendit à nouveau sa réaction. Isma ne bougea pas un cil.

Milo se rassit.

— Ce qui est bizarre avec toi, dit-il, c'est que tu n'essaies même pas de nous fourguer cette version. Mon inconscient se demande pourquoi. Ce qui nous mène à la troisième possibilité : considérer que tu n'es ni innocent ni coupable. Tout simplement, tu n'en sais rien.

Isma fronça un sourcil.

— Touché, n'est-ce pas ?

— Continue.

— J'allais le faire, mais si tu m'interromps sans arrêt, on ne pourra jamais s'entendre, tu crois pas ? dit-il. Il repéra un soupçon de perplexité sur le visage d'Isma et ajouta : Tu vas me laisser parler, oui ou non ?

Le garçon fit un geste de la main dans sa direction.

— Bordel, tu m'as fait perdre le fil, qu'est-ce que je disais ?

— Que je ne sais pas si je suis coupable ou innocent.

— Exact. Tu n'es pas sûr de ce que tu as fait et tu te tais pour pas t'accuser, au cas où. C'est ça ?

Isma serra les lèvres et Milo devina son effort pour ne rien dire.

— Tu vois comme il est cool aussi, mon inconscient ! C'est lui qui fait tout le travail et moi qui en récolte les fruits.

Isma croisa les bras. Devant une telle position de défense et pour éviter de perdre le petit avantage qu'il venait de prendre, Milo se vit forcé de changer de stratégie.

— D'accord, je t'ai menti, reconnut-il. Je ne ferme pas l'œil de la nuit et, lorsque je suis réveillé, mon inconscient n'a d'autre choix que travailler, ce qui me transforme en…

— C'est bon. Je vais te répondre. On m'a apporté un petit-déjeuner, dit-il.

— Tu connais tous les trucs, hein ?

Le garçon haussa légèrement les épaules.

— Et tu n'avales pas les mensonges.

Isma tourna imperceptiblement la tête de gauche à droite.

— Il faut prendre un bon petit-déjeuner, c'est important, dit Milo. Moi, je le fais tous les matins, je me tape des gueuletons du tonnerre.

— C'est vrai ? Tu es vraiment flic ?

— Vrai de chez vrai. Bon, on arrête les bobards.

— Pour l'instant, nous sommes tout seuls, Isma. Il n'y a personne derrière ce miroir. Mais je dois te dire que notre entretien est enregistré.

Le garçon demeura imperturbable.

— Peux-tu me confirmer que tu as bien compris ?

Isma acquiesça de façon presque imperceptible et Milo crut apercevoir un soupçon de sourire sur ses lèvres.

— Tu as un problème, un très gros problème. Énorme, un putain de problème de mille diables. Tu le sais, n'est-ce pas ?

Le garçon demeura immobile.

— Oui, tu le sais. Un problème gros comme une maison. Je veux que tu le comprennes, que ce soit bien clair dans ta tête. Un problème aussi immense qu'une cathédrale, tu entends ?

— Il est quelle heure ? demanda Isma d'une voix posée.

— Un peu plus de huit heures. Pourquoi ?

— Dans moins de trois heures, je n'aurai plus ce problème.

— C'est ce que tu crois, hein ?

— C'est ce que la loi stipule.

Milo secoua la tête.

— Dans trois heures, il se peut que tu sortes d'ici, mais l'enquête va se poursuivre. Ça ne va pas finir si facilement pour toi. Pas tant que tu ne nous auras pas raconté ce qu'il s'est passé samedi soir.

Il ouvrit le dossier, en tira les photos des victimes et les étala parcimonieusement sur la table, devant le garçon. Il choisit un gros plan du visage défiguré de Noe et le déposa au centre.

— Ça fait cinq victimes. Cinq. Et parmi elles, un enfant.

Isma détourna son regard et serra les dents.

— Tu dois prendre une décision, à présent, poursuivit Milo, et j'espère que ce sera la bonne. On ne peut pas défaire ce qui a été fait, mais on peut l'éclaircir. Tu comprends quand je parle ?

— Tu as quel âge ? demanda Isma à Milo qui fronça les sourcils avant de répondre :

— Un bon paquet d'années.

— Ça fait quel âge ?

— Plus d'années qu'il n'en faut.

— Quel âge ?

— Écoute, je ne vois pas le temps passer, alors je ne peux pas te répondre. Ça t'intéresse à ce point ?

— Tu n'es pas un peu trop vieux pour t'habiller en sweat-shirts et en jeans ? Je vois, tu crois faire plus jeune avec cette tenue, n'est-ce pas ?

Milo comprit qu'il tentait de le mettre à l'épreuve. Qu'il voulait le déstabiliser avec des questions embarrassantes, étudier ses réactions. Il contre-attaqua.

— Noe a eu des relations sexuelles avec Andy, dans la villa, juste avant que tu n'arrives, dit-il. Un peu après le troisième assassinat, et devant son père moribond. Tu le sais, hein ?

Le visage d'Isma se décomposa une fraction de seconde. Le garçon porta une main à ses lunettes et les réajusta sur son nez. Puis il reprit un air hiératique et garda le silence.

— J'ai le sentiment qu'ils ont tenté de te mettre les crimes sur le dos, dit Milo. Mais si tu ne me réponds pas, on ne pourra pas t'aider. Si tu veux qu'on te disculpe, il faut que tu me racontes ce qui s'est passé.

Silence.

— Si tu me donnes, je te donne. C'est un échange, tu comprends ? Ça fonctionne comme ça. Si tu m'aides, moi je t'aide.

Aucun commentaire.

— Et si tu n'es pas certain de la façon dont les événements se sont déroulés, il nous reste encore la maïeutique. Questions et réponses, dialogue. Tu n'aimerais pas savoir ce qui s'est passé ?

Silence.

— Écoute, tu m'as demandé de ne pas te considérer comme un cas irrécupérable et c'est ce que j'ai fait. À cause de toi, j'ai la moitié du commissariat sur le dos. Et toi, qu'est-ce que tu fais ? Rien, tu restes là, assis ! Voilà comment tu me remercies ?

Il demeura immobile.

— On a visionné les clips de Noe. Tous.

Il ne fit pas un geste.

— Elle t'a filmé en train de l'attaquer avec une pierre, de l'embrasser de force. Les images sont on ne peut plus explicites. Tu n'as toujours rien à dire ?

— C'était juste un jeu. Noe aimait filmer ce genre de choses et moi j'acceptais, comme un acteur. Un point c'est tout.

— Non, ce n'est pas tout et tu le sais parfaitement. Quand as-tu compris que ces clips faisaient partie de son plan ? Samedi soir ?

Isma se pétrit les mains. Son dos commença à se voûter et, sans bien s'en apercevoir, le garçon pencha ses épaules en avant.

— Non, pas samedi soir, non, dit Milo. C'est forcément avant. Tu as eu des soupçons sur sa stratégie au cours des semaines précédentes.

Silence.

— Elle avait tout planifié pour te faire porter le chapeau. Et elle a pris son temps, de façon minutieuse et préméditée. Elle t'a d'abord évalué, pour voir ce que tu avais dans le ventre. Puis elle t'a manipulé. Et enfin, samedi soir…

— Hier, tu m'as avoué qu'une de tes amies avait tenté de se suicider, l'interrompit Isma. À cause de toi ?

Milo ne répondit pas.

— Tu m'as bien expliqué qu'il fallait maintenir le dialogue ? Dis-le-moi, c'est à cause de toi ?

Il hésita : devait-il répondre ou s'abstenir. Il décida de faire les deux choses à la fois.

— Ça se pourrait bien.

— Et ça faisait aussi partie de sa stratégie ? De son jeu ?

— Possible, je n'en sais rien.

— Autrement dit, toi aussi tu es tombé dans un piège. Tu serais devenu coupable de sa mort, ou seulement une pièce de plus dans sa stratégie ?

— On ne pourra jamais le savoir, n'est-ce pas ? Car elle, tu comprends, elle est vivante. Et puis il y a une différence supplémentaire, et de taille : elle au moins, elle ne m'a pas repoussé, c'est même tout le contraire.

— Ça ne change rien.

— Au contraire, ça change absolument tout, répliqua Milo.

— Tu lui as mis la corde au cou ? Tu lui as tranché les veines ? Tu as mis des cachets dans son eau ? Non ? Alors tu n'aurais pas pu être son assassin.

— Mais tu aurais pu être le responsable. C'est ça qui s'est passé ? Noe a mis la drogue dans l'eau puis elle t'en a proposé un verre ?

— Oui… je crois, je ne sais pas, balbutia-t-il. Je me suis senti faible, bizarre.

— Et ensuite ? Que s'est-il passé ?

— Quelqu'un m'a donné un coup sur la tête et je suis tombé par terre, dans le couloir, à l'étage.

— Tu es d'accord avec moi, donc.

— Même si personne ne me croit, c'est la seule chose dont je me souviens, dit-il en se tâtant la gorge. Je suis parti, je ne me rappelle rien d'autre.

À son geste, Milo devina qu'il lui cachait quelque chose.

— Que veux-tu dire, “je suis parti” ?

— Qu'ensuite je me suis retrouvé dans le brouillard, dans le noir. Comme si quelqu'un avait éteint la lumière.

— Tu essaies de me baratiner.

Isma fit non de la tête, à plusieurs reprises.

— Et tu n'as pas vu celui qui t'a frappé ?

— Il s'est pointé par-derrière.

Milo était persuadé qu'il lui mentait. Il eut l'idée de faire appel à son narcissisme, mais y renonça. Ce garçon n'avait pas un zeste de vanité. Il décida de changer de registre.

— Tu avais accepté de te rendre à la villa.

— C'était plus compliqué de rester chez moi qu'aller chez elle.

— Mais finalement, c'est toi qui avais pris la décision de t'y rendre, en sachant parfaitement ce que tramait Noe.

Isma avala sa salive, regarda ailleurs.

— Je n'avais pas le choix, c'est elle qui me l'avait demandé, dit-il. Je ne voulais pas lui faire faux bond, elle ne me l'aurait jamais pardonné.

— Tu avais peur pour elle ?

Il acquiesça.

— L'ami de Noe est dangereux ?

Il baissa la tête.

— Andy, oui, dit-il dans un filet de voix.

— Dangereux comment ?

Il se recroquevilla.

— Très. Et son père encore pire. Il est chef de bande.

Cela ne collait pas. Isma n'était pas un bagarreur, il n'aurait jamais osé affronter Andy. Ce n'était pas sa nature. Même encouragé par Noe, il n'aurait jamais pu avoir une réaction violente. Même pas pour la défendre. Une autre raison avait dû justifier sa présence à la villa ce samedi soir là.

— On avait dit qu'on ne se mentait plus.

— C'est la vérité, je te dis la vérité.

— Elle t'a fait miroiter soixante-douze vierges si tu y allais, n'est-ce pas ?

Il se raidit brusquement.

— Je ne comprends pas…

— Elle t'a proposé de coucher avec elle ?

Silence.

— Et tu y es allé malgré son plan, les hormones à fleur de peau, avec l'espoir qu'elle tienne enfin ses promesses. Ce rêve-là te hantait depuis une éternité.

Silence.

— Parce que toi et Noe n'aviez jamais couché ensemble, n'est-ce pas ?

Isma se balança à nouveau en silence, baissa la tête et la tourna sur le côté pour ne pas voir les photos.

— Elle te faisait languir, ajouta Milo. Se contentait de te faire des petites caresses, t'excitait à fond, jouait avec toi. Mais toi tu espérais beaucoup plus. Ça ne te suffisait pas qu'elle te la secoue en cachette. Tu voulais la totale.

— Je ne suis pas comme les autres, murmura-t-il. Je suis différent.

— Je sais. Je connais ta douleur.

— Personne ne peut connaître ma douleur, dit-il en fermant puissamment les yeux.

— Crois-moi, je sais ce que tu as ressenti, le désir frustré. C'est de nature à rendre fou n'importe qui, à te faire perdre toute raison. C'est pour ça que tu y es allé. Pas par crainte de ce qui risquait de lui arriver, mais pour que ton désir devienne réalité et pour éteindre ce feu une putain de fois pour toutes.

Il releva lentement la tête. Le regarda sans dire un mot.

Milo perçut sa colère.

— Tu es fâché ?

Il ne répondit pas.

— Tu t'es mis en colère contre Noe samedi soir, à cause de son nouveau refus ? Voilà ce qui s'est passé n'est-ce pas ? demanda-t-il en tapotant du bout des doigts sa photo au visage transformé en bouillie sanguinolente. Tu t'es mis en colère pour la énième fois et tu as brusquement vu rouge.

— Je ne lui aurais jamais fait de mal.

Son accent était différent. Il cachait un mensonge. Milo tritura sa blessure.

— Elle t'a laissé avec les pantalons sur les chevilles, comme d'habitude. Cette fille était une allumeuse. Adieu les soixante-douze vierges.

— Ne parle pas d'elle comme ça.

— Une névrosée complètement tordue, en plus d'une fourbe. Adieu aussi les rivières de miel. Tu ne verrais pas le moindre euro.

— De quoi tu parles ? lâcha-t-il. Tu ne comprends rien.

— Je comprends surtout que tu es puceau. Dix-huit ans et tu n'as encore jamais baisé. Incroyable !

— C'est faux.

— Tu n'as jamais levé une nana de toute ta vie. C'est la merde, hein !

— C'est faux.

— Tu te drogues ? Tu bois de l'alcool ?

— Tu te trompes sur toute la ligne.

— Tu prends des médicaments ? Des anxiolytiques ?

— Mon psychiatre m'en a prescrit, pourquoi ? Et il ajouta rapidement : Tu crois qu'ils ont pu provoquer tout ça ?

— Tu penses que tu es quelqu'un d'équilibré ?

— Ces cachets me faisaient marcher comme un somnambule, me troublaient l'esprit. Tu ne peux pas imaginer. Tu ne connais rien à tout ça, toi.

— Je sais que tu trompes tes parents avec tes activités extrascolaires. Tu es un menteur.

— Et alors ? Tout le monde le fait.

— Après les cours, tu partais ailleurs. Un appartement, un magasin ?

Il se souvint des clips de Noe et une idée lui traversa l'esprit.

— Un sous-sol. Car c'était un sous-sol, n'est-ce pas ?

— Co… comment tu le sais ?

— Et tu t'isolais volontairement là-bas, ce qui est un symptôme de schizophrénie paranoïaque.

— Tu me traites de fou ?

— Où se trouve ce sous-sol, ton refuge ?

— Tu ne sais rien du tout.

— Je sais que tu mûris l'idée de te suicider depuis de nombreuses années.

Il écarquilla les yeux.

— Tu es… fou, dit-il.

— Et que tu as également pensé à tuer d'autres personnes.

— Mais qu'est… qu'est-ce que tu dis ?

— Par exemple lorsque tu as reçu le lien du clip de Noe et que tu l'as vue en train de baiser avec un gars qui avait un masque de porc.

Isma se pétrit à nouveau les mains, les yeux comme des soucoupes.

— Et pourtant tu t'es rendu à la villa. Si elle baisait avec n'importe quel bouffon, pourquoi pas avec toi ? Ça t'avait mis hors de toi. Tu ne pouvais pas le supporter. Et Noe le savait. Voilà pourquoi elle t'a envoyé des liens. Pour montrer qu'elle avait un pouvoir sur toi.

Il s'arrêta de parler. Laissa passer quelques instants pour que l'idée s'enfonce bien dans son esprit. Puis il ajouta :

— Et tu connais la meilleure ? Eh bien tu es accouru comme un petit chien en remuant la queue ; ou plutôt, comme un chien en chaleur, comme dans les clips. Juste ce qu'elle désirait.

Isma ouvrit la bouche. Il la referma.

— Elle te tenait dans sa main, faisait de toi ce qu'elle voulait.

— Andy était revenu, dit-il sans la moindre colère.

Milo tendit son cou.

— Tu veux dire que ce type est revenu à la villa après avoir commis le vol ?

Silence.

— Tu l'as vu ?

— Andy était revenu, répéta-t-il d'une voix neutre.

— Tu l'as vu ou pas ? Réponds !

Isma se redressa sur sa chaise, se lâcha les mains et les laisser retomber de chaque côté de son corps. Il fixa son regard sur la porte, derrière Milo. Il demanda :

— Quelle heure il est ?

Milo aurait juré qu'il souriait.

L'interrogatoire était en train de lui filer entre les doigts, ce garçon n'arrêtait pas de jouer avec lui. Pour gagner du temps.

Il s'affala sur son siège et adopta un air abattu, tête baissée et une jambe tendue. Un sentiment d'irréalité s'abattit à nouveau sur lui avec la force d'une tornade. Il était entré en relation avec lui dès que leurs regards s'étaient croisés, l'espace d'un instant, lorsqu'il était arrivé au commissariat le mardi matin. Et pas parce qu'il lui rappelait Marc, non, c'est à lui-même qu'il lui faisait penser. Son acharnement à se réfugier sous une cloche de verre pour se défendre de son entourage, ses yeux de petit faon effrayé, docile. Lui aussi se sentait perdu au milieu de la foule. Ç'avait été comme se regarder dans un miroir. Deux identités décomposées par l'expérience de leur passé respectif, par la noirceur qui avait teinté leur enfance. Isma, l'assassinat de toute sa famille. Milo, la mort de sa mère battue par son père. Deux épisodes qui ouvraient une brèche dans leur tête, les condamnant à errer à tâtons dans la société. Et tous deux, destinés à un châtiment final aussi cruel qu'injuste : la solitude. Lui, avait accepté son destin sans se rebeller, avec résignation. Pas Isma.

Il laissa retomber ses épaules.

Ella. Son étreinte. À présent, sa chaleur lui manquait amèrement. Isma l'avait senti. Sa blessure l'avait ému. Et il en avait profité. Peut-être que lui aussi avait repéré une instabilité émotionnelle chez lui, la vulnérabilité de quelqu'un marqué par l'absence, incapable d'en faire abstraction. Comme lui.

Tout était dépourvu de sens. Les autres lui avaient raconté qu'Isma n'était pas sûr de lui, qu'il était faible, que pas une goutte de sang ne coulait dans ses veines. Mais il avait constaté tout le contraire. Il était fort. Et précisément sûr de lui. Il n'y avait pas trace de soumission, de manque de confiance en soi. Au contraire, il était capable de fonctionner de façon indépendante ; il était conscient de sa valeur, de son intuition et de son jugement. Jusqu'alors, il pensait qu'Isma n'était rien sans Noe, qu'il ne pouvait se sentir solide qu'à travers elle. Et c'est entre autres pour cette raison, pensait-il, qu'il s'était rendu à la villa. Parce qu'il lui était impossible de désobéir à Noe. Il aurait été perdu, il puisait toute sa force chez Noe. L'avait-il trompée, elle aussi ?

Déconcerté, il dodelina de la tête.

Son attitude démontrait l'erreur. Ce sourire était la preuve qu'il avait repris confiance en lui, pour peu qu'il l'ait jamais perdue. Il se rappela le témoignage de sa sœur Elsa. Les *bullyings* qu'il avait subis. Son absence de réaction, sans oser affronter les harceleurs. C'était une constante dans sa vie. Non, aucun doute : il avait récupéré sa confiance. Il se demanda quand, à quel moment ça s'était passé. La réponse était arrivée toute seule à son cerveau : samedi soir. C'est là qu'il avait traversé la frontière de l'avant et de l'après. Lorsqu'il avait refusé de se laisser manipuler davantage par Noe. Et ça n'avait pu être que d'une seule façon. À travers son sentiment de colère. Voilà comment avait pris naissance le nouvel Isma. Et Milo sut précisément pourquoi, quel avait été le détonateur du changement.

Il se frotta les yeux.

Samedi soir il avait cessé de n'être qu'un imitateur passif pour devenir aussi un manipulateur. Quelqu'un d'actif. Adieu le pauvre et docile Lucas, bienvenue au solide et hostile Isma. Un mur de mensonges contre lequel il s'était écrasé pendant l'interrogatoire. Un mur.

Un mur miroir.

Voilà quel avait été le jeu. Il lui avait rendu une par une ses tentatives de déstabilisation. Comme un fronton sur lesquelles elles auraient rebondi. Et il avait réglé leur tempo et leur intensité sur ses attitudes. Comme s'il l'avait regardé à travers un bocal de verre. Même ses gestes, réfléchissait-il à présent, avaient été faux. Une interprétation.

Son sang-froid le bouleversa. Il changea brusquement d'avis.

Cela lui offrait une occasion.

Il demeura appuyé au dossier de la chaise, tête baissée. L'image de la défaite. Il espéra que sa nouvelle stratégie produise un résultat, que le garçon tombe dans le piège du jeu de miroirs.

Il n'eut pas longtemps à attendre

— C'était avec un autre type ? dit Isma.

Milo ne répondit pas.

— La femme qui t'a trompé. Tu me l'as dit hier. Elle baisait avec un autre type ?

Milo se gratta la pulpe du doigt avec un ongle.

— Plus ou moins, murmura-t-il. Je n'ai pas envie d'en parler.

— Comment tu l'as découvert ?

— En faisant des recoupements.

— Et comment tu en as eu la certitude ?

— Je l'ai eue, un point c'est tout. Et toi ?

Isma le regarda avec suspicion. Cependant, il répondit.

— Plus ou moins pareil.

— Ça fait mal, n'est-ce pas ? dit Milo en dodelinant de la tête. On se fait des illusions et tout le reste, et finalement on s'aperçoit que ses sentiments se trouvaient dans sa gorge ou entre ses jambes.

— Pourquoi elles font ça ?

Milo haussa les épaules.

— Elles, nous. On agit tous pareil. On pratique le mensonge.

— Pas moi.

— Moi non plus, mais ainsi vont les choses.

— Et comment tu as réagi ?

Milo haussa à nouveau les épaules, se concentra sur cet invisible grain de poussière qu'il tentait de retirer avec son ongle sur son index gauche.

— Je me suis mis en colère, je lui ai dit de tout. La colère, ça fonctionne toujours. Et toi ?

Isma ajusta ses lunettes.

— Moi aussi je lui ai balancé deux ou trois choses.

— Alors c'était pas juste une petite histoire ? demanda Milo sans le regarder. Tu l'aimais vraiment ?

— Nous étions amis, deux âmes sœurs.

— Et rien d'autre.

— Rien d'autre. Et toi ?

Milo attendit un instant avant de répondre.

— Nous n'étions pas des âmes sœurs ni une connerie de ce genre, j'avais éprouvé quelque chose de très fort pour elle. C'était tellement génial, si fantastique… j'avais l'impression qu'il était impossible qu'une chose aussi bonne soit en train de m'arriver, tu comprends ? J'avais le sentiment que c'était irréel. Milo fit non de la tête, comme s'il ne pouvait pas croire à ce qu'il disait, puis il reprit : Non, je n'avais pas mérité que ça finisse de cette façon. Mais si Noe et toi étiez juste amis ou âmes sœurs, comme tu dis, tu ne peux pas comprendre ce que je veux dire.

— Oui bon, moi aussi je ressentais quelque chose de très particulier envers elle.

— L'amour fait mal, plus que la mort. Quelqu'un meurt et le lendemain le jour se lève, comme si de rien n'était.

Tu n'as qu'à observer une colonne de fourmis. Tu en tues quelques-unes et au bout d'un moment elles se remettent en file indienne. Comme les humains après un attentat. La vie continue, c'est comme ça. En revanche, lorsqu'on te brise le cœur, rien n'est plus comme avant, bordel !

— Je ne sais pas si…

— Le monde se fout totalement de ce qui nous arrive, notre douleur glisse sur lui. Il nous ignore. Mais toi tu es jeune, tu t'en remettras. Tu as toute la vie devant toi. Tu en trouveras une autre.

— Non, je n'ai aucun talent en société. Il n'y aura pas d'autre occasion pour moi. Ni une autre fille comme elle. Je le sais.

— Ce sont les règles, poursuivit Milo. Absurdes, d'accord, mais impossible d'y échapper.

Il s'affala davantage sur son siège.

— Bordel, quand j'ai cru que j'avais réussi, que j'avais enfin trouvé quelqu'un qui collait bien avec moi, tout s'est écroulé comme un château de cartes.

— Comme un rêve dont on se réveille brusquement.

— Et sans raison. Comme ça. C'est ce qui me tue le plus. Ça devrait être puni par la loi. Tu sais ce qu'elle m'a dit ?

Isma l'encouragea à poursuivre d'un geste.

— Que j'étais un type exceptionnel, mais qu'elle n'était pas prête. Je peux pas, je peux pas, qu'elle m'a dit.

Il releva la tête.

— Qu'elle n'était pas prête. Tu peux le croire, toi. Après plus de six mois ensemble, elle me sort une connerie pareille. Qu'avait-elle fait alors, pendant tout ce temps ? Se foutre de ma gueule ?

— Ça, tu ne peux pas le savoir. Peut-être… elle a tout simplement changé.

— Je le sais et… point à la ligne. Elle n'a jamais été attachée à moi, je n'étais pas assez bien pour elle, dit-il en baissant à nouveau les yeux. C'est une merde. Et moi un con. Ça ne m'arrivera plus.

— Moi, elle m'a dit que je ne l'avais jamais vraiment intéressé.

— C'est vraiment le bordel, poursuivit Milo. L'impossible te tombe dessus, l'amour avec un A majuscule, aimer et être aimé en retour, ou ce que je croyais être de l'amour en retour, et brusquement tout part dans les chiottes. Tire la chasse.

Il fit claquer ses doigts.

— De la merde, les forces salvatrices. Et ce n'est pas le pire. Le pire c'est que tu t'étais habitué à vivre vraiment et on te reprend ça d'un coup, sans prévenir. Et qu'est-ce qui reste ? Le vide, rien d'autre que le vide. Tu peux me dire comment on peut reprendre son train-train quotidien après avoir goûté à la vraie vie ? Non, tu peux plus te contenter de moins, y a pas de marche arrière. L'absence est une condamnation à perpétuité. Comme Sisyphe et sa pierre. Un châtiment éternel.

— Plus rien n'a de sens. Ni de raison d'être.

— Nous avons tous les deux fait quelque chose de stupide : croire en quelqu'un. L'amour est irréel, il n'est pas de ce monde.

— Oui, nous sommes des naïfs.

— Tu veux savoir comment je l'ai rencontrée ?

Isma acquiesça.

— Dans la rue. Je l'ai aperçue devant une vitrine. Démunie, solitaire, différente. Mon sang n'a fait qu'un tour. Au début, je n'ai pas osé lui parler. Je l'ai suivie jusque chez elle. Puis j'ai répété l'opération plusieurs autres jours. J'ai observé ses habitudes. Et j'ai enfin pris mon courage à deux mains : j'ai feint une rencontre fortuite. Tu vois ce que je veux dire ; c'est pathétique.

— Je ne suis pas d'accord. Tu en pinçais pour elle, c'est tout.

Milo posa son menton sur sa poitrine.

— Aucune femme ne m'avait encore produit un tel effet.

— Maintenant, tu sais ce que signifie se sentir faible et sans défense, murmura Isma, à ce point vulnérable entre les mains de quelqu'un.

Milo acquiesça, chagriné.

— Tu désires juste mourir, être avalé par la terre. Et détruire. La haine, la vengeance.

Il se leva soudain de sa chaise.

— Voilà exactement ce que tu as ressenti samedi soir, lorsqu'elle t'a dit que tu ne l'avais jamais vraiment intéressé.

Il pointa son doigt sur la photo de Noe posée sur la table.

— Lorsqu'elle t'a repoussé, dit Milo.

## 25

Le visage d'Isma devint tout rouge.

On ne pouvait pas feindre une telle réaction et Milo comprit que ça ne faisait pas partie de son jeu de rôle, qu'il avait baissé la garde et laissé un interstice béant. Il se lança tête la première.

— Le jour où cette grande gueule de Jordi t'a raconté la tragédie de ta famille, tu t'es effondré et ça n'a jamais plus été pareil. Tu ne pouvais plus vivre, tu t'es refermé sur toi-même, dans ce sous-sol que quelqu'un t'a prêté. Entouré des spectres des absents.

Il fit une pause, le regarda fixement.

— Ç'a dû être horrible, je me trompe ? Les fantômes du passé ne devraient pas vivre dans le présent. Mais ils y vivent.

Il eut une intuition.

— Tu allais voir l'ancienne maison familiale, celle de la rue Capità Arenas. Elle est toujours vide ?

Silence.

— Pas grave, on ira vérifier nous-mêmes.

— Elle a été vendue, dit-il sèchement. À une entreprise de publicité. Deux ans après le crime. Ils n'ont pas été foutus de la conserver jusqu'à ma majorité.

— Tu y allais de temps en temps. Tu restais dans la rue, tu observais le jardin, la façade, les fenêtres. Depuis l'angle opposé, en silence, songeur. Seul. Tu étais mort dans cette maison, tout s'était achevé là. Et c'est là que tout a commencé. Tu as décidé de découvrir ce qui s'était passé : pourquoi et qui.

Les lèvres d'Isma se mirent à trembler.

— Je ne pouvais pas continuer à vivre sans le savoir.

— Et le plus douloureux est que tu n'avais même pas de souvenirs, à peine quelques images floues. Ç'a dû être très dur.

Silence.

— Tu es donc allé voir ton ami Fermín Barreda, ton sauveur. Tu lui as demandé des explications, mais son histoire ne t'a pas convaincu.

— La police ment, ils mentent tous.

— Alors ton obsession a grandi. La version officielle ne t'a plus suffi, ni le classement de l'affaire. T'accrocher à l'assassin, c'est t'accrocher à ta famille, et tu as parcouru les rues en rêvant de lui, tout le temps.

— L'affaire n'a pas été classée, elle a juste été archivée.

— Voilà pourquoi tu as cru le reconnaître à quatre reprises. Mais Barreda te les a démontées chaque fois. Cependant, pour le quatrième homme tu étais sûr de toi. Barreda a également enquêté sur lui, n'est-ce pas ?

Silence.

— Ce n'est pas grave, il nous le racontera lui-même ; il vient cet après-midi au commissariat pour faire sa déposition.

— Il a découvert son linge sale. Paco Corona était un sale type.

— Tu l'as suivi. Tu as surveillé sa maison, et tu es tombé sur Noe. Elle t'a plu, t'a attiré. Tu l'as surveillée plusieurs jours. Tu as deviné qu'elle était solitaire, comme toi. Tu t'es identifié à elle. Tu as changé de lycée et l'année scolaire a commencé. Vous avez démarré une relation. Bientôt une complicité s'est établie entre vous. Vous êtes devenus les bizarres du coin. Et lorsqu'on te harcelait, elle te défendait.

Aucun commentaire. Pas la moindre protestation.

— À un niveau virtuel, vous avez commencé à jouer avec l'idée de faire vraiment du mal à vos harceleurs ; et au passage pourquoi pas à quelques adultes. Et ta vie a soudain pris une nouvelle tournure. Tu as cessé de te sentir un mort-vivant. L'espoir a fait partie de ton existence, la compagnie, la compréhension. Tu ne t'es plus senti seul, tu as eu l'impression de toucher les étoiles. Tu t'es accroché désespérément à Noe. Et tu as cru que c'était pareil pour elle. Vous vous entendiez bien. Vous étiez là l'un pour l'autre. Tu aurais fait n'importe quoi pour elle, pour cette fille qui jouait avec la mort.

Il s'arrêta dans l'attente d'une éventuelle réaction, mais Isma demeurait passif, paumes des mains posées sur la table, tendu.

— Tu peux me corriger, si tu veux, dit Milo.

Silence.

— Très bien, je continue. Peu à peu le panorama s'est assombri. Noe n'a plus parlé de faire mal, mais de tuer. Toi, tu as pensé qu'elle se référait à une stratégie théorique. Elle était tout pour toi et tu suivais son jeu. La mort, la mort réelle et l'imaginaire, vous unissait. Tu te sentais bien auprès d'elle. Vos aventures ont commencé au sous-sol. Elle t'excitait au maximum. Elle était d'abord Thanatos, puis elle devenait Éros. C'est une idée qui la fascinait, et un jour elle t'a dit qu'elle serait capable de tuer pour toi ; une phrase innocente chez n'importe quel autre couple, mais pas dans la bouche de Noe. En entendant ça, tu t'es senti le gars le plus chanceux du monde. Ensuite, tu t'es demandé si toi tu serais capable de tuer pour elle. Sans le moindre doute, poussé par le romantisme de l'idée, tu lui as répondu que tu le ferais également les yeux fermés. La confiance l'un envers l'autre est devenue totale. Le bonheur. Et voilà comment tu en es venu, dans un moment de confidences, à lui raconter le drame de ton passé.

— Et puis quoi, si je l'ai fait ? Nous avions une relation particulière.

— Je ne te le reproche pas. Je peux tout à fait comprendre que tu aies ressenti le besoin de le lui raconter, de partager ce fardeau. Il te brûlait vif.

Il le vit inspirer profondément, et expulser l'air avec tristesse.

— Mais inconsciemment, poursuivit Milo, en le faisant tu as semé la graine de la tragédie, de l'horreur.

Silence.

— Ce qui s'est passé ensuite est facile à imaginer. Elle a halluciné, bien entendu. Quelque chose s'est allumé dans sa tête et elle a entamé les premières manœuvres. Elle t'a expliqué combien sa famille était terrible, l'enfer qu'elle vivait chez elle. Qu'elle ne le supportait plus, qu'elle aurait aimé disparaître, que son père était un con, des choses de ce genre. En revanche, toi, tu étais sincère et tu as avoué tes doutes : que Paco était l'assassin qui avait commis le crime multiple chez toi. Elle ne t'a pas cru, elle a affirmé que tu imaginais tout ça, mais elle a abondé dans ton sens.

— Elle m'a seulement dit que personne n'était heureux chez elle. Que c'était une famille pour la galerie, juste pour la photo.

— Ce n'est pas si rare. Puis le temps a passé et tu as oublié l'affaire. Pour elle. C'était la première fois de ta vie que tu étais heureux et, pour Noe, tu étais prêt à tourner la page, à laisser tomber l'affaire. Mais après Noël les choses ont commencé à changer entre vous, juste après l'incident de Paco avec les mauvais garçons du quartier d'en bas. Noe s'est sentie attirée par Andy. Parce que son père le haïssait et parce que lui avait le cran de lui tenir tête, dit Milo, en se penchant en avant, puis en poursuivant : Toi, tu n'es pas un mauvais garçon, mais Noe aimait les types comme Andy. Tu ne pouvais pas rivaliser.

— Moi, j'étais son âme sœur. Elle m'aimait, mais à sa façon.

— D'accord mais elle baisait le tatoué.

Isma serra les dents.

— Elle ne ressentait rien pour lui, elle l'utilisait, marmonna-t-il.

— D'accord, tu as raison. Je comprends la jalousie.

— Je n'étais pas jaloux !

— Noe te mentait et poursuivait son jeu. Elle prenait des distances et te punissait, et un jour, elle t'a dit qu'elle ne pouvait pas vivre sans toi, elle t'a récompensé. Toi, tu ne demandais qu'à la croire, tu as même accepté de croire ses mensonges, et tu lui as trouvé des excuses pour expliquer l'inexplicable. Mentalement, tu as justifié tout ce qu'elle disait ou faisait. Tu t'es accroché à elle. Et pendant ce temps, Noe a peaufiné son plan. Elle avait besoin d'un bouc émissaire. Et c'est là que tu es entré en scène. Tu es arrivé à point nommé. Tu as été la parfaite poire. Elle t'a manipulé comme elle a voulu, Isma.

— C'est faux.

— Elle a profité de ta terrible peur de l'abandon. Mais son erreur a été de te sous-estimer. Elle avait oublié que tu étais un survivant.

— C'est faux.

— Vraiment ?

Il s'appuya à nouveau au dossier de la chaise.

— Ne jamais avoir couché avec elle te frustrait, et si l'on ajoute ton angoisse, ta douleur et ton stress, à ta dépendance, et à ta crainte de la perdre, qu'est-ce que ça donne ? Un pantin, une marionnette docile et calme.

— C'est faux ! s'exclama Isma. Je ne suis pas un assassin ! L'assassin, c'était son père !

— C'est ce qu'a avoué Paco pendant que vous le torturiez, n'est-ce pas ?

Isma le regarda, le visage congestionné. Il plissa les lèvres.

— Tu ne réponds pas ?

Silence.

— Noe a flairé la bonne occasion et a commencé à te donner raison sur le fait que son père avait effectivement été l'assassin de ta famille. Peut-être t'a-t-elle dit qu'elle avait découvert sa cruauté pendant la guerre ? Ou t'a-t-elle raconté ses fréquentations avec les voyous lorsqu'il était dans la police, ses magouilles avec la mafia bosniaque. Peut-être t'a-t-elle avoué qu'elle avait peur ? Elle était perverse jusqu'à la moelle, n'est-ce pas ? C'était une manipulatrice-née.

Isma demeura immobile, sans ciller.

— Tu ne pouvais plus toucher les étoiles et ses aveux ont ravivé ton obsession, ton cauchemar. C'était la dernière chose que tu pouvais entendre. Mais tu avais besoin de la croire, de ne pas perdre son amitié. Si elle te laissait tomber, ç'allait être dur de trouver une autre fille. Tu l'as dit toi-même, n'est-ce pas ?

Milo n'obtint pas de réponse.

— Alors, elle t'a proposé sa stratégie. Au début, probablement comme une bonne blague macabre. Puis elle a progressivement fait monter la pression et la chose est devenue de plus en plus sérieuse. Elle n'avait qu'à relever le filet, tout doucement, pour parvenir à ses fins. Liquider toute sa famille et s'emparer du butin.

Il fit une pause.

— Et au passage, se débarrasser de toi.

Encore une pause.

— La méchanceté à l'état pur.

Isma retira brusquement ses lunettes et se pinça le haut de la cloison nasale. Il jeta sa tête en arrière et ferma les yeux.

— Elle t'a dit que vous feindriez un vol organisé par les Bosniaques, poursuivit Milo, ce serait votre couverture. Un autre mensonge. Sa véritable intention était de te faire passer pour l'assassin du nouveau crime multiple, de la tuerie mimétique que tu aurais perpétrée à cause de ton désir de vengeance obsessionnelle et démente. Noe se chargerait de l'expliquer, par son témoignage. Mais les choses ont mal tourné.

— Quelqu'un m'a frappé à la tête et je suis tombé par terre, dit Isma sans changer de position. C'est la seule chose que je sais.

— Et comment les éclaboussures de sang de Noe et de son père sont-elles arrivées sur tes vêtements ? Tu peux m'expliquer ?

— C'est ton travail, pas le mien.

— Exact, c'est mon travail.

Milo se leva et se mit à tourner en rond dans la pièce, en marchant lentement, les mains dans les poches. Il s'arrêta devant le miroir. Y appuya le front. Commença à donner de petits coups avec la tête.

Isma se leva, remit ses lunettes et l'observa.

— Qu'est-ce que tu fais ? demanda-t-il.

En silence, Milo continua à frapper le verre.

"Le match commence à neuf heures du soir. La famille est déjà droguée. Noe passe ses gants, les bâillonne et les attache sur leur chaise. Puis, elle prend Eva dans ses bras, la monte dans sa chambre et ferme la porte. Ensuite, tout en redescendant l'escalier et en sortant dans le jardin, elle envoie un signal téléphonique – une seule sonnerie – sur le portable d'Andy. Elle choisit une pierre de taille moyenne et retourne au salon. Andy arrive. Elle lui ouvre, lui remet une paire de gants, attend qu'il les ait enfilés. Elle lui tend la pierre. Elle choisit son frère, pour l'exemple, lui demande de se placer derrière. La télé est allumée, volume presque à fond. Elle gifle son père pour qu'il se réveille. Lorsqu'il ouvre les yeux, elle fait un signe à Andy et celui-ci frappe Raúl à la tête, un coup léger. Paco écarquille les yeux, l'adrénaline commence à circuler dans ses veines, il essaie de se libérer. Il hurle, mais n'émet aucun son à cause du bâillon. Noe lui demande la combinaison du coffre-fort de la bijouterie et le code pour désactiver les alarmes.

"Paco secoue la tête stupéfait, le visage décomposé. Nouveau signe à Andy et celui-ci donne un autre coup à Raúl, mortel celui-là. Sa tête bascule en arrière. Noe répète la question à son père. Pour qu'il comprenne bien, elle demande à Andy de lui donner un premier coup sur le visage avec la pierre. Puis Noe lui arrache son bâillon.

"Paco hurle, incrédule, sidéré par l'horreur.

"Noe boit plusieurs gorgées de Coca-Cola et demande à Andy de se placer derrière sa mère. Andy soulève la pierre.

"Paco hurle. Noe lui demande de parler. Son père ne parvient pas à penser avec clarté, il est choqué, ne comprend rien. Andy inflige un premier coup à la mère. Paco hurle à nouveau comme un possédé. Noe lui répète la question. Mais il est en état de choc, ne comprend pas ce qui se passe. Devant son silence, Andy donne un second coup. La tête de la mère morte retombe sur sa poitrine. Nous en sommes déjà à deux. Au suivant. Elle indique à Andy d'aller se mettre derrière la grand-mère. L'expression du visage de Noe est celle d'une folle.

"Paco sanglote, supplie de ne pas faire de mal à sa mère. Il se débat de toutes ses forces sur sa chaise. Je t'en supplie. Pas elle. À la télé, le Barça vient de marquer un but. Un à zéro. Tu dois être content. Noe insiste pour qu'il parle.

"Paco récite la combinaison du coffre-fort. Il se trompe plusieurs fois avec les chiffres et rectifie. Pour éviter de se faire berner, Noe fait un geste à Andy et il donne un premier coup à la vieille, léger. Elle commence à saigner. Paco s'agite de douleur sur sa chaise. Il finit de lui donner la combinaison et le code de l'alarme. Noe les note calmement sur un morceau de papier. Puis elle lui demande où sont les clés. Son père lui indique où il les range.

"Elle va les chercher. Ce sont celles-ci ? Paco acquiesce, vaincu, défait. Noe lui demande à quoi sert chacune d'entre elles. Il accepte avec docilité, abattu, rompu. Puis elle l'interroge sur le système d'enregistrement. Elle lui fait un signe du menton en direction d'Andy. Et ne mens pas, lui rappelle-t-elle. Paco le lui décrit. Elle le fait répéter. En entier. Elle vérifie que cela colle avec les notes qu'elle vient de prendre. Elle demande à Andy s'il a bien tout compris et celui-ci le lui confirme d'un geste. Mauvaises nouvelles, Madrid a égalisé. Nouveau signe à l'adresse d'Andy et celui-ci frappe la vieille sans forcer. Sa tête retombe sur le côté.

"Désespéré, Paco s'égosille, à la limite de sa résistance. Il pleure. Les larmes se mêlent au sang qui dégouline sur son visage. Il a la tête qui tourne, la nausée envahit sa gorge.

"Noe le bâillonne à nouveau. Encore un signe à Andy, doucement, je le veux vivant. Il lui envoie un léger coup de pierre sur la tempe. Paco s'évanouit. Elle remet le morceau de papier à Andy, qui pose la pierre sur la table. Pendant qu'il le plie et le range dans sa poche, Noe détache sa mère. Puis elle lui demande de traîner son corps sans vie jusqu'à la cuisine. Elle lui indique l'endroit précis."

Milo arrêta son front à un centimètre du miroir.

— Noe t'a posé des questions sur la disposition des corps lors du meurtre de ta famille, dit-il sans se retourner, le regard fixé sur la paroi de verre. Elle aimait ce genre de détails morbides. Et toi tu le lui as raconté, n'est-ce pas ?

Barreda te l'avait expliqué et toi tu le lui as répété. Pour faire le malin.

Isma rougit à nouveau. Il garda le silence.

— Tu lui as aussi parlé de l'argent dont tu vas hériter ?

— Quel argent ? demanda Isma, surpris.

— Tu n'es pas au courant pour l'argent ?

— Quel argent ?

— À présent, tais-toi, ne m'interromps pas.

Milo recommença à frapper le verre du miroir avec le front.

"Noe vide la canette. Ses yeux ont une étrange lueur. Elle en profite pour filmer quelques plans avec son mobile. Lorsqu'Andy revient, elle l'attrape au niveau de la poitrine et l'attire à elle. Baise-moi. Elle est très excitée. Ils s'allongent sur le canapé, tout près des cadavres. Elle lui caresse le sexe. Andy s'active illico. Soudain, il s'interrompt, fait un signe en direction de Paco. Il l'a vu ouvrir les yeux ; Paco n'est pas inconscient. Perturbé, il débande. Elle lui tourne le visage vers elle et l'allume à nouveau. Avec détermination. Andy se laisse guider. Ils baisent. Ensuite elle monte dans sa chambre pour se changer. Elle place ses vêtements tachés de sang dans un sac avec les gants et redescend. Elle lui donne les clés de la bijouterie, lui tend le sac et lui demande de le jeter dans un conteneur loin de la maison. Dernières instructions. Lorsque tu auras fini, reviens m'aider pour Isma. Si tu devais rencontrer un problème, ne m'appelle sous aucun prétexte. Andy s'en va à toute vitesse et disparaît au bas de la rue, en direction du parc, par le chemin le plus court pour atteindre la plaza de España, puis la rue de Sants où se trouve le Nous Achetons de l'Or.

"Oui, les choses ont plus ou moins pu se passer ainsi."

Milo acquiesça pour lui-même et se retourna brusquement vers Isma.

— Noe avait laissé Paco vivant pour toi, dit-il. Voilà pourquoi tu t'es rendu à la villa. Pour tuer son père. Et Noe était ta récompense.

Silence.

— Je sors quelques minutes. Tu veux quelque chose à boire ?

— Il est quelle heure ?

— Il est tôt.

Il se dirigea rapidement vers les vestiaires. La sous-inspectrice Mercader vint à sa rencontre et l'accompagna.

— Tu t'y prends bien. Tu l'as presque.

— Qui se trouve dans la salle d'à côté ?

— La commissaire, la juge Cabot, Singla et Corberó.

— À quel moment vous êtes arrivés ?

— Presque au début, lorsque tu as commencé à parler de ton inconscient. Ç'a été une bonne idée pour entrer en contact avec lui.

Milo poussa la porte. Rebeca le suivit.

— Dis au chef qu'il commence à constituer les équipes de filature. Je le veux sous surveillance H 24. Compris ? Je veux savoir où il se trouve à chaque instant.

— Tu penses qu'il ne va pas avouer ?

— Je n'ai pas la moindre confiance en ce garçon.

— Oui, il est vraiment horripilant. Mais tu le manœuvres très bien, sérieusement !

Milo retira son sweat-shirt, puis son tee-shirt.

— J'adore ton optimisme. Mais "l'espoir est une erreur".

— Je suis réaliste répliqua-t-elle. Shakespeare ?

— *Mad Max*.

Il ouvrit le robinet du lavabo et commença à se rafraîchir le visage, la nuque, le cou, la tête, les épaules. Elle s'écarta d'un pas pour éviter les éclaboussures.

— Quelle heure il est ?

— Presque dix heures. On a encore le temps.

— De moins en moins.

Il tira plusieurs serviettes en papier du distributeur pour s'essuyer. Puis il se dirigea vers la rangée d'urinoirs et se cala entre les parois de l'un d'eux.

— Pendant la première mi-temps du match, dit-il, c'est plus ou moins clair dans ma tête. À la mi-temps, couci-couça. Mais pendant la deuxième mi-temps, je suis complètement sec. On sait ce que fabrique Márquez ? Ça donne quoi les métadonnées ? Et Andy Castro ? Dis-moi que quelqu'un a trouvé quelque chose, un minimum de preuves solides.

— Tu vas te fâcher. Tout le monde travaille, mais y a rien de neuf, sauf l'expertise qu'ils sont en train de réaliser au commissariat général, l'expertise des diamants. Pour l'instant, ils les estiment à environ un million d'euros. Tout le monde parle de votre découverte.

— Qu'est-ce que ça peut me foutre, bordel, les diamants !...

Il frappa du poing sur la chasse d'eau. Hors de lui, il retourna au lavabo et se lava les mains en silence.

— Quoi qu'il en soit, tu es sur la bonne voie, ajouta-t-elle en le contemplant dans le miroir. Les chefs sont en train de se ronger les ongles, ta cote grimpe.

— Eh bien, tu me diras pourquoi, rouspéta-t-il en refermant rageusement le robinet. Jusqu'à présent je n'en ai rien tiré.

Il arracha violemment deux serviettes.

— Tu es sur le point de briser sa résistance. J'en suis persuadée. Je le sens.

— Plus de réalisme ? lâcha-t-il.

Il fit une boule avec les serviettes en papier mouillées et la jeta à la corbeille. Il attrapa son sweat-shirt et en tira le flacon de parfum de Paco Corona. Il s'en versa quelques gouttes dessus. Puis, il enfila son tee-shirt.

— J'espère que ça va m'aider à lui faire perdre sa maîtrise.

Rebecca retroussa le nez.

— C'est quoi cette puanteur ? Ça sent super fort !

— Tu me comprends maintenant ? répliqua Milo.

Il passa son sweat-shirt, arrangea sa capuche et sortit des vestiaires. Il se dirigea vers la machine à rafraîchissements.

— Tu as des pièces ?

Mercader fit la grimace.

— Tu ne veux pas une bouteille d'eau ? C'est gratuit.

— Bordel ! dit-il en se rendant à la salle de repos pour prendre deux bouteilles dans le réfrigérateur et le refermer d'une bourrade. Il s'adressa à elle : Ne me pose pas de questions, mais demande à la juge de charger l'intendant Guillamón d'organiser une nouvelle conférence de presse. Ce midi, au plus tard. Et qu'elle déclare ce qui lui passera par la tête sur l'enquête, mais qu'elle dise surtout que nos soupçons à propos des Bosniaques ont été complètement écartés.

— Pourquoi ? s'étonna Mercader. C'est vraiment nécessaire ?

— C'est opportun et c'est la vérité, trancha Milo. Merci de ne pas me poser de questions.

Il quitta la salle de repos. La sous-inspectrice pressa le pas pour venir à sa hauteur.

— D'accord, je transmettrai tes instructions à la juge.

— Tu veux dire mes ordres.

— Dis-moi, tu es bien nerveux. Combien de litres de café tu as bus ?

Milo ne répondit pas. Elle l'attrapa par le bras et l'obligea à s'arrêter, le regardant fixement.

— Respire, inspecteur. Tu as une sale tête, tu es complètement ravagé, les yeux tout rouges. Je connais ce regard. Tu es au bord de l'effondrement. Tu ne me trompes pas, moi.

— Ce sont les toxines, elles sont en train de me tuer.

— Sérieusement, il faut que tu te calmes. Ne va pas tout foutre en l'air aussi près du but, pour une crise de nerfs, le moment de vérité est là.

Milo eut un sourire forcé.

— Une crise de nerfs, moi ?

Il repartit en direction de la salle d'interrogatoire n° 1.

— Tu m'as déjà vu perdre mon sang-froid ?

— Tu rigoles ? dit Rebeca en le rattrapant à nouveau : des centaines de fois, des milliers. Tu veux que je te fasse la liste ?

— Tu exagères, comme d'habitude. Je jouais un rôle.

Il s'arrêta devant la porte, attrapa la poignée et tourna la tête vers elle.

— Un autre conseil ?

— Manel Vergés est déjà là.

— Eh bien qu'il attende. Son tour viendra.

— Et aussi les parents du garçon et son avocat.

— Qu'ils se mettent à l'aise. Je n'ai pas fini.

Il actionna la poignée de sa main libre, entra et referma la porte délicatement.

Il se dirigea vers la table en passant lentement derrière Isma. Il tendit le bras par-dessus son épaule et posa une bouteille sur la table devant le garçon. Il déboucha l'autre en allant prendre place sur sa chaise. Il la porta à sa bouche et but une gorgée. Il espéra que ç'avait été suffisant pour diffuser l'odeur de son parfum et s'assit très lentement.

— Quelle heure il est ? demanda le garçon.

Milo prit son temps pour répondre.

Le visage d'Isma se décomposa peu à peu.

— Il est tôt, dit Milo. On en était où ?

# 26

— On parlait de Paco, le cadeau de Noe. On disait qu'elle te l'avait réservé. Blessé, mais vivant.

Livide, Isma resta silencieux. Il se mit à transpirer.

— Qu'est-ce qu'il y a ? Ça ne va pas ?

Il persista à ne rien dire, visage impassible.

Milo s'installa confortablement sur son siège, bras croisés et l'observa. Il savait que l'épisode circulait à l'intérieur de lui, qu'il était en train de revivre la scène. Le parfum avait rouvert son fichier.

C'était maintenant ou jamais.

— Noe t'a envoyé un signal téléphonique et tu t'es rendu à la villa.

Silence.

Il tenta de visualiser ce qui s'était passé avec les yeux d'Isma.

— Elle t'a ouvert la porte avec un large sourire. Elle t'a annoncé qu'elle avait quelque chose pour toi et t'a conduit dans le salon. Là, tu es pétrifié. Tu blêmis. Les trois corps sont encore assis. Une nouvelle fois dans ta vie. Noe pointe son doigt sur Paco en bout de table. Elle te dit que c'est l'assassin de ta famille, te demande si tu as envie de lui poser une question. D'un côté tu vois la vieille morte, de l'autre le frère de Noe. Les deux corps la tête fracassée, en train de saigner. Tout tourne autour de toi. Tu ne comprends rien à ces images. Dans ton esprit, c'est le choc entre le plan théorique et les faits consommés. Tu as le souffle coupé, ton corps est en suspens dans les airs. Noe t'accuse d'avoir fait ça. Tu ne comprends pas ses mots, tu te contentes d'observer les cadavres. Tu vois la traînée de sang qui mène jusqu'à la cuisine, des pieds qui dépassent sur le seuil. Oui, la mère se trouve là où elle doit être. Tu entends la voix très lointaine de Noe, elle est très différente, irréelle. Tu ne réagis pas.

“Elle te pousse vers son père. Il est à toi, te dit-elle. C'est ce que tu voulais. Il est à ta disposition. Elle lui arrache le ruban adhésif de la bouche avec les ongles. Lui envoie une paire de gifles pour qu'il reprenne conscience. Lorsqu'il ouvre les yeux, elle lui ordonne d'être gentil avec toi. Il reste Eva, lui dit-elle, ton Eva chérie. Mais il a perdu tout discernement, toute volonté. Il acquiesce d'un léger hochement de tête. Noe se tourne vers toi. Il est tout à toi, dit-elle. Elle te tend la pierre sanguinolente. Puis elle saisit le portable et se prépare à filmer.

Milo battit des paupières.

— Tu l'as vue en train de filmer ?

Silence

— Qu'as-tu fait du portable de Noe ?

Silence.

Milo écourta la distance qui les séparait, le regard froid.

— Je te demande ce que tu as fait du portable de Noe.

— Je l'ai jeté, dit-il en se tenant la gorge. Par là.

— Dans le conteneur près des marches ?

— Sur le trajet. Je l'ai démonté et j'ai jeté les pièces en chemin.

— La carte SD également ?

Il haussa les épaules. Puis il s'assit sur ses mains.

— Et tes baskets ?

— Je m'en suis débarrassé.

— Dans le conteneur ?

— Je les ai attachées par les lacets et je les ai lancées en l'air sur un fil électrique.

— Où ça ?

— Je sais plus, sur le trajet. Elles doivent être toujours là, accrochées.

— Et la pierre ?

— Quelle pierre ?

— Et la pierre ? insista-t-il expéditif.

— Je l'ai jetée également.

— Dans le conteneur ?

— En chemin, je me souviens plus où.

— Tu aimes bien les mensonges, hein ?

— Je ne mens pas, c'est la vérité.

— Tu es en train de me dire que tu es allé au conteneur seulement pour récupérer des preuves permettant d'incriminer le voisin d'en face, n'est-ce pas ?

— Ce type est un gros dégueulasse, dit-il. Il passait son temps à surveiller Noe, et à se branler en pensant à elle.

— Puis tu les as semées dans le salon, en altérant la scène du crime. Pour l'emmerder.

Isma cligna des yeux.

— C'est un gros porc !

Milo hocha la tête.

— Tu as bâclé ton travail, c'est aussi bien que tu le saches. Et dis-moi, tant que nous y sommes, j'aimerais savoir ce que tu as fait depuis le dimanche matin jusqu'au lundi, il s'est passé presque trente heures.

— Je ne m'en souviens pas, j'ai perdu connaissance.

— Encore des mensonges. Tout ça s'est passé dans la soirée du samedi, mais tu as repris tes esprits le dimanche matin. Tu viens de confirmer que tu es sorti de la villa pour te rendre au fameux conteneur et qu'ensuite tu t'es occupé de trafiquer la scène du crime, en suivant le plan de Noe, comme un robot téléguidé.

Il attendit une réaction. En vain.

— Et ensuite, tu as foutu quoi, bordel de merde !

— J'étais sous les effets de la drogue, j'en sais rien.

— Encore des bobards, les effets ne sont jamais aussi longs, ils t'auraient tué sinon.

Milo se tut, médita un instant. Les mots de Sara, à l'hôpital, lorsqu'elle lui avait expliqué la différence entre vouloir mourir et ne pas vouloir vivre, lui revinrent en mémoire. Isma avait survécu pour la deuxième fois à une tuerie. Il l'imagina écrasé par un sentiment de vide, d'irréalité. Il voulait seulement se coucher, se réfugier dans le sommeil du néant.

— Tu as bu davantage d'eau contenant le cocktail de psychotropes ? Tu as pris volontairement une autre dose ?

Silence. Mais ses yeux jetaient des étincelles.

— Tu as revécu dans ta tête la tragédie d'il y a quinze ans et tu as pris la mère de Noe dans tes bras. Une réaction mimétique.

Silence.

— Qu'as-tu ressenti lorsque Noe t'a remis la pierre ?

Isma avala sa salive. Il n'ouvrit pas la bouche.

— Je vais te le dire. Tu étais en état de choc, paralysé. Tu ne savais pas quoi faire. Tu ne bougeais pas. Tu ne disais rien.

Milo se jeta à nouveau en arrière sur le dossier de la chaise. "Noe me pousse vers son père. Allez, mon gars, on n'a pas toute la nuit. À la télé, le Barça marque un deuxième but. Messi." Milo pencha la tête.

— Les cris t'ont réveillé. Tu as regardé la télé. Tu as vu tous les joueurs agglutinés autour de Messi. Alors Noe t'a dit quelque chose pour que tu reviennes à toi.

Il attendit un commentaire. Silence.

— Je comprends, tu n'avais toujours pas réagi, la pierre dans la main. Et cette odeur qui envahissait tes narines.

Isma tourna la tête d'un côté puis de l'autre, sans énergie. Milo respira profondément.

— Noe te tend alors un verre d'eau. Elle se montre compréhensive, car la scène est brutale, elle impressionnerait n'importe qui. Tu bois une gorgée de façon mécanique. Tu sens que tes jambes sont incapables de te soutenir. Elle te donne une tape sur l'épaule. Ça va mieux ? Tu ne réponds pas. Tu avales une autre gorgée. Noe s'impatiente. Bordel, alors c'est moi qui vais le faire, dit-elle. Elle se place à côté de son père. Elle lui demande pourquoi il a tué la famille Torres, il y a quinze ans. Paco ne comprend rien. Noe te prend la pierre des mains et le frappe une troisième fois. L'homme bat des paupières. Torres ? Elle lui explique. Les Torres. Toute la famille. Paco répète ce nom à moitié évanoui. Noe ne supporte pas qu'il fasse l'imbécile et le menace d'aller chercher Eva. Son père s'égosille, lui demande de ne pas le faire. Il sanglote, dit qu'il ne comprend pas, qu'il ne sait pas qui sont ces Torres. Noe le lui rappelle. Cinq morts, un vivant, toi. Elle pointe son doigt sur toi. Paco geint. Il ne sait pas de quoi elle parle. Et toi tu fais un pas vers lui. Ça s'est passé comme ça ?

Isma se pencha sur la table. Fit non de la tête.

— Dis-moi. Ça s'est passé comme ça ?

— Je ne sais pas… je ne sais pas…

— Je crois, au contraire, que tu le sais. Paco t'a dit qu'il ne connaissait pas ta famille. Et que, toi, il te connaissait uniquement parce qu'il t'avait aperçu dans le quartier en compagnie de sa fille. Qu'il ne comprenait pas ce qui se passait. Mais tu ne l'as pas cru et tu l'as accusé d'avoir commis les meurtres multiples. Tu lui as dit que tu l'avais reconnu dans la rue ?

Silence.

— Il a tenté de te dissuader. Il t'a dit que c'était une erreur, qu'il n'était pas un assassin. Mais toi, tu ne l'as pas écouté, tu as voulu savoir pourquoi il avait fait ça. Et chaque fois qu'il disait non, tu t'approchais de lui.

— Non… non… non…

— Tu voulais le savoir à n'importe quel prix.

Milo observa les photos éparpillées sur la table. Il se concentra sur le visage de Paco. L'homme était désespéré. "Il supplie, il dit qu'il ne sait pas de quoi Noe veut parler. Elle fait demi-tour et dit qu'elle va chercher Eva. Paco hurle, il l'implore de ne pas le faire. Sa voix tremble, au bord du paroxysme. Il reconnaît que c'est lui qui a commis le crime. Que c'était bien lui. Le pouls d'Isma accélère. Il lui demande pourquoi. Paco invente une raison : un contrat. C'est la première chose qui lui passe par la tête. Et il supplie à nouveau de ne rien faire à Eva. Noe tend la pierre à Isma. Elle se prépare à le filmer. Fracasse-lui la tête et on en finit une bonne fois pour toutes. Isma est perplexe, il ne comprend pas cette histoire de contrat. Il lui demande un contrat de qui. Paco balbutie qu'il ne sait pas. Il essaie de trouver quelque chose. Ça s'est fait au téléphone. Écrase-lui la tête ! Isma lève le bras. Les yeux de Paco le supplient. Qui t'a proposé ce contrat ? Paco pleure toutes les larmes de son corps. Il s'étouffe avec les sécrétions de son nez et ses larmes. Il secoue la tête, il nie à plusieurs reprises. Isma insiste, il exige de savoir qui est ce mystérieux commanditaire. Paco murmure des mots. Isma ne le comprend pas. Qui ! Encore des balbutiements. Isma fait la sourde oreille. Dis-moi qui ! Paco tousse, sa salive bouillonne dans sa bouche, coule en cascade. Écrase-lui la tête ! Isma prend son élan. Noe filme en plan moyen. Brusquement, Isma s'immobilise."

Milo se redressa sur son siège.

— Mais tu n'as pas réussi à le faire. Et Noe est entrée dans une rage folle.

Isma se pencha encore plus sur sa chaise, sans desserrer les lèvres.

— Tu lui as désobéi. Elle s'est fâchée contre toi et c'est son père qui a payé la note.

Il frappa la photo de Paco à plusieurs reprises du bout de son index.

— Regarde ! Elle s'est acharnée sur lui !

Isma se balança d'avant en arrière.

Milo saisit les côtés latéraux de la table.

— Noe t'a pris la pierre et t'a poussé sur le côté, elle l'a tué de plusieurs coups. Trois supplémentaires. Et son sang t'a éclaboussé, il a taché tes vêtements.

Il respira avec difficulté de façon entrecoupée.

— Alors tu as reculé, horrifié. Sans rien faire pour l'en empêcher. Elle l'a écrabouillé une fois, deux fois, trois fois. Tu t'es senti mal, étrangement faible, tu as eu la nausée. Et enfin, tu as dégueulé.

— Je… je ne sais pas ce qui s'est passé, murmura-t-il. J'étais inconscient, à l'étage. Quelqu'un m'a frappé par-derrière et…

— Tu mens. Tu étais seul avec Noe, il n'y avait personne d'autre à la maison. Andy était parti pour commettre le vol. Personne n'a pu te frapper par-derrière et te laisser sans connaissance.

— Je… je…

— Pourquoi tu la protèges ? C'est Noe qui l'a tué.

— Elle m'a dit que c'était moi qui l'avais fait, dit-il en levant les yeux. Mais je ne me souviens de rien, de rien. Les anxiolytiques, le GHB… Je ne sais pas ce qu'il s'est passé. C'est Andy, ça ne peut être que lui. C'est lui…

— Tu mens à nouveau. Avoir vomi te trahit. Non seulement tu n'étais pas inconscient, mais tu étais aux premières loges pour assister au crime. Tu as même été éclaboussé de sang.

— J'étais épuisé, je n'avais presque pas dormi de la semaine et Noe m'avait drogué avec le verre d'eau. J'étais shooté jusqu'au trou du cul, comment veux-tu que j'aie vu quelque chose ? J'étais aveugle, je n'ai rien vu.

Milo fit non à plusieurs reprises.

— Tu mens.

— Je ne suis pas un monstre !

— Non, mais tu y ressembles parfaitement.

— Et comment tu expliques la blessure sur mon crâne ?

— Ça s'est passé plus tard, j'y viens. Mais je voudrais d'abord savoir ce que t'a dit Paco pendant que vous le torturiez, un peu avant de mourir, ce qu'il t'a murmuré.

— Je… je ne vois pas de quoi tu veux parler.

— Tu le vois parfaitement au contraire.

— Je… je… je ne sais rien, balbutia-t-il.

— Il t'a parlé de Noe ? Il t'a dit que c'était une menteuse, que tout ce qu'elle t'avait raconté était faux ?

Il attendit un instant, n'obtint pas de réponse.

— Et aussi que c'était une malade ?

Isma cessa de se balancer.

— Très bien, ajouta Milo. Il t'a dit que c'était une malade. Et autre chose, n'est-ce pas ?

Silence.

— Il ne t'a pas prévenu qu'elle te tuerait aussi ?

Isma se mit à trembler.

— Mais toi tu ne l'as pas écouté.

— Ce gros connard avait osé s'en prendre à Noe !

— Et toi, tu ne l'as pas cru.

— C'était un assassin ! Il l'avait avoué lui-même !

— Bordel, mais tu es un imbécile, alors ! Pour protéger Eva, il aurait été capable de dire qu'il était l'assassin de Carrero Blanco, tu n'avais pas compris ?

Isma était devenu tout pâle.

— Quelle heure il est ? dit-il d'une voix étouffée.

— Très tôt.

Il ouvrit la petite bouteille d'eau et but. Milo l'imita. Après avoir fini, ils posèrent les bouteilles sur la table.

— Écoute-moi, les situations empirent toujours avant de s'améliorer. Je sais de quoi je parle.

Isma mit sa tête entre ses mains.

— Si tu avais des preuves, tu ne serais pas là, à bavarder avec moi.

— Si tu avoues maintenant, on laissera entrer ton avocat et tu pourras rédiger de ta propre main une déclaration en bonne et due forme. Ainsi, on mettra un point final à ce mauvais moment passé ensemble. Tes parents sont dehors. Ils attendent. Tu pourras leur parler.

— Qui veut leur parler ?

— Ensuite, tu seras à la disposition de la juge. À partir de là, c'est la juge qui prendra sa décision. Qui sait, peut-être que ce soir tu dormiras chez toi. Tu pourrais retrouver Elsa, ta charmante sœur.

— Qui veut rentrer chez lui ?

— C'est bien d'avouer, on se sent mieux, libéré.

— Qui se sent prisonnier ?

— Enfin, c'est comme tu voudras. Il fallait que je te le dise, expliqua Milo en se retroussant les manches. Nous arrivons au moment le plus intéressant, ou pas, ça dépend de quel point de vue on se place. Mais avant, est-ce que je peux te dire quelque chose ?

— Nous sommes dans un commissariat libre, dit-il en écartant les mains.

— Tu as réussi à te contrôler pendant deux jours, avec ton silence. En revanche à présent, regarde-toi, fit-il en le montrant du bout du menton, tu fais pitié, tu as perdu les pédales.

Il observa comment il tendait tous les muscles de son visage.

— J'imagine que c'est ce que tu as ressenti devant Noe, lorsqu'elle s'est tournée vers toi, après avoir tué son père, et que tu as vu son visage taché de sang. Elle t'a demandé si tu étais satisfait ?

Silence.

— Je suppose que tu as eu peur lorsqu'elle s'est approchée de toi, la pierre à la main. En tout cas, moi j'aurais eu la frousse.

Milo secoua plusieurs fois la tête. Isma demeura muet.

— Bien entendu, elle-même n'était pas satisfaite, tu lui avais fait défaut. Adieu les soixante-douze vierges.

Isma haussa les épaules.

— En plus, il restait un petit détail à régler.

— Je ne vois pas de quoi tu parles.

— Eva. La petite Eva.

À nouveau, silence ; à présent, chargé d'électricité.

— Noe voulait reproduire plus ou moins le crime multiple qui a eu lieu dans ta famille. Toi tu jouerais le rôle de la domestique assassinée dans le vestibule et elle se chargerait de nous donner une version de ce qui avait eu lieu, que tu étais devenu fou et tutti quanti. La mère se trouvait déjà dans la cuisine et les corps du père, de la grand-mère et du frère autour de la table. Il en manquait un dans les bras de sa chère et protectrice maman, mais mort, cette fois. Je veux dire morte. Assassinée. Tu comprends mon raisonnement ?

Silence de plus en plus tendu.

— Afin que la ressemblance soit parfaite et qu'elle puisse t'accuser, il fallait qu'il n'y ait qu'un survivant. Qui des deux sœurs allait être l'heureuse élue ? Eva ou Noe ? Ça ne pouvait pas être Eva.

Milo se leva de la chaise et commença à parcourir la pièce de long en large.

— Et toi, tu ne pouvais pas le supporter ; c'est tout à ton honneur. Bordel, c'était une gamine de deux ans, presque un bébé et toi tu n'es pas un monstre, n'est-ce pas ? dit Milo en s'arrêtant à sa hauteur. Alors tu tentes de la convaincre de ne pas le faire, je pense que c'est au moment où elle s'est dirigée vers l'escalier, la pierre à la main, dit Milo en se penchant sur lui et en envahissant à nouveau son espace. Ça s'est passé ainsi, hein ?

Isma demeura coi. Milo eut l'impression d'entendre son sang circuler dans son corps, à toute vitesse.

— Elle ne t'écoute pas et suit son chemin. Tu réagis, tu vas vers elle, la rattrapes dans le vestibule, par exemple, et tu la saisis par les épaules. Elle se libère d'un geste rapide et te fait face. Vous vous engagez dans une discussion tout en atteignant le palier, disons le couloir, précisa-t-il en se redressant. Là, j'ai deux possibilités. Primo : Andy se pointe et te frappe, il te met KO par terre, et en fait autant avec elle.

Il se remit à marcher, tête baissée.

— Mais ça me pose deux problèmes : le premier, comment est-il entré ? se demanda-t-il en se tournant vers lui. Tu as une idée ?

Isma fit non de la tête.

— Réfléchis un peu, mon gars. Aide-moi.

Isma médita un instant.

— Noe lui avait remis les clés, dit-il.

— Bien pensé. Le deuxième problème : nous n'avons pas trouvé de traces de ses pas, ni dans l'escalier ni à l'étage. Rien que les tiennes et celles de Noe. Et pour se rendre jusque-là, il était obligé de se salir les semelles. Le sang est encore frais. C'est un problème bien plus compliqué, n'est-ce pas ?

— Je ne sais pas. Je ne comprends rien à ce que tu racontes.

— Tu n'as pas une solution ?

— Il a pu enfiler des sacs de protection sur ses chaussures.

— C'est trop recherché. Andy est un plouc, un gros dur, il n'est pas aussi intelligent.

— Il a peut-être sauté par-dessus les flaques de sang, aventura Isma.

— Ah, ça c'est bon. C'est très bon. Andy pratique le *parkour*, il sait sauter avec précision.

Il réfléchit un instant. Mais comment a-t-il fait pour descendre ? Toi, tu n'avais pas trop saigné, mais avec elle il lui fallait mettre des bottes. Le sol était trempé.

— Il a mis mes chaussures de sport. Il a fait comme moi avec les chaussures du frère et du père, et ainsi il a laissé mes traces.

— Et comment te les a-t-il remises ensuite ? Tu étais inconscient à l'étage, comme Noe ; sauf qu'elle… elle avait été assassinée.

— Facile : il ne me les a pas enfilées. Il a pris les siennes et s'est enfui avec les miennes aux pieds.

Milo s'approcha de lui.

— Mais il y a quelques minutes, tu viens de me dire que tu les avais lancées sur un fil électrique. Alors qu'est-ce qu'on décide ?

— Je t'ai menti, admit-il sans rougir.

— Voilà ce que j'aime, dit-il en l'approuvant, que tu sois sincère.

Il se remit à parcourir la pièce, lui tourna le dos.

— Et pourquoi il ne t'a pas assassiné, toi aussi ? Tu connaissais leur plan, tu étais un témoin.

— Aucune idée. Tu as toi-même dit qu'il n'est pas très malin.

— Tu as réponse à tout, hein ? dit-il en s'arrêtant devant le miroir. Ce que je ne comprends pas, c'est pourquoi Andy a utilisé une violence démesurée. Au cas où tu ne le saurais pas, il lui a donné six coups de pierre. Et pour lui, Noe était juste une nana qu'il baisait de temps en temps, rien de plus. Tout ce qu'il voulait, c'est garder le butin du vol pour lui tout seul, sans le partager, dit Milo en s'arrangeant un peu les cheveux et en reprenant : Alors pourquoi tant de violence ? Non, ça ne cadre pas. L'acharnement indique un mobile passionnel, tu vois ce que je veux dire.

Milo se tourna et regarda Isma.

— Ce qui nous conduit à la deuxième possibilité. À toi.

Il s'approcha de la table et se laissa tomber sur la chaise.

— Dis donc, je suis vanné, soupira-t-il en saisissant la petite bouteille d'eau. Tu n'as rien à dire ?

Isma l'imita, en silence.

— Quelle heure il est ? demanda-t-il après l'avoir vidée.

— Il est tôt.

— Revenons à votre dispute dans le couloir. J'imagine qu'elle a dû être très désagréable pour toi, dit-il en jouant avec la bouteille vide. Noe s'est mise dans une colère noire en t'accusant de te dégonfler une fois de plus et en te traitant de tous les noms d'oiseau. Lâche, fillette, pauvre type de merde. Et toi, tu n'as pas eu le choix, tu as laissé passer l'orage.

Isma tourna plusieurs fois le cou pour décontracter ses muscles. Ensuite, sans ouvrir la bouche, il croisa les bras.

— Tu avais la tête qui tournait. Tu te sentais faible. Tu titubais, tu étais sur le point de tomber par terre. Tu ne pouvais plus penser, il se passait trop de choses en même temps et tu ne savais plus si elles étaient réelles, ou si tu étais en train de rêver. Tu avais besoin de t'éclaircir l'esprit. Tu n'étais pas comme Noe, tu étais sujet aux remords. Mais tu n'avais pas le temps de réfléchir. Et tu t'es jeté sur elle. Tu l'as attrapée. Vous vous êtes bousculés. Noe s'est battu avec toi. Elle t'a appelé mauviette de merde ? Avorton sans couilles ? Elle t'a tout dit, sauf des compliments, ça c'est évident.

Isma resta imperturbable, visage de marbre.

— Oui, ç'a dû être très dur pour toi. Tu découvrais la vraie Noe pour la première fois. Sans masque, sans qu'elle joue un rôle. L'authentique Noe. La fille à laquelle tu avais été accro pendant des mois, pour qui tu aurais fait n'importe quoi, se montrait enfin telle qu'elle était vraiment. Une sorcière adolescente. Capable de tuer son père à coups de pierre et prête à faire la même chose avec sa sœur de deux ans. Tout ça pour atteindre son objectif, sans pitié pour rien ni personne. Même pas pour toi, qui te disais son âme sœur.

Son visage se craquela. Une petite fissure.

— Jusqu'à cet instant, tu avais cru qu'il y avait quelque chose entre vous. Et dans ton imagination, vous vous réfugiez tous les deux au sous-sol après la tuerie, pour attendre ensemble l'arrivée du peloton d'exécution. Le mot important est "ensemble". Si tu restais près d'elle, rien d'autre ne comptait.

Il demeura muet. Une lueur traversa son regard.

— C'est alors que tu as ouvert les yeux ?

Silence.

— Eva n'était qu'une gamine innocente. Il ne fallait pas lui faire de mal. Et tu lui as barré la route pour l'empêcher de l'atteindre. Milo se pencha sur lui en pointant la bouteille vide vers lui, puis il poursuivit : Noe a dû rester sans voix. Tu avais cessé d'être passif, toi ? Pour une enfant gâtée âgée de deux ans ? Pour quelqu'un qui n'avait aucune valeur pour elle ? L'Isma qu'elle connaissait se comportait soudain comme un putain de héros ?

Incrédule, Milo fit non de la tête.

— Et là, je suis persuadé qu'elle s'est copieusement moquée de toi. Parle ! C'est bien ça ?

Silence.

— Vas-y, Isma. Soulage-toi. Tu te sentiras mieux.

Milo fit une pause et attendit. Silence.

— Ton avocat pourra plaider une aliénation mentale temporaire. Dans une situation limite, et celle-ci l'était, nous pouvons tous devenir des assassins en quelques secondes.

Milo fit une autre pause. Encore du silence.

— Tu as perdu ton calme, un point c'est tout. Ça nous arrive à tous de temps en temps, ce n'est pas grave.

— Personne ne t'a demandé conseil.

— D'accord, convint-il. Je continue tout seul, alors. Nous étions dans le couloir, toi en face de Noe. Elle t'écarte d'une bourrade et tu te cognes contre le mur. Tu te sens bizarre, tu as la tête qui tourne, tu es lent, sans réflexe. Par chance, tu n'as pas bu trop d'eau et tu en as vomi une partie. Les effets de la drogue sur ton organisme sont faibles. Cela te permet, lorsque tu la vois laisser sa chambre derrière elle et atteindre celle d'Eva, de retrouver un semblant de forces et de venir l'affronter à nouveau. Tu lui répètes de laisser la petite en paix et Noe te hurle dessus, te demande de te pousser. Je suppose que, là, elle te dit qu'Eva n'est personne, que pour elle c'est juste une emmerdeuse, des choses de ce genre. Qu'il ne doit rester qu'un survivant, comme il y a quinze ans et que ce sera elle. En pleine crise de colère, elle te lâche que tu l'obliges à choisir entre Eva et elle-même, et Noe choisit sa sœur comme survivante, une putain d'héroïne, mais toi tu ne l'écoutes pas, tu es hors de toi…

La fissure sur le visage d'Isma s'agrandit. La lueur.

— Car à ce moment-là tu avais déjà deviné que le même destin qu'Eva t'attendait, n'est-ce pas ? Afin que tout concorde dans sa version, elle dirait qu'elle avait dû t'empêcher d'aller jusqu'au bout, que tu étais devenu un assassin en pleine démence.

Isma cligna des yeux sans desserrer les lèvres.

— Je prends ton silence pour un assentiment.

Il manipula à nouveau la petite bouteille comme une baguette et la dirigea sur lui.

— C'est alors que vient le moment de vérité, ta grande question, celle qui va précipiter les événements.

Au lieu de continuer, Milo se tut. Plusieurs secondes s'écoulèrent. Tous les deux demeurant muets.

— Et quelle est cette grande question ? murmura Isma.

— "Qui suis-je pour toi ?" Ou quelque chose comme ça.

Isma devint à nouveau tout rouge. Il évita tout contact visuel.

— Sa réponse t'a brisé le cœur, il a éclaté en mille morceaux. Quelque chose a explosé dans ta tête. La colère. Tu peux me dire ce qu'elle t'a répondu ?

Il secoua plusieurs fois la tête de droite à gauche, comme un enfant.

— Très bien, ce ne sont pas mes affaires. Tu t'es senti flancher, poursuivit Milo, tu es peut-être même tombé par terre. Le passé et le présent se sont mêlés dans ton esprit. Un survivant. Le plan. L'absence. Le rejet. Milo se leva et se dirigea vers lui, avant d'ajouter : Perdu.

Isma détourna la tête.

— Aussi vide que cette petite bouteille, insista-t-il.

Silence.

— Et elle s'est moquée de toi. C'est comme ça que tu comptais l'empêcher de s'en prendre à sa petite âme sœur ? Ses moqueries t'ont rendu fou. Tu l'as suppliée de ne pas t'abandonner. Tu as entendu sa voix, très loin, en train de s'éteindre. Tu aurais voulu mourir, le chagrin te brûlait à l'intérieur. Elle n'avait jamais rien ressenti envers toi. Pour Noe, l'amour était une faiblesse et elle était très forte. Tu aurais aimé disparaître.

Milo se plaça de l'autre côté, pour lui faire face.

Isma tourna à nouveau la tête.

— Regarde-moi, Isma.

Il n'obéit pas.

— Je sais quelle a été sa réponse. "Tu es un faible, tu n'es personne." Voilà qui tu étais pour elle. Elle t'avait jaugé, manipulé, utilisé. Et à la fin, elle te laissait tomber.

Milo répéta l'opération. Isma l'esquiva une nouvelle fois.

— Aide-moi, un peu, bordel !

Isma demeura dans la même position et Milo posa une main sur le dossier de sa chaise et l'autre sur la table. Il se pencha sur son oreille.

— C'est alors qu'elle t'a dit que tu ne l'avais jamais intéressée plus que ça. Et elle a saisi son portable pour taper un WhatsApp à ton adresse : "J'ai perdu tout enthousiasme." Elle te l'a lu à haute voix ? Puis un autre : "Tout est fini. Bise." Après les avoir lus, tu te précipiterais à la villa, fou de rage, prêt à tout. Un type instable, avec ton historique familial… pour nous, ce serait clair comme de l'eau de roche. Bordel ! Cette fille était vraiment tordue ! dit Milo, l'air dégoûté, en jetant la bouteille à l'autre extrémité de la pièce.

Il observa sa position, tenta d'accroître la pression.

Il frappa du plat de la main sur la table.

Isma sursauta sur sa chaise. Sans tourner la tête.

— Tu t'es engouffré dans l'abîme de la douleur. À cause de ta terrible peur d'être abandonné. Du mensonge, de la honte. C'était plus qu'il n'en fallait pour toi. Et soudain tu as perdu la raison. Une voix intérieure t'a dit que tu devais à nouveau être un survivant. Et qu'est-ce que tu as fait ? demanda-t-il en frappant une deuxième fois la table, à en faire trembler les murs de la pièce. Tu as imité Noe, une meurtrière.

— Je ne suis pas un monstre, murmura-t-il.

— Et comme elle, tu as laissé entrer l'obscurité, tu l'as reçue à bras ouverts. De part en part.

— C'est Andy, pas moi, gémit-il. Tout ça est complètement faux.

— Ce n'est pas le moment de raconter des conneries.

— Andy était revenu à la maison, insista-t-il d'une voix étouffée.

Troisième coup sur la table, à présent avec le poing.

— Tu mens. Tu voulais tuer. Par haine. Tu voulais cesser d'être docile et devenir hostile. Un assassin.

Isma se balança à nouveau, menton enfoncé dans la poitrine.

— C'est Andy, répéta-t-il au bord des larmes. Ça ne peut avoir été que lui. Moi, j'étais aveugle, les anxiolytiques, la drogue… Je ne me souviens de rien.

— Mes couilles, oui ! Lorsque Noe a quitté le portable des yeux, elle s'est aperçue que tu étais debout devant elle. Vous vous êtes battus. Elle t'a envoyé un coup de pierre sur la tête. C'est Noe qui t'a frappé, tu l'as vue parfaitement. Elle était droitière et se trouvait en face de toi !

— Je ne sais pas qui c'était. J'ai été attaqué par-derrière… Je n'ai rien vu.

— Elle a essayé de te frapper une seconde fois, mais tu lui as saisi la main et lui as arraché la pierre. Tu as levé le bras. Tu lui as donné le premier coup, le deuxième. Puis Noe est tombée par terre.

— Ce n'est pas moi, ce n'est pas moi, sanglota-t-il. Moi… les médicaments…

Milo se contint. Adopta un autre ton :

— Il n'y a pas longtemps, quelqu'un m'a dit que j'étais un balayeur. Il voulait parler de mon travail, du fait que je ramassais les ordures dans la rue, dit-il en inspirant profondément. Isma jusque-là tu te protégeais et tu défendais la petite Eva. Rien à dire. Mais nous savons, grâce au médecin légiste, que Noe présentait des égratignures périphériques sur les points d'impact. Même s'il n'y en avait pas sur tous. Elle a tenté d'éviter les coups.

Milo fit une pause, serra les poings.

— Ce que j'aimerais savoir à présent, c'est si tu es une ordure.

Isma se balança plus rapidement.

— Tabac, taco, tambour, tampon… commença-t-il à marmonner.

— Je vais te dire, je peux presque tout accepter, sauf la violence contre les femmes.

Sur une image fugace gravée au fer rouge lorsque Milo était un tout jeune enfant, celui-ci revit le corps sans vie de sa mère allongée par terre, dans la cuisine, aux pieds de son père.

— C'est plus fort que moi, je ne peux pas l'accepter. Et pourquoi ? Parce que je ne supporte pas les machistes de merde.

Il se tourna vers le miroir et s'acharna à nouveau sur Isma.

— Je ne te poserai pas la question deux fois. Tu es une ordure humaine comme ces bâtards qui frappent les femmes ?

— Tango, taverne, taxe, taxi…

— Noe n'avait ces égratignures qu'autour des points d'impact des trois premiers coups, les seuls qu'elle a vus venir. Un juge bien intentionné pourrait considérer le premier et le deuxième comme défensifs. Mais lorsqu'elle est tombée par terre et que tu t'es assis à califourchon sur elle, Noe était inoffensive. À moitié inconsciente. À ta merci.

— Téléphone, temps, théâtre, toit…

— Et cependant tu lui as envoyé un troisième coup en plein visage, dit-il en tapant violemment du poing sur la table. C'est celui-là qui s'est avéré mortel. Lorsqu'on lui a asséné les suivants, elle ne bougeait déjà plus.

— Touche, travail, trou, turbin…

— Je veux parler du quatrième, du cinquième et du sixième, dit-il en frappant la photo de Noe à mesure qu'il énumérait les coups.

À cet instant la juge Cabot et un homme que Milo reconnut être l'avocat des Torres firent irruption dans la pièce.

— Inspecteur Malart, dit-elle, l'interrogatoire est terminé. Le temps de la garde à vue a expiré.

— Mais madame la juge, protesta Milo.

— Le détenu est libre.

Isma se redressa avec difficulté, aidé par l'avocat, et ils quittèrent tous deux la pièce. Le premier tête baissée, se mouchant avec le revers de la manche et le second cou tendu avec un air provocateur.

— Inspecteur Malart, commença par dire la juge Cabot.

— Une autre fois, Votre Honneur.

Il sortit de la pièce d'un pas rapide. Dehors, les supérieurs qui venaient d'assister à l'interrogatoire depuis la salle annexe attendaient avec un air de circonstance. Sans freiner le rythme de ses enjambées, il échangea un regard inexpressif avec la commissaire Bassa et avec le chef Singla. Il se dirigea vers le bureau, récupéra son blouson et s'arrêta, indécis. Les autres inspecteurs le regardèrent sans faire de commentaire.

Le sous-chef Corberó se plaça à sa hauteur et lui mit une main sur l'épaule. Milo eut un frisson et sursauta.

— Malart, sortons d'ici, dit-il. Je t'invite à boire un demi ou deux, au bar du coin.

Milo réagit comme un somnambule et se laissa guider vers les ascenseurs, tandis que Corberó ajoutait :

— Tu as besoin de prendre l'air et moi de quelque chose qui fasse baisser ma tension.

Dans le couloir, la sous-inspectrice Mercader lui envoya un message muet avec les lèvres : "On se voit en bas." Milo acquiesça par inertie, sans en comprendre la signification.

# TROISIÈME PARTIE

# 27

— Tu as fait du bon travail, arrête de ruminer, dit Corberó en portant la tasse de café au lait à sa bouche. Toi et moi savons qu'il est très difficile d'arracher des aveux.

Accoudé au comptoir, Milo observa le verre de bière devant lui. Il n'y avait pas touché.

— On y est arrivé d'autres fois et de façon moins laborieuse, murmura-t-il.

— Des exceptions. Ce garçon est hors du commun.

— Comme Noe.

— Oui, qui se ressemble s'assemble.

Après être sortis du commissariat, le sous-chef l'avait guidé le long de la rue Travessera de Les Corts, pour se dégourdir les jambes, puis, sans dire un mot, ils étaient revenus sur leurs pas jusqu'au bar du coin. Pendant le trajet le vent leur gifla le visage sans pitié.

— Je sais, grâce à mes enfants, ajouta Corberó, que l'adolescence est l'âge des secrets et des affrontements avec les parents qui représentent l'autorité. Ils sont en train de se construire et sont perdus et maltraités par l'adversité. Ils sont extrêmement influençables, tu connais l'effet Werther, bien entendu.

— Fais pas chier, sous-chef. Toi aussi tu es psychologue ?

— Je dis juste que c'étaient deux adolescents problématiques et qu'ensemble ils seraient devenus un tandem terrifiant. C'est évident.

Milo observa en silence l'ascension des bulles, la lente diminution de la mousse. Corberó poursuivit son monologue. Pour lui, il s'agissait de deux jeunes frustrés, fuyant chacun son propre environnement. Tous les deux désiraient la même chose : se sentir mieux, être plus épanouis, avec leur identité singulière.

— S'ils avaient vécu dans un autre milieu, ils auraient été fascinés par les fanatismes de tous poils, conclut-il.

Il vida sa tasse de café au lait et se tourna vers lui.

— Je t'ai entendu évoquer le terrorisme pendant l'interrogatoire, avec les soixante-douze vierges et les rivières de miel. Tu l'as fait exprès ?

— J'ai récemment lu Khadra. "Un terroriste est quelqu'un qui cherche une famille." Je m'en suis rappelé et je l'ai sorti.

— J'aime bien la façon dont travaille ton cerveau.

— Eh bien je t'en fais cadeau, moi je la déteste.

— Inspecteur Malart, un interrogatoire tient plus de l'art que de la science : et toi tu es un artiste. Ne te sous-estime pas.

— C'est ce que je fais ? demanda-t-il sans cesser d'observer la bière.

Corberó réprima un geste d'impatience.

— Tu l'as mené d'une putain de belle manière, mais quand ça ne veut pas, ça ne veut pas, voilà le problème.

— Psychologue et philosophe. C'est toi qui aurais dû l'interroger. Je suis persuadé que tu aurais obtenu de meilleurs résultats.

— Me casse pas les couilles, inspecteur. Tu as obtenu de très précieuses informations. À présent, nous avons une idée bien plus claire de ce qui s'est produit dans cette maison, samedi soir.

— Tu en es sûr ? Donne-moi un exemple.

— D'abord, nous savons que ce garçon n'est pas une victime.

— Ce sont des conjectures.
— Et le degré d'implication du fameux Andy.
— Toujours des conjectures.
— Tu ne peux pas nier que son retour à la maison après avoir commis le vol est établi.
— Établi ? Ne me fais pas rire, dit-il. Nous n'avons aucune preuve, juste le témoignage d'Isma. Ça et rien du tout, c'est la même chose. Ce garçon s'est moqué de moi. Mercader avait raison.
— En quoi avais-je raison ? demanda la sous-inspectrice en saluant Corberó machinalement avant de grimper sur un tabouret et de les regarder l'un après l'autre. Pourquoi faites-vous des têtes de vingt pieds de long.
— Ton équipier est complètement défaitiste, indiqua le sous-chef en fouillant dans son portefeuille pour tirer le billet voulu avant de le déposer sur le comptoir. Je retourne au commissariat, j'en ai ras le bol.
Rebeca le regarda s'éloigner d'un pas nonchalant.
— On peut savoir ce que tu lui as fait ?
Milo demeura immobile, le regard fixé sur la bière.
— La conférence de presse est sur les rails ? demanda-t-il.
— Comme tu l'as demandé, répondit-elle. Tu veux bien m'expliquer ce que tu mijotes ?
— Ne me pose pas de questions.
— Avec moi, ça ne fonctionne pas, tu le sais.
Il battit des cils, puis tourna la tête vers elle.
— Mais de quoi tu parles ?
— De ton air abattu. Je te connais par cœur.
Milo fit claquer sa langue et regarda à nouveau le verre de bière.
— Il n'est même pas midi et tu es déjà à la bière ? demanda Rebeca.
— Une idée de Corberó, ne me regarde pas comme ça. Qui compose la première équipe de filature ?

— Rojo et Cervera.

Milo commanda deux Vichy sans glace et sans citron au garçon.

— Manel Vergés t'attend toujours dans la salle d'interrogatoire n° 2.

— Occupe-t'en toi-même, sous-inspectrice. J'en ai ras le bol des interrogatoires.

— C'est bon, le héros est déprimé parce que les choses n'ont pas marché comme il voulait. Tu veux qu'on tire un coup pour te remettre d'aplomb ?

— Très drôle, tu as déjà Boada pour ce genre de choses.

— Tu pues.

— Pas la peine d'être impolie.

— Je veux dire que tu chlingues un parfum qui fouette un maximum. Tu devrais prendre immédiatement une douche.

Milo ne put éviter un début de sourire.

— *Désolé**, dit-il en secouant lourdement la tête. Tu sais ce qui me soûle le plus, c'est d'avoir été agressif, d'avoir fait pression sur quelqu'un qui ressent une douleur psychique aussi intense. C'était précisément ce que je voulais éviter de la part de la commissaire-chef. Et tout ça pour rien.

— Qu'est-ce que tu racontes ? s'insurgea Rebeca. Une douleur psychique, ce gars ? Tu plaisantes ? Tu as été trop en retrait justement ! Moi, je lui aurais fait rendre tripes et boyaux. Il a écrasé la tête de Noe lorsqu'elle a rompu avec lui ! Avec une pierre, bordel ! C'est une de ces ordures qui ne supportent pas qu'une femme les quitte !

— Et si je m'étais trompé ? Il y a d'autres scénarios possibles.

— Tu n'as pas vu sa réaction ? Il s'est mis à sangloter, à baragouiner des incohérences ! Un innocent n'aurait jamais fait ça.

— Les réactions n'ont jamais été un signe de culpabilité, il faut des preuves.

— Et la fameuse scientifique corroborera, j'en suis persuadée.

— Mais Isma n'a pas cédé.

— Ce qui renforce sa culpabilité !

— Et sa situation n'a pas changé, il a toujours besoin de protection. Andy est toujours dans la nature.

— Comment ça ? La situation n'a pas changé ? Il est ressorti libre !

Milo porta ses mains à son visage. Il se frotta les yeux.

— Trop de choses nous échappent encore, dit-il.

— Sur ça, je suis d'accord. Le rôle de ce putain d'Andy, par exemple. Si le plan était pour lui de retourner à la villa pour en finir avec Isma, pourquoi celui-ci est-il toujours vivant ? Ça ne colle pas.

— Non, personne n'est aussi maladroit. Et encore moins lorsque l'enjeu est le seul témoin qui peut venir t'accuser. Andy n'est pas retourné à la maison, Isma m'a manipulé. La tyrannie des faibles, ou de ceux qui feignent de l'être.

— Tu doutes de ton intuition ?

— Je crois en l'effet dévastateur des toxines, dit-il avec la voix éteinte. Ma tête va exploser, je suis épuisé.

— Lorsqu'on l'aura arrêté, il faudra bien qu'il nous dise la vérité.

— Parle pour toi, *chica dura*, moi je raccroche les gants.

Rebeca servit les deux eaux sans se troubler.

— J'ai dû t'entendre dire ça une bonne centaine de fois, ça ne prend plus, dit-elle après avoir avalé une gorgée. Qui sait, peut-être n'est-il pas si balourd et il a effectivement fait l'échange de chaussures de sport avec Isma. De toute façon, on a déjà demandé qu'on recherche des chaussures pendues à un fil électrique.

— Parce que, maintenant, tu fais confiance à ce manipulateur ? Non, il s'est foutu de moi et je suis tombé dans le panneau, avec le conteneur.

— Il peut avoir menti.
— Et dans laquelle de ses versions ?
Rebeca fit la grimace. Elle observa le comptoir en silence.
— Pourquoi Andy n'est-il pas retourné à la maison ? dit-elle au bout d'un instant. Si c'était leur plan, pourquoi ne l'aurait-il pas fait ? Il n'allait pas s'en tirer à bon compte avec les témoignages d'Isma et de Noe. Ça n'a pas de sens non plus.
— J'en ai assez de cette histoire, dit Milo en saisissant son verre pour en boire une gorgée. Bordel… et marre aussi de l'eau minérale, compléta-t-il.
Il saisit le demi de bière pour le porter à ses lèvres, s'arrêta et le reposa violemment sur le comptoir où il se renversa :
— Putain de bordel de merde, je fais que des conneries, aujourd'hui !
— D'accord, changeons de sujet. Cette femme dont tu as parlé, celle qui t'a fendu le cœur, qui est-ce ?
— Personne, répondit-il.
Il tenta de réparer ses dégâts avec des serviettes en papier.
— Elle n'existe pas. C'est une invention. Pour faire parler.
Elle l'observa longuement.
— Tu as menti tout le temps ?
— Tout le temps.
— Eh bien, tu avais l'air de savoir de quoi tu parlais.
— C'est un de mes talents.
— Tant de véhémence… Tu as été très convaincant.
— J'en suis ravi, dit-il en arrêtant de faire le ménage sur le comptoir. Autre chose ?
— Rien n'a changé, alors.
— Rien n'a changé, Mercader. Tu te charges de régler les consommations et on s'en va, dit-il en se dirigeant vers la porte.
À l'extérieur, il fut reçu par une rafale de vent. Tandis qu'il remontait le col de son blouson, il regarda les feuilles

tourbillonner. Il entendit la voix lointaine de la sous-inspectrice, et ne bougea pas.

— On y va ou quoi ? s'impatienta Rebeca.

— Il n'a pas pu se débarrasser de quelque chose d'aussi important pour lui, dit-il. C'était tout ce qui lui restait de Noe. Il n'a pas pu cacher un objet aussi précieux dans la rue, ni dans la villa, où il ne pourrait plus le récupérer.

— De quoi tu parles ?

— De la carte SD. Il a démonté le portable de Noe et l'a éparpillé tout le long du chemin, mais la carte, il l'a gardée sur lui.

— Eh bien tu me diras où, répliqua Rebeca. Ils l'ont fouillé de la tête aux pieds au commissariat de la plaza de España., ainsi que ses affaires, et ils n'ont rien trouvé.

Milo se tourna lentement vers elle.

— Ça prend très peu de place.

— Qu'est-ce que tu veux dire ?

— Tu es sûre qu'ils ont bien épluché ses affaires ?

Mercader acquiesça.

— Toutes ses affaires ?

Elle acquiesça à nouveau.

— Même le porte-clés ?

La sous-inspectrice se le rappela : il était en cuir marron très usé, en forme de demi-lune, un peu effiloché sur un des bords.

— Ne me…

Il l'interrompit en même temps qu'il pointait son doigt sur le commissariat.

— Les Torres étaient partis lorsque tu es descendue au bar ?

— Depuis dix minutes, répondit-elle le visage contracté.

— Je rectifie, sous-inspectrice, NOUS ne faisons que des conneries, aujourd'hui.

L'inspecteur-chef Singla serra les poings lorsqu'il lui dit qu'ils devaient récupérer ce porte-clés avec la maudite carte SD.

— Émettre un mandat est inutile, indiqua la juge Cabot. À l'heure qu'il est, Isma Torres l'a certainement mise ailleurs.

— Ce gamin a toujours un coup d'avance sur nous, dit Sena. Il nous a manipulés tant qu'il a voulu. Quelle va être sa prochaine action ?

Cette réunion improvisée avait lieu dans les bureaux du GEHME. Installé à une des tables de travail, Milo avait les bras croisés et les jambes allongées. Il regardait par terre.

— Une idée ? insista Singla.

— Il va vérifier son contenu, dit Boada. Et s'il y a du matériel compromettant pour lui, il va certainement s'en débarrasser.

— Bien sûr qu'il y aura du matériel compromettant ! s'exclama Rebeca. Pour lui et pour Andy. Cette fille adorait tourner des images scabreuses, elle n'allait pas se priver de filmer des séquences de l'assassinat de sa famille. Cette carte contient tout, elle est la clé du déroulement de la tuerie.

— Elle est tout aussi compromettante pour elle, sous-inspectrice, intervint le sergent Crespo. Celle qui enregistre un crime multiple sans rien faire pour l'empêcher ne peut qu'en être complice.

— Mais nous aurions pu avoir accès à ces images, dit Sena.

— Oui, mais une fois que Noe les aurait éditées, en transférant les originaux sur un autre support, répliqua Rebeca. Et elle n'en a pas eu le temps. Les preuves dont nous avons besoin se trouvent toujours sur cette carte.

Singla poussa un soupir d'irritation.

— Et elles ont toujours été à notre portée, dit-il.

La sergente Corominas se racla la gorge.

— Je peux dire quelque chose ? demanda-t-elle.

L'inspecteur-chef lui fit signe de parler.

— Quoi que cette carte contienne, Isma Torres ne s'en débarrassera pas. Elle a trop de valeur pour lui. Une valeur sentimentale. Il la gardera comme la chose la plus précieuse au monde.

— Ne serions-nous pas victimes d'une épidémie d'intuitions de toutes sortes ? dit Boada. Tu peux nous dire ce qui t'amène à le croire.

— Je ne le crois pas, je le sais, dit-elle sur un ton catégorique. Grâce à la façon dont Isma traite les événements. Il met en route une série de détonateurs dans sa tête et distord ce que nous pourrions appeler un comportement normal ou sensé. Même si cela doit le compromettre, il gardera la carte comme un trésor. Ce n'est pas ton avis, inspecteur Malart ?

Milo était parti à des kilomètres de là, sur la terrasse d'un café, assis à une table, en train d'observer le jeu de plusieurs enfants au bord de la mer. Leurs sauts, lorsque les vagues venaient vers eux, leurs manifestations de joie. Ella, assise à la table voisine, buvait du vin blanc ; souriante, elle leva son verre en direction des enfants. *Bonheur, chapitre trois**. Lui, esquissant un sourire, fit de même avec son verre d'eau minérale. L'un et l'autre laissèrent s'écouler quelques minutes sans dire un mot. Ils étaient deux inconnus en train d'observer les innocentes évolutions de plusieurs enfants excités par la puissance de la mer, de partager un moment, en marge du temps. Une des fillettes sauta puis se jeta dans l'écume blanche, pour se relever aussitôt, la bouche pleine de cris de joie contagieuse. Alors ce fut le tour de Milo. Il leva son verre. *Bonheur, chapitre quatre**. Ella en fit autant sans détourner son regard du bord de l'eau. Ils continuèrent à observer la scène. Unis par une vibration, profitant à distance de la part merveilleuse de la vie. Et lorsqu'ils arrivèrent au chapitre six, ils échangèrent un regard pour la première fois. Ella, saisie d'une envie irrépressible de caresser la peau de son avant-bras ; Milo le cœur battant la chamade. Ils éclatèrent de rire.

— Inspecteur Malart ?

Milo haussa les épaules en continuant à regarder par terre.

— Bon, cela nous permettrait de récupérer la carte, dit la juge Cabot. Une idée sur ce que va faire Isma Torres à présent ?

Les membres du groupe se regardèrent.

— Il doit se sentir frustré d'avoir été repoussé par Noe, indiqua la sergente Humbert. Et de l'avoir définitivement perdue ensuite. Quelqu'un perturbé par la somme de ces deux sentiments peut décider de s'isoler, ce qui le transformerait en individu potentiellement violent et agressif.

— Et son profil n'est plus passif, dit la sergente Corominas.

— Quelqu'un contrarié à ce point peut commettre n'importe quelle folie. Contre lui-même ou contre son entourage.

— Un instant, les filles, les interrompit Boada. Qu'est-ce que vous racontez comme conneries ? Vous êtes en train de délirer et moi…

— Ferme-la, inspecteur, coupa Rebeca, puis elle se tourna vers Humbert : Tu veux parler de suicide ? D'un autre assassinat ?

— Qu'est-ce qu'on fait lorsque tout est foutu ?

— Isma Torres ne récidivera pas, dit Corominas.

Humbert hocha la tête.

— Dès qu'il le pourra, il retournera dans sa cachette, murmura-t-elle.

— Je ne voudrais pas paraître trop mélodramatique, ajouta Corominas, mais il manque l'épaisseur d'une feuille de papier à cigarette pour que sa part d'ombre reprenne le pouvoir.

Singla demanda à Crespo où se trouvait le sous-sol.

— Le supposé sous-sol, s'empressa de préciser Boada.

— Je pense que c'est une impasse, répondit le sergent, mais je vais essayer.

— Que Rojo et Cervera ne le perdent pas un seul instant de vue, c'est clair ? Inspecteurs Sena et Boada, vous vous rendrez au domicile des Torres et renforcerez la surveillance. Son portable est-il sur écoute ?

— J'ai signé l'autorisation, dit la juge Cabot.

— Sergents, vous savez ce qu'il vous reste à faire. Mercader et Malart, dit-il en se plantant devant eux, vous allez à la salle d'interrogatoire n° 2, le voisin voyeur vous attend. Espérons que vous pourrez en tirer quelque chose, bordel. Je vais serrer la vis pour qu'on arrête Andy Castro une putain de fois.

— Chef Singla, dit la juge, j'aimerais m'entretenir un instant en tête à tête avec l'inspecteur Malart. Tu nous prêtes ton bureau ?

Milo regarda l'une et l'autre. Au bout d'un moment, il se leva lentement et la suivit. Rebeca l'interrogea du regard. Une fois de plus, il haussa les épaules.

— On ne peut pas toujours gagner, dit Cabot en refermant la porte et en s'appuyant contre elle.

Milo se tut.

— Tu m'en veux ?

Il ne répondit pas.

— Tu m'en veux et je peux le comprendre.

— Je t'avais demandé vingt-quatre heures.

— Ne recommence pas, je te l'ai déjà expliqué. C'est la loi.

— Alors on n'a plus rien à se dire, coupa-t-il en faisant un pas vers elle pour sortir du bureau.

La juge ne bougea pas.

— S'impliquer émotionnellement dans une affaire rend maladroit, dit-elle. Et appelle ça ton sixième sens si tu veux, mais d'après la ligne que tu as choisie pour l'interrogatoire, je jurerais que c'est ce que tu as fait et continues à faire.

— Ma maladresse est d'être rentré de Biarritz avant l'heure. Je n'aurais pas dû écourter mes vacances forcées.

— Que s'est-il passé à Biarritz ? Qui as-tu rencontré ?

Milo recula jusqu'au mur opposé. Il ne répondit pas.

— Écoute-moi, dit Susana dans son dos, lorsque la scientifique en aura fini avec ses analyses, nous aurons quelque chose de consistant contre Isma Torres. Il ne s'en sortira pas comme ça.

— Et tu crois que ça m'empêche de dormir ?

— Alors pourquoi tu te mets dans ces états ?

Milo se retourna brusquement. Il fit un signe en direction de la salle d'interrogatoire n° 1.

— Ce que tu as vu là-dedans, ce sont les effets de l'amour. Du fameux amour dont tu parles toujours, insista-t-il, renfrogné.

— Tu te trompes sur toute la ligne. Cet adolescent n'a rien ressenti de la sorte, jamais. Il a fait de l'amour quelque chose de sombre, alors que c'est tout le contraire. Il a confondu attirance sexuelle et sentiments.

— Pourquoi tu dis ça ? Parce qu'il est jeune ? se moqua-t-il.

— Parce que c'est évident, tu ne le vois pas ? À dix-huit ans, on ressent et on fait beaucoup de bêtises. À cause des hormones.

— Et à quarante et cinquante ans, on fait quoi, bordel ! Depuis quand tu es devenue experte en la matière ? Depuis que tu sors avec ton joueur de batterie ? Ce ne serait pas toi qui confonds le désir avec autre chose ?

La juge fronça les sourcils.

— Je n'ai pas l'intention de supporter tes attaques personnelles, dit-elle.

— Ce n'est pas moi qui t'attaque, c'est l'ocytocine, l'hormone sécrétée après l'amour. Elle produit des effets amoureux. Tu es en pleine montée, madame la juge.

Susana écarquilla les yeux.

— Avec toutes les fois que tu fais l'amour, ajouta Milo, pas étonnant que tu aies une mémoire d'éléphant.

— En plus de baiseuse, tu me traites de grosse ?

— Non, Votre Honneur. Je dis juste que ça te prend plutôt sur le tard !

— Et en plus tu me traites de vieille ? fit-elle en rougissant.

Milo s'approcha d'elle d'un pas décidé.

— J'ai deux nouvelles pour toi et les deux sont mauvaises. Tu veux commencer par laquelle ?

— Ne continue pas sur ce chemin, Milo.

— Ton Romeo n'était pas l'amant parfait. Il sortait avec Rosalinde, mais lorsqu'il a rencontré Juliette, elle ne l'a plus intéressé. Cela ne plaide pas pour ses capacités sentimentales, tu vois ce que je veux dire ?

— Tu essaies de me dire quelque chose ? Parle clairement !

Milo réfléchit à ce qu'il voulait lui expliquer. Qu'elle se trompait. Que ce n'était pas ça vivre. Qu'il ne s'agissait pas *seulement* de ça. Il savait que la vérité allait lui faire du mal, que la loyauté n'était pas au-dessus de la confiance, et qu'elle aurait tout à fait le droit de se fâcher contre lui, à vouloir ainsi s'occuper de ce qui ne le regardait pas. Mais il fallait qu'il le lui dise. Ses tripes l'encourageaient à le faire. Il décida de ne pas les écouter et se contint.

— Susana, je ne comprends pas que tu ne le comprennes pas.

— Si tu veux parler de ma vie personnelle, dit-elle la voix aussi affûtée qu'un couteau, je pense que je peux tout à fait m'en occuper toute seule.

— Tes affaires privées ne me regardent pas.

— Je suis ravie de te l'entendre dire. Quelle est la deuxième nouvelle ?

— Isma Torres n'a jamais eu une seule montée d'ocytocine. Il n'a jamais couché avec Noe. Il a ressenti ce qu'il a ressenti, un point c'est tout.

— Et en quoi est-ce une mauvaise nouvelle ?

— Parce que si elle l'avait aimé, rien de tout ça ne serait arrivé. Ils seraient tous vivants. Si elle avait ressenti pour lui ce qu'elle disait qu'elle ressentait, ce qu'elle montrait qu'elle ressentait. Si ç'avait été vrai…

— Ça arrive sans arrêt, l'interrompit-elle. C'est la vie.

— Non, madame la juge, ce n'est pas la vie. C'est la mort.

Susana se crispa brusquement, tandis que Milo l'esquivait et attrapait la poignée de la porte. Elle voulut le retenir, le sentit très tendu. Son bras était dur comme une pierre.

Elle posa sa tête sur son épaule.

— Milo, murmura-t-elle, tu as besoin de te détendre. À Barcelone, il y a des curés qui ont une vie sexuelle bien plus active que la tienne.

— Ils portent bien mieux le collet que moi.

— Tu vas trouver une femme spécialement faite pour toi, tu verras. Il te suffit de garder la porte ouverte. C'est ce que j'ai fait et, tu vois, je suis tombée sur ma moitié. En revanche, je te conseille de changer de parfum. Le tien est horrible, à faire tomber les mouches.

— Je voudrais te poser une question, je peux ?

Susana leva la tête.

— Arrête de demander l'autorisation, merde ! Qu'est-ce que tu veux savoir ?

— Ce que tu as ressenti lorsque je t'ai dit que j'avais trouvé une autre femme.

La juge le lâcha, recula.

— Tu veux parler d'il y a vingt ans en arrière, d'Irene ?

Il acquiesça.

— Eh bien, vraiment je ne me souviens pas. Ça ne m'a pas fait plaisir, c'est sûr. Pourquoi tu me le demandes, précisément maintenant ?

— Je ne suis pas un sale type.

Elle battit des paupières, confuse.

— Je sais que tu n'es pas un sale type. Qu'est-ce qui t'arrive ?

— Tu es venue avec ta Mercedes ?

— Oui, bien entendu. Pourquoi ?

— J'aurai peut-être besoin de conduire tout à l'heure. Tu veux bien me la prêter ?

— Et je fais comment, moi ?

— Tu prends ma voiture.

— Cette poubelle ? Qui peut me lâcher d'un instant à l'autre ?

— N'en parlons plus, oublie ce que je t'ai demandé, dit-il en ouvrant la porte.

Susana tendit la main et lui caressa la joue.

— Milo, ne commets pas une erreur irréparable. Le temps est un sale type.

— Lorsque je l'aurai arrêté, je te préviendrai.

## 28

— Les métadonnées, dit Rebeca, tu sais ce que c'est ?

Manel Vergés fit non de la tête, le visage tendu. À cause du nombre d'heures qu'il avait dû patienter, son attitude arrogante et froide était à présent devenue tendre et soumise. La sous-inspectrice Mercader avait adopté une voix chantante, tout comme ils l'avaient décidé avant qu'elle ne pénètre dans la salle n° 2. Milo se contentait de les observer en silence. Affalé sur sa chaise, jambes tendues et bras croisés, il demeurait impassible, yeux rivés sur le témoin.

— Eh bien je vais te le dire, poursuivit-elle. Ce sont des saloperies. Parce qu'elles ne disparaissent jamais. On sait que tu as effacé certains fichiers de ton ordinateur, mais tu ne les as pas éliminés totalement. Tu veux des preuves ? fit-elle.

Elle ouvrit le dossier qu'elle avait posé sur la table et déplié. Il contenait des photos de Noe dans des poses compromettantes, légèrement habillée ou nue.

— Eh bien voilà des preuves, dit-elle.

Et elle garda le silence, une tactique très efficace pour mettre la pression sur l'individu. Elle surveilla ses réactions. Sa pâleur, la transpiration. Il ne lui en fallait pas davantage.

— Tu en veux d'autres ? demanda-t-elle. Sur la scène du crime, nous avons trouvé un mégot, un mouchoir en papier imprégné de fluides et plusieurs cheveux, l'ensemble t'appartenant. Et puis il y a tes antécédents. Il y a deux ans, tu as fait l'objet d'une plainte de la part d'une jeune femme pour harcèlement et violation de domicile.

— C'est une erreur, une mauvaise interprétation. Je voulais juste…

— Tu aimes les gamines, l'interrompit-elle. D'abord tu les regardes, ensuite tu les surveilles et enfin tu les harcèles. Et Noe t'attirait, elle t'excitait à fond. Nous le savons, dit-elle en montrant les photos.

— Elle… Elle me provoquait sans arrêt, bredouilla-t-il.

— Tu t'es acheté une caméra de dernière génération, avec activation par détecteur de mouvement. Un truc vachement cher. Et tout ça pour elle. Tu étais complètement obsédé par cette fille.

— Moi, je… Moi, je ne…

— De quoi est morte ta mère ?

— Ma mère ? demanda-t-il, livide. Que vient faire ma mère là-dedans ?

— C'est toujours une épreuve de perdre sa mère. J'imagine que vous étiez très unis. Fils unique, célibataire. Mais aller installer une caméra dans sa chambre, ça, c'est déjà gonflé.

— Ne mêlez pas ma mère à tout ça, dit-il, les oreilles écarlates.

— Elle connaissait tes inclinations ? Elle était au courant ?

— Elle ne…

— Nous savons que tu es allé chez Noe samedi soir.

— Ce n'est pas vrai !

— Le mégot, le mouchoir et les cheveux t'accusent.

— Je l'ai vue en train de fouiller dans le conteneur, cette fille était capable de tout. Elle a fouillé dans mon sac poubelle !

— Voilà, dit-elle satisfaite, tu as enfin rafraîchi ta mémoire. Que peux-tu encore nous dire ?

L'homme tourna son regard vers Milo.

— Je vous l'ai déjà dit, je n'ai rien vu. J'étais dans le salon, en train de regarder une série. Je ne suis jamais entré dans cette maison, croyez-moi.

Milo fit non de la tête, très lentement, en silence.

— C'est la vérité ! s'exclama l'homme.

Rebeca indiqua une des photos : Noe assise sur une chaise, jambes écartées, nue de la taille vers le bas.

— Tu as vu quelque chose, dit-elle.

Vergés se pencha en avant, les mains sur sa poitrine.

— Les volets étaient levés, les rideaux ouverts ! Vous comprenez ? Elle me provoquait ! Elle posait pour moi ! Et moi… Moi j'ai cru que ça faisait partie d'un jeu… C'est tout !

— Et quand le jeu a-t-il commencé ?

— Je ne sais pas… Depuis quelque temps, je ne m'en souviens plus.

— Tu veux dire lorsqu'elle était encore mineure ?

Vergés serra les lèvres, secoua la tête.

— Vous ne pouvez pas comprendre, murmura-t-il. Ces garçons et ces filles ne sont pas humains, et cette gamine était la moins humaine de tous. C'était une véritable harpie.

— Qu'est-ce que nous ne pouvons pas comprendre ?

— C'est très humiliant…

— Qu'est-ce que nous ne pouvons pas comprendre ? insista Mercader.

— Que cette gamine est une petite salope, dit-il entre ses dents, en colère. Elle savait que je l'observais, elle jouait devant moi, posait devant ma caméra. Elle m'envoyait ses vidéos, elle se masturbait pour m'exciter, elle baisait avec d'autres jeunes pour me… pour me… Mais je ne l'ai jamais touchée ! Elle était toxique !

À la recherche de quelque compréhension, il regarda à nouveau Milo qui fit à nouveau non de la tête, sans changer de position.

Rebeca indiqua d'autres photos.

— Elles ne sont pas toutes posées, dit-elle, il y en a aussi qui ont été volées.

— C'est pareil ! hurla-t-il. Ça faisait partie de son jeu !

— Non, ce n'est pas pareil ! Tu surveillais la gamine.

— Je n'ai rien fait de mal, je ne suis pas entré dans la villa. Je n'ai rien vu.

Milo respira profondément, excédé. Sans se redresser, il dit :

— Tu as vu ce qu'a filmé ta caméra samedi soir.

Vergès le regarda sans comprendre.

Rebeca frappa sur la table, du plat de la main.

— Samedi soir, dit-elle. Dis-nous ce qu'a enregistré ta caméra samedi soir. Allez !

— Mais vous… vous avez déjà… cette vidéo…

— On veut l'entendre de ta bouche.

Il se tut, déconcerté.

— Tu as reconnu que tu surveillais cette fille, n'empire pas les choses. Raconte-nous ce que contient ce film.

— Je… Je ne sais pas, je ne sais pas si…

— La caméra s'est activée lorsque Noe est entrée dans sa chambre et elle l'a enregistrée pendant qu'elle se changeait, dit Milo, la voix enrouée. Ensuite lorsqu'elle mettait les vêtements dans un sac et sortait de la chambre. Continue à partir de là.

— Ce sont des images pas très claires, dit-il. La caméra s'allume et s'éteint en fonction des mouvements. Comme vous avez pu vous en apercevoir, le visionnage est très complexe.

— Nous le savons, dit Rebeca. Tu avais l'intention de filmer des scènes plus longues, pas entrecoupées. Mais continue.

Il regarda des deux côtés en tentant de se souvenir.

— L'image suivante, dit-il au bout d'un moment, c'est elle en train de passer devant sa chambre, le garçon derrière elle un peu après. La lumière était très mauvaise, seul le couloir était éclairé.

— Continue, ordonna fermement Rebeca.

— La scène se répétait deux fois. Ou davantage, je sais plus.

— Aller et retour ?

— Il me semble bien, oui.

— Elle devant, le garçon derrière.

— Je crois, dit-il, les yeux écarquillés, sans comprendre.

— Oui ou non ?

— Je ne suis pas sûr, les images n'étaient pas très nettes. Je n'ai pas bien vu, je…

Il se tut brusquement.

— Ils n'étaient pas nus et ils ne baisaient pas, c'est la seule chose qui t'intéressait.

Son regard se troubla. Il hocha la tête. Un instant et il se ragaillardit.

— Pourquoi me posez-vous ces questions ? demanda-t-il. Vous n'avez qu'à le vérifier vous-même si…

— Ce sont des questions de protocole, coupa-t-elle. Et ensuite ?

— Je ne sais pas. Ils avaient l'air fâché. Ils gesticulaient.

— Qui tenait la pierre.

— La pierre ? Quelle pierre ? Je ne me souviens pas qu'il y ait eu une pierre…

— Tu mens.

— Je dis la vérité ! Je ne vois pas de quelle pierre vous voulez parler !

— Et ensuite ?

— Le garçon est à nouveau passé devant la porte.

— Combien de temps après ?

— Je n'ai pas contrôlé le minuteur. Il est incrusté en bas à droite… Vérifiez-le vous-mêmes.

— Seul ou avec elle ?

— Seul.

— Quelque différence avec son aspect antérieur ?

Il la regarda bouche bée.

— Qu'est-ce que vous voulez dire ?

— Si tu as remarqué un changement dans ses vêtements.

— Je ne comprends pas…

— Le sang, bordel, intervint Milo, sans bouger. Le garçon avait-il du sang sur lui ? Ce que te demande la sous-inspectrice, c'est si le sang était rouge vif ou rouge sombre, noir. Frais ou sec.

— Et comment voulez-vous que je le sache, gémit-il. Je n'ai pas fait attention…

— Continue, le pressa Mercader. Scène suivante ?

— La même chose, mais au retour. Si je ne me trompe pas…

— Le garçon était seul ?

Il acquiesça mollement.

— La lumière était mauvaise, il n'y avait que celle du couloir ?

Il le confirma à nouveau d'un air abattu.

— Continue.

— Je ne sais pas. Je me souviens plus très bien de l'ordre…

— Putain de merde, fais un effort !

Il regarda le plafond, secoua la tête.

— Le garçon est entré dans la chambre, dit-il, les gouttes de sueur dégoulinant sur son front. Il a allumé, oui. Puis il a fouillé un instant dans la table de nuit avant de ressortir. Exact, ça, je m'en souviens parfaitement.

— Il a pris quelque chose ?

— Non… Je ne sais pas… Je n'ai pas remarqué.

— Très bien, continue.

— Il y a eu d'autres images. La lumière. Mais je vous l'ai dit, je ne sais plus dans quel ordre…

— Quoi, la lumière ?

— Il y en avait davantage, le couloir était plus éclairé. Et le garçon est passé devant la porte. Encore une fois.

Il s'arrêta brusquement de parler. Puis reprit :

— Je crois qu'alors, il avait quelque chose à la main. Un verre, c'est ça. Je jurerais que c'était un verre. Oui, c'était un verre, j'en suis certain.

— Un verre de quoi ? Réponds. Un verre de quoi ?

Il haussa les épaules, au bord des larmes.

— Je ne comprends pas pourquoi ces questions… sanglota-t-il.

— Le protocole, on te l'a déjà dit. Réponds.

Il fit non de la tête à de nombreuses reprises, désespéré.

— Je ne m'en souviens pas… Je le jure…

— Quand as-tu regardé la vidéo ?

— Le dimanche à midi. Non, l'après-midi. Au milieu de l'après-midi.

— Et c'est la dernière image qu'a enregistrée ta caméra ?

— Je vous jure que je n'en sais rien, je ne suis pas sûr. Je n'en sais rien…

— Tu as vu quelqu'un d'autre ?

Nouveaux sanglots, de plus en plus spasmodiques.

— Une ombre ?

— Non… Non… Non…

— Très bien, nous avons fini, dit Rebeca.

Elle fit grincer sa chaise. L'homme battit des paupières, affolé.

— Tu veux boire quelque chose ? Un rafraîchissement, une petite bouteille d'eau ?

Elle réunit les photographies, les rangea dans le dossier et abandonna la pièce sans attendre la réponse. Milo prit tout son temps. Il se redressa lourdement et tambourina légèrement sur la table du bout des doigts.

Manel Vergés leva les yeux vers lui, ahuri.

— Je t'avais demandé à trois reprises, si tu avais quelque chose à me raconter, dit-il en réprimant un bâillement et en haussant les épaules. Je vais demander qu'on t'apporte un rafraîchissement, tu as besoin de sucre ?

— Inutile d'attendre les métadonnées ni les résultats de la scientifique, nous avons tout ce qu'il nous faut pour arrêter Isma Torres.

Milo se laissa tomber sur une chaise de la salle de repos. Il s'accouda à la table et prit sa tête entre ses mains.

— T'emballe pas, *chica dura*, dit-il en se grattant la tête sans entrain. Lorsque je t'ai donné carte blanche pour que tu interroges ce type, je ne voulais pas dire qu'il fallait que tu règles toute l'affaire.

— J'ai obtenu ce qu'on voulait, non ? Alors ne te plains pas.

— Son témoignage est rempli d'à peu près. "Je ne sais pas, je n'ai pas remarqué, je ne suis pas sûr." Et il ne se souvient pas de l'ordre exact des scènes.

— Mais il nous permet de nous faire une idée du déroulement des événements. Isma et Noe se sont disputés dans le couloir en allant dans la chambre d'Eva, tu avais raison. Le problème est de savoir qui avait la pierre à la main.

— On le sait déjà, c'est Noe. Si ç'avait été Isma, la gamine aurait été le sixième cadavre. C'est lui qui l'a protégée.

— D'accord. Ensuite il a tué Noe à coups de pierre. Il n'y a personne d'autre sur le film. Ça ne peut être que lui.

— Le fait qu'Andy ne soit pas entré dans le champ de la caméra ne le disculpe pas.

— Tu es un casse-couilles, tu sais ? dit-elle en parcourant la salle de repos, les mains sur les hanches, puis en se plantant devant lui. Noe est morte, Isma est couché sur elle, dans une énorme flaque de sang, inconscient à cause du cocktail qu'il a avalé. Tout va bien jusque-là ?

Milo ne répondit pas.

— Au petit matin du dimanche, il rouvre les yeux. Il fait encore nuit. Étourdi, il voit le corps de Noe, son visage défiguré. En état de choc, je pense, il se lève et se rend dans le couloir. Il n'est pas allé à la salle de bains du fond ; il n'y avait pas de taches de sang. Il s'est donc rendu dans la chambre d'Eva. Pour faire quoi ?

Milo continua à garder le silence, le regard fixé sur le plateau de la table.

— Il a vérifié qu'elle dormait toujours, dit Mercader, si tout allait bien pour elle. Il n'y avait pas de sang sur la poignée, mais la porte était peut-être entrouverte et il lui a suffi de la pousser de l'épaule. Ensuite, il est descendu au salon. Il savait qu'on allait se dire que c'était lui l'assassin et il s'est employé à corrompre la scène du crime. Ou alors ça faisait partie du plan de Noe, je ne sais pas.

— Tout n'était que confusion dans sa tête, murmura Milo, il agissait comme un robot, de façon mécanique, sans réfléchir. Je suis d'accord avec la seconde partie. Et Noe avait dû ranger dans sa table de nuit les preuves permettant d'incriminer Vergés, récupérées dans la poubelle.

— Un instant que la caméra a enregistré. Mais alors, qu'est-elle allée faire dans le conteneur ?

— Je n'en sais rien, je me suis trompé trop de fois.

— Pas grave, on continue. Il a déjà semé le chaos dans le salon. Qu'a-t-il fait ensuite ? D'après la caméra, il est retourné dans la chambre d'Eva, un verre à la main. Avant le dimanche après-midi. Le sang est déjà sec et il n'a donc pas laissé de traces avec ses chaussures.

Milo se leva, la regarda fixement.

— Mais il en a laissé dans le lit et sur les vêtements d'Eva. Il s'est assis à côté d'elle, l'a soutenue dans le dos, et lui a fait boire les psychotropes. Pour qu'elle continue à dormir. Cela expliquerait pourquoi Eva ne s'est pas réveillée pendant plus de trente heures. Il était inquiet pour cette gamine. Elle allait devenir la seule survivante, comme lui. Il a senti de l'empathie pour elle et il s'est assuré qu'elle ne puisse pas voir les cadavres de sa famille.

— Il s'assure qu'elle est endormie et referme la porte. Comment a-t-il fait pour ne pas laisser de traces ? Il s'est servi du tee-shirt en guise de gant ?

Milo haussa les épaules.

— Les séries américaines donnent beaucoup d'idées, dit-il.

— Et où a-t-il trouvé le cocktail de drogues ?

— Sur Noe, je suppose. Elle avait drogué toute sa famille. Elle le portait certainement sur elle, peut-être dans son jean, dans une poche.

— C'est une explication. Et ensuite ? Qu'a-t-il fait ensuite ?

Milo l'imagina à la limite du bon sens. Détruit. L'esprit perturbé. La tuerie du passé, celle du présent. Assommé par le chagrin. Avec un besoin urgent de se déconnecter de tout.

— Lui aussi a pris davantage de cocktails, dit-il. Puis il s'est rendu dans la cuisine, s'est couché contre la mère et l'a prise dans ses bras. Pour se sentir protégé ou pour n'importe quoi d'autre qui lui est passé par la tête.

Rebeca observa son regard sombre, tourmenté.

— Bordel ce garçon est complètement dingue. Et il est resté comme ça jusqu'au lundi, un peu avant que le jour se lève. Lorsqu'il s'est réveillé, il est sorti de la maison pour se rendre au commissariat de la plaza de España. Pour échapper à Andy. Pour chercher une protection.

Milo acquiesça sans énergie. Il se leva.

— Tu te charges de rédiger le rapport ?

— Pas de problème, dit Rebeca. Tu vas où ?

— Chez moi, j'ai besoin de dormir deux heures. Et de prendre une douche pour retirer la puanteur que je porte sur moi. Dis, occupe-toi de faire apporter un rafraîchissement à ce type.

— Qu'est-ce qu'on fait de lui ?

— À part d'être un voyeur, il nous a caché des preuves concernant un quintuple assassinat. Mets-le au frais.

— Inspecteur, dit Rebeca dans son dos, nous formons une sacrée équipe. Tu ne peux pas dire le contraire. Quand je pense que tu ne voulais plus qu'on travaille ensemble…

— Si tu le dis, répliqua-t-il sans se retourner. Mais notre situation n'a guère changé.

Il s'arrêta devant la table de travail du sergent Crespo, bavarda brièvement avec lui. Puis il se dirigea vers les ascenseurs.

Il roula dans la rue Travessera de Les Corts en direction de la Barceloneta. Changeant brusquement d'idée, il se gara sur le trottoir, en face d'un bar. Il dévora une moitié d'omelette aux pommes de terre avec une triple ration de pain à la tomate, tout en regardant les nouvelles sur le téléviseur placé en bout de comptoir. Guillamón apparut sur l'écran, derrière un pupitre entouré de micros. Il écouta la nouvelle conférence de presse sans beaucoup d'attention. Il prêta l'oreille uniquement lorsque l'intendant annonça d'une voix monocorde que les enquêteurs écartaient définitivement la participation dudit clan de Mostar. Il commanda un café et la note. Avant de sortir il jeta un coup d'œil à l'horloge murale. À cette heure-ci, il était peut-être au parc, se dit-il. Il n'était pas très loin.

Il se remit au volant et démarra en ressentant un soudain accès de bien-être. Il tourna dans la rue de Numància, puis dans celle du Marqués de Sentmenat, où il gara à nouveau la voiture sur le trottoir. Il marcha le cœur battant jusqu'au parc qui occupait l'espace intérieur de l'angle droit formé par deux grands immeubles, l'un de quinze étages et l'autre de douze. Il prit la précaution de se placer face au vent et se réjouit des rafales balayant son visage ; il n'était pas froid, mais il l'aida à se revigorer. Il scruta le lieu. Des hommes et des femmes, la plupart âgés, avaient l'habitude d'y promener leur chien. Il y avait également des gamins et des gamines qui, après le déjeuner, en profitaient pour jouer avec leurs animaux avant de retourner à l'école.

Il l'aperçut tout de suite.

Le berger de Majorque se détachait des autres par sa taille et sa couleur noire. La langue pendante, il courait d'un côté et de l'autre, excité par la voix d'une fillette aux traits orientaux dont il ne parvenait jamais à retenir le prénom. Son cœur se serra. C'était Mon Vieux. Il trouva le chien en pleine forme, heureux. Comme toutes les fois qu'il s'était rendu dans ce parc. Les moments d'intense bonheur avec cet animal lui revinrent en mémoire, l'affection à revendre, sans le verbe, facile, simple. Sans explications ni reproches. Uniquement la loyauté et la compagnie affluant de façon naturelle. Irremplaçable. Mon Vieux : ce chien lui manquait beaucoup plus qu'il ne voulait l'admettre. Il donnerait n'importe quoi pour le récupérer. La gorge nouée, il se répéta qu'il ne pouvait pas faire marche arrière. Une occasion comme celle-là n'arrivait qu'une fois dans la vie et il l'avait laissée passer. Il se sentit seul, très seul et très bête, comme chaque fois qu'il se rendait au parc. La sonnerie du portable le tira de sa nostalgie. Toni Crespo.

— Dis-moi, sergent.

— J'ai ce que tu m'as demandé. Amedé Agbini reçoit de fréquentes visites d'une femme nommée Julia Gomila, en prison. Apparemment ils ont établi une relation par courrier, le monde est devenu fou à lier. Tu notes son adresse ? Elle travaille dans un cabinet d'affaires.

Il lui demanda s'il avait besoin d'autre chose et ils raccrochèrent. Milo fit demi-tour sans regarder derrière lui. Il lui fallait en finir une fois pour toutes avec ces contrôles clandestins. Mon Vieux, le berger de Majorque, semblait l'avoir oublié. Et il était en pleine forme. Mieux avec la fillette au prénom imprononçable qu'avec un type aussi désastreux que lui. Une fois cela devenu clair, le reste importait peu, ne lui apportait que de la douleur et un lourd sentiment de vide, à cause de son absence. Ça ne servait à rien.

Il se remit au volant et se dirigea vers le quartier du Raval.

Il appuya sur la sonnette sans être très sûr de lui, il n'était pas très doué pour les courtes distances. Une odeur de cuisine s'était répandue dans l'escalier. Une femme plus séduisante que ce qu'il attendait, d'une trentaine d'années passées, vint lui ouvrir la porte. Elle portait des vêtements confortables qui lui seyaient parfaitement. Il ne put éviter de se demander ce qu'une femme comme elle faisait avec un assassin de vingt-six ans. Il lui montra sa plaque et lui demanda si elle était Julia Gomila. Elle acquiesça et, avant qu'elle n'ait le temps de réagir, il lui dit qu'il avait besoin de sa collaboration, de lui poser quelques questions. Surprise, elle demanda quel genre de collaboration, des questions à propos de quoi.

— Amedé Agbini, le seul individu emprisonné pour le meurtre de Candela Cuadrado, dit-il en se référant à l'affaire Gotha, à la fille assassinée sur le yacht. Pourrions-nous parler à l'intérieur ? Juste quelques minutes.

Julia Gomila le toisa, méfiante.

— J'ai juste le temps de déjeuner avant de retourner au travail et…

— Je pense que je peux l'aider.

— Qu'est-ce que vous dites ?

— Nous nous intéressons à Ivo Parés et à Mónica Morera. Votre fiancé est intervenu dans le crime, mais nous soupçonnons qu'il n'est pas l'auteur matériel de l'assassinat.

Il s'aperçut qu'elle avait légèrement rougi.

— Et vous ne pouviez pas le dire avant, pendant le procès ? Et en plus, comment savez-vous que c'est mon fiancé ?

— C'est un peu compliqué. Si vous me laissez entrer, je vais tenter de vous l'expliquer. Je serai bref, je vous le promets.

— Je préfère rester ici, à la porte.

— Comme vous voudrez. Savez-vous s'il est toujours en contact avec eux ?

Il vit qu'elle hésitait, qu'elle se demandait si elle devait répondre ou pas.

— Je vous assure que votre réponse peut aider Amedé.

— Dans les lettres, nous parlons de ce que nous ressentons. Et, en tête à tête, de l'avenir. Nous ne parlons jamais de… de l'affaire.

— Donc il ne vous a rien raconté à propos de ce couple ?

— Il aurait dû ?

— Il a assumé la culpabilité du couple. Ils sont libres, dehors, tandis que lui pourrit dans une cellule. Ça ne vous gêne pas ?

— Ce n'est pas mon affaire, chacun s'arrange avec sa conscience.

Milo se mordit la langue pour ne pas répliquer. Il respira profondément.

— Je vous serais très reconnaissant si lors de votre prochaine visite vous lui demandiez s'il est prêt à collaborer avec nous. Je suis disposé à parler avec le procureur pour qu'il lui propose un marché s'il nous raconte le rôle que ces deux-là ont tenu dans le crime.

— Quel genre de marché ? Le remettre en liberté ?

— Une réduction de peine. Significative.

— Et s'il refuse ?

— Vous pourriez nous aider.

La femme s'appuya au chambranle. Elle le détailla sans se cacher.

— En m'arrangeant pour qu'il me révèle des détails que je vous raconterais à mon tour ? Non, je ne mange pas de ce pain-là, je crois en la confiance. Notre relation est basée là-dessus, dit-elle et, combative, elle ajouta : nous sommes amoureux, voyez-vous ?

— Je ne vous ai jamais demandé de le faire dans son dos. Convainquez-le.

Elle cligna des yeux, se tut un instant.

— Amedé vous a déjà envoyé balader, c'est pour cette raison que vous êtes ici. Vous n'agissez jamais franchement, vous êtes des baratineurs. Non, je ne veux pas passer un marché avec la police. Je n'ai pas confiance.

— Vous n'aimeriez donc pas qu'il sorte plus tôt de prison ?

Elle fit non de la tête, sans la moindre hésitation.

— Pas à ce prix, non, dit-elle. Ce serait le trahir.

— Vous l'aideriez.

— Je détruirais notre relation. Il ne me ferait plus jamais confiance.

— Je comprends. Vous préférez une relation avec des limites bien définies, prévisible, plutôt qu'une autre en toute liberté. Vous craignez la façon dont elle pourrait s'arrêter lorsqu'il retrouverait la vie réelle.

— Vous me jugez ?

— Il garde son histoire pour lui, et vous le faites également vous-même.

Ses joues devinrent sensiblement plus rouges.

— Vous ne pouvez pas comprendre, personne ne peut comprendre. Les gens ne voient qu'un assassin chez Amedé et moi je vois un homme différent, avec des sentiments et des convictions très profondes.

Milo l'observa en silence. Les femmes qui aimaient des hommes ayant tué avaient souvent été victimes d'abus dans leur enfance ou même à l'âge adulte, ou souffraient d'un grand manque de confiance en soi. Elles étaient attirées par des individus aux conduites violentes ou délictuelles, et souhaitaient les aider à supporter leur solitude et leur carence affective avec l'étrange idée de les guérir grâce à l'amour. Un autre amour incompréhensible et démentiel, se dit-il. Mais ce profil n'était pas le seul possible et Julia Gomila ne semblait pas être une femme fragile.

— Je sais ce que vous pensez, dit-elle soudain nerveuse. Que je veux le racheter. Mais ce n'est pas le cas.

— Alors vous aimez le danger, l'interdit, le non-conventionnel.

— L'amour est toujours téméraire.

— Certains plus que d'autres, dit Milo en fouillant dans sa poche à la recherche d'une carte de visite et en jurant dans sa tête. Vous avez quelque chose pour noter. Je voudrais vous donner mon numéro de téléphone.

Julia Gomila recula jusqu'à un meuble et Milo en profita pour observer l'intérieur. Elle revint avec un stylo et un bout de papier.

Milo commença à lui dicter le numéro. Elle l'interrompit.

— Non, ce que je voudrais c'est votre nom et votre numéro de plaque.

— Madame, ce sont des données confidentielles. J'imagine qu'Amedé doit posséder un sacré pouvoir de séduction.

— C'est un honnête homme qui a commis une erreur, répliqua-t-elle, morceau de papier et stylo en attente. Vos coordonnées, je vous prie.

— Allez dire ça à la mère de la victime, dit-il en tendant le cou. Vous avez un magnifique appartement.

— Le pardon est une bonne chose. Il soigne les blessures. Vos coordonnées.

— Le temps aussi, d'autant mieux si c'est à l'ombre. Une décoration bien coûteuse pour une employée de cabinet d'affaires.

— Vous me donnez vos coordonnées, oui ou non ?

— Ces gens vous versent de l'argent ?

Julia Gomila commença à refermer la porte.

— Souvenez-vous, nous sommes intéressés par tout ce qu'il pourra vous raconter.

La porte claqua à quelques centimètres de son visage.

## 29

Il patienta dans la salle d'attente du premier étage, devant le bureau du docteur Doria, affalé sur un des canapés. Nerveux, il s'approcha des grandes baies vitrées et promena son regard dans les jardins, tentant de ne pas penser, surtout de ne pas se souvenir. "Qu'est-ce que je fous ici." Il avait pris la direction de la Barceloneta lorsque soudain il avait tourné vers l'avenue Meridiana et emprunté l'autoroute en direction de Gérone, accompagné un instant par un demi-milliard de chevaux galopant à bride abattue vers la rivière Besós. Au début, sortir de la ville lui avait semblé être une bonne idée ; il avait l'intuition qu'il n'allait pas pouvoir trouver le sommeil et conduire le détendait. Mais il n'était plus si sûr que se présenter à l'hôpital psychiatrique pour rendre visite à Hugo le fût. Il fit demi-tour pour s'en aller lorsqu'une infirmière lui annonça qu'il pouvait entrer. Maudissant la rigidité mentale qui l'empêchait de trouver une excuse cohérente, il pénétra dans le bureau avec le sentiment d'être en train de commettre une erreur.

Il serra la main du médecin, se laissa guider jusqu'à un fauteuil devant son bureau et s'installa sans cesser de réfléchir à la façon de quitter les lieux.

— Je suis ravi que vous ayez enfin décidé de passer nous voir, monsieur Malart, dit le docteur Doria. J'ai de bonnes nouvelles, de très bonnes nouvelles. Nous pouvons qualifier l'amélioration de l'état de santé de votre frère de spectaculaire, si vous me permettez l'expression.

— Inspecteur, si ça ne vous dérange pas, dit Milo mal à l'aise. Une affaire urgente vient de me tomber dessus et…

— Nous pouvons affirmer, sans le moindre doute, qu'il n'est plus un danger pour lui-même ni pour son entourage. C'est fantastique, n'est-ce pas ?

Il tourna quelques pages du dossier ouvert devant lui et se lança dans des explications pour lui décrire, point par point, toutes les améliorations que son frère Hugo avait expérimentées pendant ses quinze mois d'hospitalisation. La clé, d'après ce qu'il décrivit dans la foulée, avait été la combinaison de médicaments antipsychotiques et de séances, individuelles ou de groupe, de psychothérapie. Il leva les yeux et, avec une expression d'orgueil, ajouta que cela avait entraîné une plus que notable réorganisation neuropsychologique, ainsi que la disparition pratiquement totale des graves altérations de son fonctionnement psychique.

— En langage courant, ajouta-t-il, je me souviens que vous préférez que je vous parle ainsi, nous avons vaincu la dépression et mis fin à ses délires et à ses hallucinations. Il ne souffre plus d'altération cognitive, de carence affective ni d'isolement social, expliqua-t-il avant de faire une longue pause et de reprendre sur un ton pompeux. Inspecteur Malart, votre frère est un homme nouveau. Nous l'avons récupéré pour la société, vous ne trouvez pas cela tout simplement merveilleux ?

Milo ne sut comment réagir.

Le docteur Doria sourit.

— Je comprends votre surprise, croyez-moi. Nous n'avons pas l'habitude d'atteindre des récupérations aussi frappantes et encore moins dans un cas aussi complexe et difficile à pronostiquer que celui-ci. C'est un succès sans appel.

— Vous êtes en train de me dire qu'il n'est plus schizophrène, docteur ?

— Il ne faut pas mal interpréter mes propos, inspecteur Malart. Nous avons parcouru un long chemin, mais le voyage ne finira jamais. La maladie est toujours latente, c'est un fait. Cependant, il possède aujourd'hui des stratégies d'affrontement et des techniques d'adaptation. S'il se maintient éloigné de toute consommation d'alcool et contrôle son stress, ses émotions, nous pensons qu'il peut réintégrer la vie quotidienne.

— Sans rechutes ?

— Impossible à prévoir. Cela dépendra, entre autres facteurs, du réglage social qu'il pourra obtenir. Et cela sera entre vos mains et celles des personnes qui l'entourent.

— Vous plaisantez ?

— Dans ces situations, l'entourage est une donnée très importante, basique.

— Je ne peux pas admettre qu'une telle responsabilité revienne à ma belle-sœur. Elle a déjà ses propres problèmes.

— Monsieur Malart, n'appliquons pas le pansement avant qu'il y ait eu blessure, n'est-ce pas ? Anticiper ne mène à rien, dit-il en refermant le dossier et en joignant les mains. Je sais que vous allez vous montrer réticent, mais avant d'aller voir votre frère, nous devrions parler de vous. Vous ne vous êtes pas présenté aux visites périodiques pour contrôler l'apparition de possibles symptômes.

— Ni possibles ni impossibles, rien du tout. Je ne suis pas un "monsieur".

— Vous ne buvez toujours pas, même une goutte d'alcool ? Excusez-moi d'insister, dit-il, comme fils et frère de…

— Je sais, inutile de me le répéter. Je suis vulnérable à la maladie, à cause de ce putain de gène de mes couilles ! Et oui, je suis toujours sobre.

— Votre complexe de persécution est toujours actif ?

— Je ne l'ai pas ressenti. Ni les autres symptômes, d'ailleurs. Vous êtes satisfait ?

— Dois-je alors supposer que vous maîtrisez la réalité, sans altération de la perception ?

— La réalité me maîtrise de façon satisfaisante.

— Inspecteur, vous devez comprendre que je suis obligé de vous poser ces questions. Compte tenu de votre profession, et du stress singulier auquel vous…

— Docteur, je n'entends plus de voix, et ne souffre d'aucune sorte d'isolement. Pas de négativisme ni de dépersonnalisation. Ma mémoire et mes sentiments ne me semblent pas étrangers à moi-même. Je ne souffre pas non plus du syndrome du miroir et n'ai aucun sentiment d'irréalité devant le monde ni de difficulté avec autrui, dit-il en réprimant un bâillement. Je n'ai pas non plus de crises de colère suivies d'une intense fatigue et d'une baisse d'activité, c'est tout à fait le contraire, ajouta-t-il en esquissant un sourire. En revanche, je vois des images cataclysmiques et des chevaux en train de galoper dans la ville, et parfois je me mets à danser sans raison. Ah, j'oubliais, dernièrement je pense beaucoup à une personne, peut-être suis-je tombé amoureux d'elle. C'est grave, docteur ?

Le docteur Doria le regarda d'un air sévère.

— Le sens de l'humour est quelque chose de sain, c'est un bon signe, dit-il. Et j'ai toujours apprécié le vôtre. Parlez-moi donc de ces images.

— À cet instant précis, je vois votre visage se déformer, dit-il en se levant brusquement. Docteur, et si j'allais rendre visite à Hugo tout de suite, qu'en pensez-vous ? J'aimerais clore cet entretien une bonne fois pour toutes.

— Comme vous le souhaitez, bien entendu. Mais il faut que je vous fasse d'abord quelques recommandations.

Milo s'arrêta près de la porte.

— Votre frère est un homme brillant.

— Je le sais, il avait toujours le tableau d'honneur à l'école. Mon père n'arrêtait pas d'exiger de lui qu'il soit toujours le premier. Et alors ?

— Il considère son séjour ici, avec nous, comme un échec et il a honte de ses idées suicidaires passées et d'avoir maltraité son épouse, dit-il en se raclant la gorge. Il serait souhaitable que vous abordiez ces sujets de façon délicate. Votre frère fait des blagues à ce propos, pour leur ôter toute importance, mais il ne parvient pas à les chasser de sa tête.

Il se leva et se dirigea vers lui pour ouvrir la porte.

— Parfois il me fait penser à vous. Au fait, ne prêtez pas trop d'attention au tremblement de ses mains. C'est à cause des médicaments, un effet secondaire. On y va ?

Ils sortirent du bureau. L'infirmière vint à leur rencontre, l'air effrayé et les gestes nerveux.

— Il y a eu un autre attentat à Barcelone, dit-elle. On parle d'une dizaine de morts, c'est terrible.

Milo tira son portable de sa poche. Appels en absence, messages en tout genre. Il remit le son, fit un geste en direction du médecin, et tandis qu'il le portait à son oreille, il courut le long du couloir en direction de la sortie.

La juge à l'autre bout de la ligne, il s'engouffra dans sa voiture, démarra en écoutant la colère de la femme lui reprocher d'avoir été injoignable.

— Calme-toi, Susana, j'étais chez moi, j'essayais de dormir un peu, et j'avais coupé le son. Dis-moi ce qui est arrivé ?

Elle continua à lui asséner ses reproches tandis que Milo quittait le parking et se dirigeait vers l'autoroute à toute vitesse.

— Entendu, dit-il au téléphone. Oui, d'accord, ça ne se reproduira plus. Bordel, tu me dis ce qui est arrivé ou quoi ?

Onze morts, trois d'entre eux sont de la même famille – le père, la mère et leur jeune enfant –, et plus d'une trentaine de blessés, certains dans un état grave. Un bus de tourisme s'était jeté contre un groupe de personnes sur un passage pour piétons, aux alentours de la Sagrada Familia, et avait continué à foncer sur toutes les personnes qui se trouvaient sur le trottoir. D'après les forces antiterroristes, on avait évité une catastrophe grâce aux bornes et aux jardinières installées dans le périmètre de la basilique, en conséquence de l'attentat du mois d'août. Cinq minutes avant, deux hommes avaient volé l'autobus sous la menace de couteaux, alors que le chauffeur était en train de se reposer à l'arrêt Lepant con València. Après l'avoir égorgé, ils avaient conduit le véhicule vers le bas de la rue, tourné à droite rue Aragó, puis encore à droite pour remonter la rue Marina en direction de la basilique. C'est au carrefour avec la rue València qu'ils avaient commis l'attaque.

— Salopards !

Après avoir projeté l'autobus sur les voitures en stationnement, les deux hommes étaient descendus et avaient continué la tuerie avec leurs machettes et leurs couteaux. Par chance, quelqu'un ayant assisté au vol de l'autobus avait prévenu le 112. Ce dernier avait immédiatement donné l'alerte générale et était entré en contact avec la patrouille de surveillance de la zone. Puis le dispositif de neutralisation s'était dirigé vers le lieu de l'agression équipé d'armes lourdes. Il était arrivé à peine quelques minutes plus tard, mais l'intervention d'un citoyen anonyme, apparemment un policier venant de terminer son service, avait été d'une importance vitale pour arrêter le massacre. Il avait affronté le premier terroriste, l'avait mis à terre et s'était battu avec lui. Un moment que l'autre homme avait mis à profit pour le poignarder mortellement à plusieurs reprises dans le dos. Les agents avaient fait les sommations d'usage aux terroristes qui avaient refusé de lâcher leurs armes et s'étaient jetés sur eux en proférant des slogans. Ils avaient été abattus sur-le-champ.

— Bordel ! On a appris autre chose ?

La juge expliqua que les éléments étaient pour l'instant un peu confus et qu'elle l'informerait à mesure qu'on les lui confirmerait. Le seul élément fiable était le nombre de morts, qui pouvait augmenter dans les prochaines heures : sept personnes étaient décédées après avoir été renversées et quatre autres par arme blanche. Concernant les auteurs de l'attentat, il s'agissait de deux jeunes hommes de dix-huit et dix-neuf ans, d'origine maghrébine. On ne pouvait pas écarter le fait qu'une autre cellule soit sur le point d'intervenir à son tour. De fait, expliqua la juge, on ne savait pas encore avec certitude si les individus abattus faisaient partie d'un groupe constitué ou s'il s'agissait de deux loups solitaires.

— Où es-tu en ce moment ? demanda Milo.

Elle précisa qu'elle se trouvait au pied du canon, à la Cité de la justice, où voulait-il qu'elle soit ? Qu'elle préférait laisser les professionnels faire leur travail sans les gêner en se rendant elle-même sur place. Et elle ajouta de façon laconique qu'il devrait faire pareil. Qu'il ne devait surtout pas se rendre dans le secteur de la Sagrada Familia mais rejoindre le commissariat central au plus vite.

— Je suis en route.

Ils raccrochèrent.

Milo appela aussitôt Irene pour s'assurer qu'elle allait bien. Il tomba à nouveau sur le répondeur et donna un coup de poing sur le volant. Puis il tira la sirène de la boîte à gants et la plaça sur le toit du véhicule. Accompagné de l'odieux refrain, il prit l'autoroute et accéléra à fond en direction du sud.

La sous-inspectrice Mercader l'appela quelques minutes plus tard et Milo activa son équipement mains libres.

— On peut savoir où tu étais passé ? dit-elle. Je t'ai appelé plus d'une centaine de fois !

— Je viens d'apprendre pour l'attentat.

— Qu'est-ce que tu dis ? Je n'entends rien avec ta putain de sirène !

Milo l'arrêta immédiatement sans lever son pied de l'accélérateur et continua à filer à toute vitesse sur la voix de gauche.

— Il y a du nouveau ? demanda-t-il.

— Je t'appelais pour autre chose, dit-elle d'une voix étrange, très tendue. On a tenté d'abattre Isma Torres. D'après les témoins de la fusillade, il est sain et sauf. Mais nous l'avons perdu. Nous sommes en train de vérifier tous les enregistrements des caméras du secteur, au cas où…

— On lui a tiré dessus ? Où ça ? Il n'était pas chez ses parents ?

Elle lui expliqua que Sena avait prévenu par radio que l'individu bougeait et que Boada et lui l'avaient filé. Il avait pris un autobus puis en était descendu un peu plus loin pour s'engouffrer dans le métro. Boada avait continué la filature à pied, tout en informant Sena de ses mouvements. Il l'avait suivi comme son ombre à chaque changement. Mais au dernier, avant d'arriver à la station de la Sagrada Familia, le garçon avait quitté le wagon une seconde avant que les portes se ferment, et Boada était resté coincé à l'intérieur, et avait communiqué immédiatement sa position.

— Putain d'incompétent ! hurla Milo. Ça fait longtemps que je te dis de ne pas faire confiance à ce cafard. Il reçoit des ordres !

— Mais de quoi tu parles ? Il n'a rien pu faire pour éviter ça, tout s'est passé très vite.

— C'est la seconde fois qu'il laisse filer un type !

— Mais quelle mouche t'a piqué ? répliqua Rebeca. Ç'aurait pu arriver à n'importe qui !

Milo serra fortement le volant et se détendit en appuyant sur le klaxon. Il réalisa soudain :

— La Sagrada Familia ? Bordel, le même endroit que l'attentat !

— Le même quartier, oui. Mais aucun rapport. La fusillade a eu lieu à sept pâtés de maisons de là, à l'intersection de la rue Mallorca et Independència. Et elle s'est produite vingt minutes avant. Les deux choses n'ont aucun rapport. Nous en sommes sûrs.

— Raconte-moi ce qui s'est passé.

Un individu s'était approché d'Isma, visage découvert, et sans dire un mot lui avait tiré dessus avec un semi-automatique jusqu'à ce que l'arme s'enraye, puis il avait pris la fuite en direction de l'avenue Meridiana. D'après les douilles retrouvées sur place, l'arme était un Glock 17. Plusieurs patrouilles de *mossos* étaient accourues sur les lieux et avaient recueilli les dépositions des témoins. C'est pendant qu'ils élaboraient un portrait-robot du tireur que s'était produit l'attentat à la Sagrada Familia. Vu la proximité, ils avaient donné la priorité à la sécurité civile et suspendu les témoignages.

— Andy Castro ?

— Possible. Lorsque la situation se sera calmée, nous montrerons les photos aux témoins et nous pourrons en être certains.

— Mercader, on n'a pas le temps d'attendre que la situation se calme.

— Il est clair qu'il ne s'agit pas d'un professionnel. Rater trois tirs dans le dos à si courte distance ne peut avoir été l'œuvre que d'un débutant qui ne s'est jamais servi d'une arme. Un novice très nerveux qui s'est précipité.

— Et Isma, qu'a-t-il fait ?

— Il a pris les jambes à son cou et remonté la rue Independència.

Milo tenta d'interpréter cette information. Trop de détails, trop de fatigue. Il actionna à nouveau le klaxon tout en approchant son parechoc du véhicule qui le précédait et l'empêchait de doubler.

— Toute la ville le recherche et ce type se consacre à pratiquer du tir à la cible ? dit-il. Avec une fortune en sa possession ?

— Il est pressé de le faire taire et il a essayé à la première occasion. Andy peut l'avoir commandé à son père et celui-ci à un des décérébrés de sa bande. Ils sont experts avec une batte de base-ball, mais peut-être pas avec un revolver.

— Et comment savait-il où il se trouvait ?

Rebeca réfléchit quelques secondes.

— Il l'a suivi, je ne vois pas d'autre explication.

— Un gros con ne le perd pas de vue, alors qu'un professionnel, oui : Tout aussi con que lui !

— Bordel, Malart ! Tu te prends pour M. Parfait !

— Vous avez interrogé ses parents pour savoir où se rendait Isma ?

— Rojo et Cervera s'en sont chargés. Les Torres étaient très nerveux, surtout madame. Elle leur a raconté qu'ils avaient eu une petite dispute et que Lucas s'était brusquement enfui, sans dire un mot et très en colère.

— La raison de cette petite dispute ?

— Une bêtise familiale. Ils voulaient qu'il retourne au lycée le plus tôt possible et le garçon a explosé.

Milo klaxonna à nouveau avec insistance.

— Et aucune patrouille n'a retrouvé l'auteur des tirs ?

— Avec le bordel qui a suivi les attentats ?

Il écrasa la pédale de l'accélérateur. Il se dit que, peu de temps après avoir déployé les agents sur le périmètre, ceux-ci avaient dû recevoir un contrordre pour question de priorité.

Rebeca coupa le fil de ses pensées.

— Ce garçon a une chance de mille diables. C'est la seconde fois qu'il réchappe d'une mort certaine.

— La troisième, en fonction de ce qui s'est réellement passé samedi soir, corrigea Milo. Vous avez tracé son portable ?

— Pas de signal. Il est éteint et sans batterie. Ce putain de gamin connaît son affaire. Nous espérons que les caméras vont pouvoir nous indiquer…

— On se retrouve au commissariat central, l'interrompit Milo avant de couper son portable.

Il dut circuler extrêmement lentement sur les derniers kilomètres d'autoroute, à cause du dispositif *Jaula* contrôlant les accès à la ville, aussi bien pour entrer que pour sortir. Il conduisit sur la bande d'arrêt d'urgence, sirène hurlante et plaque de police en vue. Il put ainsi passer les différents postes de contrôle jusqu'à entrer enfin dans Barcelone. Ne voulant pas alarmer davantage les gens, il coupa la sirène. À mesure qu'il s'approchait du commissariat, il observa le visage des passants, leur langage corporel. Les effets du choc. Les pas pressés, les regards fuyants, les airs tendus. Le silence dans les rues. La peur. Il serra le pommeau du levier de vitesse dans sa main et commença à fredonner la mélodie de la *Chaconne*. De plus en plus de contrôles policiers, la présence d'effectifs de tous les corps, fortement armés et distribués à tous les points stratégiques, le chaos de la circulation. Il perçut également l'absence de plaintes de la part des conducteurs. Le calme contenu des citoyens. Les démonstrations de solidarité des uns envers les autres. Malgré l'horreur de l'heure choisie par les terroristes, la sortie des écoles et les rues remplies d'enfants de retour chez eux, les Barcelonais réagissaient avec une surprenante dignité. Ils se savaient vulnérables devant une telle démence, fragiles face à cette méchanceté aveugle. Et cependant, au-delà de la peur, il put ressentir le sentiment d'unité, de résistance, la volonté de ne pas se laisser gagner par la panique. Un frisson de fierté parcourut sa colonne vertébrale. Toujours plus de mer et toujours plus d'intégrité. Ce jour-là, la douleur muette deviendrait la norme. Mais le lendemain, le cri du silence deviendrait unanime, général. Assourdissant.

Encore une fois.

Il laissa derrière lui la rue Entença, tourna sur l'avenue Travessera et gara la voiture au parking du commissariat central. Dans l'ascenseur, il se frotta le visage dans le but d'effacer les traces de fatigue. Il pénétra dans l'*open space* du GEHME et se dirigea vers sa table de travail.

Mercader l'intercepta à mi-chemin.

— Le citoyen anonyme qui a tenté d'arrêter les terroristes n'était pas un policier venant de terminer son service, dit-elle, mais un policier national à la retraite. Nous connaissons son nom.

Il la regarda, l'air inquiet.

— Qu'est-ce que tu veux dire ?

— Le héros n'est autre que Fermín Barreda.

## 30

Il s'affala sur sa chaise comme si l'on venait de l'abattre d'un coup de massue sur la tête. Muet, il observa Rebeca en ne pensant à rien.

— Nous supposons qu'il venait chez nous pour faire sa nouvelle déposition lorsque… lorsque les événements se sont précipités.

Milo ne réussit pas à placer un mot.

— Le vieux Barreda a réagi comme l'aurait fait n'importe lequel d'entre nous. Sans réfléchir. Il est des choses qu'on porte dans le sang toute la vie, que tu sois à la retraite ou pas.

Il demeura bouche bée, sans réagir.

— Tu sens encore ce parfum. Tu n'as pas dit que tu allais prendre une douche ?

— Non… Je n'ai pas eu le temps.

— Inspecteur… Tu te sens bien ?

— Tu n'aurais pas une aspirine ?

— Il vaudrait mieux que tu t'allonges un instant, tu as besoin de dormir.

— Ça va passer tout de suite, je voudrais juste une putain d'aspirine.

— Écoute, à présent nous sommes au point mort, insista Mercader. Pas de problème si tu disparais pendant deux heures et…

— Une putain d'aspirine ! insista-t-il. Tu es sourde ou quoi ?

Rebeca remarqua ses yeux injectés de sang, enfoncés.

— Va te faire foutre, Malart. Je ne suis pas ta domestique, dit-elle en faisant demi-tour, puis en ajoutant : Fais ce que tu veux.

Il l'observa tandis qu'elle gagnait la salle de repos. Les sergentes Humbert et Corominas regardèrent ailleurs. Pas Crespo.

— J'ai des aspirines, inspecteur, dit-il depuis sa table de travail. Une pleine boîte, si tu veux. Mais je suis d'accord avec la sous-inspectrice. Il faut que tu dormes un peu, tu en as absolument besoin. Et avant que tu m'envoies me faire foutre, je voudrais te dire que, fatigué, tu ne nous sers à rien. Au contraire, tu deviens un boulet.

Il le vit fouiller dans ses tiroirs, en tirer une boîte et la lancer dans sa direction. Cette dernière atterrit sur la poitrine de Milo et tomba par terre, où il l'observa sans bouger, l'air impassible.

— Nous sommes tous choqués, dit Crespo. Tu n'es pas le seul.

— Quelle heure il est ? demanda Milo.

— Sept heures passées.

— Je vais m'allonger sur une couchette. Tu peux me réveiller à neuf heures ?

Le sergent Crespo acquiesça sans lever la tête.

Milo s'éloigna en traînant les pieds. Il entra dans les vestiaires, se déshabilla et passa sous la douche. Il tourna le robinet d'eau chaude et baissa la tête pour qu'elle lui tombe sur la nuque. La vapeur envahit la cabine et il ne put rien voir à travers. Il s'allongea ensuite sur un lit de camp et ferma les yeux, convaincu qu'il ne parviendrait pas à trouver le sommeil. Il s'endormit immédiatement.

Crespo le réveilla à neuf heures du soir et Milo mit plus de temps qu'il n'en fallait à comprendre où il se trouvait. Il prit une autre douche, passa des vêtements propres et alla chercher deux cafés bien serrés et de quoi manger. La sergente Corominas lui annonça que le chef Singla voulait le voir dans son bureau.

— Nous en avons terminé avec les métadonnées, ajouta-t-elle. Si tu veux regarder la dernière vidéo, tu peux le faire depuis mon ordinateur.

Milo acquiesça sans cesser de regarder par terre.

— Du nouveau à propos de l'attentat ?

— Le nombre de morts a augmenté. Il y en a treize. Plusieurs blessés sont dans un état critique. Les deux jeunes n'appartenaient pas une cellule djihadiste, c'étaient de simples délinquants. Apparemment, ils ont agi pour leur propre compte. Aucun groupe n'a revendiqué l'attaque.

— Un fait isolé ?

— Ils avaient leurs papiers sur eux. D'après le frère de l'un d'eux, ce dernier voulait se suicider. Il était homosexuel et se sentait rejeté par la communauté musulmane. L'autre était son partenaire.

— Et donc leurs proclamations ?

La sergente laissa échapper un soupir.

— Genre sentimental, ils revendiquaient leur relation. Ils voulaient attirer l'attention sur leur problème. Une authentique absurdité. Toute cette bestialité pour… pour…

— Cherche pas à comprendre, Carlota. Ça n'a pas de sens.

— Laura, inspecteur, rectifia-t-elle. Je m'appelle Laura Corominas.

Lorsque Milo releva la tête, elle avait déjà disparu. Il but un café et se dirigea vers le bureau de Singla. Il entra sans frapper. L'inspecteur-chef lui annonça que la commissaire Bassa voulait lui parler et il lui fit un signe pour lui indiquer de le suivre. Ils entrèrent dans l'ascenseur sans dire un mot. Singla frappa au montant de la porte et ils entrèrent. Bassa s'empressa de refermer un dossier. Sans les inviter à s'asseoir, elle posa ses coudes sur la table tout en joignant les pulpes du pouce et de l'index.

— Tu es à la limite de la suspension, inspecteur Malart, dit-elle. Tu peux me dire à quoi tu pensais lorsque tu es allé rendre visite à cette femme ? Nous étions convenus de ne pas faire de vagues, que tu te limiterais à l'affaire qui nous occupe.

Milo ne répondit pas.

— Tu as une explication convaincante à laquelle nous accrocher ? demanda la commissaire.

Il continua à se taire.

— Le couple Parés Morera a déposé une nouvelle plainte contre toi pour harcèlement et contre nous pour mauvaise pratique de notre métier. Tu as quelque chose à dire ?

— Je suis suspendu ?

La commissaire serra les dents en le fixant dans les yeux.

— Je n'ai pas l'habitude de me laisser intimider par les premiers venus, dit-elle, même si ce sont des millionnaires et qu'ils possèdent un agenda épais comme un bottin téléphonique. Et encore moins en ce moment, alors que nous portons le deuil d'un camarade abattu en service, ajouta-t-elle en respirant profondément. Nous aussi nous avons des avocats.

Milo ne contracta pas le moindre muscle.

— J'ai entendu dire que nous sommes au point mort dans l'enquête. C'est exact ?

Milo acquiesça.

— Eh bien ressuscite-la, inspecteur Malart. Et nous en reparlerons ensuite. C'est un ordre.

— Bien reçu.

— Chef Singla, ou tu tiens la dragée haute à ton subordonné ou c'est moi qui vais devoir le faire. Et je te jure que tu n'aimeras pas les mesures que je vais prendre.

— À vos ordres, commissaire.

— Sortez d'ici, l'un et l'autre.

Ils se dirigèrent en file indienne vers le couloir. Singla négligea l'ascenseur et poussa la porte de l'escalier. Sur le palier, il se tourna vers lui.

— C'est toi qui déconnes et c'est moi qui prends !

— Qui t'a dit que j'avais déconné ? rétorqua-t-il d'un air dédaigneux. Ces deux crapules sentent nos pas sur leurs talons. Ils sont libres, mais ils savent qu'on ne les lâche pas d'une semelle. Et que font les individus lorsqu'ils sont nerveux ? Ils commettent des erreurs.

Il visionna pour la troisième fois le dernier film enregistré par la caméra de Vergés, sans rien trouver de neuf. Noe tenant la pierre, les mouvements approximatifs d'Isma à cause du cocktail de psychotropes, pas l'ombre de quelqu'un d'autre en dehors du champ. Il ferma le fichier et tira la chaise en arrière. Quelque chose tournait dans sa tête, mais il ne parvenait pas à savoir exactement quoi. Il se sentait déconnecté, comme si un mur de verre très épais l'isolait du reste du monde. Il vit Rebeca bouger ses lèvres à cinquante centimètres de lui, gesticuler nerveusement à son adresse. Le saisir par les épaules et le secouer jusqu'à lui déboucher les oreilles.

— Je suis en train de te dire que le standard vient de recevoir un appel anonyme indiquant où se trouve la planque d'Andy Castro. Il est à Horta, rue Arco Iris. Sur la terrasse d'un immeuble abandonné. On a déjà prévenu les patrouilles du secteur. Tu m'accompagnes ?

Il la regarda, l'air étourdi.

— Bordel, mon gars, je te laisse ici, dit-elle. Elle prit le blouson sur le dossier de sa chaise et abandonna l'*open space* en courant.

Milo demeura immobile, sans comprendre ce qui se passait. En bruit de fond, très lointain, il entendit les sonneries des téléphones, les bruits rapides des touches sur les claviers, des voix éteintes. Au bout d'un moment, il se redressa lentement et retourna se coucher dans les vestiaires, où il s'endormit immédiatement. La mer. Il plongea dans un endroit sombre et froid. Quelques heures plus tard, c'est son portable qui le réveilla.

— À ta voix, je suis sûr que je t'ai surpris en train de roupiller, dit Aspar, son collègue de la police nationale. Je vois que tu as suivi mon conseil.

— Teo, tu sais bien que j'obéis toujours à mes aînés.

— J'ai jeté un coup d'œil aux archives de l'affaire de 2003, comme tu me l'as demandé. À mes risques et périls, sans en parler à personne.

Milo se redressa, posa les pieds par terre et attendit.

— Tu avais raison, fils de pute, poursuivit-il. Il y a quelque chose de bizarre, je ne sais pas te dire exactement quoi, mais il y a des trous dans cette affaire, trop de trous.

— Comme si quelqu'un s'était employé à détourner des preuves ou à commettre des erreurs innocentes.

— Tout est très subtil, comme tu le disais.

— Mais rien n'échappe à tes yeux expérimentés.

Il y eut un silence de l'autre côté de la ligne.

— On dirait que tu as raison. Nous avions un "déviateur" dans nos rangs.

— Ça arrive aussi chez les gens très bien.

— Et ça ne peut être que deux ou trois inspecteurs. J'ai enquêté sur eux. Et tout en indique un en particulier.

Il fit une pause et reprit :

— Peut-être que notre héros n'était pas si honnête qu'il en avait l'air. Putain de merde de Dieu, Malart. Qu'est-ce qu'on fait maintenant ? Ce type a sauvé la vie à des tas de personnes innocentes. Révéler l'affaire à ce moment précis est une vraie connerie. Tu es d'accord ou pas ?

— C'est juste une question de temps pour que tout sorte en pleine lumière.

— C'est ça, du temps. Et des huis clos.

Nouvelle pause, plus longue cette fois.

— Tu es d'accord avec moi.

— Teo, ça va être compliqué. Personnellement, je ne dirai rien, mais j'ai le pressentiment que ça ne va pas marcher.

— Est-ce que je t'ai déjà dit où tu pouvais te mettre tes pressentiments ?

— Il a emporté son secret dans la tombe, mais le passé revient toujours pour régler les comptes, tu le sais bien.

— Commence pas à philosopher, bordel !

— Tu as une idée de ce qu'il faisait à la Sagrada Familia ?

— Il habitait dans le quartier. Pourquoi ?

— Où ça exactement ?

— Un instant, dit-il avant de commencer à taper sur le clavier de son ordinateur. Tu as vu l'heure ? Et nous sommes toujours au bureau. Ce soir, personne ne va rentrer chez lui, putain de terroristes de merde ! Ah, voilà ! À l'angle de l'avenue Gaudí et de la rue Córsega.

— Quel étage ?

— Troisième, appartement n° 2.

— Ce n'est pas un sous-sol, murmura-t-il.

— Il aurait dû habiter dans un sous-sol ? Malart, tu me caches quelque chose. C'est quoi ?

— Rien. Je ne supporte pas les coïncidences, un point c'est tout.

— Je vais te dire quelque chose. Lorsqu'il était en service c'était peut-être un con, mais aujourd'hui il s'est comporté en homme courageux. Toute la ville de Barcelone va lui rendre hommage et il le mérite. Ne salissons pas sa mémoire, camarade.

— J'imagine combien ç'a dû être difficile pour toi de m'appeler.

— C'est exact, tu as une dette envers moi. Tu sais ce que j'aimerais en échange ?

— Que je laisse les morts en paix.

Ils coupèrent la communication.

Milo observa son portable. Il eut envie de le lancer contre le mur. Il le jeta sur la couchette comme s'il lui brûlait les mains et se déshabilla à nouveau pour prendre une nouvelle douche, froide cette fois-ci.

La sous-inspectrice Mercader le trouva en train de se rhabiller.

— Tu as meilleure mine, dit-elle.

— Par rapport à ce qui s'est passé tout à l'heure, je…

— Perdre les pédales revient à montrer ta faiblesse, l'interrompit-elle.

Elle le regarda enfiler son tee-shirt avec une certaine apathie, puis chausser ses baskets d'un air abattu.

— Tu peux surmonter ça, non ? Nous avons tous nos faiblesses, dit-elle, tu sais bien, nos doutes, nos inquiétudes… L'essentiel est de maintenir tout ça à distance.

— Depuis quand t'intéresses-tu aux livres de développement personnel ?

— Moi ? Même pas en rêve ! C'est toi qui me l'as appris.

Leurs regards se croisèrent. Milo eut envie de la prendre dans ses bras et de l'y serrer un long moment. Le besoin pressant de s'accrocher à elle. Il se retint. De dos, quelque peu inhibé, il lui demanda comment s'était passée l'arrestation. Elle lui expliqua qu'Andy Castro n'avait opposé aucune résistance. Lorsqu'ils étaient arrivés à la terrasse de Horta, ils l'avaient retrouvé pieds et mains liés et bâillonné avec du ruban adhésif, tremblant comme une feuille. Il avait un sac près de lui, qui en contenait un autre, en plastique, rempli de vêtements ensanglantés et d'une paire de gants en latex.

— Il ne contenait rien d'autre ? demanda Milo nonchalamment.

— Comme le paquet de bijoux et d'or ?

Elle attendit un moment qu'il ait fini de passer son sweatshirt.

— Ç'a à voir avec les Bosniaques, bien sûr. Et ta petite demande de conférence de presse.

Milo alla jusqu'au miroir et commença à se peigner. Il s'aperçut que Mercader ne portait plus la montre à son poignet.

— Je ne suis pas née de la dernière pluie, Malart. Quelqu'un nous prépare le paquet enveloppé dans du papier cadeau avec un timbre "urgent", puis il nous appelle anonymement pour nous demander de venir le ramasser. Et tout cela, quelques heures après que Guillamón est apparu dans les médias pour faire un nouveau communiqué. Je sais combien font deux plus deux, inspecteur. Je suis persuadée que tu es derrière tout ça.

— Laissons tomber les conclusions et intéressons-nous aux preuves, dit-il. Avait-il des traces de poudre sur les mains ou ses vêtements ?

— Un premier résultat a été négatif. Mais on continue à les analyser, tout comme le contenu du sac plastique et de ses chaussures.

— Vous avez trouvé son portable ?

Mercader fit non de la tête.

— Il avait les clés de la maison des Corona sur lui ?

— Non, rien du tout. Nous lui avons lu ses droits et il a refusé de se faire assister par un avocat. Il a la pétoche, comme si quelqu'un lui avait inoculé la trouille dans tout le corps.

— Il va nous poser des problèmes pendant l'interrogatoire ?

— Au contraire, je crois qu'il est pressé de se mettre à table. Mais bien entendu, tu ne sais rien à ce propos.

Milo se retourna. Il haussa les épaules.

— *Chica dura*, je ne vois pas de quoi tu veux parler. Dans quelle salle se trouve-t-il ? demanda-t-il avant de se mettre en mouvement.

— Nous allons mener l'interrogatoire ensemble ?

— Tu as dit que nous formions une bonne équipe, hein ?

Rebeca secoua la tête et le suivit. Ils s'arrêtèrent un instant pour que Milo prenne un autre café. Elle protesta, voulait commencer le plus vite possible.

— Laissons-le un peu mijoter à petit feu.

Mercader revint à la charge.

— Pourquoi tu ne me dis rien ? Je suis ton équipière.

— C'est à Andy qu'il faut demander qui l'a saucissonné, pas à moi.

— Je l'ai fait, mais il reste muet comme une carpe. Et chaque fois que j'insiste, il réagit comme s'il avait vu le diable. Ce que j'aimerais savoir, c'est pourquoi tu ne veux rien me dire.

— Ce que je ne veux pas, c'est que tu sois éclaboussée, fais-moi confiance.

— Ta condescendance m'accable. C'est toi qui n'as pas confiance !

Il porta le café à ses lèvres. Par-dessus la tasse, il lui dit que c'était dommage qu'elle ne l'ait pas réellement aimé.

— Qu'est-ce que tu racontes ?

— Que le café est comme j'aime, très chaud.

— Joue pas avec moi, inspecteur.

Milo observa le gris de ses yeux. Il tendit sa main pour lui caresser la joue. Mais elle la repoussa immédiatement.

— On peut savoir ce que tu fais ?

— Tu as raison, je ne sais plus à quoi je réfléchissais.

— Tu es très bizarre depuis le début de la semaine. Depuis que tu es revenu de tes vacances forcées. Il s'est passé quelque chose ? Et elle répondit elle-même : Ah, oui, bien sûr… monsieur ne veut pas que je puisse être éclaboussée.

— La vie, Mercader. Voilà ce qui s'est passé. La putain de vie.

Elle le surprit en train de se préparer un autre café.

— L'histoire s'est mal finie ?

— Peut-elle se finir autrement ?

— Vivre, c'est souffrir, il faut que tu t'habitues. Et Cupidon n'est pas aveugle, il a une vis en moins. Il faut apprendre à ignorer les sentiments.

— Ça, ce n'est pas moi qui te l'ai enseigné.

— Non, je l'ai découvert toute seule.

Milo prit la tasse. Une question lui vint brusquement à l'esprit.

— Qui pourrait être intéressé par la disparition d'Isma ?

— Andy, pour éviter qu'il le trahisse. On en a déjà parlé.

— Réfléchis, dit-il. Comment a-t-il pu apprendre où il se trouvait ? Et ne viens pas me dire qu'il le suivait. Tout le monde était en train de le chercher, sa photo était enregistrée dans tous les crânes. Même Boada l'aurait reconnu.

Rebecca fit une moue déconcertée.

— Si, à la fin, on s'aperçoit qu'Andy n'est pas l'auteur des coups de feu, nous allons devoir trouver un autre candidat, dit Milo en posant la tasse pleine sur la table. Mais une chose après l'autre : occupons-nous d'abord de ce type et on verra ensuite. La pause est terminée.

Il entra dans l'*open space* désert.

— Où sont-ils tous passés ?

— Malart, il est plus de trois heures du matin, où veux-tu qu'ils soient passés ? Il n'y a que deux dingues comme nous pour travailler encore.

— Moi ça m'est égal, personne ne m'attend à la maison.

— Et Ma Vieille, ta tortue ?

— Elle moins que quiconque. Mais, et toi ?

— Personne ne m'attend non plus. Et avec l'attentat et Andy, je me fiche désormais de tout le reste. Ça m'est égal.

— Et Boada ?

— Trop de choses lui échappent.

— C'est pour cette raison que tu ne portes plus la montre qu'il t'a offerte ?

La sergente Humbert surgit soudain de derrière une porte chargée d'une grosse pile de dossiers.

— Lau… Carl… Sergente, nous avons besoin des dossiers de l'affaire Corona et de celle d'Andy Castro. Sur-le-champ.

— À vos ordres, répondit-elle, visage crispé.

Rebeca lui saisit le bras et le tira vers le bas.

— Tu ne pourrais pas être plus aimable avec la nouvelle ? murmura-t-elle. Tu te fous éperdument de ce que les gens pensent de toi, n'est-ce pas ?

— Pour quoi faire ? Ça ne fait pas partie de mon travail.

# VENDREDI

# 31

— Je veux une protection ! hurla-t-il lorsqu'il les vit entrer.

— Une protection contre qui ? répliqua Rebeca.

— Je veux une protection, répéta Andy Castro, plus bas.

Il les observa d'un air inquiet, tandis que la sous-inspectrice Mercader accrochait les photos des victimes au tableau et que Milo prenait place en face de lui avec un air circonspect. Menotté à la table, il secoua la tête, faisant aller son regard de l'une à l'autre. On lui avait fourni un tee-shirt blanc, un pantalon de survêtement bleu marine, un sweat-shirt assorti et des chaussures blanches à semelles plates. Avant qu'on ne lui pose la moindre question, il commença à bredouiller des phrases incohérentes.

Rebeca leva la main et lui demanda de se taire.

— Contente-toi de répondre, un point c'est tout, compris ?

— Je ne veux pas qu'on me mette ça sur le dos.

Rebeca se pencha vers lui et le pointa du doigt.

— Tu n'as pas à vouloir ou pas ! Nous, on pose les questions et toi, tu réponds. D'accord ?

Il acquiesça de façon compulsive.

Mercader lui dit savoir que, samedi soir, Noelia Corona avait fait sonner une fois son portable et que peu de temps après il s'était présenté à la villa de la rue Julià. Elle lui demanda ce qui s'était passé ensuite. Andy expliqua qu'à peine rentré dans le salon, il avait aperçu les quatre corps autour de la table, et que vu la position de leur tête et la quantité de sang, il avait compris qu'ils étaient morts et qu'après avoir demandé à Noe ce qu'elle avait fait, si elle était devenue folle ou quoi, il avait voulu quitter les lieux.

— Mais tu ne l'as pas fait. Pourquoi ?

— Parce qu'elle m'a attrapé par les couilles et m'a demandé de la baiser. Et moi… bon, cette gonzesse savait comment s'y prendre pour me chauffer… je ne résiste pas facilement à une petite chatte, moi.

Il raconta que tout de suite après ils s'étaient allongés sur le canapé, qu'elle était très chaude et qu'il lui avait juste donné ce qu'elle voulait. Puis qu'il avait soudain vu le père entrouvrir les yeux et qu'il s'était arrêté.

— Son vieux n'était pas mort, putain, ça m'a coupé la chique.

— Peut-être, mais ça ne t'a pas empêché d'y retourner.

Andy secoua la tête et balbutia des excuses.

— Ton ADN coïncidera avec celui du sperme retrouvé sur une jeune femme assassinée et celui des restes de peau sous ses ongles. Tu ne peux pas le nier, Andy. Tu es mouillé jusqu'au cou.

— Cette gonzesse n'allait pas bien de la tronche, complètement cinglée ! Vous entendez ? Moi, j'avais juste à faire un casse dans la bijouterie de son vieux, rien d'autre. Récupérer la marchandise et me tailler en vitesse. J'suis pas mêlé à ces putains d'assassinats !

— On ne te croit pas, Andy, répliqua Rebeca.

— Ma spécialité, c'est les trafics, une correction de temps en temps, mais pas ça… C'est pas mon truc ! Je le jure !

— Tu es gaucher ou droitier ? intervint Milo.

— C'est quoi ça ?

— Tu te branles de quelle main ? demanda-t-il en levant alternativement les siennes. Celle-ci ou celle-là ?

— Celle-là, dit-il en levant la droite de quelques centimètres à cause des menottes. Pourquoi ? C'est interdit ?

— Explique-nous quel était le plan de Noe, dit Mercader.

Il leur raconta qu'elle devait s'occuper d'obtenir la combinaison du coffre-fort, le code pour désactiver l'alarme et la façon d'effacer les images des caméras de surveillance, ainsi que les clés de la bijouterie et de l'arrière-boutique. Que lui avait juste à se présenter à la villa pour les récupérer, prendre en note le reste et s'occuper du vol.

— Et elle ne t'a pas dit comment elle comptait se procurer tout ça ?

— Elle a seulement dit qu'elle s'en chargeait.

Il ajouta qu'il lui avait demandé comment elle allait s'y prendre, qu'il lui avait dit que son père était un dur à cuire et que ce ne serait pas facile. Mais Noe avait insisté pour s'en charger elle-même. Elle avait prétendu que c'était son affaire et qu'il ne devait pas s'en mêler. Ses instructions avaient été claires : lorsqu'elle serait prête, elle ferait sonner une fois son portable et il devrait venir immédiatement.

— C'est ce que j'ai fait.

Rebeca et Milo échangèrent un regard.

— Il y avait quelqu'un d'autre à la villa, lorsque tu es arrivé ? voulut-elle savoir.

— Juste Noe. En train de filmer avec son putain de portable chinois.

— Tu en es sûr ? Tu n'as entendu aucun bruit ?

— Du bruit ? La télé était à fond la caisse, le match de foot !

— Tu te souviens quel était le score ? demanda Milo.

Andy écarquilla les yeux.

— Le foot, je m'en branle pas mal ! La maison était pleine de morts, de sang, la folle en train de se branler… Et moi, j'allais regarder la télé ?

— Alors tu n'as vu personne d'autre ?

— Bordel, je t'ai déjà dit que non, s'exaspéra-t-il. Si quelqu'un s'était caché, en tout cas je ne l'ai pas vu. Y avait que Noe et… et les corps.

— Donc tu n'as pas vu Isma.

Il étira son cou et demeura tout raide.

— Ce blanc-bec était à la maison, cette mauviette ? murmura-t-il.

— C'est à toi de nous le dire.

Il mit un peu de temps à réagir. Puis il expliqua que Noe et Isma avaient une relation complètement bancale. Que ce garçon était parfaitement barjo et qu'il était fou d'elle. Que Noe n'arrêtait pas de lui faire des saloperies et qu'en revanche, lui, vas-y, toujours dans ses jupes, il la suivait comme un petit chien. Qu'en y réfléchissant davantage, oui, il était peut-être à la maison.

— Pourquoi tu dis ça ?

Il haussa les épaules.

— Il ne la quittait jamais, il était comme un putain de clebs.

— Et tu crois que Noe se serait mise à baiser avec toi en sachant qu'Isma était tout près de vous ?

— Elle s'est pas gênée devant son vieux, non ? Cette gonzesse kiffait les choses bizarres, que voulez-vous que je vous dise ?

Rebeca respira profondément.

— Bien, dit-elle, vous finissez votre affaire et puis vous faites quoi ensuite ?

Il raconta que Noe était montée à l'étage pour se changer, tandis qu'il l'attendait dans le salon, super inquiet. Ensuite, lorsqu'elle était redescendue, elle lui avait tendu un sac en plastique pour qu'il le jette dans un conteneur loin de la villa.

— Mais tu n'as pas suivi ses instructions.

— Non, madame, je l'ai pas fait, dit Andy fier de lui. Je l'ai gardé au cas où. Tout ce sang m'a foutu la trouille et je me suis dit qu'il valait mieux que je le garde, au cas où l'affaire tournerait vinaigre.

— Et tu t'assurais ainsi une preuve contre elle. Tu l'as ouvert ?

Il acquiesça. Dans la rue. Tout y était, dit-il. Et rien ne lui appartenait ni ne portait ses traces. Il admettait avoir été à la villa, mais il répéta que ç'avait été juste pour récupérer les clés et le reste, pour faire le casse.

— Tu as fait autre chose, affirma Milo.

Andy le regarda avec méfiance.

— Tu as transporté le corps de la mère jusqu'à la cuisine. Ne me mens pas ! Tes traces de pas te trahissent.

— Noe me l'a demandé avant que je parte.

— C'est à ce moment-là qu'elle t'a donné des gants de latex et t'a demandé de les mettre ?

— Non, c'est quand je suis arrivé. Et elle m'a dit de pas les retirer avant de sortir de la bijouterie.

— Elle t'a donné d'autres instructions ? demanda Mercader.

Il fit oui de la tête. Lorsqu'il aurait les bijoux et l'or en sa possession, il devait attendre qu'elle lui envoie un autre signal sur le portable pour retourner à la villa et venir l'aider avec Isma. Elle ne pensait pas qu'il allait lui créer des problèmes, mais elle préférait s'en assurer.

— Elle t'a dit ça ? Que tu retournes *pour venir l'aider* avec Isma ?

— Oui, madame.

— Et comment as-tu compris ce "pour venir l'aider" ?

Andy s'étrangla de surprise.

— Eh bien lui foutre sur la gueule s'il faisait le malin.

— Et pourquoi craignait-elle qu'il puisse faire le malin ?

— J'en sais rien, moi ! C'était leurs affaires !

— Le plan de Noe était de le tuer ?

Il devint tout pâle, agita les mains en faisant tinter les menottes.

— Non, non, elle m'a rien dit de tout ça…

— Tu en es sûr ?

— Sur la tête de mes parents, madame. Je le jure.

— Qu'as-tu fait ensuite ?

Andy expliqua qu'il avait attendu et attendu, mais que son téléphone n'avait jamais sonné. Il l'avait appelée plusieurs fois, mais elle n'avait pas répondu. Il s'était douté qu'il y avait un problème et il n'était pas allé là-bas pour ne pas se mouiller davantage. Ce soir-là, il ne sentait pas Noe, elle était plus bizarre que d'habitude. En plus, il avait déjà les bijoux et l'or. Alors il était rentré chez lui et avait attendu qu'elle l'appelle. Il avait ensuite appris à la télévision, le lundi, qu'Isma et la petite sœur étaient les seuls survivants, que Noe était morte. Alors il avait décidé de se la fermer, le temps d'écouler les bijoux et l'or.

— C'est pour ça que tu n'es pas revenu ? demanda Rebeca.

— Je vous l'ai déjà dit. J'attendais son signal téléphonique, mais la sonnerie n'a jamais retenti.

— Je comprends, toi aussi tu étais le petit chien à sa mémère.

— Madame, j'suis pas !…

— Tu lui obéissais pour certaines choses et pas pour d'autres ?

Andy regarda le plafond, comme s'il suppliait.

Milo étudia son langage corporel, ses micro-expressions, ses mimiques. Tout indiquait chez lui un sujet transparent, sans double jeu. La peur pouvait être un bon stimulant pour les aveux, et les hommes de Juric l'avaient intimidé à fond. Andy Castro disait la vérité, sans aucun doute.

Il le fusilla du regard.

— Tu es retourné à la maison, affirma-t-il.

— Non, j'y suis pas retourné, répondit-il en regardant le plafond. Je suis revenu dans le quartier, mais j'ai jamais remis les pieds dans cette maison.

— Elle t'avait donné les clés, tu es entré et tu es monté à l'étage, où tu les as surpris en pleine discussion dans le couloir.

Il baissa la tête et rétablit immédiatement le contact visuel.

— Les clés ? Quelles clés ? Elle m'a pas donné de clés !

— Tu as bousculé Isma qui est allé atterrir par terre, puis tu as écrasé le visage de Noe à coups de pierre. Tu voulais les bijoux et l'or pour toi tout seul, sans partager.

— Mais j'avais déjà tout ça ! hurla-t-il. J'ai tué personne, merde !

— Tu as frappé Isma dans le dos et…

Il s'arrêta. Le scénario ne collait pas du tout. Il était droitier. Il aurait pu le frapper de face. Mais il y avait le problème des traces de pas. Il n'y avait aucune trace de ses chaussures de sport, ni pour monter ni pour descendre. Et si Noe n'avait pas envoyé son signal téléphonique, c'est parce qu'elle avait déjà été assassinée. Mais sans son portable ni celui d'Andy il était impossible de le prouver avant d'avoir obtenu les fadettes des deux appareils. En plus, Isma s'était réveillé. Il était vivant. Une angoissante impression de maladresse commença à submerger Milo. Andy était arrivé après les trois premiers assassinats, pas avant comme il l'avait pensé. Encore une erreur. Que lui arrivait-il donc ? La réponse l'assomma avec la force d'un coup de marteau. Milo s'était contenté de semer l'idée, en permettant ainsi à Isma de la faire germer dans son cerveau. C'était un manipulateur. Et il était tombé à pieds joints dans son piège. Il fixa le sol.

Rebeca le sentit vaciller et elle reprit l'interrogatoire.

— Cet après-midi, tu as tenté de l'assassiner, dit-il.

— Mais de quoi vous me parlez, putain ?

— Tu le sais parfaitement. Les coups de feu. Isma était le seul témoin de ton intervention dans les meurtres multiples.

— J'ai rien à voir avec ces crimes ! s'égosilla-t-il. Madame, je vous le jure, sur ce que vous voudrez. On s'est pas vus à la villa, ce blanc-bec et moi. Comment il faut vous le dire, bordel ?

— Isma connaissait le plan de Noe. Il savait que tu devais aller dévaliser la bijouterie.

— Putain, mais j'ai tué personne, moi ! J'ai fait le casse et point barre. On peut pas refuser un casse comme ça ! Rien d'autre !

— Tu devais le faire taire pour qu'il n'aille pas tout raconter.

— Rien à foutre de ce blanc-bec ! Qu'est-ce que j'en avais à foutre qu'il le raconte !

— Alors tu voulais venger la mort de Noe ?

— De cette gonzesse ? Vous délirez ou quoi ?

— Cet après-midi, tu as tiré trois coups de feu en direction d'Isma !

Andy demeura bouche bée.

— On a tué le blanc-bec ?

— Arrête de jouer au con !

— Nom de Dieu, mais c'est pas moi !

— Tu as tort de résister, Andy.

— Fais pas chier ! Ces armoires à glace me tombent dessus et en plus tu me fous ça sur le dos ! Ça doit être eux, va pas m'accuser de toutes les conneries du monde !

— De qui veux-tu parler ? Qui t'est tombé dessus ?

En plein désespoir, Andy fit non de la tête, comme un possédé.

— Je veux pas d'histoires avec ces sauvages ! Je sais rien du tout !

— Parle. On peut te faire protéger !

— Cet après-midi ? Vous avez dit cet après-midi ?

Elle acquiesça de la tête.

— Madame, cet après-midi j'avais rendez-vous avec un mec pour vendre les bijoux, lorsque ces connards me sont…

Il ferma la bouche sans cesser de secouer la tête.

— Continue, ordonna Mercader.

— Mes couilles ! Vous pigez pas ou quoi ? Si je parle, je suis un homme mort ! Ces brutes sont complètement tarées !

Milo se tourna vers Rebeca.

— Il aimait travailler de ses mains, c'était son hobby, dit-il.

— Qu'est-ce que tu me racontes, maintenant ? susurra-t-elle entre ses dents.

— Barreda. Il nous a bien dit qu'il aimait travailler de ses mains. Peut-être la pierre ? dit Milo en soutenant son regard. Il devait sans doute avoir une sorte d'atelier, une cave, près de l'endroit où il habitait. Du côté de la Sagrada Familia. C'était un ami d'Isma, il a pu lui prêter son local.

Milo se leva brusquement et se dirigea vers la porte. La main sur la poignée, il se retourna vers le détenu.

— Toi, tu faisais l'orang-outan ou le porc ?

Andy ne comprit pas de quoi il lui parlait. Milo vint près de lui en deux enjambées.

— Les masques. Tu apparaissais dans les clips de Noe, tu t'es rendu au sous-sol.

Intimidé, il acquiesça.

— Où se trouve-t-il ? demanda Rebeca. L'adresse !

— Passage Malet, balbutia-t-il. Je me souviens plus du numéro.

Mercader se redressa. Elle saisit Milo par le poignet.

— Tu penses qu'Isma s'y est réfugié ?

Milo répondit qu'il en était convaincu et elle quitta la salle d'interrogatoire à toute vitesse, pour vérifier si Barreda possédait une cave à son nom et obtenir l'adresse exacte.

Milo se pencha sur Andy.

— Tu étais le porc, dit-il.

— Et l'orang-outan. Cette nénette adorait ce genre de connerie.

— Si j'étais toi, je ne prévoirais rien pendant quelque temps.

Il le laissa tout seul. Ensuite, il ordonna aux deux agents qui gardaient la porte de conduire le détenu en cellule. Puis il se dirigea vers l'*open space*. Il trouva Mercader et Humbert installées devant un écran. La sous-inspectrice était en train de noter des coordonnées tout en se redressant.

— En effet, il a une cave. On y va ?

— À fond la caisse ! Sergente, demandez aux patrouilles du secteur de boucler le périmètre. Qu'elles ne fassent rien avant notre arrivée.

Dans l'ascenseur, Rebeca lui dit qu'Andy n'était plus sur la liste, mais qu'en revanche, il leur avait fait entrevoir la possibilité qu'Isma ait été caché dans la villa des Corona lorsque lui-même s'y était rendu, ce qui faisait à nouveau de lui un suspect.

Milo haussa les épaules.

— La seule chose dont je suis sûr, dit-il, c'est qu'Andy n'est pas non plus l'auteur des coups de feu. Il connaissait l'adresse du sous-sol, il lui aurait été plus facile de l'abattre là-bas.

— Et tout ça nous mène où ?

— Qu'est-ce que tu crois ? Isma vaut cent millions d'euros.

— On suit l'argent, alors ?

Ils sortirent de la cabine au pas de course, en direction de la voiture de Milo. Il lui lança les clés. Rebeca s'installa au volant et fit crisser les pneus sur la rampe de sortie.

— Qu'est-ce qui s'est passé dans ta tête ? demanda-t-elle.

— Je suis loin d'avoir été malin, nom de Dieu ! Isma l'a senti et il m'a baladé tant qu'il a voulu. Je suis complètement con !

Lorsqu'ils arrivèrent au passage Malet, en évitant les rues coupées autour de la Sagrada Familia à cause de l'attentat, le jour se levait déjà. Deux voitures de patrouille bloquaient la ruelle sans issue. Un agent s'approcha d'eux. Penché en avant à cause de la bourrasque, il leur dit qu'ils avaient déjà ouvert le hall de l'immeuble : seulement quatre étages et une porte par palier, et qu'ils avaient ordonné aux habitants de ne pas sortir de leurs appartements ni de se pencher aux fenêtres.

— Vous leur avez montré sa photo ?

— Deux voisins l'ont reconnu, qui l'ont déjà croisé dans le passage. Ils ont expliqué qu'il était de temps en temps accompagné d'une jeune fille gothique et que parfois il montait tout seul jusqu'à la terrasse. D'après leurs témoignages, c'est un garçon calme qui ne leur a jamais causé le moindre problème.

— Du mouvement au sous-sol ?

— Négatif.

Milo prit sa respiration et fit un signe en direction de Rebeca. Ils avancèrent jusqu'à une étroite et modeste entrée, flanquée par deux agents. L'un d'eux leur signala les deux soupiraux, à ras du sol, protégés par un grillage et fermés par des volets disloqués par l'humidité. Ils s'arrêtèrent devant la porte.

Deux serrures ; plus celle de l'entrée de l'immeuble, trois clés, compta Milo.

Il frappa du poing à la porte.

— Isma, ouvre ! C'est moi, l'inspecteur Malart !

Silence. Ils ne perçurent pas le moindre mouvement. Un instant plus tard, Milo répéta l'opération. À nouveau sans résultat.

— Bordel, Isma ! Ouvre cette putain de porte !

Poussé par un mauvais pressentiment, il ordonna à l'un des agents d'aller chercher un pied-de-biche pour l'ouvrir.

L'espace était exigu et ils se placèrent de chaque côté du chambranle pour attendre. Une fois la porte ouverte, ils entrèrent tous les deux : Rebeca arme pointée vers l'intérieur dans une main et lampe torche éclairant les lieux dans l'autre, Milo les mains vides, l'angoisse palpitant dans sa poitrine.

Il suivit du regard le faisceau de lumière. Personne. La sous-inspectrice s'éloigna le long d'un court couloir et inspecta les deux petites pièces de derrière et une salle de bains exiguë.

— Personne ! hurla-t-elle le pouls à cent à l'heure.

Milo appuya sur un interrupteur. Deux ampoules nues illuminèrent le local mal ventilé. Des blocs de pierre de tous les côtés, sculptures inachevées, machines.

Il reconnut une ponceuse, un four et ce qu'il crut être une scie. Une poussière fine et claire recouvrait tous les meubles, sauf une des chaises et le tabouret. Sur la table, des marteaux de toutes les tailles et des ciseaux, de nombreux ciseaux à pierre. Sur une étagère, des pierres ; arrondies, aux arêtes affûtées, brutes, empilées autour de visages grossiers, mal sculptés. Sur l'étagère du dessus, des masques d'animaux. Sur une petite commode, une chaîne hi-fi, un téléviseur à écran plat de vingt-quatre pouces et un portable. Et dans un angle de la pièce, un matelas enroulé, trois oreillers, sous une vieille couverture.

— C'est moche de dire du mal des morts, dit Rebeca, la voix quelque peu éraillée. Mais Barreda était nul comme sculpteur. Tu as vu ces têtes ? Elles sont horribles, à dégueuler.

Milo ne répondit pas. Il imagina que cet espace avait dû enchanter Noe. Claustrophobique, sombre, plein de trucs inutiles et étranges. Idéal pour filmer des clips aussi oiseux et effrayants. Voilà le lieu où, dans son imagination, Isma se mettrait à l'abri avec Noe, après la tuerie. Ensemble. Ils attendraient le peloton d'exécution. Ensemble. S'il était près d'elle, rien d'autre n'avait d'importance. Le refuge d'un adolescent à problèmes, et bien plus depuis que Jordi, son frère d'adoption, lui avait raconté ce qui était arrivé à sa famille. Le seul endroit où il pouvait se sentir en paix et reposé. Un repaire où il avait fui après les coups de feu. Pour se sentir protégé. Mais à présent il était seul. Adieu la magie, bienvenue une nouvelle fois à l'absence et au vide.

Aveuglé par la colère, il poussa un cri en même temps qu'il renversait une sculpture d'un grand coup de poing.

— Mais qu'est-ce que tu fais, inspecteur ?

Elle le vit respirer avec difficulté, poings fermés, et décida de ne pas insister. Elle observa le matelas enroulé.

— Et pendant que Noe baisait là-dessus avec des mecs et des nanas, que faisait-il, lui ? demanda-t-elle. Il regardait ?

— Il montait sur la terrasse, dit Milo d'une voix grave. Et rêvait sans doute.

Il scruta tout autour de lui, fouilla sur les étagères, sous la table, à l'intérieur du four.

— Qu'est-ce que tu cherches ? demanda Rebeca.

— Il manque quelque chose, ici.

— Avec tout ce désordre, tu…

— Le buste d'une femme. Là, il y en avait un, dit-il en pointant son doigt sur le tabouret dépourvu de poussière. Mal sculpté, avec des traits malhabiles. Tu le vois quelque part ? De taille moyenne.

Elle s'accroupit, observa le sol. Indiqua quelque chose sous une console.

— C'est ça que tu cherches ? dit-elle.

Milo s'agenouilla à côté d'elle. Bien qu'il fût brisé en plusieurs morceaux, il identifia le buste. En ramassa plusieurs fragments. Ils étaient creux par-derrière. Une toile métallique était encore visible sur l'un d'eux.

— Il n'était pas plein, pas solide, murmura-t-il.

— Et alors ? Il l'a peut-être envoyé valdinguer comme tu viens de le faire toi-même.

— Il y avait peut-être quelque chose à l'intérieur, dit-il.

— Si nous retournions à l'essentiel. Où a bien pu se fourrer ce garçon ? Une patrouille surveille toujours le domicile de ses parents. S'il était rentré chez eux, on aurait été prévenus.

Milo se leva très lentement, un morceau de sculpture à la main.

— Sa famille a été assassinée, dit-il sans quitter la pierre des yeux. Il a dû vivre un enfer à cause de son caractère renfermé et calme, et les éternels *bullyings* dont il était victime. Sans compter ce qui s'est passé samedi soir. Ajoutes-y également mon interrogatoire d'hier, lorsque je l'ai poussé dans ses derniers retranchements. Et l'après-midi, cerise sur le gâteau, la fusillade. À combien d'épreuves peut résister un garçon de dix-huit ans sans s'écrouler ?

— Malart tu es en train de parler d'un éventuel assassin qui…

Il l'interrompit d'un geste.

— La réaction par rapport à tout ce qu'il a vécu peut tout à fait l'avoir catapulté dans un monde d'où il ne reviendra plus jamais, dit-il. Une caverne émotionnelle.

Il leva les yeux jusqu'à croiser le regard de Rebeca.

— Une des sergentes a dit qu'il s'en fallait de peu pour que son âme noire ne prenne le dessus.

Il avala sa salive.

— Je me demande si elle ne l'a pas déjà fait.

Son portable sonna. Avant de décrocher, il comprit que son mauvais pressentiment allait devenir réalité.

— Inspecteur Malart ? demanda Elsa Torres, la voix tremblante.

# 32

Très nerveuse, elle lui expliqua qu'Isma était rentré à l'appartement. Qu'elle le trouvait très bizarre, très agité. Qu'elle ne l'avait jamais vu dans cet état.

— Il a insisté pour que je m'en aille. Il m'a suppliée. À présent, je me trouve dans la salle de bains de ma chambre, je ne sais pas ce qui se passe. Je vais à l'université comme si de rien n'était ?

Milo laissa tomber la pierre. Il fit un signe à Rebeca. La porte.

— Il est armé ?

— Armé ? Qui ça ? Isma ?

— Écoute, Elsa, dit Milo en grimpant l'étroit escalier à toute vitesse, tu as remarqué s'il avait une arme quelconque sur lui ?

— Je ne comprends pas. Quel genre d'arme ? Et pourquoi Isma serait-il armé ?

Ils surgirent dans le passage et coururent jusqu'à la voiture.

— C'est bon, prends tes affaires pour l'université et quitte l'appartement. Nous t'attendons dans le hall de l'immeuble. Nous arrivons tout de suite.

— Et qu'est-ce que je dis à mes parents ?

— Tu leur dis au revoir comme tous les matins, répondit-il en s'installant au volant. Et arrange-toi pour avoir l'air naturel, c'est important.

Il lui demanda le numéro de l'avenue de Esplugues et elle le lui donna. Puis, immédiatement après, elle changea d'avis, et décida de ne pas quitter la maison. Elle ne comprenait pas ce qui se passait, mais si sa famille courait un danger, elle ne l'abandonnerait pas.

Milo fit démarrer la voiture et se dirigea vers la rue Aragó.

— C'est compliqué à expliquer, et maintenant je n'ai pas le temps. S'il te plaît, Elsa, fais ce que je te dis. Je veux juste aider ton frère. Le mieux, pour tout le monde, c'est que tu sortes et que tu nous attendes en bas.

Il raccrocha en même temps qu'il plaçait la sirène sur le toit du véhicule et qu'il s'insérait dans la circulation de l'avenue Diagonal. Rebeca lui demanda ce qu'elle lui avait dit. Il le lui résuma en quelques mots.

— Que penses-tu que ce garçon a dans la tête ?

— Rien de bon. Appelle le commissariat central et explique la situation, une possible prise d'otages. Que tout le Groupe se rende là-bas et qu'ils préviennent la patrouille qui surveille l'immeuble de la sortie imminente d'Elsa Torres. Qu'ils restent auprès d'elle jusqu'à notre arrivée, sans l'effrayer. Il faut que je lui parle.

— Tu crains qu'Isma répète le scénario de la famille Corona, n'est-ce pas ?

— Je sais simplement ce qu'il ressent. Une douleur, une souffrance aveugle. Il s'est passé quelque chose dans cette cave et il cherche des réponses.

— Dans ce cas, les gars du GEI devraient se joindre à nous, tu ne crois pas ?

— Trop tôt, nous sommes encore dans le noir. Je voudrais d'abord tenter de régler l'affaire à ma façon, avant que tout ça dérape et nous échappe.

Mercader passa l'appel, tandis que Milo manœuvrait pour éviter les véhicules arrêtés à un feu rouge. Il réduisit la vitesse devant un contrôle de police, montra sa plaque à travers la vitre et, lorsque les agents le laissèrent passer, accéléra à nouveau en empruntant la voie réservée aux bus. À cette heure-là, la circulation était dense, coïncidait avec l'affluence maximum de véhicules entrant et sortant de la ville pour rejoindre leur lieu de travail. Après avoir raccroché, Rebeca appela le sergent Crespo afin de lui demander s'il y avait du nouveau. Ils eurent une brève conversation et elle se tourna à nouveau vers Milo. Elle lui dit que le nombre de morts de l'attentat n'avait pas augmenté, mais que trois blessés étaient dans un état critique.

— Il s'est renseigné auprès de la scientifique et rien, ajouta-t-elle, ils n'ont toujours pas les résultats de l'analyse ADN. Mais ils ont également étudié le contenu du sachet en plastique que nous avons trouvé dans le sac d'Andy. Et le sang, sur les gants de latex et les vêtements de Noe, correspond aux groupes sanguins de quatre des victimes.

— Et qu'en est-il des vêtements et des chaussures de sport d'Andy ?

— Des transferts de taches après qu'il s'est allongé sur elle dans le canapé. Et sur ses baskets, rien, elles sont toutes neuves. Il a certainement jeté les vieilles et en a acheté d'autres. Il n'est pas si couillon qu'on le prétend. Il m'a également dit qu'ils avaient arrêté un homme qui correspond à la description qu'en ont faite les témoins de la fusillade. À l'occasion d'un contrôle de police sur la Ronda del Litoral. Il agissait de façon étrange et a attiré leur attention.

Milo dut ralentir à cause d'un bouchon. En jurant tout bas, il monta sur le trottoir et prit la contre-allée.

— Il a parlé ?

— Ils vont l'interroger maintenant. Mais il travaille au port.

Milo se tourna un instant vers elle. Puis il longea la place Pie XII et enfila l'avenue de Pedralbes en direction de la montagne.

— En parlant de *rondas*, dit Rebeca, on ne serait pas allés plus vite par la Ronda de Dalt.

En atteignant le monastère, il tourna à gauche.

— J'ai horreur des *rondas*. Je me trompe toujours de sortie.

À cent mètres de l'arrivée, il éteignit la sirène et rentra le gyrophare. Il se gara sur le trottoir, devant l'immeuble, sous des arbres. Ils aperçurent Elsa près du luxueux hall d'entrée, en compagnie de deux agents, et ils se dirigèrent vers elle tandis que le vent sifflait furieusement autour d'eux. Sans perdre un instant, Milo lui posa des questions sur la distribution des pièces, dans l'appartement. Un duplex avec un escalier intérieur. Au niveau inférieur, le salon possédait de grandes fenêtres s'ouvrant à l'arrière du bâtiment avec vue sur tout Barcelone. La cuisine ouverte était côté rue. Deux salles de bains, une grande entrée à la porte principale et une autre plus petite devant le deuxième ascenseur par lequel on accédait directement à la cuisine. Au niveau supérieur, cinq chambres, avec salle de bains privative, et le bureau d'Antonio Torres.

— Parle-moi du garage, dit Milo.

— Il est à deux niveaux et on y accède par deux ascenseurs.

— C'est par là qu'a dû passer Isma pour ne pas se faire repérer par la patrouille, commenta Rebeca.

— Combien de voisins ? demanda Milo.

— Une famille par niveau, trois au total, dit Elsa de plus en plus pâle. Nous occupons les deux plus hauts.

— Il y a un concierge ?

Elle acquiesça.

— Son nom ?

— M. Rafael.

Milo s'adressa aux agents.

— Évacuez l'immeuble. Faites-vous accompagner par M. Rafael. Une fois dans la rue, que les voisins se tiennent à bonne distance et hors de vue du duplex, compris ? Allez, on se grouille.

Tandis que les deux hommes s'éloignaient, il se tourna à nouveau vers Elsa.

— Isma t'a dit autre chose ?

— Non, juste de partir le plus vite possible. Et c'est ce que j'ai fait. Il m'a serré dans ses bras, m'a fait la bise et m'a accompagnée jusqu'à la porte. Qu'est-ce qui se passe, inspecteur ?

— Je vais le vérifier sur-le-champ, dit-il en retirant son blouson, son sweat-shirt et en les tendant à Mercader. C'était la façon habituelle de te dire au revoir ?

— Normalement, il ne se montre pas aussi affectueux.

— Je vais avoir besoin que tu me prêtes tes clés.

— Malart, dit Rebeca. On peut se parler en tête à tête une minute ?

Elle s'éloigna de quelques pas et il la suivit tout en retirant l'étui avec son arme et les menottes de son ceinturon et en les lui tendant.

— Tu as une minute, dit-il.

— L'évacuation, c'est parce que tu crois qu'il peut faire exploser une bombe ? Tu le crois capable d'une chose pareille ?

— Je ne sais pas, j'improvise, reconnut-il. À mon avis, ce garçon est actuellement devenu un zombi. Il agit par instinct. Un instinct animal. Il faut envisager toutes les possibilités.

— Tu ne peux pas monter là-haut tout seul, c'est contraire à tous les protocoles. C'est une ânerie, un truc de fou. C'est trop risqué, nous ne savons pas quelle est la situation.

— Je te réponds la même chose qu'à Elsa. Je dois monter pour voir ce qui se passe. Il n'y a pas d'autre solution. Tu as une autre idée ?

— Dans ce cas, je viens avec toi, dit-elle fermement.

— Oublie ça, *chica dura*, dit-il en tirant le portable de son blouson qu'elle lui tenait. Ne me demande pas pourquoi, mais Isma et moi nous comprenons. S'il voit quelqu'un d'autre, il peut devenir nerveux et c'est ce que nous voulons éviter à tout prix, n'est-ce pas ?

Milo l'appela au téléphone. Rebeca saisit rapidement le sien, décrocha.

— Je vais le laisser allumé, dit Milo, pour que tu entendes tout ce qui se passe dans l'appartement. En fonction des événements, je te donne carte blanche.

Il le plaça précautionneusement dans son slip, au niveau de la braguette de son jean.

— Oui, je suis d'accord, c'est un système très particulier. Mais ce n'est pas indécent, je t'assure. Tout est prêt, camarade ? Je compte sur toi.

— Emporte au moins mon arme, dit-elle en se baissant pour prendre son HK, canon court, étui de cheville.

Milo l'arrêta.

— C'est le premier endroit où il va chercher.

— Bordel ! J'aime pas du tout ça, lança-t-elle la gorge nouée. Tu crois que tu vas pouvoir l'arrêter ?

— Si on lui met la pression qu'il faut, tout individu finit tôt ou tard par craquer. Le problème est de la déclencher au bon moment, dit-il en frottant ses bras nus. La minute est écoulée, je me gèle.

Il s'avança vers Elsa. La jeune femme lui tendit un porte-clés et lui expliqua à quoi servait chacune d'elles. Milo en saisit une avec deux doigts et lui dit que pour l'instant celle de l'ascenseur de service lui suffisait.

— Inspecteur, dit Elsa, la voix sur le point de se rompre. Vous n'allez pas faire de mal à mon frère, n'est-ce pas ?

— C'est l'idée. Et aussi éviter qu'il ne s'en fasse à lui-même, ni aux autres, ce qui inclut également ma personne.

Des larmes commencèrent à glisser sur le visage de la jeune femme.

— Et tout ça parce qu'elle n'a pas voulu de lui ! sanglota-t-elle, sans parvenir à l'admettre. Souffrir ainsi est une folie…

— Elsa, la folie aurait été de ne pas souffrir. Mais non, je crains que tout cela ne vienne de bien plus loin.

Il voulut ajouter quelque chose pour la rassurer, mais il ne trouva rien.

— On se voit tout à l'heure, conclut-il.

Il fit demi-tour et entra dans l'immeuble. Il appuya sur le bouton d'appel de l'ascenseur. Plusieurs pièces du puzzle s'emboîtèrent dans sa tête. D'autres ne trouvèrent pas leur place. Il entra dans la cabine et appuya sur le bouton n° 4. Fidèle à son habitude, il regarda par terre. Pendant quelques secondes, l'insupportable sentiment d'irréalité lui coupa le souffle, comme si c'était quelqu'un d'autre qui montait dans cet engin, un téléphone portable au niveau des parties génitales. *Il fait une journée formidable, si nous allions à la plage jouer au volley.* Comme si cela ne se passait pas en vrai. *Ensuite, nous pourrions nous baigner.*

— Pas maintenant, Marc. Je ne peux pas. J'ai du travail.

Comme si cela se passait en rêve. *On fait la course ?* Une imitation de la réalité.

— N'insiste pas. À présent, il me faut plus que jamais être moi-même.

*Tu me manques, tonton.*

— Toi aussi, Marc. Toi aussi.

Il leva les yeux au ciel de la cabine.

— Mercader, tu n'as rien entendu, compris ? Je faisais juste un essai pour le son.

Il observa le plafond éclairé. La cabine freina doucement, puis s'arrêta. Il introduisit la clé et entrouvrit la porte.

— Isma, appela-t-il par l'ouverture. Je vais entrer ! Je suis désarmé. On garde son calme, d'accord ?

— Je veux que personne ne rentre !

— Il fallait le dire avant, dit Milo, je suis déjà dedans.

Il leva les bras et, lentement, fit un tour complet sur lui-même. Il souleva son tee-shirt pour bien montrer qu'il n'était pas armé. En lui faisant face, il vit qu'il le menaçait avec un pistolet Thunder 380 noir mat, portant encore des traces de poudre claire. Action double et simple avec marteau externe, chargeur huit cartouches de 9 mm plus une dans la chambre. Très léger, pratique pour être porté à la cheville comme arme de défense. Un semi-automatique létal à courte distance. Il se demanda ce qu'avait encore trouvé Isma à l'intérieur du buste sculpté par Fermín Barreda.

— Tu sais t'en servir ? Je crois que tu as laissé le cran de sûreté.

— On essaie ? dit-il sur un ton froid, sans infléchir la voix.

Il indiqua ses pieds avec le canon du pistolet et Milo leva les jambes de son pantalon.

— Je ne mens pas, je n'ai pas d'armes. Les lunettes t'allaient mieux.

— Que fais-tu là ? Je ne veux pas reparler avec toi.

— C'est Elsa qui me l'a demandé, répliqua-t-il en jetant un coup d'œil circulaire à la vaste cuisine ; mais il ne vit pas les Torres. Bordel, cette pièce est plus grande que tout mon appartement. On sait bien vivre, dans ta famille.

— Ce n'est pas ma famille.

Quelque chose avait changé dans l'expression de son visage.

Ses yeux n'étaient plus ceux d'un petit animal effrayé, docile, mais ceux d'un adulte provocateur, hostile. Quelqu'un prêt à provoquer les événements. Le gamin passif était définitivement devenu un individu volontaire ; c'était la dernière phase de sa transformation.

Et une chose encore. La lueur de ses pupilles s'était éteinte.
— Où les retiens-tu ?
— D'abord ferme la porte de l'ascenseur. À clé.
Milo obéit. Ensuite, Isma secoua son arme, s'écarta pour le laisser passer et lui ordonna d'avancer, tout en continuant à braquer le pistolet dans sa direction.
L'immense cuisine s'ouvrait, sans portes, sur le salon. La cloison d'en face était en double vitrage, composé de baies coulissantes, pour l'instant fermées. La vue était splendide. D'un côté, il y avait un espace avec des canapés, de l'autre une table rectangulaire sur laquelle on avait servi un petit-déjeuner continental, au centre, entouré par cinq sets. Tartines grillées, beurre, confitures de diverses saveurs, une cafetière aux lignes stylisées, une carafe de jus d'orange à moitié vide. Autour, six chaises. Trois d'entre elles étaient occupées. Sur la première, de dos à la ville, un jeune qu'il supposa être Jordi, portant chemise et cravate, bâillonné et attaché avec une bande adhésive ; inconscient, le menton sur la poitrine. Devant lui, sa mère, Sonia en robe de chambre, sans maquillage ni parfum, décoiffée, également inconsciente, tête penchée sur le côté. Et, présidant la table, Antonio Torres, yeux exorbités de terreur, habillé comme son fils, la chemise blanche tachée par le sang qui coulait de ses blessures à l'arcade sourcilière, à la pommette et au nez. Une reproduction de la scène chez les Corona. Très proche de celle que Barreda avait dû découvrir une quinzaine d'années auparavant chez la famille d'Isma. La différence est que dans ce dernier cas les crimes avaient été perpétrés par arme à feu.
— J'étais en train d'interroger mon beau-père, dit Isma.
— Tu as obtenu des réponses ?
— Tu nous as interrompus.
— Pousse-toi et laisse-moi faire.
Isma ne bougea pas.
Milo indiqua Antonio Torres.

— Je peux ou pas ?

— Tu vas faire quoi ?

— Avec ta permission, je me charge de l'interrogatoire. Je connais ça mieux que toi, tu es d'accord, n'est-ce pas ?

# 33

— Sans coup fourré, dit-il en dirigeant l'arme vers Milo.

— Sans coup fourré.

Isma accepta d'un geste. Milo s'approcha de l'homme et lui arracha le ruban adhésif d'un coup sec. Antonio balbutia que Lucas était devenu fou, qu'il les avait drogués et qu'il n'arrêtait pas de dire des énormités tout en le frappant.

— Vous devez arrêter ça ! Vous êtes policier et !...

— Tu veux vivre ? le coupa Milo.

L'homme acquiesça.

— Alors tais-toi et réponds à mes questions.

Antonio demeura sans voix, bouche bée.

— Comment s'appelle ton fils ?

— Vous le savez bien... Lucas. Lucas Torres.

— Erreur ! hurla férocement Milo en approchant son visage à quelques centimètres du sien. Comment s'appelle ton fils ?

— Lu... Isma ? Il s'appelle Isma ?

— Gagné. C'est si difficile de te rentrer ça dans le ciboulot ?

L'homme battit des paupières, confus. Il balbutia qu'il ne comprenait pas ce qui arrivait, la raison de tout cela.

— Le passé, Antonio. Voilà ce qui arrive. Le passé qui revient toujours pour régler les comptes. Et quelque chose me dit que tu as oublié d'en clôturer un... de compte.

— C'est intolérable ! hurla-t-il. Pour qui vous prenez-vous

pour proférer des accusations sans fondement ? Vous ne savez pas à qui vous parlez.

— Moi, je suis la police et toi le connard qui a donné l'ordre de tuer ton frère et sa famille en profitant de tes affaires avec les narcos.

Le sang disparut de son visage.

— Que… que dites-vous ?

— Je dis que tu as voulu te débarrasser d'Ignacio. À cause de ses dépressions à répétition et de sa mauvaise gestion lorsque vous avez investi en Bourse. Il était une gêne à la réalisation de tes projets : devenir le seul propriétaire de l'entreprise et le nouveau patron du port. D'une pierre deux coups. Par cupidité, une cupidité sans borne. Après la mer, toujours plus de mer.

— C'est faux ! Rien de tout cela n'est vrai !

— Tu as engagé un tueur, Juan Reina. Ça n'a pas été difficile. Il existe des réseaux qui fournissent des tueurs à gages. Sans laisser de trace, proprement. Tu as utilisé tes entreprises écrans à l'étranger pour payer. Et les quelques traces que tu avais laissées, Barreda s'est empressé de les détruire.

— C'est faux ! Vous n'avez pas de preuves !

Sans se retourner, il demanda à Isma si c'était bien des documents qu'il avait trouvés dans le buste creux qu'avait sculpté Barreda

— Une clé USB, avec les conversations de l'époque. Il accepte de lui remettre régulièrement de l'argent s'il s'occupe d'éliminer les indices et ferme sa bouche. Tout est là, dit-il sans la moindre émotion. Ils m'ont tous menti. Mon beau-père, Fermín, Noe.

— Je ne t'ai jamais menti ! s'exclama Antonio.

Milo lui donna une gifle qui claqua comme un coup de fouet.

— Tais-toi. On ne t'a rien demandé.

Il se retourna lentement vers Isma et lui fit face.

— Comment savais-tu que la clé USB était là ?

Il lui expliqua que Fermín lui avait dit, quelques années auparavant, que si d'aventure il lui arrivait quelque chose, il devait chercher à l'intérieur d'une sculpture en particulier.

— Il n'avait pas confiance en lui. Barreda craignait qu'Antonio ne décide un peu plus tard de ne laisser aucune trace du tout, dit-il. Je suppose qu'il a enregistré la clé un peu après. Je l'ai écoutée sur le portable, au sous-sol, lorsque j'ai entendu la nouvelle de l'attentat à la télé et que j'ai appris qu'il y avait des morts.

Par sa façon de parler neutre et imperturbable, Milo déduisit qu'il avait appris à contrôler ses émotions. Il refusa de considérer l'autre option : qu'il eût franchi le seuil de la raison et pénétré dans le trou noir du néant. Il serait alors trop tard pour le récupérer.

— La police m'a interrogé ! hurla Antonio. La mort d'Ignacio ne m'a rien rapporté du tout ! Voilà ce qu'a été sa conclusion ! Je possédais ma propre fortune et Lucas doit hériter de tout l'argent de mon frère, lorsqu'il aura dix-huit ans !

Il vit que Milo levait la main et corrigea immédiatement :

— Isma, j'ai voulu dire Isma !

— Mais Isma a survécu. Il n'était pas prévu qu'il survive, n'est-ce pas ?

Antonio Torres le regarda avec des yeux bouleversés.

— Ç'a été une erreur de ton tueur, ajouta Milo. Un accident.

— Je n'ai engagé aucun assassin !

— Barreda l'avait découvert. Il n'a jamais été convaincu que les narcos étaient les auteurs de cette tuerie. Et il t'a menacé de révéler la vérité. Mais toi tu es un homme d'affaires et lui rêvait de se retirer, une rallonge à sa pension pour ne pas vivre trop chichement. Il risquait de te saigner à vie, et pour un richard comme toi la somme réclamée était insignifiante.

Antonio secoua la tête. Son sang éclaboussa la table.

— Alors tu as acheté ses services pour qu'il efface les soupçons. Et les preuves. Ça n'a pas dû être très difficile pour lui de les perdre, c'était un type très habile.

— C'est un mensonge ! Mon fils lui a lavé le cerveau !

— Ce n'est plus ton fils, grommela-t-il. Après s'être entretenu avec nous, Barreda a pris contact avec toi pour te mettre au courant. Les explications qu'il nous avait données étaient destinées à faire diversion. Malgré l'affection qu'il ressentait pour Isma, il voulait continuer à collaborer avec toi. Et, comme toujours, tout ça pour de l'argent. Je suis certain que si je vérifie ton portable, je trouverai une trace de cet appel.

— Prenez-le donc, je n'ai rien à cacher, dit-il en indiquant les canapés de la pointe du menton. Il est là, dans ma veste, vérifiez et vous verrez que ce que vous prétendez est faux.

— Lequel des deux ? Le marron ou le noir ?

Les yeux d'Antonio lancèrent des étincelles.

— Je m'en suis aperçu lorsque tu es venu mardi au commissariat central avec ton épouse. Tu as fait la même chose, il y a quinze ans, lorsque tu as engagé Juan Reina. Un téléphone pour les affaires courantes et un deuxième pour les délicates. Vieilles habitudes.

Antonio Torres garda le silence. Milo se tourna vers Isma.

— Tu es satisfait ?

— Il n'a pas avoué, dit-il. Et je veux qu'il le fasse.

— Très bien, c'est toi qui commandes. Je vais avoir besoin d'un objet contondant, dit-il en tendant le bras. Tu me prêtes ton Thunder ?

— Me prends pas pour un imbécile.

— Tu as raison, je suis idiot.

Il se dirigea vers un meuble et saisit un trophée de verre se finissant en pointe. Une plaque disait : "ENTREPRENEUR DE L'ANNÉE". Il le soupesa une ou deux fois et dit que cela suffirait amplement. Tout de suite après, il alla se placer derrière Jordi et souleva l'objet. Il regarda Antonio.

— Tu avoues ou je le réveille, lui aussi ?

— Ne faites pas de mal à mon fils ! dit-il en se tortillant sur sa chaise. Jordi n'a rien à voir avec cette histoire !

Milo attendit sans bouger.

— Pour l'amour de Dieu ! Pas mon fils !

— Ça te rappelle quelque chose, n'est-ce pas, Isma ?

Il vit qu'il se tenait le ventre de sa main libre. Il interpréta cela comme un bon signe. Un peu d'humanité battait encore au fond de lui.

— Tu ne savais pas que tu allais hériter d'une fortune, hein ? Mais eux, oui, dit-il en pointant Jordi et Antonio de l'extrémité du trophée. Et tel père tel fils. L'histoire se répète.

— De quoi parlez-vous ? dit Antonio ahuri.

— De ton fils, de ta grande gueule de fils chéri. Il a engagé un mec pour tuer Isma. Cent millions, c'est très tentant, même pour des richards comme vous. Ou plutôt surtout pour des types comme vous. Il lui suffisait de liquider son con de frère, un putain de pusillanime, un moins que rien.

— C'est impossible !

— Lorsqu'il a vu Isma sortir d'ici, hier, il a prévenu le mec. Sûrement avec un jetable. Celui-ci est monté derrière lui, dans le bus et ne l'a pas lâché d'une semelle. Mais ce n'était pas un professionnel.

— Jordi ne ferait jamais une chose pareille sans m'...

Il se tut brusquement.

— Sans t'en parler d'abord, tu as raison. Mais tu le vois, il a voulu se distinguer un peu, te prouver qu'il savait prendre des initiatives.

— Jordi n'en serait pas capable ! Jamais !

— Ne te fatigue pas, nous avons arrêté le mec. Lorsque les témoins l'auront identifié, il racontera tout ce qu'il sait, dit-il en brandissant le trophée. Fin de trajet, à ton tour maintenant. Avoue une bonne fois pour toutes, on n'a pas de temps à perdre.

Tout le visage d'Antonio se froissa dans une horrible grimace de douleur. Des aveux arrachés de cette façon n'auraient aucune valeur, mais Milo espérait que son jeu servirait à faire baisser la garde d'Isma.

— C'est toi qui l'as fait, murmura le garçon. Dis-le.

— Ton père allait nous conduire à la ruine, gémit-il. Il fallait l'empêcher de continuer d'une façon ou d'une autre. J'ai juste voulu protéger… l'entreprise.

— C'est toi qui l'as fait, répéta Isma. Il pointa son arme dans sa direction.

Milo laissa tomber le trophée sur la table et, tandis que le fracas tirait Isma de sa transe, il en profita pour s'interposer entre eux deux.

— C'est fini, on arrête tout. Tu as obtenu ce que tu voulais.

— Non, il faut qu'il paie pour ce qu'il a fait. Pour ce qu'il m'a fait.

— Et il va payer, je te l'assure. Mais devant un juge. Grâce aux preuves que contient la clé USB de Barreda. Il va passer le reste de sa vie en prison. Et Jordi dans la cellule d'à côté.

— Ce n'est pas suffisant, dit-il.

— Bien sûr que c'est suffisant. Tu veux récupérer une vie normale, n'est-ce pas ? Eh bien mettons un point final à cette folie.

Isma fit non de la tête, comme absent.

— Écoute-moi. Je comprends que ç'ait été un coup très dur pour toi. Un de plus. Mais tu n'es pas un monstre. Tu te souviens ?

— Être un monstre te rend plus fort.

— Bordel, Isma, tu es en train de me foutre en colère, d'accord ? Tu vas sortir de tout ça libre comme l'air. Et avec une centaine de millions sur ton compte courant. Tu veux gâcher l'occasion de refaire ta vie ? L'obsession est finie, tu entends ? Tu sais enfin la vérité, point final.

Il vit qu'il tentait d'analyser ses mots. Sans y parvenir.

— Je suis mort, dit-il.

— Mes couilles, oui ! Les morts ne parlent pas ! Les rivières de miel n'ont pas à devenir la vengeance, elles sont le fric !

Le cri sembla le ramener à la réalité.

— Je te propose quelque chose, dit Milo. Que dirais-tu d'un léger break, le temps de prendre le petit-déjeuner ? Je ne sais pas toi, mais moi je meurs de faim.

— Et lui ? dit-il en montrant Antonio.

Milo prit le ruban adhésif et le bâillonna à nouveau.

— Lui, il la ferme !

Il saisit une assiette, la nettoya sur son jean et prit une tartine. Ensuite, il alla s'asseoir à l'autre extrémité de la table. Il s'arrêta.

— Si ça ne te fait rien, je boirais bien un jus de fruits. Qu'est-ce que tu as d'autre ?

— Dans le frigo, dit Isma.

Il pointa le pistolet en direction de la cuisine.

Il ouvrit le frigo et étudia son contenu. Comme si de rien n'était, il lui demanda d'où il avait sorti les psychotropes pour les droguer. Dans son dos sans cesser de pointer son arme sur lui, Isma se baissa sous l'évier, força et tira sur quelque chose. Puis il se redressa et saisit un objet.

— Achetés dans un "narco-appartement" du quartier du Raval, que Noe m'avait indiqué, dit-il.

Milo choisit une bouteille de jus de pamplemousse, non entamée, et retourna à table. Il s'assit, saisit un couteau, le beurre, et commença à beurrer la tartine de façon naturelle. Isma l'observa impassible, sans bouger.

— Tu n'as pas attendu le signal téléphonique de Noe, dit Milo en mordant dans sa tartine. Tu es arrivé à la villa alors qu'ils étaient encore tous vivants. C'est toi qui leur as écrabouillé la tête ou c'est elle ?

Isma haussa les épaules sans dire un mot.

— Tu m'as trompé comme un débutant, tu t'es vraiment foutu de moi. Comment as-tu fait pour que le sang ne t'éclabousse pas ?

— J'y étais et je n'y étais pas.

— Tu as mis quelque chose dans la confiture ?

Isma fit non avec le canon de son arme.

— Je ne sais pas si je peux te croire, dit-il en faisant une grimace. Bref, passe-la-moi.

Isma la poussa vers lui avec le Thunder.

— Il faut avoir beaucoup d'estomac pour écraser le crâne d'un jeune homme et celui d'une vieille femme avec une pierre.

Isma laissa échapper un soupir et s'assit à son tour.

— Je vais te dire ce que tu veux entendre. Finalement, ça n'a plus d'importance.

— La vérité, ce coup-ci ?

— Je n'ai pas réussi à le faire, dit-il d'une voix monocorde. J'ai essayé. À deux reprises. Mais je n'en ai pas été capable. Noe a arrêté de filmer et s'est mise très en colère. Elle m'a engueulé en me demandant ce que j'étais venu faire alors et a voulu que je la laisse seule. Je me suis enfermé dans la chambre de la grand-mère. Noe s'est occupée de tout. Au bout du compte c'était sa famille pas la mienne.

— Et elle la haïssait.

Il acquiesça en silence.

— C'est alors qu'Andy est arrivé.

— Et lorsqu'il est parti, Noe m'a envoyé le signal téléphonique. Elle avait gardé son père en vie pour moi. Tu avais presque tout bon.

— Mais tu t'étais trompé de type. Paco était innocent. Elle t'avait conforté dans tes soupçons parce que cela lui permettait de parvenir à ses fins.

Il acquiesça, sans énergie.

Milo ouvrit la bouteille de jus de fruits et but au goulot.

— La carte SD se trouve toujours dans ton porte-clés ?

— Ce qu'elle a filmé me condamne. On me voit en train de brandir la pierre derrière sa mère. Et devant lui. Personne ne m'aurait cru.

Milo beurra une tartine sur laquelle il étala la confiture.

— Tu n'as pas réussi non plus avec Paco. Au moment de passer à l'acte, tu as dégueulé. Il t'avait dit qu'elle te tuerait toi aussi ?

— Je ne l'ai pas cru. Ç'a été comme tu as dit. Elle m'avait manipulé volontairement.

— Comme tu l'as fait avec moi, dit-il en mordant dans la tartine sans appétit, puis en la posant dans l'assiette. J'aimerais bien boire un café, mais il doit être froid.

— Te lève pas, il faudra t'en contenter.

— Une autre chose à laquelle tu ne t'attendais pas, c'est qu'elle ait voulu assassiner sa petite sœur. Tu devais l'en empêcher.

— Il doit toujours rester un survivant.

— Et tu t'es opposé à elle.

— Les médicaments l'avaient rendue étrange, sombre. Tu aurais dû la voir lorsqu'elle s'est rendue dans la chambre d'Eva. Elle faisait peur, dit-il en baissant les yeux. Elle m'a d'abord frappé, mais ce sont ses mots qui m'ont fait le plus mal. J'ai entendu… je ne sais pas ce que j'ai entendu. Comme le vacarme du vent.

— Et tout s'est éteint autour de toi.

— Un ouragan m'a soulevé de l'intérieur. On aurait dit qu'une spirale de violence m'avait enveloppé. En réalité, je ne l'avais jamais vraiment intéressée.

— Et tu lui as écrasé la tête, six coups. Et à chacun des quatre derniers tu lui as posé la même question : “Pourquoi ?” Jusqu'au moment où tu t'es évanoui sur son corps à cause des effets du cocktail de psychotropes.

Il acquiesça.

— Elle avait cru que je ne pourrais pas, mais j'ai pu.

Il serra la crosse de l'arme et ses phalanges devinrent toutes blanches. Il le regarda fixement. Milo ne remarqua pas la moindre lueur de triomphe dans ses yeux. En revanche il perçut une odeur caractéristique qu'il identifia tout de suite.

Il eut immédiatement la chair de poule.

— Tu n'aurais pas dû faire ça, dit-il.

— Elle se croyait supérieure à tout le monde et c'était juste une menteuse.

— Je voulais dire que tu n'aurais pas dû arracher le tuyau du gaz, sous l'évier. Il y a toujours moyen de s'en sortir, Isma. C'est le choc qui t'a empêché de réfléchir correctement, qui t'a perturbé. Tu étais diminué par les drogues. Mais si tu continues, tout sera fichu pour toi.

— Et pour eux aussi, dit-il en les montrant du bout de son semi-automatique.

— Très habile, une explosion de gaz, une putain d'explosion de gaz, répéta-t-il en espérant que Rebeca eût un réflexe rapide. Tu veux les tuer grâce à l'onde de choc. Ou mieux, les écraser sous les gravats.

Il haussa à nouveau les épaules.

— J'aime les pierres, tu le sais bien.

Il ignorait si la concentration de gaz était suffisante pour provoquer la déflagration. Il observa les baies coulissantes en double vitrage. Fermées. Hermétiques.

— Tu n'espères donc pas sortir vivant d'ici, dit Milo.

— De toute façon l'immeuble est bouclé.

— Pourquoi vouloir mourir avant l'heure ?

Il haussa les épaules une énième fois.

— Tu ne peux pas condamner Elsa au même enfer que celui qu'on t'a fait vivre. Ta sœur ne mérite pas le vide et l'absence.

— "L'enfer c'est comprendre trop tard la réalité." Je suis tombé sur Hobbes à l'occasion d'un examen. Elle surmontera l'épreuve, elle est forte.

— Tu vas la marquer à vie. Et Elsa t'aime à la folie, comme toi. C'est pour cette raison que tu lui as demandé de sortir d'ici.

— Il doit toujours rester un survivant, psalmodia-t-il.

— Ce n'est pas toi qui t'apprêtes à commettre cette atrocité, mais l'autre toi. Tu es en train de vivre une bouffée psychotique, Isma.

— Je connais ton petit jeu, tu ne me dissuaderas pas.

— Je ne joue pas, je te dis ça après avoir observé ton comportement. Par exemple, la sérénité de ton élocution. Je sais reconnaître les symptômes. J'ai des antécédents dans ma famille. Je connais ce genre de réaction.

— Je n'ai jamais aimé les psychologues et leurs histoires.

— Alors nous sommes deux. Je ne laisse personne d'autre toucher à ma psyché, je m'en occupe personnellement.

— Tu es un type particulier, toi.

— Oui, je suis ma propre croix. Où t'es-tu débarrassé de la pierre ?

— Sur le toit du magasin qui se trouve à côté de la villa. Et pour te prouver que je ne t'en veux pas, tiens ! lui dit-il en posant le pistolet sur la table et en le faisant glisser jusqu'à lui. Je n'ai jamais aimé les armes.

Tandis que Milo le récupérait prestement, Isma tira une pochette d'allumettes de son jean. Ils entendirent des sirènes se rapprocher.

— Encore des policiers ?

— Des pompiers, je pense, dit Milo en braquant le pistolet sur lui. Lâche ça, Isma.

— Et que feras-tu si je n'obéis pas ? Tu me tireras dessus et tu feras sauter tout l'immeuble ?

Milo flaira l'air ambiant.

— Ou peut-être pas. Je t'ai dit de lâcher ces allumettes.

Isma arracha calmement une allumette :

— Je suis désolé pour toi, je t'aime bien.

— Et moi, je ne t'aime pas ! dit-il en retirant le cran de sûreté du Thunder. Lâche cette pochette, je t'ai dit !

— Une phrase finale en guise de conclusion et d'adieu ?

— Merci pour le petit-déjeuner, petit con.

— La dernière te tue, dit Isma.

Il maintint l'allumette entre deux doigts devant ses yeux.

— C'est une vérité aussi grosse qu'une cathédrale.

— La dernière heure, en effet. La dernière allumette, il se peut que non.

— Nous allons voir qui a raison.

Il la frotta sur le grattoir et elle s'enflamma du premier coup.

Pas d'explosion.

Isma observa la flamme, perplexe.

— Je t'avais averti, dit Milo en retirant le portable de son slip et en le posant sur la table. Bordel, ça commençait à m'écraser une couille. Mercader, tu peux monter.

On frappa à la porte de l'ascenseur de service.

Isma regarda en direction des baies coulissantes.

— Même pas en rêve, aboya Milo, j'ai déjà vécu ça.

# 34

Il s'appuya sur le plan de travail en marbre de la cuisine, bouteille de jus de pamplemousse à la main. Dans son dos, les services médicaux s'occupaient des deux personnes droguées et Sena et Boada arrêtaient Antonio Torres. Ils lui lurent ses droits, le menottèrent et le conduisirent jusqu'à l'ascenseur, tandis qu'il ne cessait de vociférer qu'il allait porter plainte pour mauvais traitements, contre lui et tout le corps des *mossos d'esquadra*. Rojo et Cervera avaient déjà emmené Isma. Tête basse, il était calmement sorti de l'appartement, sans dire un mot.

Rebeca se rendit auprès de Milo, avec un large sourire.

— Isma n'avait pas prévu ton intervention, dit-elle. Ça s'est bien fini.

— Le mérite te revient. Comment as-tu fait pour que les pompiers interviennent aussi vite ?

Elle lui raconta qu'il y avait une vanne à cinq cents mètres, mais que ce n'était pas eux qui avaient fermé le robinet du gaz, c'était le concierge.

— Il a été très efficace. À peine t'avons-nous entendu, nous sommes allés avec M. Rafael à l'armoire des compteurs, dans le vestibule, et il s'est occupé de tout. C'était une excellente idée de laisser le portable allumé.

— N'oublie pas de récupérer le porte-clés de ce garçon.

Il vida la bouteille de jus de fruits et la lui tendit en même temps qu'un trousseau de clés.

— Tu peux les rendre à Elsa ?

— Le commissariat central vient de recevoir les résultats de la scientifique.

— Que la scientifique aille se faire foutre, et les résultats aussi.

Il se dirigea vers les ascenseurs.

— Où vas-tu ?

— Prendre l'air.

— Je t'accompagne.

Il sortit dans la rue et respira profondément, le vent lui balayant le visage.

Il aperçut Elsa assise par terre, qui l'observait fixement. Il pencha la tête en guise de salut auquel elle ne répondit pas. Il changea de direction. Les membres du GEHME soutenaient une conversation animée avec l'inspecteur-chef Singla. Il regarda un instant le Groupe. Avec le sergent Crespo et la juge Cabot, ils étaient pour lui comme une famille. Le calme et toujours sensé Rojo, Cervera la brute efficace avec le cœur sur la main ; Sena, intelligent et sérieux, Singla et son tempérament singulier, que plus rien n'étonne. Il s'arrêta sur Mercader, ses cheveux mi-longs balayés par le vent et son cœur se serra. Une famille unie par la loyauté, comme il se doit. Sauf Boada. Il alla à sa rencontre, lui passa le bras autour du cou et le prit à part.

— Je n'ai pas de preuve, lui murmura Milo à l'oreille, mais je sais que c'est toi qui as saboté l'affaire Gotha.

Boada tenta de se libérer de son bras.

— De quoi tu parles ?

— Tu es notre "déviateur" et je n'ai pas l'intention de te perdre de vue. Pas une seule seconde. Ne l'oublie pas. Encore une chose : je ne suis pas comme toi, moi je ne laisse échapper personne.

Il le lâcha et se dirigea vers le Groupe.

— Regarde de temps en temps derrière toi, on ne sait jamais ! hurla Boada.

— Je le fais toujours, blanc-bec.

Il arriva à hauteur des autres. Le chef Singla lui serra la main.

— Bon travail, Malart. Pas très orthodoxe, mais bon travail. D'une pierre trois affaires de meurtres multiples résolues, dont une qui a pu être évité. Pas mal pour la matinée.

— Je voudrais te demander une faveur, chef. Lorsque tu passeras l'information sur le cas Torres à la police nationale, vérifie que le nom de Fermín Barreda soit traité de façon confidentielle. Tu vois ce que je veux dire. Pour ne pas salir sa mémoire. Pour le bien de tous.

Singla soutint son regard quelques instants.

— Pour ce qui nous concerne, pas de problème, dit-il. Nous verrons bien ce qu'ils vont faire de leur côté.

— Et une autre faveur, chef. Est-ce que je peux ne rédiger le rapport que demain ? Il me faudrait absolument faire une sieste de dix heures.

Corberó arriva à l'improviste et lui donna une gigantesque accolade.

— Viens ici, gros couillon ! s'exclama-t-il. J'aime ta façon de penser, mais tu nous as bien tenus en haleine avec tes maudites idées. Prends jusqu'à lundi, je me charge moi-même de Singla.

Quelque peu intimidé, Milo lui tapa sur l'épaule. Puis il lui serra la main et se dirigea vers sa voiture.

Il lisait un livre allongé dans son lit. Il avait bonne mine, des couleurs, les traits reposés, le regard clair. Il lui rappela le séduisant Hugo une dizaine d'années plus tôt, comme s'il était remonté dans le temps. Il cessa de le dévisager à travers le hublot et entra dans la chambre.

— Tu continues à bouffer la cellulose de tes couches ? dit-il.

Hugo leva la tête et sourit. Il referma le livre, le posa sur la table de nuit et lui indiqua les chaises, près de la fenêtre.

— Mon régime est meilleur que le tien, tu es très maigre.

Ils s'assirent et observèrent les jardins de l'hôpital psychiatrique en silence. Au bout d'un moment, Milo lui demanda comment il se sentait et Hugo lui répondit que tout allait bien. Qu'il avait beaucoup de temps libre, qu'il dormait comme un loir, qu'il était très à l'aise dans son groupe de thérapie, et qu'il n'avait eu que de légers problèmes avec deux aides-soignants, rien d'important. Il savait que son séjour n'arrangerait pas son retour à la vie sociale et ne l'aiderait pas à retrouver du travail. Les préjugés ne lui faciliteraient pas les choses, mais il était content de rentrer chez lui. Les livres étaient ses grands outils de socialisation et la lecture l'aidait à combattre ses crises d'angoisse. Il s'appuyait sur eux pour se donner des objectifs et lutter contre ses idées noires.

— Désormais je n'ai plus d'ami imaginaire, dit-il.

— Il a découvert que tu trichais aux cartes ?

Il continua à parler de façon posée, réprimant sur son giron les légers tremblements de sa main gauche à l'aide de la droite. Il lui expliqua que c'était à cause du lithium. Puis il lui dit que cela devait lui coûter une fortune et Milo répliqua que la famille était là pour ça. Ils se remémorèrent l'époque où ils étaient petits, avant que leur mère envoie Milo vivre à Port de la Selva chez ses grands-parents, tandis qu'Hugo restait seul à la maison, avec son père commençant à montrer les premiers symptômes de schizophrénie.

— Tu as toujours été le chouchou de maman, dit Hugo.

— Et toi le préféré de papa.

Ils évoquèrent de vieilles anecdotes, leurs innocentes bêtises de gamins et les réprimandes de rigueur. Mais Hugo devint brusquement grave et lui présenta ses excuses pour les mauvais moments qu'il lui avait fait passer. Milo commença à protester, mais il l'interrompit. Hugo était son frère aîné et il aurait dû l'aider dans ses difficultés, plutôt que l'inverse. C'était l'ordre naturel des choses et il n'avait pas accompli son devoir envers son cadet. Surpris par ses propos, Milo lui demanda d'oublier ça.

— Tu ne dois pas toujours faire semblant d'être très fort, dit Hugo. En tout cas pas avec ton frère. Ça me blesse.

— Tu sais très bien que je ne le suis pas, dit-il en l'étudiant d'un air pensif. C'est bon, tu as raison. C'est vrai que quelquefois j'aurais aimé pouvoir compter sur toi.

— Il n'est jamais trop tard. Le cabinet de consultation Malart est dès à présent ouvert.

— Tu déconnes, pas vrai ?

— Je n'ai jamais été aussi sérieux.

Hésitant, Milo commença à lui raconter ce qui lui brûlait le plus les lèvres. Son voyage à Biarritz. Au début, il lui énuméra de brèves données géographiques, comme un guide touristique. Mais peu à peu, encouragé par l'écoute attentive de son frère, il se mit à lui décrire, avec un grand luxe de détails, ce qu'il avait vécu auprès d'Ella Delambre, une pianiste célèbre, originaire de Martinique, de père suisse et de mère née sur l'île des Caraïbes. Les six jours qu'ils avaient passés, sans presque sortir de leur chambre d'hôtel, à l'exception de quelques sporadiques excursions pour visiter quelques villages aux alentours.

— Ç'a été extraordinaire, Hugo. Quelque chose d'impensable, un miracle. Je te jure que par moments j'étais convaincu que cela ne se passait pas vraiment. Je la voyais jouer du piano dans sa suite, l'élégance de ses bras, nue, décoiffée, si belle ; déroulant la *Chaconne en ré mineur*, sa pièce favorite et je me disais que c'était un mirage. Nous nous sommes entendus dès le début et je me suis laissé porter. Cœur, cerveau et… bon, tu vois ce que je veux dire. Tout en même temps. Et j'ai dormi, j'ai pu dormir comme jamais. Même accroché à sa taille, tandis qu'elle lisait au lit.

— Quel est le problème alors ?

— Je ne peux pas me l'ôter de la tête. Je la vois tout le temps. Ses mots, ses silences, ses gestes. Ses mouvements et son parfum de jasmin. Tout le temps. Je n'arrive pas à trouver une manière de l'oublier, tu comprends ? Je perds tout contrôle.

— Désolé, tu ne contrôles pas l'affaire, c'est différent.

— Dis-le comme tu voudras, mais je ne cesse pas de penser à sa douceur, la passion, l'harmonie, son rire. Mais que m'arrive-t-il, bordel ?

— Et tout ça juste après six jours ensemble ?

— Qui ont été comme six minutes, aussi importantes que six vies. Qui ont complètement changé la mienne.

— Tu es tombé amoureux, c'est tout. Milo, tu n'es pas comme Kafka qui se croyait réellement inapte à tout rapport humain.

— Que veux-tu dire ?

— Que tu as toujours désiré ne pas ressentir d'émotions. Être froid. De glace. Mais ce n'est pas ta nature. Et le combat que tu mènes contre toi-même t'affaiblit. Tu suis au pied de la lettre les instructions d'Unamuno : “Sens la pensée, pense le sentiment”, et c'est sans doute une citation mémorable, mais elle ne vaut rien dans la vie réelle, dit Hugo en secouant la tête. Arrête de résister, le type dur est tombé amoureux, et alors ? Fais la paix avec toi-même et laisse-toi aller.

— Moi, je n'avais rien cherché, ça m'est tombé dessus. Et si j'avais su, j'aurais préféré ne pas la rencontrer. Le contraste du bonheur maximum avec le vide d'à présent m'écrase, me tue. Nous avions tout.

— Calme-toi, mon frère. Tout ça est très récent. Tu parles comme un gamin de quatorze ans, fasciné par le premier amour. Je crois que tu prends la chose trop au sérieux.

— C'est possible. Moi non plus, je ne comprends pas. Elle m'envoie des messages et je ne parviens pas à les ouvrir. Je ne dois pas le faire, tu saisis ? Sinon je vais tout réveiller à nouveau. Un instant, ce que tu as dit est de Hesse, n'est-ce pas ? Tu as mémorisé toutes les maudites citations d'une encyclopédie, hein ?

Hugo éclata de rire. Puis Milo. Comme dans le bon vieux temps.

Il lui raconta ensuite que pendant six jours le monde extérieur avait disparu et avait été remplacé par celui qu'ils formaient tous les deux. Couleurs et sons étaient plus vifs, les odeurs plus intenses, leurs peaux avaient acquis une sensibilité extrême. Ils s'étaient donnés l'un à l'autre sans la moindre retenue, et les sensations qu'il avait expérimentées avaient été au-delà de l'imaginable. Tout cela de façon simple, sans élucubrations mentales et, à cause de ses difficultés avec le français, presque sans paroles. Ils s'étaient comportés de manière compulsive, captivés, par instinct. Ç'avait été comme vivre dans une autre dimension, sans toucher le sol, en lévitation. Accroché à Ella, il avait même pensé à changer de vie, à prendre un nouveau départ. Une porte de sortie.

— Et depuis que je suis revenu, mes perceptions se sont altérées. Je n'ai pas arrêté de commettre des erreurs. Et me tromper dans mon travail peut coûter très cher. Ce n'est pas une blague.

— Personne n'a dit que ça l'était, mon frère. Ton rapport aux femmes a toujours été très complexe. Et pourquoi ? Parce que tu ne supportes pas de te sentir vulnérable. Et c'est ainsi qu'on se sent lorsqu'on tombe amoureux. Une chose qui ne t'est pas arrivée avec Irene. Avec elle, la relation était parfaite. Il n'y avait pas d'amour entre vous. Tu étais son moyen d'emmerder son père et elle ta complice en matière de compagnie, de peau et de soutien émotionnel. À présent, pour la première fois de ta vie, c'est différent. Parce qu'à présent, oui, tu es amoureux.

— Eh bien je t'en fais cadeau.

Hugo observa son regard d'homme traqué et Milo, mal à l'aise, se leva et commença à parcourir la chambre de long en large.

— Nous ne savons pas aimer, dit-il en fixant le sol, nous ne savons pas être aimés. Nous sommes esclaves de nos limites, ou de nos nécessités, ou de notre égoïsme… je n'en sais rien. Nous mendions pour qu'on nous aime, pour inspirer des sentiments. Et quand ça foire, plus rien ne nous importe. Parce que nous ne savons pas nous maîtriser, et qu'aimer constitue une prouesse, ou un aveuglement, plus fort que nous. Une malédiction qui à la longue ne provoque que douleur et tristesse. Et moi j'en ai assez, je n'aime pas ça, je n'aime pas ça.

— Ce que je ne comprends pas, c'est ce qu'elle a pu te trouver. À part d'être une femme canon, tu m'as dit qu'elle avait du talent, n'est-ce pas ?

— Très amusant, je te répète que ce n'est pas une blague.

— Te fâche pas, mon gars ! C'était juste pour redescendre d'un cran la solennité de ton discours. Il ne manquait plus que les violons !

— Tu vois ? dit-il en se rasseyant. Je me suis à nouveau laissé emporter ? Use de ta fameuse lucidité et dis-moi comment me débarrasser de ça.

— Ce que tu me racontes me pousse à penser que tes sentiments ne sont pas réciproques, qu'elle a laissé tomber le voile de l'amour. Et le désamour est douloureux. Je te soupçonne d'être dans la phase trois de la séparation : dans l'angoisse qui suit la perte et le désespoir. Tu es en train de l'idéaliser. Tu penses qu'elle est parfaite et…

Milo le freina des deux mains.

— Arrête ton char, Hugo ! Tu es sans doute devenu un savant, mais je n'ai jamais dit que les sentiments n'étaient pas réciproques. Ni qu'Ella avait laissé tomber je ne sais quel putain de voile.

Hugo recula, confus. Il le regarda en silence.

— Je ne comprends pas, dit-il au bout d'un moment. Qu'est-ce que tu as dit alors ?

— Qu'elle m'aime, qu'elle a des sentiments pour moi. Elle ne me l'a pas dit avec ces mots-là, mais elle me l'a fait comprendre. C'est pour cette raison que j'ai quitté Biarritz plus tôt que prévu. Mais je ne suis pas parti par crainte de m'engager ni rien de ce genre, mais parce que j'ai pressenti, j'ai su, qu'elle me mentait. Et qu'elle se mentait aussi.

À nouveau Hugo eut l'air déconcerté.

— Je ne comprends pas, répéta-t-il. Tu l'aimes ?

— De toute mon âme.

— Tu le lui as dit ?

— Je le lui ai fait comprendre, sans les mots.

— Et elle t'a également fait comprendre qu'elle ressentait la même chose pour toi, n'est-ce pas ?

Milo acquiesça.

— Mais tu ne l'as pas crue.

— Non, je ne l'ai pas crue. Je te l'ai déjà dit.

Hugo cligna des yeux.

— Je ne comprends pas, dit-il pour la troisième fois.

— C'est simple. Il y a le piano et il y a moi, puis Ella qui se trouve sur un point équidistant entre nous deux. Elle ne peut pas m'aimer, puisqu'elle possède déjà sa force salvatrice. L'art. Et moi je ne peux pas me battre contre ça.

Hugo ne réagit pas.

— Elle est inaccessible pour moi, tu vois bien, dit Milo. C'est une artiste, elle a une vie propre au fond d'elle-même. Moi, je suis de reste. Ella mettra toujours le clavier au-dessus de tout. Demain, Ella donne un concert au Liceu, les spectateurs vont l'acclamer, Ella est une virtuose. Moi, je suis juste un invité de passage dans sa vie.

Hugo continua à demeurer silencieux, l'air de plus en plus tendu.

— Quoi que je fasse, je me sentirai toujours seul. Que je sois avec Ella ou pas. C'est chiant de se retirer le bandeau devant les yeux, mais c'est exactement ce qu'on doit faire.

— Ce que tu m'as raconté est réel ? murmura Hugo.

— Parfois, je me le demande, répondit Milo en se frappant le genou. Tu sais quoi ? Ça fait du bien de vider son sac, vraiment le plus grand bien. Ne pas garder les choses à l'intérieur de moi est une libération, un soulagement. Je n'y suis pas habitué. Je suis heureux de pouvoir compter sur toi.

— Et c'est pour cette raison qu'à présent tu t'intéresses aux femmes de ton entourage ?

Milo sentit que les choses se gâtaient.

— De quoi tu parles ?

— Sara m'a tout dit. Tu pensais que je ne le saurais jamais ?

Il garda le silence. Le malaise croissant.

— D'abord mon fils, poursuivit Hugo, et maintenant ma femme. Et dans les deux cas tu te trouvais au milieu. Plus occupé par tes affaires ridicules que par ta famille.

Ce que Milo vit dans ses yeux le terrifia.

— Qu'est-ce que tu insinues ?

— Que le gentil garçon ne s'intéresse qu'à lui-même et que nous ne sommes plus rien pour toi. Sara t'a demandé de venir me rendre visite et tu as mis plus d'un an à trouver un moment pour le faire. Elle t'a supplié à genoux ? Que lui a-t-il fallu faire encore pour que tu répondes à sa demande ?

— Tais-toi. Tu dis n'importe quoi.

— Et la honte l'a conduite à se comporter comme elle l'a fait ensuite, ajouta-t-il avec un calme glacial, saisissant.

Par ta faute. Comme pour Marc. L'histoire se répète. Tu finis toujours par laisser une traînée de silence derrière toi.

Le sol se déroba sous ses pieds. Et les notes de Bach en *ré* mineur frappèrent son crâne, la mélodie de la désolation.

— Hugo, tout ça est faux et tu le sais.

— Le gars qui ne croyait pas en l'amour est devenu soudain croyant. Tu es un converti. Mais Sara est ma femme.

Le ton dépassionné de sa voix le glaça. Sans alcool, son frère avait perdu la colère. Mais pas sa paranoïa. Pour la énième fois, il se sentit assailli par un sentiment d'irréalité.

Il se leva, se dirigea vers la porte.

— On t'a réservé une chambre, ici, dit calmement Hugo, juste à côté. Tu vas voir, on va être très bien toi et moi. Tu pourras me raconter toutes les fantaisies que tu voudras sur ces femmes qui n'existent que dans ta tête, gentil garçon.

## 35

Il ne réussit pas à s'endormir.

Fatigué de se tourner et se retourner dans son lit, il se rendit dans le salon et s'assit devant le téléviseur. Il observa son reflet sur l'écran sans se décider à l'allumer. Au bout d'un moment, il alla se doucher, puis sortit de la salle de bains enveloppé dans une serviette, au milieu d'un nuage de buée. Il s'arrêta devant le terrarium et tenta de rentrer en communication avec Ma Vieille. Au bout de quelques minutes, il y renonça. Il saisit son portable pour appeler Irene. Il énuméra le nombre de messages qu'il n'avait pas lus, les laissa de côté et appuya sur son numéro. Il tomba immédiatement sur le répondeur et raccrocha. Il regarda rageusement les cartons qu'il n'avait pas encore ouverts. Ses affaires. Il appela à nouveau Irene. Cette fois, il laissa un message.

— C'est moi. Je t'ai appelé à maintes reprises pour te dire qu'il était désormais temps de laisser notre histoire derrière nous. Je veux divorcer. J'ai besoin de refaire ma vie, d'être à nouveau libre, sans attaches. De pouvoir recommencer à zéro. Tu vois ce que je veux dire, de me remettre dans le circuit. J'irai trouver un avocat pour les papiers. Tu vas être contente. Bise.

Il raccrocha.

Il se sentit trop inquiet pour rester chez lui, l'appartement l'angoissait. Il alla s'habiller dans sa chambre. Ensuite, par inertie, il retourna dans le salon pour prendre son arme et sa plaque. Il regarda le tiroir ouvert. Il n'en aurait pas besoin. Pour quoi faire ? Ce soir-là, il n'allait pas rejoindre son poste de surveillance devant la maison du couple Parés Morera. La ville était envahie par les forces de sécurité, il ne pensait pas qu'ils oseraient commettre la moindre imprudence. Il donna un peu plus de nourriture à la tortue, éteignit la lumière, prit un livre dans la pile de l'entrée et abandonna son appartement terrasse.

Il renonça à prendre la voiture. Il préférait faire un peu d'exercice et se dirigea vers la plaza de Cataluña. En chemin, il abandonna le livre sur un banc. Le vent l'obligea à ralentir. Penché en avant, il ne vit pas les étoiles qui brillaient dans la nuit ni d'autres piétons qui, comme lui, marchaient tête baissée pour tenter de combattre la puissance de la tempête. Il se cogna contre d'autres noctambules, et eut l'idée de rentrer dans un bar pour boire quelque chose. Encore de l'eau de Vichy ? Il y renonça et continua à marcher. Lorsqu'il arriva aux Ramblas, il coupa vers la rue Bonsuccés. S'arrêta à l'endroit précis où le clochard était resté assis par terre, appuyé contre le mur, la tête entre les genoux, pendant l'attentat du mois d'août. Cette fois, il n'eut pas à se mettre dans sa peau pour se demander pourquoi il n'avait pas fui ; il le savait déjà. Seuls fuyaient ceux qui voulaient sauver leur vie et cet homme avait déjà perdu la sienne. Personne ne l'aimait. La sonnerie de son portable retentit. Il le saisit en pensant que c'était Irene. C'était la sous-inspectrice Mercader.

Elle le mit au courant des derniers développements de l'affaire et Milo la coupa en lui disant qu'il en avait plein le dos de cette enquête, qu'il était sur le point de se mettre à table. À cette heure-ci ? Oui, dit-il, à cette heure-ci. Il ajouta que si elle ne sortait pas avec cette grenouille de bénitier de Boada, il lui aurait proposé de se joindre à lui.

— J'ai rompu avec cet imbécile. Tu avais raison, c'est un connard. Tu sais ce qu'il m'a demandé ? De me mettre des porte-jarretelles et tout le tintouin avant de baiser. Je l'ai envoyé se faire foutre. C'est pas un mec qui va me dire comment je dois m'habiller, il faut être gonflé. Si tu veux, je suis libre. Mais je te préviens, j'ai déjà dîné.

Milo observa plusieurs couples de jeunes se tenant par la main. Il serra son portable et lui dit qu'ils se verraient plutôt un autre jour, qu'il avait besoin de faire le bilan des dégâts et qu'il ne serait pas de bonne compagnie. Elle lui dit qu'il avait l'air déprimé, en colère. Il répliqua qu'il y avait trop longtemps qu'il n'avait pas nagé. Rebeca n'écouta pas et lui demanda depuis quand il n'avait pas fait l'amour. Sans attendre sa réponse, elle lui expliqua que le corps souffrait de ne pas pratiquer le sexe. Il cessait de sécréter des défenses et certaines hormones, et cela se répercutait sur le moral, la prise de décisions et la mémoire, entre autres.

— Je me souviens parfaitement de tout, dit-il brutalement.

— C'est bon, ça ne me regarde pas. Et si on allait ensemble au concert de ton amie au Liceu, qu'en penses-tu ? Je peux réserver les places.

Il se laissa glisser jusqu'au sol.

— Comment sais-tu que c'est mon amie ?

— Malart, moi aussi je sais déduire, tu n'es pas le seul.

— Si tu n'existais pas, il faudrait t'inventer. Tu es vraiment très douée.

— Et pas toi ?

Il raccrocha sans répondre. Il fixa l'écran, sur le chiffre rouge accroché à l'icone des SMS. Son cœur se serra, son cerveau se réveilla et il ouvrit le dernier message : "Je suis à Barcelone. On se voit ? *Vivement. Je t'embrasse**." Un autre couple se tenant par la main passa devant lui, cette fois deux vieilles personnes. En un éclair, il vit défiler les six derniers jours dans sa tête. Il allait lui falloir beaucoup de temps avant qu'ils ne deviennent plus qu'une vague sensation. Il commença à répondre. Il n'eut pas besoin de trop réfléchir : "Si je voulais, je pourrais continuer à t'aimer, ce serait facile. Mais je ne veux pas." Il toucha le symbole d'envoi. Le portable émit un bruit étrange. Ça y est, se dit-il ; la vérité est rétablie. Il effaça l'ensemble des messages et se leva, la douleur lui brûlant tout le corps.

Il retourna aux Ramblas.

Enveloppés dans une dense fumée que le vent ne parvenait pas à disperser, il aperçut un milliard de chevaux galopant depuis les quatre points cardinaux et déboucher, effrayés, sur l'avenue. Le bruit des sabots était étourdissant. Ils tournaient dans les ruelles, en glissant sur les pavés, pour se regrouper à nouveau et ressortir ventre à terre. De plus en plus de chevaux ; blancs, noirs, bariolés, les juments avec leurs poulains. Tous tentaient de trouver la sortie, en fuyant. Il les observa le cœur serré. Puis ils disparurent de son champ visuel et le vacarme s'éteignit peu à peu.

Il se dirigea vers la partie haute des Ramblas. Des agents munis d'armes lourdes et de gilets pare-balles occupaient la zone. Il descendit dans le métro. Beaucoup de gens s'agglutinaient dans le vaste hall, sur l'étoile représentée au sol. Un musicien des rues grattait sur sa guitare, des vendeurs noirs étaient restés devant leurs draps blancs couverts d'articles de toutes sortes, des voyageurs se pressaient pour ne pas rater le dernier métro. Il aperçut quatre types avec une allure néonazie, pantalon enfoncé dans des bottes militaires avec bout renforcé, en train d'insulter un des vendeurs à la sauvette. Il s'approcha d'eux d'un pas tranquille, ou plutôt de l'un d'entre eux qui avait le numéro 88 tatoué dans le cou, bien visible. Il s'arrêta tout près de lui en fixant le chiffre.

— Qu'est-ce que tu regardes, toi ?

— Le 88, c'est le nombre de tes pannes, hein ?

— Fous le camp, merdeux, si tu veux pas que je casse ta jolie gueule de pédé !

— Ou alors, c'est le nombre de grammes que pèse ton cerveau ?

— Tu vas te prendre une mandale, connard, fils de pute !

— Ça y est, j'ai deviné. C'est le nombre de pères que tu as.

Le type lui envoya un coup de poing sur le visage qu'il ne tenta pas d'esquiver. Il recula de quelques pas à cause de l'impact. Saignant du nez, il raccourcit la distance. Avec un sourire grotesque, il lui dit qu'il avait enfin trouvé : "C'est le nombre de fois que ton maquereau t'a enculé." Le type commença à le secouer dans tous les sens. Il se protégea le visage avec les avant-bras tout en bandant les abdominaux, sans rendre le moindre coup. Enfin quelque chose de réel, se dit-il. Les vendeurs se dispersèrent en débandade en même temps que les autres néonazis s'en prenaient également à Milo, à coups de pied et à coups de poing, comme une harde sauvage. Le quatrième demeura en retrait, pour surveiller dans toutes les directions. Milo fut mis à terre et se roula en boule. Ils s'acharnèrent sur lui, à coups de pied. La guitare résonnait toujours. Quelqu'un hurla qu'il allait prévenir la police et Milo dit qu'il était policier lui-même. En l'entendant, trois des types s'enfuirent à toutes jambes. Le gars au numéro 88 lui décocha un dernier coup de pied et s'enfuit aussi. Milo se mit à quatre pattes ; un épais et dense filet de sang sortit en cascade de sa bouche. Il se releva avec difficulté, lentement. Deux choses se déroulèrent ensuite : ses yeux se fixèrent sur une affiche annonçant le concert d'Ella Delambre, son visage au premier plan, un piano en fond, et il reconnut le thème que le guitariste était en train de jouer. *Back in Black*, du groupe AC/DC. Alors, il se mit à suivre le rythme des accords simples, devenus déjà classiques, maladroitement, très doucement.

— Vous allez bien ? lui demanda une femme.

— Comme au premier jour, ne vous inquiétez pas. Vous êtes très aimable.

Il continua à se dandiner de façon décousue, bougeant jambes et bras sans trop de grâce, un pied après l'autre. En passant devant lui, un couple d'âge moyen l'observa d'un air dégoûté. Pauvre type, dit l'homme. Toute la ville est en deuil et lui il danse, dit-elle. Milo continua dans son monde, comme si de rien n'était.

## REMERCIEMENTS

Je voudrais remercier Jaume Fornell, Úa Matthíasdóttir, Andrés Civitarese, Sergio López, Maite Sáinz de la Maza, Manu Casas, Alzira Martins, Bénédicte Marre, Lía De la Cruz, Mari Paz Ortuño, Martina Torrades et Anna Soldevila pour m'avoir fait profiter de leurs connaissances et de leur expérience ainsi que pour leurs encouragements et leur soutien. Également et tout particulièrement, Carlos Pujol Lagarriga pour, entre autres choses, m'avoir prêté le poème n° 27 de son inspirant recueil *La imperfección* (Ediciones de la Isla de Siltolá, 2018). Et enfin Roser Herrera, mon phare assidu et patient, tout le long de cette traversée.

OUVRAGE RÉALISÉ
PAR L'ATELIER GRAPHIQUE ACTES SUD
REPRODUIT ET ACHEVÉ D'IMPRIMER S.A.S.
EN AOÛT 2023
PAR NORMANDIE ROTO IMPRESSION
À LONRAI
POUR LE COMPTE DES ÉDITIONS
ACTES SUD
LE MÉJAN
PLACE NINA-BERBEROVA
13200 ARLES

DÉPÔT LÉGAL
1re ÉDITION : SEPTEMBRE 2023
N° impr. : 2303548
*(Imprimé en France)*